Knaur.

Knaur.

Im Knaur Taschenbuch Verlag sind bereits folgende Bücher des Autors erschienen:
Der Wanderchirurg
Tod im Apothekenhaus
Der Chirurg von Campodios
Hexenkammer

Über den Autor:
Wolf Serno arbeitete über dreißig Jahre lang als Werbetexter und Creative Director in großen Agenturen. Im Jahre 1997 beschloss er, nicht mehr für andere, sondern nur noch für sich selbst und seine Leser zu schreiben. Das Ergebnis war der Bestseller »Der Wanderchirurg«. Wolf Serno lebt mit seiner Frau, einer Richterin, und seinen drei Hunden in Hamburg.

WOLF SERNO

Die Mission des Wanderchirurgen

Roman

Knaur Taschenbuch Verlag

Besuchen Sie uns im Internet:
www.knaur.de

Vollständige Taschenbuchausgabe November 2005
Knaur Taschenbuch.
Ein Unternehmen der Droemerschen Verlagsanstalt
Th. Knaur Nachf. GmbH & Co.KG, München

Umschlaggestaltung: ZERO Werbeagentur, Müchen
Umschlagabbildung: FinePic, München und AKG Images
Satz: Ventura Publisher im Verlag
Druck und Bindung: Clausen & Bosse, Leck
Printed in Germany
ISBN-13: 978-3-426-63159-1
ISBN-10: 3-426-63159-8

2 4 5 3 1

Er wird dich mit Seinen Fittichen decken,
und deine Zuversicht wird sein unter Seinen Flügeln.
Seine Wahrheit ist Schirm und Schild,
dass du nicht erschrecken müssest
vor dem Grauen des Nachts,
vor den Pfeilen, die des Tages fliegen,
vor der Pestilenz, die im Finstern schleicht,
vor der Seuche, die im Mittag verderbet.

Psalm 91,4–6

Die religiösen Zitate des Romans stammen aus:

DIE BIBEL
Die ganze Heilige Schrift des Alten und Neuen Testaments
Siebenundzwanzigster Abdruck
Gedruckt und verlegt von B. G. Teubner in Leipzig, 1877

sowie

DER KORAN
Aus dem Arabischen nach der Übersetzung von Max Henning
VMA-Verlag, Wiesbaden

Die Operationen und Behandlungen in
diesem Buch spiegeln den wissenschaftlichen
Stand des 16. Jahrhunderts wider.
Zwar gab es schon damals Eingriffe,
die sich im Prinzip bis in unsere Tage
nicht verändert haben, und auch die Kräuter
wirken heute nicht anders als vor über
vierhundert Jahren, doch sei
der geneigte Leser dringend vor
Nachahmung und Anwendung gewarnt.

Für mein Rudel:
Micky, Fiedler († 16), Sumo und Buschmann

Und diesmal auch für Heiner, den »Olden«,
mein Urgestein

Prolog

Zum wiederholten Male verspürte Pater Thomas an diesem Morgen eine gewisse Unruhe, ein unbestimmtes Gefühl, ja, eine dumpfe, wenn nicht gar dräuende Vorahnung – Zeichen, die er kannte, aber keineswegs schätzte, denn sie erwiesen sich häufig genug als berechtigt. Dabei lief auch heute wieder alles seinen gewohnten Gang. Es war ein schöner, wenngleich kalter Märztag im Jahre des Herrn 1579, und nichts deutete auf eine Besonderheit hin. Wie immer waren kurz nach der Prim seine Schüler aus den umliegenden Dörfern eingetroffen, hatten mit ihm ein Morgengebet in der Kapelle gesprochen und saßen nun in dem kleinen, mehr schlecht als recht beheizten Raum, dessen Fenster zum Innenhof des Klosters hinausführten. Tief über ihre Schiefertafeln gebeugt, kritzelten sie eifrig Buchstaben.

Pater Thomas seufzte unhörbar. Es war schon ein recht zusammengewürfelter Haufen, der da vor ihm hockte, neun Jungen und Mädchen unterschiedlichsten Alters, die sich mühten, die Kunst des Schreibens und des Lesens zu erlernen, und sich darüber hinaus mit den Vokabeln der lateinischen Sprache abplagten.

Abermals seufzte Thomas. Diese Schüler waren wie ein Klumpen feuchter Ton, dem man auf der Töpferscheibe Form geben musste. Geduld, Geduld und nochmals Geduld waren vonnöten, ihnen etwas beizubringen, viel mehr als bei den *Pueri oblati,* den offiziellen Klosterschülern, die sorgfältig ausgewählt wurden und demzufolge rasch Fortschritte machten. Wenn er auch nur geahnt hätte, welche Schwierigkeiten auf ihn zukommen würden, als der alte Abt Hardinus ihn kurz vor seinem Tode bat, eine Schule aufzubauen und Unterricht zu erteilen! Er hatte zugestimmt, obwohl ihm schon damals vor drei Jahren klar gewesen war, wie viel Zeit diese Aufgabe ihm abverlangen würde. Zeit, die er eigentlich für seine Forschungen brauchte. Er war Arzt und Prior in Campodios, dem altehrwürdigen Zisterzienserkloster im Nordspanischen, und darüber hinaus Autor eines Werkes namens *De morbis hominorum et gradibus ad sanationem*, eintausendzweihundert Seiten stark, mit prachtvollen, von kunstbegabten Mitbrüdern in zahllosen Stunden angefertigten Illustrationen. Das Werk, kurz *De morbis* oder *Über Krankheiten* genannt, stellte eine Sammlung der wichtigsten ärztlichen Erkenntnisse dar und teilte sich auf in die Kräuterkunde, die Lehre der Pharmakologie sowie die Wundchirurgie nebst dem Wissen zur Geburtshilfe. Pater Thomas war nicht wenig stolz auf das gewaltige Kompendium, zumal seine eigenen bescheidenen Beiträge neben denen so berühmter Meisterärzte wie Susruta von Benares, Hippokrates von Kos, Galenos, Dioskurides, Avicenna und vielen anderen darin auftauchten.

Er seufzte zum dritten Male. Und diesmal laut. Noch immer kritzelten die Schüler auf ihren Tafeln herum. Wie gern würde er jetzt seine Forschungen über den Schwarzen Senf und das Ruchgras vorantreiben! Beide Kräuter, dazu ihre Wirkverbindung mit Teufelskralle und Arnika, hatten ihm bereits achtbare Erfolge gegen das Reißen beschert. Doch er war dazu verdammt, hier zu sitzen, und musste Bruder Cullus, der eigentlich für das Vermitteln der Lese- und Schreibkunst verantwortlich war, vertreten. Cullus. Ein fröhlicher, sangesfreudiger, allseits beliebter Bruder, der allerdings gerne kräftig aß und noch lieber ein gehöriges Maul voll Wein nahm.

Thomas, der die asketische Lebensweise bevorzugte, war sicher, dass er die heutige Vertretung nur Cullus' Schwäche für die Freuden der Tafel verdankte. Wer sich so wie er ernährte, musste sich nicht wundern, wenn die Gicht ihn in die große Zehe biss. Auf sein Jammern hin war Thomas mitten in der Nacht zu ihm geeilt und hatte sich das Fußglied im Schein mehrerer Kerzen angesehen. Es war rot wie der Kehlsack eines Truthahns gewesen und angeschwollen, als hätte jemand es aufgepumpt. Cullus hatte gestöhnt und alle Heiligen um Hilfe angefleht und behauptet, die bloße Berührung mit der Bettdecke bereite ihm schon Höllenqualen.

»Du isst zu fett und zu viel, und du verdünnst den Wein nicht«, hatte Thomas vorwurfsvoll gesagt.

»Oh, oh, oh, Bruder, so pack doch nicht so fest zu, ja, ja, da am Gelenk, da zwickt's mich wie mit Feuerzangen!«, hatte der Dicke geheult, und Thomas war nichts anderes übrig geblieben, als ihm einen Weidenrindentrank und einen Pflanzenpresssaft der Herbstzeitlose zu verabreichen.

»Danke, danke, Bruder! Ich werde dich in meine Gebete einschließen und eine Kerze für dich in der Kapelle entzünden – wenn ich denn jemals wieder laufen kann. Oh, oh, oh …!«

»Ich lasse dir ein Fläschchen Herbstzeitlosensaft hier«, hatte Thomas erwidert, »nimm alle Stunde einen Löffel voll, insgesamt fünf Male, aber um des lieben Herrgotts willen keinen einzigen mehr. Denke daran, was die heilige Hildegard von Bingen über die Herbstzeitlose geschrieben hat: ›*… und wenn ein Mensch sie isst*‹, sagte sie, ›*davon stirbt er oft, weil darin mehr Gift als Gesundheit ist.*‹«

»Oh, oh, oh!«

»Cullus, so höre doch! Nur einen einzigen Löffel! Und nur jede Stunde einen. Fünf Mal. Viel hilft nicht immer viel! In diesem Fall ist es genau umgekehrt.«

Pater Thomas schreckte auf. Zwei oder drei der Lausebengel hatten, während er mit seinen Gedanken weit fort gewesen war, ein munteres Schwätzchen begonnen. Das ging denn doch zu weit. »Ruhe!«, donnerte er und erhob sich. »Wollen doch einmal sehen, ob ihr mit dem Griffel genauso schnell seid wie mit dem Mund.«

Er steuerte durch die Reihen der Sitzenden und spähte auf das Gekritzel. Es handelte sich dabei um den ersten Satz aus einer Satire des Seneca. Thomas hatte die Aufgabe mit Bedacht gewählt, schien sie ihm doch gleich drei Fliegen mit einer Klappe zu schlagen: Zum einen übten die Schüler sich dabei im Schreiben, zum anderen lernten sie, das Geschriebene zu lesen, und zum Dritten konnten sie sich dabei, wie von selbst, ein paar neue Vokabeln Latein aneignen. Thomas verehrte Seneca, jenen römischen Staatsmann, Philosophen und Dichter, der eine Zeit lang Berater des Kaisers Claudius war, bevor er zum Lehrer seines Nachfolgers Nero berufen wurde.

Wie nicht anders erwartet, waren die Ergebnisse seiner Anbefohlenen dürftig. Zu ungelenk standen die Buchstaben auf den Schiefertafeln, zu krakelig, als dass er damit hätte zufrieden sein können. Einzig Nina bildete eine Ausnahme. Ihre Lettern waren sauber niedergeschrieben, Wort für Wort. Ja, Nina, die älteste Tochter von Carlos Orantes, einem kleinen Landpächter aus der Gegend von Punta de la Cruz, hatte ihre Sache wie immer gut gemacht. Sie war ein ernstes Mädchen, lernbegierig und sehr begabt, womit sie sich deutlich von ihren Mitschülern unterschied. Sie interessierte sich sehr für die Heilkunst, hatte Freude an der Kräuterkunde und war zu alledem bildhübsch. Ihr Gesicht glich dem einer Madonna, mit makelloser Haut und ausdrucksstarken schwarzen Augen, die von langen, seidigen Wimpern umrahmt wurden. Ihre Nase war ein Näschen, gerade und kurz, ihre Lippen waren rot und voll, vielleicht sogar ein wenig zu rot und zu voll für eine Madonna, doch zweifellos wunderschön …

Etwas erschreckt gebot Pater Thomas seinen davongaloppierenden Gedanken Einhalt. Hatte er soeben gegen sein Keuschheitsgelübde verstoßen? Nein, nein, beruhigte er sich. Auch ein

Priester hatte Augen, um zu sehen, und diese Augen sagten ihm, dass Nina kein Kind mehr war. Übernächsten Monat, im Mai, würde sie siebzehn Jahre zählen und damit ein Alter erreicht haben, in dem viele andere schon verheiratet waren. Aber Orantes, ihr Vater, schien sich darum nicht zu scheren. Er schickte seine Tochter an drei Tagen in der Woche zur Schule, und es schien ganz so, als sei er stolz auf ihr kluges Köpfchen.

»Ihr müsst noch viel üben!«, sagte Thomas laut, wobei er sich bemühte, streng zu klingen. »Schreibt den Satz noch dreimal nieder. Anschließend lesen wir ihn gemeinsam und übersetzen ihn. Du, Nina, kannst einen Augenblick Pause machen.«

»Ja, Vater.« Orantes' Tochter legte den Griffel beiseite.

Einer der Jungen fragte: »Was ist das eigentlich für'n Satz, Vater?«

Thomas runzelte die Stirn. »Die Worte stammen aus einer Satire des Seneca. Seneca war nicht nur ein Poet, sondern auch Advokat, Quästor und Senator im alten Rom.«

»Und was ist, äh, eine Satire?«

»Das Wort kommt vom Lateinischen ›satira‹, worunter man eine mit Früchten gefüllte Schüssel versteht. Hier ist das natürlich anders gemeint. Die Satire ist eine Literaturform, in der mittels Ironie bestimmte Menschen oder Zustände der Lächerlichkeit preisgegeben werden sollen.«

»Und was ist Ironie?«

Pater Thomas, der mittlerweile an seinen Platz zurückgekehrt war, setzte sich. »Ich habe den Eindruck, du fragst nur, damit du um das Schreiben herumkommst, Pedro, aber das wird dir nicht gelingen.«

Pedro blickte ertappt zu Boden.

»Aber ich will dir trotzdem antworten. Die Ironie ist eine Art Spott.«

Jetzt war es José, der fragte: »Wer soll denn überhaupt von diesem Seneca verspottet werden, Vater?«

»Nun, dazu muss man wissen, dass Seneca dem römischen Kaiser Claudius als Berater diente. Claudius war ein belesener Mann, von dem sogar einige wissenschaftliche Schriften überliefert sind. Er galt zeit seines Lebens als eigenwillig, harmlos und unkriegerisch. Sein herausragendstes Merkmal war aber wohl seine Schrulligkeit. Nachdem er gestorben war, schrieb Seneca deshalb eine Satire auf den Tod und die Vergöttlichung des Claudius. Nun weißt du Bescheid.«

»Ja, Vater. Und wie heißt die, äh, die Satire?«

»Das spielt doch keine Rolle. Doch warum soll ich es dir nicht sagen. Sie heißt *Apocolocyntosis Divi Claudii.*«

»Apo… Alopo…?«

»Ich sehe, du bist wirklich noch nicht weit fortgeschritten in der Sprache der Wissenschaft. *Apocolocyntosis Divi Claudii* heißt so viel wie die ›Verkürbissung des Kaisers Claudius‹.«

»Die … die was?« José verdrehte die Augen, blies die Backen auf und hielt sich die Hand vor den Mund. Doch er konnte den Lachanfall nicht mehr unterdrücken. Lauthals prustete er los: »Verkürbissung, Verkür… kürbissung … hoho, huhu, Verzeihung, Vater, aber das ist vielleicht 'n komisches Wort!«

Alle anderen fielen mit ein. Sogar Nina lächelte.

Pater Thomas musste sich eingestehen, dass er den Titel so noch niemals betrachtet hatte. Aber der Junge hatte Recht. Welch skurrile Wortschöpfung! Er spürte, wie das Lachen der Klasse ihn anzustecken drohte, und gestattete sich ein Schmunzeln. »Nun gut«, sagte er, »ich merke schon, ihr könnt euch nicht mehr richtig konzentrieren, wechseln wir deshalb das Fach.« Er wartete eine Weile, bis sich alle beruhigt hatten, und sagte dann: »Wo wir gerade von Kürbissen reden – weiß jemand, wozu diese Pflanze arzneilich nütze ist?«

Nina hob die Hand. »Kürbisfleisch ist gut für brennende Augen.«

»Sehr gut«, lobte Thomas. »Ein altes Hausrezept. Man

schneidet dünne Streifen von der Schale ab und legt sie behutsam auf den Augapfel. Am besten, wenn der Patient liegt. Aber das ist beileibe noch nicht alles, was die Kürbispflanze *Cucurbita* kann.« Er blickte fragend in die Runde.

Als keine Antwort kam, fuhr er fort: »Aus den Kernen lässt sich ein treffliches Öl pressen. Es wirkt gut gegen Würmer in den Eingeweiden. Ebenfalls ein altes Hausrezept. Wozu sind Kürbissamen außerdem nütze?« Er wartete. »Nun, da ihr es nicht wisst, will ich es euch sagen. Wer regelmäßig dreimal täglich eine Hand voll davon kaut, kann …« Er unterbrach sich, denn er spürte, wie Nina ihn unverwandt ansah. Sie hörte genau zu. Das machte ihn ein wenig verlegen, denn er war im Begriff, auf die Schwierigkeiten des Wasserlassens bei alten Männern zu kommen. Seltsam, fuhr es ihm durch den Kopf, wenn statt ihrer dort eine breithüftige Bäuerin säße, würde mir das nichts ausmachen. Nicht das Geringste! Ob es daran liegt, dass sie so jung und hübsch ist? Er schob die lästigen Gedanken beiseite und sprach betont sachlich weiter: »… kann wirksam dafür sorgen, dass sein Wasser besser abfließt. Ich meine damit besonders die betagten Herren, die häufig Schmerzen dabei verspüren. Wir Ärzte nennen das ›schneidend Wasser‹. Wohl jeder hat in seiner Familie jemanden …« Er fuhr herum, denn die Tür war unvermittelt aufgerissen worden. Auf der Schwelle stand Bruder Castor, der greise Torsteher, neben sich einen halbwüchsigen Burschen, der seine Kappe in den Händen drehte.

»Der junge Mann hier ließ sich nicht fortschicken«, sagte Castor mit seiner brüchigen Stimme.

»Und was will er?« Pater Thomas klang wenig freundlich. Er schätzte es nicht, wenn sein Unterricht gestört wurde.

Castor winkte Thomas zu sich heran. »Das will er nur dir sagen, Bruder. Na, mir soll's egal sein, ich muss zurück, das Tor bewacht sich nicht von allein.«

»Ich heiße Felipe«, sagte der Bursche draußen auf dem Gang

und drehte weiter seine Kappe. Die alte Tonia schickt mich. Tonia, die Stoffweberin …«

»Ja? Was ist mit ihr?« Thomas kannte die Frau, die regelmäßig in die Klosterkirche zum Beten kam.

»Ich soll sagen, ich soll sagen …« Die Kappe drehte sich jetzt noch schneller. Felipe senkte die Stimme. »Ich soll sagen, sie hat einen großen Klumpen in der Brust, und der tut höllisch weh, soll ich sagen. Tonia liegt zu Bett, Schweiß auf der Stirn, es geht ihr schlecht, ganz schlecht. Und sie hat kein Geld für den Bader, und da soll ich fragen …«

»Schon gut. Setz deine Kappe auf und laufe zu ihr zurück. Sage ihr, ich käme so bald wie möglich.« Ohne eine Antwort abzuwarten, kehrte Thomas dem Jungen den Rücken. Das war es also! Jemand litt Not und brauchte sofort seine ärztliche Hilfe. Seine Vorahnung hatte sich wieder einmal bestätigt! Er eilte zurück in den Klassenraum. »Für heute ist Schluss, Kinder, geht nach Hause. Ich muss zu einer Patientin.«

Den verhaltenen Jubel der Schüler im Ohr, lief er nach draußen, vorbei am Badehaus des Klosters, auf dem Weg zum Nosokomium, dem Hospital von Campodios. In seinem Kopf schwirrten die Gedanken, was es mit dem »Klumpen in der Brust«, wie Felipe es ausgedrückt hatte, wohl auf sich habe. Zweifellos handelte es sich um eine Geschwulst, wobei sich die Frage stellte, ob diese gutartig oder gefräßig war. Traf Letzteres zu, sprach der Arzt von Brustfraß. Die Krankheit zerstörte zuerst das Gewebe, dann die Organe und zuletzt das Leben. Eine niederschmetternde Diagnose, bei der alle Therapiekunst fast immer vergebens war. Die alten Meister empfahlen, den Knoten so früh wie möglich zu entfernen, zu einem Zeitpunkt, da er nicht größer als ein *Pisum*, eine Erbse, war. Aber welche Frau tastete schon täglich ihre Brüste ab, um erbsengroße Verdickungen aufzuspüren! Die gute Tonia hatte gewiss anderes zu tun. Seit ihr Mann vor vielen Jahren gestorben war, hatte sie schon Mühe genug, sich mit der Weberei ihr täglich Brot zu verdienen.

Mit diesen und anderen Gedanken betrat Thomas das Hospital, einen kargen Raum mit acht Betten, von denen allerdings nur drei belegt waren. Die Kranken hatten Influenza, fieberten, niesten und husteten, und Bruder Paulus, sein Assistent, erneuerte gerade die heißen Wadenwickel.

»Laudetur Jesus Christus!«, grüßte Thomas geistesabwesend, und Paulus murmelte die Antwortformel: *»In aeternum, in aeternum.«*

Rasch strebte Thomas einem kleinen Nebenraum zu, in dem er seinen Instrumentenkasten und ein Quantum ausgesuchter Kräuter verwahrte. Beides packte er auf ein Tragegestell und schulterte es. »Bitte sei so gut, Bruder, und entschuldige mich bei Abt Gaudeck, ich muss zu einer Kranken und werde deshalb die nächsten Stundengebete nicht einhalten können«, sagte er, während er überlegte, ob er seinen Assistenten bitten sollte, ihn zu begleiten. Eine Brustoperation, und eine solche würde wohl vonnöten sein, war keine Kleinigkeit. Und vier Hände bewirkten nun einmal mehr als zwei. Doch dann sah er, wie beschäftigt Paulus war, und beschloss, es allein zu versuchen.

»Ist recht. Geh mit Gott, Bruder!«, rief Paulus ihm hinterher.

Thomas verlor keine Zeit. Mit großen Schritten strebte er zum Nordtor, nickte Bruder Castor kurz zu – und blieb wie angewurzelt stehen. »Nina!«, entfuhr es ihm, »was machst du denn noch hier?«

Orantes' Tochter löste sich aus dem Schatten des Gittertors und trat vor ihn. Sie reichte dem großen, hageren Mann kaum bis zur Schulter. »Ich dachte, ich begleite Euch, Vater«, sagte sie ruhig. »Ich kenne die alte Tonia gut. Ich möchte ihr gerne helfen, indem ich Euch helfe. Außerdem kenne ich den Weg zu ihrem Haus.«

»Tja, hm.« Thomas war für einen Augenblick sprachlos.

Nina wollte ihm bei der Operation zur Hand gehen? Eine Frau, die fast noch ein Mädchen war? Noch niemals hatten ihn weibliche Hände bei einer derart diffizilen Tätigkeit unterstützt, und er wusste auch nicht, ob er das gutheißen konnte. »Tja, hm«, wiederholte er unentschlossen. »Höre, Nina, ein solcher Eingriff ist ein blutiges Geschäft. Das ist nichts für zartbesaitete Seelen.«

Eine kleine Falte erschien über Ninas Nase. »Ich bin nicht zartbesaitet, Vater. Außerdem können wir Frauen eher Blut sehen als mancher Mann. Weil wir es regelmäßig sehen. Ihr wisst schon, was ich meine.«

Thomas wurde die Sache ein wenig peinlich. »Hm, ja, ja, schon gut.«

»Wisst Ihr überhaupt, wo Tonia wohnt?«

Der Pater musste einräumen, dass er keine Ahnung hatte. Er war einfach so, den Kopf voller Überlegungen, losgelaufen.

»Dann komme ich mit. Gestattet, dass ich vorgehe.« Mit kleinen, schnellen Schritten eilte Nina voraus, den schmalen Pfad entlang, der sich in sanften Biegungen den Hang hinabschlängelte. Kurz bevor sie das Tal erreichten, fragte Thomas:

»Woher kennst du eigentlich die alte Tonia?«

Nina wandte sich im Gehen um. »Ich habe viele Geschwister, Vater, und es ist nicht immer leicht, alle satt zu bekommen, aber noch schwieriger ist es, gute, feste Stoffe zu beschaffen, aus denen Mutter und ich Hosen, Hemden und Röcke nähen können. Denn irgendwann, wenn es das dritte oder vierte Mal an den Nächstjüngeren weitergegeben wurde, ist auch das beste Beinkleid zerschlissen. Stoffe sind teuer, wisst Ihr, und wenn der Winter lang ist, so wie dieser es war, werden sie nur immer noch teurer. Tonia hat uns manches Mal mit Leinen ausgeholfen und beileibe nicht immer gleich auf Bezahlung gepocht.«

Thomas nickte. Ihm fiel auf, dass Nina ein einfaches, hübsch anzusehendes Kleid mit einem warmen Brusttuch darüber trug.

Beides, das dunkelblaue Kleid und das weiße Tuch, standen ihr sehr gut.

»Ich mag sie.«

»Wen? Ach so, Tonia, natürlich.«

»Wir müssen uns jetzt rechts halten, Vater, sonst kommen wir direkt nach Punta de la Cruz, und das wäre falsch.« Nina bog ab und wanderte zielstrebig in ein kleines Wäldchen hinein. Nach wenigen hundert Schritten machte sie Halt und wies auf ein windschiefes Holzhaus, dessen verwahrlostes Äußeres darauf hindeutete, dass in seinen Wänden schon lange kein Mann mehr wohnte.

Als Thomas das baufällige Gebäude betrat, mussten seine Augen sich erst an das Halbdunkel gewöhnen. Er verweilte für einen Moment, blickte um sich, entdeckte einen hölzernen Webstuhl zu seiner Linken und im hinteren Teil des Raums eine Bettstatt aus Stroh. Darauf lag Tonia, die sich nun mühsam aufrichtete. »Seid Ihr es, Pater Thomas?«

Der Arzt trat ans Krankenlager, und die Alte versuchte, seine Hand zu ergreifen und diese zu küssen. Mit furchtsamer Stimme flüsterte sie: »Gottes Segen über Euch, dass Ihr gekommen seid!«

Thomas zog seine Hand zurück. »Leg dich nur wieder hin, Abuela«, sagte er und hoffte, dass die Anrede »Großmutter« die Kranke ein wenig beruhigen möge. »Mach dir keine Sorgen, wie du siehst, bin ich nicht allein gekommen. Nina ist bei mir, sie wird mir, wenn nötig, zur Hand gehen.«

Die Stoffweberin nickte Orantes' Tochter dankbar zu. »Du bist ein gutes Kind, ein gutes Kind …«

Thomas setzte das Tragegestell ab und war weiter um einen freundlichen, Vertrauen erweckenden Ton bemüht: »Felipe sagte mir, du hättest einen Klumpen in der Brust. Ich werde dich deshalb sorgfältig abtasten müssen, Abuela, auch wenn es dir unangenehm ist. Es wird nicht wehtun. Denke daran, dass es die Hände des Heilkundigen sind, die dich berühren. Sei zuversichtlich. Denn schon bei Moses in der Bibel steht: *Ich bin der Herr, dein Arzt,* und wenn Gott in seiner Barmherzigkeit es will, so wirst du wieder gesund.«

Während er das sagte, war er zu den beiden kleinen, mit Tierhäuten verhängten Fenstern geschritten und ließ Licht herein. Dann überprüfte er die Kochstelle in der Ecke des Raums und stellte fest, dass nur noch wenig Glut vorhanden war. »Nina, lege etwas Holz nach und fache das Feuer an. Dort liegt ein Blasebalg.«

»Ja, Vater.«

»Zuerst aber entzünde ein paar Kerzen, es muss hell sein für die Untersuchung.«

Nina tat, wie ihr geheißen.

»Und nun zu dir, Abuela. Am besten, wir ziehen dir das Hemd über den Kopf. Ja, so ... richte dich ein wenig auf ... das genügt. Nein, du brauchst gar nichts weiter zu tun.« Thomas legte der Kranken behutsam die Hand auf die Stirn, konstatierte eine erhöhte Körpertemperatur, griff nach dem Puls und stellte fest, dass dieser sehr unruhig war. Die Kranke schien noch immer von Angst geplagt zu sein. »In welcher Brust sitzt denn die Geschwulst«, fragte er wie nebenbei, nur um irgendetwas zu sagen, denn er hatte längst erkannt, dass der Knoten sich rechts befand.

Stumm wies die Alte auf die Stelle.

Thomas begann mit der Tastuntersuchung. Im Gegensatz zu der erschlafften, welken Brust fühlte der Knoten sich fest und elastisch an. Er befand sich oberhalb der Brustwarze, dicht unter der Haut, und er war so groß wie eine Kinderfaust. Thomas versuchte, ihn hin und her zu schieben, doch das misslang. Ein weiterer Versuch schlug ebenfalls fehl. Ein störrisches Stück! Andererseits lag darin ein Vorteil. Mit ein wenig Glück konnte er den Knoten mit der Fasszange ergreifen, nach oben herausdrücken und ihn dann von dem umgebenden Gewebe abtrennen. Die andere Methode war radikaler. Sie sah die gesamte Amputation der Brust vor, eine Maßnahme, die von vielen der alten Meister empfohlen wurde. Denn falls das Gewebe bösartig war, wurde es auf diese Weise besonders weiträumig herausgeschnitten. Man nahm zwei lange, leicht gebogene Nadeln, an deren Ende ein gedrehter Flachsfaden befestigt war, und stieß sie kreuzweise unter der Geschwulst hindurch. Dann nahm man die vier Fadenenden gleichzeitig auf und konnte so den Knoten gesamtheitlich hochziehen und mit dem Skalpell von seinem Untergrund abtrennen. Die zweite Methode war zweifellos viel blutiger.

Nina trat heran. »Ich habe alles gemacht, Vater. Was soll ich jetzt tun?«

»Warte, meine Tochter«, erwiderte Thomas. »Ich will nur rasch meine Instrumente herrichten.« Er breitete ein sauberes Stück Leinen vor dem Strohlager aus, legte seine Zangen, Nadeln, Skalpelle, Scheren, Sonden, Haken, Spreizer, Kauter, Lanzetten und all die anderen Utensilien darauf und griff endlich zu einem Fläschchen mit der Beschriftung *Tct. Laudanum*. Er gab es Nina. »Flöße Tonia den Inhalt ein, dann wird sie sich rasch entspannen.«

»Ja, Vater. Was bedeutet *Tct. Laudanum?*«

»Es heißt vollständig *Tinctura Laudanum.* Ein Schmerz- und Beruhigungsmittel, bestehend aus Alkohol und Drogen, vor allem aber aus dem Saft, der in der Kapsel der Opiumpflanze zu finden ist.«

»Habt Ihr es selbst hergestellt?«

»Natürlich.«

Nina wollte noch weiter fragen, fühlte aber, dass jetzt nicht der richtige Zeitpunkt dafür war. Sie hob der Alten leicht den Kopf an und setzte das Fläschchen an ihre Lippen. Gehorsam trank die Kranke.

»Und jetzt lege diese beiden Kauter ins Feuer. Achte darauf, dass ihre Spitzen zur Gänze mit Glut bedeckt sind. Und fache die Flammen nochmals mit dem Blasebalg an.«

Während Orantes' Tochter gehorchte, verfiel Thomas ins Grübeln. Er zog sich eine Kiste heran und stützte das Kinn in die Faust. Welche Methode sollte er wählen? Wie immer bei einer Operation galt es Risiken und Möglichkeiten abzuwägen. Der Eingriff mit der Fasszange war zwar kleiner und unblutiger, aber im Fall der Bösartigkeit kam der Brustfraß leichter wieder zurück. Die große Operation mit den Flachsfäden hingegen versprach mehr Hoffnung auf Heilung, konnte aber zum alsbaldigen Tode führen, etwa durch Verbluten. Es half nichts, er musste sich entscheiden. Thomas atmete tief durch und erhob sich. Zuvor wollte er noch die linke Brust auf Verhärtungen abtasten. Fand sich in ihr nichts, sollte die Fasszange genügen, saß jedoch auch dort ein Knoten, sollten die Nadeln mit den Flachsfäden zum Einsatz kommen. Und dann gleich bei beiden Brüsten.

Er kniete sich vor die Kranke und begann die Untersuchung. Er nahm sich Zeit. Die alte Tonia befand sich bereits in einem gnädigen Dämmerzustand und nahm das Geschehen um sich herum kaum noch wahr. Dann stand fest, dass die linke Seite nicht befallen war. Das gab den Ausschlag. »Ich werde mit der Fasszange arbeiten«, sagte Thomas zu Nina, »hilf mir, die Patientin mehr ins Helle zu drehen. Licht ist das Wichtigste bei einer Operation, ohne Licht nützen die geschicktesten Hände und die besten Instrumente nichts.«

Nachdem sie die Lagerstatt mit der Patientin in die wenigen von außen hereindringenden Sonnenstrahlen geschoben und auch noch die Kerzen dazugestellt hatten, ließ Thomas sich auf der rechten Seite des Bettes nieder. Er bedauerte, dass es im Haus keinen Tisch gab, auf dem die Kranke hätte liegen können. Alles wäre dann einfacher gewesen. So aber musste er den

Eingriff auf Knien vornehmen, ein Umstand, der ihn schmerzlich daran erinnerte, dass er die Sechzig schon überschritten hatte. »Du setzt dich am besten an der Kopfseite nieder, dann kannst du mir leichter behilflich sein«, sagte er.

»Ja, Vater.« Ninas Augen blitzten. Pater Thomas hatte sie als seine Helferin bezeichnet! Mit einer graziösen Bewegung sank sie in den Schneidersitz.

»Ich werde den Knoten mit der Fasszange packen und empordrücken. Das tue ich, indem ich die beiden Griffe zusammenpresse. Ich werde es so machen, dass die Griffenden dabei zu dir zeigen, dann kannst du sie später leichter übernehmen. Drücke die Zange nur weiter fest zusammen. Alles andere überlasse mir.« Er setzte das Instrument an, und schon beim zweiten Mal gelang es ihm, die Geschwulst von unten zu umfassen. Langsam drückte er zu. Die alte Tonia gab einen seufzenden Laut von sich. Gott sei Dank schien sie von alledem nichts mitzubekommen. Der Gewebeknoten wanderte nach oben. Durch den Druck spannte die Haut sich jetzt so, dass die Konturen der Geschwulst scharf hervortraten.

»Der Knoten sieht aus wie eine harmlose Birne, die auf der Seite liegt«, sagte Thomas. »Hoffentlich ist es kein Brustfraß.«

»Warum heißt es eigentlich Brustfraß?«, fragte Nina, die das Vorgehen des Arztes gebannt verfolgt hatte.

Thomas antwortete: »Die Lehre der Meisterärzte geht dahin, dass eine tödliche Geschwulst wächst, indem sie sich von dem umliegenden Gewebe nährt. Sie frisst gewissermaßen das Fleisch in ihrer Nachbarschaft auf wie ein Raubfisch die Stichlinge in einem Teich. Deshalb Brustfraß oder auch Fressgeschwulst. Das Böse im Körper wird immer größer, und das Gleichgewicht der Säfte gerät mehr und mehr aus den Fugen. Am Ende herrscht vollständige Diskrasie im Leib; die unvermeidliche Folge ist der Tod. Hier, nun halte die Griffe.«

Thomas nahm ein scharfes Skalpell und führte einen schnellen, geübten Schnitt halb um den Knoten herum aus. Blut begann zu fließen, doch Nina hielt die Griffe eisern fest. Er sah es mit Genugtuung. Der Eingriff verlangte seine ganze Konzentration. Während er die andere Hälfte unter dem Knoten freilegte, hoffte er, dass die Geschwulst am Unterboden ebenso glatt und flächig sei, dann wäre das Herauslösen ein Kinderspiel, eine saubere Sache, bei der man sicher sein konnte, dass nichts in der Wunde verblieb ...

»Hebe die Zange ein wenig an, meine Tochter, ja, so ist es gut. Noch mehr. Gut.« Mit kleinen Schnitten arbeitete Thomas weiter, und je mehr er vordrang, desto sicherer wurde er, dass der Tumor trotz aller Größe keine Schwierigkeiten machen würde.

Und so war es. Wenig später hatte er den Fremdkörper mit Stumpf und Stiel herauspräpariert. Er jubelte innerlich, ließ sich aber nichts anmerken. »Lege den Knoten dort in die Schale, und dann hole mir rasch den Kauter aus der Glut, den kleineren, der wird gottlob genügen.«

Es zischte hässlich, als Thomas den glühenden Kauter in die offene Wunde drückte, doch die martialische Prozedur hatte Erfolg. Der Blutstrom versiegte. Die alte Tonia zuckte mehrmals, keuchte und wurde halbwach. Thomas fuhr ihr beruhigend über die Stirn, während er eine Heilsalbe auftrug. »Es ist überstanden, Abuela, bald sitzt du wieder hinter dem Webstuhl«, sagte er betont munter. »Schließ nur wieder die Augen.«

Als Nächstes wandte er sich dem Knoten in der Schale zu. Er schnitt ihn mit dem Skalpell an und zog ihn mit zwei Wundhaken auseinander. Dann betrachtete er eingehend die Struktur. Und wurde enttäuscht. Die Masse war von unregelmäßiger graugelber Farbe und damit zweifellos verdächtig. Thomas schüttelte den Kopf. Dann beugte er sich weit vor, um den Geruch aufzunehmen. Auch hier dieselbe Erkenntnis: verdächtig! Hätte er doch besser die große Operation wählen sollen? Müßig, jetzt darüber nachzudenken! Die Geschwulst war heraus, und sie war – böse.

Ibn Sina fiel ihm ein, jener berühmte arabische Arzt des 11. Jahrhunderts, der in Europa unter dem Namen Avicenna bekannt war. Ibn Sina hatte interessante Beiträge zu Form und Farbe von Fressgeschwülsten verfasst. Thomas war sicher, der Araber wäre in diesem Fall zu derselben Diagnose gekommen.

Die alte Tonia gab Lebenszeichen von sich. Sie winkte matt mit der Hand. »Seid … Ihr fertig … Vater?«

»Ja, Abuela, der Übeltäter ist entfernt.«

»Wird … wird alles gut?«

Thomas räusperte sich. Das war die Frage, die er befürchtet hatte. Der Tumor war bösartig, das schien klar. Er war zwar entfernt, aber deshalb noch lange nicht besiegt. Alles hing davon ab, ob seine nachwirkende Kraft reichen würde, aus sich selbst heraus wiederzuerstehen. An gleicher oder anderer Stelle. Dann wäre alle ärztliche Kunst vergebens gewesen. »Das liegt in Gottes Hand, Abuela!«, antwortete er.

»Ja, ja, wie alles.« Die Alte kam jetzt mehr und mehr zu sich. »Aber … wie ist Eure Meinung?«

Thomas hielt es für wenig wahrscheinlich, dass die Stoffweberin das nächste Weihnachtsfest noch erleben würde, aber das wollte er ihr natürlich nicht sagen. Außerdem gab es immer wieder Wunder, die Gott der Herr bewirkte, und warum sollte er seine gnadenreiche Hand nicht über diese alte Frau halten? Doch genauso gut konnte es sein, dass er sie zu sich nahm. Seine Wege waren unergründlich, sein Wille hatte zu geschehen. »Ich muss dir noch einen Verband anlegen, Abuela«, sagte er. »Nina und ich werden dich aufrichten, damit ich die Binden um deinen Oberkörper wickeln kann.«

Sie taten es, und als Thomas der Alten unter die Achsel fasste, schrak er innerlich zusammen. Er hatte dort weitere Knoten gefühlt! Kleinere zwar, aber zweifellos Knoten, Töchter des einen großen aus der Brust! Das hieß: Die Schlacht war endgültig verloren.

»Ist da was … Vater?«

Thomas biss die Zähne zusammen. Was sollte er sagen? Seine Gelübde verboten ihm strikt das Lügen. »Nun ja, Abuela, in der Tat hast du einige Verdickungen unter der Achsel, aber das muss nicht von Bedeutung sein. Vielleicht ist es nur eine Abwehrhandlung deines Körpers gegen den Übeltäter dort in der Schale.«

Die alte Tonia schwieg. Sie sah Thomas mit großen Augen an.

Der Pater konnte ihrem Blick nicht standhalten. Mit Ninas Hilfe legte er rasch den Verband an. »Begebe dich nur in des Erhabenen Hände, Abuela. Dann wird es dir an nichts mangeln.«

Immer noch schwieg die Alte. Thomas begann seine Instrumente einzupacken. Als er fertig war und sein Tragegestell schulterte, sagte er: »Ich komme übermorgen wieder, Abuela, dann wechsele ich den Verband. Einstweilen lasse ich dir noch Arznei hier. Ein Fläschchen mit weiterem *Laudanum*, dazu Pulver zum Aufbrühen von Weidenrindentrank. Hast du jemanden, der sich in der Zwischenzeit um dich kümmert?«

Die Alte schüttelte den Kopf.

»Sie hat mich«, sagte Nina. »Ich werde mich um sie kümmern.«

»Du?«

»Warum nicht? Sonst tut es ja keiner.« Orantes' Tochter schob das zierliche Kinn vor.

»Aber, aber … die Schule, deine Eltern …?«

»In der Schule werdet Ihr mich gewiss für ein paar Tage entschuldigen, Vater, und meine Eltern werden mich nicht vermissen. Ich schicke Felipe zu ihnen, er wird ihnen erklären, warum ich hier bleiben muss.«

»Du hast zu Hause doch sicher ebenfalls Aufgaben?«

»Das stimmt, Vater. Aber ich denke, diese hier ist für den Augenblick wichtiger. Ich tue bestimmt das Richtige; es gibt keine andere Möglichkeit. Oder könnt Ihr Tonia in Euer Hospital aufnehmen?«

»Wo denkst du hin!« Thomas schüttelte energisch den Kopf. »Es ist ein reines Männerhospital, gedacht für die kranken Brüder auf Campodios.«

»Seht Ihr.« Nina setzte ein bezauberndes Lächeln auf. »Es geht nicht anders. Ich bleibe. Vorausgesetzt natürlich, Tonia ist einverstanden.«

»Oh, das bin ich, Kind, das bin ich«, kam es vom Lager.

»Nun denn, wenn ihr Frauen das so beschlossen habt, will ich dem nicht im Wege stehen.« Thomas rückte sein Tragegestell zurecht. »Gott sei mit euch, gesegnet seist du, Tonia, meine Tochter.« Er machte das Kreuzzeichen. »Und auch du, Nina Orantes, die du einen ziemlichen Dickkopf hast.« Abermals schlug er das Kreuz.

Lächelnd verließ er das Haus.

Am anderen Tag sah Bruder Cullus sich noch immer nicht in der Lage, mehr als zehn Schritte auf einmal zu tun, was dazu führte, das Thomas ihn erneut in seiner Zelle aufsuchen musste. Als er eintrat, sah er, wie der Dicke mit flinken Fingern ein ledernes Büchlein zu verstecken suchte. »Was hast du da, Cullus?«, fragte er.

»Oh, nichts, nichts.«

»Gib mal her.« Thomas griff nach dem Buch und schlug es auf, dort, wo das Lesezeichen steckte. Er las:

Sunt quae praecipiant herbas satureia nocentes
sumere; iudiciis ista venena meis.
Aut piper urticae mordacis semine miscent
tritaque in annoso flava pyrethra mero ...

Und während er las, staunte er mehr und mehr, denn er erkannte, dass er es mit der *Ars amatoria*, dem Werk des Ovid über die Liebeskunst, zu tun hatte, und hier mit einem Abschnitt über Anregungsmittel.

Manche schreiben vor, das schädliche Kraut Saturei
einzunehmen. Das ist meines Erachtens Gift.
Oder sie mischen Pfeffer mit dem beißenden Samen
der Brennnessel und geriebenes gelbes Betramkraut
in altem Wein …

So oder ähnlich hätte ein guter Lateinschüler die Worte übersetzt. Thomas schluckte. Cullus wollte doch nicht etwa diesen unzüchtigen Text seiner Klasse vermitteln? Das ging denn doch zu weit! Fassungslos legte er das Buch beiseite.

»Oh, Thomas, glaube jetzt nichts Falsches!«, rief Cullus, als habe er die Gedanken seines Mitbruders erraten. »Ich lese Ovid doch nur wegen des herrlich elegischen Versmaßes, nur deshalb, niemand beherrscht den Gleichklang der Worte so wie dieser große Dichter!«

»Es scheint dir ja doch nicht so schlecht zu gehen. Vielleicht haben die Anregungsmittel für die Liebe ja auch die Heilung deiner großen Zehe beschleunigt?« Thomas gab sich kaum Mühe, die Ironie in seiner Stimme zu verbergen.

»Thomas, Bruder! So glaube mir doch, es ist nur wegen des wunderbaren Versmaßes …«

»Ja, ja, setz dich und zeig die Zehe.« Thomas untersuchte das Gelenk und kam zu dem Schluss, dass Cullus entweder ein meisterhafter Imitator war – oder wirklich noch erhebliche Schmerzen verspürte. Da er ihm nichts Böses unterstellen wollte, ging er von Letzterem aus.

»Nun gut«, sagte er, »ich muss wohl noch für ein paar Tage deine Stunden in der Schule übernehmen. Aber nur, wenn du meine Medizin weiter wie vorgeschrieben einnimmst. Willst du das tun?«

Cullus grinste erleichtert. »So wahr mir Gott helfe!«

»Den Saft der Herbstzeitlose muss ich erst neu pressen und anmischen, vor heute Abend bekommst du ihn nicht. Lass bis dahin die Mahlzeiten weg und trinke auch keinen Rotspon, umso schneller wird es dir besser gehen.«

»Ja, Bruder, ich tue alles, was du sagst. Auch wenn es mir sehr, sehr schwer fällt.«

»Schön.« Thomas wollte die Zelle verlassen, wurde aber von seinem Mitbruder zurückgehalten, der ihm mit treuherziger Miene nachrief: »Wenn im nächsten Monat das Grün wieder ins Kraut schießt, helfe ich dir beim Pflücken im Herbalgarten, Thomas! Das ist so gewiss, wie Gott die Erde in sechs Tagen erschuf!«

Pater Thomas war versöhnt und ging.

Einem wie Cullus konnte man nicht lange gram sein.

»*Gallia est omnis divisa in partes tres* … Ganz Gallien ist in drei Teile geteilt … *Gallia est omnis divisa in partes tres* … Ganz Gallien ist …« Der leiernde Singsang der Schüler wirkte einschläfernd auf Thomas. Aber er war notwendig. Das ständige Repetieren eines Textes stellte noch immer die beste Methode dar, das Gefühl für Latein zu entwickeln. Und die einfache Sprache aus Caesars *De bello Gallico* tat ein Übriges. Dennoch hatte er nicht den Eindruck, als wären die Schüler mit Begeisterung dabei. Sie wirkten lustlos, allesamt. Nina fehlte.

Nina. Was Orantes' Tochter wohl in diesem Augenblick tat? Sicher pflegte sie die alte Tonia mit großer Umsicht. Wieder stand ihm die Operation mit dem schrecklichen Ergebnis vor Augen – wie so oft in den letzten Stunden. Er hatte vor der Prim für die Stoffweberin gebetet und sich danach etwas besser gefühlt. Die Zwiesprache mit dem Herrn hatte ihn gestärkt. Doch nun bemächtigten sich seiner wieder Enttäuschung und Bitterkeit. Was nützte die beste chirurgische Arbeit, wenn sie völlig umsonst war? Welche Antwort gab Gott auf diese Frage? Thomas faltete unbewusst die Hände. Vielleicht war es einfach so, dass der Mensch mehr glauben als fragen sollte. Ja, so war es wohl.

»… *quarum unam incolunt Belgae* … einen davon bewohnen die Belgier … *quarum unam incolunt Belgae* … einen dav… Der Singsang brach unvermittelt ab. Pater Thomas schreckte auf. Was war los? Alle Schüler blickten auf einmal zur Tür. Und in der Tür stand – Nina.

Thomas war so überrascht, dass er im ersten Augenblick kein Wort hervorbrachte. »Was machst denn du hier?«, fragte er schließlich.

»Entschuldigt, Vater, dass ich störe, aber ich muss Euch dringend sprechen.«

»Ist etwas mit der alten Tonia?« Der Pater sprang auf und war mit wenigen Schritten bei Orantes' Tochter.

»Nein, oder … eigentlich doch.«

»Ja, was denn nun?« Thomas konnte seine Ungeduld nicht zügeln. Er war voller Sorge und zog die junge Frau hinaus auf den Gang. »Lebt sie?«

»Ja, ja. Es geht ihr soweit gut. Es ist etwas anderes. Sie hat mir etwas erzählt. Ich glaube, es ist sehr wichtig!«

»So, sie lebt.« Thomas war einigermaßen beruhigt. »Setzen wir uns dort drüben in das Bogenfenster. Ich höre, meine Tochter.«

Nina begann etwas unschlüssig. »Nun, Vater, ich muss wohl damit anfangen, dass die alte Tonia Euch angesehen hat, wie es um sie bestellt ist. Sie sagte, sie habe nicht mehr lange zu leben, sie sei ganz sicher, und deshalb müsse sie mir etwas erzählen. Eine Begebenheit, die lange zurückliege und die ihr noch immer wie ein Mühlstein auf der Seele laste.«

»Ja? Worum handelt es sich?«

»Nun, Vater, es ist eine lange Geschichte.«

Und dann berichtete Nina, was Tonia erzählt hatte. »›Vor ungefähr zwanzig Jahren‹, hatte sie gesagt, ›schleppte sich eine junge, völlig entkräftete Frau über die Schwelle unseres Hauses. Mein Mann lebte damals noch. Er wollte sofort den Bader holen, aber die Fremde lehnte ab. ‚Mein Leben hat sich erfüllt', flüsterte sie. ‚Mein Sohn liegt vor dem Tor des Klosters. Man wird für ihn sorgen.' Ich wollte ihr heiße Brühe geben, aber sie schüttelte den Kopf. Ich bot ihr Brot an, dann Käse, dann Suppe – vergebens. Die Frau verweigerte jegliche Nahrung. ‚Ich will nur noch sterben', sagte sie wieder und wieder. Und dann verriet sie uns ihren Namen und ihre Herkunft, und wir konnten kaum glauben, wen wir vor uns hatten. Kaum glauben konnten wir's. Und dann, kurz bevor sie ihren letzten Atemzug tat, bat sie uns, sie in dem kleinen Gärtchen hinterm Haus zu begraben, und wir mussten bei der heiligen Mutter Maria schwören, niemals etwas über sie zu verraten. Niemals. ‚Der Schande wegen', wie sie sagte. Doch heute, angesichts meines nahenden Todes, muss ich es tun. Ich kann sonst nicht in Ruhe sterben ...‹«

Nina endete und stellte zu ihrem Erstaunen fest, dass Pater Thomas' Gesichtszüge bebten.

»Was du da sagst, ist von ungeheurer Tragweite, meine Tochter, von ungeheurer Tragweite!«, rief er. »Es gab in unserem Kloster einen Jungen, den der alte Abt Hardinus im Gebüsch vor dem Klostertor gefunden hatte, eingewickelt in ein rotes Damasttuch. Wir nannten ihn Vitus, und er wuchs in unseren Mauern auf. Er war im Fach der Cirurgia der begabteste Schüler, den ich jemals hatte!«

»Ich weiß, ich kenne ihn doch, Vater. Was glaubt ihr, warum ich sofort hierher gerannt bin, nachdem Tonia mir das alles erzählt hatte.«

»Großer Gott, ich bräuchte einen Stuhl, wenn ich nicht schon säße! Vitus zog hinaus in die Welt, auf der Suche nach seiner Familie. Er glaubt, sie in England gefunden zu haben. Und wenn er sich nun doch geirrt hat? Höre, Nina, nannte die alte Tonia den Namen der Mutter?«

»Nein, bisher noch nicht.«

»Ich muss sofort zu ihr. Nach so vielen Jahren könnte der Schleier über Vitus' Herkunft endlich gelüftet werden und das letzte Glied in der Beweiskette gefunden sein. Wenn der alte Abt Hardinus das noch erlebt hätte! Ich muss sofort zu Tonia und mit ihr sprechen. Anschließend geht ein Bote nach Greenvale Castle. Noch heute. Hoffentlich trifft er Vitus dort an!«

Und Pater Thomas, der Arzt und Prior von Campodios, fiel auf die Knie, und er spürte den harten Stein unter sich nicht, während er aus tiefstem Herzen betete:

»Oh, Herr, wie unverständlich sind Deine Wege,
wie unergründlich ist Dein Ratschluss,
wie unantastbar Dein ewiger Wille,
doch wollen wir Menschen an Dir nicht zweifeln,
sondern Dich loben heute und immerdar.
Amen.«

»Amen«, wiederholte Nina.

Die Gebieterin Âmina Efsâneh

»Bei Allah, dem Kämpfenden, dem Listigen!
Du hast mich benutzt wie eine Bodenvase,
in die du deinen Stängel hineingestoßen hast.
Das wirst du mir büßen!«

Niemand in der Medina von Tanger konnte sich daran erinnern, jemals so heiße Maitage erlebt zu haben. Der stete Wind, der gewöhnlich vom Dschebel al-Tarik über die Meerenge heranwehte, schien für immer eingeschlafen zu sein. Schon am frühen Vormittag stand die Luft wie eine Mauer auf den zahllosen Plätzen, erdrückte jegliche Betriebsamkeit, schnürte der Stadt den Atem ab. Wo sonst gelärmt, gefeilscht und gegaukelt wurde, wo Geldwechsler ihre Kurse priesen, Trickdiebe betrogen, Schreiber ihre Dienste anboten, wo Trommler, Hornbläser und Flötisten musizierten, Magier und Jongleure Sprachlosigkeit verbreiteten, wo Schiffsmatrosen zechten, Huren nach Freiern Ausschau hielten, Sklaven den Besitzer wechselten, wo Fischer ihren Fang verkauften und Handwerker ihrem Tagewerk nachgingen, überall da herrschte Stille. Gassen, Gässchen, Hinterhöfe waren wie leer gefegt. Wer dennoch sein Haus verließ, glaubte, in der Gluthitze die Steine der Zitadelle hoch über der Stadt knacken zu hören.

Am Fuße der alten Festung, auf einem kleinen vorgelagerten Souk, gab es eine einzige Ausnahme. Fünfundzwanzig oder dreißig Männer hockten in typischer Haltung am Boden, einfach gekleidet, bärtig, den Kopf durch einen Turban geschützt. Sie saßen starr, wie gelähmt, doch war der Grund dafür nicht die alles versengende Glut, sondern ein kleiner, drahtiger Mann, der vor ihnen stand und mit Händen und Füßen redete. Er bediente sich dabei des Spanischen, was durchaus verstanden wurde, denn Tanger gehörte anno 1579 zum portugiesischen Reich. Der Mann hatte eine marokkanische Dschellabah an, eine Art lange Tunika, braun-weiß gestreift, mit halblangen Ärmeln und Kapuze, doch war er kein Berber und auch kein Beduine, wie seine Gesichtszüge verrieten. Seine Haut wies nicht das tiefe Braun der Wüstensöhne auf, sondern eher die Farbe von Oliven. Seine Stirn war hoch, und seine Augen waren schwach. Er blinzelte häufig, weil er kurzsichtig war und die beiden Berylle, die er trug, seine Sehschwäche nur unzureichend ausgleichen konnten.

Ein solches Nasengestell mit Linsen hatten die Zuhörer noch niemals gesehen, und das, obwohl sie in einer weltoffenen Hafenstadt lebten. Phönizier, Römer, Goten, Wandalen, Byzantiner, Araber und wohl noch ein halbes Dutzend andere Völker hatten in ihren Mauern gelebt, sie manches Mal zerstört, doch immer wieder aufgebaut. Die Bewohner, ihre Kinder und Kindeskinder hatten sich als so überlebensstark erwiesen, dass Eroberer und Zuwanderer immer wieder im Schmelztiegel der Rassen aufgegangen waren – hier an diesem ganz besonderen Ort, wo das Westmeer auf das Mittelländische Meer traf, der Islam auf das Christentum prallte und das Tor nach Afrika aufgestoßen wurde.

Der kleine, drahtige Mann machte eine Pause, denn als guter Erzähler wusste er, dass dadurch eine Geschichte nur noch spannender wurde. »Gieße etwas Wasser auf die Plane über uns, Enano«, sagte er zu dem Zwerg neben sich. »Sonst dörrt es uns allen das Hirn aus.«

»Wui, wui, Magister«, fistelte der Winzling mit seinem Fischmündchen und blickte nach oben, wo über den Köpfen der Lauschenden ein großes Stück Segeltuch gespannt war. Er nahm einen Holzeimer und kletterte wie ein Äffchen das Stützgestänge hinauf. Hier und da ertönte Gelächter. Der Kleine mit seinen roten Haarbüscheln, dem hellblauen Kindergewand und dem fassähnlichen Buckel erinnerte an eine Mischung aus Kobold und Narr, und in gewisser Hinsicht war er das auch. Auf dem höchsten Punkt angekommen, goss er den Inhalt nach und nach aus. »Wui, der Plempel spreizt sich dull!«, rief er fröhlich und schien sich nicht im Mindestens daran zu stören, dass seine Rotwelschbrocken von niemandem verstanden wurden.

Das Wasser verteilte sich auf dem Tuch, feuchtete es auf breiter Fläche an und schaffte so Verdunstung und Linderung für die darunter Sitzenden. Beide, der drahtige Mann, der Magister gerufen wurde, und Enano, der Zwerg, waren eine Zeit lang zur See gefahren, wo sie diese segensreiche Erfindung kennen gelernt hatten.

»Erzähle weiter, Magister!«, forderte ein dürrer Alter und wischte sich ein paar der hartnäckigen Fliegen von den Augen.

»Ja, erzähle weiter!«, erklang es von mehreren Seiten. »Was ist eine eiserne Jungfrau?«

»Eine eiserne Jungfrau?«, fragte der Magister mit überraschend dunkler Stimme zurück. »Sagte ich das nicht schon?«

»Nein, das sagtest du nicht.«

Der drahtige Mann spitzte die Lippen und machte ein geheimnisvolles Gesicht. Unwillkürlich beugten sich die Zuhörer vor. »Nun, so wisset, die eiserne Jungfrau ist weder Mensch noch Tier, denn sie ist nicht aus Fleisch und Blut. Sie steht tief unten im Kerker von Dosvaldes, einem Provinznest in Nordspanien. Sie steht dort, solange es Menschen gibt, und manche sagen, es gab sie schon, bevor Gott der Herr oder, um es mit euren Worten zu sagen, Allah der Allmächtige die Welt erschuf. Satan ist zugleich ihr Vater, ihr Sohn und ihr Bruder. Ihr Lächeln ist tot, ihr Mund ist so schmal wie der Rücken eines Dolchs, ihr Gewand ist aus Stahl und reicht bis zum Boden hinab.«

Ein Raunen lief durch die Reihen. Die Männer steckten die Köpfe zusammen.

»Ich sah sie im unruhigen Licht der Fackeln, Freunde, und ihr totes Lächeln bekam plötzlich Leben. Ich ging auf sie zu und wollte sie untersuchen, doch der junge Lord hielt mich davon ab. ›Tu's besser nicht, ich habe ein ungutes Gefühl‹, sagte er, ›irgendetwas stimmt mit ihr nicht.‹ Ich ließ von ihr ab, und wir fanden ein Buch, in dem stand, dass die eiserne Jungfrau auch ›Schmerzensreiche Mutter‹ oder *Madre dolorosa* genannt wird. Sie war also ein verborgenes Folterinstrument!

Ich fragte: ›Und wie funktioniert die Dame? Steht das auch da?‹ Und der junge Lord las vor:

›... item muss der verurteilte Suender verbundenen Auges dem weiblichen Automath entgegenschreiten, alsdann dieser sich oeffnet wie die Schenkel eines wollüstigen Weibes und also ihn zerstöret.‹

Vorn an ihrem Mantel befanden sich zwei Griffe, dort, wo auf einer Schürze die Taschen sitzen«, fuhr der Magister fort, »wir wollten daran ziehen, doch plötzlich hörten wir ein geheimnisvolles Rauschen. Es kam von der Figur. Wir zögerten, dann öffneten wir sie links und rechts mit entschlossenem Ruck, und siehe da ...!«

Wieder machte der kleine Mann eine Kunstpause und erreichte prompt, was er beabsichtigt hatte.

»Ja? Was sahst du da?«

»Nun sag schon, sag's doch!«

»Mach's nicht so spannend!«

»Nun, Freunde, die Jungfrau war gänzlich hohl, in den Mantelhälften blinkten Dutzende nach innen gerichtete Stacheln und Klingen. Um zu erfahren, was das zu bedeuten hatte, blickten wir abermals in das Buch. Und dort stand:

›… der Haerethiker mag sein letztes Sprüchlein sagen, bis dass die Jungfrau sich schließet und ihn vielthausendfach durchbohret. Solcherart perforirt zu werden, ist als der ‚Kuss der Jungfrau' bekannt.‹

Mittlerweile hatte sich das Rauschen verstärkt, es war jetzt so mächtig wie ein Wasserfall. ›Ich glaube, ich weiß, was die Ursache ist‹, sagte mein Freund und Leidensgefährte, ›es ist der Pajo, der unter uns fließt. In dem Buch steht auch, dass der Delinquent beim Schließen des Mantels zerstückelt wird, woraufhin er nach unten in fließendes Wasser fällt und seine Überreste fortgeschwemmt werden.‹

Ich entgegnete: ›Wenn das so ist, muss es hier irgendwo etwas geben, das eine Falltür oder etwas Ähnliches auslöst. Wahrscheinlich außerhalb der Dame, irgendwo hier im Raum.‹ Ich blickte mich suchend um, dann entdeckte ich einen hölzernen Hebel, der aus dem Mauerwerk neben der Jungfrau herausragte. Ich zog daran. Mit lautem Knarren schwang der Boden unter der Figur beiseite. Der junge Lord und ich traten an den Rand der Öffnung und starrten nach unten, im Bemühen, etwas zu erkennen. Doch wir blickten nur in finstere, völlig gegenstandslose Schwärze.

›Wie tief man wohl fällt?‹, fragte ich meinen Leidensgefährten. Ich bekam keine Antwort. Beide dachten wir dasselbe: Wer hier noch bei lebendigem Leibe nach unten fiel, kam spätestens im Fluss durch Ertrinken zu Tode. Eine Flucht war unmöglich. Schweren Herzens gingen wir wieder zurück in unsere Zelle.«

Ein jüngerer Mann, der auf der Brust eine Kette mit der Fatima-Hand trug, rief: »Aber ihr seid doch geflohen, sonst wärest du nicht hier? Oder ist alles, was du uns erzählst, nicht mehr als ein Märchen aus *Alf laila waleila?*«

»Aus was?« Der Magister blinzelte verständnislos.

»Alf laila waleila!« Der junge Mann lächelte spöttisch. Ihr Ungläubigen nennt dieses Werk *Tausendundeine Nacht*.«

»Selbstverständlich ist alles, was ich erzähle, die reine Wahrheit! Aber wenn du an meinen Worten zweifelst, kann ich ja aufhören.«

»Bei Allah, dem Erbarmer, dem Barmherzigen, nein!« Der Jüngling wirkte plötzlich sehr beunruhigt. Er hatte nicht damit gerechnet, dass seine vorlaute Bemerkung so drastische Folgen haben könnte. Überdies spielte es keine Rolle für ihn, ob die Geschichte erfunden war oder nicht, Hauptsache der Erzähler fuhr fort. Denn er erzählte gut. Die Nebenmänner des Mannes dachten ähnlich und versetzten ihm ein paar Rippenstöße, damit er still sei.

Der Magister, dem das alles nicht entgangen war, wirkte versöhnt. »Nun, Freunde, ob ihr es glaubt oder nicht, wir flohen wenig später tatsächlich durch den eisernen Schoß der Jungfrau, stürzten uns in die reißenden Fluten des Pajo, der uns durch die halbe Stadt trieb, bis wir endlich in einem Teich landeten, glücklich und wohlbehalten, wenn man von den unzähligen Mückenstichen absieht, die wir im Uferschilf davontrugen. Wir konnten es zunächst nicht fassen, Freunde. Wir waren frei! Die Flucht vor den Häschern der Inquisition war gelungen. Die grausamen Torturen, die der junge Lord und ich in der Folterkammer ertragen mussten, hatten ein Ende! Nie wieder würden uns die Daumenschrauben angelegt werden, nie wieder würden wir auf dem Stachelstuhl sitzen, nie wieder würden wir mit dem Feuereisen gebrannt werden. Nie wieder …«

Ein empörter Ruf unterbrach die lebhaften Ausführungen. »Barbarisch, einfach barbarisch, das Verhalten der Ungläubigen! *Allah akbar!* Er hätte so etwas niemals zugelassen!«

Der Magister war für einen Moment verwirrt. Dann beschloss er, darüber hinwegzugehen. Es wäre unklug gewesen, darauf hinzuweisen, dass Gott und Allah seiner Meinung nach nur zwei anders lautende Namen für den Einen, den Allmächtigen, waren und dass der Glaube an ihn sich nur durch die Propheten und ihre Auslegungen unterschied. Und unklug wollte er nicht sein. Der Aufenthalt im Kerker von Dosvaldes reichte ihm für ein ganzes Leben. Wer weiß, dachte er, was die Muselmanen an Quälereien bereithalten, wenn man nicht fünfmal am Tag den Gebetsteppich ausrollt und ihn gen Mekka ausrichtet! Laut sagte er:

»Es ist Zeit für einen neuen Guss, Enano! Hinauf mit dir, befeuchte das Segeltuch!«

»Wui, wui ... hui, hui, bin schon am Kreipeln.« Der Wicht turnte nach oben und entlehrte aufs Neue den Holzeimer. Dabei passierte es ihm – Zufall oder Absicht? –, dass ein Schuss Wasser nach unten spritzte und geradewegs im Nacken des Zwischenrufers landete. Der schreckte auf und machte ein verdattertes Gesicht.

Schadenfreude ist die schönste Freude, das gilt überall auf der Welt, und Tanger mit seinen Einwohnern machte da keine Ausnahme. Die Umsitzenden lachten. Der Moment der Anspannung war verflogen.

Der Magister sah es mit Erleichterung. In den Landen der Barbaresken war mit Allah nicht zu spaßen. So gastfreundlich man sich hier auch gab, Koran, Scharia und Sunna waren ehernes Gesetz. Genauso, wie es die Heilige Schrift in seiner Heimat Spanien war, wo die Allerkatholischste Majestät Philipp II. auf dem Thron saß.

»Wui, Magister, kannst weitertruschen!«

»Nun, also, ja. Auf unserem Weg nach Santander schlossen wir uns einer Gauklertruppe an ...«

»Nicht so schnell, nicht so schnell!« Wieder war es der vorlaute Jüngling, der unterbrach. »Was für eine Gauklertruppe? Und was wolltet ihr überhaupt in San..., in dieser Stadt?«

»Santander ist eine Hafenstadt an der nordspanischen Küste.

Wir wollten dort eine Schiffspassage hinüber nach England nehmen …«

»Nach England? Was wolltet ihr denn in England?«

Der kleine Mann biss sich auf die Lippen. »Mein Leidensgefährte hatte die Vermutung, er könne seine Familie dort finden.«

»Seine Familie? Aber du sagst doch die ganze Zeit, er wäre ein junger Lord, da muss er seine Abstammung doch gekannt haben?«

»Zum damaligen Zeitpunkt kannte er sie noch nicht, mein scharfsinniger junger Freund. Er hatte als Hinweis nur das Wappen seiner Familie, wusste aber nicht, wem es zuzuordnen war und wo seine Träger ansässig waren. Mittlerweile darf als nahezu sicher gelten, dass er ein leibhaftiger englischer Lord ist …«

»Und wie ist sein Name, ich …«

»Pssst!« Diesmal war es der Magister, der unterbrach. »Wir wollen doch nicht alles vorwegnehmen.« Mit Sorge stellte er fest, dass die Aufmerksamkeit seiner Zuhörer nachließ, was die alleinige Schuld dieses vermaledeiten Jünglings war. Ruhig Blut!, ermahnte er sich. Ich muss dafür sorgen, dass man mir nicht dauernd ins Wort fällt, und das tue ich am besten, indem ich die Spannung wieder steigere. »Höret, ich sagte, wir schlossen uns einer Gauklertruppe an, ihr Name ist übrigens *Los artistas unicos*, aber keine Sorge, ich will euch nichts über das fahrende Volk erzählen, dessen Künste ihr ja täglich auf den Plätzen eurer schönen Stadt seht, nein, ich will berichten über den Medicus, der bei den *Artistas unicos* mitfuhr. Er nannte sich Doctorus Bombastus Sanussus, und er war der größte Scharlatan, der mir je im Leben begegnet ist.«

»Wui, wui!« Der Zwerg nickte eifrig und rollte mit den Augen.

»Dieser so genannte Arzt quälte und betrog seine Patienten, statt sie zu heilen, er log sie an, statt ihnen die Wahrheit zu sagen, und er war geldgierig, so geldgierig, dass er im Zweifelsfall sogar von den Allerärmsten nahm. Er behauptete, aus dem Urin und seiner Farbe auf die Figur eines Menschen schließen zu können, wollte sage und schreibe daraus erkennen, ob jemand groß oder klein, dick oder dünn ist!« Der Magister schaute sich beifallheischend um.

Einige der Zuhörer taten ihm den Gefallen und lachten ungläubig.

»Ihr zweifelt an meinen Worten, Freunde, und doch war es so. Dieser Mann operierte Narrensteine aus den Schädeln Schwachsinniger heraus und behauptete anschließend, sie wären wieder bei Verstand. Dabei waren sie so wenig geheilt, wie sich Steine in ihren Köpfen befunden hatten. Quacksalberei! Damit nicht genug, verhökerte Bombastus Sanussus ein Gebräu, das er *Balsamum vitalis* nannte und das gegen alle Leiden dieser Welt helfen sollte. Innerlich wie äußerlich. Gegen Reißen und Grimmen ebenso wie gegen Pein und Kolik, gegen weiße und rote Scheißerei ebenso wie gegen Aussatz und schwarzes Erbrechen, gegen Krätze ebenso wie gegen Lues, jene Geißel, die aus Neu-Spanien über uns gekommen ist, und die auch *Scabies grossa, Morbus gallicus*, Lustseuche, Geschlechtspest oder Syphilis genannt wird. Gegen dieses alles sollte das *Balsamum vitalis* helfen – nur gegen eines nicht: faule Zähne. Dagegen empfahl der Beutelschneider … die Jauche vom Schwein!«

»Die Jauche vom Schwein? Brrrrr!« Einige der Männer schüttelten sich vor Ekel. »Möge Allah geben, dass ihm die Hand abfällt!«

»Das Schlimmste aber, meine Freunde, ist das, was er mit dem Augenlicht seiner Patienten machte. Ihr kennt sicher das Leiden, das sich ›graue Augen‹ nennt; manche bezeichnen es auch als ›grauer Star‹?«

Die Zuhörer nickten eifrig. Ihr Interesse schien jetzt wieder auf dem Höchststand angelangt. Im heißen Nordafrika waren

Augenkrankheiten weit verbreitet, dafür sorgten das ewig gleißende Licht und die Schwärme von Fliegen, die sich unablässig im Gesicht niederließen.

»Die grauen Augen wollte er mit einer Rezeptur behandeln, die ihr nicht glauben werdet: Er nahm dazu die Eier der Roten Ameise und gab sie in ein Gläschen, welches er verklebte. Anschließend schlug er es in schwarzen Teig ein, formte ein Brot daraus und tat es in den Backofen. Nach dem Erkalten öffnete er das Gläschen und verkündete stolz, aus den Ameiseneiern sei nun Ameisenwasser geworden – die ideale Arznei gegen trübe Augen!«

»Haha! Wer sich ein solches Wirkloswasser aufschwatzen lässt, ist selber schuld!«, ereiferte sich der vorlaute Jüngling. »Kennt die Medizin der Ungläubigen nicht den Starstich? Es würde mich nicht wundern, wenn es so wäre.«

Der Magister musste an sich halten, um nicht aus der Haut zu fahren. Schon wieder hatte der Bursche seine Geschichte unterbrochen! Er bezwang seinen Ärger und redete scheinbar ungerührt weiter: »Natürlich kennt man auch außerhalb Afrikas und Arabiens den Starstich, aber es gibt nur wenige Ärzte, die ihn meisterhaft beherrschen. Bombastus Sanussus, der Kurpfuscher, gehörte nicht dazu. Aber er musste ihn ausführen, denn die Söhne des Patienten, eines schüchternen alten Mannes, bestanden auf der Operation. Der Scharlatan machte sich also mit großen Gesten und noch mehr Worten an den Eingriff. Er hieß den Alten, sich in die Sonne zu setzen, nahm ihm gegenüber Platz und ergriff mit der Rechten die Starstichnadel. Da bemerkte er, dass er sie mit der Linken führen musste, denn das rechte Auge des Alten war erkrankt. Seine linke Hand jedoch war offensichtlich ungeschickter, dennoch gelang es ihm, den Stich von der Schädelseite aus ins Weiße zu führen und die Linse nach unten zu drücken, bis sie verschwunden war. Sowie er dies getan hatte, sprang er auf und ließ sich von den herbeigeströmten Zuschauern feiern. Doch es kam, wie es kommen musste: Nur wenige Tage später erschien der Alte wieder; die Linse war nach oben gerutscht, die Sehkraft erneut eingetrübt. Eine ganz und gar misslungene Operation! Diesmal nahm mein Freund und Leidensgefährte, der junge Lord, den Eingriff vor. Und er wiederholte nicht den Fehler, den Bombastus Sanussus gemacht hatte. Er drückte die Linse mit der Lanzette genügend weit nach unten, bis die Aufhängebänder nachgaben, dann wartete er eine geraume Weile, bis feststand, dass die Linse nicht wieder emporwandern würde.«

Ein anderer Zuhörer meldete sich. »Der junge Lord nahm also den Starstich vor. Woher hatte er denn die Kenntnisse? Junge Lords pflegen in der Regel nicht zu arbeiten.« Kaum hatte er das gesagt, lachte er über seine eigenen Worte. Weitere Männer fielen in sein Gelächter ein.

Der Magister hob die Hände. »Ruhe, meine Freunde, Ruhe! Wie die meisten von euch wissen, stehe ich hier jeden Tag, und jeden Tag erzähle ich einen Teil der Abenteuer, die der junge Lord und ich in den letzten drei Jahren erlebt haben.«

»Wui, wui, un mit mir!«, krähte der Zwerg.

»Und mit Enano«, bestätigte der Magister. »Vor ein paar Tagen berichtete ich, dass der junge Lord im Kloster Campodios in den *Artes Liberales* ausgebildet wurde, und ich erwähnte auch, dass er jahrelang Lektionen in der Cirurgia und der Kräuterkunde bekam. Der Arzt des Klosters, Pater Thomas, gab ihm sein ganzes Wissen mit, und dieses Wissen, meine Freunde, kann sich mit jenem der größten Ärzte messen.«

»Wo ist eigentlich der junge Lord, von dem du dauernd sprichst?«, fragte ein sehr schlanker, dunkelhäutiger Mann mit heller Stimme. Es war das erste Mal, dass er sprach, und sein Gesicht war kaum zu sehen, denn er blickte auf seine Hand, in der er die neunundneunzig Perlen seiner Gebetsschnur emsig hin und her wandern ließ.

»Mein Freund und Leidensgefährte befindet sich« – der Magister zögerte, er konnte dem Fragesteller schlecht sagen, dass ein begnadeter Arzt wie der junge Lord zur Zeit selbst das Krankenbett hütete –, »er ist an einem anderen Ort, denn er will kein Aufhebens um seine Person machen. Vielleicht siehst du ihn morgen oder übermorgen an dieser Stelle. Doch für heute will ich Schluss machen, meine Freunde, sonst habe ich die nächsten Tage nichts mehr zu erzählen.«

»Wui, wui, nix mehr zu truschen!«

»Und nun gebt Acht, was Enano euch wie immer vorführt!« Der Magister setzte sich auf eine bereitstehende Kiste und wischte sich den Schweiß von der Stirn.

Währenddessen hatte der Zwerg sich seines seltsamen blauen Gewandes entledigt. Nur mit einem Schurz bekleidet, bot er einen wahrhaft schaurigen Anblick. Die fahlweiße Haut glänzte wächsern über dem fassähnlichen Buckel, spannte sich direkt darüber, ohne Muskeln oder Fett dazwischen – Haut und monströs verwucherte Knochen, aus mehr schien der Rücken nicht zu bestehen. Vielen der Zuhörer, die so etwas zum ersten Mal sahen, verschlug es den Atem; sie machten Stielaugen, doch den Winzling schien das nicht zu stören. Er legte sich ohne zu zögern auf den Bauch und schrie zum Magister: »Ramm die Schaffel auf den Ast!«

Wer den Satz nicht verstanden hatte, sollte sogleich eine Erklärung bekommen, denn der Magister hatte sich erhoben und setzte nun eine eiserne Schüssel auf dem Rücken des Zwergs ab. Dies wäre nichts Besonderes gewesen, wenn nicht der Boden des Behältnisses eine Ungewöhnlichkeit aufgewiesen hätte: Zwar war er glatt wie bei jeder anderen Schüssel auch, doch ragten aus ihm nicht weniger als zwölf nadelspitze Stäbe hervor – und ebendiese bohrten sich nun in die Kehrseite des Winzlings. »Manche von euch, meine Freunde, kennen das Spiel!«, rief der Magister laut. »Für meine Geschichte erwarte ich ein Scherflein, das ihr in die Schüssel werfen sollt. Münzen haben ihr Gewicht, wie ihr wisst, und mit jeder neuen Gabe von euch nimmt es zu. Irgendwann, wenn die Last so arg auf meines Freundes Buckel drückt, dass er die Schmerzensschreie nicht mehr zurückhalten kann, mag es genug sein. Derjenige aber, dessen Münze den Schrei hervorruft, darf dann den Inhalt zur Gänze behalten. Gebt ihr jedoch zu wenig, und der Schrei bleibt aus, gehört das Gesammelte uns.«

Die Zuhörer nickten, einige von ihnen, welche die Prozedur schon kannten, besprachen sich. Der Preis war verlockend, aber es hatte an keinem der vergangenen Tage geklappt. Jedes Mal hatten sie viele Münzen in die Schüssel geworfen, aber mehr als ein Winseln war dem Zwerg nicht zu entlocken gewesen. Nur noch ein einziges Geldstück, dann schreit er endlich!, hatten sie immer wieder gedacht und waren der Versuchung neuerlich erlegen. Die nächste Münze war in die Schüssel gefallen – und der Zwerg war stumm geblieben. Natürlich hatte er gejammert und gestöhnt, dass selbst ein Wüstendschinn sich seiner erbarmt hätte, aber mehr war nicht geschehen. Heute sollte das anders werden. Sie heckten einen Plan aus und setzten ihn sogleich in die Tat um.

Zunächst leistete jeder seinen Beitrag, wie es sich gehörte, denn ein Geschichtenerzähler hatte Anspruch auf seinen Lohn. Dann aber begannen sie mit jedem Geldstück ein paar Steine in die Schüssel zu werfen. Der Zwerg stöhnte ob der Last. Aber er schrie nicht. Noch nicht. Die Steine wurden größer, die Münzen kleiner. Jetzt hob der Winzling gequält den Kopf und heulte wie ein Wolf. Die Zuhörer witterten den baldigen Erfolg und verdoppelten ihre Bemühungen. Noch mehr Münzen und Steine prasselten in die Schüssel. Der Gnom ächzte, das eiserne Behältnis schien ihm schier den Buckel einzudrücken. Und dann, dann sagte der Winzling gar nichts mehr.

Der Magister war dazwischengetreten, tat, als würde er die

vielen Steine in der Schüssel erst jetzt sehen und hob verwundert die Augenbrauen. »Ich danke euch dafür, meine Freunde, dass ihr so reichlich gegeben habt, doch befanden sich offenbar nicht nur Münzen in euren Taschen, sondern auch Steine. Ich nehme an, in eurem Eifer, uns angemessen zu entlohnen, ist euch dies entgangen. Steine jedoch waren in unserem kleinen Spiel nicht vorgesehen, erlaubt deshalb, dass ich es beende. Habt nochmals Dank für eure Großherzigkeit, denn *Geben ist seliger denn Nehmen,* wie es in der Heiligen Schrift unseres Christengottes heißt. Allah der Allwissende sei mit euch.«

Er hob mit einiger Anstrengung die Schüssel vom Rücken des Zwergs, auf dem sich zwölf tiefe Druckmale abzeichneten – aber kein einziger Tropfen Blut. Anschließend füllte er den Inhalt der Schüssel, so wie er war, in einen Leinensack um, schulterte ihn und verließ ohne ein weiteres Wort den Souk. Der Zwerg, nun wieder bekleidet, lief ihm hinterher und schloss sich ihm an.

Der Magister schritt tüchtig aus. Unvermittelt begann er zu lachen. »Mensch, Enano, die wollten uns doch tatsächlich über den Löffel barbieren! Aber das ist ihnen natürlich nicht gelungen. Sie können ja nicht ahnen, dass dein Buckel so gefühllos ist wie ein Stück Holz! Hast trotzdem aber tüchtig gegreint und gejammert. Es klang sehr echt.«

»Hi, hi, wui, wui«, kicherte der Wicht. »Keiner hat's nich spitzgekriegt, keiner nich!«

Doch hier irrte der Zwerg Enano. Es gab sehr wohl einen Zuhörer, der das Spiel durchschaut hatte.

Und dieser Zuhörer war eine Zuhörerin.

»Nimm als Erstes den angeklebten Bart ab«, herrschte die Gebieterin Âmina Efsâneh ihre Dienerin Rabia an, »in meinem Schlafgemach dulde ich keine falschen Männer. Nur richtige, und auch die nur dann, wenn sie meinen Ansprüchen genügen.

Und nun heraus mit der Sprache: Warum warst du so lange fort? Was hat dich aufgehalten? War er dieses Mal da? Konntest du ihm meine Nachricht überbringen?«

Rabia verbeugte sich tief – die beste Möglichkeit, nicht gleich antworten zu müssen. Und die einzige. Denn ihre Herrin war eine Frau, die gern und oft die Weidengerte sprechen ließ, wenn das Gesinde den Mund nicht schnell genug aufbekam. Auch heute hatte sie eine dabei, Rabia sah es genau, obwohl die Hand mit dem Schlaginstrument tief in einem Ärmel des kostbaren indigoblauen Seidengewandes verborgen war.

»Heraus mit der Sprache!« Âmina Efsâneh saß auf einem Diwan, der über und über mit prächtig bestickten Kissen bedeckt war, und bebte vor Ungeduld.

Ihre Dienerin beeilte sich zu erwidern: »Jener Geschichtenerzähler, der ›Magister‹ gerufen wird, hat heute länger als sonst gesprochen, Gebieterin, aber ich habe etwas Interessantes erfahren …«

»Du sollst den Bart abnehmen!«

Rabia gehorchte flink. Sie riss sich die künstliche Zier aus dem Gesicht, wobei sie sich bemühte, das Brennen auf ihren zarten Wangen nicht zu beachten. »Ich habe etwas Wichtiges herausgefunden …«

»Ob er da war, will ich wissen!« Die Hand mit der Gerte zuckte.

Die Dienerin wich zurück. Hastig stopfte sie den Bart in eine Tasche ihres Haiks, eines locker geschnittenen Überwurfs, den sie extra für ihre Mission umgelegt hatte, und ließ den Turban gleich hinterherfolgen. »Leider nein, Gebieterin, aber ich habe etwas über ihn herausbekommen: Er ist Arzt und dazu, wie der Magister beteuerte, ein sehr guter.«

»Ein Arzt? Was du nicht sagst.« Âmina Efsâneh zog die Wörter in die Länge. »Das ist überraschend. Ich dachte, er wäre ein Lord?«

»Ja, Gebieterin, das ist er auch. Er verbrachte, wie ich heute erfuhr, seine Kindheit in einem spanischen Kloster. Dort wurde er erzogen, und dort lernte er auch die Heilkünste auszuüben. Der Magister sagte, er habe erfolgreich einen Starstich durchgeführt.«

»Hm, hm.« In den Gesichtszügen der Gebieterin arbeitete es. Es war ein Antlitz, das mehr streng als schön wirkte, wofür in erster Linie die kalten Augen verantwortlich waren. Sie standen eng zusammen über einer langen Nase und zu schmalen Lippen. »Hm, hm, ein Starstecher muss noch lange kein guter Medikus sein. Verriet der Erzähler denn nun endlich den Namen des Mannes?«

»Bedauerlicherweise nein, Gebieterin.« Rabia wich vorsorglich einen halben Schritt zurück. »Das tat er nicht, obwohl ich ihn direkt danach gefragt habe. Er sagte, der junge Lord sei zur Zeit an einem anderen Ort, denn er wolle kein Aufhebens um seine Person machen. Dann beendete der Magister die Erzählung und bat um ein paar Münzen. Die Zuhörer warfen Geld in eine mit scharfen Bodenstacheln bewehrte Schüssel. Die Schüssel stand auf dem Buckel eines am Boden liegenden Zwergs. Auch von ihm habe ich dir schon berichtet, erinnerst du dich? Je mehr Münzen nun in den Behälter fielen, desto tiefer bohrten sich die Stacheln in die Haut. Der Erzähler versprach, in dem Moment, wo der Zwerg vor Schmerz aufschreien würde, dürfte derjenige, der die letzte Münze geworfen hatte, das gesamte Geld behalten. Da spendeten die Leute immer weiter in der Hoffnung, das Gewicht ihrer Münze würde den Ausschlag geben und dem Zwerg endlich einen Schrei entlocken.

Ich aber, o Gebieterin, warf nur einen kupfernen Maravedi in die Schüssel, nicht nur, weil ich mit deinem Geld sparsam umgehe, sondern auch, weil ich die List des Magisters durchschaut hatte. Der seltsame Zwerg nämlich verspürte überhaupt keine Schmerzen, denn ihm fehlt es an Fleisch auf dem Buckel, und wo kein Fleisch ist, sondern nur Haut und Knochen, kann kein Schmerzgefühl entstehen.«

Die Gebieterin stampfte ärgerlich mit dem Fuß auf. Von den Ausführungen ihrer Dienerin hatte sie nur mitbekommen, dass der Name des jungen Lords noch immer ein Geheimnis war. Alles andere interessierte sie ohnehin nicht. »Du weißt den Namen des Mannes also nicht, obwohl ich dir befohlen hatte, ihn um jeden Preis herauszufinden!«

Rabia verbeugte sich schnell. Sie wusste, wenn ihre Herrin »um jeden Preis« sagte, meinte sie damit nicht nur Geld oder Gold, sondern auch Gewalt. Âmina Efsâneh war eine Frau, die stets das bekam, was sie wollte. Und sie wollte den jungen Lord. Seit sie ihn vor sechs Wochen zufällig in der Medina gesehen hatte, war sie scharf auf ihn wie eine rollige Katze. Umso mehr, als alle ihre Bemühungen, ihn aufzuspüren, im Sande verlaufen waren. Sie hatte ihre Beziehungen spielen lassen, sich auf Festlichkeiten umgehört, ihre Freundinnen befragt und immer wieder in der Umgebung der Souks nach einem stattlichen blonden Burschen forschen lassen – allein, es war alles umsonst gewesen. Bis sie die kluge Rabia mit den Erkundigungen beauftragt hatte.

Die Dienerin hatte gleich zu Beginn ihrer Nachforschungen herausgefunden, dass der blonde Unbekannte mit dem Magister und dem Zwerg befreundet war. Das war am gestrigen Tage gewesen, als sie zufällig den Souk am Fuße der Zitadelle besuchte. Der Geschichtenerzähler unter dem Segeltuch war ihr aufgefallen. Er hatte von einem Freund und Leidensgefährten, der ein junger Lord sei, gesprochen und haarklein die Verhältnisse in einem Kerker der spanischen Inquisition geschildert. Dabei hatte er irgendwann auch von dem »blonden« jungen Lord gesprochen. Seitdem war Rabia klar, dass sie die Spur zu dem Gesuchten gefunden hatte. Denn die blonden Männer in Tanger konnte man an einer Hand abzählen.

Ein zischendes Geräusch riss die Dienerin aus ihren Gedanken. Die Gerte hatte sie um Haaresbreite verfehlt. Eilig rief sie: »Noch weiß ich den Namen nicht, Gebieterin, aber ich habe etwas anderes herausgefunden. Ich bin dem Erzähler und dem Zwerg heimlich gefolgt und weiß jetzt, wo sie wohnen. Den jungen Lord habe ich auch gesehen. Er sieht wirklich gut aus, sehr gut sogar …«

»Halt den Mund! Was geht's dich an, wie der Lord aussieht! Wo wohnt er?«

»Am Ende der Straße der Silberschmiede, in einem alten zweistöckigen Haus.«

»Aha. Und hast du ihm wenigstens meine Botschaft überbracht, wenn du schon nicht weißt, wie sein Name ist?«

»Verzeih, Gebieterin, aber wie hätte ich das tun sollen? Ich war doch wie ein Mann gekleidet, und bedenke auch, wie viele Schwierigkeiten du bekommen hättest, wenn ich als Frau entlarvt worden wäre! Eine Frau in Männerkleidern, ohne Schleier im Gesicht!«

»Ja, ja, ja.« Die Gebieterin wusste ebenso wie Rabia, dass hauptsächlich diese es gewesen wäre, die Schwierigkeiten bekommen hätte. Eine Frau ohne Schleier in der Öffentlichkeit, das konnte ein Gerichtsverfahren nach den Regeln der Scharia nach sich ziehen, und diese Regeln waren streng. Es hatte schon Fälle gegeben, in denen Frauen, die wiederholt ihr Gesicht unverhüllt zeigten, als Huren gesteinigt worden waren.

»Ja, ja, ja«, wiederholte die Gebieterin, »folge mir!« Sie stand auf und schritt an dem großen Pfostenbett vorbei zu einem mit reicher Intarsienarbeit geschmückten Schreibtisch. Sie setzte sich, griff zu einer vergoldeten Rohrfeder und tauchte sie in ein ebenfalls vergoldetes Tintenfass. Beim Herausnehmen der Feder spritzte etwas von der Schreibflüssigkeit auf den Boden. Es gab einen hässlichen Klecks auf einem der vielen Perserteppiche, mit denen der gesamte Raum ausgelegt war. Âmina Efsâneh stieß eine Verwünschung aus. Dann begann sie zu schreiben. Der Fleck störte sie nicht weiter. Ob ein Teppich für immer verdorben war oder nicht, spielte für sie keine Rolle. Sie war verheiratet mit dem reichsten Kaufherren Tangers, mit Chakir Efsâneh, der aus dem Wallfahrtsort Raj im Herzen Irans stammte und sein Glück dem Handel mit Seidenstoffen und Porzellan aus Cathai sowie dem einträglichen Geschäft des Sklavenverkaufs verdankte.

Seine Karawanen durchzogen das Morgenland und das Abendland, machten sich auf zu den Küsten der Barbareskenstaaten, strebten von Ost nach West und von West nach Ost, jahrein, jahraus, immer auf dem Pfad des Profits. Es gab auf der ganzen Welt wohl nur eines, was der reiche Chakir Efsâneh für sein Geld nicht kaufen konnte, und das war Jugend. Er zählte schon neunundsechzig Jahre und war trotz teuerster Aphrodisiaka nicht mehr in der Lage, bei seiner jungen Frau zu liegen. Âmina war seine Lieblingsfrau, denn seine drei anderen waren alt und welk, und nur zu gern hätte er wie in früheren Jahren mit ihr der Fleischeslust gefrönt, doch der Zahn der Zeit hatte ihn ausgetrocknet, und er konnte nicht mehr seinen Mann stehen.

Sein Leibarzt hatte ihm lang und breit erklärt, woran das lag. Der Wind in des Kaufmanns Lenden, so seine Ausführungen, habe nur ein schwaches Feuer, so dass er wie laues Wasser nur wenig warm sei. Die beiden Behälter, Hoden genannt, die wie zwei Blasebälge sein sollten, um das Feuer anzufachen, seien durch jahrelange Überforderung ermüdet und es fehle ihnen an Kraft, den Stamm aufzurichten.

Genützt hatten die klugen Worte nichts. Chakir Efsâneh kam sich vor wie ein Eunuch. Ihm war nichts anderes übrig geblieben, als fortan seinen Geschäften noch mehr Aufmerksamkeit zu widmen, was dazu führte, dass er noch reicher wurde – und seine Frau noch mehr vernachlässigte.

Die Gebieterin streute Löschsand auf das Geschriebene, faltete den Bogen und reichte ihn ihrer Dienerin. »Das bringst du zu dem namenlosen blonden Lord. Jetzt gleich. Und übergib es nur ihm. Er wird dich vielleicht fragen, warum ich mich ausgerechnet an ihn wende, in diesem Fall stellst du dich dumm. Du bist nur die Überbringerin der Botschaft, mehr nicht. Warte auf Antwort und komme dann sofort zurück. Hast du alles verstanden?«

Rabia verbeugte sich tief. Als sie sich wieder aufrichtete, traf sie ein scharfer Hieb an der Schulter.

Sie hatte sich zu viel Zeit gelassen.

»Mein lieber Doktor Chamoucha«, sagte der blonde Mann, »ich bin Euch wirklich sehr verbunden, dass Ihr noch einmal nach meinem Bein sehen wollt, aber ich versichere Euch, mit dem Bruch steht alles zum Besten. Bitte glaubt mir.«

Der mit Doktor Chamoucha Angesprochene, ein hagerer älterer Araber mit eisgrauem Bart, nickte lächelnd. »Mit dem Glauben ist es so eine Sache, Herr Kollege. Wenn es um das Wort Allahs des Allwissenden geht, so ist dieses selbstverständlich nicht in Zweifel zu ziehen, handelt es sich dagegen um die Aussage eines Kranken, so ist Misstrauen geboten. Umso mehr, wenn der Kranke selber Arzt ist. Ärzte sind bekanntlich die schlechtesten Patienten.«

Doktor Salih Chamoucha, so sein voller Name, setzte sich umständlich auf einen Hocker, darauf achtend, dass sein schneeweißer Burnus keine Falten schlug. »Habt Ihr heute schon Euer Lager verlassen und ein wenig das Laufen geübt?«

»Das habe ich. Ebenso wie gestern, und es geht bereits überraschend gut. Ich versichere Euch, mit dem Bruch ist wirklich alles wieder …«

»Macht mal ein paar Schritte, ich will sehen, ob Ihr nicht übertreibt.«

Der blonde Mann erhob sich von seinem Lager und gehorchte. Sein Gang war etwas staksig, aber er schritt ohne Hilfe zu dem schmalen Fenster an der Rückseite des Raums, kehrte um, schnaufte vernehmlich und ging zu seinem Lager zurück. »Seht Ihr, ich habe nicht zu viel versprochen.«

»Aber Ihr habt Schmerzen, lieber Vitus von Campodios, das sehe ich Euch an.« Der Blick des Arztes verweilte auf dem Gesicht des Kranken. Es war ein Antlitz, in dem kluge graue Augen den Mittelpunkt bildeten. Die Nase war gerade, der Mund ausdrucksstark. In der Mitte des Kinns saß ein Grübchen, das gewissermaßen den Abschlusspunkt unter den klaren Gesichtslinien darstellte.

»Nicht der Rede wert.« Vitus setzte sich wieder.

»Und wenn es so wäre, würde es mich nicht überraschen, ein Bruch des Schienbeins verursacht nun einmal mehr Pein als der eines Fingers. Legt das kranke Bein hoch. Ja, so ist es recht.« Der alte Arzt streifte Vitus' Beinkleid hoch und untersuchte die Bruchstelle. Sie war gut verheilt und abgeschwollen. Seine schlanken, kundigen Hände glitten den Unterschenkel auf und ab. Dann begann er vorsichtig, den Fuß nach links und rechts zu drehen. Vitus zog scharf die Luft ein. Der Arzt untersuchte weiter. »Seht Ihr, es zwickt doch noch, nicht wahr? Nun ja, ansonsten scheint alles so zu sein, wie es sein sollte. Ein wenig Spannung sitzt noch im Gewebe, aber das ist normal. Vielleicht kann Euch jemand von Zeit zu Zeit massieren, das täte Euch gut. Bald könnt Ihr wieder hüpfen wie ein Heuschreck. Aber Vorsicht, beginnt damit nicht zu früh, ihr jungen Leute mögt es ja immer nicht abwarten.«

Vitus lachte. »Ich bin schon über zwanzig, Doktor!«

Chamoucha tat, als sei er überrascht. »Bei Allah, dem Liebenden, Barmherzigen, so alt seid Ihr? Da steht Ihr ja fast schon an der Schwelle zum Greis! Erlaubt, dass ich Euch vorher noch rasch diese Salbe appliziere.« Er griff in seine Arzttasche und förderte ein kleines Döschen zu Tage. »Um Euren neugierigen Fragen zuvorzukommen, Herr Kollege: Es ist nur eine ganz einfache Salbe, hergestellt aus Rosmarinöl, vermengt mit einer Paste aus dem Samen des Butterbaums. Das Verhältnis beträgt drei zu sieben. Das Mischen erfolgt am besten mit einem nicht zu großen Spatel. Beim Vermengen ist darauf zu achten, dass die Bewegung nicht zu schlagend ist, dann verquicken die Teile sich inniger. Habe ich etwas vergessen?«

Wieder lachte Vitus. »Ihr habt mich durchschaut, Doktor. Nein, ich habe keine Fragen mehr. Leider gibt es solche Salben in England nur selten, weil die Rosmarinpflanze lediglich im Süden gedeiht. Aber ich habe ebenfalls etwas für Euch, wartet.« Er stand auf und humpelte in eine dunkle Ecke, wo eine Art Kiepe an der Wand lehnte. Er stöberte in ihrem Inneren und holte dann einen Schwamm hervor. Wisst Ihr, was das ist?«

Chamoucha wunderte sich. »Ein Schwamm natürlich, einer, wie er zum Waschen täglich Verwendung findet.«

»Und doch hat es mit ihm eine besondere Bewandtnis!« Vitus' Augen blitzten. »Er ist das, was die europäischen Ärzte *Spongia somnifera* nennen, ein Schwamm also, der mit Betäubungsflüssigkeit getränkt wurde. Jetzt ist er trocken, aber ihr braucht ihn nur mit Wasser zu befeuchten und unter die Nase eines Patienten zu halten, dann wird dieser alsbald das Bewusstsein verlieren, woraufhin ihr ganz ohne Eile eine schmerzfreie Operation durchführen könnt.«

Chamoucha drehte den Schwamm in den Händen, konnte aber nichts Außergewöhnliches an ihm entdecken. Dennoch war an den Worten seines jungen Kollegen nicht zu zweifeln. »Ich habe von dieser Methode schon gehört«, sagte er, »es ist viele Jahre her, ich studierte damals eine Zeit lang an der Universität zu Messina auf der Insel Sizilien, doch muss ich einräumen, dass mir die Schmerzstillung mit Hilfe des Stechapfels oder der Tollkirsche geläufiger ist. In jedem Fall danke ich Euch ganz herzlich. Ebenso wie ich Euch Dank sagen möchte für die vielen anregenden Gespräche, die wir in den letzten Wochen führten.

Ich muss gestehen, ich habe in dieser Zeit einiges von Euch gelernt, was ich – ehrlich gesagt – nicht unbedingt erwartet hätte. Jede Medizin dünkt sich, die Beste der Welt zu sein, so auch die arabische.«

Er machte eine Pause und hob die Hand, um die Erwiderung seines Gegenübers zu unterbinden. »Wartet, ich möchte Euch noch sagen, dass mir nicht entgangen ist, wie sehr Ihr Euch für die Therapien gegen die Pestilenz interessiert. Nun, ich sagte Euch, meines Wissens nach gibt es kein Allheilmittel dagegen – und ein spezielles erst recht nicht. Dennoch habe ich etwas gefunden, das Eurer Beachtung wert sein dürfte.«

Chamoucha griff in die Tiefen seines Burnus und holte eine kleine Pergamentrolle hervor. »Dies ist die Abschrift einer Originalstelle aus den Reisebeschreibungen des Ibn Batt'uta. Ich nehme an, Ihr wisst, wer Ibn Batt'uta war?«

»Offen gestanden, nein.«

»Nun, eigentlich hieß er Abu Abd Allah Mohammed und ist einer der größten Söhne der Stadt Tanger. Er wurde 682 Jahre nach des Großen Propheten Auswanderung geboren oder, um es in Eurer Zeitrechnung auszudrücken, im Jahre 1304. Ursprünglich wollte er nur auf eine Pilgerfahrt nach Mekka gehen, bereiste dann aber die riesige Landmasse Asia, das Reich der Osmanen, Afrika und die gewaltigen Herrschaftsgebiete der Maharadschas, dazu eine große Insel, die südlich davon liegt und von den Eingeborenen Lanka genannt wird. Es ist das Land der Zimtbäume, der Perlenfischerei und der Teiche, deren Wasser so blau ist, dass daraus Edelsteine gewonnen werden können. In diesem Land besuchte Ibn Batt'uta den Sultan von Ma'bar, einen friedlichen, weisen Mann, der an allen Lebensumständen im Abendlande großes Interesse zeigte. Ich will nicht aufzählen, worüber sie im Einzelnen sprachen, mein lieber Vitus von Campodios, schließlich könnt Ihr es selbst nachlesen, da es sich bei meinem kleinen Geschenk um eine lateinische

Übersetzung handelt, nur so viel: Beide sprachen auch über die Pestilenz sowie ihre Symptome und Therapiemöglichkeiten. Nachdem sie sich darüber klar geworden waren, dass sie über dieselbe Krankheit redeten – Ihr wisst, wie viele Leiden es gibt, die sich durch gleiche oder ähnliche Anzeichen äußern –, klatschte der Sultan in die Hände und befahl seine besten Ärzte zu sich. Er fragte sie nach wirksamen Arzneien gegen die ›Achsel- und Leistenkrankheit‹, wie die Pestilenz in Lanka genannt wird, und bekam nach eingehender Beratung die Antwort, es gebe eine Fülle von Arzneien, sie würden jedoch alle nur die Auswirkungen bekämpfen, nicht aber die eigentliche Krankheit. Das Beste nach Abwägung aller Gesichtspunkte sei Ingwer.«

»Ingwer?« Vitus beugte sich ruckartig vor und verzog das Gesicht. Durch die schnelle Bewegung durchzuckte ein schmerzhafter Stich sein Bein. »Orientalischer Ingwer?«

»So ist es«, bestätigte der arabische Arzt. »Und vom Ingwer der Wurzelstock, von Eingeweihten auch ›Hand‹ genannt. Die Hand sollte fest, prall und nur wenig faserig sein, keinesfalls runzelig. Die Anwendung im Einzelnen könnt Ihr den Worten Ibn Batt'utas selbst entnehmen.« Chamoucha überreichte die Pergamentrolle.

»Ich … ich weiß nicht, wie ich Euch danken soll!« Vitus ergriff zögernd das Geschenk. »Ihr könnt Euch nicht vorstellen, was das für mich bedeutet.«

Chamoucha lächelte. Sein Taktgefühl verbot ihm zu sagen, dass er sehr wohl wusste, wie bedeutsam die Gabe für den jungen Mann war. Der Magister hatte ihm berichtet, dass die Geliebte und zukünftige Frau seines Gegenübers im Jahr zuvor der Pestilenz erlegen war und Vitus von Campodios an ihrem Sterbebett gelobt hatte, seine ganze Kraft daranzusetzen, ein Mittel gegen die alles zerstörende Geißel zu finden. Zu diesem Zweck hatte er sich mit seinen Freunden in England eingeschifft und war auf die Reise gegangen, um die besten Ärzte und klügsten Köpfe der Welt nach einem Arkanum gegen den schwarzen Tod zu befragen. Dabei war ihm in Tanger das Bein zwischen Bordwand und Pier geraten, und er konnte von Glück sagen, dass er sich dabei nur das Schienbein gebrochen hatte und nicht gleich der ganze Unterschenkel abgetrennt worden war.

So hatte er an der Meerenge des Dschebel al-Tarik einen langen unfreiwilligen Aufenthalt einplanen müssen, bei dem ihm zu allem Unglück auch noch seine ganze Barschaft geraubt worden war. Die Folge: Der Magister und der Zwerg mussten seitdem als Geschichtenerzähler auftreten, um sich und den Kranken über Wasser zu halten.

»Lest nur in Ruhe die Beschreibungen Ibn Batt'utas, lieber Vitus, Ihr werdet darin erfahren, dass die pestheilende Kraft des Ingwers auf seine schweißtreibende Wirkung zurückgeführt wird. Mit dem Schweiß verlassen vermutlich auch die Pestsäfte den Körper.«

»Nochmals danke ich Euch. Ich weiß gar nicht, was ich sagen soll, Doktor. Schweißtreibender Ingwer! Pestsäfte, die den Körper verlassen! Wie hilflos klingt daneben der Rat des Galenos: *Cito longe fugas et tarde redeas …«* Vitus unterbrach sich, ihm war eingefallen, dass arabische Ärzte nicht unbedingt Latein konnten, und fuhr fort: »Was nichts anderes bedeutet, als dass man flugs Reißaus nehmen und möglichst spät zurückkehren möge!«

Chamoucha wollte gerade zu einer Antwort ansetzen, da wurde die altersschwache Tür aufgerissen. »Zurückkehren? Wer soll zurückkehren? Wenn du uns meinst, Vitus, da sind wir!« Der Magister trat ein, den Zwerg im Gefolge. »Ich sehe, du hast Besuch, das gesammelte Wissen der arabischen Medizin! Seid mir gegrüßt, Doktor Chamoucha!«

Der Zwerg Enano fiel ein: »Duften Jamm, Herr Pulsquetscher! Wui, un auch dem jungen Lord.«

»Und auch dem jungen Lord«, wiederholte grinsend der Magister.

Vitus wehrte ab. »Macht doch nicht immer so ein Aufhebens um mich. Ich habe euch schon oft darum gebeten. Ich werde die Peerswürde erst dann annehmen, wenn zweifelsfrei feststeht, dass ich wirklich von Adel bin. Im Übrigen dürfte das Doktor Chamoucha auch gar nicht interessieren.«

Wieder wollte Chamoucha zu einer Antwort ansetzen, doch der Magister war schneller. »Woher willst du das wissen, Vitus? Außerdem kann ich dir versichern, dass es zumindest unsere Zuhörer auf dem Markt außerordentlich interessiert. Es klingt eben viel geheimnisvoller, wenn ich die Abenteuer eines jungen Lords erzähle, als die irgendeines hergelaufenen Vitus, das musst du doch zugeben. Hier, schau, der Beweis!«

Der Magister leerte den mitgebrachten Leinensack aus. Eine Fülle von Münzen und noch mehr Steine kullerten auf den Lehmboden. »Ein Rekord, wie ich in aller Bescheidenheit anmerken darf, selbst nach Abzug der Kiesel! Wenn ich gewusst hätte, wie einträglich das Geschichtenerzählen ist, hätte ich niemals Jurisprudenz studiert, geschweige denn mein Rechtswissen in La Coruña an faule Studenten verschleudert. Nun ist es zu spät. Immerhin, wir haben jetzt genug beisammen, um weiterreisen zu können. Ich denke, wir sollten Doktor Chamoucha endlich für seine ärztlichen Bemühungen entschädigen. Doktor, wie viel darf ich Euch ...«

»Wollt Ihr mich beleidigen?« Der Araber war für sein Alter bemerkenswert schnell aufgesprungen. »Eine Bezahlung kommt überhaupt nicht in Frage! Es war mir ein angenehmer Freundschaftsdienst, Vitus von Campodios zu behandeln, wirklich, ein angenehmer Freundschaftsdienst. Dafür Geld zu nehmen, hieße sich vor Allah versündigen!«

Der kleine, drahtige Gelehrte war für einen Augenblick betroffen. Dann fing er sich. »Dann will ich mich bei Euch entschuldigen, Doktor, ich wollte Euch wahrhaftig nicht zu nahe treten. Vielleicht kann ich es wieder gutmachen, wartet einmal, ich habe da etwas ...«

Der Magister schritt zu einem Bord, auf dem eine Wasseramphore stand, und kramte in ihr herum. Wie das klimpernde Geräusch alsbald verriet, diente sie als Münzbehältnis. »Ich habe gehört, Doktor, dass Ihr dem Sammeln alter Zahlungsmittel zugetan seid. Nun, vielleicht macht Euch dies hier eine kleine Freude.« Er übergab ein Goldstück an Chamoucha, der es sogleich neugierig in Augenschein nahm.

»Oh, offenbar ein Exponat mit dem Bildnis von ... von ... es ist zu klein und zu dunkel im Raum, ich vermag nicht zu erkennen, von wem!«, rief er aus. »Sicherlich ein herrliches Stück, aber ich kann es selbstverständlich nicht annehmen.«

»Das könnt Ihr selbstverständlich doch«, erwiderte der Magister grinsend, »oder wollt Ihr mich beleidigen?«

Chamoucha musste schmunzeln, ob er wollte oder nicht, der kleine Gelehrte hatte den Spieß umgedreht.

»Sie wurde gefertigt in Rom, stammt aus dem Jahre siebzehn vor Christi Geburt und zeigt den Kaiser Augustus im Profil. Auf der Rückseite findet Ihr einen Triumphbogen.« In des Magisters Worten schwang ein wenig Stolz mit, so, als hätte er die Münze selbst geprägt. »Ich weiß nicht, wer sie in Enanos eiserne Schüssel geworfen hat, aber eines steht fest: Entweder er hatte keine Ahnung, um welch eine Seltenheit es sich hier handelt, oder es war ein Versehen. Egal, wie, nehmt die Münze ruhig an.«

»Ja, nehmt sie an, ich bitte Euch«, bekräftigte Vitus.

»Wui, wui, Pulsquetscher!«

Chamoucha tat, als ergebe er sich in sein Schicksal. »So bleibt mir wohl nichts anderes übrig.« Mit kaum verhohlener Freude legte er die Kostbarkeit in ein Pillendöschen, welches wiederum in seiner Arzttasche verschwand. Dann wurde sein Blick entschlossen. »Ich muss mich jetzt leider empfehlen, ein paar Patienten warten noch auf mich. Bei der heutigen Hitze bedürfen sie meiner besonderen Zuwendung. Ich wünsche Euch, Vitus von Campodios, weiterhin gute Genesung. Es war für mich ein Gewinn, Euch kennen gelernt zu haben.« Er nickte, wie um seine Worte zu bestätigen. »Das gilt natürlich für alle drei Herren. Allah, der Kämpfende und Listige, sei mit Euch.«

Wenig später hatte Doktor Salih Chamoucha, Sohn des Mamud Chamoucha, Araber, Muselmane und Menschenfreund, die Behausung der drei Freunde verlassen.

»Puh, ich muss mich erst einmal setzen«, ächzte der Magister, »nach dem Auftritt im Souk fühle ich mich wie aus dem Wasser gezogen. Man stelle sich vor: Chamoucha macht bei der Hitze freiwillig Patientenbesuche. Welch bemerkenswerter Mann! Fast ein Überwesen. Ich dagegen fühle viel irdischer. Was gäbe ich darum, jetzt einen kühlen galizischen Tropfen zu genießen. Wird Zeit, dass wir die Stadt hinter uns lassen, Vitus. Venedig und Padua warten. Meinst du, dein Bein macht wieder mit?«

»Ja, Magister, ich denke schon. Die Bruchstelle juckt, das ist ein gutes Zeichen. Morgen reisen wir. Ich kann es kaum erwarten, mich mit den angesehensten Ärzten über die Pestilenz auszutauschen. Bin gespannt, ob sie ähnlich große Stücke auf den Ingwer als Heilpflanze halten.«

»Wui, wui, Zaster is knäbbig da«, rief der Zwerg, der mittlerweile die Geldstücke von den Steinen getrennt und in die Münzamphore geworfen hatte. »Könnt was in den Sätterling fahren, möcht Mansche picken, spachteln, schanzen!«

Der Magister stöhnte auf. »Essen! Wie kannst du bei der brüllenden Glut nur ans Essen denken, Enano? Ich bekäme keinen einzigen Bissen hinunter.«

Vitus schaltete sich ein. »Wenn Enano Hunger hat, soll er zu einer der Garküchen gehen und etwas Hirse und Hammel kaufen. Wir können ja später essen, wenn es kühler ist. Vorher brauchen wir allerdings frisches Wasser aus dem Ziehbrunnen. Trinken ist bei der Sonnenglut wichtiger als Essen. Ich werde es selber holen. Mein Bein muss wieder zu Kräften kommen.«

Vitus war schon bei der Tür, musste aber unvermittelt Halt machen, denn eine junge verschleierte Frau versperrte ihm den Weg. Sie stand vor ihm und schlug züchtig die Augen nieder.

»Hoppla, fast hätte ich dich über den Haufen gerannt«, entfuhr es Vitus. »Es ist doch wohl nichts passiert?«

»Nein, Herr.« Die Stimme der jungen Frau war hell und sanft. »Es tut mir Leid, wenn ich dir im Weg war. Ich habe dir eine Mitteilung zu überbringen, hier, nimm.« Sie gab Vitus ein zusammengebundenes, zart nach Rosenwasser duftendes Papier.

»Nanu, wer sollte mir einen Brief schreiben?« Vitus nestelte das Band ab.

»Lies nur, dann weißt du es, Herr.«

»Danke.« Vitus ging zurück ins Haus, um die Zeilen zu studieren. Sie waren von einer gewissen Âmina Efsâneh. Die Dame stellte sich als eine Kaufmannsfrau vor und behauptete, sie leide an der englischen Krankheit. Da sie nun gehört habe, er sei Arzt und komme zudem aus dem Inselreich im Norden, bitte sie um seinen Besuch. Es solle sein Schaden nicht sein.

Vitus faltete das Papier wieder zusammen. Irgendetwas störte ihn an der Nachricht, er wusste nur nicht, was. Die Begründung, er als Engländer müsse sich am besten mit den Tücken der englischen Krankheit auskennen, klang recht einleuchtend. Dabei hatte das Leiden viele Namen. Man nannte es ebenso Säfteausbruch, *Cupiditas sudoris* oder Schweißsucht. Es kam überall in Europa vor, und niemand wusste, warum es ausgerechnet englische Krankheit hieß. Vielleicht, weil die Symptome zuerst auf der Insel bemerkt worden waren. Das Leiden geht mit Fieberanfällen einher und laugt den Körper auf Dauer völlig aus. Niemand kannte seine genaue Ursache, doch in medizinischen Werken war nachzulesen, dass gesunde, nicht zu fette Kost und frische Luft oft Wunder wirkten.

Nun, wenn es nicht der Inhalt des Briefes war, dann mochte es vielleicht die Schrift sein, die ihn nachdenklich stimmte. Sie war steil und eigenwillig, verlockend und abstoßend zugleich. Die Buchstaben wirkten, als sitze in ihnen eine verborgene Unruhe.

»Wer schreibt dir denn?«, wollte der Magister wissen.

»Eine Kaufmannsfrau. Sie bittet um meinen ärztlichen Beistand.«

Der kleine Rechtsgelehrte blinzelte. »Was? Hier in Tanger? Woher kennt die Dame dich überhaupt? Und woher weiß sie, dass du Mediziner bist?«

»Keine Ahnung. Sie schreibt, sie habe gehört, ich sei Arzt. Vielleicht gehört Doktor Chamoucha zu ihrem Bekanntenkreis, und er hat etwas über mich erzählt.«

»Wenn sie Chamoucha kennt, warum geht sie dann nicht zu ihm?«

»Ich weiß es nicht. Es ist mir auch gleichgültig. Irgendetwas an dem Fall reizt mich. Ich denke, ich werde die Frau aufsuchen. Will nur noch rasch eine bestimmte Stelle im Werk *De morbis* nachschlagen.«

»Aber, aber ... dein Bein.«

»Braucht Bewegung. Darin sind Doktor Chamoucha und ich absolut einer Meinung.« Vitus ging zu seiner Kiepe und nahm einen dicken Folianten heraus, der an der offenen Seite durch ein Schloss gesichert war. Er sperrte ihn auf und begann zu blättern. Wie immer vergaß er alles um sich herum, wenn er in dem Buch las. Es war ein kostbares Duplikat des Ursprungswerkes und ein Geschenk von Pater Thomas, dem Arzt und Prior von Campodios.

Vitus suchte einen Text über die Ursachen des Schwitzens und des Fiebers und hatte ihn alsbald bei Paracelsus gefunden. Es hieß da:

... wenn die Wasser im Körper erwärmt werden, verdampfen sie und bleiben nicht, sind nicht fix und vereinigen sich nicht mit dem Körper. Ihr Auftreten ist ein Anfall der Kälte, ihr Schwinden ein Anfall der Hitze ...

Vitus schlug das Werk zu. Er hatte sich mehr erhofft, denn jedermann wusste, dass wässriges Schwitzen die Reaktion auf einen überhitzten Körper war. Was blieb, war die Frage, warum der Körper in Hitze geriet, denn auch sie war letztlich ja nur eine Folgeerscheinung der Krankheit, die sich dahinter verbarg. Und es gab viele Krankheiten, die Fieber verursachten. Viel zu viele. Auch die Pest. Ob der schwarze Tod und die englische Krankheit in einem Zusammenhang standen? War jemand, der die Schweißsucht überlebt hatte, gefeit gegen die Gefahr der Pestilenz? Gab es wissenschaftliche Abhandlungen auf diesem Gebiet? Konnte Ingwer, wenn er wirklich gegen die Pest half, auch die englische Krankheit bekämpfen? Wohl kaum, denn Ingwer wirkte schweißtreibend, und über mangelndes Schwitzen konnten sich die unter Schweißsucht Leidenden wahrlich nicht beklagen. Im Gegenteil ...

Vitus beendete sein Gedankenkarussell, verstaute das Werk wieder in der Kiepe und holte seinen Instrumentenkasten und ein Sortiment Kräuter hervor. »Ich hoffe nicht, dass es lange dauert«, sagte er. »Nachher essen wir alle gemeinsam. Magister, sei so nett und gehe für mich zum Ziehbrunnen.«

Der kleine Gelehrte grunzte. Das konnte Zustimmung oder Ablehnung bedeuten, doch Vitus achtete nicht weiter darauf. Es war wie immer bei ihm: Wenn jemand seine Hilfe erbat, konnte er nicht nein sagen. Vielleicht ein Fehler, wie manche behaupteten, aber jeder war nun einmal so, wie der Herrgott ihn erschaffen hatte.

Er schritt zur Tür und stellte zu seiner Überraschung fest, dass die Dienerin noch immer dort auf ihn wartete. »Nanu, du bist ja noch da«, staunte er, »damit hatte ich gar nicht gerechnet.«

»Wie wolltest du sonst zu meiner Gebieterin finden, Herr?«, entgegnete die junge Frau mit sanftem Augenaufschlag.

Vitus stutzte. Nicht nur, weil die Überbringerin der Botschaft Recht hatte, sondern auch, weil ihre Antwort fast ein wenig spöttisch geklungen hatte. War sie womöglich mehr als nur eine Dienerin? Er schob die Überlegung beiseite. Wahrscheinlich hatte er sich verhört.

»Gehen wir«, sagte er.

Âmina Efsâneh blickte sich zufrieden in ihrem Schlafgemach um. Alles schien aufs Schönste vorbereitet. Die Fenster waren abgedunkelt, sanftes Kerzenlicht erhellte den Raum. Die Vorhänge ihres riesigen Pfostenbetts waren zurückgeschlagen und gaben den Blick frei auf ein Meer aus seidenbunten, einladenden Kissen. Sie stammten von dem Diwan, der in einen Nebenraum gerückt worden war, da er für das, was die Gebieterin vorhatte, zu wenig Platz bot. Der Schreibtisch war hinausgeschafft worden und hatte einem viereckigen Eichentisch Platz gemacht, auf dem die verführerischsten Speisen bereitstanden: ein knusprig gebratener Kapaun, der bereits zerlegt worden war und kalt mit einem scharf gewürzten Mus aus Erbsen und Bohnen genossen werden sollte, dazu gebratene Lammkeule mit Minzsauce – eine Verbeugung vor der Herkunft des erwarteten Besuchers –, ferner eine in einem Kräuterbett liegende gedünstete Meerbarbe, in deren Maul drei Datteln steckten, zarte, mundgerechte Häppchen vom Schwertfisch, Muscheln in allen Formen und Größen, dampfend in einem mit Harissa gewürzten Sud, und nicht zuletzt Austern, jene Früchte des Meeres, die so sehr die Kraft eines Mannes zu stärken vermochten.

Außerdem ein kräftiger Rotwein von der Iberischen Halbinsel, der die Zunge löste und die Dämme brach. Und als Zwischenmahlzeit waren kleine, süße, köstliche Bällchen gedacht, die immer wieder den Appetit anregten – allerdings nicht jenen, der einen Essenswunsch nach sich zog.

Wo der Engländer nur blieb? Die Dame des Hauses blickte zum wiederholten Male an sich herab. Sie hatte jetzt nicht mehr das indigoblaue Seidengewand mit den weiten Ärmeln an, sondern ein rotes eng geschnittenes, ihre Figur betonendes Kleid, dessen Stoff von feinstem, mit Goldfäden durchzogenem Linnen war. Darunter trug sie nichts.

Ein herkulisch gebauter Schwarzer betrat das Schlafgemach, zwei hohe Stühle tragend. Es war ein Guinea-Neger, ein Leibeigener, den Chakir Efsâneh für sie auf dem Sklavenmarkt in Tanger zu einem sündhaft teuren Preis erstanden hatte. Der Zeitpunkt des Kaufs lag noch keine zwei Monate zurück, trotzdem war sie des Burschen schon überdrüssig geworden.

Der Schwarze stellte die Stühle an den Tisch und blieb abwartend stehen.

Âmina machte eine herrische Handbewegung. »Worauf wartest du noch? Los, verschwinde!«

Der Riese gehorchte prompt. Die Gebieterin zog verächtlich die Mundwinkel herunter. Der Bursche hatte sich wie erwartet als stark erwiesen, aber nicht als ausdauernd. Auch war er eher lustlos bei der Sache gewesen. Wahrscheinlich, weil er Heimweh hatte, eine Gefühlsregung, die Âmina völlig fremd war. Sie selbst stammte aus Ascalon am östlichen Rande des Mittelländischen Meeres, und sie hatte in den elf Jahren, die sie schon in Tanger an der Seite ihres Mannes lebte, noch kein einziges Mal Sehnsucht nach ihrer Heimatstadt verspürt.

Sie ging zu dem Pfostenbett und zupfte ein paar Kissen zurecht. Wieder überkam sie Ungeduld. »Wo bleibt der Kerl nur«, zischte sie halblaut vor sich hin.

»Meint Ihr mich?«

Die Hausherrin fuhr zusammen. Nur für einen Augenblick war sie überrascht, dann hatte sie sich wieder gefangen. Sie musterte den Ankömmling, der nur wenige Schritte von ihr entfernt dastand. Ja, das war er! An seinem blonden gelockten Haar, das im Gegenlicht der Kerzen schimmerte, hätte sie ihn unter tausend anderen erkannt. Wie gut er mit seinen markanten Gesichtszügen aussah! Er war zwar nicht so groß wie der Guinea-Neger, aber von stattlicher Erscheinung. Nur seine Kleidung ließ etwas zu wünschen übrig. Die gepolsterte Hüfthose und das Wams über dem Spitzenhemd saßen zwar tadellos, hatten aber schon bessere Tage gesehen. Ein Umhang fehlte ganz, wäre aber bei dem heißen Wetter auch des Guten zu viel gewesen. Dafür trug er eine Art Kasten bei sich, dazu einen ledernen Beutel. Vermutlich führte er darin seine Arzneien mit sich.

»Ja, ich warte auf Euch«, erwiderte die Gebieterin. Sie ging langsam auf den Besucher zu und setzte ihr strahlendstes Lächeln auf. Sie wusste, dass sie verführerisch aussah, denn bei Kerzenlicht wirkten ihre herben Gesichtslinien weich, ihre Lippen voller, ihre kalten Augen wärmer. »Wie darf ich Euch anreden? Lord …?«

Der Ankömmling hob abwehrend die Hand. »Nein, nein, das ist nicht nötig. Nennt mich einfach Cirurgicus. Als ein solcher darf ich mich mit Fug und Recht bezeichnen, denn ich habe in London das Examen als *Cirurgicus Galeonis* bei Professor Banester abgelegt.«

»Wie Ihr wollt. Allerdings scheint es mir ungewöhnlich, wenn jemand ein Lord ist und sich nicht so anreden lässt.« Das Lächeln der Hausherrin hielt unvermindert an. Es war ein Lächeln mit nichts dahinter als Zähnen.

»Nun« – Vitus hüstelte leicht verlegen –, »um die Wahrheit

zu sagen, spricht zwar alles dafür, dass ich von Adel bin, aber ein letztes Glied in der Beweiskette fehlt mir noch, und solange dies nicht gefunden ist, bin ich einfach Vitus von Campodios oder, noch kürzer, Cirurgicus. Und wie darf ich Euch anreden?«

»Mich?« Die Gebieterin zog die Augenbrauen zusammen, wie sie es immer tat, wenn sie scharf nachdachte. Was hatte der gut aussehende Besucher gesagt? Es müsse erst noch bewiesen werden, dass er ein Lord sei? Dann war er mit Sicherheit keiner. Ein Hochstapler also? Nein, ein armseliger Klosterschüler! Wenn überhaupt. Ein Stich des Ärgers durchfuhr sie. Dennoch lächelte sie weiter und entspannte die Brauen. »Mein Name ist Âmina Efsâneh, wie Ihr durch meinen Brief schon wisst. Ich bin die Gemahlin von Chakir Efsâneh, dem reichsten Kaufherrn der Stadt. Doch sparen wir uns die Förmlichkeiten, Cirurgicus, nennt mich Âmina, das mag genügen.«

»Wie Ihr meint – Âmina.« Vitus deutete eine Verbeugung an, verzog dann aber plötzlich das Gesicht und verlagerte sein Gewicht auf das andere Bein. Die Hausherrin wollte nach dem Grund fragen, doch der Besucher kam ihr zuvor: »Ihr habt mich rufen lassen, weil Ihr an der englischen Krankheit leidet. Nun, offen gestanden macht Ihr nicht den Eindruck, als hättet Ihr Fieber und Schweißausbrüche. Und todesmatt wirkt Ihr schon gar nicht.«

»Äh, ich ...« Âmina Efsâneh war für einen kleinen Moment verunsichert. Sie hatte nicht damit gerechnet, dass ihre List so leicht durchschaut werden würde.

Vitus' Blick wurde energisch. »Augenscheinlich ist das Ganze ein Missverständnis. Gestattet deshalb, dass ich mich empf...«

»Nein! Wartet!« Die Gebieterin hielt ihn am Ärmel fest. »Ihr habt natürlich Recht, es ist ein Missverständnis, und ein großes dazu! Ich werde es aufklären. Aber nun kommt erst einmal, legt

Eure Utensilien ab. Alles Weitere können wir beim Essen besprechen.« Sie zog ihren Besucher mit überraschender Kraft in den Raum und bedeutete ihm, sich zu setzen.

Er gehorchte widerstrebend. »Wie Ihr meint. Ich möchte nicht unhöflich sein. Meine Zeit ist begrenzt, denn Freunde warten auf mich.«

»Gewiss, gewiss.« Die Hausherrin setzte sich ebenfalls, darauf achtend, dass der Kerzenschein günstig auf ihr Gesicht fiel. »Wovon darf ich Euch anbieten? Ach, ich denke, als Erstes trinken wir einen Schluck Wein. Er ist köstlich, eine andalusische Traube, die nicht verdünnt sein will ...« Sie betätigte ein Glöckchen, woraufhin wie aus dem Nichts der Guinea-Neger erschien und den Roten in zwei Pokale füllte.

»Ich trinke auf Euch, Cirurgicus!«

»Und ich auf Eure Gesundheit, die offenbar kaum zu wünschen übrig lässt.«

Die Gebieterin lachte perlend. »Ihr nennt die Dinge beim Namen! Nun, um die Wahrheit zu sagen, ich bin tatsächlich nicht krank, zumindest nicht im üblichen Sinne. Dennoch interessiere ich mich sehr für Medizin.«

»Ihr interessiert Euch für Medizin?«

»Aber ja!«, log die Hausherrin strahlend. »Nicht nur für die arabische, auch für die indische und die des Abendlandes. Ihr als berühmter Arzt wisst doch sicher mehr als jeder andere darüber ...« Sie unterbrach sich. »Aber was bin ich nur für eine schlechte Gastgeberin! Nun greift erst einmal kräftig zu.«

»Wie Ihr meint – Âmina.« Der Cirurgicus suchte vergebens nach Löffel oder Messer.

Âmina Efsâneh ließ ihn eine Weile zappeln, dann nahm sie selbst ein paar Bissen mit Daumen, Zeige- und Mittelfinger der rechten Hand, so wie es in der arabischen Welt üblich war. Er tat es ihr nach, klaubte ein Stück von dem Kapaun auf, steckte es in das Mus aus Erbsen und Bohnen und führte es zum Mund.

Gleich darauf ging eine Veränderung mit ihm vor. Er würgte krampfhaft, keuchte und lief rot an.

»Oh, Cirurgicus!« Die Gebieterin legte ihre Hand besorgt auf seinen Arm. »Wie dumm von mir! Ich hätte es Euch vorher sagen müssen. Hierzulande mögen wir es scharf. Nehmt rasch noch einen Tropfen von dem Andalusier, doch was sehe ich? Ihr habt ja kaum noch etwas im Glas!«

Das stimmte zwar nicht, hielt sie aber nicht davon ab, erneut das Glöckchen stürmisch zu läuten. »Ngongo, Ngongo! Wo steckst du Faulpelz nur wieder!«

Der Schwarze eilte herbei und schenkte nach. Ein wenig Wein spritzte dabei auf das Tischtuch, eine Ungeschicktheit, welche die Gastgeberin allerdings nicht bemerkte. Sie beobachtete den Cirurgicus, dessen Interesse an dem Sklaven geweckt zu sein schien. Er befahl dem Schwarzen innezuhalten und drehte dessen Kopf so, dass er das linke Auge betrachten konnte.

Âmina Efsâneh wusste genau, warum. »Ich sehe, die seltsame Nickhaut meines Sklaven ist Euch nicht entgangen«, rief sie.

»In der Tat.« Vitus trank einen Schluck. »Das, was Ihr als Nickhaut bezeichnet, nennen wir Ärzte *Pterygium* oder Flügelfell. Wir verstehen darunter ein Phänomen, das an verschiedenen Körperstellen auftreten kann: etwa als Membran zwischen den einzelnen Fingern oder als Gewebe, das über die Nagelplatte wächst oder eben auch als Fell, das zum Teil die Hornhaut des Auges bedeckt.«

Vitus machte eine Pause, dann fuhr er fort: »Das Fell kann so auswuchern, dass die Sehfähigkeit deutlich eingeschränkt ist.«

»Interessant, interessant. Doch kümmert Euch nicht weiter um den Sklaven. Greift lieber kräftig zu und versucht einmal den Schwertfisch. Ich versichere Euch, er ist bei weitem nicht so scharf wie das Mus zum Kapaun.« In Âmina Efsânehs Stimme schwang jetzt leichte Ungeduld mit.

»Wie Ihr wollt.« Vitus gehorchte und stellte fest, dass seine Gastgeberin Recht hatte. Er nahm ein zweites Häppchen, dann ein drittes. »Ihr sagtet vorhin, Eure Vorliebe gelte der Medizin? Welches Gebiet beschäftigt Euch denn am meisten?«

Die Hausherrin tat, als sei sie leicht verlegen. »Welches Gebiet, fragt Ihr? Nun, ich fürchte, es ist ein unerforschtes. Und eines, über das man gemeinhin als Dame nicht spricht. Aber ich will es frei heraus sagen, schließlich seid Ihr Arzt. Es betrifft das Feuer, dass zwischen Mann und Frau brennt. Die Hitze, die eine Frau zum Mann und einen Mann zur Frau treibt, der sehnlichste Wunsch nach immer neuer geschlechtlicher Vereinigung.«

Vitus blickte sie erstaunt an. »Und dieses Thema bewegt Euch?«

Die Gebieterin atmete tief ein. Sie wusste, dass ihre Brüste sich auf diese Weise vorteilhaft unter ihrem Linnengewand abzeichneten. »Ja, sehr«, girrte sie, »was mag in einem Körper vorgehen, der solcherart fühlt?«

Ihr Gast setzte zu einer Entgegnung an, doch sie ließ ihn nicht zu Wort kommen. »Nehmt eines dieser Bällchen, es besänftigt die brennende Zunge.« Sie beugte sich vor und bot aus der Schüssel mit den Bällchen an.

»Danke.« Vitus griff eines heraus und steckte es in den Mund. »Eure Frage ist schwer zu beantworten.«

Âmina Efsâneh nickte. Gespannt wartete sie auf die Wirkung des Kügelchens. Es bestand aus einer kleinen Menge Opium, Mandragora, Spargelessenz und einer Reihe anderer hochwirksamer Stoffe. Als Trägermasse diente Gummiarabikum mit eingedicktem Honig, und beides verlieh der Oberfläche eine gewisse Elastizität und Klebrigkeit. Auf der ganzen Welt gab es kein wirksameres Aphrodisiakum.

»Es hängt mit dem Gleichgewicht der Säfte zusammen, die im Leibe arbeiten«, sagte Vitus. »Wir unterscheiden gelbe Galle,

Blut, Schleim und schwarze Galle. Wenn nun gelbe Galle und Blut überwiegen, entsteht zu viel Hitze im Körper und damit das Verlangen nach Fleischeslust.«

Die Hausherrin hatte kaum zugehört. Wie gut der blonde Cirurgicus doch aussah! So männlich, so stattlich. Wie tief seine Stimme war! Wie ernst er bei allem, was er sagte, wirkte! Unwiderstehlich. Sie musste ihn haben. Sofort. Ihre Worte klangen heiser, als sie sagte: »Ich verstehe, ich verstehe. Die Säfte sind in Wallung. Ich kenne das von einer Freundin. Sie gibt niemals Ruhe, bevor sie nicht einen Mann da hat, wo sie ihn haben möchte.«

Sie stand auf und ging auf das Bett zu, ihn dabei nicht aus den Augen lassend. »Wollt Ihr nicht noch eines von den Kügelchen probieren?«

»Nein, warum?«

»Dann wollt Ihr vielleicht etwas anderes? Vielleicht einen Augenblick ruhen? Hier, bei mir?« Unvermittelt schlüpfte sie aus ihrem hauchzarten Gewand und legte sich auf das Bett. Sie schloss die Augen und seufzte. Es war ein sehnsuchtsvoller, lüsterner Laut. Dann zog sie langsam die Beine an und spreizte sie so weit, dass er tief in ihren Schoß blicken konnte, in ihren glatt rasierten Blütenkelch, den sie mit Henna rot gefärbt hatte, so wie es Chakir Efsâneh, der Perser, liebte, als er noch ein Stier war. Ihr Seufzen ging in Stöhnen über. Es würde den stattlichen Blonden wie magisch zu ihr hinziehen. Er würde es kaum erwarten können, in sie einzudringen. Sie wusste es, denn es war bei allen Männern so gewesen. Sie würde sich noch ein wenig zieren und ihm als Erstes die Weidengerte geben, damit er sie schlug. Nicht zu fest und nur auf das Gesäß. Hundert Mal, das würde genügen, um sie die höchsten Wonnen erreichen zu lassen. Und dann, dann würde auch er seine Lust haben dürfen. Vielleicht …

»Es scheint, Ihr und Eure Freundin seid ein und dieselbe Person.« Die Stimme des Cirurgicus riss sie aus ihren Träumen. Sie klang sachlich und keineswegs erregt. Die Gebieterin schlug die Augen auf. Da stand er, seine Instrumente und Medikamente wieder in der Hand. Er wollte doch nicht etwa gehen?

»Ich bin Arzt und kein lüsterner Satyr, merkt Euch das. Ihr leidet zwar an Hitze, nicht aber an der englischen Krankheit.«

»Aber ich ...«

»Ich empfehle Euch dreimal am Tag ein Kaltwasserbad und dazu eine Arbeit, die Euch ausfüllt. Ich wünsche Euch einen entspannten Tag.«

Sprach's und ging.

»Donnerwetter, die Dame ist ja ganz schön hartnäckig.« Der Magister schielte über seine Berylle hinweg und versuchte einen Blick auf die Botschaft zu erhaschen, die Vitus in den Händen hielt. »Was schreibt sie denn diesmal?«

»Âmina Efsâneh entschuldigt sich für ihr Verhalten, es sei unverzeihlich, dennoch hoffe sie auf mein Verständnis, da ich ja Arzt sei und sie als Patientin betrachten müsse.«

»Will sie denn, dass du sie behandelst?« Der kleine Gelehrte fuhr fort, das Bein seines Freundes zu massieren. Er tat es behutsam und gekonnt, denn in der Zeit ihrer Freundschaft hatte er vieles über Krankenpflege gelernt.

»Nein, das nicht. Ich habe ihr schon zu kühlen Bädern geraten. Und auch zu Arbeit. Beides nimmt die Hitze aus dem Unterleib.« Vitus lehnte sich auf seinem Bett zurück. Die Massage seines Freundes tat gut. Heute, einen Tag nach seinem Besuch im Hause der liebestollen Kaufmannsfrau, ging es seinem Bein wieder ein wenig besser. »Sie möchte vielmehr, dass ich ihrem Sklaven Ngongo helfe. Er ist ein Schwarzer, der unter einem Flügelfell im linken Auge leidet. Sie fragt, ob ich es operieren könne. Der Mann müsse sonst verkauft werden, da seine Sehfähigkeit nicht mehr ausreiche.«

»Warum sollst ausgerechnet du ihn operieren? Es gibt viele Ärzte in Tanger. Außerdem wollen wir weiterreisen. Hier hält uns nichts mehr, nicht wahr, Zwerg?«

»Wui, wui, nix, nix!« Enano nickte so heftig, dass ihm die roten Haarbüschel um den Kopf flogen.

»Die Operation eines *Pterygiums* kommt äußerst selten vor. Ich bezweifle, dass es in Tanger Wundschneider gibt, die diesen Eingriff beherrschen.«

»Ach?« Die Finger des Magisters verharrten für einen Augenblick. »Und was willst du damit sagen?«

»Ich will damit sagen, dass ich den Schwarzen operieren werde. Er kann schließlich nichts dafür, dass er eine liebessüchtige Herrin hat, auch wenn er sicherlich mehrfach bei ihr lag.«

»Das stimmt. *Actus non facit reum, nisi mens sit rea,* wie wir Rechtsgelehrten sagen.«

Der Zwerg zwinkerte mit den Augen. »Lateng, Lateng, alleweil Lateng! Wui, was truschst du nur daher?«

»Ich sagte: Eine Handlung macht nicht schuldig, wenn nicht die Gesinnung schuldig ist«, erklärte der Magister.

Vitus zog sein Knie an und rollte das Hosenbein herunter. »Jedenfalls werde ich operieren.«

»Soso.« Der kleine Gelehrte schloss das Döschen mit der Massagesalbe von Doktor Chamoucha. »Und darf man fragen, wer dir dabei assistieren wird?«

»Du natürlich.«

»Ich? Bist du von allen guten Geistern verlassen? Ich habe noch nie bei einer solchen Operation geholfen!«

»Dann ist es nun das erste Mal.« Vitus erhob sich und ergriff seine Arztkiste mit den Instrumenten. »Sag der Dienerin draußen, sie möge schon vorgehen und ausrichten, dass wir den Eingriff wagen. Enano bleibt hier und hütet das Haus. Nicht wahr, Zwerg? Du kannst auch schon einen Teil unserer Sachen packen, und mit ein wenig Glück erwischen wir morgen oder übermorgen ein Schiff, dass uns ins Adriatische Meer bringt.«

Während der Winzling eifrig sein übliches »Wui, wui« fistelte, was aus dem Französischen kam und im Rotwelschen nichts anderes als »Ja, ja« bedeutete, schritt der Magister vor die Tür, wo Rabia geduldig wartete.

»Richte deiner Gebieterin aus, wir werden den Sklaven heilen«, sagte er. »*Volente Deo* oder, um es mit deinen Worten auszudrücken: Wenn Allah will.«

»Setz dich da auf den Stuhl, das Gesicht zur Sonne«, befahl Vitus dem Schwarzen. Er stand auf der Dachterrasse des mehrstöckigen, mit zahllosen Zinnen, Bögen und Erkern verzierten Anwesens von Chakir Efsâneh und richtete seine Instrumente auf einem bereitgestellten hohen Hocker aus.

»Ja, Herr.« Der Guinea-Neger nahm ein wenig ängstlich Platz.

»Du brauchst keine Angst zu haben. Ich bin Cirurgicus und habe die Operation schon mehrfach ausgeführt. Sie dauert nur ein paar Minuten. Der Magister wird mir zur Hand gehen.«

Der kleine Gelehrte nickte aufmunternd. »So ist es, so ist es. Sag mal, Vitus, wo steckt eigentlich die Dame des Hauses? Sie war doch so besorgt um Ngongo, da müsste sie eigentlich hier sein.«

Die Dienerin, die in der Nähe stand, sagte: »Ich bin ja hier, Herr, die Gebieterin lässt sich entschuldigen. Aber sie legt Wert darauf, dass der Cirurgicus ihr anschließend den Verlauf der Operation schildert.«

»Aha, nun ja, das ist wenigstens etwas«, brummte der kleine Gelehrte und gab sich mit der Antwort zufrieden.

Unterdessen hatte Vitus das Flügelfell noch einmal intensiv in Augenschein genommen. Das *Pterygium* war ein zartes, schwach transparentes Häutchen, das im inneren Augenwinkel begann und das Sehorgan häufig bis zur Mitte überlappte. In diesem Fall war die dunkelbraune Iris des Patienten so stark verdeckt, das nur noch ein kleiner Teil von ihr freilag. Dann inspizierte er noch einmal die Instrumente auf dem Hocker. Ja, alles Notwendige schien vorhanden zu sein. Er konzentrierte sich und ging im Geiste die einzelnen Operationsschritte durch. »Magister, sei so gut und trete hinter den Patienten. Ja, so, die Position ist richtig.«

Vitus wandte sich dem Schwarzen zu, der trotz des Zuspruchs immer ängstlicher dreinblickte. »Es wird nicht wehtun, Ngongo, nur ein wenig unangenehm sein.« Er nahm einen *Hamus acutus*, einen spitzen Wundhaken, und betrachtete ihn prüfend. »So, Magister, zieh ihm das obere Lid hoch.«

Der kleine Gelehrte tat es.

Eine große Fläche des Augapfels war nun sichtbar. Vitus probte mit der linken Hand ein paarmal die Bewegung, die er gleich mit dem Haken ausführen wollte. Sie sollte von der Mitte des Auges nach innen gehen. Als er sich seiner Sache sicher war, setzte er den Haken an und schob ihn unendlich vorsichtig nach links – genau zwischen Hornhaut und Flügelfell. Beides durfte auf keinen Fall verletzt werden. Als das Instrument ungefähr ein Viertelzoll tief eingedrungen war, hob er das Flügelfell leicht vom Augapfel ab.

Dann, während er mit der Linken weiterhin das Fell hochhielt, griff er mit der Rechten zu einer gebogenen Nadel und stach sie von unten hindurch. Jetzt konnte der an der Nadel befindliche Faden die Funktion des Wundhakens übernehmen. Vitus zog ihn stramm, und das Flügelfell blieb in seiner Position. Aufatmend legte er den Wundhaken beiseite.

»Du bist sehr tapfer, Ngongo«, lobte er, »Magister, halte das Lid des Patienten weiterhin ruhig und fest.«

»Mach ich, mach ich«, versicherte der kleine Mann.

»Gut. He, Dienerin, wie ist eigentlich dein Name?«

»Rabia, Herr.«

»Schön, Rabia. Du wirst die Dritte im Bunde sein. Während der Magister und ich operieren, sollst du von Zeit zu Zeit die Tränen von Ngongos Wange wischen. Nimm dazu ein sauberes Tuch. Da auf dem Hocker liegt eines.«

»Ja, Herr.« Die Dienerin tat, wie ihr geheißen.

»Magister, könntest du zusätzlich den Faden nehmen?«

»Nichts leichter als das.« Der kleine Gelehrte wickelte sich den Faden um den Zeigefinger der anderen Hand und hielt ihn stramm.

Vitus, der jetzt wieder beide Hände frei hatte, griff als Nächstes zu einem *Pterygotom*. Das *Pterygotom* war ein Kombinationsinstrument, das auf der einen Seite einen spitz zulaufenden Löffel aufwies, auf der anderen eine Klinge. Er schob den Löffel behutsam unter das Flügelfell, weiter und immer weiter, bis er zum inneren Augenwinkel vorgedrungen war. Auf diese Weise löste er die zarte Membran auf ganzer Fläche vom Augapfel. Anschließend nahm er das Instrument heraus und schob stattdessen einen stumpfen Wundhaken darunter, den *Hamus retusus*.

Nun hielt Vitus mit der Linken den Haken an Ort und Stelle, drehte das *Pterygotom* um und begann mit der Spezialklinge, von innen ausgehend, das Fell an den Rändern zu durchtrennen. Nach kurzer Zeit war auch diese Arbeit getan.

»Du kannst das Lid loslassen, Magister«, sagte er zu seinem Freund, welcher der Aufforderung gerne folgte, weil ihm die Hand langsam einschlief.

Rabia tupfte Tränenflüssigkeit ab.

»Jetzt bin ich gespannt«, sagte der kleine Gelehrte.

»Sieh mich an, Ngongo«, befahl Vitus. Der Patient gehorchte. Er blinzelte ein paarmal heftig und stellte staunend fest, daß er wieder uneingeschränkt sehen konnte. Vitus entfernte zwei, drei kleine Blutstropfen, die sich im Augenwinkel sammelten. Die winzigen Schnitte, aus denen sie heraustraten, würden rasch von selbst zuheilen. Er legte das *Pterygotom* zur Seite. »Das war's.«

Âmina Efsâneh trug an diesem Tag ein weites, wenig ansehnliches Kleid, das keinerlei Zweifel an ihren ehrenwerten Absichten aufkommen ließ. Auch hatte sie nicht in verschwenderischer Fülle Speisen auffahren lassen wie beim letzten Mal, sondern nur dafür gesorgt, dass eine kleine Stärkung in der Mitte des Tisches stand. An diesem Tisch saß sie nun mit Vitus.

»Erinnert Ihr Euch«, fragte sie freundlich, »wie Euch gestern die scharfen Speisen den Mund verbrannt haben? Wie Ihr seht, besteht diese Gefahr heute nicht. Die kleinen Bällchen allerdings, die ich Euch abermals anbiete, löschen nicht nur das Feuer im Mund, sie sind darüber hinaus äußerst schmackhaft. Nehmt nur eines.«

Vitus tat es. Es mundete ihm, deshalb kaute er es sorgfältig durch, bevor er es hinunterschluckte. »Es schmeckt überwiegend nach Honig«, sagte er. »Schon gestern fiel mir das auf. Was ist denn noch darin?«

Die Hausherrin lachte. »Wenn ich das wüsste! Meine Dienerin Rabia kauft die Dinger immer auf dem Markt. Versucht ruhig noch eines, Cirurgicus, und dann müsst Ihr mir unbedingt nochmals den Operationsverlauf schildern.«

»Warum nicht.« Vitus schob sich ein weiteres Kügelchen in den Mund. Dann begann er mit kurzen, knappen Worten den Eingriff zu beschreiben. Während er das tat, griff er zu einem dritten und vierten Bällchen.

»Die Operation war einfach«, sagte er abschließend, »sehr einfach«, und er glaubte förmlich zu fühlen, wie einfach sie gewesen war. Eine Art Beschwingtheit überkam ihn, womöglich, weil er in Bälde zu neuen Ufern aufbrechen würde. Sein Bein tat ihm überhaupt nicht mehr weh. Er hatte es während der Operation, die er im Stehen vornehmen musste, überhaupt nicht gespürt. Ja, die Operation war einfach gewesen, und er fragte sich, wann er den nächsten Eingriff würde vornehmen müssen. Und bei wem. Schade eigentlich, dass ich Tanger schon verlasse, dachte er, es ist eine schöne Stadt. Alles ist schön hier, alles.

Selbst Âmina, die ihm gegenübersaß, war schön. Die harten Linien, die er gestern trotz des Kerzenlichts in ihrem Gesicht entdeckt hatte, schienen verschwunden zu sein. Dabei hatte sie heute ebenfalls Kerzen anzünden lassen.

Vitus schüttelte den Kopf, denn er verstand nicht, was er dachte. Ein leichter Schwindel bemächtigte sich seiner. Als er wieder klar sehen konnte, sah er Âmina direkt in die Augen. Sie war jetzt ganz nah. Wie gut, dass sie nah war, denn sie war schön. Und weich. Ihre Brüste waren weich, sie gaben unter seinen Händen nach, schmiegten sich in sie hinein, während die Spitzen sich steil aufrichteten. Ein neues Schwindelgefühl ergriff von ihm Besitz, der Himmel des Pfostenbettes begann sich über ihm zu drehen, doch dann kam er wieder zum Stillstand und statt seiner erschien das wunderschöne Gesicht von Âmina. War es Âmina? Wer war Âmina? Das Gesicht war von kupferroten Haaren umrahmt, ja, das war es. Es gehörte Arlette, seiner Arlette, die er im letzten Jahr an den schwarzen Tod verloren hatte. Und nun lebte sie wieder. War lebendig wie eh und je, atmete schnell und lachte über ihm, küsste ihn, ließ ihre Zunge in seinen Mund gleiten, fordernd, verlangend, wie er es nie an ihr gekannt hatte. Ihre Hand fuhr hinunter an sein Glied, massierte es, bewegte die Vorhaut auf und nieder, schnell und schneller, im Bemühen, es steif zu machen. Hoho, welch unnötige Tätigkeit! Er spürte, dass es auch so hart wurde, hart genug, um alle Frauen dieser Welt zu beglücken. Er spürte, wie Arlette sich auf ihn setzte, sich auf ihm niederließ wie eine Henne auf das Ei. Hoho, welch lustiger Vergleich! Er wälzte sich herum, damit

Arlette unter ihm lag, wie früher, so wie sie es gern hatte. »Gib mir die Sporen!«, glaubte er sie rufen zu hören, und er gab ihr die Sporen, stieß in sie hinein mit seiner ganzen Kraft, immer wieder, bis sich seine gesamte Anspannung in einem einzigen Schrei auflöste.

»Arleeeeette!«

Âmina Efsâneh lag erschöpft auf ihrem großen Bett und bebte vor Zorn. Zwar hatte sie einen Liebesakt, so wild und intensiv wie selten, erlebt, doch war sie gleichzeitig beleidigt worden wie niemals zuvor: Im Augenblick der höchsten Lust hatte der Mann, der wie tot neben ihr schlief, den Namen einer fremden Frau gerufen. Einer fremden Frau namens Arlette. Dafür musste der verdammte blonde Kerl, dessen Schwanz Allah verrotten lassen mochte, in der Hölle schmoren! Bis zum Jüngsten Tag! Hasserfüllt zischte sie: »Bei Allah, dem Kämpfenden, dem Listigen! Du hast mich benutzt wie eine Bodenvase, in die du deinen Stängel hineingestoßen hast. Das wirst du mir büßen!«

Der Feigenvertilger Mehmet Pascha

*»Ich hab's! Deine Belohnung soll meine Gesellschaft sein.
Du darfst bei mir bleiben und sollst mich von nun an
täglich in Laune bringen – als Spaßmacher,
als Narr und als Hanswurst. Ja, so will ich es!
Und dein Titel wird sein:
Mehmet Paschas persönlicher Lachmuskelerwecker!«*

In den kurzen Momenten, da Vitus halbwegs bei Sinnen war, hatte er das Gefühl, er befände sich auf See. Sein Körper wurde durchgerüttelt und -geschaukelt, als säße er bei Sturm in einer Nussschale. Mehrfach wurde ihm schlecht, und fast hätte er sich übergeben, doch ein gnädiges Schicksal nahm ihm immer wieder rechtzeitig das Bewusstsein.

Endlich vermochte er seine Umgebung wieder richtig wahrzunehmen und stellte zu seiner nicht geringen Überraschung fest, dass er von einem großen Mann getragen wurde, über dessen Schulter er wie ein nasser Sack hing. Daher rührte also das Gefühl! Mit einiger Anstrengung hob er den Kopf und blickte dem Mann ins Gesicht. Es war schwarz. Und es gehörte Ngongo.

Ngongo trug ihn!

»Lass mich herunter!«, rief er und wollte sich befreien, doch ein wütender Ausruf brachte ihn zum Schweigen:

»Maul halten! Bleib, wo du bist!«

Erst jetzt bemerkte Vitus die beiden Männer, die hinter Ngongo gingen. Sie waren tief verhüllt und hatten Musketen in der Hand. Einer der beiden stieß sein Schießgerät unsanft in

Ngongos Rücken. Der Schwarze taumelte, tat einen großen Schritt nach vorn und konnte sich gerade noch fangen.

Vitus verlor erneut das Bewusstsein …

Das Erste, was er beim nächsten Wachwerden bemerkte, war der durchdringende Geruch. Er kroch in seine Nasenlöcher und war so stark, dass er fast die Schleimhäute verätzte. Es war der Gestank nach menschlichen Exkrementen. Und Vitus saß mitten darin. Genauer gesagt, auf einer Ruderbank, mit angeketteten Füßen, die bis zu den Knöcheln in einem Sumpf aus Fäkalien steckten. Er war nackt, bis auf einen Schurz. Neben ihm, links, saß Ngongo, ebenfalls dürftig gekleidet, und rechts von ihm zwei Männer, die er nicht kannte. Und ganz außen, direkt an der Bordwand des Schiffs, kauerte – der Magister.

Vitus wollte seinen Augen nicht trauen.

»Doch, ich bin's«, krächzte der kleine Gelehrte. »Sieht so aus, als würde unsere Seereise nach Venedig etwas beschwerlicher werden.« Er grinste schief, blinzelte heftig, denn sein Nasengestell mit den Beryllen war fort, dann deutete er nach vorn auf ein armdickes Langruder. »Man sagte mir, wir müssten es betätigen, und ich fürchte, uns wird nicht viel anderes übrig bleiben.«

»Großer Gott, wie kommst du nur hierher?« Vitus blickte sich um. Vor ihm, hinter ihm, überall saßen Männer auf Ruderbänken, angekettet, stumm, in sich zusammengesunken. Sie befanden sich auf einer Galeere, und die Galeere lag im Hafen von Tanger. Vitus erkannte es an der Kasbah hoch über der Stadt.

»Auf Umwegen.« Wieder grinste der kleine Gelehrte, doch Vitus kannte ihn zu gut, um nicht zu wissen, wie es in Wahrheit um ihn bestellt war.

»Auf Umwegen?«

»Ja, gewissermaßen. Nachdem du zu der feinen Dame entschwunden warst, um ihr Bericht über die Operation zu erstatten, bin ich ganz normal zu unserem Haus in der Straße der Silberschmiede gegangen, habe ein paar Worte mit Enano gewechselt und mich dann ein wenig aufs Ohr gelegt. Ich weiß nicht genau, wie lange ich in Morpheus' Armen schlummerte, aber plötzlich standen zwei finstere Gestalten über mir und meinten, ich müsse ihnen unbedingt folgen. Natürlich war ich nicht einverstanden, aber sie hatten ein überzeugendes Argument – zwei Musketen, mit denen sie mir vor der Nase herumfuchtelten. Da bin ich mitgegangen. Was hätte ich anderes tun können? Zum Glück scheint ihnen wenigstens der Zwerg entwischt zu sein. Das Ganze ist erst eine Stunde her. Als sie mich hier anketteten, warst du mit Ngongo schon da. Was ist bloß mit dir passiert, du Unkraut?«

Trotz der Situation musste Vitus lächeln. Es war eine kleine Ewigkeit her, dass der Magister ihn »Unkraut« genannt hatte. Die Anrede hatte ihren Ursprung im Kerker von Dosvaldes, wo Folterungen an der Tagesordnung waren. Der kleine Mann mit seinem Galgenhumor hatte vor den Torturen der spanischen Inquisition stets »Unkraut vergeht nicht!« gerufen, weshalb Vitus ihn alsbald mit »Du Unkraut!« ansprach. Er seinerseits tat dasselbe mit ihm, denn auch Vitus war grausam gefoltert worden.

»Was mit mir passiert ist? Wenn ich das nur wüsste. Ich war im Schlafgemach der Âmina Efsâneh, daran kann ich mich erinnern, auch daran, dass ich den Eingriff mehrmals schilderte und dass ich kleine Bällchen aß und dass mir so leicht wurde und dass ... nein, daran erinnere ich mich lieber nicht. Aber ich habe so eine Ahnung, als verdankten wir der reichen Kaufmannsfrau unseren Aufenthalt hier.«

Der kleine Gelehrte blinzelte. »Wieso das?«

Vitus wollte zu einer Antwort ansetzen, wurde aber durch lautes Rufen und gellende Befehle unterbrochen. Eine Neunschwänzige zischte durch die Luft und traf schmerzhaft seinen Rücken. Es sah so aus, als wolle das Schiff in See stechen. Wieder zischte die Peitsche. Belegtaue wurden von Besatzungsmitgliedern an Bord genommen und sorgfältig aufgeschossen. In die Ruderer kam Leben. Der dumpfe Laut einer Kesselpauke ertönte. Ein langsamer Rhythmus hob an.

Abermals traf ihn die Neunschwänzige. Hart und unmissverständlich.

Da griff er nach vorn zum Langruder.

Auf der Poop, dem überdachten Achterschiff der schnittigen Galeere, an deren Heck der arabische Schriftzug *Yildirim* prangte, saß ein ungeschlachter Mann, der süße, getrocknete Feigen in Mengen vertilgte. Sie stammten von einem der vielen Souks in Tanger, wo er noch am selben Morgen gewesen war, und er hatte, ganz gegen seine sonstige Gewohnheit, sogar dafür bezahlt.

Der Mann hieß Mehmet, ein keineswegs ungewöhnlicher Name im Arabischen, weshalb er Wert darauf legte, mit »Mehmet Pascha« angesprochen zu werden.

Die Feigen in seiner Hand wurden warm und klebrig. Er nahm eine weitere, biss den Stängel ab und spie ihn über die Reling hinaus ins Meer. Dann verschwand die Frucht im Gestrüpp seines gewaltigen schwarzen Schnauzbarts.

Während er kaute, wanderten seine Augen über Deck und die zweihundertachtzig Ruderer, die sich rhythmisch zum Schlag der Kesselpauke bewegten. Endlich waren seine Bänke wieder vollzählig besetzt! Mehmet Pascha verspürte so etwas wie Dankbarkeit, als er an die Dienerin der Kaufmannsfrau Efsâneh dachte, welche ihm so selbstlos zu neuen, kräftigen Kerlen verholfen hatte. Nun ja, ganz so selbstlos vielleicht doch nicht, immerhin hatte sie ihre Hand ziemlich weit aufgehalten, bevor er seine Häscher auf die Burschen ansetzen durfte. Besonders der Neger war ein Prachtexemplar, aber auch der blonde Bursche stand recht gut im Saft. Nur der Kleine mit den seltsamen Glaslinsen vor der Nase, die er sogleich über Bord hatte werfen lassen, hatte wenig Muskeln. Vielleicht aber machte er das durch Ausdauer wett. Auf jeden Fall war die *Yildirim* wieder vollständig besetzt.

Die *Yildirim*. Sie war ein gutes Schiff, wenn auch eines mit bewegter Vergangenheit. Anno 1568, nach Zählweise der Ungläubigen, in Venedig gebaut, war sie zunächst auf *Torcello* getauft worden. Unter diesem Namen hatte sie drei Jahre später, anno 1571, an der Seeschlacht von Lepanto teilgenommen, in der die Heilige Allianz der Christen die Flotte der Osmanen vernichtend schlug. Don Juan d'Austria, der Halbbruder Philipps II. und Befehlshaber der Christenflotte, hatte seine Streitmacht dabei in drei Geschwader gegliedert: die Hauptmacht in der Mitte, die unter seinem persönlichen Kommando stand, den rechten Flügel unter dem Genuesen Gianandrea Doria und den linken, ganz aus venezianischen Galeeren bestehenden, unter Barbarigo.

Im Verlaufe der taktischen Manöver diesseits und jenseits der Kampflinie war es den türkischen Kräften gelungen, den linken Flügel vorübergehend zu umfassen und ihn in arge Bedrängnis zu bringen. Die *Torcello,* die gleich zu Beginn der Schlacht zwei schwere Treffer im Vorschiff erhalten hatte, machte bereits erheblich Wasser, als der Enterkampf begann. Die Janitscharen waren, *»Allah akbar!«* brüllend, an Bord gestürmt, und ihre Krummsäbel hatten blutige Ernte unter den halb Ertrunkenen gehalten. Doch hatten die Osmanen sich nicht lange an ihrer Eroberung freuen können, denn die *Torcello* sank tiefer und tiefer, während sie waidwund nach Norden trieb, bis das Meer schließlich ein Einsehen hatte und sie am Kap Scrophia auf die Klippen warf.

Hier war sie kurz darauf von den Osmanen, die in der Schlacht mehr als hundertfünfzig Schiffe verloren hatten, geborgen und nach Smyrna geschleppt worden, wo man sie aufwendig reparierte und den typischen roten Anstrich der venezianischen Galeere in einen blauen umwandelte. Monate danach, niemand wusste genau zu sagen, wie, war sie in den Besitz von Mehmet Pascha gelangt, der sie fortan *Yildirim* nannte. *Yildirim*, weil er mit ihr und seinen Männern wie der Blitz zwischen seine Feinde fuhr.

»Baaah!«, machte der Kommandant und verzog das Gesicht, als einer seiner Backenzähne sich schmerzhaft meldete. »Das süße Zeugs bringt Mehmet Pascha um.« Er spuckte die halb gekaute Frucht auf die Decksplanken und warf den Rest der Feige hinterher. »Hakan!«

»Jawohl, Mehmet Pascha!« Hakan, der sich am Hauptmast aufgehalten hatte, eilte über die schmale Laufbrücke, Corsia geheißen, zwischen den Ruderern zurück nach achtern und verbeugte sich tief. »Zu Befehl, Mehmet Pascha.«

»Mach das weg!«

»Jawohl.« Mehmet Paschas persönliche Ordonnanz erledigte den Befehl prompt. Er stand in der Gunst des Kommandanten weit oben, und er wollte, dass es in jedem Fall so blieb.

»Ali!« Der Pascha wedelte Hakan mit der Hand fort und drehte den massigen Kopf halb nach hinten, wo der Steuermann an der Pinne stand. »Ich will nicht zu weit auf See hinaus, wie viele Meilen sind wir von Tanger entfernt?«

Tanger, seit nunmehr einhundertacht Jahren portugiesisch, stand unter der schwachen Herrschaft König Heinrichs aus dem Hause Avis, weshalb Philipp II. von Spanien seit geraumer Zeit seine gierigen Hände nach der alten Hafenstadt südlich der Säulen des Herkules ausstreckte. Dieses Machtvakuum nutzte Mehmet Pascha, um hier eine Art Stützpunkt einzurichten, von wo aus er schon wiederholt versucht hatte, eine der dicken Schatzgaleonen zu kapern, die jedes Frühjahr aus Neu-Spanien herüberkamen. Bisher jedoch leider ohne Erfolg.

Ali antwortete in strammem Ton: »Wir haben seit zwei Stunden keine Landsicht, Mehmet Pascha. Es dürfte nicht mehr lange dauern, und wir geraten in die Nord-Süd-Strömung des Westmeers.«

»Dann ist es besser umzukehren.« Der Pascha erhob sich ächzend von seinem mit rotem Samt ausgeschlagenen Kommandantensessel. »Eine Galeere ist nun mal nicht hochseetauglich, selbst wenn sie aus Venedig kommt.«

»Jawohl, Mehmet Pascha.« Ali blickte starr geradeaus.

»Doch zuvor werden wir zu Allah beten, wie es sich für jeden anständigen Muselmanen um diese Zeit geziemt.« Der Pascha blickte zum Himmel, um sich nach Osten zu orientieren. Er hätte dazu auch Alis Kompass befragen können, doch es war ihm lieber so. Auch der Prophet hatte sich nicht eines solchen Hilfsmittels bedienen können. »Hakan!«

»Jawohl, Mehmet Pascha!« Die Ordonnanz brachte den Gebetsteppich des Kommandanten, den dieser höchstpersönlich ausrollte. Alle an Bord, ausgenommen die ungläubigen Ruidersklaven, wandten sich nach Osten, dorthin, wo die heilige Stadt Mekka lag, und Mehmet Pascha sprach mit dröhnender Stimme den Text der Ersten Sure, die auch »Die Eröffnende« genannt wird und gen Mekka offenbart wurde:

»Lob sei Allah, dem Weltenherrn,
dem Erbarmer, dem Barmherzigen,
dem König am Tag des Gerichts!
Dir dienen wir und zu Dir rufen um Hilfe wir.
Leite uns den rechten Pfad,
den Pfad derer, denen Du gnädig bist,
nicht derer, denen Du zürnst, und nicht der Irrenden.«

Als sie ihr Gebet beendet hatten, richtete der Pascha sich auf. »Und wenn uns nicht bald einer dieser ungläubigen Hunde vor die Geschütze läuft«, knurrte er, »will ich verflucht sein.«

»Inschallah!«, murmelte Hakan.

Am Abend desselben Tages ging Mehmet Pascha an Land, kaum dass die *Yildirim* im Hafen von Tanger festgemacht hatte. Ihm stand der Sinn nach frischen Feigen, Dattelschnaps, Huren und üppigem Essen. Genau in dieser Reihenfolge.

Nach mehreren Stunden – er hatte zweimal seine Gebete versäumt –, traf er wieder an der Pier ein, wo sein Schiff vertäut lag. Da er es nicht gleich fand, ging er immer dem Gestank nach. Schon von weitem begrüßte ihn das Schnarchen der zu Tode erschöpften Christensklaven an den Rudern. Dummes, ungläubiges Pack! Stinkende Körper! Aber sie waren nun einmal notwendig, um seine Galeere voranzutreiben. Er schwankte leicht, rülpste vernehmlich und fischte eine Feige aus der Unergründlichkeit seines Schalwars, eines Beinkleids mit reichlich Raum im Schritt. Er steckte die Frucht in den Mund, kaute – und verspürte alsbald wieder den ziehenden Schmerz im Backenzahn. Übellaunig betrat er die *Yildirim*, den strammen Gruß Alis nicht beachtend. »Wo ist Hakan, der Nichtsnutz?«, herrschte er den Steuermann an.

»Du hast ihm doch selbst Landgang genehmigt«, erdreistete der Steuermann sich zu erwidern.

»Ach ja.« Der Pascha ging in seinen Privatraum unterhalb der Poop. Wenn er sich nicht täuschte, gab es da irgendwo noch eine Kalebasse mit Dattelschnaps. Der Koran verbot zwar den Genuss von Alkohol, aber der Zweck heiligte die Mittel. Der Fusel würde helfen, die Schmerzen zu betäuben. Bei seinem nächsten Gebet würde er Allah einfach sagen, dass es sich um ein Besänftigungswasser gegen den Zahnwurm handelte. Wenn er sich recht erinnerte, war es in dem Mahagonischränkchen an der Backbordseite.

»O Allah, Du Erbarmer, Du Barmherziger, der Du dieser Welt alles Leben gabst, musstest Du unbedingt auch den Zahnwurm, der mich so quält, erschaffen?«, brummte er missmutig, während er leicht schwankend in den Regalen kramte.

Und zu seinem maßlosen Erschrecken antwortete Allah der Alleinige ihm: »Gickgack, hast's Reißen im Beißer un Wehchen im Krächling? Wui, kau drauf, kau drauf!«

Nein! Das konnte Allah nicht sein! Der Pascha fuhr herum und suchte den Raum ab.

»Wer spricht da zu Mehmet Pascha?«, fragte er, und in seiner Stimme schwang Furcht mit. Er gehörte zu den Männern, die vor nichts Angst haben, doch vor dem Unsichtbaren, dem Unerklärlichen, dem Unheimlichen schlotterten ihm regelmäßig die Knie.

»Kau drauf, kau drauf!«, ertönte es wieder, und jetzt entdeckte der Pascha eine winzige Hand, die aus den großen Kissen auf seiner Bettstatt hervorlugte. In der Hand befanden sich einige getrocknete Stängel und Knospen, welche der Heilkundige als die der Gewürznelke erkannt hätte.

Wem gehörte die Hand? Einem Kind? Nein, die seltsame Stimme klang anders, fistelnd, heiser, wie nicht von dieser Welt. Hatte Mehmet Pascha es mit einem Unhold zu tun? Einem Kobold? Einem Troll? Einem Dschinn? Dem Kommandanten lief eine Gänsehaut den Rücken hinunter.

Da teilten sich die Kissen, und ein Wicht, kaum größer als ein Säugling, kam hervor. Er hatte Haare, so rot, als hätte er sie in Henna getaucht, und trug ein hellblaues Gewand, das sich auf der Kehrseite über einem unförmigen Buckel spannte. Sein Mündchen sah aus wie das eines Fischs, denn er stülpte beim Sprechen seine Lippen vor. »Kau drauf, kau drauf!«

Zögernd gehorchte der Pascha. Er steckte die Nelken in den Mund und begann vorsichtig darauf herumzubeißen, wobei er den seltsamen Winzling keinen Augenblick aus den Augen ließ. Der jedoch schien sich gar nicht um ihn zu kümmern, sondern kletterte von der Bettstatt herab und sah sich in der Kajüte um. Der Pascha kaute weiter. Das Zeugs, das der Wicht ihm gegeben hatte, schmeckte teuflisch bitter, keineswegs so angenehm süß wie die Feigen, die er sonst zu vertilgen pflegte. Aber, o Wunder, der Schmerz ließ nach!

»Der Schmerz lässt nach!«, rief der Kommandant und konnte es selbst kaum glauben.

Der Kleine grinste treuherzig. »Das kannste holmen!«.

»Wie?« Mehmet Pascha hatte nicht verstanden. Aber es war ihm auch egal, solange die Pein verschwand. Er kaute eifrig weiter.

»Wui, der Duck, der Fetz, isser perdu?«

»Wie?« Abermals hatte der Pascha nicht verstanden. Aber jetzt, wo der Schmerz fast fort war, klangen die Laute des Winzlings irgendwie lustig. »Ich glaube, der Zahnwurm ist tot!«, rief er.

»Kalt, blass, moll, gemurkst?«

»Was heißt denn das nun wieder?«

»Tot heißt's, Herr Pischpaschpascha.«

Der Kommandant musste lachen. So hatte ihn noch niemand genannt, aber auch niemand hätte das jemals gewagt. Bei dem Kleinen da schien es anders zu sein. Der hatte keine Angst, grinste bis über beide Ohren und sagte:

»Tot heißt's, Herr Wolkenschieber.«

»Tot heißt's, Herr Wolkenschieber«, wiederholte der Pascha. Dann prustete es aus ihm heraus: »Sagtest du ›Wolkenschieber‹ zu mir? Hast du noch andere so feine Ausdrücke für Mehmet Pascha?«

»Wui, wui, gewisslich doch: Kahnjockler, Mischpocher, Flöhfänger, Rübenschneider ...«

»Harharhar!«, keuchte der Kommandant. »Mehr, mehr!«

»... Ofenhänger, Glufemichel, Strohputzer, Bosserfetzer, Heringsbändiger ...«

»Harharhar!«

»... Zwickmann, Plattemacher, Sauerbrunner, Gaffscheiber,

Korbekrauter, Stürchenschnalzer, Mackekeiler, Fransenwulstling, Kleebeißer, Hannewackel, Käppelspink …«

»Hör auf, hör auf! Mehmet Pascha kann nicht mehr. Mehmet Pascha macht sich noch in die Hosen, wenn du nicht aufhörst!« Der Kommandant war auf seine Bettstatt gesunken und hielt sich den Bauch vor Lachen. »Du hast mir wirksame Medizin gegeben und mich überdies zum Lachen gebracht. Dafür will ich dich belohnen.«

Der Pascha erhob sich, um besser in den Tiefen seines Schalwars graben zu können. Er fand eine Feige und schob sie in den Mund. »Lass mich nachdenken.«

Eine zweite Feige fand ihren Weg durch das Bartgestrüpp, dann eine dritte. Plötzlich rief der ungeschlachte Mann: »Ich hab's! Deine Belohnung soll meine Gesellschaft sein. Du darfst bei mir bleiben und sollst mich von nun an täglich in Laune bringen – als Spaßmacher, als Narr und als Hanswurst. Ja, so will ich es! Und dein Titel wird sein: Mehmet Paschas persönlicher Lachmuskelerwecker!«

Wider Erwarten sagte der Winzling daraufhin nichts, nur tief verneigen tat er sich. Dann hüpfte er schnell an Land und holte einige Habe aufs Schiff. Darunter auch die Kiepe des Cirurgicus mit ihren Instrumenten und Kräutern sowie einen kräftigen, mannshohen Wanderstab.

Er hatte genau das erreicht, was er wollte.

Bummm … Bummm … Bummm … Bummm … Bummm …

Der dumpfe Ton der Pauke zog vibrierend durch die Köpfe und prallte auf die Trommelfelle, als würden sie direkt mit dem Schlögel bearbeitet. Vitus beugte sich vor und packte das armdicke Langruder mit den Fäusten. Bummm … Er senkte es ins Wasser. Bummm … Er zog es durch. Bummm … Er hob es wieder an. Bummm … Er beugte sich vor. Bummm … Bummm … Bummm …

Sein Körper war nass vor Schweiß. Er saß angekettet im Steuerbordbug der *Yildirim*, dicht hinter der Kampfplattform, der Rambate, und betete, es möge Mehmet Pascha nicht einfallen, die Schlagzahl zu erhöhen. Zwölf Schläge in einem Zeitraum, den der Sand in einem Minutenglas brauchte, um durchzulaufen, das war das, was ein gut genährter Mann schaffen konnte, sechzehn waren das Äußerste, und zwanzig Schläge stellten eine so mörderische Belastung dar, dass einem die Augen aus den Höhlen quollen und die Armsehnen rissen. Kein gesunder Mann konnte das länger als wenige Minuten aushalten.

Doch Vitus war nicht gesund.

Sein Bein schmerzte wieder, und er war halb verhungert, denn seit über einem Monat versah er den Frondienst im Leib der Galeere. Sein Gedärm war durch die Mangelernährung so geschrumpft, dass er das Gefühl hatte, sein Magen würde sich selbst verdauen.

Den anderen Männern erging es nicht besser. Ngongo, einst kraftstrotzend, war nur noch ein Schatten seiner selbst, und auch der Magister, dessen zäher Körper Monate im Kerker der Inquisition durchgestanden hatte, machte einen todesmatten Eindruck. Die beiden Männer, die zwischen ihm und Vitus saßen, litten nicht weniger. Der eine, Alb gerufen, hieß eigentlich Albert und kam aus dem Kurfürstentum Brandenburg in Deutschland, der andere hörte auf den Namen Wessel und stammte aus dem Königreich Böhmen. Ihre Sitzanordnung ergab sich aus den Ruderanforderungen: Zur Schiffsmitte hin saß immer der Größte – in diesem Fall Ngongo –, weil dort das Langruder am weitesten vor- und zurückbewegt werden musste. Alle zusammen bildeten sie die dritte Steuerbordbank, was bedeutete, dass vor ihnen noch zwei Bänke waren und hinter ihnen fünfundzwanzig.

Wieder lag ein Tag der Erfolglosigkeit hinter ihnen. Mehmet Pascha hatte stundenlang westlich des Dschebel al-Tarik Ausschau gehalten, aber nichts gesichtet, was des Kaperns wert gewesen wäre. Seine Laune war dadurch nicht besser geworden. Selbst Enano, der persönliche Lachmuskelerwecker des Kommandanten, hatte daran nichts zu ändern vermocht. Enano, der Winzling. Wenn er nicht gewesen wäre, hätte alles noch düsterer ausgesehen. So aber gelang es dem Zwerg wenigstens manchmal, Vitus und seinen Getreuen etwas Essbares zuzustecken. Und wenn es nur eine Feige war.

»Wie lange noch bis Tanger?«, hörte Vitus Wessel neben sich fragen. Die Stimme des Böhmen war kaum wahrnehmbar, nicht nur aus Atemnot, sondern auch, weil während des Ruderns strengstes Sprechverbot herrschte. Gleiches galt für Jammern oder Stöhnen. Wer sich nicht daran hielt, riskierte, dass ihm die Zunge bei lebendigem Leibe herausgeschnitten wurde. Alb, der zwischen Wessel und dem Magister saß, war es so ergangen. Drei Monate lag es erst zurück, dass Mehmet Pascha, an jenem Tage wieder unter Zahnschmerzen leidend, ein Exempel statuieren wollte und den Zungenschnitt vor versammelter Mannschaft durchführen ließ. Eine Zeit lang hatte das tatsächlich gewirkt, die Ruderer hatten stumm und mit zusammengebissenen Zähnen ihre kräftezehrende Arbeit bewältigt. Doch der Mensch ist nicht zum Schweigen erschaffen, und nach wenigen Tagen wurde, trotz der damit verbundenen Gefahr, wieder das eine oder andere Wort gewechselt.

»Nur noch ein, zwei Meilen.« Vitus sprach ebenfalls kaum hörbar, dennoch war er bemüht, frisch und aufmunternd zu klingen. Wessel ging es schlecht. Er war zwar in den besten Jahren, aber er hatte nicht mehr die Widerstandskraft eines jungen Mannes. Vitus ahnte, dass er jeden Moment zusammenbrechen konnte, und das musste um jeden Preis verhindert werden. Denn wer nachließ oder gar das Rudern ganz einstellte, schmeckte sofort die Neunschwänzige.

»Nur noch ein, zwei Meilen«, murmelte Vitus abermals.

»O Allah, Du Gnädiger, Du Erfüllender, warum tust Du Mehmet Pascha das an? Habe ich meine Gebete nicht immer pünktlich gesprochen? Habe ich Dein Wort nicht immer lobpreist? Nun ja, ich gebe zu, vielleicht habe ich in der Vergangenheit ein- oder zweimal vergessen, den Teppich auszurollen, aber ist das gleich ein Grund, mir nicht eine dieser schönen, fetten Schatzgaleonen zu schicken?«

Der Kommandant stand auf der Poop und haderte mit seinem Schöpfer. Der Monat Juni war bereits hereingebrochen, und mit jedem Tag, den Allah werden ließ, wurde die Wahrscheinlichkeit geringer, dass noch eines der begehrten Schiffe auftauchte. Gewiss, Mehmet Pascha hätte es auch schon im März oder April versuchen können, aber da wäre die Gefahr viel zu groß gewesen, es gleich mit einer ganzen Armada von Schatzschiffen aufnehmen zu müssen. Die Hunde fuhren stets im Konvoi. Nein, es war schon besser, auf die Nachzügler zu warten, denn die gab es immer. Das war so sicher, wie im Osten die heilige Stadt Mekka lag. Irgendwann würde ein Segel an der Kimm auftauchen, zugehörig zu einem jener Schatzfahrer, die drüben in Neu-Spanien den Hafen Nombre de Dios angelaufen hatten, um sich dort bis unters Schanzkleid mit Gold, Silber und Juwelen voll zu stopfen und sich anschließend über Kuba auf den beschwerlichen Heimweg nach Sevilla zu machen.

Einer, Allah, nur einer! Der würde schon genügen!

Oder ob Allah es ihm verübelte, dass er in letzter Zeit die Dienste der Hafenschwalben in Tanger zu sehr beansprucht hatte? In der Vierundzwanzigsten Sure des Korans hieß es schließlich:

> *»Die Hure und den Hurer, geißelt jeden von beiden mit hundert Hieben; und nicht soll euch Mitleid erfassen zuwider dem Urteil Allahs, so ihr an Allah glaubt und an*

den Jüngsten Tag. Und eine Anzahl der Gläubigen soll Zeuge ihrer Strafe sein.«

Mehmet Pascha beschloss, am gleichen Abend in Tanger statt einer Hure eine Moschee aufzusuchen und dort inständig zu beten. Danach mochte ein kleines Festmahl auf der Poop der Ausgleich sein für das Pech, das ihn auch an diesem Tag nicht losgelassen hatte. Er schob seinen schweren Leib würgend und Nase rümpfend die Corsia entlang in Richtung Bug. Heute war es wieder besonders schlimm. Kot, Pisse und Erbrochenes, Schweiß, Blut und Tränen bildeten einen braungelben knöcheltiefen Schlamm am Boden der *Yildirim* – Ausscheidungen von zweihundertachtzig Galeerensklaven.

»Vieh! Dummes, stinkendes Christenvieh!« Der Kommandant japste mehrfach wie ein Ertrinkender und schnüffelte an einem Riechfläschchen. Danach fühlte er sich wohler. Er griff in die Weiten seines Schalwars und holte die unvermeidlichen Feigen hervor. Er biss in eine und kaute mit Andacht. Dass er seine Lieblingsfrüchte wieder ohne Reue genießen konnte, verdankte er dem kleinen Kerl, der dort Faxen schneidend am Großmast lehnte: seinem persönlichen Lachmuskelerwecker. Doch zum Lachen war dem Kommandanten nicht zumute.

Er hielt eine Feige hoch und fragte den Zwerg: »Sind sie auch frisch? Du weißt, Mehmet Pascha schätzt es nicht, wenn man ihn mit alter Ware versorgt.« Er liebte es, sooft wie möglich von sich in der dritten Person zu sprechen, denn irgendwann war ihm zu Ohren gekommen, dass ein gewisser Caesar, der ein großer Feldherr gewesen sein soll, das ebenfalls getan hatte.

»Das kannste holmen, Wimmerkürbis.«

»Wie … wie nennst du mich?«

»Wimmerkürbis, Herr Pischpaschpascha, aber nun pardon, muss den Bachwalm quetschen.«

»Was … was musst du quetschen?«

»Wui, den Bachwalm, den Hartmann.« Der Winzling deutete zwischen seine Beine. »Muss Wasser lassen mit'm Gebärvater, Kuhstallfähnrich, Schildkrötkopp, Familienstrumpf, Gießkännchen, Heimtreiber, Schlammjockel, Schieber …«

Weiter kam er nicht. Das brüllende Gelächter seines Kommandanten hatte ihn unterbrochen: »Bei Allah, Kuhstallfähnrich, Schildkrötkopp, das ist gut, harharhar, das ist gut!«

So hatte der Tag für Mehmet Pascha, während die *Yildirim* um die Mole herum in den Hafen steuerte, doch noch etwas Erheiterndes gehabt.

Nacht lag über den Wassern von Tanger. Die *Yildirim* dümpelte fest vertäut an der Pier – in ihrem Bauch zweihundertachtzig angekettete Galeerensklaven, die zu Tode erschöpft über ihren Rudern hingen. Die Piratenmannschaft war geschlossen an Land gegangen und machte die Schänken und Bordelle in der Altstadt unsicher.

Nur Mehmet Pascha und sein Zwerg hielten die Stellung. Wachen taten nicht Not. Schließlich war man in Tanger, am Fuße der Säulen des Herkules, und man war unter sich. Außer der *Yildirim* ankerten im Hafenbecken noch eine Reihe weiterer Piratenschiffe. Eine Krähe hackte der anderen kein Auge aus.

Der Kommandant thronte auf der Poop und speiste allein. Der Tisch vor ihm bog sich vor Köstlichkeiten, darunter Meeresfrüchte aller Art, gebratene Wachteln, Tauben, Hühnchen, ferner weißes duftendes Brot, süße Kuchen, saftige Käse und natürlich: frisch gepflückte Feigen.

Unter den hungrigen Blicken der Christen ließ er es sich besonders gut munden. »He, Lachmuskelerwecker, schenk Mehmet Pascha Wein nach. Viel Wein!«, rief er Enano zu. Seine Zunge war bereits schwer. An den Zweiundneunzigsten und Dreiundneunzigsten Vers der Fünften Sure, der da lautete:

»Oh, ihr, die ihr glaubt, siehe, der Wein, das Spiel, die Opfersteine und die Pfeile sind ein Gräuel von Satans Werk. Meidet sie; vielleicht ergeht es euch wohl. Der Satan will nur zwischen euch Feindschaft und Hass werfen durch Wein und Spiel und euch abwenden von dem Gedanken an Allah und dem Gebet«,

verschwendete er nicht einen Gedanken. Er fühlte sich müde und etwas schwindelig.

»Wui, wui, Herr Pischpaschpascha, sofort.« Enano füllte den silbernen Pokal erneut.

Der Kommandant trank die Hälfte des Bechers auf einen Zug aus, rülpste kollernd – und fiel mit dem Kopf nach vorn zwischen die Speisen.

Endlich!, dachte Enano. Du Grimmling wirst 'ne Weile lullen. Vorsichtig sah er sich um. Die Luft war rein. Kein Mensch auf der Pier. Von den Piraten weit und breit nichts zu sehen. Selbst Hakan war von Bord gegangen. Hakan, dieser eifersüchtige Geckmann. Er konnte es nicht verwinden, dass der Pascha einen neuen Favoriten hatte – ihn, Enano, den Lachmuskelerwecker.

Hastig begann der Zwerg das übrig gebliebene Essen auf einem runden Messingtablett zu sammeln. Dann trippelte er damit über die Corsia nach vorn, balancierte am Vormast die schmale Stiege zum Ruderdeck hinunter und stand kurz darauf neben der dritten Steuerbordbank. »Da bin ich!«, fistelte er verschwörerisch. »'s ging nich hui, wie ich's wollt, aber jetzt ratzt er, der Feigenspachtler.«

»Hast du ihm auch nicht zu viel von dem Stechapfelpulver in den Wein gemischt?« Vitus' Stimme war so schwach wie sein Körper.

»Iwo! Un wenn schon. Der lullt 'ne Weile, un morgen weiß er von nix mehr. Schad nur, dasser so selten richtich sattert, könnt euch dann öfters was stopfen.«

»Fang diesmal bei den anderen Bänken an.«

»Gickgack!« Der Winzling wurde energisch. »Für alle langt's sowieso nich.« Er trat einen Schritt vor, wobei ihm die Sandale halb im Kot steckenblieb. Eine Gestankwolke wallte auf und verschlug ihm den Atem, doch tapfer hielt er Vitus das volle Tablett hin. Für Zimperlichkeiten war keine Zeit. »Klaub dir was raus.«

Vitus nahm etwas Hühnchen und kaute bewusst langsam, bevor er den Bissen hinunterschluckte. Nach ihm bedienten sich die anderen. Keiner sagte etwas, nicht einmal der Magister.

Enano nahm das Tablett wieder an sich und verteilte den Rest an die übrigen Bänke. »Lasst's euch schmerfen, Rührlinge!« Er bekam keine Antwort. Die Männer waren so entkräftet, dass noch nicht einmal diejenigen, die leer ausgingen, protestierten.

Der Winzling wandte sich erneut an Vitus. »So geht's nich weiter, bist dünn wie'n Butt am Schwanz, un die anderen auch, fast hoff ich, dass der Feigenspachtler seinen dammichten Schatzkahn kriegt, dann würd endlich mal was strömen.«

Vitus zuckte mit den schmal gewordenen Schultern. »Vielleicht morgen«, antwortete er müde.

Bummm ... Bummm ... Bummm ... Die Kesselpauke trieb die Galeerensklaven unbarmherzig an. Die Langruder hoben und senkten sich zu beiden Seiten des Schiffs im perfekten Gleichtakt. Alle drei Masten führten darüber hinaus ein Lateinsegel.

Die *Yildirim* flog nur so dahin.

Mehmet Pascha wollte seine Schatzgaleone.

Beutelüstern wie ein Bluthund blickte der Kommandant von der Poop über das Schiff und weiter bis zum Horizont.

Nichts.

Immer wieder nichts.

»Allah, der Du die Gläubigen liebst und die Ungläubigen strafst, habe ein Einsehen mit Mehmet, Deinem verzweifelten Sohn. Lass eine Galeone erscheinen!«

Nichts.

Bummm ... Bummm ... Bummm ...

Mehmet Pascha kratzte sich den struppigen Bart und nestelte an seinem Turban. Ihm war noch übel vom Wein, speiübel sogar. In letzter Zeit schien er nicht mehr so viel vertragen zu können. Außerdem machte die Untätigkeit ihn wahnsinnig. Er hatte seine beiden Schnapphahnpistolen schon ein Dutzend Mal auseinander genommen, sorgfältig gefettet und wieder zusammengesetzt. Er hatte sämtliche Enterhaken überprüfen lassen. Er hatte Schwerter und Beile schärfen lassen. Er hatte den Stückmeister mit seinen Männern an den Kanonen exerzieren lassen. Er hatte die Drehbassen an Backbord und Steuerbord kontrollieren lassen. Wieder und wieder. Denn von allen Waffen, die auf See im Nahkampf eingesetzt wurden, waren sie am wirksamsten. Sie wurden mit Kartätschen geladen – nadelspitzen Geschossen, vor denen es kein Entrinnen gab. Gegen Entermesser und Degen konnte ein Mann sich verteidigen, vor einem Armbrustpfeil konnte er Schutz suchen, vor einer Musketenkugel in Deckung gehen, aber der breite Fächer eines Kartätschenhagels war tödlich.

Und er hatte den Ausguck auf der Rambate verdoppeln lassen.

Ohne es zu merken, fingerte er eine Feige aus den Falten seines Schalwars, öffnete den Mund – und ließ die Frucht zu Boden fallen.

Am Horizont war eine Galeone aufgetaucht.

Sie war zwar noch klein wie Fliegenkot, aber es war unzweifelhaft eine Galeone.

»Segel backbord voraus!«, meldeten jetzt auch die Ausguckposten.

»Allah verfluche euch, ihr Schlafmützen, habt ihr die Krätze auf den Augen? Mehmet Pascha hat es längst gesehen!« So schnell ihn seine Beine trugen, eilte der Kommandant höchstselbst zum Bug, wo er ächzend die Kampfplattform erklomm. Oben angekommen, spähte er angestrengt aufs Meer, seine Augen mit der behaarten Hand abschirmend. Lange sagte er nichts. Die Spannung unter den Piraten stieg. Dann endlich die Erlösung: »Es ist ein Spanier. Ich sehe es am roten Christenkreuz auf dem Großsegel. Allah sei Dank!«

Während die Galeone näher und näher aufschloss, hatte der Kommandant Gelegenheit, sie weiter zu studieren. Der Spanier lag ziemlich tief im Wasser. Hatte er sich den Bauch mit Preziosen voll gestopft? Mit Kleinodien aus der Neuen Welt? Mit Gold und Silber, mit Geschmeide und Juwelen? Oder hatte er nur reichlich Brackwasser in der Bilge, weil seine Verbände undicht waren? Egal! Allah hatte ihm dieses Schiff gesandt, und er würde es kapern!

»Ist der Vierzigpfünder auch richtig abgedeckt?«, fragte er zum soundsovielten Male. »Mehmet Pascha möchte nicht erleben, dass der Bursche Lunte riecht.«

»Jawohl, ist abgedeckt!«, erscholl es prompt vom Bug.

»Gut, so mag es Mehmet Pascha.« Abermals betrachtete der Kommandant den Herankommenden eingehend. Er näherte sich aus südwestlicher Richtung, kam vielleicht von Madeira oder den Kanaren und hielt mit seinen turmhohen Segeln direkt auf sie zu. Allah sei Dank! Hätte der Fremde einen anderen Kurs gesteuert, wäre er ihnen davongesegelt. So aber würde er spätestens in einer halben Stunde auf Schussweite herangekommen sein.

»Gut«, murmelte der Kommandant erneut, während er noch immer den Spanier musterte. »Wir fahren das übliche Täuschungsmanöver.«

Bald darauf bot die *Yildirim* einen jammervollen Anblick: Von den drei stolzen Masten waren zwei umgelegt worden, lediglich der Vordermast stand noch, und an ihm hing ein halb zerrissenes Lateinsegel. Die Sklaven im Bauch des Schiffs hatten Befehl erhalten, die Langruder bis auf wenige Ausnahmen einzuziehen. Die Kesselpauke schwieg. Die Galeere war jetzt ein namenloses blaues Wrack, das kaum noch Fahrt machte – wie ein Wasserkäfer ohne Beine. Und doch war sie wie eine Spinne im Netz, gefährlich und auf Beute lauernd. Ihre vierzehn Drehbassen, von deren Funktionstüchtigkeit Mehmet Pascha sich so oft überzeugt hatte, waren ebenso verhüllt wie der Vierzigpfünder und die beiden Vierundzwanzigpfünder daneben. Die Musketenschützen hatten sich auf der Poop versteckt, die anderen Piraten hielten sich, bis an die Zähne bewaffnet, unter der Rambate verborgen.

»Hört zu, ihr Ratten!«, rief der Kommandant hinunter. »In ein paar Minuten gehört der Spanier uns. Kämpft, meine Ratten, kämpft wie noch nie zuvor in eurem Leben, dann werdet ihr reich sein und euch kaufen können, was euch gefällt. Häuser, Kamele, Frauen … Was immer ihr wollt, es wird euch gehören.«

Wieder schirmte Mehmet Pascha die Augen mit der Hand ab, und was er sah, erfreute sein Herz. Die Galeone kam mit geschlossenen Stückpforten auf sie zu. Ein Bild des Friedens. Kaum Matrosen an Bord und von Soldaten keine Spur. Nur auf der Heckgalerie standen ein paar Männer, die unverwandt zu ihm herüberblickten. Wahrscheinlich der Kapitän und ein paar von diesen Dons, diesen hochnäsigen Edelleuten, die sich selbst Hidalgos nannten. Ja, schaut nur ganz genau her, ihr Ungläubigen, was ihr seht, wird euch gewiss nicht beunruhigen …

Mehmet Pascha kicherte, griff in das Labyrinth seines Schalwars, holte eine Feige hervor und biss mit den Zähnen die Frucht vom Stängel. Die Feige war köstlich, und die Fremden schauten noch immer herüber.

»Gepriesen seist Du, Allah, lass diese Heiden noch näher kommen. Gib, dass sie ihren Kurs beibehalten und uns querab passieren, damit wir ihnen eins auf den Pelz brennen können. Vierzig Pfund Eisen in ihre Steuerbordseite, das wär's, wenn nur die Preziosen nicht Schaden nehmen. O Allah, Mehmet Pascha bittet Dich nur dieses eine Mal noch um etwas, nur dieses eine Mal, und in Zukunft wird er Deine Güte und Barmherzigkeit niemals wieder in Anspruch nehmen.«

Der Geschützführer, der sich mit seiner Mannschaft unter der Abdeckplane des Vierzigpfünders befand, signalisierte, dass die Entfernung für einen gezielten Schuss noch zu groß sei. Er hielt drei Finger hoch: drei Minuten, die es seiner Meinung nach noch dauerte.

»Geduld, Mehmet Pascha, Geduld. Die Brüder sind ahnungslos wie die Lemminge. Hoffentlich haben sie auch so viel Fett!«

Die Piraten, die in drangvoller Enge unter der Kampfplattform warteten, stießen einander an und grinsten. Gleich würden sie es den Schweinefressern zeigen.

Noch zwei Minuten. Jetzt war auch der Name der Schatzgaleone am Bug zu lesen: *Nuestra Señora de la Inocencia.*

Noch eine Minute.

»Hooo, blaue Galeere! Können wir euch helfen?«, klang plötzlich ein freundlicher Ruf herüber. »Dreht bei, wir schicken ein Boot.«

Mehmet Pascha auf der Rambate lachte aus vollem Hals. »Das wird nicht nötig sein. Wir kommen selbst!« Er riss seine beiden Schnapphahnpistolen hoch und schoss auf die Fremden am Heck. Die Kugeln verfehlten ihr Ziel, doch er achtete nicht darauf. »Los, meine Ratten!«, brüllte er, »Planen runter, und gebt's ihnen!«

Einen Wimpernschlag später schien am Bug der *Yildirim* ein Feuerball zu explodieren, gefolgt von einem gewaltigen zweifachen Donnerschlag. Der Vierzigpfünder und die beiden Vierundzwanzigpfünder hatten gesprochen. Schwere Pulverschwaden hingen über beiden Schiffen. Als der Rauch sich verzogen hatte, wurde das Ausmaß der Verwüstung bei dem Spanier deutlich. Die schweren Geschütze hatten scheunentorgroße Löcher in seine Steuerbordwand gerissen. Sein Oberdeck war nur noch ein einziger Trümmerhaufen aus geborstenen Stengen, Rahen, Masten, aus zerstörten Blöcken, zersplitterten Belegnägeln und zerschlagenen Grätings. Und über allem lag ein Tohuwabohu aus zerfetztem Tuch und Tauwerk. Nur wenige Männer zeigten sich an der Reling. Ihre Hilfeschreie gingen im Kartätschenhagel der Drehbassen unter.

»Auf, auf, meine Ratten!« Mehmet Pascha warf höchstpersönlich einen Enterhaken zur *Inocencia* hinüber, während seine Männer bereits wie die Affen an der Bordwand des Spaniers hochkletterten. Der Kommandant, gewichtig wie er war, brauchte etwas länger, doch kam er noch rechtzeitig hinauf, um zu sehen, dass seine Piraten alles unter Kontrolle hatten. Die wenigen Matrosen, die sich noch wehrten, würden früher oder später zu den Fischen gehen. Eine seiner Ratten war aufs Achterkastell gestürmt und stieß einem sich verzweifelt wehrenden Don das Messer in den Wanst. Das muss der Kapitän sein!, schoss es dem Pascha durch den Kopf, nur ein Kapitän kämpft so für sein Schiff – und für seine Ladung. Welch gutes Zeichen! Der Kerl wird nicht wie ein Hungerleider unterwegs sein.

Der Kommandant eilte auf den Don zu, der sich stöhnend am Boden wälzte. »Wo sind die Schatztruhen, du Christenhund?«, dröhnte er. »Heraus mit der Sprache!«

Als er keine Antwort bekam, schlug er dem Schwerverletzten ins Gesicht. Einmal, zweimal … und musste dann jählings beiseite springen. Der Don wehrte sich! Urplötzlich hielt er ein Rapier in der Faust und bedrohte ihn. Bei Allah, der Mann war todgeweiht und wollte sich dennoch wehren. Tapfer waren sie, diese Ungläubigen, das musste der Neid ihnen lassen. Tapfer und dumm.

Der Pascha trat dem Sterbenden die Klinge aus der Hand.

»Du brauchst es Mehmet Pascha nicht zu sagen, Christenhund, er findet die Truhen auch so.« Rasch tastete er den Oberkörper des Dons ab. Blut, Blut, überall Blut. Doch da: eine goldene Kette mit juwelenbesetztem Kreuz. Der Kommandant riss sie ab. Und da: Was war das? Eine weitere Kette, diesmal mit einem Schlüssel. Er nahm ihn an sich. Das musste der Schlüssel für die Schatzkisten sein! Er richtete sich auf und wollte unter Deck, denn in den achteren Kabinen verwahrte man gewöhnlich die Preziosen, da röchelte der Kapitän:

»Er wird dir … nichts nützen … nichts nützen.« Und in seinen Augen stand ein letzter Triumph.

»Pah!« Mehmet Pascha wandte sich ab und eilte fort. Wie sich zeigte, hatte er richtig vermutet. In einem der Räume befand sich eine schwere eisenbeschlagene Kiste. Sie stand direkt unter den bleiverglasten Heckfenstern und bot einen verführerischen Anblick. Allerdings: Sie hatte nicht weniger als drei Schlösser. Ob sein Schlüssel wohl für alle passte?

Mehmet Pascha probierte es und stellte zu seiner maßlosen Enttäuschung fest, dass sein Schließgerät wertlos war. Es passte nur zu einem Schloss. Wieso? Warum? Was war da los? Allah verfluche diese raffinierten Ungläubigen!

Der Kommandant versuchte es erneut, stieß Verwünschungen aus, als würde ein Kübel Fischreste über ihm entleert, und kam gehörig ins Schwitzen. Was er nicht wissen konnte, war, dass zum Öffnen der Schlösser drei unterschiedliche Schlüssel notwendig waren. Zwei hatte gewöhnlich der Absender der Truhe, einen der Schiffskapitän und einen weiteren, den Universalschlüssel, der König von Spanien, dem per Gesetz der *quinto,* also ein Fünftel des Schatzes, zustand.

Wenn nun der Absender, beispielsweise der Silbermeister in Havanna, die Truhe verschließen wollte, sicherte er zwei Schlösser. Dann nahm der Kapitän die Truhe an Bord. Er konnte sie nicht öffnen, denn sein Schlüssel passte nur zum dritten Schloss, welches er nun ebenfalls sicherte. Zu diesem Zeitpunkt konnte auch der Absender die Truhe nicht mehr aufschließen, denn seine Schlüssel passten ja nur zu den ersten beiden Schlössern.

War der Kapitän mit der Schatztruhe glücklich in Spanien eingetroffen, übergab er sie dem König, der alle drei Schlösser mit seinem Universalschlüssel öffnen konnte. Ein ausgeklügeltes System, durch das Seine Allerkatholischste Majestät Philipp II. sicher sein durfte, von seinen Untertanen nicht betrogen zu werden.

Plötzlich merkte Mehmet Pascha, dass die *Inocentia* sich auf die Seite legte. Das Schiff krängte. Es machte Wasser infolge der starken Beschädigungen. Höchste Zeit, es zu verlassen. Aber nicht ohne die Kiste! Der Kommandant brüllte mit Stentorstimme: »Kommt her, meine Ratten! Beute, Beute, Beute!«

Wie nicht anders zu erwarten, dauerte es nur wenige Augenblicke, bis die Männer da waren.

»Nehmt die Truhe und schafft sie hinüber auf meine *Yildirim*, Mehmet Pascha wird sie dort mit Gewalt öffnen.«

Der Befehl jedoch war leichter gesagt als ausgeführt. Die *Inocencia* hatte mittlerweile noch mehr Schlagseite, und es verlangte nicht weniger als acht starke Kerle die Kiste anzuheben. Unter Keuchen und Stöhnen und mit geschwollenen Stirnadern schleppten sie die Last zur Tür, stolperten fast über das Süll und mussten erst einmal wieder absetzen.

»Weiter, weiter, meine Ratten.« Mehmet Pascha, der unterdessen an der einzig noch stehenden Rahe zwei Taljen hatte anschlagen lassen, trieb seine Männer unbarmherzig an. Doch alles braucht seine Zeit, und die Truhe war schwer wie die Felsen des Dschebel al-Tarik. Die Ratten mussten sie erst einmal auf das Steuerbordschanzkleid wuchten, um die Tampen der Taljen unter ihr durchziehen zu können, und es gelang ihnen auch mit großer Mühe, nur hatten sie nicht mit der Brüchigkeit der

Reling gerechnet. Mit einem Knirschen gab das morsche Holz nach, die Truhe war nicht mehr zu halten. Unter den Schreckensschreien der Männer und den Flüchen ihres Kommandanten rauschte die Kiste in die Tiefe und fiel – Glück im Unglück – nicht ins Wasser, sondern auf die Rambate der *Yildirim.* Sie kam mit einer ihrer eisenbeschlagenen Ecken auf, durchschlug die halbe Kampfplattform und sprang auseinander. Ein glitzernder Regen aus Gold, Silber, Geschmeide, Ketten, Kreuzen, Schmuck, Juwelen und schweren Münzen ohne Zahl ergoss sich über die Galeere.

Mehmet Pascha hatte seinen Schatz bekommen. Wenn auch ganz anders als erhofft.

Die vergangene Stunde hatte Tod und Trauer über die *Señora de la Inocencia* gebracht, und doch war diese Zeit eine Wohltat für Vitus und seine Freunde gewesen. Denn sie hatten zunächst kaum, später gar nicht mehr rudern müssen.

Ihre geschundenen Körper hatten sich erholen können, während ihre Augen das Geschehen wie gebannt verfolgten. Sie wussten genau: Viel, wenn nicht alles hing vom Ausgang des Kampfes ab.

Ein Sieg Mehmet Paschas mochte dabei noch nicht viel verändern, anders sah es bei einem Erfolg der Spanier aus. Dann konnte ihnen die Freiheit winken, aber auch der Tod – falls die *Yildirim* sank und ihre Ruderer mit in die Tiefe riss.

Zu Vitus' Abscheu und Entsetzen war Mehmet Paschas hinterhältige, feige Kriegslist belohnt worden. Der Spanier wurde überwältigt und sank, und sogar eine der begehrten Schatztruhen schien erbeutet worden zu sein. Doch dann überschlugen sich die Ereignisse. Die Kiste geriet außer Kontrolle, krachte auf die *Yildirim* herunter, und ihr unschätzbar wertvoller Inhalt verstreute sich weithin. Nach einem Augenblick des Schreckens und des ungläubigen Staunens hob ein ohrenbetäubendes Gebrüll an. Die Piraten, von ihrem Kommandanten halb liebevoll, halb verächtlich Ratten gerufen, glichen jetzt eher Geiern und stürzten aus allen Richtungen herbei, um sich der Kleinodien zu bemächtigen, egal, wo sie lagen – ob auf der Plattform oder darunter, ob zwischen Rammbock und Ankerwinde, neben den Geschützen oder auf den seitlichen Laufstegen. Ja, sogar bis zum Boden des Unterdecks, in den Sumpf der Fäkalien, tauchten sie hinab und scheuten sich nicht, mit bloßen Händen in den Exkrementen zu wühlen, »Gold, Gold, Gold!« schreiend und kaum bemerkend, dass sie dabei den einen oder anderen Fußtritt von den Sklaven erhielten.

Ein Schuss machte dem unrühmlichen Spektakel ein Ende. Der Kommandant hatte eine seiner Schnapphahnpistolen abgeschossen. »Aufhören, sofort aufhören!«, schrie er. »Wer Mehmet Pascha bestiehlt, wird von ihm persönlich getötet. Los, ihr Ratten, legt das Gold zurück in die Truhe!«

Als die Piraten nur widerwillig gehorchten, fuhr ein zweiter Schuss durch ihre Reihen. Einer der Männer heulte auf, er war in den Arm getroffen worden. Das schien sie endlich zur Vernunft zu bringen, denn nacheinander traten sie nun an die Kiste heran und warfen die erbeuteten Kostbarkeiten hinein.

»Gut!«, rief der Kommandant, »brave Ratten! In Tanger teilen wir, das verspreche ich bei Allah, dem Erbarmer, dem Barmherzigen. Ich bekomme den Löwenanteil, aber auch für jeden von euch wird so viel übrig bleiben, dass er sein Lebtag nicht wieder auf Raubzug gehen muss.«

Das waren Worte nach dem Geschmack der Männer, weshalb sie freudig gehorchten und auf ihre Posten zurückgingen. Der Kommandant atmete tief durch. Die Situation war brenzlig gewesen, aber er hatte sie gemeistert dank der durch seinen Lachmuskelerwecker neu geladenen Pistolen. Er hatte genau gesehen, wer ihn bestehlen wollte und wer nicht. Von den wenigen Kerlen, die nicht ihre gierigen Pfoten nach seinem Gold ausgestreckt hatten, suchte er zwei aus, bewaffnete sie bis an die Zähne und stellte sie als Posten neben die Truhe. Weitere Männer hieß er die Schäden reparieren, während er Kurs auf Tanger nehmen ließ.

Die *Inocencia*, von der nur noch das Heck mit dem Ruderblatt aus der See ragte und auf der keine einzige Seele überlebt hatte, würdigte er keines Blickes mehr.

Drei Tage waren seitdem vergangen. Drei Tage, in denen Vitus und seine Leidensgenossen keinen einzigen Schlag mit dem Ruder tun mussten. Der Grund war einfach: Die *Yildirim* lag an der Pier. Mehmet Pascha hatte Wort gehalten und seinen Ratten den versprochenen Anteil ausgehändigt. Nach des Kommandanten Schätzung hatte er zwar nur ein Hundertstel des Beutewerts an seine Männer verteilt, aber auch dieser Bruchteil war immer noch so viel, dass die Ratten seit drei Tagen und Nächten ununterbrochen in Tangers Medina soffen, hurten und feierten.

Eine nahezu gespenstische Ruhe herrschte auf dem Schiff. Nur die beiden Posten, welche die Truhe bewachten, befanden sich an Bord. Der Abend brach an. Die letzten Sonnenstrahlen versanken im Westen und ließen das Hafenwasser wie flüssiges Erz aussehen. Auch Mehmet Pascha war an Land gegangen, um sich den Sinneslüsten hinzugeben. Da er sicher gewesen war, sich dabei großartig zu vergnügen, hatte er seinem Lachmuskelerwecker erlaubt, ihn nicht zu begleiten. Diese Gnade war dem Zwerg in den letzten Tagen ein paarmal widerfahren, und er hatte sie stets genutzt, um seinen Freunden etwas Essbares zu bringen. Doch musste er dabei höchst umsichtig vorgehen, denn der Kommandant tauchte immer wieder unverhofft an Bord auf, getrieben von der Unruhe, jemand könnte ihm seinen Schatz rauben.

»Heiderdei, Vitus, hab eine Brüh von Bauerndegen, Böllerlein un Ziehlingen, sie soll wohl schmerfen!«, rief der Zwerg verhalten – und meinte damit eine Suppe aus Bohnen, Erbsen und Möhren. »Auch fette Mast un gefünkelter Grätling sin da«, was so viel wie Fleisch und gerösteter Fisch hieß. »Los, los, das sattert!«

Vitus griff zu. Der Einfachheit halber nahm er von dem Tablett nur Fisch und ein paar Happen Fleisch, Hammelfleisch, wie er feststellte. Er bemerkte, dass er mittlerweile schon unterschied, was Enano ihm zusteckte, was daran lag, dass es ihm wesentlich besser ging. Die drei Tage Pause und sehr viel Schlaf hatten neben dem Essen das ihrige getan. Wenn man nur aufstehen und ein einziges Mal die Glieder strecken könnte!

Gottlob hatte sich auch die Verfassung des Magisters zum Guten gewendet. Gleiches galt für Ngongo, Alb und Wessel. Der Zwerg war wie ein Vöglein, das unablässig ausflog, um seine nimmersatten Kuckucksküken mit Nahrung zu versorgen. Er bediente sich dabei des Geldes, welches er und der Magister durchs Geschichtenerzählen verdient hatten. Aber auch die anderen an den Ruderbänken vergaß er nicht. Nur bekamen diese weniger. »Dass alle sattern, dafür langt's sowieso nich«, fistelte er dann.

Als der kleine Wohltäter Vitus noch Suppe aufnötigen wollte, winkte dieser ab. Es war unklug, einen verkleinerten Magen voll zu stopfen, auch wenn die Speise noch so lockte. »Gib lieber den anderen Bänken.«

Der Wicht protestierte.

»Gib den anderen Bänken«, wiederholte Vitus. »Bitte, Zwerg. Bring uns lieber mehr Wasser. Wir alle müssen viel trinken.«

»Wui, wui, Herr Schlaudokter, wenn's sein muss.« Widerstrebend reichte der Wicht sein Tablett nach hinten weiter. Dann turnte er wieder zur Corsia hinauf. Er wollte nach achtern, denn er wusste, dass Mehmet Pascha in seiner Kajüte ein persönliches Wasserfass verwahrte, dessen Nass frisch aus dem Ziehbrunnen nahe der Mole kam. Er trippelte auf der Corsia entlang, dabei wie immer nach allen Seiten sichernd. Keine Gefahr!, signalisierten ihm seine flinken Äuglein. Der Pischpaschpascha glänzte noch durch Abwesenheit!

Er huschte vorbei am roten Kommandantensessel und wollte den Niedergang zur Kajüte hinuntereilen, da packte ihn jählings eine Hand im Nacken. Der Winzling zappelte wie ein Fisch an der Angel, um sich zu befreien, aber die Hand umklammerte seinen Hals wie die Backen eines Schraubstocks. »Wieso f… fütterst du … Mehmet Paschas S… Sklaven?«, grollte der Kommandant in der verwaschenen Sprache des Betrunkenen.

Enano zappelte weiter, während er seine Unaufmerksamkeit verwünschte und fieberhaft überlegte, was zu tun sei. Woher, in drei Teufels Namen, kam der Pascha so plötzlich? Hatte er ihm aufgelauert? Nein, dann hätte er an Bord zechen müssen, die ganze Zeit schon, und das wäre aufgefallen. Er war also wie immer an Bord zurückgekommen, ganz normal durch die Deckspforte, und er, Enano, hatte es nicht bemerkt. Unverzeihlich! Aber Jammern half jetzt nicht, denn die Luft begann ihm bereits knapp zu werden. Er beschloss, sich dumm zu stellen und alles abzustreiten. Möglichst lustig, denn wenn der Kommandant erst einmal wieder lachte, wäre viel gewonnen.

»Was plärrst du mir?«, krächzte er. »Hab nix gefüttert, ’s war andersrum, hab der Mischpoche die Mansche weggestochen, weggestochen!«

»V… versuche nicht, M… Mehmet Pascha zu b… bescheißen, du hast sie gep… gepäppelt!« Der Druck der Hand wurde, wenn überhaupt möglich, noch fester.

Enano rang nach Luft. Er konnte nicht mehr sprechen und wedelte heftig mit den Ärmchen. Was konnte er tun? Ihm wurde schwarz vor Augen. Wie aus weiter Ferne hörte er die Stimme des Kommandanten. »M… ehmet Pascha entzieht dir s… seine G… Gunst.«

Enano war schon drauf und dran, seinem Schöpfer, den er den Großen Machöffel nannte, gegenüberzutreten, da löste sich auf einmal der gnadenlose Griff. Der Kommandant keuchte, begann zu wanken und fiel seitlich auf die Planken. Der Winzling sah, dass dem Pascha ein Dolch im Hals steckte, und er sah auch, wer dieses Messer benutzt hatte: Es war ein großer, hagerer Mann mit abstoßenden Gesichtszügen, einem herrischen Mund und einem durch eine schlecht verheilte Schwertnarbe entstellten Auge.

Enano wunderte sich. Der Mörder schien nicht im Mindesten besorgt, dass er davonlaufen und ihn verraten könnte, und gleich darauf erkannte er auch den Grund dafür. Von allen Seiten tauchten plötzlich Männer auf, verwegen gekleidet und schwer bewaffnet. Es waren fremde Männer, und doch kamen sie dem Zwerg bekannt vor. Dann wusste er, warum. Es musste sich ebenfalls um Piraten handeln. Piraten, die im Gegensatz zu Mehmet Paschas Ratten stocknüchtern waren und sich nicht in der Medina aufhielten, sondern hier an Bord gekommen waren, um … ja, warum eigentlich?

Die Antwort ließ nicht lange auf sich warten. Mehrere bärenstarke Burschen kamen, die Schatztruhe auf den Schultern, aus des Paschas Privatgemach und trugen sie unter Aufbietung aller Kräfte an Land, wo sie auf einen schweren Transportwagen verladen wurde. Unmittelbar danach hörte man direkt hinter dem Heck ein zweimaliges Aufklatschen. Das mussten die Wachtposten sein, die man getötet und über Bord geworfen hatte. Enanos Äuglein wanderte flink hin und her. Das Narbenauge hatte bekommen, was es wollte: den Schatz des Mehmet Pascha, den er bei dieser Gelegenheit eiskalt über die Klinge springen ließ, ebenso wie die beiden Wachen. Aber warum verschwand der Pirat jetzt nicht? Was wollte er denn noch?

Der Wicht bekam es mit der Angst zu tun. Da erkannte er,

dass Narbenauges Männer damit begonnen hatten, die Rudersklaven der *Yildirim* zu befreien. Er machte vor Freude einen Hüpfer. Der Anführer hatte es offenbar nicht nur auf den Schatz abgesehen. »Knäbbig, knäbbig, Herr Spaltspähling«, ging er auf Narbenauge zu, »der Große Machöffel wird's dir lohnen!«

Der Anführer beachtete ihn nicht. Stattdessen rief er zwei seiner Männer heran, die auf den Winzling zutraten und ihn ohne viel Federlesens fesselten. »Seid ihr mall?«, quiekte Enano empört, »bin doch Pirat wie ihr! Bin Knagerling hier auf'm Kahn.«

Doch sein Protest nützte ihm nichts. Er wurde wie ein Paket an Land getragen – was im Übrigen von nur einem Mann erledigt wurde, der ihn sich wie einen Ballen Stoff unter den Arm geklemmt hatte – und in einen großen, leeren Lagerschuppen gestoßen. Hier blickte er sich beim Schein von mehreren Laternen um. Seltsam kam es ihm vor, was er sah. Im Vordergrund, quer zum Einlasstor, stand ein Stuhl von jener Art, wie Mehmet Pascha ihn als Kommandantensessel benutzt hatte, kostbar gearbeitert und ebenfalls mit rotem Stoff ausgeschlagen. Hinter dem Stuhl war ein Tau zu sehen, das längs gespannt durch den gesamten Schuppen bis zur Rückwand lief. Dieserart wurde der Raum in zwei Hälften geteilt. Was hatte das nun wieder zu bedeuten?

Enano sollte es bald erfahren. Wenig später erschien Narbenauge und setzte sich auf den roten Sessel, zwei seiner Männer standen neben ihm. Dann begann der Vorbeimarsch der Galeerensklaven. Je eine Ruderbank wurde eingelassen, trat vor Narbenauge hin und wurde eingehend gemustert. Dann und wann gab einer der beiden Männer eine Erläuterung ab. Etwa: »Drei von diesen fünf sind jung, sie dürften es noch eine Weile machen. Die beiden anderen sind zu alt für die Bank.«

Oder: »Von denen hier haben alle Ekzeme an den Füßen. Haben zu lange in der Scheiße gesessen.«

Oder: »Der Große ist blind, steht aber gut im Saft, die anderen haben nichts auf den Rippen.«

Es zeigte sich, dass nach Narbenauges Meinung nahezu jeder der vorgeführten Sklaven tauglich für den Ruderdienst war, egal, in welchem gesundheitlichen Zustand er sich befand. Der Grund lag darin, dass seine Flotte – sie bestand aus vier Galeeren, von denen zwei in Tanger und zwei in Ceuta lagen – dringend neue Sklaven brauchte. Die Kerle starben in letzter Zeit wie die Fliegen, besonders, weil die Winde häufig ausgeblieben waren und sie deshalb den ganzen Tag rudern mussten.

Die neuen Sklaven wurden in der linken Hälfte des Lagerhauses gesammelt. Die wenigen, die nicht erneut auf die Bank verbannt wurden, kamen nach rechts.

Die Einteilung zog sich endlos hin. Narbenauge hatte befohlen, backbord und steuerbord jeweils mit der hintersten Ruderbank zu beginnen, dann die davor Sitzenden zu präsentieren und so fort. Im Laufe der Zeit bekam Enano mit, was mit denen passierte, die nach rechts gehen mussten: Sie sollten am anderen Tag auf dem Sklavenmarkt in der Medina verkauft werden. Eine Aussicht, die dem Wicht genauso trübe erschien wie das Schicksal auf der Bank. Sklave blieb Sklave. Einerlei, ob auf See oder an Land. Doch halt, war das wirklich so? Wenn man es recht betrachtete, konnte man an Land nicht mit einem Schiff untergehen. Und die Arbeit als Haussklave war gewiss nicht so anstrengend wie die Plackerei an den Rudern. Emsig begannen seine Gedanken zu kreisen, wie er es am besten anstellen konnte, dass seine Freunde nicht sofort wieder den Frondienst am Langruder versehen mussten. Noch dauerte es, bis Vitus und die Seinen kamen, schließlich besetzten sie ganz vorn die dritte Ruderbank, und diese war eine der Letzten, die drankommen würde.

Die Zeit verging. Enano bemerkte, dass Narbenauge die Sklaven nicht mehr ganz so unerbittlich nach links schickte, vielleicht, weil er sah, dass die Lücken in seiner Mannschaft allmählich aufgefüllt waren.

Endlich war es so weit. Mit klopfendem Herzen sah der Wicht, wie Vitus und seine Leidensgefährten in das Lagerhaus hereingeschoben wurden. Wie alle anderen waren auch sie an den Händen gefesselt. Sie traten vor den Tisch, und Vitus wollte das Wort ergreifen, doch einer der neben Narbenauge stehenden Männer kam ihm zuvor. »Das ist die dritte Bank«, erklärte er überflüssigerweise, denn zuvor war die vierte angetreten, und so dumm, dass er nicht zählen konnte, sah Narbenauge nicht aus. Der Stehende erklärte weiter: »Ein Schwarzer, ein Blonder, ein Stummer, ein, äh ...« Er stockte, denn er merkte, dass er über die beiden anderen Ruderer nichts wusste.

Narbenauge zog fragend die gesunde Augenbraue hoch.

Ohne sich zu besinnen, krähte der Zwerg dazwischen: »Der eine Gack hat's rote Scheißen, der andere die Klosterkrätz! Haben alle alleweil die Krätz, alle fünfe!«

»Woher willst du Schatten eines Dschinns das wissen? Woher kommst du überhaupt?« Es war das erste Mal, das Narbengesicht sich näher für einen Mann interessierte. Krätze hatte er selbst einmal gehabt, und er wusste nur allzu genau, wie scheußlich der nächtelange Juckreiz gewesen war, wie lästig und schmerzhaft das Kratzen an den vielen Stellen, wo die winzigen Milben unter der Haut ihre Gänge bildeten – zwischen den Fingern, an den Handgelenken, unter den Achseln, an Hodensack und Bein. Es hatte ihn wochenlange Behandlung und eine Stange Geld gekostet, die Plage wieder loszuwerden.

»Bin aus dem Askunesischen, aus den Landen östlich vom Rhein, wenn dir das was sagt, Spaltspähling!«

»Soso. Zum Rudern jedenfalls taugst du nicht. Wahrscheinlich hast du selbst die Krätze, wenn du schon so gut über diese Männer Bescheid weißt.«

»Iwo, iwo! Hab aber 'ne Kiepe auf'm Kahn mit Zaubermedizin drin, mit Zaubermedizin! Die frisst die Krätz wie der Hund die Katz!«

»Was soll das für eine Medizin sein?«

»Pssst!« Der Wicht rollte mit den Augen. »'s darf niemand nich wissen, nich mal der Große Machöffel, sonst ist's nix mit der Wirkung! Keckelst du mir die Kiepe nu oder nich?«

»Meinetwegen.« Narbenauge gab einem seiner Männer einen Wink. »Hol die Kiepe.«

»Un bring den Stelzknüppel gleich mit«, krähte der Zwerg hinterher.

Als beides, des Cirurgicus' Kiepe und sein Wanderstab, herbeigeschafft worden war, deutete der Piratenführer in den rechten Bereich der Halle. »Alle da rüber, du auch, Zwerg, und kurier die Leute von der Krätze, damit sie wenigstens als Haussklaven noch was bringen.«

»Wui, wui, Spaltspähling!«

Wieder hatte der kleine rothaarige Wicht genau das erreicht, was er wollte.

Hakan, der nicht mehr Mehmet Paschas Favorit war, weil der Kommandant sich einen Lachmuskelerwecker zugelegt hatte, torkelte aus dem Bordell, das sich im ältesten Teil der Medina befand. Hier in der Altstadt gab es die besten Freudenhäuser. Und dieses, in dem er die letzten Nächte verbracht hatte, war das allerbeste. Es hieß *Quelle der Jadeknospen* und hatte die hübschesten Mädchen überhaupt. In seinen abgedunkelten Gemächern, wo zu jeder Stunde Weihrauch abgebrannt wurde, gab es nicht nur die glutäugigen arabischen Schönheiten, sondern auch blonde Frauen aus nordischen Ländern mit weißer Haut und blauen Augen, mit großen Brüsten, deren Spitzen nicht braun waren, sondern rosig und verlockend. Sogar Jungfrauen wurden an diesem Ort angeboten, selbstverständlich nur selten und selbstverständlich zu sündhaft teuren Preisen. Aber Geld hatte für ihn keine Rolle gespielt, jedenfalls nicht, solange er über seinen Anteil aus der Schatztruhe des Paschas verfügte. Doch der war nun erschöpft. Und plötzlich war er nicht mehr der gern gesehene Gast.

Laut die Undankbarkeit dieser Welt beklagend, fand er seinen Weg zum Hafen, wo die *Yildirim* an ihrem Platz lag, friedlich und vertraut. Er würde Mehmet Pascha bitten, ihm noch einmal etwas von der Beute zu geben, nur ganz wenig und nur dieses eine Mal. Er würde den Kommandanten daran erinnern, wie lange er ihm schon diente, und ihm versichern, dass er sich immer auf ihn verlassen könne. Viel mehr als auf gewisse andere Kerle, die schnell daherredeten, sonst aber über keine Werte verfügten …

Hakan steuerte auf die Deckspforte der *Yildirim* zu, passierte sie mit einiger Mühe, da sie ziemlich schmal war, und blieb abrupt stehen. Er musste doch mehr getrunken haben als gedacht, denn was er sah, konnte nicht sein. Er rieb sich die Augen, aber der Eindruck blieb: Die *Yildirim* war leer und verwaist. Keine der Ruderbänke war besetzt, keine einzige, als wäre das Schiff gerade erst auf der Werft zu Wasser gelassen worden. Aber das war es natürlich nicht, allein schon, weil neue Galeeren nicht so bestialisch nach Fäkalien stanken.

Hakan schüttelte sich wie ein Huhn, das im Sand badet, reckte sich und wankte nach hinten zur Poop. Dorthin hatte Mehmet Pascha die Schatztruhe bringen lassen, und vielleicht war sie ja offen, und vielleicht, ja vielleicht waren auch die Wachtposten verschwunden, wenn schon das ganze Schiff wie leer gefegt war …

Und dann sah Hakan das Blut. Es war eine große Lache, und mitten in dieser Lache lag Mehmet Pascha, der Kommandant. Er war tot. Hakan war so erschrocken, dass er die Schatztruhe und die Schätze vergaß und nur noch den entseelten, ungeschlachten Mann anstarrte. Mehmet Pascha war erstochen worden, das sah sogar einer, dem Allah das Augenlicht genommen hatte. Der Dolch in seinem Hals war unmissverständlich. Genauso klar schien, dass er nicht sofort gestorben war, darauf wiesen Blutspuren hin, die ein paar Fuß entfernt begannen. Möglich auch, dass er heftig geröchelt hatte, entweder vor Schmerz oder vor Atemnot, jedenfalls stand sein Mund offen.

All diese Gedanken schossen der ehemaligen Ordonnanz des Paschas durch den Kopf, und ob er wollte oder nicht, irgendwie tat der Kommandant Hakan Leid. Von dem gewaltigen, dem gefürchteten und dem selbstverliebten Mann war nur noch eine Masse Fleisch übrig.

»Ich wünsche dir trotz allem, dass du in den Garten des Paradieses eingehen mögest«, murmelte er. *»Inschallah ...«*

Dann kam ihm plötzlich eine Idee. Er nestelte in den Weiten von Mehmet Paschas Schalwar und fand mit einiger Mühe, was er suchte. Er nahm es und schob es dem Kommandanten tief in den Mund.

Es war eine Feige.

Der Fettwanst Ma'rûf ibn Abram

*»Du selbst bist ein Schwein! Bist so dreckig wie eines,
bist so dreist wie eines, hast Haare so blond wie eines!
Dich hat der Satan durch Berührung geschlagen!
Allah, der Erbarmer, der Barmherzige, gebe,
dass du eine Speise des Feuers wirst und jämmerlich
in den Flammen verreckst!«*

Es war die reine Bosheit, sie in die grelle Sonne gestellt zu haben. Seit nun gut zwei Stunden standen sie jetzt so, an Händen und Füßen gefesselt, und jedermann, der vorbeischlenderte und auch nur das geringste Interesse an ihnen bekundete, durfte ihre Körper einer eingehenden Prüfung unterziehen.

Der Dienst als Ruderer war scheußlich und entwürdigend gewesen, die Zurschaustellung auf dem Sklavenmarkt war es nicht minder.

Vitus knirschte mit den Zähnen. Sie durften nicht kleinmütig werden! Zu allem Übel begann auch noch das Bein wieder zu schmerzen. Er verlagerte sein Gewicht und sagte zum Magister: »Kopf hoch, du Unkraut, sie können uns nicht bis zum Jüngsten Gericht hier stehen lassen.«

»Ja, ja, das ist wohl wahr«, brummte der kleine Gelehrte. »›*Aequam memento rebus in arduis servare mentem*‹, wie bereits Horaz richtig erkannte.«

Enano fistelte: »Wiewo? Truschst schon wieder Lateng? Wer soll's holmen?«

»Bedenke stets, dir im Unglück deinen Gleichmut zu bewahren«, übersetzte der Magister. Und fügte hinzu: »Wenn's auch schwer fällt, du Zwerg.«

»Irgendwann jedenfalls«, sagte Vitus, »geht auch dieser Markt zu Ende.«

Der kleine Gelehrte blinzelte. »Und wenn die Nacht dann hereinbricht und so heimelig wird wie die vergangene, lasse ich mich lieber kreuzigen.«

In der Tat war die letzte Nacht alles andere als erfreulich verlaufen. Man hatte sie und die wenigen Leidensgefährten, die von Narbenauge nicht zum erneuten Ruderdienst verdammt worden waren, in einen Verschlag gesperrt, in dem es streng nach Eselskot und faulem Stroh stank. Aber das war nicht das Schlimmste gewesen, denn die Schleimhäute ihrer Nasen waren ohnehin abgestumpft. Schlimmer waren die Flöhe, die sich in der Finsternis zu Dutzenden auf sie gestürzt hatten. Zunächst war es ihnen überhaupt nicht aufgefallen, denn einen Flohbiss spürt man nicht, doch änderte sich das in den Morgenstunden. Da begann es sie zu jucken, überall, an zahllosen Stellen ihres Körpers. Bald waren die Torturen so unerträglich geworden, dass sie nicht mehr ein noch aus wussten. Schließlich hatten sie sich gegenseitig mit der flachen Hand auf die Bisse geschlagen. Immer wieder, mit aller Kraft. Der dadurch entstehende Schmerz war ihnen lieblich vorgekommen im Vergleich zu dem mörderischen Juckreiz.

»Wui, wui«, fistelte der Zwerg. »'s war gar schindlig!« Dabei war es ihm nicht ganz so schlimm ergangen wie seinen Kameraden, denn er hatte nur wenige Bisse davongetragen, ebenso wie Wessel, der Böhme. Es schien so zu sein, als gäbe es auch unter Flöhen Feinschmecker, die das eine Blut bevorzugten und das andere verschmähten.

Alb, der Stumme, litt mit am meisten. Nicht nur, dass er den Juckreiz ertragen musste, er konnte noch nicht einmal darüber klagen. Seine Äußerungen waren nur ein verzweifeltes Gurgeln.

Eben gurgelte er wieder und schüttelte dabei heftig den Kopf. Der Grund dafür war jedoch kein erneuter Insektenbiss, sondern ein überaus fetter, kostbar gekleideter Araber, der herangewatschelt war und ihn nach seinem Namen gefragt hatte.

Der Araber wiederholte seine Frage.

Alb schüttelte den Kopf und zuckte mit den Schultern.

Der Zwerg krähte: »Er kann nich truschen, so holm's doch, Wanstmann!«

»Was willst du mir sagen, Krüppel?«, fragte der Dicke mit öliger Stimme.

»Der Laller is ab, der Schlecker!«

Jetzt ahnte der Fettwanst, was der Zwerg meinte, denn er riss Alb den Mund auf und blickte hinein. »Bei Allah dem Weltenkundigen! Die Missgeburt hat Recht! Dem Burschen ist die Zunge herausgeschnitten worden. Wahrscheinlich hatte er ein vorlautes Maul wie alle Ungläubigen.«

»Gewiss war es so, gewiss, Sîdi Ma'rûf ibn Abram!« Der kleine, an ein Wiesel erinnernde Muselmane, den Narbenauge mit dem Verkauf der Sklaven beauftragt hatte, war herbeigeeilt. »Allah, der Erbarmer, der Barmherzige hat ihn gestraft.«

»Wer bist du?«, verlangte der Beleibte zu wissen. »Ich kenne dich nicht.«

»Aber ich kenne dich, oh, Sîdi Ma'rûf! Wer wüsste angesichts deiner imposanten Erscheinung nicht, wen er vor sich hat!«, schleimte das Wiesel. »Mein Name ist Reda Alî.« Narbenauges Vertrauter kreuzte die Arme vor der Brust und verneigte sich so feierlich, als begrüße er einen orientalischen Despoten. »Ich bin befugt, diese prachtvollen Sklaven zu einem Schleuderpreis anzubieten. Niemals zuvor konntest du so gute Ware so billig erwerben.«

»Das werden wir ja sehen.« Abermals riss Sîdi Ma'rûf den Mund von Alb auf. »Ich weiß nicht, ich weiß nicht … ein Sklave, der nicht zu sprechen vermag, ist von Nachteil. Ich kann ihn nicht zum Souk schicken, damit er einkauft. Außerdem würde mir das Gegurgel auf die Nerven gehen.«

»Aber sieh nur, dafür hat er makellose Zähne, und bedenke auch: Ein Sklave, der nicht sprechen kann, mag zwar von Nachteil sein, aber er ist immer noch besser als einer, der zu viel redet.«

Sîdi Ma'rûf hatte kaum zugehört. Die Flohbisse an Albs Körper außer Acht lassend, betastete er mittlerweile dessen Armmuskeln. Was er fühlte, schien ihn zufrieden zu stellen, weshalb er vielleicht einmal mehr als nötig hinfasste. Dann glitten seine dicken Hände langsam über den Oberkörper des Stummen, tasteten nach Knoten, Geschwülsten oder anderen Veränderungen, untersuchten die Haut auf Narben und überschminkte Wunden, drückten auf Leber, Magen und Milz und ebenso auf jede einzelne Rippe. Als sie nichts fanden, wanderten sie zum Nabel und drangen weiter ungeniert vor bis zur Leistengegend. »Er leidet nicht an einem Bruch«, stellte er zufrieden fest

Alb gurgelte irgendetwas. Es klang wie ein Protest.

Der Fettwanst ging nicht darauf ein. Seine Patschhändchen machten sich jetzt an Albs Glied zu schaffen. »Natürlich, er hat die Wurst in der Pelle wie alle Ungläubigen. Eklig! Allah strafe diesen Mann!

»Wiewo?«, fistelte der Zwerg dazwischen. »Bist nix Bessres, nur weil du'n Blankmichel hast!«

Sîdi Ma'rûf schnaufte: »Halt's Maul, Krüppel, du reißt doch nur die Klappe auf, weil dich sowieso keiner will.« Dann wandte er sich Alb wieder zu. »Wollen mal sehen, ob wenigstens deine Eier nicht gebrochen sind.«

Nachdem er sicher war, dass der Stumme auch keinen Hodenbruch hatte, strichen seine forschenden Hände über die Innenseiten der Oberschenkel, um zu prüfen, ob dort Krampfadern vorhanden waren. Er ging dabei sorgfältig, fast genüsslich vor, fand aber nichts Bemerkenswertes. Ächzend richtete er sich wieder auf und sagte zu dem Wiesel: »Im Großen und Ganzen macht der Kerl keinen allzu schlechten Eindruck, wenn man von den tausend Flohbissen absieht. Sag ihm, er soll mir den Rücken zukehren.«

Reda Alî bedeutete Alb, er solle sich umdrehen.

Der Stumme gehorchte.

Sîdi Ma'rûf tastete den Sklaven weiter ab wie einen Gaul. Als er auch auf dem Rücken nichts außer den von Peitschenhieben herrührenden Narben entdecken konnte, sagte er: »Lass dem Mann die Fußfesseln abnehmen, damit er sich breitbeinig hinstellen kann. Dann soll er sich bücken, ganz tief bücken.«

Das Wiesel befahl einem seiner Aufpasser, die Stricke zu lösen, und rief: »Los, los, Kopf runter! Sîdi Ma'rûf will dir in den Arsch gucken!«

»Ganz recht, das will ich«, nickte der Fettwanst. »Es wäre nicht das erste Mal, dass ein Sklave das hinterste Loch voller blauer Platzadern hat.«

Doch diesmal gehorchte Alb, der bisher die Untersuchung lammfromm erduldet hatte, nicht. Er schüttelte mit verbissener Miene den Kopf.

Das Wiesel wurde ärgerlich. Alles hatte sich so gut angelassen, und nun wurde der Bursche auf einmal bockig. Sîdi Ma'rûf war ein betuchter Herr, weshalb man ihn auch mit »Sîdi« anredete, und er schien wirklich interessiert zu sein. Reda Alî schrie erbost: »Los, bück dich schon, oder du schmeckst die Peitsche!«

Alb blieb stur. Zu demütigend war für ihn die Analbeschau.

Jetzt mischte Vitus sich ein, Zornesröte im Gesicht. Er hatte schon viel zu lange geschwiegen. »Lass den Mann in Frieden, Reda Alî, stell dir vor, du stündest selbst da. Nimm ihm nicht seine Ehre!«

Der Magister stieß sogleich ins selbe Horn: »Schluss mit dieser würdelosen Prozedur, sage ich!«

Ngongo blickte finster.

Wessel rief: »Hör auf, so hör doch endlich auf!«

Auch Enano öffnete empört sein Fischmündchen, doch er kam nicht dazu, es vorzustülpen und Worte zu formen, denn ein lauter Knall unterbrach ihn. Narbenauges Vertrauter hatte mit der Neunschwänzigen zugeschlagen. Nicht besonders fest, um seine Ware nicht zu beschädigen, aber doch so stark, dass rote Striemen auf Albs Rücken sichtbar wurden. Der Hieb war wohl dosiert und wies Reda Alî als einen Meister in der Kunst des Züchtigens aus.

Die Neunschwänzige war das am meisten benutzte Instrument auf See, wenn es galt, einen unbotmäßigen Matrosen auszupeitschen. Sie bestand, wie der Name schon sagt, aus neun Schnüren, von denen jede am Ende einen Knoten aufwies. Der Delinquent war angehalten, sie vor seiner Bestrafung selbst herzustellen, damit er, wie es hieß, von vornherein ein besonders »inniges Verhältnis« zu ihr entwickeln konnte. Dazu musste er ein Seil in drei Schnüre aufspleißen und jede der Schnüre noch einmal in drei. Anschließend knüpfte er in die neun Enden einen kräftigen Knoten, damit es beim Auspeitschen auch gehörig zwickte.

Alb stand noch immer aufrecht. Er hatte keine Angst vor der Peitsche. Er war sie gewöhnt. Normalerweise hatte er ein schlichtes Gemüt und nahm alles im Leben gottgewollt hin, aber wenn ihm etwas gegen den Strich ging, konnte er stur sein wie ein Maulesel.

Das Wiesel wollte abermals zuschlagen, doch Sîdi Ma'rûf verhinderte es. »Lass gut sein, Reda Alî. Ich will annehmen, dass sein Loch nicht zu beanstanden ist. Vielleicht kaufe ich ihn. Allerdings bin ich mir noch nicht sicher, ob ein stummer Sklave nicht doch mehr Nachteile als Vorteile hat. Natürlich käme es auch auf den Preis an …«

»Über den Preis werden wir uns sicher einig!«, warf das Wiesel hastig ein.

»Ja, ja. Vielleicht.« Die Äuglein des Fettleibigen wanderten über die armselige Sklavenschar und blieben auf Vitus haften. Der blonde Bursche war zweifellos eine gute Erscheinung. Figürlich zwar nicht ganz so beeindruckend wie der Neger, aber Neger kamen nicht in Frage. Er hatte vor gar nicht langer Zeit noch drei besessen und nichts als Ärger mit ihnen gehabt. Es waren Haussa gewesen, aufsässige, kriegerische Burschen, von denen er sich trennen musste. Leider mit finanziellem Verlust. Nein, ein Schwarzer kam ihm nicht ins Haus.

Dasselbe galt für den kleinen Mann, der ständig vor sich hinblinzelte. Was nützte der beste Sklave, wenn er nicht richtig sah! Dann war da noch ein weiterer Mann, ebenfalls weißhäutig und ebenfalls zu klein. Schlechtes Material. Zuletzt der Zwerg: Ihn zu kaufen wäre eine unverzeihliche Dummheit. Ein vorlauter, nutzloser Fresser war das, mehr nicht. Nein, wenn er es recht bedachte, kamen für einen Kauf nur der Stumme und der Blonde in Frage, nicht zuletzt, weil auch die weiteren feilgebotenen Sklaven einen minderwertigen Eindruck machten. Der Fettwanst schob sich auf Vitus zu und begann an ihm herumzutätscheln.

In Vitus tobten widerstreitende Gefühle. Wie sollte er sich verhalten? Natürlich konnte er sich wehren und den Dicken fortstoßen, doch würde sicher sofort einer der Aufpasser dazwischengehen, wenn nicht gar die Peitsche Reda Alîs ihn daran hindern. Nein, das war sinnlos. Außerdem: Wenn er gute Miene zum bösen Spiel machte, war es durchaus möglich, dass der Dicke ihn erwarb und in sein Haus nahm. In diesem Fall durfte er darauf hoffen, irgendwann fliehen zu können, ja, vielleicht sogar seine Freunde aus der Sklaverei zu befreien. Er hielt still.

»Du bist recht wohlproportioniert«, sagte Sîdi Ma'rûf, und es klang, als lobe er ein Bild, »wenn auch die Flöhe dich außergewöhnlich stark heimgesucht haben. Wahrscheinlich hast du sehr süßes Blut. Nun ...« Er kicherte ölig. »Am Ende bist du gar ein Süßer?«

Vitus riss sich zusammen. Er starrte geradeaus und konzentrierte sich auf einen Punkt über der linken Schulter seines fetten Gegenübers.

»Ob du gern der Knabenliebe frönst, wird sich bald herausstellen – wenn ich dich nehme. Falls ich dich nehme. Doch zunächst lass mich dich weiter untersuchen. Ich kaufe nicht gern die Katze im Sack.« Sîdi Ma'rûfs Finger begannen geschäftig, die Menschenware zu studieren. Wie zuvor bei Alb landete er auch bei Vitus alsbald in der Leibesmitte, zog den Schurz beiseite und betrachtete das, was sich ihm darbot.

»Natürlich, auch diese Wurst steckt in der Pelle. Widerlich! Immerhin, eine recht stattliche Wurst.« Er kicherte abermals und wollte das Skrotum untersuchen, doch dazu kam es nicht mehr.

»Finger weg!«, brüllte Vitus, der nicht mehr an sich halten konnte. »Betaste mich nicht wie ein Schwein!«

»Wa... waaaaas?« Der Fettwanst prallte zurück, als wäre er gegen eine Mauer gelaufen. Er brauchte mehrere Momente, um sich von der Unerhörtheit des Gesagten zu erholen. Dann brach es aus ihm heraus: »Was sagst du da, du ungläubiger Hund? Du Sohn einer Kebse! Du Abschaum Satans! Merke dir: Ich würde niemals ein Schwein anfassen, niemals! Geschweige denn etwas so Widerwärtiges wie Schweinefleisch, Blut oder Krepiertes essen!«

Wieder erfolgte ein scharfer Knall. Vitus zuckte zusammen. Reda Alî hatte mit der Peitsche zugeschlagen.

Diesmal mit aller Kraft.

Âmina Efsâneh hatte das Geschehen auf dem Sklavenmarkt nur am Rande verfolgt. Sie befand sich in unmittelbarer Nähe der unglücklichen Freunde, doch diese konnten sie nicht sehen, denn sie saß in einer Sänfte, die von zwei kräftigen Hausdienern langsam an ihnen vorbeigetragen wurde. Aus dem Augenwinkel hatte sie den fetten Ma'rûf erkannt und beobachtet, wie er um die Sklaven herumstrich und sie lüstern begrapschte. Er war Kaufmann wie Chakir, ihr Gemahl, wenn auch lange nicht so erfolgreich.

Gerade versuchte er, einem Blonden ins Gemächt zu fassen, der … doch halt! Das war doch … wie hatte sie ihn nur nicht gleich erkennen können! Das war der Lord, der keiner war. Der Mann, der sie im Bett so tödlich beleidigt hatte. Der es gewagt hatte, in ihren Armen den Namen einer anderen Frau zu rufen.

»Halt!«, rief sie jetzt laut und musste erst einmal tief durchatmen. Die Flamme ihres Hasses, in den vergangenen Wochen schon fast erloschen, loderte wieder empor, als wäre alles erst gestern gewesen. Sie hatte gedacht, der Kerl sei auf einer Galeere, zusammen mit seinen Kumpanen, und nun stand er hier, wurde womöglich von dem dicken Ma'rûf gekauft und konnte fortan ein bequemes Leben in dessen Haus führen. Das musste verhindert werden! Ihre Hand schoss aus dem Fenster der Sänfte und packte Rabia, die neben ihr einhergeschritten war. Erschreckt durch den plötzlichen Griff, stieß die Dienerin einen leisen Schrei aus.

»Sei still, dummes Ding! Da hinten, das ist doch der blonde Kerl, den du für mich auf die Galeeren verkauft hast, oder?«

Rabia kniff die Augen zusammen, denn sie litt unter Kurzsichtigkeit, doch ein Zweifel war ausgeschlossen. »Ja, Herrin, er ist es. Der Cirurgicus vom Kloster Campodios. Und neben ihm steht der kleine Mann, der im Souk die Geschichten über ihn erzählt hat. Auch der seltsame Zwerg ist da. Die drei sind Freunde, wie ich dir berichtete.«

»Und die anderen? Ich erkenne noch drei mehr.«

»Ich weiß nicht, Herrin, sie scheinen aber zusammenzugehören, jedenfalls stehen sie dicht beieinander.«

»Das sehe ich selbst. Und ich sehe auch Ma'rûf ibn Abram, diesen geilen, lüsternen, aufgeblasenen Dickwanst. Ich will nicht, dass er die Sklaven kauft und sie seinem Haushalt einverleibt. Sie hätten es da wie im Paradies: wenig Arbeit und gut zu essen – bei entsprechendem Entgegenkommen. Du weißt schon, was ich meine.«

Die Gebieterin gab ihren Trägern ein Zeichen. »Ich will näher heran an den dicken Ma'rûf. Bringt mich hin.«

Die Diener gehorchten, und wenige Augenblicke später konnte Âmina Efsâneh zu ihrem Vergnügen hautnah miterleben, wie Reda Alî den Blonden peitschte und der Fettwanst gleichzeitig auf ihn einschimpfte:

»Du selbst bist ein Schwein! Bist so dreckig wie eines, bist so dreist wie eines, hast Haare so blond wie eines! Dich hat der Satan durch Berührung geschlagen! Allah, der Erbarmer, der Barmherzige, gebe, dass du eine Speise des Feuers wirst und jämmerlich in den Flammen verreckst!«

Das waren Worte, die der Gebieterin gut gefielen. Sehr gut sogar. Verzückt lauschte sie weiter:

»Mögest du in der Verdammnis schmoren bist zum Jüngsten Tag, bis zum Jüngsten Tag …« Sîdi Ma'rûf unterbrach sich und wischte sich den Schweiß von der Stirn. Der Zornesausbruch hatte ihn Kraft gekostet. Etwas verhaltener fuhr er fort: »Nun ja, vielleicht nicht bis zum Jüngsten Tag. Niemand auf dieser Welt ist ohne Sünde, und aus einem Ungläubigen kann immer noch ein Gläubiger werden. Und so wahr Allah der Allmächtige weiß, dass ich zu den Standhaften, den Andachtsvollen und den Spendenden im Morgengrauen zähle, so wahr ist auch, dass du einen prächtigen Körper hast. Ein bisschen mager zur Zeit, sicher, aber das ist nur eine Frage der Speisemenge, die ich in dich hineinstopfen werde – wenn ich dich nehme. Falls ich dich nehme.«

Das Wiesel hatte die Neunschwänzige in dem Augenblick

fortgelegt, als er sah, dass die Wut des Dicken verrauchte. Jetzt beeilte er sich zu versichern: »Oh, Sîdi Ma'rûf, ich bin sicher, du wirst ihn kaufen, denn ich mache dir einen Preis, dem du nicht widerstehen kannst.«

»So, wirst du das? Ich denke, hier ist nicht der richtige Ort, um über Geld zu reden. Zu heiß, zu heiß. Viel zu heiß! Wir sollten das Ganze bei frisch aufgegossener Minze in einer der umliegenden Fenaduks besprechen. Ich schlage vor, *Das Gärtchen des Propheten* aufzusuchen.«

»Natürlich, natürlich, aber bist du denn nur an dem Blonden interessiert oder auch an dem Stummen? Denke doch an sein prachtvolles Gebiss.«

»Das werden wir sehen. Begleite mich, wenn du es wissen willst.« Sîdi Ma'rûf wollte in Richtung der genannten Herberge loswatscheln, da unterbrach ihn ein ungeduldiger Ruf:

»Ich biete für beide eine spanische Golddublone!«

Der Dicke fuhr herum. »Nanu, wer war das?« Dann erkannte er die Sänfte mit dem weithin sichtbaren Wappen des Kaufherrn Chakir Efsâneh. »Oh, du bist es, Âmina, Blume des Orients! Gemahlin meines geschätzten Konkurrenten! Welch eine Überraschung. Darf ich fragen, was dich dazu veranlasst, für diese wertlosen Sklaven eine derart hohe Summe ausgeben zu wollen?«

Bevor die Gebieterin antworten konnte, stand schon das Wiesel zwischen ihnen. »Verzeih, wenn ich widerspreche, Sîdi Ma'rûf, aber die beiden Sklaven sind alles andere als wertlos. Du weißt es selbst. Und dir, oh, Âmina Efsâneh, wage ich kaum entgegenzuhalten, dass eine lächerliche Golddublone bei weitem zu wenig ist. Sicher wolltest du nur einen Scherz machen. Haha! Der Wert beläuft sich mindestens auf das Dreißigfache.«

»Ja, ja, ja.« Die Gebieterin kannte von Kind auf das Gefeilsche auf arabischen Märkten, hatte es aber niemals als erbaulich empfunden, da ihre Ungeduld dagegen stand. Die Weidengerte erschien im Fenster der Sänfte und wurde mehrmals heftig an den Rahmen geschlagen. »Vielleicht habe ich tatsächlich einen Scherz gemacht. Lass mich überlegen.«

Doch die Herrin ließ sich kaum Zeit dazu, denn immer mehr begehrte sie den Blonden zu ersteigern. In ihrem Kopf war ein Plan gereift, den sie um jeden Preis in die Tat umsetzen wollte. Sie bot aufs Geratewohl eine Summe, von der sie glaubte, sie müsse reichen.

Das Wiesel heulte auf. »Edle Âmina Efsâneh, du willst mich an den Bettelstab bringen!«

Die Gebieterin erhöhte ihr Angebot.

»Oh, ich muss dir ein Geständnis machen: Wenn ich vom Dreißigfachen sprach, so meinte ich keinesfalls beide Prachtburschen, sondern natürlich nur einen. Aber auch für einen ist dein Gebot noch viel zu niedrig.«

»Beim Blute Christi! Jetzt reicht es aber!« Alle Köpfe fuhren herum und forschten nach dem Rufer. Es war der Magister. Er war hochrot im Gesicht, und das ganz sicher nicht von der Hitze. »*Liberum corpus nullam recipit aestimationem*, wie man bei uns im christlichen Abendland zu sagen pflegt! Und um es euch, die ihr euch in allen Belangen so grenzenlos überlegen fühlt, zu übersetzen: Der Körper eines freien Menschen lässt sich nicht in Geld schätzen! Versteht ihr? Frei waren wir noch bis vor wenigen Tagen. Frei wie jeder hier von euch im Souk. Was gibt euch eigentlich das Recht, uns zu versklaven? Ich fordere …«

Weiter kam er nicht. Reda Alî hatte erneut von der Peitsche Gebrauch gemacht.

Dafür rief Vitus jetzt mit weit tragender Stimme: »Du kannst uns peitschen, aber nicht mundtot machen! Ich verlange im Namen meiner Freunde, sofort freigelassen zu werden. Wir haben diese Forderung schon wiederholt gestellt. Niemand hat sie beachtet. Vielleicht gibt es hier endlich jemanden, der uns Gerechtigkeit widerfahren lässt. Wir alle sind uns keiner Schuld bewusst.« Er blickte vielsagend zur Sänfte hinüber: »Auch jener Dame gegenüber nicht!«

»Schweig, du räudiger Hund! Dass du es wagst ...« Die Gebieterin schäumte vor Wut. Die Weidengerte schlug klatschend gegen den Rahmen. »Sieben Golddublonen!«

»Für jeden?«, fragte Reda Alî, sich schon wieder tief verbeugend.

»Meinetwegen!«

Doch wenn die Gebieterin gedacht hatte, sie sei nun am Ziel, so hatte sie sich getäuscht. Sîdi Ma'rûf war auch noch da. Und er erhöhte das Gebot.

So ging es eine Weile weiter, während die Wut und die Ungeduld von Âmina Efsâneh beständig zunahmen. Schließlich rief sie völlig außer sich: »Bei Allah, der alle Schacherer dieser Welt blenden möge, jetzt ist Schluss! Was willst du haben, Reda Alî?«

Narbenauges Vertrauter glaubte sich verhört zu haben. Hatte ihn die reichste Frau der Stadt gerade gefragt, wie viel er haben wolle? Er jubelte innerlich. Das war die Gelegenheit seines Lebens, denn es bestand kein Zweifel, dass sie jeden Preis zahlen würde. Warum, das wusste nur Allah. Er holte tief Luft: »Das Vierfache des letzten Gebots, oh, Âmina Efsâneh.«

»Was? Das Vierfache?«

»Ja, nun ja.« Die Rückfrage der Gebieterin hatte so entrüstet und so fassungslos geklungen, dass Reda Alî für einen Augenblick unsicher wurde. Aber nur für einen Augenblick, dann sagte er: »Ich wäre schon damit einverstanden. Vorausgesetzt, Sîdi Ma'rûf bietet nicht noch ein wenig mehr.«

Doch der Fettwanst schwieg. Er dachte nicht im Traum daran, höher zu gehen. Die Summe war bereits so hoch wie das, was er in einem ganzen Jahr verdiente.

Die Gebieterin zog die Augenbrauen zusammen: »Sagtest du wirklich das Vierfache?«

»Äh, ja, das tat ich.« Blitzschnell überlegte das Wiesel. In jedem Fall musste verhindert werden, dass die reiche Kaufmannsfrau sich eines anderen besann. Was konnte er tun? Mit dem Preis heruntergehen? Auf keinen Fall. Die Summe war so gewaltig, dass er bis an das Ende seiner Tage von ihr leben konnte – selbst wenn er den Hauptanteil an Narbenauge abgab. Da er den Preis nicht senken wollte, musste er ihr mehr Ware anbieten. Das war in allen Kaufverhandlungen so. Mehr Ware, das bedeutete … und dann hatte das Wiesel seine Erleuchtung:

»Für diesen Betrag, oh, Âmina Efsâneh, wäre ich bereit, dir nicht nur die zwei, sondern vielleicht sogar alle sechs Sklaven zu überlassen. Bedenke nur, sechs Sklaven, ein prachtvoller Haufen, kerngesund von Kopf bis Fuß, sechs Kerle, stark wie Ochsen, und fähig, jede erdenkliche Arbeit zu verrichten!«

»Ja, ja, ja. Schon gut.« Das Gesicht der Gebieterin wirkte abweisend. »Ich habe kein Interesse m…«

Aber, oh Wunder, unverhofft hielt sie inne, und ihre Augenbrauen entspannten sich. Ein Lächeln stahl sich auf ihre Lippen, das breiter und breiter wurde, doch wie immer war es nur ein Lächeln mit nichts mehr dahinter als Zähnen. »Ich denke, Reda Alî, ich kann dein Angebot doch annehmen. Schicke die Sklaven umgehend in mein Haus. Wegen der Bezahlung werde ich mit Sîdi Chakir, meinem Gemahl, sprechen. Es wird kein Problem sein.« Ein ungeduldiger Schlag mit der Weidengerte folgte und bewirkte, dass sich die Sänfte unverzüglich in Bewegung setzte.

Sie ließ einen ebenso verblüfften wie überglücklichen Reda Alî zurück.

Und einen Fettwanst, der froh war, um den Kauf herumgekommen zu sein.

Die Dienerin Rabia

»Der kleine Geschichtenerzähler ist ein guter Schachspieler, mehr nicht. Ich habe dir schon einmal gesagt, dass ich lieber mit dir heiße Minze trinke, als mit ihm am Brett zu sitzen. Das ist die Wahrheit.«

Âmina Efsâneh hatte ihre Träger angewiesen, ein forsches Tempo vorzulegen. Offenbar wollte sie schnell nach Hause in ihren Stadtpalast. Rabia, ihre getreue Dienerin, musste sich gehörig sputen, um auf gleicher Höhe mit der Sänfte zu bleiben, und überdies darauf bedacht sein, nicht in die Reichweite der Weidengerte zu gelangen.

Nach einer Weile, in der nicht ein Wort zwischen ihnen gefallen war, traute Rabia sich zu fragen: »Sag, Gebieterin, was willst du mit so vielen Sklaven?«

Aus der Sänfte kam kein Laut.

Rabia dachte schon, ihre Herrin wolle nicht mit ihr reden, da drang ein Lachen an ihr Ohr, lang gezogen und höhnisch, und Âmina Efsâneh ließ sich zu einer Antwort herab.

»Wie du dir denken kannst, wollte ich von Anfang an nur den Blonden, diesen Möchtegern-Lord. Es gefiel mir keineswegs, dass er nicht mehr die Galeerenbank drückt, und ich wollte dafür sorgen, dass ihm erneut die Fußeisen angelegt werden. Doch dann kam das alberne, unnötige Gefeilsche um seinen Preis.«

»Oh, Gebieterin!«, rief Rabia etwas außer Atem, denn sie hatte unterdessen mehrere schwatzende, im Wege stehende Männer umrunden müssen, bevor sie wieder aufschließen konnte. »Aber die Summe, die dein Gemahl zahlen muss, ist unermesslich hoch!«

»Ja, ja, ja.« Die Weidengerte erschien im Fenster und bearbeitete den Rahmen. »Sie ist nicht gerade klein. Aber dafür habe ich nicht nur einen, sondern gleich sechs Sklaven bekommen.«

»Gewiss, oh, Gebieterin. Allerdings hast du Ngongo nur zurückbekommen, denn du besaßest ihn ja schon, bevor ich ihn, zusammen mit dem Cirurgicus und dem Geschichtenerzähler, für dich an Mehmet Pascha verkaufte.«

»Ja, ja, ja.«

Rabia vergewisserte sich, dass der Abstand zur Weidengerte nach wie vor groß genug war, und fügte hinzu: »Leider für viel weniger, als du heute selbst bezahlt hast.«

»Halt den Mund, dummes Ding!«

»Darf ich trotzdem noch einmal fragen, oh, Gebieterin, was du mit so vielen Sklaven willst?«

Das Gesicht von Âmina Efsâneh erschien im Fenster. Ihr Mund lächelte schmal. »Das darfst du, Rabia, da du so gut rechnen kannst. Ich habe mit den sechs Kerlen etwas ganz Bestimmtes vor.« Das Lächeln wurde breiter, und wieder war es ein Lächeln mit nichts anderem dahinter als Zähnen.

»Mit ihnen – und mit dir.«

Die Karawane bewegte sich nur langsam vorwärts. Es war bereits der dritte Tag, da sie, stets in südliche Richtung strebend, Tanger verlassen hatte, und eigentlich hätte sie schon viel weiter sein müssen. Dass dies nicht der Fall war, lag daran, dass sechs der Männer nicht gut zu Fuß waren – der Cirurgicus und seine Freunde

Rabia jedoch saß auf einem Kamel. Sie kauerte mehr schlecht als recht im Sattel, denn sie hatte niemals reiten gelernt. Genauso, wie sie niemals in Fez gewesen war. Doch genau diese im Königreich *Al-Mamlaka al-Maghribijja* gelegene Stadt war das

Ziel des Wüstenzuges. Fez lag im Vorland des Mittleren Atlasgebirges, eine große Stadt, groß, weil es dort viel Wasser gab und demzufolge viele Palmen, Datteln und andere Früchte. Es gab Viehzucht und Feldanbau. Und es gab Moscheen. Ihre Zahl war so groß, dass manche behaupteten, der Rechtgläubige könne an jedem Tag des Jahres in einer anderen beten. Fez war darüber hinaus religiöses Zentrum und Stätte vieler islamischer Schulen.

Und Fez war noch hundert Meilen entfernt.

Rabias Blick fiel auf die vor ihr gehenden sechs Gestalten. Die Sklaven schwitzten und keuchten, dass einem angst und bange werden konnte. Sie hatten an diesem Tage erst ein einziges Mal Wasser zu trinken bekommen. Mehr hatte der Khabir, der Karawanenführer, nicht gestattet. Rabia wusste auch, warum: Âmina Efsâneh hatte es ihm verboten. Als Gemahlin seines Herrn, des reichen Sîdi Chakir, konnte sie das tun, zumal jedermann wusste, wie gefährlich es war, sich ihren Unmut zuzuziehen.

Ja, der Weg der sechs Männer sollte ein Vorgeschmack dessen sein, was sie am Ziel erwartete: eine Arbeit, wie sie schlimmer nirgendwo in Afrika anzutreffen war.

Rabia, die als Kind tief im Inneren der Sahara in einer Oase namens Ouargla gelebt hatte, kannte diese Fronarbeit. Sie hing, wie alles in der Wüste, mit dem Wasser zusammen. Oasen verfügten nur über eine bestimmte Menge Grundwasser, was dazu führte, dass sie sich nicht beliebig weit in die Wüste ausdehnen konnten. Wollte man dennoch die Anbaufläche vergrößern, musste man das kostbare Nass auf kompliziertem Wege über Kanalsysteme heranführen. Diese »Foggara« genannten Anlagen lagen unter dem Wüstensand und waren nur an den Hügeln, in denen sich die Einstiegsschächte befanden, zu erkennen.

Zum Ausheben der Kanäle und Schächte nahm man schwarze Sklaven, wie etwa die Haratin. Sie waren die Einzigen, denen man die Arbeit unter der Oberfläche zumuten konnte. Tag für Tag mussten sie ohne Sonnenlicht und ohne den leisesten Windzug schuften. Immer wieder gab es eingebrochene Erdmassen, die schnellstmöglich hinausgeschafft werden mussten, damit das notwendige Nass wieder floss. Eine mörderische, niemals abreißende Plackerei, die ein Leben lang dauerte. Allerdings meist nur ein kurzes Leben.

Das war das Schicksal, dass die rachsüchtige Gebieterin Âmina Efsâneh für den Cirurgicus und seine Freunde bestimmt hatte. Denn Sîdi Chakir besaß in der Nähe von Fez mehrere Dattelpalmenhaine, und er plante, sie zu vergrößern. Diese Absicht wiederum erforderte eine Ausweitung der Foggara – und damit neue Arbeitskräfte.

Rabia selbst hätte auch gern etwas Wasser getrunken, aber sie wagte nicht, hinter sich zu greifen, wo der Schlauch aus Ziegenleder hing. Sie war wirklich keine gute Reiterin, war es nie gewesen. Als Reittier für eine Frau war nun einmal das schwankende Wüstenschiff nicht geeignet. Wenn überhaupt ein Tier, dann der Esel. Doch die Gebieterin hatte daran keinen Gedanken verschwendet, als sie Rabia die Verantwortung für die sechs Sklaven aufhalste. »Bring sie nach Fez«, hatte sie gesagt und gleichzeitig gedroht: »Und lass sie nicht entkommen. Übergib sie dem Oberaufseher von Sîdi Chakirs Palmenhainen und kehre selbst so rasch wie möglich zurück. Denk an deinen geliebten Bruder Ahmad, der ebenfalls in meinem Hause arbeitet. Du willst doch nicht, dass ihm etwas zustößt?«

»Nein«, hatte Rabia hastig geantwortet. »Das will ich nicht.«

Rabia entschloss sich, doch nach dem Ziegenschlauch zu greifen. Zu groß war ihr Durst. Als sie sich halb nach hinten umdrehte und ihre Hand nach dem Lederbehältnis ausstreckte, verlor sie um ein Haar das Gleichgewicht, denn ihr Kamelhengst war ruckartig stehen geblieben. Der Khabir, der ganz vorn die Karawane anführte, hatte mit hocherhobenem Stock das Zeichen zum Halt gegeben. Sie blickte sich um. Ihre Kurzsichtigkeit hinderte sie daran, sich ein klares Bild von ihrer Umgebung zu machen, doch immerhin erkannte sie, dass der Boden steiniger und welliger geworden war. Links vor ihnen wurden aus den Wellen Hügel und noch weiter entfernt aus den Hügeln Berge. Das musste das Rifgebirge mit dem Dschebel Tidirhine sein, die Heimat kriegerischer Kabylen.

»Wir werden hier unser Nachtlager aufschlagen!«, rief der Khabir.

Insgesamt einunddreißig Kamele waren stehen geblieben, davon siebenundzwanzig Lasttiere und vier Reittiere. Eines der vier Reittiere wurde von dem Khabir und eines von Rabia geritten, die restlichen zwei fanden unterschiedliche Verwendung. Unter anderem stellten sie eine Art Reserve dar. Neben den Tieren gehörten der Karawane elf Kameltreiber an, die wie die sechs Sklaven zu Fuß gingen. Doch sie litten keineswegs unter Durst. Zum einen, weil sie genug Wasser hatten, zum anderen, weil sie Teil der Wüste waren, zähe Kerle mit wettergegerbten Gesichtern, die sich ohne Hast bewegten und kein Jota an Kraft vergeudeten. Mit Körpern, die unempfindlich zu sein schienen gegen die Gluthitze des Tages und die Kälte der Nacht. Wortlos nahmen sie den Tieren geübt die Lasten, Gerätschaften und Sättel ab. Sie verströmten Ruhe und Ausgeglichenheit und so etwas wie Geborgenheit. Rabia war dankbar dafür. Zwar hatte sie die Verantwortung für die sechs Gefangenen, doch sie musste sich um nichts sonst kümmern. Der Khabir und seine Männer hatten ein wachsames Auge auf die Sklaven, und er würde sie sicher nach Fez bringen. Er war ein erfahrener Mann, der sich Hadschi nennen durfte, da er in seinem Leben nach Mekka gepilgert war und dort die Heilige Ka'aba umschritten hatte – jenes Gebäude, in das der schwarze Stein Hadschar al-Aswad eingelassen ist.

Hadschi Abdel Ubaidi trat zu Rabia. In seiner ruhigen Art

sagte er: »Ich sehe, dein Hengst gehorcht dir noch immer nicht. Du musst lernen, ihn niederknien zu lassen, auch wenn er manchmal störrisch ist. Er wird sich an dich gewöhnen, wir sind noch lange genug unterwegs.« Während er das sagte, hatte er dem Tier fast spielerisch die Hand auf den Hals gelegt, und wie von Zauberhand sank das Kamel in die Knie.

»Ich danke dir.« Rabia versuchte Haltung zu bewahren. Beim Absteigen hatte sie erneut fast das Gleichgewicht verloren.

»Ich nehme an, du willst zunächst nach den Sklaven sehen. Anschließend wirst du dein Zelt dort hinten bei den Steinfelsen finden. Meine Männer werden es aufbauen und dir ein Feuer entzünden.« Der Khabir räusperte sich. Das Angebot, der Dienerin ein eigenes Feuer anzufachen, war nicht nur reine Höflichkeit. Vielmehr steckte die Notwendigkeit dahinter, die Frau von der Feuerstelle der Treiber fern zu halten. Fremde Frauen hatten in Männergesellschaft nichts zu suchen. Das gab nur Unruhe, und die konnte er nicht brauchen.

»Ich danke dir«, sagte die Dienerin abermals. Natürlich hatte sie den Hadschi und seine Absicht durchschaut, dennoch war sie froh über den höflichen, ja fast freundlichen Ton des Mannes. Sie überprüfte den Sitz ihres Schleiers und nickte ihm zu. Dann ging sie zu der Stelle, wo die Sklaven sich hingehockt hatten. Ein kurzer Blick sagte ihr, dass alle noch an den Händen gebunden waren. Sie wirkten sehr erschöpft und lechzten nach Wasser. Rabia fiel ein, wie durstig sie selber war, und ein Gefühl des Mitleids überkam sie. Sicher, es waren Ungläubige, die nicht auf einer Stufe mit all jenen standen, die des Großen Propheten Lehre priesen, doch waren es ebenfalls Menschen.

Sie schritt zurück zu ihrem Kamel und holte den Ziegenschlauch. »Hier, trinkt«, sagte sie. »Aber trinkt langsam und nicht zu viel.« Sie wusste, dass sie damit ein Verbot ihrer Gebieterin missachtete, aber das war ihr in diesem Moment egal.

Âmina Efsânehs Arm reichte weit, aber bis an den Rand der Wüste reichte er nicht.

Die Männer murmelten einen Dank. Kaum einer sah auf zu ihr, denn alle starrten wie gebannt auf das Behältnis mit dem kostbaren Inhalt. Sie tranken nacheinander, und sie taten es mit einer Gier, wie wenn Ertrinkende nach Luft schnappen. Als Letzte bedienten sich der Cirurgicus und der Magister. Rabia sah, dass nur noch wenig Flüssigkeit im Schlauch war und fragte sich gerade besorgt, ob für sie selbst noch etwas übrig bliebe, da blinzelte der kleine Geschichtenerzähler und krächzte:

»Ich habe das Gefühl, du hast selbst noch nichts gehabt, Rabia, was?«

»Nein«, sagte sie zögernd.

»Großer Gott!« Der Magister rappelte sich auf. »Wie eigennützig von uns! Ich werde sofort zu den Treibern gehen und den Schlauch wieder füllen lassen.«

Rabia nickte zum Dank.

Unvermittelt fragte der Cirurgicus: »Willst du uns nicht doch sagen, was mit uns in Fez geschehen soll?«

Rabia schüttelte den Kopf. Die Sklaven würden noch früh genug erfahren, welch grauenvolle Fronarbeit auf sie wartete. Wenn sie es jetzt schon wüssten, dachte sie, wäre die Gefahr, dass sie zu fliehen versuchten, viel größer. Dabei hatte, wer in dieser Gegend floh, nicht den Hauch einer Überlebenschance. Schon mehrfach hatte sie das den Gefangenen gesagt und hoffte, sie würden es beherzigen. »Ich gehe jetzt hinüber zu meinem Zelt.«

Fast hätte sie eine gute Nacht gewünscht und sich bei ihren Worten verbeugt, wie es sich für eine junge Frau geziemte, die fremden Männern gegenübersteht, doch dann fiel ihr ein, dass es ja Sklaven waren, und sie wandte sich ab.

Das Feuer prasselte schon kräftig, als sie bei ihrem Lagerplatz ankam. Auch das Zelt war bereits errichtet und ihre wenige

Habe darin verstaut. Die Treiber hatten ganze Arbeit geleistet. Sie setzte sich ans Feuer und streckte die Hände aus, um sie zu wärmen. Die Sonne war soeben im Westen untergegangen, und wie immer wurde es in der Wüste rasch kalt. Sie stellte fest, dass der Platz ihres Zeltes gut gewählt war, da der Wind durch die Steinfelsen im Hintergrund abgefangen wurde. Alles schien gut. Sie dachte daran, dass sie in absehbarer Zeit wieder in Tanger sein würde, der Stadt, die ihr zur zweiten Heimat geworden war, und fragte sich zum wiederholten Male, warum die Gebieterin ausgerechnet sie mit der Überwachung der Sklaven betraut hatte. Es gab doch Männer in ihrem Hausstand, die so etwas viel besser konnten. Bewährte Diener. Warum nicht die? Sie überlegte. Vielleicht, weil Âmina Efsâneh befürchtete, sie würden nicht wiederkommen. Die Herrin war klug genug, um zu wissen, dass sie nicht sehr beliebt war beim Gesinde. Wenn nicht gar verhasst. Auch Rabia mochte die Gebieterin nicht sonderlich, obwohl es ihr in dem herrlichen Hauspalast an nichts mangelte. Sie hatte eine eigene Kammer, bekam regelmäßig zu essen und vertrug sich gut mit den anderen Bediensteten.

Warum nur hatte die Gebieterin sie nach Fez geschickt? Wieso hatte sie keine Sorge, dass ihre Dienerin nicht zurückkommen würde?

Und dann fiel es Rabia wieder ein. Weil Ahmad da war, ihr jüngerer Bruder und einziger Verwandter, den sie liebte wie sonst niemanden auf der Welt. Das war es also. Sie war die Einzige mit einem nahen Verwandten im Hause der Herrin. Sie war die Einzige, die erpressbar war. Deshalb also reiste sie nach Fez!

Rabia schluckte und wurde sich erneut ihres Durstes bewusst.

»Hier ist dein Ziegenschlauch.« So plötzlich wie ein Dschinn aus der Flasche stand der Magister vor ihr. »Voll gefüllt mit gutem Wasser.« Da seine Hände nach wie vor gefesselt waren, hielt er den Schlauch mit beiden Händen an einem Ende hoch.

»Oh, danke!« Rabia wollte aufspringen, wurde sich aber bewusst, dass dies das falsche Verhalten gewesen wäre. Immer wieder vergaß sie ihre Rolle. »Gib mir das Wasser«, sagte sie, um einen förmlichen Ton bemüht. Sie öffnete das Mundstück und wollte trinken, doch musste sie zuvor ihren Schleier entfernen, was selbstverständlich in Anwesenheit eines fremden Mannes nicht möglich war.

»Dreh dich um«, sagte sie.

Verwundert gehorchte der kleine Mann.

Rabia löste den Schleier und nahm ein paar tiefe Züge. Wie gut das tat! Sie schloss die Augen, atmete ein paarmal durch und trank erneut. Wasser war die Quelle allen Lebens, ein Geschenk Allahs des Allwissenden, so sagte man in der Wüste. Mit jedem Schluck, der ihr durch die Kehle rann, spürte sie es.

Sie verschloss den Schlauch und legte ihn beiseite. Nun erst öffnete sie die Augen wieder. Zu ihrer Überraschung stand der Magister noch immer da. Rasch zog sie den Schleier vors Gesicht. »Du kannst dich wieder umdrehen.«

Er tat es.

Sie sah die Erschöpfung in seinem Gesicht, während er einfach weiterhin dastand.

Verlegenheit breitete sich zwischen ihnen aus.

Rabia fragte sich, was sie noch Zwangloses sagen konnte, doch ihr fiel nichts ein.

»Tja, d…«, sagte der Magister.

»Ich k…«, sagte Rabia im selben Moment.

Beide stockten. Dann setzte die Dienerin erneut an: »Ich kann dir nur ein paar Datteln geben und ein paar Zwiebeln, Geschichtenerzähler.« Essen anzubieten konnte kein Fehlverhalten sein, sagte sie sich, denn die heiligen Gesetze der Gastfreundschaft galten überall in der Wüste, und nirgendwo im

Koran stand, dass sie gegenüber Sklaven keine Anwendung finden durften.

»Danke!«, krächzte der Magister. »Meine Freunde und ich sind zu geschwächt, als dass ich dein Geschenk nicht annehmen könnte.« Er nahm die Nahrung, die in zwei Säckchen steckte, an sich.

»Bekommt ihr denn zu wenig zu essen?«, fragte Rabia.

»Zu wenig wäre zu viel gesagt.« Für einen kurzen Augenblick erschien auf seinem Gesicht das Grinsen, dass sie vom Souk her so gut kannte. »Wir kriegen Bohnen und Hirsebrei und Hirsebrei und Bohnen und wieder Bohnen und Hirsebrei. In minimalen Mengen. Etwas eintönig, das Ganze. Deine Gabe wird Abwechslung in die Speisefolge bringen. Ich danke dir nochmals und wünsche dir eine angenehme Nacht. Und sollte ich mich irgendwann für deine Güte erkenntlich zeigen können, so will ich ganz dein Diener sein.« Wieder grinste er, verbeugte sich kurz und war verschwunden.

Der Nächste, der zu ihr kam, war Hadschi Abdel Ubaidi, der Khabir. Rabia hatte gerade selbst einige Datteln und etwas Fladenbrot zu sich genommen und noch einmal zum Ziegenschlauch gegriffen.

»Ich komme, um dir etwas zu sagen«, begann der Karawanenführer. »Erlaubst du, dass ich mich zu dir setze?«

»Ja, sicher. Natürlich. Was willst du mir denn sagen?« Rabia rückte höflich ein wenig zur Seite.

»Nun, ich habe gesehen, wie du den Gefangenen vorhin Wasser gegeben hast.«

Rabia erschrak. Sie wollte etwas erwidern, unterließ es dann aber. Stattdessen bot sie an, einen Aufguss von Minze zu brühen.

»Nein, danke. Ich wollte dir nur sagen, dass ich es nicht gesehen habe.«

»Wie? Was meinst du?« Rabia verstand nicht. Hatte der Khabir nun etwas bemerkt oder nicht?

Hadschi Abdel Ubaidi lächelte leicht. »Ich will damit sagen, dass ich es übersehen habe.«

»Allah sei Dank.« Der Dienerin fiel ein Stein vom Herzen. »Aber wieso tust du das?«

»Nun« – der Khabir setzte sich bequemer hin –, »es hängt damit zusammen, dass man das eine nicht tun kann, ohne das andere zu lassen. Ich meine, du hast von der Gebieterin den Auftrag, mit meiner Hilfe die sechs Sklaven nach Fez zu bringen, wo sie in den Foggara knechten sollen. Ich wiederum habe von ihr den Auftrag, den Kerlen nur einmal am Tag einen Becher Wasser zu geben. Beides zusammen aber geht nicht. Wenn die Sklaven weiterhin so wenig Wasser kriegen wie bisher, verdursten sie – und kommen niemals in Fez an. Ich hätte dann meinen Befehl befolgt, du jedoch nicht den deinen.« Wieder lächelte der Khabir. »Es ist also besser, wenn ich gewisse Dinge übersehe. Ich möchte nicht, dass du in Schwierigkeiten gerätst.«

Rabia wollte sich dankbar zeigen und bot nochmals an, von der Minze aufzugießen, doch Hadschi Abdel Ubaidi winkte ab. Er stand auf und holte aus seinem Umhang ein Ziegenfell hervor. »Die Nacht wird kalt werden, hier hast du noch etwas zum Zudecken.« Und ehe die Dienerin etwas sagen konnte, fuhr er fort: »Ich muss zurück zu meinen Männern, höchste Zeit für das gemeinsame Nachtgebet.«

Wenig später hörte sie den lang gezogenen Singsang der Gläubigen: *»Allah akbar … ashadu annaha lahilaha illa'llah … lahila il Allah Mohammad ressul Allah … anna … illa'llah …«*

Sie spürte die Inbrunst fast körperlich, mit der dieselben Worte des Korans wieder und wieder gerufen wurden. Der heftige Wunsch, selbst Allah nahe zu sein, überkam sie, und rasch rollte sie ihren Teppich aus.

Nach dem Gebet fühlte sie sich gestärkt. Sie würde ihre Aufgabe meistern und wieder nach Tanger zurückkehren. Die Gebieterin würde sie loben, ja, vielleicht sogar belohnen, und ihrem kleinen Bruder Ahmad würde nichts geschehen.

Sie überlegte, ob sie sich zur Ruhe legen sollte, aber sie spürte noch keine Müdigkeit. Der Himmel über ihr war sternenklar, so viel konnte sie sehen, auch wenn sie die genauen Umrisse der Himmelslichter nicht zu erkennen vermochte. Sie beschloss, noch ein wenig am Feuer zu bleiben, und warf von dem mitgeführten Brennholz, das die Treiber ihr vorsorglich hingelegt hatten, ein paar Äste in die Flammen. Sie züngelten hoch auf, verbreiteten neue Wärme und neues Licht. Es war so hell, dass sie noch eine Weile spielen wollte. Sie ging ins Zelt und holte ein vierundsechzigfach gemustertes Brett und zweiunddreißig Holzfiguren hervor. Schach. Das Spiel der Könige, das sie so liebte.

Sie stellte die Figuren auf, die schwarzen und die weißen, und fragte sich wie immer, wenn sie gegen sich selbst antrat, welche Farbe sie wählen sollte. Dabei kam sie erneut ins Grübeln. Weiß, so sagte man, sei besser, weil grundsätzlich mit dieser Farbe begonnen wurde – also war man immer einen Zug voraus. Aber stimmte das wirklich? Hatte der Spieler mit den schwarzen Figuren nicht den Vorteil, dass er sah, was Weiß beabsichtigte? Alles hatte eben seine zwei Seiten. Genau wie im Leben. Dem einen ging es gut, dem anderen schlecht.

Dem Cirurgicus, dem Magister und ihren Kameraden ging es zweifellos schlecht, und wenn man es genau betrachtete, hatten sie das nicht verdient. Es war ungerecht, was ihnen widerfuhr. Was konnte der Cirurgicus vom Kloster Campodios dafür, dass die Gebieterin sich in ihn vernarrt hatte und ihn anschließend, als er ihren Wünschen nicht entsprach, mit Hass begegnete? Was konnte der Magister dafür, dass er zufällig der Freund des Cirurgicus war? Was konnten die anderen vier Männer für ihr Los?

Nichts. Auch die Tatsache, dass sie dem falschen Glauben anhingen, machte da keinen Unterschied.

Rabia packte das Schachbrett wieder ein.

Sie ging zur Ruhe, doch sie fand lange keinen Schlaf.

»Da vorne halb rechts kannst du am Horizont die Minarette der Moscheen von Ksar el-Kebir sehen.« Hadschi Abdel Ubaidi hatte sich zurückfallen lassen und ritt nun neben Rabia.

Die Dienerin schaute in die Richtung seiner ausgestreckten Hand, konnte aber natürlich nichts entdecken. Sie zwang sich, nicht zu blinzeln, und sagte vielmehr: »Ksar el-Kebir? Von dieser Stadt habe ich schon gehört. Unsere Glaubensstreiter sollen dort einen großen Sieg errungen haben.«

»Oh, das weißt du?« Der Khabir zog verwundert die Brauen hoch. Es war nicht selbstverständlich, dass muselmanische Frauen sich für das Weltgeschehen interessierten. »Ja, es stimmt. Das war im vergangenen Jahr. Sultan Abd el-Malik hat dort die Portugiesen vernichtend geschlagen. Ihr schwacher König Sebastian fiel in der Schlacht. Genau geschah es am vierten Tag jenes Monats, den die Ungläubigen August nennen. Siehst du den grünen Gürtel, der sich zwischen uns und der Stadt entlangzieht? Es ist das Wadi des Loukos, fruchtbares Land, das von altersher besiedelt ist. Ein weiser Mann in Ouezzane hat mir einmal erzählt, die ersten Menschen hier seien vom Volk der Römer gewesen. Nun ja, ich habe nie von ihnen gehört. Wer will das überprüfen. Ich muss wieder nach vorn. Übrigens, du sitzt schon etwas besser im Sattel.«

Das Kamel des Khabirs trabte wieder an die Spitze der Karawane, und Rabia hing ihren Gedanken nach. Die Treiber stimmten ein Lied an. Erstaunlich, dass sie trotz des anstrengenden Marsches dazu in der Lage waren. Doch es kam häufiger vor, dass während des Tages eine Melodie angestimmt wurde.

Dem Magister und seinen Kameraden fehlte sichtlich die Kraft dazu, obwohl sie am Morgen ein gutes Quantum Wasser vom Khabir zugemessen bekommen hatten. Es war wesentlich mehr gewesen als an den letzten Tagen, das war Rabia nicht entgangen. Kurz danach, sie hatte sich bei den Sklaven nochmals vom festen Sitz der Handfesseln überzeugt, hatte der kleine Geschichtenerzähler sie schief angegrinst und ihr versichert, dass Laufen für ihn und seine Kameraden nicht das Schlechteste sei. Lange Wochen hätten sie auf der Ruderbank verbracht und sich nichts sehnlicher gewünscht, als wieder einmal gerade und aufrecht gehen zu können. Nun könnten sie es. Man müsse zufrieden sein.

Rabia hatte in diesem Augenblick nicht gewusst, wohin sie schauen sollte, so peinlich war ihr die Situation. Schließlich war sie es gewesen, die dafür gesorgt hatte, dass der Magister, der Cirurgicus und Ngongo auf die *Yildirim* gebracht worden waren. Zum Glück jedoch schien der kleine Mann das gar nicht bemerkt zu haben, denn er sagte: »Man muss immer optimistisch sein, wer weiß, vielleicht hat uns das alte Europa ja irgendwann einmal wieder.«

»Inschallah«, hatte Rabia, ohne es recht zu wollen, erwidert.

»Inschallah?«, hatte der Magister wiederholt. »Was bedeutet das?

»Wenn Allah will.«

»So? Seltsam.« Der kleine Geschichtenerzähler war nachdenklich geworden. »Erinnerst du dich? Als ich dir versicherte, der Cirurgicus und ich würden Ngongo vom Flügelfell befreien, fügte ich auf Lateinisch ›Wenn Gott will‹ hinzu: *Volente deo* und übersetzte es für dich mit ›Wenn Allah will‹. *Inschallah* und *Volente deo* – beides also meint ein und dasselbe. Wie findest du das?«

Rabia hatte sich umgedreht und war wieder zu ihrem Kamelhengst gelaufen.

Am Abend dieses Tages lagerten sie drei Meilen östlich der Stadt Ouezzane. Es war jener Ort, an dem der Khabir mit dem weisen Mann über die Römer gesprochen hatte. Der Lagerplatz war nicht so günstig gelegen wie der vom Tag zuvor, er war flach und wenig geschützt. Rabia nahm den Schleier ab und wusch sich Gesicht und Hände. Solange die Wasservorräte noch nicht zur Neige gingen, durfte sie das Nass verwenden, bevor sie ihr Gebet sprach. Denn die Reinigung war wichtig und Teil des Rituals. War kein Wasser vorhanden, sollte der Gläubige sich mit Sand reinigen, so hatte Allah es durch den Großen Propheten verfügt.

Sie holte ihr Schachbrett hervor und baute die Könige, die Damen, die Offiziere und Bauern auf. Nach kurzer Überlegung wählte sie eine gebräuchliche Eröffnung und zog den weißen Königsbauern zwei Felder vor. Sie ließ Schwarz auf dieselbe Weise antworten. Zug auf Zug folgte. Irgendwann drehte sie das Brett, so dass die schwarzen Figuren ihr zugewandt waren. Sie tat das, weil sie sich so eher in deren Situation hineinversetzen konnte. Dennoch war Weiß an diesem Abend besser. Schwarz hatte bereits einen Springer und einen Turm verloren, Weiß dagegen nur drei Bauern, und das, obwohl Rabia sich redlich Mühe gegeben hatte, beide Parteien gleich gut zu spielen. Doch die Lage für Schwarz wurde zusehends schwieriger. Zwei, drei glänzende Spielzüge mussten gefunden werden, sonst war der schwarze König bald schachmatt …

»Ich würde den Läufer fünf Felder zurückziehen«, erklang plötzlich eine Stimme über ihr. Sie gehörte dem Magister. »Wenn du das nicht tust, hat Schwarz in drei Zügen verloren.«

Rabia schreckte zusammen. Dann runzelte sie die Stirn. »Woher kommst du so plötzlich? Wieso haben die Wachtposten dich passieren lassen?«

Der kleine Geschichtenerzähler grinste. »Nun, gestern haben sie es doch auch getan, als ich dir den Ziegenschlauch mit Wasser brachte. Und heute Abend habe ich ihnen versichert, dass die Dienerin Rabia mich braucht, und wie ich sehe, ist das tatsächlich der Fall.«

»Kannst du wirklich Schach spielen?«

»Verwundert dich das? Bei uns im Abendland leben nicht nur Barbaren. Auch wir schätzen dieses Denkspiel über alle Maßen. Allerdings muss ich zugeben, dass ich eine Ewigkeit nicht mehr am Brett gesessen habe. Zuletzt war es im strengen Winter 76/77 auf Greenvale Castle, dem Schloss meines Freundes Vitus von Campodios.«

»Dem Schloss des Cirurgicus?«

»Ganz genau. Gestattest du, dass ich mich setze?«

Nur für einen Augenblick kämpfte Rabia noch mit sich, dann stimmte sie zu.

Der Magister ließ sich ihr gegenüber nieder. »Du bist sehr schön«, sagte er langsam, und seiner Stimme war zu entnehmen, dass er den Satz nicht nur so dahergeredet hatte.

»Oh!« Rabia schlug die Hände vors Gesicht. Nach dem Gebet hatte sie vergessen, sich wieder zu verschleiern! Hastig verhüllte sie sich.

»Schade«, sagte der kleine Mann, »etwas so Edles sollte man nicht verbergen. Aber jedes Land hat seine eigene Religion, und jede Religion hat ihre eigenen Gesetze. Ich respektiere das.«

Rabia fiel darauf nichts ein.

»Sollen wir die Partie zu Ende spielen? Ich übernehme freiwillig Schwarz.«

Rabia war dankbar für die Frage, denn sie brachte das Gespräch wieder auf neutrales Gebiet. »Ja, gern! Und du musst mir von dem Schloss erzählen. Ist es groß? Wie viele Räume hat es? Wo liegt es?«

Der Magister lachte. »Sollen wir erst spielen, oder soll ich erst erzählen?«

»Erzähle erst. Du kannst so gut erzählen.«

Der kleine Mann blinzelte. »Du willst mich wohl in Verlegenheit bringen? Ich muss zugeben, fast wäre es dir gelungen. Nun ja, also: Das Schloss meines Freundes ist nicht besonders groß, wenn man es mit anderen in England vergleicht. Ich weiß nicht genau, wie viele Zimmer es hat, aber ich glaube, es sind nicht mehr als hundertfünfzig. Doch viele Generationen aus dem Hause der Collincourts haben darin gelebt. Der alte Lord …«

»So ist der Cirurgicus doch ein Lord?«, unterbrach Rabia lebhaft. »Die Gebieterin sagte, er sei keiner!« Es schickte sich eigentlich nicht für eine Frau, einem Mann das Wort abzuschneiden, aber daran hatte sie im Augenblick nicht gedacht.

Abermals lachte der Magister. »Natürlich ist er ein Lord, obwohl ein kleiner Restzweifel bleibt. Aber wenn ich dir das näher erkläre, hätte ich das Ende meiner Geschichte aus dem Souk vorweggenommen.«

»Erzähle. Bitte!«

»Nun gut, wenn du darauf bestehst. Du musst wissen, dass mein Freund Vitus ein Findelkind war. Der Korb mit dem Säugling lag verborgen in einem Gebüsch vor dem Tor des Klosters Campodios. Der alte Abt Hardinus, also der Klostervorsteher, fand ihn durch Zufall und stellte fest, dass er in ein rotes Damasttuch gewickelt war. Und auf diesem Damasttuch prangte ein goldenes Wappen – ein Zeichen, das niemand kannte. Und doch war es der einzige Hinweis auf die Herkunft des Findelkinds. Zunächst jedoch nahm Abt Hardinus den Säugling in seine Obhut, sorgte dafür, dass er eine exzellente Ausbildung bekam, und ließ ihn darüber hinaus beim Arzt des Klosters zum Cirurgicus und Kräuterkundigen ausbilden.«

»Ja, das hast du in der Medina von Tanger erzählt. Daran erinnere ich mich. Und auch daran, dass der Cirurgicus einen Starstich durchgeführt hat.«

»Richtig. Doch bevor der alte Abt starb, das war im März anno 1576, eröffnete er meinem Freund, dass dieser ein Findelkind sei. Vitus war sehr erstaunt, er hatte sich niemals Gedanken über sein Elternhaus gemacht. Der alte Abt und die anderen

Mönche waren für ihn Vater und Mutter gewesen. Nun aber wollte er wissen, wie es um seine Herkunft bestellt sei, woraufhin Abt Hardinus ihm nur das rote Damasttuch mit dem goldenen Wappen zeigen konnte. Es musste das Familienwappen meines Freundes sein. Wo allerdings diese Familie ansässig war, wusste niemand. Deshalb verließ Vitus das Kloster, um sich auf die Suche nach seinen Wurzeln zu machen. Auf dieser Suche nun, einem langen Weg durch Nordspanien, erlebte er zahlreiche Abenteuer und geriet unter anderem in die Fänge der Inquisition. Im Kerker von Dosvaldes lernte er meine Wenigkeit kennen: mich, Ramiro García, Magister der Jurisprudenz und ehemaliger Dozent an einer Privatschule in La Coruña.

Nachdem uns die Flucht gelungen war und wir einen langen Weg, gemeinsam mit Gauklern und Spielleuten, gegangen waren, forschten wir weiter nach dem Ursprung des Wappens. Wir fuhren über das Meer, erlitten Schiffbruch und mussten zahllose andere Abenteuer bestehen, die ich jetzt nicht alle erzählen kann. Schließlich aber kamen wir nach England und spürten dort die Familie der Collincourts auf, die seit Jahrhunderten Träger dieses Zeichens ist.«

Der Magister machte eine Pause, und auch Rabia schwieg. Sie war wie verzaubert von der Geschichte und fühlte sich an die Erzählungen aus *Alf laila waleila* erinnert. Schließlich sagte sie: »Und warum gibt es – wie sagtest du? – einen Restzweifel daran, dass der Cirurgicus ein Lord ist?«

Der Magister blinzelte. »Nun, es ist immerhin möglich, dass der Säugling im Findelkorb vertauscht wurde. In diesem Fall könnte mein Freund Vitus irgendein Kind armer Bauern sein, vielleicht sogar nur das Ergebnis einer nicht von Gott gesegneten Verbindung.«

»Aber wer sollte denn einen unschuldigen Säugling vertauschen – und warum?«

Der Magister zuckte mit den Schultern. »Ich halte es ja auch für äußerst unwahrscheinlich, aber es ist eben nicht mit absoluter Sicherheit auszuschließen, dass eine Bauersfrau ihrem Kind eine gute Klostererziehung angedeihen lassen wollte und dafür im Gegenzug ein fremdes Kind zu sich nach Hause nahm.«

»Das würde eine Mutter niemals tun!« In Rabias Stimme schwang Empörung mit. »Niemals!«

»Ich glaube es auch nicht. Dennoch: So lange der Beweis noch nicht zu hundert Prozent erbracht ist, verzichtet der Cirurgicus auf die Anrede ›Mylord‹.«

»Oh, er ist bestimmt ein hoher Herr!« Rabia musste daran denken, wie furchtbar es dem blonden Arzt in den Foggara ergehen würde – ihm und seinen Freunden, doch sie zwang sich, ihre Gefühle zu unterdrücken. Sie hatte eine Aufgabe, und die musste sie durchführen. Sie musste die Sklaven nach Fez bringen. Das Schicksal der Ungläubigen durfte ihr nicht so zu Herzen gehen. Auch das des Magisters nicht, der so vieles gleichzeitig war: Jurist und Operationskundiger, Gelehrter und Geschichtenerzähler. Und Schachspieler.

Sie drehte das Brett, so dass der Magister die schwarzen Figuren vor sich hatte. »Lass uns zu Ende spielen. Du sagtest, du würdest den Läufer ziehen. Dann tu es.«

Ein spannender Kampf entspann sich. Rabia musste zugeben, dass ihr Gegenüber sich geschickt verteidigte. Fast wäre es ihm gelungen, dem Spiel noch eine Wende zu geben, aber am Ende obsiegte doch Weiß.

»Meinen Glückwunsch!«, rief der kleine Mann. »Ich würde dir gern die Hand schütteln, wie es bei uns zu Hause üblich ist, aber du siehst ja selbst …« Er hob seine gefesselten Handgelenke. »Gib mir wenigstens die Möglichkeit zu einem Rückspiel.«

Rabia war mittlerweile müde geworden, dennoch wollte sie dem Magister seinen Wunsch nicht abschlagen und gerade zustimmen, da erschien über ihnen ein Schatten. Er gehörte dem

Khabir. »Ich habe dir etwas mitgebracht«, sagte der Karawanenführer, wobei er Rabia unverwandt ansah. Der Sklave schien für ihn Luft zu sein.

»Oh, äh, ja.« Die Dienerin wusste nicht, wie sie sich verhalten sollte. Zwar hatte sie das Gefühl, Hadschi Abdel Ubaidi sei ihr gewogen, aber er machte ein Gesicht, als passe ihm die Anwesenheit des Magisters ganz und gar nicht. Wahrscheinlich verurteilte er jeglichen engeren Kontakt zu Sklaven.

»Hier.« Er bückte sich und stellte ein kleines Kännchen aus Messing auf das Schachbrett, mitten zwischen die Figuren. »Im Gegensatz zu gestern Abend habe ich heute Lust auf einen heißen Minztrank. Ich wäre dir dankbar, wenn du uns beiden einen aufbrühen könntest.« Er setzte sich ebenfalls und bedachte dabei den Magister mit einem Blick, der so eindeutig war, dass ihn auch der Dickfelligste verstanden hätte.

Der kleine Mann erhob sich. »Äh, nun ja. Es ist spät. Trinkt eure Minze nur allein, zumal ich nicht an Magen-, Darm- oder Gallenbeschwerden leide. Der Sklave geht.« Formvollendet verbeugte er sich vor Rabia. »Morgen sehen wir uns wieder. Bis dahin bin ich dein ergebener Diener.«

Kurz darauf tranken Rabia und der Khabir heiße Minze, was angesichts der nächtlichen Kühle gut tat. Rabia war mittlerweile sehr müde, und die Unterhaltung plätscherte träge dahin. Plötzlich fuhr sie zurück. Ein heftiger, säuerlicher Gestank war herangeweht. »Bei Allah, was ist das?«

Der Khabir hatte es auch gerochen. »Das sind nur unsere Kamele. Sie käuen wieder. Nichts riecht unangenehmer auf der Welt, so sagt man, als die Magendünste der Dromedare. Es sei denn, man ist es gewöhnt, so wie ich.«

»Aber die Tiere liegen doch schon die ganze Zeit am gleichen Fleck?«

»Der Wind hat gedreht, mehr nicht.«

»Verzeih, das habe ich nicht bemerkt. Wahrscheinlich bin ich inzwischen eine verwöhnte Stadtfrau, die schon beim geringsten Geruch die Nase verzieht.« Rabia war todmüde. Sie versuchte zum wiederholten Male, ein Gähnen zu unterdrücken, doch diesmal gelang es ihr nicht. Nur gut, dass der Schleier ihre Unhöflichkeit verbarg.

»Es war ein langer Tag«, sagte Hadschi Abdel Ubaidi, der trotzdem mitbekommen zu haben schien, wie es um Rabia stand. »Ich muss zu meinen Männern zurück und die Wachtposten kontrollieren. Sie scheinen nicht immer die Aufmerksamsten zu sein, wenn du verstehst, was ich meine.«

»Oh, sicher. Aber mit dem kleinen Geschichtenerzähler hat alles seine Ordnung. Ich wollte nur eine Partie Schach mit ihm spielen.«

»Aha, nun ja. Allah schenke dir angenehme Träume.«

»Dir auch«, entgegnete Rabia. »Und vergiss dein entzückendes Kännchen nicht.«

»Das Kännchen?« Der Khabir drehte sich noch einmal um. »Es ist ein Geschenk für dich.«

»Da…, danke.« Rabia freute sich. Noch nie hatte sie ein so hübsches Aufgussgerät besessen. Es wies fein ziselierte Ornamente auf, die sich über die gesamten Oberfläche hinzogen. Beste Handwerksarbeit. Sie hatte einen Blick für so etwas. Dennoch: Der Khabir hatte ihr schon zum zweiten Mal etwas geschenkt. Was bedeutete das? Nichts. Natürlich. Ebenso, wie es nichts zu sagen hatte, dass der Magister sie schon zum zweiten Mal besucht hatte. Oder?

In jedem Fall gefielen ihr beide Männer sehr, sehr gut.

Mit diesem Gedanken schlief sie kurz darauf ein.

Die Vormittagsstunden des nächsten Tages zogen sich endlos hin. Die Karawane bewegte sich stetig nach Süden. Ab und zu tauchte links oder rechts ein *alam* auf, einer jener aufgeschichteten Steinhaufen, die in der Wüste als Wegweiser dienen.

Auch Skelettteile kamen immer wieder ins Blickfeld. Ausgeblichene Kamelschädel, dazu Knochen, die von Tieren wie Gazelle oder Fuchs herrühren mochten, oder sogar menschliches Gebein.

Rabia war froh, dass sie derlei Dinge nicht allzu genau erkennen konnte. Außerdem tat ihr an diesem Tag das Gesäß besonders weh. Immer wieder versuchte sie, ihr Gewicht im Sattel zu verlagern, aber es half nicht viel. So hing sie ihren Gedanken nach, während vor ihr die sechs Sklaven zwischen den Kamelleibern dahinmarschierten. Sie hielten sich tapfer, das musste man anerkennen. Besonders der Cirurgicus, der noch eine Kiepe geschultert hatte. Zudem besaß er einen großen Stecken, der reihum als Wanderstab benutzt wurde. Sie sprachen kaum und stützten sich gegenseitig, wenn einer von ihnen strauchelte oder schwach wurde. Woher sie wohl die Kraft nahmen? Gab der Christengott sie ihnen?

Rabia schob den Gedanken beiseite, denn an der Spitze hatte der Khabir das Zeichen zum Halten gegeben. Erst jetzt bemerkte sie, dass zur Rechten eine Gruppe von Akazien und Palmen stand, dazu ein paar Büsche und die überall vertretenen Mimosensträucher mit ihren langen silbernen Dornen. Sie hatten den Brunnen *Umm-ba-Karia* erreicht, eine Wasserstelle, die noch vor dem Wadi des Sebu lag.

Rabia ließ ihren Hengst niederknien und stieg ab. Wie gut es tat, gehen zu können und nicht sitzen zu müssen! Ein Treiber kam heran, nahm das Tier und führte es am Nasenring zu einem der kleinen Teiche. Rabia folgte ihm langsam und beobachtete, wie allen Kamelen Kniefesseln angelegt wurden und die Tiere, das Wasser längst riechend, hastig hoppelnd zum Nass strebten. Welch seltsame Wüstengeschöpfe es doch waren! Sie standen halbkreisförmig am Rand der Wasserstelle, machten lange Hälse und tranken bedächtig mit schmatzenden Geräuschen.

»Sind sie nicht prachtvoll?« Der Khabir war an ihre Seite getreten. »Es gibt keine Kreatur, die so an die Hitze angepasst ist wie das Kamel.«

»Gewiss«, sagte Rabia, denn davon war sie ebenfalls überzeugt. Um irgendetwas hinzuzufügen, fragte sie: »Kamele können doch leicht zehn oder zwölf Tage ohne Wasser auskommen, Hadschi Abdel Ubaidi, und wir sind doch erst ein paar Tage unterwegs. Wäre es da wirklich nötig, hier Rast zu machen?«

Der Khabir nickte. »Eine berechtigte Frage. Allerdings nur von jemandem, der wie du aus der Stadt kommt. Wer dagegen wie ich eine Karawane führt, muss wissen, dass an jedem Tag, den Allah werden lässt, etwas Unvorhergesehenes passieren kann. Nimm an, wir würden hier nicht rasten, sondern weiterziehen und morgen würde die Hälfte unserer Tiere von Koliken geplagt. Oder einige würden sich wundlaufen. Oder Skorpion und Viper würden zustechen. Oder ein Sandsturm käme. Oder die nächste Wasserstelle wäre versiegt …

Das alles sind Gründe, warum eine Karawane grundsätzlich besser heute als morgen Wasser aufnehmen muss, und jedes Mal so viel wie möglich. Sieh nur, die Kamele trinken noch immer. Ein ausgewachsenes Tier kann so viel Flüssigkeit aufnehmen, wie in zwanzig große Eimer geht. Keines unter Allahs Geschöpfen ist dazu in der Lage, ausgenommen vielleicht der Elefant. Das Kamel hat dicke Schwielensohlen und schwere Hornhäute an Beingelenken und Brustkorb, damit es gefahrlos im heißen Sand niederknien kann; es ist in der Lage, seine Nasenöffnungen zu schließen, damit der Wüstenstaub nicht eindringt; es kann Fett in seinem Höcker speichern, damit es lange ohne Nahrung auskommt. Wusstest du übrigens, dass unsere Kamele eigentlich zwei Höcker haben? Der vordere ist nur nicht voll ausgebildet.«

»Nein, das wusste ich nicht«, sagte Rabia wahrheitsgemäß. Sie sah mit Staunen, dass die Wüstentiere unentwegt weitertranken. Es dauerte seine Zeit, bis zwanzig große Eimer Wasser in den Mägen verschwunden waren. Etwas entfernt betätigte sich eine Hand voll Treiber als Wasserschöpfer. Alles, was auch nur irgendwie als Speicherbehältnis taugte, wurde gefüllt. Ziegenschläuche, Schafsmägen und lederne Hüllen, die aussahen wie große schwarze Bälle.

Der Khabir deutete mit dem Finger auf ein Kamel, das ganz rechts außen stand. »Siehst du das weiße Tier dort? Ist es nicht wundervoll? Eine junge Stute, erst fünf Jahre alt. Ihre Schönheit wird den höchsten Ansprüchen gerecht: Sie ist herrlich gebaut, hat große Augen, einen langen, schlanken Hals und einen hohen, festen Höcker. Ich habe sie für Sîdi Chakir auf dem Kamelmarkt in Asilah erstanden. Erst vor drei Monaten hat sie gekalbt und einen kleinen Hengst zur Welt gebracht, der nahezu schwarz ist. Ja, die Farben der Kamele sind so unterschiedlich wie sie selbst. Jedes hat seine ganz eigene Art, seine Angewohnheiten, seine Launen. Manche sind grenzenlos gutmütig, andere störrisch wie ein Esel, wieder andere nachtragend wie ein altes Weib. Sie sind vorsichtig im Verschenken ihrer Gunst, abwartend, misstrauisch, sie wollen ihren Herrn erst kennen lernen, bevor sie sich ihm anvertrauen. Er ist es, der um sie werben muss, nicht sie um ihn. Sie sind nicht wie dahergelaufene Hunde.«

»Ich sehe die Stute.« Rabia entdeckte an der angegebenen Stelle einen weißen Fleck. Einen Fleck unter vielen: unter braunen, braunschwarzen, rotbraunen, grauen, graubraunen, ockerfarbenen und gelben – ein bunter, lebender Flickenteppich, der nach wie vor Wasser aufsog. »Ja, ich sehe sie. Ich möchte jetzt ein wenig in den Schatten gehen, da hinten, wo die Bäume stehen. Ich hoffe, du entschuldigst mich.«

»Selbstverständlich, ich muss mich ohnehin um das Verstauen der Wasservorräte kümmern. Wenn die Sonne aus dem Zenit gewandert ist, ziehen wir weiter.«

Rabia ging so weit in das Wäldchen hinein, bis sie sicher war, dass niemand sie beobachten konnte. Dann verrichtete sie ihre Notdurft, säuberte sich mit Sand und nahm eine Wollfettsalbe aus der Innentasche ihrer Dschellaba. Sie cremte sich das wunde Gesäß ein, so wie sie es an den vergangenen Tagen auch schon gemacht hatte. Die Arznei brachte ihr Linderung. Sie überlegte, dass die Karawane morgen bereits das Wadi des Sebu erreichen würde und es dann höchstens noch einen oder zwei Tagesritte bis Fez wären.

Der Gedanke, bald ans Ziel zu kommen und ihre Aufgabe endlich hinter sich zu haben, erfüllte sie mit Freude.

Aber, und darüber wunderte sie sich, auch ein wenig mit Trauer.

»Da bin ich.« Der Magister bog um die Ecke von Rabias Zelt und deutete eine Verbeugung an. »Ich komme, um dich schachmatt zu setzen!«

Rabia musste lachen. Der Geschichtenerzähler hatte so eine unbekümmerte, zuversichtliche Art, dass man ihn einfach gern haben musste. »Und wenn ich nun nicht spielen will?«

»Wie? Du hast keine Lust? Aber ich habe mich schon den ganzen Tag darauf gefreut. Es war das Einzige, was mich aufrechterhalten hat. Nein, nein, du bist mir noch ein Rückspiel schuldig.«

Das stimmte allerdings. Und weil das so war, hatte sie die Figuren auch schon aufgebaut. Sie holte das Brett aus ihrem Zelt und legte es vor dem Feuer im Sand ab. »Heute eröffnest du.« Sie drehte ihm die weißen Steine hin.

»Kommt nicht in Frage. Ich nehme Schwarz. Das passt auch besser zu meiner Seele.«

Rabia wusste nicht, was er damit meinte, kam seinem Wunsch aber nach. Sie begannen zu spielen. Es zeigte sich, dass der Magister die Figuren vorzüglich zu setzen wusste. Er war in allen Belangen ein gleichwertiger Gegner. Dennoch gelang es ihr mit einem kühnen Zug, seinen König derart in Bedrängnis zu bringen, dass sie »Schach!« rufen konnte. Sie tat es so lebhaft und beugte dabei den Kopf so weit nach vorn, dass ein Teil ihres Schleiers sich löste, was sie allerdings nicht bemerkte. Sie sah den kleinen Mann unverwandt an und war gespannt auf sein verblüfftes Gesicht.

»Du bist wirklich sehr schön«, sagte er.

Jetzt war Rabia verblüfft. Statt überrascht zu reagieren, hatte er zum zweiten Mal gesagt, sie sei schön. Dann erst merkte sie, dass ihr Schleier verrutscht war. Hastig wollte sie ihr Antlitz wieder verhüllen, doch sie tat es nicht. Grund war die Miene des Magisters. Ein Lächeln lag darin und zweifellos Bewunderung. Ein warmes Gefühl durchströmte sie. Noch nie in ihrem siebzehnjährigen Leben hatte ihr jemand ein solches Kompliment gemacht. Sie zögerte, das Tuch wieder an seinen Platz zu ziehen, denn auch eine züchtige Frau musste sich nicht vor jedem Mann verschleiern. Es gab Ausnahmen, viele Ausnahmen sogar. Sie standen genauestens beschrieben auf den heiligen Seiten des Korans, die sie zum größten Teil auswendig kannte. Wie hieß es da in der Vierundzwanzigsten Sure?

»… und sprich zu den gläubigen Frauen, dass sie ihre Blicke niederschlagen und ihre Scham hüten und dass sie nicht ihre Reize zur Schau tragen, es sei denn, was außen ist, und dass sie ihren Schleier über ihren Busen schlagen und ihre Reize nur ihren Ehegatten zeigen oder ihren Vätern oder den Vätern ihrer Ehegatten oder ihren Söhnen oder den Söhnen ihrer Ehegatten oder ihren Brüdern oder den Söhnen ihrer Brüder oder den Söhnen ihrer Schwestern oder ihren Frauen oder denen, die ihre Rechte besitzen, oder ihren Dienern, die keinen Trieb haben …«

Genau das war es … *oder ihren Dienern, die keinen Trieb haben …* Hatte der Magister nicht wiederholt betont, er sei ihr

Diener? Ja, das hatte er. Und als ein solcher durfte er auch ihr Gesicht sehen. Aber was war, wenn der Khabir kam? Ihm konnte sie schlecht die Begründung für ihren unverhüllten Zustand nennen, und wenn sie richtig darüber nachdachte, so war der kleine Mann mit den vielen Fähigkeiten auch nicht ihr Diener. Das Wort »Diener« aus seinem Mund war nicht mehr als eine Liebenswürdigkeit, leider …

Rabia verschleierte sich wieder und sagte abermals: »Schach!«

»Ich habe es gehört.« Der Magister deckte seinen König ab, und sie spielten weiter. Es war ein zähes Ringen, und am Ende hatte Rabia verloren. Sie begann die Figuren neu aufzustellen, doch der kleine Mann winkte ab. »Lass nur, Rabia, es ist besser, wenn ich jetzt wieder zu meinen Sklavenkameraden gehe. Ich möchte hier vor deinem Zelt nicht noch einmal mit dem Karawanenführer zusammentreffen. Schon gestern Abend hatte ich das Gefühl, als wolle er mich mit seinen Blicken durchbohren. Ich wünsche dir angenehme Träume.«

Rabia sah ihm nach. Es war ihr, als hinterließe er eine Leere, die erst wieder verschwand, als kurz darauf der Khabir vorbeischaute.

Er brachte zwei messingene Tässchen mit.

»Hast du dir eigentlich überlegt, wie verhängnisvoll sich deine nächtlichen Exkursionen auf unser aller Schicksal auswirken können?«, fragte der Cirurgicus bald darauf den Magister.

»Hab ich, hab ich.« Der kleine Mann wickelte sich in eine zweite Dschellaba ein, dann kuschelte er sich dicht an seinen Freund. »Wir machen es wie die Kamele, was, du Unkraut? Wärmen uns gegenseitig vor der Kälte der Nacht und strecken den Hintern in den Wind.«

»Weich mir nicht aus. Ich habe gesehen, wie der Khabir vorhin fortwährend zum Zelt der Dienerin starrte und erst dann seine Schritte dorthin lenkte, als du gegangen warst.«

»Der Kerl ist eifersüchtig«, kicherte der kleine Gelehrte. »Aber im Ernst, Vitus, Rabia ist wirklich ausnehmend hübsch, so schön« – er suchte nach Worten –, »so schön wie eine Göttin, die gerade von der Akropolis herabgestiegen ist. Wenn ich nicht doppelt so alt wie sie wäre, würde ich glatt mein Glück bei ihr versuchen.«

»Bist du verrückt!« Vitus sprang auf. »Deine Besuche bei ihr können uns alle den Kopf kosten.«

Der Magister zog den Freund wieder auf den Boden. »Im Gegenteil, ich versuche, uns zu retten. Ich habe nämlich vorgestern zufällig ein Gespräch der Treiber mit angehört, in dem sie sich darüber unterhielten, was man mit uns in Fez vorhat. Ich konnte nicht alles verstehen, weil die Burschen so ein scheußliches Kauderwelsch sprechen, aber soviel ich mitbekommen habe, will man uns in tiefe Gänge unter der Wüste sperren, in eine Art Bergwerk, wo wir nach Wasser graben sollen oder so etwas.«

»Was? Warum hast du mir das nicht schon längst erzählt?«

»Weil ich anfangs noch nicht ganz sicher war. Heute aber habe ich wieder ein paar solcher Gesprächsfetzen aufgefangen, und nun weiß ich genau, dass Schreckliches auf uns zukommt.«

»Und was hat das alles mit der kleinen Dienerin zu tun?«

Der Magister blinzelte. »Ganz einfach. Ich versuche, Rabia auf unsere Seite zu ziehen. Sie ist ein gutes Kind. Je mehr sie uns mag …«

»Du meinst, je mehr sie dich mag …«

»Also gut, je mehr sie mich mag, desto schwerer wird es ihr fallen, mich und meine Freunde dieser Todesarbeit auszuliefern.«

»Donnerwetter, du bist ja ganz schön durchtrieben.«

»Der Zweck heiligt die Mittel. *Cum finis est licitus, etiam media sunt licita.* Und nun schlafe, du Unkraut.«

Der Wind aus den Tiefen der Sahara war stärker geworden. Er blies direkt aus Süden und machte jeden Schritt zu einer neuen Anstrengung. Gegen Mittag hob der Khabir seinen Stock und befahl zu rasten. »Es ist unentschlossener Wind«, sagte er zu Rabia, die sich im Schutze ihres Kamelhengstes niedergesetzt hatte. »Noch zögert er, ob er zum Sandsturm anwachsen oder wieder einschlafen will. Wenn die Schatten länger werden, wissen wir es.«

»Ich würde dir gern einen Minztrank anbieten«, sagte Rabia, »damit wir die entzückenden Tässchen ausprobieren können, aber ich fürchte, bei diesem Wetter kann kein Feuer entzündet werden.«

»Da hast du sicher Recht.« Der Khabir setzte sich und zupfte an seinem Gesichtsschutz. Gegen den heranwehenden Sand trug er einen Schleier, was ihn wie einen Tuareg aussehen ließ. Auch seine Männer hatten sich derart gegen den Wind gewappnet, während sie die Kamele von ihren Lasten befreiten.

»Was transportiert die Karawane eigentlich?«, wollte Rabia wissen.

»Das weißt du nicht?«, wunderte sich der Khabir. »Nun, vielleicht kannst du es auch nicht wissen, denn was wir mit uns führen, ist außerordentlich vielfältig. Fez liegt tief im Landesinneren, und deshalb haben wir alles geladen, was man dort nicht ohne Weiteres kaufen kann. Zum Beispiel Seide und Seidengarn aus China, Drogen und Arzneien aus Lissabon, Gitarren und andere Saiteninstrumente aus Spanien, außerdem Mehl, Zucker und Gewürze, Pflanzensamen, Dörrfisch, ja, auch Waffen und sogar rohes Eisen für die Schmiede, damit sie allerlei Gerätschaften für Haus und Feld herstellen können.«

Rabia bemerkte, dass sie auf einmal die zahllosen Kisten und Ballen, die von den Kamelrücken genommen wurden, mit anderen Augen ansah. »Und was transportiert ihr, wenn es zurück nach Tanger geht?«

Der Khabir lächelte. »Natürlich alles das, was es dort wenig oder gar nicht gibt. Gummiarabikum aus Darfur, denn von dort kommt die feinste Ware: bestes Harz aus der Rinde der Akazie, von lichter gelblicher Farbe. Man benötigt es für Schönheitsmittel und Medikamente, aber auch für etwas so Alltägliches wie Klebstoff. Ferner Salz aus der Gegend von El-'Atrun in der sudanesischen Wüste, außerdem Leder- und Töpferwaren und Gold- und Silberschmuck aus dem Judenviertel.«

»Und alles das kannst du in Tanger verkaufen?«

»Nicht ich, sondern mein Herr, der auch der deine ist – Chakir Efsâneh. Jede Karawane, die zu ihm zurückkehrt, bringt ihm zahllose Goldmünzen ein und macht ihn wieder ein Stück reicher, wenn das überhaupt noch möglich ist.«

Rabia kam ein Gedanke, und sie sagte vorsichtig: »Du weißt ja, Hadschi Abdel Ubaidi, dass die mitgeführten Sklaven in den Foggara arbeiten sollen. Glaubst du, sie sind den hohen Kaufpreis, von dem ich dir erzählte, wert?«

Der Khabir stutzte. Dann musterte er die junge Frau eingehend, als wolle er dadurch sicherstellen, dass er ihr vertrauen konnte. Er antwortete: »Die sechs Sklaven sind meiner Meinung nach völlig überbezahlt. Sie sind körperlich zu schwach und im Kopf zu eigenwillig. Wenn ich nur an diesen kleinen Geschichtenerzähler denke, der ständig um dich herumscharwenzelt. Man stelle sich vor: ein Sklave, der Schach spielen kann! Der andere, der Blonde, ist Arzt, so wurde mir gesagt, was auch nicht von Nutzen für die Foggara ist, von dem albernen Zwerg einmal ganz abgesehen. Neger wiederum eignen sich manchmal recht gut für Schwerstarbeit, kränkeln aber leicht bei mangelndem Sonnenlicht. Die beiden letzten Sklaven schließlich wirken unscheinbar, wenn man davon absieht, dass dem einen die Zunge herausgeschnitten wurde. Unter dem Strich also ein glatter Fehlkauf, wenn du mich fragst. Allerdings muss man bedenken, dass ihn die Herrin tätigte. Dem Herrn wäre so etwas niemals passiert.«

Rabia nickte. »Ja, Khabir, das sehe ich auch so. Außerdem wollte ich dir noch danken, dass du es zulässt, wenn der Geschichtenerzähler mich abends zum Schachspielen aufsucht. Ich weiß, es ist etwas ungewöhnlich, aber ist nicht die ganze Reise ungewöhnlich?«

Hadschi Abdel Ubaidi schwieg.

»Ich nehme mindestens so gern einen Minztrank mit dir ein, wie ich mit dem Magister Schach spiele.«

Jetzt räusperte der Khabir sich, und nur wer ganz genau hinsah, konnte ein flüchtiges Lächeln in seinen Augenwinkeln entdecken. »Rabia, Dienerin der Gemahlin meines Herrn, ich glaube, *samum*, der Unentschlossene, hat sich entschieden. Er lässt nach. Wir ziehen bald weiter.«

Er stand auf und entfernte sich.

Die darauf folgende Nacht war die erste während der Reise, in der Rabia nicht schlafen konnte. Zu später Stunde noch hatte Hadschi Abdel Ubaidi bei ihr gesessen und gesüßte Minze mit ihr genossen. Es hatte ihm so gut gemundet, dass Rabia nicht weniger als dreimal neuen Trank hatte aufbrühen müssen. Dabei war der Karawanenführer ins Erzählen gekommen. Er berichtete von sich und seiner Familie, von seinem Vater, seinen Brüdern, seinen Onkeln, vor allem aber von seiner Reise nach Mekka, die mittlerweile sieben Jahre zurücklag und die einen unauslöschlichen Eindruck bei ihm hinterlassen hatte.

»Ich würde auch einmal gern in die heilige Stadt pilgern«, hatte Rabia irgendwann eingeworfen.

»Du? Nach Mekka?« Der Khabir hatte verwundert sein Tässchen abgesetzt »Es ist nicht üblich, dass Frauen diesen Wunsch äußern. Dennoch ist es möglich, ebenso wie es möglich ist, als Frau die Gefilde des Paradieses zu betreten, wie aus der Dreizehnten und Siebzehnten Sure eindeutig hervorgeht.«

»Das ist mir bekannt, Hadschi Abdel Ubaidi, denn ich kann lesen und schreiben. Ich habe eine Koranschule in der Oase von Ouargla besucht.«

»Oh, du kannst lesen und schreiben?« In den Augen des Khabirs blitzte Respekt auf.

»Ja, das kann ich. Aber was nützt mir das ganze Wissen, wenn ich nicht aus den Mauern von Tanger herauskomme.«

»Nun, immerhin führt Allah dich jetzt nach Fez. Und wenn es sein Wille ist, demnächst auch nach Mekka. Der Mensch und alle seine Handlungen sind durch ihn vorbestimmt.«

»Ja, Hadschi Abdel Ubaidi, Allah ist groß.«

Der Khabir trank einen weiteren Schluck. »Vielleicht befiehlt er deiner Gebieterin irgendwann, dir die Reise zu erlauben.«

»*Inschallah*.«

»Allerdings bräuchtest du auf dem langen Pilgerpfad erfahrenen, männlichen Schutz. Und noch besser wäre es, du würdest als verheiratete Frau reisen – mit einem Hadschi, der die heilige Stadt schon kennt. Denke einmal darüber nach.« Der Khabir hatte Rabia tief in die Augen geblickt. »Wenn Allah will, ist alles möglich.«

Gleich darauf war er in der für ihn typischen Art rasch gegangen …

Noch immer konnte Rabia nicht einschlafen. Sie drehte sich wohl zum hundertsten Mal auf die andere Seite, während sie wieder und wieder an die Worte des Karawanenführers denken musste. Was er gesagt hatte, kam einem Heiratsantrag gleich, und das war außerordentlich ungewöhnlich. Normalerweise legten die Eltern fest, wer wen heiratete, und verständigten sich über die Mitgift und die Kosten der Feierlichkeiten, und dies alles häufig schon dann, wenn das zukünftige Paar sich noch im Kindesalter befand. Doch Rabia hatte keine Eltern mehr, und beim Khabir mochte es genauso sein. Bei einem Heiratswunsch musste er Sîdi Chakir fragen und sie ihre

Gebieterin, die strenge, ungeduldige Âmina Efsâneh. Oder hatte der Khabir alles gar nicht so gemeint?

Wieder drehte Rabia sich auf die andere Seite. Doch, das hatte er. Ihr weibliches Gespür ließ daran keinen Zweifel. Vieles in des Karawanenführers Verhalten war jetzt erklärlicher, auch die unmutigen Blicke, mit denen er den Magister bedacht hatte. Der Magister. Heute Abend war er nicht erschienen, gerade so, als habe er geahnt, dass Hadschi Abdel Ubaidi etwas unerhört Wichtiges mit ihr zu besprechen hatte.

Nein, es half nichts. Sie konnte nicht einschlafen. Rabia stand auf und schlang sich das Ziegenfell vom Khabir um ihre schmalen Schultern. Dann trat sie hinaus vors Zelt.

Die Nacht war kalt und sternenklar. Sie blickte nach oben, wo der Mond wie eine Papierlaterne am Himmel hing. Eine Sternschnuppe löste sich im Süden und zog ihre Bahn. Rabia wünschte sich, sie möge bald wieder in Tanger sein, und dann, wenn Allah wollte …

Sie ging ein paar Schritte, denn die Kälte kroch in ihr hoch. Da vorn lagen die Sklaven auf der nackten Erde, eng aneinander geschmiegt, um sich gegenseitig zu wärmen. Der Wachtposten stand daneben und murmelte einen Gruß. Ein paar Schritte entfernt schnarchten die Kameltreiber, sich äußerlich in nichts von den Sklaven unterscheidend. Sie lagen da, dunkel und verpuppt wie die Larven im Kokon. In den Händen das wichtigste Werkzeug ihrer Profession: die Kamelpeitsche – Zeichen ihres Standes und ihrer Bedeutung. Die jungen Männer hatten Peitschen aus lederüberzogenen Gerten, die Älteren, Weitgereisten, solche aus dem Schwanz des Rochens, mit rauer, zähnchengespickter Haut.

Rabia schritt weiter und gelangte zum Zelt des Khabirs. Sie verweilte für einen Augenblick und wollte gerade wieder gehen, da wurde die Plane zurückgeschlagen, und Hadschi Abdel Ubaidi trat heraus.

»Willst du mich heiraten?«, fragte er ruhig.

Langsam kroch die Karawane über die Höhen des Dschebel-Ssala, der von Norden und Nordwesten die ehrwürdige Stadt Fez umschloss. Aus der Ferne grüßten bereits die hohen viereckigen Tore und spitzen Minarette herüber. Hadschi Abdel Ubaidi schob sich mit seinem Reittier neben Rabias Kamelhengst. »Heute Abend sind wir da, du Orchidee des Orients«, sagte er so leise, dass niemand es hören konnte. Seit Rabia seine Frage, ob er sie heiraten wolle, mit Ja beantwortet hatte, war er der stolzeste Mann auf Allahs weiter Erde.

»Ich kann es kaum erwarten«, erwiderte Rabia mit einem Seufzer. Auch sie fühlte Glück, denn die Bestimmung einer jeden Frau war es zu heiraten, und da sie mittlerweile schon siebzehn Jahre zählte, hatte sie sich in letzter Zeit oftmals gefragt, ob sie überhaupt noch einen Mann bekäme. Gewiss, sie war kurz davor gewesen, dem kleinen Geschichtenerzähler schöne Augen zu machen, denn er war unterhaltsam und gescheit, aber selbstverständlich wäre er als Ehemann niemals in Frage gekommen. Ein Ungläubiger an ihrer Seite – undenkbar. Da könnte sie gleich freiwillig in Satans Höllenfeuer springen Nun aber hatte der Khabir um sie gefreit, ein frommer Mann, dem allseits Achtung entgegengebracht wurde, der weit in der Welt herumgekommen war, der sogar ein eigenes Haus in Tanger besaß. Mit seinen neununddreißig Jahren war er zwar nicht mehr der Jüngste, doch mit jedem Jahr, das ein Mann älter wurde, gewann er an Achtung und Würde.

»Ich hoffe, Fez wird dir gefallen«, sagte Hadschi Abdel Ubaidi. »Es ist eine laute, quirlige Stadt. Ich war schon viele Male dort. Auch wenn du es kaum glauben wirst, außer dem Hafen dürftest du in Fez alles das finden, was du aus Tanger kennst. Das und mehr. Denn die heiligen Stätten der Stadt ziehen alljährlich viele Tausend Pilger an. Allein deshalb blüht allerorten das Geschäft. Aber leider auch der Diebstahl. Ich werde deshalb noch einmal meinen Männern einschärfen, gut auf ihre wenigen Habseligkeiten zu achten – und auch selbst die Finger nicht lang zu machen. Die Strafen, die der Kadi verhängt, sind oftmals streng. Für kleine Diebstähle wird die linke Hand abgehackt, bei einem Rückfall auch die rechte. Hat der Dieb keine Hände mehr, kommen die Füße an die Reihe, und ...«

Der Khabir unterbrach sich, denn er sah Rabias schreckgeweitete Augen. »Verzeih, meine Orchidee, ich wollte dir keine Angst machen. Fez ist nicht so übel, wie es eben klang, eine kleine Geschichte beweist das. Sie ist nicht aus *Alf laila waleila* und hat deshalb sogar den Vorzug, wahr zu sein. Jedenfalls wird das immer wieder behauptet. Möchtest du, dass ich sie erzähle?«

»Gern, Hadschi Abdel Ubaidi.«

»So höre denn: Es war in Fez vor langer, langer Zeit. Die Begebenheit liegt so weit zurück, dass heute niemand mehr zu sagen vermag, welcher Sultan damals an der Macht war. Vielleicht geschah es sogar noch vor der Herrschaft des großen El-Malei Edris, dessen Grabstätte du schon morgen aufsuchen kannst. Nun, der eben genannte Sultan war ein milder und überaus großzügiger Regent, weshalb er eines Tages vielen seiner Sklaven die Freiheit schenkte. Unter diesen Sklaven war auch ein Neger, Yussuf mit Namen, der sich durch besondere Klugheit und Tapferkeit auszeichnete. Endlich ein freier Mann, trat Yussuf alsbald den Truppen des Sultans bei, wo er schnell aufstieg und zum Kaid, zum Hauptmann, befördert wurde. Daran ist noch nichts Besonderes, magst du jetzt einwenden, es gibt viele gute Soldaten, und warum soll ein tüchtiger Krieger nicht auch schwarz sein, doch mit Yussuf hatte es eine eigene Bewandtnis. Es gelang ihm nämlich ob seiner großen Beliebtheit, seinen Posten über fünfzig Jahre innezuhaben. In dieser Zeit regierten nicht weniger als drei verschiedene Sultane, und jeder von ihnen bestätigte Yussuf in seinem Amt.

Dann jedoch kam ein neuer Herrscher auf den Thron, und im ersten Jahr seiner Macht geschah es, dass der Kaid verleumdet wurde. Seine Neider machten den Sultan auf die ungeheuren Kostbarkeiten aufmerksam, die sich im Hause Yussufs angesammelt hatten. Sie schworen bei Allah, dass solche Reichtümer nur durch Erpressung, Bestechung oder gar durch Veruntreuung der Palastschätze zusammengekommen sein konnten.

Der Sultan rief Yussuf zu sich und sagte ihm, wessen man ihn beschuldigte. Der Kaid entgegnete darauf nichts weiter, als dass ihn keiner der Vorwürfe treffe. Er habe ein reines Gewissen. Doch das Misstrauen, einmal gesät, keimte weiter in des Herrschers Herzen, und er wies Yussuf barsch darauf hin, dass er ein ehemaliger Sklave sei und als solcher ursprünglich nichts besessen habe. Er befahl ihm, den erschlichenen Reichtum und darüber hinaus all das, was ihm, dem Sultan, zukomme, von seinem rechtens erworbenen Besitz zu sondern.

›Jawohl, mein Gebieter‹, entgegnete Yussuf mit einer tiefen Verbeugung, ›ich will deinem Wunsch sofort nachkommen.‹

Daraufhin ging er in den Pferdestall, zog seine kostbaren Gewänder aus und schlüpfte in einen armseligen Kittel. Dann begann er auszumisten.

Als eine geraume Weile verstrichen war, wurde der Sultan ungeduldig und ordnete an, Yussuf zu suchen. Er war nicht wenig erstaunt, als kurz darauf der Kaid in Bettlerkleidung vor ihm erschien. ›Was hat das zu bedeuten?‹, fragte er.

›Oh, Herr‹, antwortete Yussuf, ›du befahlst doch, meine Habe von der deinen zu trennen. Meine Habe jedoch ist nicht mehr als das, was ich auf dem Leibe trage. Nur dieser Kittel war mein, als dein verehrter Vorvorvorgänger mich kaufte, und auch er gehört ja, streng genommen, nicht einmal mir, sondern dir – als dem von Allah bestimmten Nachfolger. Wie konnte ich also meinen Besitz von dem deinen trennen? Bin ich nicht noch immer dein Sklave? Befiehl deshalb deinen Verwaltern, sie mögen alles beschlagnahmen, was ich jemals für mich erwerben konnte. Es ist dein rechtmäßiges Eigentum.‹

Nun«, sagte der Khabir abschließend, »du kannst dir denken, wie die Geschichte endete. Der Sultan war über die Maßen gerührt von Yussufs Verhalten und zeigte sich von seiner großmütigsten Seite. Er verlieh seinem Hauptmann aufs Neue die Kaidswürde und gestattete ihm, alle seine Güter zu behalten.«

Hadschi Abdel Ubaidi lächelte. »Du siehst also, es wird einem in Fez nicht immer gleich der Kopf abgerissen. Im Gegenteil. Man ist hier so gastfreundlich wie nirgendwo sonst auf der Welt. Da vorn, wo die weiß gekalkten Häuser stehen, erwartet uns ein kühler Trunk.«

Der Khabir sollte Recht behalten. Als sie die erste Hütte erreicht hatten, fanden sie auf einem Mauervorsprung eine große Amphore mit frischem Wasser. Daneben eine Schöpfkelle und die in den Lehm hineingeritzten Zeichen *Maah el-sabil.* »Siehst du, einen schöneren Lohn nach langer Reise, als ›das Wasser des rechten Weges‹ zu genießen, gibt es nicht«, sagte er zu Rabia. Er gab das Haltzeichen für die Karawane, und sie beugten sich vom Kamelrücken hinab, um die Kelle zu ergreifen und daraus zu trinken. Nach ihnen, in langer Reihe, traten die Kameltreiber an, um ihren Durst zu löschen, und auf einen Wink des Führers erhielten sogar die Sklaven ein gutes Quantum.

Dann ritten sie weiter. Rabia war in Gedanken versunken, ihr ging die Geschichte von Yussuf nicht aus dem Kopf. Irgendwann, die Tore von Fez waren nur noch wenige hundert Schritte entfernt, sagte sie: »Der Sultan, der seinen Kaid begnadigte, war ein großmütiger Mann. Hättest du, mein zukünftiger Gemahl, ebenso gehandelt?«

Der Khabir war überrascht. Über diese Frage hatte er noch nie nachgedacht. Er strich sich über den Bart und sagte dann bedächtig: »Wenn jemand fünfzig Jahre treu gedient hat, sollte man nicht gleich das Schlimmste von ihm denken.«

»Das glaube ich auch.«

»Aber der Sultan hat Weisheit bewiesen und seinen Fehler wieder gutgemacht. Er hat den Kaid begnadigt.«

Rabia nickte und nahm all ihren Mut zusammen. Was sie jetzt sagen würde, hatte sie sich reiflich überlegt. »Wäre es nicht ebenso weise, mein zukünftiger Gemahl, wenn wir unsere Sklaven begnadigen würden?«

»Was?« Der Khabir glaubte, sich verhört zu haben. »Du meinst, wir sollen sie freilassen?«

»Ja, das ist mein Wunsch.«

»Soso, dein Wunsch.« Er schürzte die Lippen. Dann konnte er nicht umhin zu fragen: »Und es geht dir nicht nur darum, dass der kleine Geschichtenerzähler ungeschoren davonkommt?«

Jetzt, wo sie das Thema angeschnitten hatte, wurde Rabia mutiger. »Der kleine Geschichtenerzähler ist ein guter Schachspieler, mehr nicht. Ich habe dir schon einmal gesagt, dass ich lieber mit dir heiße Minze trinke, als mit ihm am Brett zu sitzen. Das ist die Wahrheit.«

»Hm, hm.« Hadschi Abdel Ubaidi schien besänftigt. »Und wie hast du dir das Ganze vorgestellt?«

»Ich weiß es nicht. Ich weiß nur, dass unsere Sklaven genauso wenig verbrochen haben wie Yussuf. Im Gegenteil, der blonde Cirurgicus hat Ngongo sogar am Auge operiert. Ich war selbst dabei. Er ist ein sehr guter Arzt. Der einzige Unterschied zwischen den Sklaven und uns besteht in ihrem Unglauben. Wenn wir es zulassen, dass sie in die Foggara kommen, werden sie dort in kürzester Zeit sterben – und nie mehr die Gelegenheit haben, auf den Pfad des Großen Propheten zu treten. Kann Allah, der Erbarmer, der Barmherzige, das wollen? Ich glaube nicht.«

»So, das glaubst du also nicht.« Gegen seinen Willen musste der Khabir lächeln. »Du verstehst es geschickt, deinen Standpunkt zu vertreten. Nur Allah weiß, wen ich mir mit dir ins Haus hole. Doch Scherz beiseite: Gesetzt den Fall, wir tun, was du vorschlägst, kannst du sicher sein, dass der Oberaufseher die Sklaven über kurz oder lang vermisst. Er wird eine Botschaft nach Tanger zu Sîdi Chakir oder zur Gebieterin Âmina senden, und unsere Tat wird ruchbar werden. Über die Strafen, die uns beide dann erwarten, will ich nicht reden, wir taten es bereits vorhin. Hast du das bedacht?«

»Ja«, erwiderte Rabia kleinlaut, »und mir ist keine Lösung eingefallen. Es sei denn, wir bestechen den Oberaufseher.«

»Das kommt auf keinen Fall in Frage. Der Bestecher und der Bestochene sind gleichermaßen erpressbar, sind ein Blatt im Winde der Hinterhältigkeit, sind nur Gewürm in des wahren Gläubigen Augen.«

»Du hast Recht, mein zukünftiger Gemahl. Es war ein dummer Gedanke von mir. Ist nun das Schicksal der Sklaven besiegelt?«

»Wir werden sehen«, brummte Hadschi Abdel Ubaidi.

»Heißt das, du würdest ihnen die Freiheit schenken, wenn es eine Lösung gäbe?«

»Wir werden sehen«, wiederholte der Khabir.

Der Karawanenführer Hadschi Abdel Ubaidi

»Die Sklaven, oh, Herr, wurden von Aziz el-Mamud, deinem Oberaufseher der Palmenhaine, in die Foggara geführt. Er wollte sich vergewissern, dass sie dort an der richtigen Stelle eingesetzt würden. Dann passierte das Unglück.«

Al-Haqq – »Wahrheit«, so stand es in großen, verwitterten Schriftzügen über der Herberge. Doch die einzige Wahrheit war, dass es außer ihrer Größe keine schmutzigere Bleibe in Fez gab. Sie lag mitten in Fez el-Bali, der Altstadt, und bestand in erster Linie aus einem riesigen, gepflasterten Innenhof, in dem sich zahlreiche Tiere tummelten. Alle schrien und wieherten durcheinander, setzten Kot ab und fraßen mit mahlenden Kiefern aus den ihnen um den Hals gehängten Futtersäcken. Eine große Zisterne in einer der Ecken sorgte dafür, dass sie keinen Durst leiden mussten.

Der Hof selbst war allseitig umgeben von kleinen Kammern, die an Zellen erinnerten. Sie waren nahezu lichtlos, denn die einzige Helligkeit fiel durch eine niedrige Tür in sie hinein. Ihre Einrichtung war spartanisch, da sie in der Regel nur gerade so groß waren, dass ein Mann der Länge nach darin ruhen konnte.

Der Khabir hätte seiner angehenden Frau gern eine angenehmere Bleibe verschafft, aber die große Herde zwang ihn dazu, im *al-Haqq* zu nächtigen – ihn, Rabia und seine Treibermannschaft. Sie alle hatten gleich nach der Ankunft in der angrenzenden Funduk gegessen, nichts Besonderes, aber das zarte Hammelfleisch, das frische Gemüse und die aufgekochte Okra, eine

Speise aus der Gombofrucht, waren nach der eintönigen Reisekost ein Labsal gewesen. Die Sklaven hatte er, nachdem sie ebenfalls hinreichend gesättigt waren, gut bewacht in den Hof schaffen lassen. Dort mochten sie getrost weiter unter freiem Himmel schlafen.

Er klopfte gegen die mit zerquetschten Insekten übersäte Wand seines Raums. »Rabia, hörst du mich?«

»Ja, ich höre dich.«

»Kommst du zurecht mit deiner Kammer?«

»Ja, es ist nur furchtbar stickig.«

»Das tut mir Leid. Vielleicht kühlt es zur Nacht ein wenig ab. Bleib, wo du bist. Ich muss noch einmal in Geschäften fort. Wenn ich wiederkomme, würde ich gern heiße Minze mit dir trinken. Kannst du dafür sorgen?«

»Ja, gern, Hadschi Abdel Ubaidi.«

Der Khabir begab sich hinaus auf die Straße in das Häusermeer der Altstadt, hinein in die drangvolle Enge, denn abgesehen von den großen Plätzen und der Kessaria, dem Handelszentrum von Fez, gab es nur Gassen und Gässchen. Letztere waren so schmal, dass zwei ausgewachsene Männer sich in ihnen nur mühsam aneinander vorbeischlängeln konnten. Lediglich eine große Straße gab es, von der spinnwebartig unzählige Pfade abgingen. Diese Straße steuerte der Khabir an, und als er sie erreicht hatte, musste er erst einmal ein Tuch vor Mund und Nase binden. Auch an diesem Abend machte die Stadt ihrem Ruf, die staubigste im Königreich *al-Mamlaka al-Maghribijja* zu sein, alle Ehre. Er blickte auf seine schönen, völlig eingemehlten Schnabelschuhe hinab und wünschte sich, er besäße ein Paar der landestypischen Holzklötze, die der Einheimische zusätzlich unter der Sohle zu befestigen pflegte.

Es half nichts, er musste weiter. Wenig später bog er links in ein Seitengässchen ab und blieb alsbald vor einer dreistöckigen Häuserfassade stehen. Die Wand wirkte abweisend wie alle hier, denn keine Behausung wies Fenster zur Straßenseite auf. Er klopfte an einer starken, mit Silber- und Messingornamenten beschlagenen Tür und rief: »Ich bin es, Hadschi Abdel Ubaidi.«

Ein Diener öffnete ihm. »Sei willkommen. Der Herr erwartet dich schon.« Er führte den Gast durch einen gekrümmten Gang in das Innere des Hauses, passierte den nach oben offenen Hofraum, in dessen Mitte Wasser sprudelte, und blieb schließlich vor einer eichenen Holztür stehen. »Der Herr erwartet dich schon«, sagte er abermals und machte eine einladende Geste.

»Salam alaikum, as-Salama, as-Salamu alaikum«, sagte der Khabir förmlich, nachdem er den Raum betreten hatte. »Ich grüße dich, Hadschi Moktar Bônali.«

»Salam«, erwiderte Sîdi Moktar kurz. Er war ein zierlicher Mann, der im schwachen Schein zweier goldschimmernder Laternen noch zierlicher wirkte. Und das, obwohl er ein prächtiges, bunt gestreiftes Hausgewand und jene runde rote Kopfbedeckung trug, die nach dem Namen der Stadt benannt worden war: Fez. Sein Äußeres und sein Auftritt signalisierten jedermann, dass er ein überaus erfolgreicher Handelsherr war. »Allah verlieh dir auf deiner Reise keine schnellen Beine.«

Der Khabir schwieg.

Der Hausherr besann sich auf seine Höflichkeit. »Nimm erst einmal Platz, mein Freund. Die Neugier übermannte eben meine Zunge. Darf ich dir einen kühlen Trunk anbieten? Warte, ich schicke nach dem parfümierten Orangenwasser, das trinkst du doch so gern.«

Nachdem er den Diener mit der Bestellung beauftragt hatte, lehnte er sich bequem zurück und nahm ein paar tiefe Züge aus der Wasserpfeife. »Hast du ebenfalls Lust auf die Shisha? Das neue Opium aus Cathai ist vorzüglich, ich kann es nur empfehlen. Es gibt beim Inhalieren überaus angenehme Gedanken.«

»Nein, nicht heute.« Der Kabir blickte sich um. Was er sah, zeigte ihm, dass sein Freund Moktar im letzten Jahr wieder um ein erkleckliches Stück reicher geworden war. Dafür sprachen die mit goldenen Fäden durchwirkten Seidenkissen, die sich wie ein Meer über den Fußboden ergossen. Die wenigen Quadratzoll, die sie nicht bedeckten, ließen kostbare Fliesen erkennen, winzige Sternformen, kunstvoll lasiert und nach strengem geometrischem Muster verlegt. An den Wänden hingen kostbare Teppiche aus der Heimat Chakir Efsânehs. Sie wurden in ihrem Wert nur noch übertroffen von zwei aus reichem Schnitzwerk bestehenden Ebenholzschränken, deren Perlen- und Edelsteinintarsien schon beim kleinsten Flackern der Laternen hell aufblitzten. Die Decke war niedrig und von lapislazuliblauer Farbe, unterbrochen von goldenen Arabesken und Sprüchen aus dem Koran.

»Das Orangenwasser duftet köstlich.« Hadschi Abdel Ubaidi nahm dem Diener die Erfrischung aus der Hand und trank einen Schluck.

»Die Orangenernte war dieses Jahr gut. Wir hatten viel Wasser.«

»Das freut mich.«

Sîdi Moktar wischte sich über die Lippen und nahm einen neuen Zug. Das Wasser in der Pfeife blubberte. »Ich hoffe, du hattest eine angenehme Reise?«

»Allah war mit uns.« Der Khabir überlegte, ob er von seiner beabsichtigten Heirat und von den Sklaven berichten sollte, doch er unterließ es zunächst. Mochte die Unterhaltung ruhig noch ein wenig dahinplätschern. Der neugierige Moktar Bônali hatte es verdient.

Sie sprachen über Kamele im Allgemeinen und über die Kamelzucht im Besonderen, tauschten sich über die letzten Rennen und ihre Gewinner aus, fragten einander nach dem gesundheitlichen Befinden, beklagten die ständig steigenden Preise und den Verfall der Sitten, redeten über Liebreiz und Schläue der Frauen, erkundigten sich nach Verwandten, begehrten zu wissen, was es sonst noch Neues gebe, und kamen endlich, nach über einer Stunde, auf den eigentlichen Grund von des Khabirs Besuch zu sprechen.

»Als du dich vorhin nach meiner Gesundheit erkundigtest, mein Freund, vergaß ich zu erwähnen, dass mein Augenlicht nicht mehr das Beste ist, ja, um der Wahrheit die Ehre zu geben, muss ich sagen, dass es zunehmend nachlässt. Ich vermag kleine Schrift kaum noch zu lesen«, sagte Sîdi Moktar einleitend.

»Das zu hören tut mir Leid«, nahm der Khabir den Faden auf. »Es muss bei der Abwicklung deiner Geschäfte sehr hinderlich sein.« Dann verstummte er.

Nun konnte der zierliche Handelsherr seine Neugier nicht mehr zurückhalten. Er rief: »Nun sag schon, spann mich nicht länger auf die Folter! Hast du das Lesegerät dabei?«

Hadschi Abdel Ubaidi lächelte. »Aber natürlich. Allerdings muss ich einräumen, dass es selbst in Tanger nicht ganz leicht war, eine so starke Lupe aufzutreiben. Allah sei Dank, dass sie die Reise heil überstanden hat.« Er nestelte in den Falten seines Burnus und holte das Vergrößerungsglas hervor.

»Gib es mir, gib es mir!« Sîdi Moktar konnte das Gerät gar nicht schnell genug bekommen. Als er es hatte, starrte er so selig darauf, als wäre es das persönliche Amulett des Großen Propheten.

»Du musst vielleicht einen etwas schöneren Griff dafür anfertigen lassen«, sagte der Khabir.

»Ja, ja.« Der zierliche Handelsherr hatte kaum zugehört. Er war an einen der Schränke getreten und holte ein kostbares Exemplar des Korans heraus. »Ich will die Lupe gleich einmal ausprobieren. Warte, ich schlage die Zweite Sure auf, denn die Erste kenne ich sowieso auswendig.«

Er setzte sich unter die beiden Laternen und hantierte eifrig mit dem Gerät, dann begann er zu buchstabieren. Erst langsam, dann immer flüssiger:

»Dies Buch, daran ist kein Zweifel,
ist eine Leitung für die Gottesfürchtigen,
die da glauben an das Verborgene
und das Gebet verrichten
und von unsrer Gabe spenden …

Es geht, es geht!«, rief er begeistert. »Höre nur weiter:

Und die da glauben an das,
was auf dich herabgesandt ward
und herabgesandt ward vor dir,
und fest aufs Jenseits vertrauen.
Diese folgen der Leitung des Herrn,
und ihnen wird's wohl ergehen …«

Hadschi Abdel Ubaidi stellte sein Trinkgefäß ab, denn es war leer. »Wenn du dich freust, freue ich mich auch.«

»Freuen ist gar kein Ausdruck! Endlich kann ich wieder Verträge und Schriftstücke entziffern, ohne mit den Augen ins Papier zu kriechen! Endlich muss ich nicht mehr so tun, als könne ich noch lesen. Die Schauspielerei ist vorbei. Ich kann es wieder! Ich weiß gar nicht, wie ich dir danken soll, mein Freund.«

»Aber ich. Indem du mir den Kaufpreis erstattest und außerdem meinen Aufwand entlohnst.« Der Khabir dachte an seine bevorstehende Hochzeit, die ein hübsche Summe verschlingen würde.

»Aha.« Sîdi Moktars Freude schien wie fortgeblasen. »Und wie viel hattest du dir so vorgestellt?«

»Drei spanische Golddublonen.«

»Was? Sagtest du drei? D-r-e-i?« So laut Sîdi Moktar eben noch gejubelt hatte, so laut jammerte er jetzt. »Willst du, dass ich komplett verarme? Willst du mich und die Meinen in die

Gosse stoßen? Allah, der Weltenkluge, der Rechenkundige, weiß, dass ich das nicht bezahlen kann!«

Es entspann sich ein heftiges Gefeilsche, in dessen Verlauf es dem Khabir gelang, zwei Golddublonen für die Lupe herauszuschlagen und darüber hinaus einen großen Teil der Karawanengüter zu einem ungewöhnlich hohen Preis zu veräußern. Dennoch überraschte ihn das Ergebnis nicht, war er doch während der gesamten Verhandlungen in der stärkeren Position gewesen. Er hatte etwas in der Hand gehabt, das Sîdi Moktar unbedingt brauchte und das es sonst nirgendwo in Fez zu kaufen gab. Chakir Efsâneh, sein gestrenger Herr, würde sehr zufrieden mit ihm sein – und umso bereitwilliger die Hochzeit mit der Dienerin Rabia gutheißen. Ja, vielleicht würde er der Braut sogar zu einer kleinen Mitgift verhelfen …

Von derlei angenehmen Gedanken beflügelt, fragte der Khabir: »Sage mir, mein Freund, wie geht es eigentlich Aziz el-Mamud?«

»Aziz el-Mamud?«, fragte Sîdi Moktar zerstreut zurück, denn er beschäftigte sich erneut mit der Lupe, hielt sie über die Seiten des Korans, bald mit diesem, bald mit jenem Abstand, murmelte vor sich hin, rezitierte teilweise laut, bis er schließlich strahlend verkündete: »Ich glaube, vier bis fünf Zoll sollten es schon sein – das ist die ideale Entfernung!«

Hadschi Abdel Ubaidi wiederholte seine Frage.

»Ach, du meinst den Oberaufseher der Palmenhaine?«

»Genau den. Wie du weißt, dient er Sîdi Chakir ebenso wie ich. Mir wurde gesagt, dass er die Haine meines Herrn auf das Doppelte vergrößert habe, was wiederum einen Ausbau der Foggara bedingt.«

Sîdi Moktar, der zierliche Handelsherr, riss erstaunt die Augen auf. »Ja, weißt du das denn nicht? Ach, du kannst es ja nicht wissen. Es passierte vor einer Woche, und da warst du noch auf dem Weg hierher. Aziz el-Mamud ist tot.«

»Was sagst du da?« Jetzt war es am Khabir, die Augen erstaunt aufzureißen. »Das kann nicht sein. Er war doch noch jung, keine dreißig!«

»Es war ein Unfall. Wie du richtig sagtest, musste er dafür sorgen, dass die Vergrößerung der Foggara in Angriff genommen wurde. Zu diesem Zweck nahm er sich ein paar der Arbeitssklaven und begab sich in die Schächte, um Einzelheiten zu besprechen. Dann passierte es. Plötzlich stürzten Erdmassen herab und begruben ihn. Er muss jämmerlich erstickt sein. Übrigens sagen einige, er wäre der Einzige gewesen, der ums Leben kam, weshalb schon das eine oder andere Gerücht aufkeimte. Aziz el-Mamud war nicht sonderlich beliebt, wie dir bekannt sein dürfte.«

»Soso.« Der Khabir strich sich über den Bart. Er war tief in Gedanken versunken. »Der Oberaufseher ist also tot. War er wirklich der Einzige, der erstickte?«

»Wer will das so genau wissen. Die Gerüchteküche brodelt. Vielleicht sind auch ein paar von seinen Sklaven mit ums Leben gekommen. Wenn ja, würde kein Hahn nach ihnen krähen. Warum fragst du?«

»Ach, nur so.« Hadschi Abdel Ubaidi beschloss, das Thema zu wechseln. »Wie du weißt, mein Freund, hat das Kismet für mein Leben kein Eheglück vorgesehen. Bisher jedenfalls. Meine erste Frau Aischa starb an einem Eiterzahn, das liegt jetzt neunzehn Jahre zurück, und meine zweite Frau Safa starb mit unserem Sohn im Kindbett.«

»Ja, ich erinnere mich. Mir kommt es vor, als sei es erst gestern gewesen. Mit jedem Jahr, das wir älter werden, lässt Allah die Zeit schneller verstreichen.« Sîdi Moktar begann überflüssigerweise die Lupe zu putzen. »Aber du sagtest ›bisher jedenfalls‹, was meintest du damit? Hast du etwa auf deine alten Tage noch einmal vor …«

»Das habe ich«, unterbrach der Khabir lächelnd. Seine

Stimme bekam einen weichen Ton, als er weitersprach: »Ich werde heiraten, vorausgesetzt, die Herrin Âmina und Sîdi Chakir sind einverstanden.«

»Was, dein Gebieter und seine Gemahlin müssen einverstanden sein? Nun, lass mich überlegen, da beide keine Kinder haben, muss es sich bei deiner Braut um eine Frau handeln, die in ihren Diensten steht, stimmt's?«, schloss Sîdi Moktar messerscharf. »Wer ist es denn? Kenne ich sie? Heraus mit der Sprache!«

»Sie heißt Rabia und ist, wie du richtig vermutest, eine der Dienerinnen Âminas.«

»Dann kenne ich sie nicht. Ist sie hübsch?«

»Sie hat die schönsten, sanftesten Augen der Welt. Sie ist klug, und sie ist jung. Sie wird mir, so es Allah gefällt, viele stramme Söhne gebären.«

Sîdi Moktar sprang auf, umarmte seinen Freund und küsste ihn auf beide Wangen. »Das ist aber mal eine gute Nachricht! Hast du den Hochzeitstermin schon geplant? Ach, natürlich nicht, erst einmal muss die Genehmigung von Chakir her. Komm, lass dich nochmals küssen!«

Er setzte sogleich seine Absicht in die Tat um und drängte: »Nun erzähle doch mehr von ihr!«

Der Khabir zögerte. Zum ersten Mal wurde ihm bewusst, dass er im Grunde nicht sehr viel über seine Zukünftige wusste. Deshalb sagte er: »Nun, ich weiß, dass sie siebzehn Jahre zählt und im Hauspalast der Herrin wohl gelitten ist. Sie hat ein sanftes Wesen, einen klaren Verstand, kann lesen und schreiben und beherrscht überdies das Schachspiel.«

»Was? Schach spielen kann sie auch?« Sîdi Moktar drohte scherzhaft mit dem Finger. »Sieh nur zu, dass du dir keine Neunmalkluge in deine vier Wände holst. Zu viel Wissen ist auch nicht gut.«

»Die Gefahr besteht wohl nicht.« Der Khabir erhob sich von

seinem Kissen. »Ich muss nun gehen, da alles andere ja besprochen ist. Rabia wartet im *al-Haqq* auf mich.«

»Das junge Glück!« Sîdi Moktar lachte verständnisvoll. »Ich wäre der Letzte, der dich aufhielte. Warte, ich bringe dich noch vors Haus.«

Draußen auf der Straße umarmte er den Khabir. »Du hast mir wirklich einen großen Dienst erwiesen, mein Freund. Ich danke dir nochmals für das Vergrößerungsglas.«

»Nicht der Rede wert«, antwortete Hadschi Abdel Ubaidi. »*Salam,* mein lieber Moktar. Er wandte sich um und strebte zurück zur Herberge. Dann, plötzlich, blieb er noch einmal stehen und musste lächeln. Sîdi Moktar hatte es sich nicht verkneifen können, ihm noch einen letzten Satz hinterherzurufen:

»Auch wenn es mich ein Vermögen gekostet hat!«

»Deine heiße Minze ist mir offen gesagt viel lieber als das eisige Orangenwasser von Sîdi Moktar, meine Orchidee«, sagte Hadschi Abdel Ubaidi und blies in sein Tässchen, um den Trank zu kühlen. Er hatte soeben seinen Bericht über den Besuch bei seinem Freund beendet. Nun nahm er vorsichtig einen Schluck. »Hitze bekämpft man am besten mit Hitze, obwohl ich sagen muss, dass es in deiner Kammer mittlerweile recht gut auszuhalten ist.«

In der Tat hatten die Temperaturen des Tages nachgelassen, und auch die mustergültige Ordnung, mit der Rabia ihre wenigen Habseligkeiten in den als Schränke dienenden Wandnischen verstaut hatte, trugen zum Wohlbehagen des Khabirs bei.

Rabia nahm ebenfalls einen Schluck. Sie hatte sich entschleiert, wohl wissend, dass dies sich eigentlich nicht ziemte. Doch in Bälde würde der Khabir ohnehin ihr rechtmäßiger Ehemann sein, und sie hoffte, dass Allah ihr die kleine Sünde verzieh.

Hadschi Abdel Ubaidi jedenfalls hatte es längst getan. Es war das erste Mal gewesen, dass er ihr Antlitz unverhüllt sah, und was er im schummrigen Licht eines Öllämpchens erkennen konnte, war so umwerfend schön, dass er zunächst keine Worte dafür gefunden hatte. Doch dann war ihm ein altes arabisches Liebesgedicht eingefallen:

»Wenn ich Sonne nicht sein kann,
will ich Mond sein,
wenn ich Berg nicht sein kann,
will ich Tal sein,
wenn ich Löwe nicht sein kann,
will ich Lamm sein –
alles will ich sein,
nur wenn ich dein nicht mehr sein kann,
will ich gar nichts mehr sein.«

»Oh, meine Orchidee!«, hatte er ausgerufen. »Allah ist mein Zeuge, du bist schöner als Schehrezâd, die Erzählerin in *Alf laila waleila!«*

Daraufhin hatte er sie geküsst …

Rabia nahm einen weiteren Schluck. Ihre Gedanken sprangen hin und her zwischen dem zauberhaften Moment des ersten Kusses und dem traurigen Schicksal von Chakir Efsânehs Oberaufseher. Der Mann lag jetzt tot unter Bergen von Erde und Geröll, und alles sprach dafür, dass seine Leiche niemals geborgen werden konnte. Ein Gedanke reifte in ihrem klugen Kopf heran. Sie sprach ihn aus, und der Khabir wog dessen Vor- und Nachteile ab. Dann nickte er bedächtig und antwortete:

»Ich wusste, dass du das vorschlagen würdest.«

»Und was hältst du davon, Abdel, mein zukünftiger Gemahl?«

»Wir werden sehen, wir werden sehen.«

Zehn Tage später trat Hadschi Abdel Ubaidi vor seinen Herrn Chakir Efsâneh. Des besonderen Anlasses wegen hatte er zusätzlich um die Anwesenheit der Herrin Âmina gebeten. Er trug seine besten Gewänder: einen kunstvoll gewickelten Turban, in dessen Mitte ein kleiner Smaragd blitzte, ein langes weißseidenes Hemd, über dem sich eine vielfach geknöpfte Weste aus dem Leder des Kamelkalbs spannte, einen buntstreifigen Tuchkattan, eine weite Pluderhose und Pantoffeln mit hochgebogener goldener Spitze. Dazu einen edelsteinbesetzten Dolch im Gürtel. *»Salam alaikum, as-Salama, as-Salamu alaikum«*, sagte er gemessen und verbeugte sich tief.

»Salam alaikum«, erwiderte Sîdi Chakir verwundert. »Für einen, der gerade vom Kamelpfad zurück ist, bist du recht aufwendig gekleidet.«

»Ich habe meine Gründe, Herr. Erlaubst du, dass ich dir ausführlich berichte?«

»Ja, berichte«, fuhr die Gebieterin ungeduldig dazwischen. Sie hatte bereits Rabia wiederholt nach dem Verlauf der Reise gefragt, besonders natürlich nach dem Schicksal der Sklaven, doch zu ihrem Ärger kein Sterbenswörtchen aus ihrer Dienerin herausquetschen können. »Ich möchte end…«

»Du möchtest sicher von den kandierten Früchten«, unterbrach Sîdi Chakir sie. Über seiner Nasenwurzel hatte sich eine tiefe Falte gebildet, die eine unübersehbare Warnung für jeden war, der ihn kannte. Wenn sie sich zeigte, war Vorsicht geboten, äußerste Vorsicht, und das wusste auch die Gebieterin Âmina. Gehorsam griff sie deshalb in die Schale mit Naschwerk, die auf einem Beistelltischchen bereitstand.

Der Khabir hatte mit Genugtuung bemerkt, dass sein Herr sich die Gesprächsführung nicht aus der Hand nehmen ließ. Er war zwar ein großzügiger Ehemann, aber das Sagen im Hause Efsâneh hatte nur einer: Sîdi Chakir.

»Nun, ich überbringe gute und weniger gute Nachrichten.

Ich möchte es deiner Weisheit überlassen, oh, Herr, zu entscheiden, welche du zuerst hören willst.«

»Du machst es spannend, Hadschi Abdel Ubaidi. Doch immerhin: beginne mit den weniger guten.«

Der Khabir räusperte sich. Jetzt kam es darauf an. Wieder und wieder hatte er sich die Worte, die er sagen wollte, zurechtgelegt, doch nun waren sie fortgeweht wie Drinngras in der Wüste.

»Nun, Hadschi?«

»Herr, es tut mir Leid, melden zu müssen, dass Menschenleben zu beklagen sind.«

»Menschenleben? Wer ist denn tot?«

Der Khabir wappnete sich. »Die sechs Sklaven, Herr, die deine Gemahlin mit der Karawane nach Fez schicken ließ.«

»Nein!« Die Gebieterin war aufgesprungen. »Das darf nicht wahr sein!«

»Iss deine kandierten Früchte weiter.« Sîdi Chakir zog seine zornige Gemahlin zurück auf den Diwan. Die Falte über seiner Nasenwurzel erschien wieder, und diesmal verschwand sie nicht, denn die Gebieterin hatte ihm natürlich gebeichtet, welch eine Unsumme er für die sechs von ihr erworbenen Sklaven bezahlen musste. Verschleudertes, zum Fenster hinausgeworfenes Geld! Zudem ein Verlust, der nun nicht einmal mehr durch die Arbeitsleistung der Menschenware abgeschwächt werden konnte. Aber wenn Chakir Efsâneh eines in den langen Jahren seiner Handelstätigkeit gelernt hatte, dann war es das: Jammere niemals einem schlechten Geschäft hinterher, du machst es dadurch nicht besser!

Und daran hielt er sich auch heute. Er wandte sich wieder seinem Karawanenführer zu. »Fahre fort, mein Freund.«

Der Khabir atmete auf. Sîdi Chakir hatte ihn, wie immer, wenn er ihm wohlgesinnt war, »mein Freund« genannt. »Die Sklaven, oh, Herr, wurden von Aziz el-Mamud, deinem Oberaufseher der Palmenhaine, in die Foggara geführt. Er wollte sich vergewissern, dass sie dort an der richtigen Stelle eingesetzt würden. Dann passierte das Unglück.«

»Welches Unglück?«

»Leider ein sehr alltägliches. Die Abstützung des Ganges gab nach, und die herabstürzenden Erdmassen begruben ihn und die Sklaven. Auch er ist an diesem Tag zu Tode gekommen.«

Die Falte über der Nasenwurzel glättete sich wieder. »Soso, also auch Aziz el-Mamud.« Der Verlust des Oberaufsehers war bei Weitem nicht so tragisch. Er war ein freier Mann gewesen und hatte demzufolge auch kein Geld gekostet. Überdies hatte sein Arbeitseifer in der letzten Zeit zu wünschen übrig gelassen.

»So, so, also auch Aziz el-Mamud«, wiederholte der Hausherr. Er würde einen neuen Oberaufseher ernennen, einen, der jünger und fleißiger war. Und natürlich auch billiger. »Hat Aziz el-Mamud wenigstens ein Begräbnis erhalten, wie es einem frommen Muselmanen zukommt?«

»Das war leider nicht möglich. Die Körper der Toten liegen so tief im Erdreich, dass es Monate dauern würde, sie auszugraben.«

»Nun ja.« Sîdi Chakir dachte noch einmal kurz an die Sklaven, verschwendete aber weiter keinen Gedanken an ihr Seelenheil, schließlich waren es Ungläubige. Ihm fiel ein, dass der Khabir auch von guten Nachrichten gesprochen hatte. »Aber du hast auch angenehme Kunde, so sagtest du?«

»Ja, Herr. Ich bin froh, dir berichten zu können, dass der Verkauf deiner Waren in Fez unter einem glücklichen Stern stand. Viele Gegenstände habe ich mit hundert und zweihundert Prozent Gewinn veräußern können, ja, manche sogar mit vierhundert, darunter Roheisen und Seide. Die genaue Abrechnung folgt morgen.«

»Bei Allah, das nenne ich eine gute Nachricht! Hätte ich sie nur zuerst gehört.« Als erfahrener Kaufmann hatte Sîdi Chakir sofort überschlagen, dass der durch die Karawane erzielte Gewinn den Verlust der Sklaven einigermaßen wettmachte. Wahrscheinlich würde die genaue Überprüfung sogar ein kleines Plus ergeben. »Ich werde mich erkenntlich zeigen, mein Freund!«

Der Khabir nahm all seinen Mut zusammen und nutzte die Gunst des Augenblicks. »Wenn du dich erkenntlich zeigen möchtest, oh, Herr, so hätte ich eine bescheidene Bitte.«

»Nenne sie. Sie ist so gut wie erfüllt.«

»Nun, die Reise war lang, Herr, und ich hatte Gelegenheit, die Dienerin Rabia näher kennen zu lernen. Sie ist eine außerordentlich sittsame und kluge junge Frau, die genau wie ich keine Eltern mehr hat. Ich erbitte dein Einverständnis, sie heiraten zu dürfen.«

»Nein!« Wieder schoss die Gebieterin von ihrem Platz hoch, und wieder wurde sie von ihrem Gemahl auf den Diwan zurückgezogen.

Chakir Efsâneh lächelte. »Du hast meine Erlaubnis. Und wir wollen gern dafür sorgen, dass die Festlichkeiten in einem nicht zu kleinen Rahmen stattfinden, nicht wahr, meine Teure?«

Âmina Efsâneh nickte steif.

Ihr blieb nichts anderes übrig, als eine weitere Frucht zu essen.

Der Handelsherr Hadschi Moktar Bônali

»Die Wasserpfeife schmeckt nicht mehr.
Vielleicht liegt es am Opium, vielleicht auch am Rosenwasser.
Wahrscheinlich am Rosenwasser. Ich werde es demnächst
mit Tamariskenblüten versuchen, das ist auch billiger.
Was hattest du mich gefragt? Ob ich euch verraten werde?
Die Antwort ist nein.«

Seit drei Tagen kauerten die Sklaven nun schon gefesselt in der Ecke des Hofs – stets bewacht von einem bewaffneten Kameltreiber und hin und wieder leidlich versorgt mit Nahrung. Das Wasser, das sie zu ihrer schmalen Kost tranken, teilten sie sich mit den vielen Tieren aus der Zisterne. Wenn man davon absah, dass sie buchstäblich wie Vieh behandelt wurden, ging es ihnen vergleichsweise gut.

In der vergangenen Nacht jedoch war ein folgenschweres Unglück geschehen: Ein nur wenige Gassen entfernt arbeitendes Wasserrad, das die Versorgung des Viertels sicherstellte, hatte der jahrelangen Beanspruchung nicht mehr standgehalten und war gebrochen. Die Zufuhr an kühlem Nass hatte aufgehört. Da Mensch und Tier aber trotzdem trinken mussten, war der Wasserspiegel in der Zisterne rasch abgesunken. Die Freunde, die von alledem nichts wussten, wurden unruhig und bekamen es schließlich mit der Angst zu tun, doch niemand war da, der ihnen die bedrohliche Situation erklärt hätte.

Als die Sonne wie immer am frühen Vormittag hinter den umliegenden Dächern emporstieg, setzte die Hitze mit aller Macht ein. Sie dörrte ihnen alsbald das Hirn aus und sorgte dafür, dass jedes Gespräch erstarb. Nicht ein kühler Fleck bot sich ihnen auf der ganzen großen gepflasterten Fläche.

»Was gäbe ich nur für ein gewässertes Sonnensegel, wie wir es im Souk von Tanger hatten«, krächzte der Magister.

»Wui, wui«, bestätigte Enano matt. Sein kleines Mondgesicht war puterrot.

Alb gurgelte irgendetwas. Ngongo, der niemals viel sagte, beugte sich mit seinem mächtigen Oberkörper über den Zwerg, so dass ein Schatten auf ihn viel. Er tat dies mehrere Male am Tag, denn ihm als Schwarzen machte die Hitze am wenigsten aus – dem Winzling dagegen, mit seiner weißen Haut und den roten Haaren, am meisten. Wassel murmelte etwas von den immergrünen, wohltuenden Wäldern in Böhmen.

Bald würde die Sonne im Zenit stehen und anschließend quälend langsam nach Westen abwandern, bis sie endlich wieder hinter den Dächern verschwand und kühlere Temperaturen auf dem Hof Einzug hielten.

Auch Vitus litt. Mensch und Tier waren nicht mehr in der Lage, an das verbliebene Wasser in der Zisterne heranzukommen. Wollte man sie verdursten lassen? Mühsam hob er den Kopf und bemerkte, dass der Viehbestand auf dem Hof sich erheblich verringert hatte. Die Tiere, die noch da waren, schrien vor Durst. Waren die anderen schon an Wassermangel gestorben? Ging das so rasch? Hatte man ihre toten Körper bereits entfernt? Er kam nicht mehr dazu, den Gedanken weiterzuspinnen, denn plötzlich stand ein fremder Knabe vor ihm. Er verbeugte sich höflich und sagte: »Ich suche den Mann, der häufig blinzelt.«

»Den Mann, der häufig blinzelt?«, wiederholte Vitus träge. »Ach so, du meinst den Magister.« Er wies auf den kleinen Gelehrten neben sich.

Der Knabe wiederholte die Verbeugung und entbot einen Gruß.

Der Magister murmelte eine Antwort und musterte den Ankömmling aus rot entzündeten Augen. Wie um ihm zu bestätigen, dass er an den Richtigen geraten war, blinzelte er ein paar Mal heftig.

Jetzt passierte Erstaunliches: Der Knabe zog einen scharfen Dolch hervor und durchtrennte mit wenigen Schnitten die Handfesseln des kleinen Gelehrten.

Der wusste kaum, wie ihm geschah. »Verbindlichen Dank, mein Sohn«, krächzte er. »Aber wie komme ich zu der Ehre?«

In holprigem Spanisch antwortete der Knabe: »Das hier ist für dich.« Er zog ein in Papyrus gewickeltes Paket aus den Falten seines Gewandes und übergab es. »Mach es auf, ich habe Auftrag, zu warten, bis du es geöffnet hast.«

»Auftrag? Von wem?«

»Das darf ich nicht sagen.«

Die Lebensgeister des Magisters begannen sich zu regen. »Wer hat dir erlaubt, meine Fesseln zu durchtrennen?«, begehrte er zu wissen.

»Auch das darf ich nicht sagen.«

Vitus fuhr dazwischen: »Magister, sieh nur, unser Wachtposten ist verschwunden!«

»Der Mann mit der Muskete?« Der kleine Gelehrte blinzelte. »Vielleicht uriniert er irgendwo in der Hocke wie alle Kameltreiber?«

»Nein, nein, er ist fort!« Vitus erhob sich zum ersten Mal an diesem Tag zu voller Höhe und hielt dem Knaben auch seine gefesselten Hände hin. »Befreie mich wie den Magister.«

Der Junge zögerte. »Ich habe nur Auftrag, dem, der häufig blinzelt, die Fesseln zu durchschneiden«, sagte er, tat dann aber doch, wie ihm geheißen. Nachdem er nacheinander alle Sklaven befreit hatte, wiederholte er seine Forderung, der Magister möge das Paket öffnen.

Der kleine Gelehrte, mittlerweile ebenfalls stehend, nestelte an dem Band herum, zog es schließlich ab und entfernte die Hülle. Ein Buch und ein Brief traten zu Tage. »Nanu?«, rief er, »welch nette Überraschung, nur leider kann ich beides nicht lesen. Es ist Arabisch. Mein Sohn, kannst du als Überbringer mir vielleicht helfen?«

»Ich fürchte, nein, Herr. Ich kann ebenfalls nicht lesen, aber ich weiß, dass es sich bei dem Buch um unseren Heiligen Koran handelt.«

»Um den Koran? Wer, um Himmels willen, schickt mir den Koran?« Alle Freunde umringten mittlerweile den kleinen Gelehrten, der das Buch mehrmals durchblätterte, aber nirgendwo ein vertrautes Schriftzeichen fand.

»Wir hier in Fez schlagen ein Buch von der anderen Seite auf, Herr.«

»Wie? Ach ja, davon habe ich gehört. Nur wird es mir nichts nützen. Egal, wo ich anfange, für mich stehen auf den Seiten nur hieroglyphische Figuren. Dasselbe gilt für den Brief.«

Alle betrachteten das schöne, unbekannte Schriftbild. Vitus sagte: »Wir müssen jemanden finden, der uns den Text der Nachricht vorlesen kann, das heißt, wir müssen den Hof verlassen.« Er blickte auf und bemerkte zu seiner Überraschung, dass der Knabe spurlos verschwunden war. Langsam dämmerte ihm etwas. Die Tatsache, dass jemand ihnen die Fesseln durchschnitten hatte, dass darüber hinaus der Wachtposten fort war und dass – in diesem Augenblick erkannte er es – so viele Kamele den Hof verlassen hatten, ließ nur einen einzigen Schluss zu: Die Karawane des Khabirs Hadschi Abdel Ubaidi war aufgebrochen. Sie befand sich auf dem Weg zurück nach Tanger.

Und sie selbst waren frei!

»Wir sind frei!«, rief er. »Frei, frei!«

Es dauerte etwas, bis die anderen seine Gedankengänge nachvollzogen hatten, doch dann jubelten sie genauso laut.

»Und nun?«, fragte der praktisch veranlagte Magister, als sich die erste Aufregung gelegt hatte. »Was soll aus uns werden? Wir laufen in Sack und Asche und haben keinen müden Maravedi, oder was auch immer in dieser Stadt als Zahlungsmittel dient, und außerdem kennen wir uns überhaupt nicht in Fez aus. Da können wir auch gleich hier bleiben.«

»Nein, wir gehen«, entschied Vitus. »Und zwar noch in diesem Moment. Ich will nicht, dass jemand kommt und sich einbildet, er müsse uns aus irgendeinem Grund zurückhalten.«

In der Tat kamen, kaum dass er dies gesagt hatte, einige Burschen von der Straße in den Hof und liefen direkt auf sie zu. Doch es waren, wie sich herausstellte, nur Wasserträger, die zur Zisterne strebten, um dort ihre Eimer zu entleeren. Sie taten es, ohne sich um die Freunde auch nur einen Deut zu scheren, denn es war ein mühsames und kräfteraubendes Unterfangen, das Auffangbecken auf diese Weise zu füllen. Andererseits blieb gar keine andere Wahl, wollte man nicht, dass Pferde und Maultiere jämmerlich verdursteten.

Vitus hatte schon die Kiepe geschultert und griff zu seinem Stecken. »Folgt mir, Freunde. Wem immer wir unsere Freiheit verdanken, er wird nicht wollen, dass wir länger als notwendig hier herumsitzen.«

Beflügelt verließen die ehemaligen Sklaven den Hof.

Seit sie die Herberge *al-Haqq* verlassen hatten, waren mehrere Stunden vergangen. Sie hatten zunächst ihren Durst gestillt, denn das Wasser des rechten Weges *Maah el-sabil* war auch hier in der Stadt in Krügen oder Amphoren zu finden. Doch dann hatte sich der Hunger gemeldet. Der Duft der Garküchen war ihnen verführerisch in die Nase gestiegen, und sie hätten viel für etwas Gemüse oder Hirse gegeben, aber sie hatten ja kein Geld, und um Almosen bitten wollten sie auch nicht.

Ein Versuch des Magisters, als Geschichtenerzähler aufzutreten und ein paar Münzen zu verdienen, war ebenfalls kläglich gescheitert. In Fez, welches über hundertdreißig Meilen von Tanger entfernt im Landesinneren lag, verstand man kaum Portugiesisch oder Spanisch, und schon gar nicht Englisch.

Auf ihrer Suche nach etwas Essbarem hatte es sie weiter und weiter getrieben in die unentwirrbar ineinander verschachtelten Häuser. Zwischendurch waren sie immer wieder auf größere Plätze gestoßen, auf denen das Leben pulsierte, im Mittelpunkt meist eine Moschee, wie die Djemma el-Mulei Edris oder die Djemma Karubin. Auch an islamischen Schulen waren sie vorbeigekommen, etwa der Medrese el-Seffarine oder der Medrese el-Attarine. Sich fortzubewegen hatte sich immer wieder als äußerst beschwerlich erwiesen, und häufig genug hatten sie ihre Schritte weder nach vorn noch nach hinten lenken können, wenn sie erneut in einen Eselsstau geraten waren. Ab und zu wurden sie in einem Gedränge sogar eher geschoben, als dass sie selbst gingen. Handwerker, Gewürzhändler, Gaukler, Seiltänzer, Schlangenbeschwörer, Flötenspieler, Hornbläser und Trommler waren ihnen begegnet, und schließlich landeten sie im Viertel der Gerber und Färber.

Doch bevor sie es betraten, gelang es dem Magister endlich, einen Spanisch sprechenden Schreiber aufzutreiben und ihn davon zu überzeugen, dass er ein gutes Werk täte, ihm seinen Brief nicht nur umsonst vorzulesen, sondern auch zu übersetzen. Die Nachricht war kurz und aufschlussreich:

An den Geschichtenerzähler und Schachspieler.
Wenn du dieses liest, wird die Karawane schon wieder unterwegs sein. Du und deine Freunde, ihr seid von nun an freie Männer. Fürchte nichts. Man wird euch nicht verfolgen. Dafür ist gesorgt.
Möge Allah, der Erbarmer, der Barmherzige, euch mit Hilfe des Korans auf den rechten Pfad des Glaubens führen.

Salam alaikum.

Jemand, der genauso kurzsichtig ist wie du.

Der Brief trug keine Unterschrift, aber der Magister wusste auch so, wer der Absender war. Ein tiefes Gefühl der Dankbarkeit durchflutete ihn, als er sich die Zeilen wieder und wieder vorlesen ließ, so lange, bis der Schreiber unmutig wurde und nun doch Geld verlangte.

Der kleine Gelehrte beruhigte ihn. »Geld habe ich nicht, mein Freund, ich sagte es dir bereits, aber du hast ein Allah gefälliges Werk getan. Das muss dir genügen. Ich wünsche dir gute Geschäfte, mögen dich viele Analphabeten aufsuchen.«

Beschwingt, wenn auch immer noch hungrig drangen die Freunde weiter vor und erblickten alsbald zahllose Farbbottiche, bunt wie eine Malerpalette und angeordnet wie Bienenwaben – nur dass sie nicht eckig, sondern rund waren. Darin standen Männer bis zu den Hüften im Färbesud und walkten frisch gegerbte Häute. Auffällig war, dass in vielen Bottichen gelbe Färbeflüssigkeit schwamm und demzufolge große Mengen an gelbem Leder hergestellt wurden.

Sie gingen weiter und kamen zu den Gerbern, die ebenfalls mit Bottichen arbeiteten. Es waren hier aber ummauerte Becken, in denen sich scharfe Gerbsäure befand. Gerade wollten sie sich einem solchen Behälter nähern, da erklangen hinter ihnen laute Rufe, und sie wurden von kräftigen Dienern unsanft beiseite gestoßen. »Platz da, Leute! Platz für den edlen Hadschi Moktar Bônali! So geht doch endlich zur Seite, Sîdi Moktar hat es eilig.«

Die Menge teilte sich, und ein zierlicher, aufs Prächtigste gekleideter Mann wurde sichtbar. Er trug eine dreißigfach geknöpfte, kirschrote Weste aus feinster Shandongseide, ein linnenes weißes Hemd mit üppiger Kragenspitze, einen resedagrünen Gürtel, der wie eine Schärpe aussah, eine Pluderhose von indigofarbenem Ton und safrangelbes Schuhwerk. Als krönenden Abschluss hatte er um seinen Fez einen orangefarbenen Turban gewickelt, dessen Ausmaße eines Sultans würdig gewesen wären.

»Der Mann erinnert mich an die Papageien, denen wir in Neu-Spanien begegnet sind«, sagte der Magister grinsend.

Vitus wollte etwas antworten, kam aber nicht dazu, denn in diesem Augenblick wurde er ein weiteres Stück zurückgedrängt. Der bunt gekleidete, zierliche Mann, der als der Handelsherr Sîdi Moktar angekündigt worden war, ging an ihm vorbei und direkt auf einen der größten Gerbsäurebehälter zu, wo er schon von einem weitaus weniger farbenfroh gewandeten Mann erwartet wurde. Dem Getuschel in der Menge war zu entnehmen, dass es sich bei ihm um den Meister der Gerber handelte.

»Ich grüße dich, Alî ibn Abu el-Kabain«, sagte Sîdi Moktar. »Ich hoffe, die Beschaffenheit deiner Häute ist diesmal über jeden Zweifel erhaben!«

»Das ist sie, Herr, das ist sie«, beeilte sich der Gerbermeister zu versichern. Er wies auf ein neben ihm stehendes hölzernes Podest, auf dem stapelweise Lederhäute lagen. »Sag einfach nur, welcher Schicht ich ein Stück entnehmen soll, und du wirst sehen, ich habe nur erstklassige Ware.«

»Das werde ich in der Tat sehen«, erwiderte der zierliche Handelsherr trocken, »ganz genau sogar, denn diesmal werden mir nicht die kleinen Fehler und Mängel in der Oberfläche entgehen, so wahr ich Hadschi Moktar Bônali heiße.« Er griff in die Tiefen seiner Pluderhose und holte eine runde Glaslinse hervor. »Und diese Lupe wird mir dabei helfen.«

Der Gerbermeister machte große Augen, denn ein solches Prüfgerät zur Kontrolle seiner Ware war ihm noch niemals untergekommen. Dennoch setzte er ein siegessicheres Lächeln auf, als er das erste Stück Ziegenleder übergab.

Sîdi Moktar nahm es und hielt seine Lupe darüber. »Es sieht so aus …«, sagte er. Und dann sagte er gar nichts mehr. Lautstarke Rufe hatten ihn verstummen lassen.

»Sserakin! Haltet die Diebe! Sserakin!«

Er blickte sich um – und wusste nicht, wie ihm geschah. Denn was jetzt passierte, dauerte kaum länger als ein Wimpernschlag. Zwei Burschen, beladen mit silbernen Kannen und anderen Tischgerätschaften, stürzten heran, verfolgt von einem erbosten, Knüppel schwingenden Händler. Die Burschen hetzten an Sîdi Moktar vorbei und rempelten ihn dabei heftig an. Der zierliche Handelsherr drohte das Gleichgewicht zu verlieren, ruderte mit den Armen in der Luft und verlor seine Lupe. Sie segelte in hohem Bogen davon und landete aufklatschend in dem großen Säurebottich.

Für einen Augenblick herrschte Ruhe.

Doch dann setzte ein Höllengezeter ein. Sîdi Moktar war außer sich vor Wut. »Verfolgt die Schandbuben!«, schrie er seinen Dienern zu. »Schafft sie herbei! Ich will persönlich dafür sorgen, dass ihnen Hände und Füße abgehackt werden! Sie sollen des Brennens Strafe schmecken! Siedendes Wasser als Trunk für sie! Diebesgesindel! Oh, meine schöne Lupe, meine schöne Lupe! Los, Leute, was steht ihr da und gafft? Holt sie heraus, tut doch etwas, ich muss sie wiederhaben!«

So und ähnlich klang es geraume Weile, während Alî ibn Abu mit hilflos hängenden Schultern dastand und die Menge nach dem ersten Schreck zu lachen begann. Das Pech eines Begüterten gereichte ihr noch immer zur Freude. Wutschnaubend blickte Sîdi Moktar sich um. Doch nichts tat sich. Endlich kamen seine Diener von der Verfolgung zurück. Und mit ihnen der unglückliche Händler. Von den Verursachern der Schandtat, den beiden Dieben, gab es allerdings keine Spur.

»Holt mir die Lupe aus dem Bottich!«, rief Sîdi Moktar nochmals. »Sie hat mich ein Vermögen gekostet!«

Das wollten die Diener gerne tun, nur wussten sie leider nicht, wie. Die Gerbsäure war eine undurchsichtige Flüssigkeit, bedingt durch ihren pflanzlichen Anteil, was dazu führte, dass die Lupe am Grund nicht erkennbar war. Wer sie hervorholen wollte, musste im wahrsten Sinne des Wortes im Trüben fischen.

Und genau das tat Sîdi Moktars bemühte Dienerschaft nun. Allerdings mit wenig Erfolg, denn ihr fehlte das richtige Werkzeug, und der Bottich war groß. Der zierliche Handelsherr hüpfte von einem Fuß auf den anderen und hätte es am liebsten gesehen, wenn einer seiner Männer hinabgetaucht wäre, aber das zu verlangen, traute er sich doch nicht. Zu ätzend war die Flüssigkeit.

Während die Diener vergeblich versuchten, mit Stangen, Haken, Schaufeln und ähnlichem Gerät das Vergrößerungsglas herauszufischen, verlief sich die Menge allmählich. Die Leute hatten das Interesse verloren, denn nichts deutete darauf hin, dass in absehbarer Zeit etwas Spektakuläres passieren würde. Nur die sechs Freunde blieben, denn sie hatten nichts anderes zu tun.

Plötzlich erscholl der erlösende Ruf: »Ich habe die Lupe, Herr, ich habe sie!«

»Zeig her, zeig her! Ist sie auch nicht zerbrochen? Wisch sie ab, bevor du sie mir gibst. Nun gib schon her! Ist sie auch wirklich noch ganz?«

Hastig griff Sîdi Moktar nach dem Vergrößerungsglas und stieß einen Seufzer der Erleichterung aus. Kurz danach jedoch einen gotteslästerlichen Fluch. Den Seufzer stieß er aus, weil das Glas heil geblieben, den Fluch, weil es blind geworden war. Die Gerbsäure hatte ganze Arbeit geleistet. »Oh, ihr saumseligen Nichtsnutze, hat Allah eure Augen mit Sand geblendet, schlaft ihr am helllichten Tag? Warum habt ihr mein Kleinod nicht früher herausgeholt? Jetzt ist es verdorben!«

In das betretene Schweigen hinein traute Alî ibn Abu sich als Erster etwas zu sagen: »Herr, ich versichere dir, du brauchst das

Gerät nicht. Meine Ware ist so makellos, dass sie eine Kontrolle überflüssig macht. So beruhige dich doch.«

Doch der zierliche Handelsherr war untröstlich.

»Vielleicht kann ich dir helfen.« Vitus trat vor und stellte seine Kiepe auf dem Boden ab.

»Du?« Sîdi Moktar löste sich nur langsam aus der Umklammerung seines Schmerzes. »Mir helfen? Wer bist du überhaupt?«

»Mein Name ist Vitus von Campodios. Ich bin Cirurgicus, auch wenn mein momentaner Aufzug dies kaum vermuten lässt.«

»Da hast du zweifellos Recht. Ebenso wie dein blondes Haar kaum auf arabische Wurzeln hindeutet.«

Vitus musste schmunzeln. Sein Gegenüber verfügte über beißenden Witz. »Ich bin Engländer, Herr.« Er zögerte kurz, bevor er fortfuhr: »Ein übel meinendes Schicksal hat mich und meine fünf Freunde nach Fez verschlagen.«

»So, hat es das?« Sîdi Moktar musterte kurz die zerlumpten Gestalten, die der Cirurgicus – wenn er denn einer war – als seine Begleitung vorgestellt hatte. »Du sagtest, du könntest mir vielleicht helfen. Wie hast du das gemeint?«

Statt einer Antwort öffnete Vitus seine Kiepe, holte zunächst allerlei persönliche Dinge hervor, wie Seifenkraut und Rasierzeug, und zog endlich seinen Instrumentenkasten ans Licht. Er klappte ihn auf und hörte über sich einen erstaunten Ausruf. Der zierliche Handelsherr hatte die blitzenden Skalpelle, die Sonden und Spatel, die vielen Nadeln, Sägen, Haken, Zangen und Lanzetten entdeckt.

»Jetzt glaube ich, dass du ein Hakim bist«, rief er. »Aber meine Lupe ist kein menschliches Auge, das der Arzt durch einen Stich vom grauen Schleier befreien kann!«

Vitus antwortete nicht und nahm stattdessen die oberste Instrumenteneinlage heraus. Darunter wurden weitere Werkzeuge sichtbar: Kauter, Feilen, Sägen und Trepane. Und – eine Glaslinse. Er ergiff sie und gab sie dem zierlichen Mann in die Hand. »Du sagst es, Sîdi Moktar, ein Cirurgicus muss seine Grenzen kennen, und weil ich das tue, will ich gar nicht erst versuchen, deine Lupe zu reparieren. Hier, nimm meine, sie ist zwar nicht ganz so groß wie deine, dennoch hat sie mir immer gute Dienste geleistet.«

Der zierliche Handelsherr stand da und konnte es nicht fassen. Eben noch vom Pech gebeutelt, nun schon wieder im Glück, hatte es ihm die Sprache verschlagen. Ohne es zu merken, wiederholte er ein ums andere Mal die Worte des Cirurgicus: »... Grenzen kennen ... reparieren ... Dienste geleistet ...«

Vitus musste lachen. »Ja, die Lupe ist beste Londoner Handwerksarbeit, sie stammt aus der Glasschleiferei Thyrwitt & Sons und hat sich als sehr hilfreich erwiesen, wenn es darum geht, kleine Knochensplitter in einem offenen Bruch zu erkennen.«

Sîdi Moktar hatte sich wieder gefangen. So unverhofft sein Glück war, so ausgeprägt war sein Sinn fürs Geschäft. Und als erfolgreicher Handelsherr wusste er, dass nichts auf der Welt umsonst ist. »Was willst du für diese Lupe haben, die ich, wenn ich es mir recht überlege, eigentlich gar nicht brauche«, sagte er.

Vitus lachte. Er war lange genug in Tanger gewesen, um zu wissen, zu was sein zierliches Gegenüber sich nun anschickte: zu einem langen, zähen Feilschen. Doch er hatte nicht die Absicht, das mitzumachen. Jedenfalls nicht lange. »Die Glasschleiferei Thyrwitt & Sons genießt einen untadeligen Ruf. Du wirst in ganz Europa keine bessere Lupe finden«, erwiderte er. »Schau nur hindurch, und du wirst feststellen, dass sie jeden Gegenstand klar und deutlich vergrößert – ganz ohne Verzerrungen.«

»Schön, schön. Ich sagte aber, dass ich sie wahrscheinlich gar nicht brauche. Mein Freund Alî ibn Abu hat eben selbst erklärt, seine Ware sei makellos. Er kann es sich nicht leisten, mich zu täuschen.«

Vitus lachte erneut. Nicht herausfordernd, sondern einfach nur freundlich.

»Nehmen wir an, ich würde mich doch für sie interessieren, obwohl sie, wie du selbst zugegeben hast, erheblich kleiner ist als meine alte.«

»Gut, nehmen wir das an.«

»Nun, in diesem Fall würde ich dir ein Angebot machen, das höchstens halb so hoch liegt, wie der Betrag, den du dir vorstellst. Wie viel, äh, hattest du dir denn vorgestellt?«

»Lass mich überlegen.« Vitus legte die Stirn in Falten und schien angestrengt zu grübeln. »Ich dachte, du gibst mir …«

»Ja, sag es nur, sag es nur, also, wie viel?«

»Nichts.«

»Was? Nichts?« Sîdi Moktar riss den Mund so weit auf, dass seine wenigen braunen Zähne sichtbar wurden. »Du beliebst zu scherzen, Cirurgicus. Nichts, das kann nicht sein! Das kannst du mir nicht zumuten! Ich verlöre meinen Ruf als untadeligen Kaufmann, wenn ich die Lupe ohne Gegenleistung annähme.«

»Ich verlange nichts außer dem, was ich ohnehin von dir erbeten hätte: deine Gastfreundschaft. Gib mir und meinen Freunden Speise und Trank und ein Dach über dem Kopf, bis wir so weit sind und uns selber weiterhelfen können.«

Die Bitte des Cirurgicus, das erkannte Sîdi Moktar im Bruchteil eines Augenblicks, war ein äußerst geschickter Schachzug. Zwar schlug sein Begehren auf den ersten Blick nicht sonderlich hoch zu Buche, konnte sich aber mit der Zeit als außerordentlich kostspielig erweisen. Dann nämlich, wenn er und seine Freunde zu Dauergästen wurden. Doch niemand durfte ihnen das verwehren. Die ehernen Gesetze der Gastfreundschaft wollten es so. Rasch überlegte Sîdi Moktar, ob er nicht einfach von der neuen Lupe Abstand nehmen sollte, aber auch das nützte ihm wenig. Der Cirurgicus hatte in aller Öffentlichkeit um barmherzige Aufnahme gebeten, und es war undenkbar, sie ihm abzuschlagen. Wie ungewöhnlich scharfsinnig der Mann vorgegangen war! Laut sagte der zierliche Handelsherr:

»Selbstverständlich werden du und deine Freunde an meinem Tisch einen Platz finden, und wenn du darüber hinaus nichts für die Lupe willst, so kann ich dich nicht zwingen, mein Geld anzunehmen. Aber erlaube mir, meine Geschäfte zu Ende zu bringen. Ich lade dich und deine Freunde ein, mich zu begleiten. Doch lasst euch zuvor etwas gegen den unerträglichen Gerbgestank geben.«

Was er damit meinte, wurde sogleich klar, denn einer seiner Diener trat herbei, aufgerollte Minzblätter in den Händen haltend, und hieß die Freunde, sich diese in die Nasenlöcher zu stopfen. Sie taten es und stellten fest, dass der frische Geruch den Schleimhäuten tatsächlich Entlastung brachte.

Nun erlebten Vitus und seine Freunde, welch ein geschickter Kaufmann der zierliche Sîdi Moktar war. Mit Hilfe der Lupe sonderte er ein Zehntel von Alî ibn Abus Häuten aus, was diesen, wie er jammernd beteuerte, in den Ruin trieb, betrachtete die restlichen neun Zehntel nochmals aufs Genaueste, begann danach mit den Preisverhandlungen, die er immer wieder unterbrach, dabei Bereitschaft für eine Einigung signalisierend, um kurz darauf hartnäckig und ausdauernd weiterzufeilschen, so lange, bis der Gerbermeister schließlich entnervt ausrief: »Sîdi Moktar, du bringst mich an den Bettelstab, aber ich will lieber ein Bettler sein, als mich länger mit dir auseinander zu setzen. Ich gebe mich mit deinem Angebot zufrieden.«

»Wenn du meinen Vorschlag annimmst, bedenke, dass du auch noch dafür sorgen musst, dass die Häute zu den Färbern transportiert werden«, warnte der zierliche Handelsherr.

Ein weiteres Aufheulen Alî ibn Abus war die Antwort, doch er erklärte sich zähneknirschend auch mit dieser letzten Forderung einverstanden.

»Folgt mir«, sagte Sîdi Moktar danach zu Vitus und seinen Gefährten, »ich will sehen, was meine Fabrikationen machen.« Er führte sie in den Hinterhof einer Gasse, wo mindestens ein Dutzend Männer gebeugt an grob gezimmerten Tischen saßen, emsig Lederstücke bearbeitend. Das Ergebnis ihrer Kunst waren gelbe Pantoffeln jeder Größe. Ähnlich wie der rote Fez gehörten sie zu den besonderen Merkmalen der Stadt und wurden zu Tausenden verkauft. »Jetzt seht ihr«, sagte der zierliche Handelsherr, warum ich auf erstklassiger Ware bestehe: Nur wenn das Leder ohne Fehl und Tadel ist, kann es das Safrangelb in den Farbbottichen gleichmäßig annehmen, und nur wenn es gleichmäßig eingefärbt ist, kann es zu vollendeten Pantoffeln werden – zu Schuhwerk, das es wert ist, meinen Namen als Hersteller zu tragen.«

Er ließ es sich nicht nehmen, jedem der Freunde ein Paar zu schenken, und bestand darauf, dass sie ihre Neuerwerbung sofort überzogen. Wenig später lenkten alle gemeinsam ihre Schritte zum Anwesen des zierlichen Handelsherrn.

In safrangelben Pantoffeln.

Wie schnell ein gesunder Körper sich erholen kann, wenn er nur ausreichend Nahrung, Wasser und Schlaf bekommt, das zeigte sich auch bei Vitus, dem Magister, dem Zwerg, Ngongo, Alb und Wessel. Sie waren in zwei Räumen im Trakt der Dienerschaft untergekommen, doch sie wurden keineswegs wie Gesinde behandelt. Im Gegenteil, Sîdi Moktar bat sie jeden Tag persönlich an seine Tafel, nicht nur, weil es die Gastfreundschaft gebot, sondern weil er es auch gerne tat. Die Gespräche mit dem Cirurgicus hatten sich als überaus interessant erwiesen, und der Magister und der Zwerg waren ebenfalls von unterhaltsamer Natur. Der Zwerg allerdings war schwer zu verstehen, doch schien er den Schalk im Nacken zu haben und genoss deshalb beim Hausherrn eine Art Narrenfreiheit. Die anderen drei

Männer trugen weniger zu den Gesprächen bei, was bei Alb auf der Hand lag und bei Ngongo und Wessel auf ihre geringen Sprachkenntnisse zurückzuführen war.

»Cirurgicus«, sagte Sîdi Moktar eines Abends bei einer Wasserpfeife, »du hast mir schon viel von deinen Abenteuern berichtet, und ich bewundere, wie du und deine Freunde es verstanden haben, sie immer wieder zu bestehen. Sag mir, welches deiner vielen Erlebnisse hat den tiefsten Eindruck bei dir hinterlassen?«

»Den tiefsten Eindruck?«, überlegte Vitus laut, während er sich in eines der vielen Seidenkissen zurücksinken ließ. »Nun, das ist schwer zu sagen. Der schönste Moment in meinem bisherigen Leben war wohl der, als ich meine geliebte Arlette nach monatelanger Suche wieder in die Arme schließen konnte. Ich sehe die Situation vor mir, als wäre alles erst gestern geschehen. Wir waren zum Hafen von Habanna geeilt, das ist die Hauptstadt der Insel Kuba, denn wir wussten, dort lag der Segler, auf dem sie sich nach England eingeschifft hatte. Ich glaube, Enano hatte ihn als Erster erspäht, und ich …«

»Wui, wui!«, fistelte der Wicht, »hab geschallt: ›Da vorn, ihr Gacken! Das is der Kahn! Das musser sein!‹«

»Richtig«, nickte Vitus, »du zeigtest auf eine mächtige Galeone, die noch am selben Tag ankerauf gehen sollte. Noch war sie allerdings fest an der Pier vertäut. Ein großer Pulk Menschen drängte sich um die Laufbrücke. Kisten, Ballen und Fässer wurden übernommen. Tauwerk und Kanonenkugeln, Ersatzstengen und -segel und natürlich jede Menge Frachtgut.«

Sîdi Moktar ließ die Shisha unvermittelt aufblubbern. »Um welche Art Frachtgut handelte es sich?«, wollte er wissen. Der Kaufmann in ihm war erwacht.

»Wenn ich es recht erinnere, um Mahagoniholz, Tabak, Kakao, Tierhäute, Ambra, Zucker und vielerlei mehr.«

Wieder ein Blubbern. »Die Waren sind mir allesamt bekannt.

Nur was Ambra ist, entzieht sich meiner Kenntnis. Würdest du meiner Unwissenheit ein Ende bereiten?«

»Aber gern. Wenn ich kann.« Vitus griff in eine Schale mit gesüßten Datteln. »Soviel ich weiß, handelt es sich dabei um eine sehr wohlriechende, wachsähnliche Masse aus dem Körper des Pottwals; sie ist äußerst kostbar und dient als Rohstoff zur Herstellung von Duftwässern und Schönheitsmitteln.

Doch lass mich weitererzählen: Ambra also wurde auch verladen. Auf dem Anleger selbst hatten sich fahrende Händler ausgebreitet, die noch schnell ein Geschäft machen wollten. Stände mit Leckereien waren aufgeschlagen worden, Gaukler, Possenreißer und Antipodisten traten auf, sogar ein Priester stand da, der mit lauter Stimme den Segen des Herrn auf das Schiff herabflehte. Das Gedränge war so groß, dass ich Arlette nirgendwo entdecken konnte.«

»Wui, wui, 's war moll wie auf'm Platz vom Rübenschneider. Dann hab ich se gespäht. Schallen tat ich: Da! Die Schöne inner grünen Schale, das isse, das isse, ich wett meinen Kürbis, dasse 's is!«

»Stimmt«, bestätigte Vitus. »Gleich darauf sah ich sie auch. Sie trug ein salamandergrünes Kleid und hatte einen Träger dabei. Ich stürzte los und hinein in die Menge. Ich fürchte, ich war nicht besonders rücksichtsvoll, sondern drückte, schob und drängte mich durch die Massen, wurde beschimpft und bedroht, doch ich kümmerte mich nicht darum. Auf der Laufbrücke hatte ich sie fast eingeholt und rief ihren Namen. Sie hatte den Ruf gehört, doch sie entdeckte mich nicht. ›Warte, ich komme, ich komme!‹, rief ich, und dann war ich bei ihr. Sie stolperte aus irgendeinem Grund, und ich konnte sie gerade noch auffangen. In diesem Moment war ich der glücklichste Mensch auf Gottes weiter Welt.

Tja, so war das, als wir uns wiedertrafen. Mittlerweile ist viel Zeit verstrichen, und Arlette ist tot, dahingerafft von der verfluchten Geißel Pest. Und genau das ist, wie du weißt, mein Antrieb, noch einmal in die Welt hinauszugehen, um alles über diese Krankheit zu erfahren. Die Geißel hat mein Lebensglück zerstört, und jetzt werde ich versuchen, sie zu zerstören. Ich muss alles über sie wissen und mit den klügsten Köpfen des Abendlandes und des Morgenlandes darüber reden. Nur dann habe ich die Möglichkeit, den Kampf zu gewinnen. Ich habe es Arlette versprochen.«

Sîdi Moktar klatschte in die Hände, um den Diener zu rufen, der eine neue Portion gesüßte Datteln holen sollte. Dann nahm er einen weiteren Zug aus der Shisha und sagte: »Du hast gute Freunde, die mit dir gehen. Allah muss ein Auge auf dich haben, auch wenn du zu den Ungläubigen zählst. Wie heißt es doch im fünfundzwanzigsten Vers der Sechsten Sure:

Wen Allah leiten will,
dem weitet er seine Brust,
und wen er irreführen will,
dem macht er die Brust
knapp und eng …

Doch du sprachst vorhin von dem schönsten Moment in deinem Leben, und ich schließe daraus, dass es auch einen Schlimmsten gab. Habe ich Recht?«

»Das hast du.«

»Magst du darüber reden? Wie wär's mit einem Pfeifchen? Das macht vieles leichter.«

»Nein, nein, danke. Für mich ist Opium eher Arznei als Genussmittel. Wenn ich es recht bedenke, war das Böseste, was ich jemals erlebte, die Folter im Kerker von Dosvaldes. Damals war mir der Magister schon zu einem guten Freund geworden, nicht wahr, du Unkraut?«

»Das ist wohl so. Du und ich, wir haben einander gesucht

und gefunden. Wir wussten vom ersten Augenblick an genau, was wir wollten, nämlich fliehen, und auch genau, was wir nicht wollten, nämlich bleiben. *Idem velle atque idem nolle, ea demum firma amicitia est*, wie wir ungebildeten Europäer sagen.« Der kleine Gelehrte grinste, und auch über Sîdi Moktars Gesicht huschte ein Lächeln. Er verstand den kleinen Seitenhieb und nahm ihn keineswegs übel. Zu viele Völker in zu vielen Jahrhunderten hatten einander als barbarisch eingestuft …

Vitus spann seinen Faden fort: »Wer jemals allein auf dem Stachelstuhl saß, der weiß: Du denkst an nichts anderes mehr als an den überwältigenden Schmerz. Du denkst weder an Freunde noch an Frauen noch an Geld noch an Gut, ja, du denkst nicht einmal an Gott. Du leidest wie ein Tier und wirst von Menschen gequält, die ebenfalls zum Tier geworden sind. Das aber ist das Schlimmste: das rechthaberische, das unbarmherzige, das sinnlose Gedankengebäude, das solche Torturen möglich macht. Nirgendwo in der Bibel steht, dass Foltern gottgewollt ist. Nirgendwo! In keiner Predigt fordert Jesus etwas so Unmenschliches.«

Der zierliche Handelsherr schwieg daraufhin eine Zeit lang und paffte dicke Wolken vor sich hin. Dann sagte er nachdenklich: »Und Isa auch nicht.«

»Isa?«

»So nennen wir Muselmanen Jesus. Soviel mir bekannt ist, gibt es im Koran ebenfalls keine derartige Passage. Aber bald werde ich Gewissheit haben, denn dank deiner Lupe, Cirurgicus, kann ich unser Heiliges Buch nun wieder ohne Schwierigkeiten studieren.«

»Das freut mich für dich. Übrigens, was willst du eigentlich mit der alten Lupe machen? Sie ist zwar wertlos, aber zum Fortwerfen wohl doch zu schade.«

»Richtig, richtig. Ich habe mir den Kopf zerbrochen, wie ich das Glas trotz seines Zustands zu Geld machen könnte, aber mir ist nichts eingefallen. Mir wird wohl nichts anderes übrig bleiben, als es dem Hadschi Abdel Ubaidi zurückzugeben, damit er es mit nach Tanger nimmt. Vielleicht besteht dort die Möglichkeit, es zu polieren und wieder klarsichtig zu machen.«

Bei den letzten Worten des zierlichen Handelsherrn war Vitus von seinem Kissen hochgefahren. »Meintest du eben Hadschi Abdel Ubaidi, den Khabir?«

»Ja, genau den.« Sîdi Moktar zog erstaunt die Brauen hoch. »Kennst du ihn?«

»Und ob wir den kennen!«, warf der Magister ein. »Mehr, als uns lieb ist.«

»Wui, wui!«

Alb gurgelte etwas Unverständliches.

Vitus berichtete über die unglücklichen Ereignisse in Tanger und den langen Marsch von dort nach Fez, denn diesen letzten Abschnitt seiner abenteuerlichen Reisen hatte er bisher ausgespart, und der zierliche Handelsherr hörte mit immer größerer Anteilnahme zu. »Ja«, sagte er am Schluss, »die Gebieterin Âmina hat den Schoß voller Hitze, das ist landauf, landab bekannt. Ebenso wie ihre Rachsucht. Ich weiß es zum Glück nur vom Hörensagen. Auch mein Freund Abdel Ubaidi hatte das Glück, niemals in ihre Fänge zu geraten. Umso mehr freue ich mich, dass er jetzt auf Freiersfüßen geht.«

Der Magister beugte sich vor: »Auf Freiersfüßen, sagtest du? Wen will er denn heiraten?«

»Die Dienerin Rabia, eine junge Frau, die, wie er mir versicherte, zum Gesinde der Herrin Âmina gehört und überall im Hauspalast wohl gelitten ist. Ich weiß nicht, ob Sîdi Chakir ihr eine Mitgift schenkt, aber sie scheint eine gute Partie zu sein. Sie soll ein sanftes Wesen und einen klaren Verstand haben, dazu lesen und schreiben können und überdies sogar das Schachspiel beherrschen.«

»Das kann ich bestätigen«, rief der Magister. »Sie ist sehr gut.«

»Ja, ja«, sagte Sîdi Moktar gedankenschwer. Er wusste nun, dass die Freunde als Sklaven nach Fez gekommen waren, zusammen mit der Karawane des Hadschi Abdel Ubaidi, seines Freundes, der ihm alles über die Reise erzählt hatte. Der ihm die Lupe mitgebracht und mit ihm um die Waren gefeilscht hatte, ja, der ihm sogar anvertraut hatte, dass er zu heiraten beabsichtigte. Nur eines hatte er verschwiegen: dass er Sklaven mit sich geführt hatte. Stattdessen hatte er sich nach Aziz el-Mamud, dem Oberaufseher der Palmenhaine, erkundigt und sich mit der Auskunft, dieser sei verschüttet worden, nicht zufrieden gegeben, sondern weitergebohrt, ob er der einzige Tote gewesen sei. Als er erfahren hatte, dass dies durchaus nicht der Fall sein musste, dass vielmehr auch Arbeitssklaven umgekommen sein konnten, hatte er recht zufrieden dreingeblickt und plötzlich das Thema gewechselt. Warum?

Sîdi Moktar brauchte nicht lange zu überlegen. Er zählte eins und eins zusammen und wusste, dass der Khabir den Cirurgicus und seine Freunde freigelassen hatte und dass er Chakir Efsâneh sagen würde, sie seien zusammen mit dem Oberaufseher in den Foggara tödlich verunglückt …

»Wirst du uns verraten?« Plötzlich unterbrach der blonde Arzt die Überlegungen von Sîdi Moktar.

»Kannst du Gedanken lesen, Cirurgicus?«

»Nein. Aber in dem Moment, als ich nachhakte, ob du mit Hadschi Abdel Ubaidi den Khabir meintest, war mir klar, dass unser Gespräch diesen Verlauf nehmen musste. Ich konnte meine Frage allerdings nicht mehr rückgängig machen. Ich hätte dich im Folgenden höchstens anlügen können, aber das wollte ich auch nicht. Wirst du uns verraten, Sîdi Moktar?«

Der zierliche Handelsherr stellte sein Rauchgerät beiseite. »Die Wasserpfeife schmeckt nicht mehr. Vielleicht liegt es am

Opium, vielleicht auch am Rosenwasser. Wahrscheinlich am Rosenwasser. Ich werde es demnächst mit Tamariskenblüten versuchen, das ist auch billiger. Was hattest du mich gefragt? Ob ich euch verraten werde? Die Antwort ist nein.«

Er wischte sich über den Mund und fuhr fort: »Erstens, weil euch Unrecht geschehen ist, zweitens – und das wiegt schwerer –, weil ihr meine Gäste seid. Solange ihr an meiner Tafel sitzt, steht ihr unter meinem persönlichen Schutz. Die ehernen Gesetze wollen es so.«

Sîdi Moktar zog die Wasserpfeife wieder heran, ohne sich dessen bewusst zu sein, und begann abermals zu rauchen. »Schon als ich euch beim Gerber begegnete, ahnte ich, dass ich es nicht mit gewöhnlichen Bettlern zu tun hatte. Nun hat sich herausgestellt, dass ihr Sklaven wart – oder seid, je nachdem, von welcher Seite aus man es betrachtet. Nein, verraten werde ich euch nicht. Dennoch, und das muss ich trotz aller Gastlichkeit sagen, könnt ihr nicht bis zum Jüngsten Tag bei mir bleiben. Irgendwann werdet ihr meinen Herd verlassen müssen, und dann wird sich herausstellen, wer alles in der Herberge *al-Haqq* euch als Sklaven gesehen hat. Wer immer euch wiedererkennt und anzeigt – die Soldaten des Sultans werden nicht zögern, euch festzunehmen. Was danach geschieht, wird dich, Cirurgicus, und dich, Magister, an den Kerker in Dosvaldes erinnern.«

»Wui, un was tarrt das nu zinken, Buntmann?«, fistelte der Zwerg.

»Wie? Was meinst du?«

Der Magister half aus: »Enano fragt, was das für uns bedeutet.«

»Darüber will ich nachdenken, meine Freunde. Noch ist nicht aller Tage Abend. Heute allerdings ist es spät geworden, ich möchte meinen Teppich ausrollen. Entschuldigt mich nun.«

Die Freunde erhoben sich und wünschten eine gute Nacht.

»Gute Nacht, möge Allah der Allesvorauswissende euch angenehme Träume schenken.«

Mehrere Tage waren seit diesem Abend vergangen, eine Zeit, in der Sîdi Moktar viel unterwegs war und sich kaum in seinem Hause blicken ließ. Nicht dass er deshalb seine gastgeberischen Pflichten vernachlässigt hätte – er bat die Freunde nach wie vor regelmäßig an seinen Tisch –, doch was aus ihnen werden sollte, sprach er mit keiner Silbe an.

Was hatte der zierliche Handelsherr vor? Vitus und seine Gefährten wurden immer unruhiger.

An einem Vormittag, es war gottlob nicht so heiß wie in den vergangenen Tagen, da ein paar Wolken am Himmel standen, sagte Sîdi Moktar: »Cirurgicus, heute Morgen sprach mich einer meinen jungen Diener an – sein Name ist übrigens Furqan –, er habe seit Monaten ein Problem im, nun, äh, im Bereich seiner Männlichkeit. Er sagt, er sei damit bislang zu einem Starstecher gegangen, aber auf die Dauer könne der ihm keine Linderung verschaffen.«

»Was hat Furqan denn?«

»Wenn ich das wüsste! Es fällt ihm offenbar schwer, darüber zu reden, und ich gestehe, auch mir ist das Thema etwas peinlich. Aber er bat mich so inständig, mich bei dir für ihn zu verwenden, dass ich nicht nein sagen konnte. Wirst du dich seiner annehmen?«

»Aber gern. Ich hoffe nur, ich kann ihm helfen.«

»Nachdem ich neulich die Vielfalt deiner Instrumente bewundern durfte, bin ich mir fast sicher. Ich habe Furqan vorsorglich schon auf die Dachterrasse geschickt, da ich annehme, dass du für deine Untersuchung gutes Licht brauchst.«

Vitus lächelte. »Das war sehr umsichtig von dir. Doch einen Augenblick wird sich mein Patient noch gedulden müssen. Ich will zuvor meine Hände waschen und dann meine Ausrüstung holen. Auch will ich den Magister bitten mitzukommen, falls seine Assistenz vonnöten ist.«

Es dauerte nicht lange, da standen Vitus und der kleine Gelehrte einem sichtlich verlegenen jungen Mann gegenüber. »Du bist sicher Furqan«, begann Vitus das Gespräch.

»Ja, Cirurgicus.«

»Hab keine Angst. Erzähle mir, was zu deinen Aufgaben im Hause von Sîdi Moktar gehört.«

Furqan gehorchte, und während er sprach, stellte Vitus mit Genugtuung fest, dass der Junge seine Verlegenheit ablegte und selbstsicherer wurde. Schließlich sagte er: »Und nun zu deinen Beschwerden. Wie äußern sie sich?«

Furqan, eben noch entspannt, wurde abermals nervös.

Vitus wiederholte seine Frage.

Schließlich druckste der Jüngling hervor: »Ich … Herr, mein Ei, es wächst … immer wieder wächst es!«

»Du meinst einen deiner Hoden? Lass mal sehen.«

Aber Furqan zierte sich noch immer, vielleicht hatte er auch Angst, jedenfalls kam er der Aufforderung nicht gleich nach, und der Magister sagte ungeduldig: »Nun mal herunter mit der Hose, mein Sohn, wir sind hier unter Männern, du hast nichts, was wir nicht auch haben. Setz dich da auf die Kiste.«

Das kam einem Befehl gleich, und Befehlen zu gehorchen, war der Jüngling gewöhnt. Sofort zog er die Pluderhose herunter, setzte sich und spreizte die Beine.

»Donnerwetter!«, entfuhr es Vitus, als er der Abnormität zwischen Furqans Schenkeln ansichtig wurde. »Dein linker Hoden ist gewaltig angeschwollen. Es sieht so aus, als hättest du das, was die Ärzte als *Hydrozele* bezeichnen, auch Wasserbruch genannt. Magister, sei so gut und schlage im Buch *De morbis* das Kapitel von Vesalius auf, während ich Furqan weiter untersuche.«

Er tastete behutsam die Schwellung ab und hatte das Gefühl,

als berühre er das pralle Euter einer Kuh. »In deinem Hoden hat sich eine große Menge Flüssigkeit angesammelt«, sagte er. »Das ist gewiss nicht von heute auf morgen passiert. Wie lange hält dieser Zustand schon an?«

»Ach, Cirurgicus!«, stöhnte der Jüngling, »bestimmt schon ein ganzes Jahr. Ich bin alle zwei Wochen zum Starstecher hin, damit er reinpiekt. Sonst wär das Ei bestimmt schon geplatzt.«

Vitus lief ein Schauer über den Rücken. Als Mann konnte er gut nachempfinden, wie unangenehm diese Prozedur sein musste. Es waren mindestens zehn Einstiche auf dem Skrotum zu erkennen, und alle waren mehr oder weniger rot entzündet. »Was macht der Starstecher genau?«

»Ach, er nimmt eine Lanzette, sticht rein und ritzt das Ei auf. Dann spritzt eine Menge Flüssigkeit raus. Es tut furchtbar weh, doch es ist auch eine Erleichterung, weil der Druck weg ist. Aber es dauert nur ein paar Tage, dann schwillt das Ei wieder an, nur Allah weiß, warum, und wieder bildet sich Flüssigkeit, egal, wie oft man sie abzapft.«

»Ich verstehe«, nickte Vitus. »Dem muss ein Ende gemacht werden.«

»Ja«, seufzte Furqan. »Der Starstecher meint, es wäre am besten, das Ei ganz rauszunehmen, aber ich bin doch erst sechzehn, und ich will nicht schon jetzt als halber Eunuch rumlaufen. Kannst du mir helfen, Cirurgicus?«

»Hier, ich habe das Kapitel aufgespürt!«, rief in diesem Augenblick der Magister. »Ich hoffe, du findest bei Vesalius, was du suchst.« Er hielt Vitus das schwere Werk unter die Nase.

In der Tat hatte Pater Thomas, der Verfasser des Buches, einige Zeichnungen von Vesalius übernommen. Sie zeigten den Genitalbereich des Mannes und hier besonders das Skrotum mit Hoden und Nebenhoden und den umliegenden Strängen und Leitern. Aus einer Extrafigur, die eine Vergrößerung zeigte, ging hervor, dass der Hoden von einer Art Eihaut umgeben war und dass zwischen dem Hoden und dieser Hülle ein bestimmter Saft auftrat. Seinen Bestimmungszweck kannte niemand, Vitus vermutete aber, dass er keine besondere Funktion hatte. Geriet jedoch dieser Saft, und darin schienen alle alten Meister einig zu sein, in Disharmonie, war die Folge davon eine stetige Zunahme der Flüssigkeitsmenge.

»Kannst du mir helfen, Cirurgicus?«, fragte der Jüngling abermals.

»Ich werde es versuchen. Allerdings nicht allein. Der Magister wird mir zur Hand gehen. »Komm, du Unkraut, sorge dafür, dass die Operationsstelle frei wird.«

»Mach ich, mach ich.« Der Magister schlang Furqan eine Schnur um den Leib und band ihm damit den Penis hoch.

Vitus griff in seinen Instrumentenkasten und holte das Laudanum und einen Zinnlöffel hervor. Er gab etwas von der Droge auf den Löffel und flößte sie dem Jüngling ein.

Furqan schüttelte sich. »Brrr, was ist das, Cirurgicus?«

»Etwas, das dich beruhigt und dir die Schmerzen nimmt.« Er kniete zwischen den Beinen seines Patienten nieder und befühlte nochmals den Wasserbruch, um genau festzustellen, wo Flüssigkeit und wo Hoden war. Als Wissenschaftler fragte er sich, wie viel des disharmonischen Saftes wohl in welcher Zeit produziert wurde. Laut sagte er: »Wenn der Eingriff so abläuft, wie ich es mir vorstelle, ist alles nur halb so schlimm.«

»Aber du nimmst mir das Ei nicht ab?«, vergewisserte sich Furqan.

»Das verspreche ich dir.«

»Ich habe gehört, dass die Eier was mit der Zeugungskraft des Mannes zu tun haben; wer sie nicht mehr hat, kann auch keinen Samen mehr verspritzen.« Furqan war noch immer nicht ganz beruhigt.

»Du wirst nach wie vor über beide Hoden verfügen, und dein Same wird fließen.« Vitus beschloss, dem Jüngling die Besorgnis zu nehmen, indem er ihm etwas über die Natur der menschlichen Zeugungsflüssigkeit erzählte. »Der männliche Same ist nichts anderes als reifes Blut, wobei gesagt wird, dass der beste Same wohltemperiert ist. Wenn er aber zu dünn oder zu dick das Glied verlässt oder seine Farbe verändert hat, so ist er verdorben. Dies jedenfalls ist die Meinung des großen Hippokrates.«

Furqan lauschte interessiert. »Wer ist dieser Hippokrates?«

»Hippokrates lebt schon lange nicht mehr. Er war ein griechischer Arzt, der vor rund zweitausend Jahren wirkte. Seine Erkenntnisse waren so umwälzend, dass er als Begründer der wissenschaftlichen Medizin gilt.«

»Nie gehört.«

»Das glaube ich dir.« Vitus drückte etwas fester gegen den Wasserbruch. »Tut das noch weh?«

»Kaum, Cirurgicus.«

»Sehr gut.« Die Wirkung des Laudanums schien einzusetzen. »Doch zurück zum Samen: Das Kennzeichen dafür, dass er nichts anderes ist als reifes Blut, besteht darin, dass derjenige, der zu viel bei den Frauen liegt, Samen verliert, der wie Blut aussieht.«

»Und wie und wo entsteht der Same?«, warf der Magister ein. Auch er hörte gespannt zu.

»Der Same entsteht im ganzen Körper, fließt von jedem Punkt des Leibes zu den Rückenwirbeln hin, strömt von dort in die beiden Nieren und weiter in die Hoden, danach in das männliche Glied und vermischt sich letztendlich in der Gebärmutter mit dem Samen der Frau, so dass aus beiden zusammen das Kind erzeugt wird.«

Abermals drückte Vitus auf die Hydrozele und fragte, ob Furqan das noch spüre. Als dieser verneinte, beendete er zufrieden seine Ausführungen.

»Sobald der Same zur Gebärmutter gelangt, nimmt sie ihn in

sich auf. Daraufhin verändert er sich. Er wird nach dem sechsten Tage ähnlich wie Schaum, nach vierzehn Tagen wie Blut und nach sechsundzwanzig Tagen einem Klumpen gleich. Dieser bläht sich auf und wächst mit jedem Tag durch den Atem der Frau sowie durch das, was aus der Luft an Stoffen in sie hineinkommt. Dann spaltet sich der Blutklumpen, und an der Stelle der Spaltung entsteht der Nabel. Er ist der Verbindungsstrang, aus dem der Atem der Frau in das Kind gelangt. Sooft das Kind nun selber atmet, gelangt die Nahrung zu ihm.«

»Welche Nahrung?«, fragte Furqan.

Vitus stellte fest, dass der Jüngling jegliche Aufgeregtheit abgelegt hatte. Das freute ihn. Die Methode, vor einer Operation über den Samen und die Menschwerdung zu plaudern, hatte sich wieder einmal bewährt. Besonders jüngere Patienten, die sich für alles Geschlechtliche brennend interessierten, waren dieserart gut abzulenken. »Das Kind ernährt sich von Blut, das aus dem ganzen Leib der Mutter zu ihm hinfließt und von der Säuglingshülle zurückgehalten wird, von der es umgeben ist.«

Vitus drückte ein drittes Mal gegen den Wasserbruch und kniff kräftig in die Haut des Skrotums. Wie erhofft, blieb jegliche Reaktion aus. »Du wirst bei der Operation kaum Schmerzen spüren.«

»Ich danke dir, Cirurgicus, ich danke dir!«

»Warte damit, bis der Eingriff vorüber ist. Es wird trotz allem nicht sehr angenehm werden. Es geht los. Gib mir das Skalpell, Magister … ja, das mit der geballten Klingenform.«

Er nahm es und machte damit einen behutsamen Schnitt von oben nach unten über die gesamte Länge des Skrotums. Mit der linken Hand zog er dabei die gespannte Haut vom Körper weg.

Furqan hielt die Augen fest geschlossen und ballte die Fäuste vor Aufregung.

»Bleib ganz ruhig«, sagte Vitus. Nachdem der Schnitt vollzogen war, nahm der Magister einen Wundhaken und hielt damit von der anderen Seite her die Wunde auseinander. Die aufgetrennte Haut blutete nur schwach. Zwischen den Rändern wurde etwas sichtbar, das wie eine große Fischblase aussah – der Hoden mit der aufgeschwemmten Hauthülle. Schräg dahinter, fast verdeckt, schimmerte blass und vergleichsweise klein der zweite Hoden.

Vitus hielt inne, und der Magister fragte: »Was überlegst du jetzt?«

»Ich frage mich, ob ich vor dem Schnitt noch punktieren soll.«

»Ich würd es nicht tun«, sagte der kleine Gelehrte. »Ich würde gleich schneiden, denn jetzt steht die Hülle noch unter Spannung, da geht's leichter.«

»Du hast wie immer Recht.« Vitus schnitt rasch und geschickt in die Hülle hinein, und augenblicklich schoss ihm ein Schwall gelber wasserartiger Flüssigkeit über die Hände, während der kleine Gelehrte nach wir vor die Wunde auseinander hielt.

Nachdem er die Hülle nahezu vollständig entfernt hatte, sagte er: »Das Wichtigste scheint geschafft zu sein.«

Furqan rührte sich nicht. Er hielt die Augen immer noch fest geschlossen, nur seine Lippen bewegten sich. Vielleicht betete er.

Vitus sprach weiter: »Eigentlich habe ich nichts anderes gemacht als der Starstecher.«

»Wieso?« Der kleine Gelehrte reichte ihm Nadel und Faden, wobei die Nadel aus reinem Gold bestand, denn das edelste aller Metalle, so des Cirurgicus' These, beschleunigte nach seiner Verwendung den Heilvorgang.

»Der Starstecher hat ein kleines Loch in die Hülle gestoßen, um die Flüssigkeit abzulassen, ich habe ebenfalls ein Loch hergestellt, wenn auch ein hundertmal so großes.«

»Und wo ist dann der Unterschied?«

»Das kleine, durch die Punktierung entstandene Loch konnte immer wieder zuwachsen, wodurch sich die Disharmonie zwischen Hoden und Hülle jedes Mal erneut vermehrte. Das von mir geschnittene Loch ist aber so groß, dass es sich nicht wieder schließen kann.« Vitus verknotete sorgfältig die Naht und schnitt den Faden ab.

»Verstehe«, sagte der Magister. »Eigentlich ganz einfach.«

Vitus rief: »He, Furqan, du kannst die Augen wieder öffnen! Die Operation ist vorbei. Deine Schwierigkeiten dürften von nun an behoben sein.«

Der Jüngling blickte ungläubig auf sein Gemächt, das wieder Normalgröße angenommen hatte.

»Durch die Skalpellschnitte und die Wundnaht wird das Skrotum noch einmal anschwellen.« Vitus lächelte beruhigend. »Diesmal allerdings aus einem erfreulichen Grund, nämlich dem des Heilvorgangs.« Er griff noch einmal in seine Kiepe und holte die Salbe von Doktor Chamoucha hervor. Sie war zwar nicht speziell zur Wundheilung hergestellt, sondern eher zur Förderung der Durchblutung, doch er hatte keine andere. Rasch verteilte er sie auf der Wundnaht und deckte sie mit sauberem Leinen ab. »Das nächste Mal kannst du die Stelle selber einreiben, ich überlasse dir dazu eine kleine Menge in diesem Töpfchen. Trage die Salbe zweimal täglich morgens und abends in den nächsten sieben Tagen auf. Dann dürfte alles überstanden sein. So, und nun kannst du die Hose wieder hochziehen. Zum Glück ist sie im Schritt sehr weit, so dass sie nicht scheuert.«

Furqan tat, wie ihm geheißen, und stammelte: »Danke … danke, Cirurgicus!« Eine tiefe Verbeugung schloss sich an.

»Auch ich danke dir, Cirurgicus!« Sîdi Moktar war überraschend dazugestoßen. Er hatte es sich nicht nehmen lassen, zur Dachterrasse heraufzusteigen und persönlich nach seinem Diener zu sehen. »Und dir, Magister, ebenfalls. Allah scheint eure Hände geschickt geführt zu haben.«

»Wir haben gern geholfen, nicht wahr, Magister?«, sagte Vitus.

»Ja, ja, das haben wir«, bestätigte der kleine Gelehrte. »Die Rettungsaktion ist vollauf gelungen.«

»Wie?« Der zierliche Handelsherr stutzte. »Sagtest du eben Rettungsaktion? Das ist gut. Das ist sogar sehr gut!«

»Wie meinst du das?«, fragte Vitus.

Sîdi Moktar strahlte. »Nun, der Name Furqan bedeutet in eurer Sprache nichts anders als Rettung.«

Am selben Abend bat Sîdi Moktar die Freunde wie immer an seine Tafel. Doch an diesem Tag lag etwas Besonderes in der Luft. Etwas war anders, und zwar nicht nur die Speisen, die noch ausgesuchter und noch köstlicher waren als sonst.

Nachdem die Schüssel mit dem parfümierten Wasser reihum gegangen war und jeder seine Hände hineingetaucht hatte, um sie zu reinigen, sprach Sîdi Moktar: *»Bi'sm milah Allah rachman rachim.«* Dann deutete er auf ein silbernes Tablett, auf dem kleine Spieße mit zart gerösteten Fleischklümpchen lagen. »Rotdrosseln, meine Freunde. Greift zu. Ich freue mich, sie heute Abend anbieten zu können. Leider sind diese fliegenden Leckerbissen nicht immer zu haben, normalerweise nur in den kühleren Monaten, wenn in Europa Winter herrscht, doch einige Exemplare haben es diesmal vorgezogen, hier zu bleiben und in meiner Küche zu landen.«

Zögernd probierten sie. Fasanen, Wachteln, Rebhühner kannten sie, doch Drosseln waren ihren Gaumen fremd. Umso angenehmer war der zartknusprige Geschmack der Vögel. »Eigentlich schade um die schönen Sänger«, meinte der Magister, während er einen weiteren Bissen nahm, »aber jedes Geschöpf auf dieser Welt hat sein von Gott bestimmtes Schicksal, und das dieses kleinen Vogels war es, von mir verspeist zu werden.«

Sîdi Moktar nickte. »Dasselbe sagen wir von Allah. Auch er bestimmt alles im Voraus. Und für euch und mich, meine Freunde, hat er entschieden, dass wir morgen gemeinsam Fez verlassen. Wir werden zusammen nach Oran reisen.«

»Das ist aber mal eine Überraschung!«, platzte der Magister heraus. »Doch ich habe es schon die ganze Zeit gespürt, mein hoch geschätzter Gastgeber, dass du etwas im Schilde führst. Dies ist kein normaler Abend!«

»Nein, es ist euer letzter hier. Und meiner auch, zumindest für längere Zeit. Deshalb hat mein Küchenmeister noch einmal all seine Kunst aufgeboten, um euch den Abschied zu versüßen. Versucht auch das gefüllte Täubchen und die Hammelstückchen im Weinblatt. Oder steht euch der Sinn nach dem mit Butter übergossenen Reis? Auch Fisch wäre noch da und Antilopenlende vom Fuße des Rifgebirges.«

Doch weder der Magister noch Vitus oder die anderen waren in der Lage, jetzt ans Essen zu denken. Zu aufwühlend war die Neuigkeit, sie würden am anderen Tag endlich fortkommen. Oran, das wussten sie, war eine große Stadt an der Küste des Mittelländischen Meeres, weit im Osten von Fez gelegen und wesentlich näher ihrem eigentlichen Ziel, dem Norden der Halbinsel Italien mit der alten Universitätsstadt Padua. So bestürmten sie ihren Gastgeber mit Fragen über Fragen, die Sîdi Moktar bei weitem nicht so schnell beantworten konnte, wie sie gestellt wurden. Am Ende aber war klar, dass der Handelsherr Hadschi Moktar Bônali beabsichtigte, mit großem Gefolge nach Oran zu reisen, um dort Geschäfte zu machen. Das Gefolge sollte aus der Dienerschaft, dem Koch mit seinen Gehilfen, Kamelknechten und einem Dutzend Soldaten bestehen, nicht aber aus dem Harem. Die vier Frauen des Gastgebers sollten daheim bleiben, denn der Hausherr wollte schnell reisen, und die Teilnahme der Damen stand diesem Ansinnen schon auf Grund der körperlichen Anstrengungen entgegen. Außerdem barg jede Reise, und war sie noch so gut vorbereitet, Gefahren. Das Vorland der Wüste war nicht minder gefährlich als die Wüste selbst. Es gab hier ebenso Echsen, Skorpione und Hornvipern wie Spinnen und Taranteln, Zecken, Schrecken und anderes Ungeziefer. Von den gefährlichen Sandstürmen einmal ganz abgesehen.

»Mit dieser Reise, meine Freunde«, sagte Sîdi Moktar mit leuchtenden Augen, »schlage ich gleich zwei Fliegen mit einer Klappe: Erstens komme ich endlich dazu, mir die Märkte von Oran zu erschließen, denn es war schon lange mein Wunsch, dort Kontakte zu knüpfen und ein eigenes Kontor einzurichten. Haupthandelsgut sollen zunächst meine berühmten gelben Pantoffeln sein. Ich werde ein paar Tausend auf Lastkamelen dorthin schaffen lassen.«

»Und zweitens?«, fragte Vitus.

»Zweitens vermeide ich auf diese Weise, euch vor die Tür setzen zu müssen, denn das, bei aller Freundschaft, wäre früher oder später der Fall gewesen. Und dann, wie gesagt, liefet ihr Gefahr, als ehemalige Sklaven erkannt und denunziert zu werden. Dieser Gefahr kann ich euch als Gastgeber natürlich nicht aussetzen. So aber ist alles aufs Schönste geregelt: Ihr werdet weiterhin Gäste in meinem Zelt sein und gleichzeitig zügig vorankommen.«

Er nahm einen letzten Bissen und bereitete die Wasserpfeife vor. »Ihr seht, ein Hadschi hält sein Versprechen: Ich verrate euch nicht, im Gegenteil, ich verhelfe euch sogar zur Flucht.« Sein Gesicht nahm einen spitzbübischen Ausdruck an. »Ich kann schließlich nichts dafür, wenn mich Geschäfte nach Oran treiben und ihr mich begleitet, weil ihr zufällig dasselbe Ziel habt, oder?«

»Wui, wui, das kannste holmen, Buntmann.«

»Wir sind dir sehr dankbar«, sagte Vitus.

Alle sechs standen auf und gaben dem zierlichen Handelsherrn nacheinander die Hand.

Alb wollte auch etwas sagen, aber lediglich ein Gurgeln entströmte seinem Mund.

So schlug er einfach nur das Kreuz und verneigte sich.

Es war an einem der ersten Augusttage, als sich ein stattlicher Zug auf den Weg machte, die gut geschützte Stadt Fez in nordöstlicher Richtung zu verlassen. Die Vorhut bildeten vier Reitersoldaten, von denen einer die Funktion des Khabirs innehatte. Alle waren bewaffnet mit Schwert, Dolch und Muskete. Die Nachhut bestand aus ebenso vielen Männern. Dazwischen zog sich – Tier hinter Tier – die Karawane endlos hin. Vorne gingen die Lastkamele, hoch beladen mit der Handelsware, den gelben Pantoffeln, dahinter weitere Tragetiere, die alles das auf dem Rücken hatten, was Sîdi Moktar und seine Gäste zum angenehmen Reisen brauchten: Zelte, Decken, Kissen, Feuerholz, Gerätschaften zum Kochen und Essen, Utensilien für den körperlichen Bedarf, Nahrung von verschiedenster Form und Güte, Töpfe, Pfannen, Tabletts und Teller, Wasser in großen Mengen für Mensch und Tier, ja, sogar das spezielle Rosenwasser für die Shisha des Herrn.

Sîdi Moktar selbst ritt auf seinem milchweißen Kamelhengst namens Dschibril, einem eigenwilligen Tier, das nur ihn und den zuständigen Pfleger in seiner Nähe duldete. Über ihm spannte sich ein großflächiger Seidenschirm, der die Kraft der Sonnenstrahlen wirksam abfing.

Vitus und die Seinen saßen ebenfalls im Kamelsattel, was eine völlig neue Erfahrung für sie war, nachdem sie die Wüste bislang nur als Wanderer durchschritten hatten. Die Dienerschaft schließlich musste auf Maultieren reisen, wobei sie von Glück sagen konnte, dass sie dies überhaupt durfte. Nicht jeder Herr verfuhr so großzügig mit seinem Gesinde, aber Sîdi Moktar stand auf dem Standpunkt, dass erschöpfte Diener schlechte Diener waren, und er legte nun einmal Wert auf untadelige Versorgung, gerade im unwirtlichen Vorland der Wüste.

Links und rechts des Mittelteils der Karawane ritten jeweils zwei weitere Soldaten Streife. Einer von ihnen drängte sich gerade an den weißen Kamelhengst heran und sagte: »Die Vorhut schickt mich, Herr, ich soll melden, dass in einer Stunde die Sonne untergeht. Es wäre jetzt Zeit, das Nachtlager aufzuschlagen.«

»Schaffen wir es heute nicht mehr bis Tahala?«, fragte Sîdi Moktar unwirsch.

»Nein, Herr, wir müssten dann die halbe Nacht durchreiten, und außerdem sind die Tiere erschöpft. Sie brauchen Futter und Wasser.«

»Nun ja, es ist Allah, der die Geschwindigkeit vorgibt«, fügte sich Sîdi Moktar ins Unvermeidliche.

Bald darauf saß er mit Vitus und seinen Gefährten am prasselnden Lagerfeuer und ließ sich die Köstlichkeiten, die seine bemühte Dienerschaft ihm pausenlos aufnötigte, munden. »Weißt du, Cirurgicus«, sagte er, »ich habe mir überlegt, dass wir es auf unserer Reise wie bei Tausendundeiner Nacht halten könnten. Wir sind zwar nur acht oder neun Tage unterwegs, dennoch könnten wir abwechselnd abends eine Geschichte zum Besten geben. Heute Abend will ich als Erster Schehrezâd sein. Ich will euch die lehrreiche ›Geschichte von dem Frommen und seinem Butterkrug‹ …«

»Verzeih, wenn ich unterbreche, mein Freund«, sagte Vitus, »aber wer ist Schehrezâd?«

»Ach, das könnt ihr ja nicht wissen. Nun, es handelt sich dabei um die schöne Erzählerin von *Alf laila waleila.* Ihr Zuhörer war der König Schehrijâr, der die grausame Angewohnheit hatte, sich jeden Tag aufs Neue mit einer Jungfrau zu vermählen und sie am nächsten Tag zu enthaupten, da er bereits nach einer Nacht ihrer überdrüssig geworden war. Die kluge Schehrezâd indessen verstand es, mit ihrer Erzählkunst den König so zu fesseln, dass er sie nicht tötete. Geschickt, wie sie war, ließ sie stets das Ende des Märchens offen und versprach, es am anderen Abend zu erzählen. Auf diese Weise kamen tausendundeine Nacht zusammen. Danach zeigte Schehrezâd dem König die drei Söhne, die sie ihm in dieser Zeit geboren hatte. Schehrijâr war daraufhin höchst entzückt, bewunderte ihre Klugheit und ließ sie am Leben.

Nun aber zu meiner Geschichte aus Tausendundeiner Nacht: Ich habe sie gewählt, weil sie sehr lehrreich ist und weil die Geschichten von Sindbad dem Seefahrer oder 'Alâ ed-Dîn und seiner Wunderlampe schon recht bekannt sind. Wisset also, dass einst ein frommer Mann lebte, der nichts hatte, was er sein Eigen nennen konnte, und deshalb von einem der Vornehmen aufgenommen worden war. Dieser gab ihm täglich einen Laib Brot und dazu etwas zerlassene Butter. Die Butter aber war teuer in jenem Lande, weshalb der Fromme sie sich aufsparte und in einem Krug sammelte. Doch je voller der Krug wurde, desto größer wurde auch die Angst des Frommen, er könne gestohlen werden. Er hängte ihn deshalb in Kopfhöhe auf und setzte sich, bewaffnet mit einem Stab, darunter. Und wie er so dasaß, begannen seine Gedanken zu wandern. Die teure Butter, so dachte er, will ich gegen einen guten Preis verkaufen, und von dem Erlös erwerbe ich ein Schaf. Das Schaf will ich einem Bauern geben, damit übers Jahr ein Bocklamm und ein Schaflamm zur Welt kommen, und von diesen wieder weitere und weitere, bis ich eine große Herde habe. Dann will ich die Herde verkaufen und einen Garten erwerben und ein herrliches Schloss darin bauen. Auch will ich Kleider und Sklaven kaufen und mich mit der Tochter des reichsten Kaufmanns vermählen. Ich will eine Hochzeit feiern, Vieh schlachten und üppige Speise und Zuckerwerk bereiten lassen, Spielleute, Akrobaten und Künstler einladen, bis alle mich loben. Zuletzt will ich zu meiner jungen

Frau gehen, wenn sie entschleiert ist, und mich an ihrer Weiblichkeit ergötzen. Bald wird sie guter Hoffnung sein und einen Knaben gebären, den ich nach bestem Wissen erziehen will. Wenn er gehorcht, will ich ihn reich beschenken, wenn er jedoch widerspricht, will ich ihn mit meinem Stab züchtigen.

Und er sprang auf, um seinen Sohn mit dem Stab zu schlagen, und traf den Butterkrug, der über ihm hing. Der Krug zerbrach in tausend Stücke, und die Butter floss an ihm herab, so dass er einen jämmerlichen Anblick bot. Die Wirklichkeit hatte ihn eingeholt.

Tja, meine Freunde, so lautet die Geschichte von dem Frommen und seinem Butterkrug. Sie stammt aus der Neunhundertundzweiten Nacht, und sie lehrt uns, dass, wer zu viel will, am Ende gar nichts bekommt.«

»Wui, Buntmann, die Geschicht mit dem Ohrhansel un dem Streichling tut mir lenzen!«

»Ja, eine weise Lehre, die sich uns hier offenbart«, bestätigte auch der Magister, der satt und zufrieden am Feuer saß. »Aber erlaube mir die Frage, Sîdi Moktar, ob du selbst dich nach ihr richtest. Willst du nicht auch zu viel, wenn du noch die Märkte von Oran zu erobern gedenkst?«

Der zierliche Handelsherr stutzte für einen Moment. Dann lachte er: »Eine ebenso gute wie offene Frage, mein Freund. Die Antwort ist nein. Der Fromme wollte das Unmögliche, wofür Allah der Allgegenwärtige ihn flugs bestrafte. Ich jedoch versuche das Mögliche, und diesen Unterschied kennt Allah, der Gepriesene und Erhabene, genau.«

»Das leuchtet ein«, sagte der Magister.

»Bei der Gelegenheit fällt mir eine zweite Erzählung ein, es ist die ›Geschichte von den drei Wünschen‹ und stammt aus der Fünfhundertundsechsundneunzigsten Nacht. Hauptfigur ist ein Mann, dessen ganzes Sinnen und Trachten es war, einmal die ›Nacht der Allmacht‹ zu schauen. Aber bevor ich weiter erzähle, muss ich wohl erklären, was es damit auf sich hat: Man versteht darunter jene Nacht, in der Allah unser Heiliges Buch dem Erzengel Gabriel offenbarte, welcher es seinerseits dem Propheten offenbarte. In dieser Nacht sollen sich alle Schicksale der Menschen für das kommende Jahr entscheiden.

Doch zurück zu unserem Mann. Als er eines Nachts hinauf zu den Sternen blickte, sah er, wie die Tore des Himmels sich öffneten und alle Wesen sich dahinter niederwarfen und Allah priesen. Aufgeregt lief er danach zu seiner Frau und sagte: ›Allah in seiner Gnade hat mich die Nacht der Allmacht sehen lassen, und mir ist verheißen worden, ich hätte drei Wünsche frei. Was rätst du mir, dass ich mir wünsche?‹ Und die Frau antwortete: ›Bitte Allah, er möge dir eine größere Rute schenken.‹ Der Mann gehorchte, und kaum dass er seinen Wunsch ausgesprochen hatte, wurde seine Rute so groß wie ein Schlangenkürbis. Sehr zum Erschrecken seiner Frau, die sich ihm von Stund an versagte. Wochen der Enthaltsamkeit gingen ins Land, und irgendwann, als er es nicht mehr aushielt, rief er: ›Das habe ich nun davon, Weib! Dabei war es doch deine Brunst, die mich zu diesem Wunsch verleitete!‹ Da antwortete sie ihm: ›Wie konnte ich wissen, dass deine Rute so groß werden würde.‹ Verzweifelt sprach der Mann daraufhin zu Allah: ›Oh, Herr, befreie mich von diesem Monstrum.‹ Und Allah der Allesverstehende erhörte ihn und machte ihn völlig glatt an der Stelle, wo früher der Schlangenkürbis gehangen hatte. Das passte der Frau nun auch wieder nicht, und sie beschwerte sich: ›Was soll das? Jetzt mag ich dich überhaupt nicht mehr, da du deinen Mann nicht mehr stehen kannst.‹ Der Gatte aber heulte: ›Mein ganzes Unglück kommt nur von deinen unseligen Forderungen! Ich hatte einmal drei Wünsche frei und hätte alle Güter des Himmels und der Erde erlangen können, und jetzt ist es nur noch einer!‹ Da sagte sie: ›Bitte zu Allah, er möge dich so wiedererschaffen, wie du einmal warst.‹ Also betete er und wurde, wie er gewesen war.«

Sîdi Moktar hielt inne und genoss das Gelächter seiner Zuhörer. »Ja, auch diese Geschichte lehrt uns, dass man niemals zu viel begehren soll.«

»Wui, Buntmann, das kannste stechen. Jeder soll quitt sein mit seinem Stänglein. Der Große Machöffel hat's so gerichtet!«

»Genau, genau«, pflichtete ihm der Magister bei.

Alb, Wessel und Ngongo nickten vergnügt.

Vitus sagte: »Ich kenne auch eine Geschichte, die da lehrt, dass Gott der Erhabene die Bäume nicht in den Himmel wachsen lässt. Wir haben sie selbst erlebt. Es ist die Geschichte von dem Geizhals Archibald Stout, einem englischen Kapitän, der seiner Mannschaft nicht das Schwarze unter den Fingernägeln gönnte.«

»Du musst sie unbedingt erzählen.« Sîdi Moktar versuchte ein Gähnen zu unterdrücken, doch es gelang ihm nur teilweise. »Verzeih meine Unhöflichkeit, aber vielleicht ist es doch ein wenig spät geworden. Könntest du die Geschichte vielleicht morgen zum Besten geben?«

Damit war Vitus natürlich einverstanden, und nachdem sie einander eine gute Nacht gewünscht hatten, begaben sie sich zur Ruhe.

Am anderen Tag zog die Karawane am Rande des Wadis Inaouene entlang, rastete mittags an einem alten Ziehbrunnen, passierte Tahala und kam gegen Abend wohlbehalten am vorgesehenen Lagerplatz an.

Als die Speisen aufgetischt waren und die Freunde sich den Genüssen des Leibes widmeten, sagte Sîdi Moktar: »Cirurgicus, ich gestehe, dass ich nun die Geschichte des Kapitäns namens Stout gerne hören würde. War der Mann tatsächlich so geizig?«

»Das kannste holmen, Buntmann!«, antwortete der Zwerg lebhaft.

»Ja, das war er. Er war der Eigner der *Gallant*, eines Frachtseglers, mit dem meine Freunde und ich nach Neu-Spanien fahren wollten. Nicht nur, dass er uns einen horrenden Preis für die Passage abknöpfte, er spannte uns auch für Bordarbeiten ein, ich zum Beispiel war nicht nur Passagier, sondern gleichzeitig Schiffschirurg, und der Magister war mein Assistent. Enano machte er einfach zum Koch, denn es fehlten ihm große Teile der Mannschaft. Die Männer selbst waren ziemlich heruntergekommen, denn Stout, der Geizhals, sparte an allen Ecken und Enden, natürlich auch an guter Kost.«

»Richtig«, fiel der Magister ein, »und das galt ebenso für seine Passagiere, nämlich für uns und die beiden Damen Phoebe und Phyllis, die nebenbei gesagt nicht unbedingt als Damen anzusehen waren, sondern eher als Hafenschwalben – wenn du verstehst, was ich meine.«

»Sogar am vierundzwanzigsten Dezember, dem Tag, an dem wir Christen den Heiligen Abend begehen«, fuhr Vitus fort, »drückte Stout sich um ein gutes Essen und ließ durch den Zwerg *Portable soup* auftischen.«

»Was ist das?« Sîdi Moktar blickte interessiert.

»Das haben wir uns auch gefragt. Und bekamen zur Antwort: ›*Portable soup* ist eine äußerst segensreiche Erfindung und von daher trefflich geeignet, auf einer weihnachtlichen Tafel zu stehen‹, so die Worte des Geizhalses. Auch schien er völlig zu übersehen, daß sein verschrammter Mahagonitisch mit den billigen Talgkerzen keineswegs festlich, sondern eher spartanisch wirkte. Dann sprach er beschwingt weiter: ›Ganze Wagenladungen an *Portable soup* werden in London und anderen Häfen hergestellt. Man nimmt dazu Fleischreste, meistens vom Rind oder Schwein, sodann reichlich Knochen, Knorpel, Sehnen, Hufe, Augen und anderes und kocht das Ganze zu einem dicken Gallert ein, welches anschließend in Formen gegossen wird.‹«

»Pfui!«, rief der zierliche Handelsherr empört. »Vom Schwein!

Nicht zu fassen! Damit hatte er sich nicht nur zum Verräter am Salz gemacht, er hatte auch Allah verhöhnt. Ich wette, dafür musste er eine schwere Strafe auf sich nehmen!«

»Das musste er. Ich will es gleich erzählen. Aber zuvor verrate mir, was bedeutet der Ausdruck ›Verräter am Salz‹?«

»Das weißt du nicht? Es heißt nichts anderes, als dass Stout ein Verräter an der Gastfreundschaft war. Barbarisch!«

»Da hast du sicher Recht, Sîdi Moktar«, bekräftigte der Magister. »Stout war ein Barbar. Die Pampe sah aus wie Tischlerleim. Den anderen Gästen hatte es ebenfalls die Sprache verschlagen. Die ›Dame‹ Phoebe fing sich als Erste. ›So'n Schweinkram ess ich nich, Herr Kapitän‹, rief sie. ›Ihr könnt sagen, was Ihr wollt, aber so'n Schweinkram ess ich nich.‹ Der Kapitän jedoch hielt dagegen: ›Aber, aber! Vielleicht hätte ich die Inhalte der Suppe nicht aufzählen sollen, dennoch darf nicht übersehen werden, dass *Portable soup* auch ihre praktische Seite hat: Sie ist – richtig verstaut und vor Nässe und Schimmel geschützt – eine Mahlzeit, die sich auf See über viele Jahre hält.‹ Dann fuhr er fort: ›Man muss sich einfach ein Herz fassen und den ersten Löffel probieren! Sogleich wird man feststellen, dass sie insgesamt sehr gut schmeckt – viel besser als jede ihrer einzelnen Zutaten für sich. Sie schmeckt nach …‹ Nun, und genau an dieser Stelle verstummte der Geizhals, denn er hatte festgestellt, dass diese *Portable soup* tatsächlich überraschend gut mundete. ›Sie schmeckt nach …‹, hob er an, und während er noch nach einem passenden Vergleich suchte …«

»Hab ich geschallt: ›Wui, wui, Herr Kaptein, 's schmerft nach Schaf!‹«, rief der Zwerg.

Auch Vitus schaltete sich wieder ein. »Man muss dazu wissen, dass Stout sich einen privaten Lebendproviant mit an Bord genommen hatte, denn wenn andere schon hungerten, er selber wollte das nicht. Darunter war auch ein Schaf. Als er nun den Hammelgeschmack auf der Zunge spürte, wusste er sofort, dass seine Kostbarkeit geschlachtet und mit in die Suppe geschnitten worden war.«

»Wui, er hat mich gespäht, wie wenn ich der Hornfüßige selber wär, un dann isser hoch un wollt mir ans Leder!«

»Doch die Strafe Gottes folgte auf dem Fuße«, spann Vitus den Faden weiter. »Sie ließ ihn mitten in der Bewegung innehalten und riss ihn zurück. Stout zog ein Gesicht, als hätte die brühheiße Suppe sich mitten in sein Gedärm hineingefressen. Die Pein war so groß, dass er, wimmernde Laute ausstoßend, mit dem Kopf vornüber auf die Tafel schlug, während seine Hände sich hilflos gegen den Unterleib pressten.«

»Was war passiert?« Sîdi Moktar, der gerade eine in Honig getränkte Nuss zum Munde führen wollte, beugte sich neugierig vor. Er spürte, die Geschichte näherte sich ihrem Höhepunkt.

»Das fragte ich den Geizhalz auch, und seine Antwort war nur ein einziges Keuchen: ›Schmerzen … Unterleib. Furchtbar. Oooh … Ich muss piss… Verzeihung, die Damen … Oooh … Oooh …‹, stieß er immer wieder aus.«

»Was hatte er denn?«

»Einen Blasenstein, wie sich später herausstellte. Mit Hilfe des Magisters und eines Offiziers befreite ich ihn von seinem Leiden. Ich will nicht näher auf die Operation eingehen, denn die Schilderung würde uns den Appetit verderben.«

»Ich verstehe, ich verstehe.« Sîdi Moktar schob weitere Honignüsse in den Mund. »Was ich mich aber frage, ist, woraus denn nun die Strafe Allahs, äh, ich meine, Gottes, bestand?«

»Er wurde wenig später bei einem Piratenüberfall jämmerlich erschlagen.«

»Ja, ja, so geht's.« Sîdi Moktar nickte verständnisvoll. »Nirgendwo auf der Welt zahlt Geiz sich aus. Welch armer Wicht ist es, der die Freuden des Gastgebers nicht mit seinen Gästen zu teilen versteht! Darf ich euch noch etwas anbieten?«

Und als die Gefährten ablehnten, sie seien schon mehr als gesättigt, sagte er: »Dann erlaubt mir, dass ich mein Nachtgebet spreche. Mit Allahs Hilfe werden wir morgen die Stadt Taza hinter uns lassen und bis zum Wadi Moulouya vorstoßen.«

Die Freunde wünschten ebenfalls eine gute Nacht und hörten später in ihren Zelten den verhaltenen Gebetsruf ihres so großzügigen Gastgebers:

»Allah akbar … ashadu annaha lahilaha illa'llah … lahila il Allah Mohammad ressul Allah … anna … illa'llah …«

Der dritte Reisetag verlief genauso harmonisch wie die vorhergehenden. Am Abend, sie waren noch ein gehöriges Stück am Wadi Moulouya entlanggeritten, bauten die Diener die Zelte auf und richteten alles zu einem ergiebigen Mahl her. Danach traf Sîdi Moktar mit seinen Gästen zusammen, und nach dem Gebet und der Handreinigung begannen sie sich an den Speisen gütlich zu tun.

Gerade wollte der Cirurgicus eine Geschichte erzählen, da wurde er von Schreien und Musketenschüssen unterbrochen. Die Freunde sprangen auf und blickten sich um, doch außer den Dienern konnten sie niemanden erspähen. Da! Einer ihrer Soldaten näherte sich in wildem Galopp und brachte erst kurz vor ihnen seinen Hengst zum Stehen. Zwei weitere Soldaten kamen ebenfalls herbeigeloppiert, darunter der Khabir. »Sîdi Moktar!«, rief er mit heiserer Stimme. »Überfall! Diebespack will unsere Kamele stehlen! Rasch, versteckt euch hinter den Zelten, dort wird der Feind euch nicht entdecken.«

Doch dagegen hatten Vitus und die Freunde etwas, die sich keineswegs verstecken, sondern kämpfen wollten. »Gib uns Waffen!«, riefen sie, »wir werden uns und die Güter von Sîdi Moktar verteidigen.«

Der zierliche Handelsherr war kreidebleich geworden. »Nein, tut das nicht. Ich bitte euch! Bleibt bei mir. Der Zwerg hat ohnehin nicht den Körper eines Kriegers, und der Magister ist kurzsichtig. Bleibt bei mir.«

Da Sîdi Moktar sie so inständig bat, fügten sie sich und traten mit ihm hinter die Zelte, während die drei Soldaten zurück zur Kamelherde hetzten, um ihren Kameraden im Kampf gegen die Feinde zu helfen. Der zierliche Handelsherr war noch immer außer sich ob des Überfalls und rief ein ums andere Mal: »Wie schrecklich, wie schrecklich! Ob Allah mich strafen will, weil auch ich zu viel wollte? Wird es mir ergehen wie dem Frommen und seinem Butterkrug? Oder wie dem Mann mit seiner zu kleinen Rute? Oh, Allah, du Herr der Ka'aba, gib mir ein Zeichen, und ich will auf der Stelle umkehren und von meinen Handelsvorhaben in Oran ablassen.«

Doch Allah sandte kein Zeichen, jedenfalls kein außergewöhnliches. Die Nacht war bitterkalt wie immer, und die Reisenden froren alsbald erbärmlich, schlugen sich die Arme um die Körper und hüpften auf der Stelle, um sich warm zu halten. Plötzlich rief Vitus: »Ngongo und Wessel, wo seid ihr? Ich sehe euch nicht? Wo seid ihr? Meldet euch!«

Nun riefen alle nach den Gefährten, bis der Magister den Finger auf die Lippen legte: »Pssst, Freunde, merkt ihr nicht, dass sie ganz offenbar fort sind? Mit unserem Lärm verraten wir dem Diebesgesindel womöglich nur, wo wir stecken. Und der Gedanke, dass irgendeiner der Mordbuben mir den Bauch aufschlitzt, will mir gar nicht behagen.«

Vitus hieb in die gleiche Kerbe: »Der Magister hat Recht, was wir tun, ist sinnlos.«

Sie schwiegen und zitterten weiter in der Kälte. Endlich, nach einer Ewigkeit, näherten sich ihnen dunkle Schatten. Freund oder Feind?, fragten sie sich voller Sorge. Doch es war der Khabir mit seinen Männern, und sie brachten nicht nur die vermissten Ngongo und Wessel mit, sondern auch gute Kunde: »Sîdi Moktar«, meldete der Anführer mit einer tiefen Verbeugung,

»wir haben die Räuber in die Flucht geschlagen. Es war ein Trupp junger Burschen, nur eine Hand voll gieriger Nichtsnutze, mehr nicht. Aber sie hatten es auf unsere Kamele abgesehen. Als wir sie überraschten, waren sie gerade dabei, ihnen die Kniefesseln abzunehmen. Zweien gelang es, ein Tier zu entwenden, und sie sind leider entkommen. Die anderen verfolgten wir, wobei Ngongo und Wessel mitkamen und uns halfen. Ich muss sagen, die beiden haben sehr flinke Beine, ohne ihre Hilfe hätten wir die Diebe nicht gefangen.«

»Das ist wirklich gute Kunde.« Sîdi Moktar atmete sichtlich auf. »Was wurde aus den Gefangenen?«

»Ich habe ihnen persönlich die rechte Hand abgehackt, Herr. Dann habe ich sie dahin geschickt, von wo sie gekommen sind. Wo immer das sein mag.«

»Gut gemacht. Was wurde aus meinem Hengst Dschibril?«

»Er ist nach wie vor da, Herr. Kein Wunder: Er hat die Diebe nicht an sich herangelassen. Ich glaube, die Langfinger haben erst einmal genug. Die sehen wir so schnell nicht wieder.«

»Allah möge deine Worte hören und gutheißen. Und was ist mit meiner Ware?«

»Nach wie vor alles da, Sîdi Moktar. Wir hatten die Lasten ja von den Kamelen genommen.«

»Haben wir genug Reservetiere, damit alle Ballen und Kisten weitertransportiert werden können?«

»Ja, Herr, das ist kein Problem. Dafür habe ich vor Beginn unserer Reise gesorgt.«

»Schön, schön, du hast mit deinen Männern sehr gute Arbeit geleistet. Ich werde euch belohnen, genauso wie dich, Ngongo, und dich, Wessel. Was das sein wird, weiß ich noch nicht. Doch nun lasst uns nicht weiter hier in der Kälte stehen, Freunde, das Feuer lockt.«

Sie gingen wieder zur Feuerstelle, wo sie jedoch feststellen mussten, dass kaum noch Glut vorhanden war. Die Diener hatten sich nicht um die Flammen gekümmert und sich stattdessen ebenfalls verkrochen. Der zierliche Handelsherr nahm ihnen das, nach allem, was passiert war, nicht weiter übel, doch war er dankbar für die Wärme, die ihn kurze Zeit später wieder umfing. »Lasst uns weiteressen«, forderte er die Gefährten auf, und sie ließen es sich schmecken. Nur ein anregendes Gespräch mit Geschichten und Erzählungen von Schehrezâd wollte nicht recht aufkommen.

Zu sehr saß ihnen allen noch der Schreck in den Gliedern.

Der vierte Tag der Reise verlief zunächst so ereignislos, als seien die Schrecken der letzten Nacht niemals geschehen, doch gegen Mittag verfinsterte sich der Himmel, und einer der seltenen Platzregen ging nieder. Aus dem Wadi, dem sie von den Vormittagsstunden an gefolgt waren, wurde im Handumdrehen ein reißendes Wasser, eine Strömung, so stark, dass Mensch und Tier Mühe hatten, sich in Sicherheit zu bringen.

Kurze Zeit danach strahlte die Sonne wieder und sog dampfend die Feuchtigkeit aus der Erde. Mit der für diesen Landstrich eigenen Schnelligkeit begann hier und da Grün emporzusprießen, ja, mitunter sogar eine zarte Blüte. Sie ritten weiter ohne Rast, denn durch den unverhofften Regen hatten sie Zeit verloren. Sîdi Moktar dachte an Oran und die dort lockenden Geschäfte.

Am Abend, sie hatten den Marktflecken Taourirt hinter sich gelassen und befanden sich auf bestem Wege nach Oujda, wurden wiederum die Zelte aufgeschlagen. Der zierliche Handelsherr hielt eine gesonderte Zwiesprache mit Allah dem Allmächtigen und wandte sich danach gestärkt an seinen Khabir. »Müssen wir heute Nacht wieder mit einem Überfall rechnen?«, fragte er, und der Mann antwortete:

»Nein, Herr, daran glaube ich nicht. Es sei denn, es fiele anderem Diebespack ein, uns heimzusuchen.«

»Sollte es so sein: Verderben über ihre Hände!« Sîdi Moktar spie den Satz förmlich aus. »Ich wünschte, ich hätte mehr Krieger mitgenommen!«

»Du könntest unsere Streitmacht leicht um zwei Mann erhöhen«, sagte der Khabir.

»Wie das? Du redest in Rätseln!«

»Nun, Herr, es ist so: Ngongo und Wessel baten mich, nachts auf Streife mitreiten zu dürfen. Sie haben wohl Geschmack an der gestrigen Hatz auf das Diebespack gefunden. Ich habe ihnen aber nichts zugesichert. Die Genehmigung dazu kannst nur du ihnen geben.«

Vitus mischte sich ein: »Verzeihung, wenn ich unterbreche, aber wo sind die beiden überhaupt?«

»Bei den Kamelen, Cirurgicus. Sie sind von zurückhaltendem Wesen und mochten wohl nicht selber fragen.«

»Schön, schön«, ergriff Sîdi Moktar wieder das Wort, »meinen Segen dazu haben sie, vorausgesetzt, auch du hast nichts dagegen, Cirurgicus?«

»Wie sollte ich? Ich bin nicht ihr Anführer, allenfalls ihr Sprecher.«

»Gut, dann sei es so. Dabei fällt mir ein, wie ich die beiden für ihre gestrige Tapferkeit belohnen kann: Sie dürfen die Kamele, auf denen sie reiten, von nun an ihr Eigen nennen.«

Der Khabir verneigte sich zum Zeichen, dass er verstanden hatte. »Ich wünsche dir und deinen Gästen angenehme Abendstunden, Herr. Sei gewiss, eine Störung wie gestern wird sich nicht wiederholen.«

»Das zu hören ist für mein Hirn wie eine gute Speise für den Magen.« Er wandte sich Vitus zu. »Ich denke, Cirurgicus, das war das richtige Stichwort. Eine kleine Stärkung wird uns gut tun. Die Dienerschaft hat ihre Vorbereitungen beendet, und wie ich sehe, steckt ein Lamm auf dem Spieß. Sprechen wir ihm zu und lauschen dabei den Geschichten, die uns auf die Lippen kommen. Gestern Abend wolltest du ein eigenes Erlebnis erzählen, als die leidige Sache mit dem Überfall dazwischenkam.«

»Richtig.« Vitus nahm ein Stückchen Lamm in die Finger der Rechten und tauchte es in eine Schale mit Reis. »Als Arzt war es interessant für mich, zu hören, dass Schwären hierzulande mit einem Teig aus Mehl und zerlassener Butter behandelt werden. Ich selber pflege derlei mit saurer Molke zu bekämpfen, allerdings nur, wenn die Läsion trocken ist. Ist sie dagegen feucht, kommt eine aufsaugende Arznei zur Anwendung, getreu dem Wissen der alten Meisterärzte, nach dem Feuchtes mit Trockenem und Trockenes mit Feuchtem zu heilen ist. Neben der Molke sind Kalkpulver, Wollfett und Johannisöl die Mittel der Wahl.«

Sîdi Moktar nickte. »Diese Medikamente sind mir allesamt bekannt. Wenn auch nicht unbedingt in diesem Anwendungsbereich.« Er griff nach einer Honignuss und legte sie wieder beiseite. Kandierte Datteln waren noch süßer. Während er genüsslich eine in den Mund schob, fragte er: »Und in welchem Zusammenhang steht das alles mit deiner Geschichte?«

Vitus nahm einen weiteren Bissen von dem Lamm, um seinen Gastgeber noch ein wenig auf die Folter zu spannen, und sagte dann: »Vielleicht ist es ganz gut, dass Ngongo jetzt nicht da ist, denn das, was ich erzählen will, ist grausam: Es ist ›Die Geschichte von den Negersklaven aus Guinea und von Okumba, dem Anführer der Cimarrones‹. So höre denn: Es war in Habana, der Hauptstadt der großen Insel Kuba, wo ich Negersklaven traf und ihre schwärenden Wunden behandelte.«

»Nanu«, meinte Sîdi Moktar, »was veranlasste dich denn, Sklaven zu behandeln?«

»Die Barmherzigkeit, die sowohl Gott als auch Allah von jedermann fordern.«

»Aha, nun ja.«

»Es handelte sich um Menschenware, die kurz zuvor auf einem so genannten *Guineaman*, einem Sklavenschiff, aus Afrika gekommen war. Die Leute befanden sich in einem jämmerlichen Zustand, weshalb der Magister, der Zwerg und ich auch nur wenig tun konnten.«

Enano fistelte dazwischen: »Hewitt, der Gack, hat auch mittrafacket!«

»Richtig. Hewitt, ein Matrose, half uns ebenfalls. Was die armen Menschen durchgemacht hatten, wussten wir von Häuptling Okumba, einem Schwarzen, der ebenfalls aus Guinea stammte und zum Anführer der Cimarrones geworden war.«

»Cimarrones?« Sîdi Moktar runzelte fragend die Brauen.

»So werden die entflohenen Sklaven genannt. Sie bilden eigene, dorfähnliche Gemeinschaften. Okumba, seine Männer und deren Frauen und Kinder leben in Mittelamerika nahe der Stadt Nombre de Dios. Sie hassen die Spanier und die Portugiesen bis aufs Blut, denn diese sind es meist, welche die Schwarzen an den Küsten Afrikas rauben. Sie machen regelrecht Jagd auf sie, erschrecken sie zu Tode mit ihren Feuerwaffen und sammeln sie ein wie ein Pflücker die Frucht. Danach schaffen die Jäger ihren Fang zur Küste, wo er auf ein Schiff verladen wird. Manchmal sind schon mehrere Dutzend Menschen an Bord, darunter ganze Familien. Auf dem Oberdeck werden Verschläge gebaut, in die man die Männer hineinpferchet. Frauen und Kinder dürfen sich frei bewegen, allerdings nur unter strenger Bewachung. Wer von den armen Schwarzen denkt, die Reise würde nun beginnen, sieht sich getäuscht. Es vergehen in der Regel noch Wochen, bis die Anzahl Sklaven erreicht ist, die eine Überfahrt lohnend macht. Und während der ganzen Zeit, die sie in diesem elenden, menschenunwürdigen Zustand verbringen, baut der Zimmermann Zwischendecks ein. Weißt du, wie hoch so ein Zwischendeck ist?«

»Nein.« Sîdi Mokta hatte wie gebannt gelauscht.

»Vier Fuß. Oder zwei Ellen, wenn dir dieses Maß geläufiger ist. Das heißt, bis auf die Kinder kann niemand in diesen Decks aufrecht gehen. Aber die erbarmungswürdigen Schwarzen brauchen es auch nicht, denn sie werden liegend angekettet. Schulter an Schulter, Kopf an Kopf, wie die Fische in der Kiste. Zuletzt sind es um die dreihundert Menschen, und der Gestank, der von ihnen ausgeht, ist so bestialisch, dass manche daran ersticken. Andere wollen sich selbst ersticken. Das sind diejenigen, denen es gelingt, in einem unbewachten Augenblick ins Wasser zu springen. Sie tauchen einfach ab und bleiben so lange unten, bis der Tod sie erlöst. Sie wollen lieber sterben als in Gefangenschaft geraten.«

»Es ist furchtbar, wozu manche Menschen fähig sind. Nie würde ich meine Sklaven so behandeln«, murmelte Sîdi Moktar. Ihm war der Appetit vergangen. »Es muss Satan persönlich sein, der sich ihrer bemächtigt, anders ist es nicht zu erklären. Wo ist meine Shisha?«

»Die Überfahrt des Sklavenfahrers in die Neue Welt dauert im Allgemeinen zwei Monate. In dieser Zeit stirbt mehr als ein Drittel der Menschenware unter entsetzlichsten Umständen. Immer wieder kommen Ausbruchsversuche vor, aber jedes Mal werden sie brutal niedergeschlagen. Am schlimmsten ist es, wenn Matrosen sich nachts heimlich unter Deck schleichen, um die Frauen zu schänden. Dies ist zwar streng verboten, aber sie tun es trotzdem. Einmal versuchte es einer, so erzählte uns Okumba, bei seiner Schwester. Okumba erdrosselte ihn mit seiner Kette und warf seinen Körper vor den Niedergang. Die Aufseher fanden nie heraus, wer ihn getötet hatte.«

»Furchtbar, furchtbar.« Der zierliche Handelsherr war sichtlich erschüttert. »Aber hat diese Geschichte denn gar kein Ende?«

»Nein. Solange es Sklaverei auf dieser Welt gibt, endet sie nicht.«

Sîdi Moktar nahm einen blubbernden Zug aus der Wasserpfeife. »Ich weiß, dass auch die Haratin in den Foggara nicht mit Samthandschuhen angefasst werden, und unter Tage herrscht ebenfalls drangvolle Enge, aber nach des Tages Plagen dürfen sie immerhin ans Licht und in eigenen Hütten schlafen. Welch ein Frevel passiert da auf den Schiffen! Nun ja, die Spanier sind hierzulande auch nicht sonderlich gern gesehen, obwohl ich zugeben muss, dass mit ihnen gute Geschäfte zu machen sind.«

Der Magister hatte sein Mahl ebenfalls beendet, obwohl er ein dankbarer Esser war. »Ja«, sagte er, »mit den Spaniern ist es wie mit allen Völkern: Es gibt gute und böse Menschen unter ihnen. Keinesfalls sollte man alle über einen Kamm scheren. Ich, zum Beispiel, würde nie einen Sklaven haben wollen, es wäre nicht gerecht vor Gott – und auch mit meiner Profession, nämlich der Gerechtigkeit zum Sieg zu verhelfen, nicht vereinbar.«

»Ja, ja, wenn wir doch alle nur ein wenig einsichtiger und überlegter handeln würden«, seufzte Sîdi Moktar.

Wie sich herausstellte, war dies ein gutes Schlusswort, denn kurz danach begaben sich alle zur Ruhe.

Am Abend des fünften Reisetages sprach der zierliche Handelsherr: »Freunde, ich habe den ganzen Tag darüber gegrübelt, was ihr mir über die Sklaven auf den Schiffen erzählt habt. Auch habe ich viel überlegt, woran es dem menschlichen Verstand wohl mangelt, dass er zu solchen Grausamkeiten in der Lage ist. Ich denke, es ist tatsächlich die Bereitschaft zur Erkenntnis und zur Einsicht. Wir Menschen wähnen uns immer über den Tieren stehend, dabei sind es häufig sie, die uns unsere Grenzen aufzeigen. Doch bevor ich ›Die Geschichte von dem Kaufmann und dem Papageien‹ erzähle, erlaubt mir die Frage, ob jeder auch gut mit Speise versorgt ist.«

Als alle bejaht hatten, und auch Alb ein Gurgeln ausstieß, das wie Zustimmung klang, hob Sîdi Moktar an:

»Ein Kaufmann, der viel auf Reisen war, hatte eine Frau, deren Schönheit von aller Welt bewundert wurde. Er liebte sie innig, doch weil sie so schön war, verfolgte er sie auch mit seiner Eifersucht. In seiner Sorge nun schaffte er einen Papageien an, auf dass dieser ihm alles berichte, was während seiner Abwesenheit im Hause passierte. Kurz darauf musste er wieder einmal für längere Zeit fort, und die Frau nutzte die Gelegenheit und machte einem Jüngling schöne Augen. Sie gab ihm Speise und Trank und schlief mit ihm, sooft es ging, bis eines Tages der Hausherr zurückkam und sogleich den Papageien befragte. Dieser berichtete: ›Herr, während du fort warst, kam regelmäßig ein Jüngling ins Haus, der bei deiner Frau lag.‹ Da überkam den Kaufmann ein gewaltiger Zorn, und er beschloss, seine Frau zu töten. ›Halt ein, Mann!‹, rief diese, als der Hausherr auf sie losgehen wollte, ›so nimm doch Vernunft an! Ich will dir beweisen, dass der Vogel lügt. Gehe nur für diese Nacht fort und komme morgen früh wieder, dann wirst du erkennen, ob der Papagei die Wahrheit spricht oder nicht.‹ Der Kaufmann erklärte sich damit einverstanden und schlief die Nacht bei einem Freund. Am selben Abend aber warf die Frau ein Leder über den Käfig des Papageien, goss Wasser über das Leder, bewegte kräftig einen Fächer dazu und schwenkte eine Lampe hin und her. Zu alledem drehte sie ohne Pause eine Handmühle, bis es Morgen wurde. Der Kaufmann erschien und hatte nichts Eiligeres zu tun, als den Papageien zu befragen, was in der letzten Nacht geschehen sei. Der Vogel antwortete vorwurfsvoll: ›Oh, Herr, niemand konnte in der vergangenen Nacht etwas sehen oder hören, auch ich nicht, denn ein Unwetter mit Regen, Donner und Blitz zog über die Stadt!‹ Der Kaufmann glaubte, nicht richtig gehört zu haben, denn nichts dergleichen hatte sich abgespielt. ›Du lügst mich an!‹, schrie er wütend. Doch der Vogel widersprach: ›Nein, Herr, ich sage nur, was meine Augen gesehen und meine Ohren gehört haben.‹ Der Kaufmann zog nun den Schluss, der Vogel habe alles erlogen, was er über seine Ehefrau gesagt hatte, und wollte sich mit ihr versöhnen. Sie aber rief: ›Bei Allah, ich werde dir nicht verzeihen, bevor du diesen Vogel, der so hässliche Lügen über mich verbreitet hat, nicht getötet hast.‹ Da drehte der Kaufmann dem Papageien den Hals um. Von da an schien das Glück in das Haus des Kaufmannes einzukehren. Doch war es nur von kurzer Dauer, denn eines Tages ertappte er seine Frau und ihren Geliebten auf frischer Tat. Da erkannte er, dass der Vogel die Wahrheit gesagt und seine Frau gelogen hatte. Er bereute bitterlich, den treuen Papagei getötet zu haben, und schnitt seiner Frau noch in derselben Stunde die Kehle durch. ›Oh, Allah, warum ließest du es bei mir an Erkenntnis und Einsicht mangeln!‹, rief er verzweifelt und entleibte sich selbst. So kam es, dass am Schluss alle tot waren: der Papagei, die Frau und der Kaufmann. Und niemand hatte das Glück, nach dem er sich so sehnte, erlangt. Nicht einmal der Jüngling, denn er vermisste die Liebesstunden mit der Ehefrau sehr.«

Die Shisha blubberte. Sîdi Moktar nahm ein paar tiefe Züge, denn während des Erzählens war er kaum dazu gekommen. »Das war die Geschichte, meine Freunde.«

Der Magister sagte: »Eine traurige Geschichte, fürwahr. Sie erzählt ein ganz anderes Schicksal als das der Sklaven, und dennoch vermittelt sie denselben Kern: Erkenntnis und Einsicht – das sind die Werte, auf die es ankommt. Denn bevor ich etwas einsehe – und entsprechend handeln kann –, muss ich es erkannt haben. So einfach ist das. Und so schwierig. Gott der Allmächtige gebe, dass ein wenig mehr davon auf dieser Welt Einzug hält.«

»Allah, der Gepriesene und Erhabene, gebe es«, bekräftigte Sîdi Moktar.

Der sechste und siebte Tag ihrer Reise verlief ähnlich, doch am achten Tag geschah etwas Unverhofftes: Sie begegneten einer

Karawane, die dasselbe Ziel hatte wie sie – Oran. Herr dieser Karawane war ein Hadschi namens Harun el-Chalidân und unbestreitbarer Mittelpunkt seine Tochter Budûr. Sie ritten in besonderer Mission, denn Budûr sollte in Oran ihrem Bräutigam zugeführt werden. Ein Ereignis, das, wie der Vater versicherte, seine Schatten schon seit Monaten vorauswarf.

Die Karawane war ähnlich groß wie die des Sîdi Moktar, denn die Mitgift der Tochter wog schwer. Entsprechend hoch war auch die Anzahl der Krieger, die sie begleiteten. Nachdem die beiden Hadschis einander begrüßt und sich gleichermaßen zu Allah, dem Alleinregierenden über Himmel und Erde, bekannt hatten, beschlossen sie, gemeinsam weiterzuziehen und die Kraft ihrer Soldaten zu bündeln.

»Dies ist ein guter Tag«, sagte Sîdi Moktar.

Und Sîdi Harun pflichtete ihm bei.

Die Braut Budûr

»Sag mal, Mutter, warum hast du mir nie etwas über die Monatsblutung erzählt?«

Am Abend, nachdem sie die Stadt Oujda hinter sich gelassen hatten, erreichten sie *el-Dschudi*, eine große Karawanserei mit ausladendem Hof, um den die Stallungen, Lagerräume und Unterkünfte für die Reisenden angeordnet waren. Auch eine Gemeinschaftsküche mit angrenzender Halle zur Einnahme der Speisen war vorhanden. Die Gemäuer bestanden sämtlich aus altersschwachen Lehmziegeln, nur hier und da glänzte noch die eine oder andere Majolikafliese unter dem alles bedeckenden Staub.

El-Dschudi war ein unübersichtlicher Bau, über Jahrhunderte immer wieder geändert und ergänzt, mit zahllosen Fluren und Gängen, engen, steilen Treppen und kleinen Fenstern, durch die das Sonnenlicht nur spärlich hereinfiel.

Die beiden Hadschis waren übereingekommen, die Abendmahlzeit gemeinsam in der Halle einzunehmen, was gleich mehrere Vorteile mit sich brachte: Man brauchte selbst kein Feuer für die Zubereitung der Speisen zu entfachen, man musste sich nicht so warm kleiden wie unter freiem Himmel, und man konnte Weihrauch und Aloewurzeln abbrennen, um Ungeziefer abzuwehren und den Gestank der Wiederkäuer zu überdecken.

Der Einfachheit halber war mittels Teppichen eine große, rechteckige Fläche auf dem Boden abgedeckt worden – die Tafel, an der alle im Schneidersitz Platz nehmen konnten.

»Höre, Bruder«, sagte Harun el-Chalidân zu Moktar Bônali,

nachdem dieser ihm jeden seiner Freunde vorgestellt hatte, »ich bin froh, dass wir uns begegnet sind. Die Zeiten gelten als gefährlich, und je mehr Bewacher eine Karawane hat, desto sicherer reist sie. Diesmal ist es mir besonders wichtig, denn der Bräutigam meiner Tochter, sein Name ist übrigens Kamar er-Raschûd, wird in Oran nicht weniger als zwanzig Kamele für sie bezahlen, was mich natürlich verpflichtet, ihr eine entsprechende Mitgift an die Hand zu geben.«

»Natürlich«, erwiderte Sîdi Moktar nickend. Er wurde umschwirrt von seinen Dienern und denen seines Hadschi-Bruders, doch er zog es vor, selber Ausschau nach dem Tablett mit den eingelegten Wachteleiern zu halten. Als er es nicht entdecken konnte, griff er schließlich zu den in Pinienhonig getränkten Nüssen, die ihm am nächsten standen. »Willst du selbst nichts essen?«

»Nein, nein«, wehrte Sîdi Harun ab. »Ich habe es mit dem Magen. Je weniger ich esse, desto besser geht es mir.« Dass der Brautvater Magenprobleme hatte, stand ihm ins Gesicht geschrieben, denn zwei tiefe Falten zogen sich, von der Nasenwurzel ausgehend, bis hinunter zu seinen Mundwinkeln, wo sie in einem langen eisgrauen Bart verschwanden. Seine Hautfarbe wirkte ebenfalls nicht sehr gesund, zeigte eher ein Grün als ein Braun.

Vitus fragte: »Was isst du denn am liebsten, wenn du überhaupt etwas zu dir nimmst?«

Sîdi Haruns Augen begannen zu leuchten. »Oh, Cirurgicus, ich darf sagen, dass es Allah gefallen hat, mich im Leben nicht wenig erfolgreich sein zu lassen, insofern könnte ich mir die feinsten Speisen der Welt leisten, aber mein Lieblingsgericht ist nach wie vor Hammel. Schöner, fetter Hammel. Nichts geht darüber!«

»Und immer, wenn du dich etwas besser fühlst, sprichst du diesem kräftig zu?«

»Du sagst es. Die wenigen Male, wo mein Leib nicht rebelliert, müssen genutzt werden.«

»Dann rate ich dir, bei der nächsten Gelegenheit darauf zu verzichten. Zu viel Fett ist nicht gut. Man stößt danach nur sauer auf, und der Magen kneift, als säße ein Messer darin.«

»Was? Du meinst, die Beschwerden lägen am Hammel? Willst du mir das Einzige, was ich essen kann, auch noch verbieten?«

Vitus lächelte. »Im Gegenteil. Iss, was du willst. Möglichst aber viel Gemüse, und trinke ausreichend Wasser dazu. Lass überall Fettes und Süßes weg, und du wirst sehen: Schon bei der Hochzeitsfeier hast du wieder Freude an Speise und Trank.«

Sîdi Harun schluckte. »Ich will dir gerne glauben, aber woher weißt du das alles, Cirurgicus?«

»Weil ich nicht nur ein Wundschneider bin. Ich kenne mich auch mit den Säften des Leibes aus und habe Kenntnisse in der Kräuterkunde.«

»Ich danke dir, ich danke dir!« Hadschi Harun el-Chalidân erhob sich und schüttelte fast feierlich Vitus' Hand. »Bei der Gelegenheit fällt mir ein, dass mein Töchterchen seit zwei Tagen wie verwandelt ist. Das Kind weint und schluchzt den ganzen Tag und lässt niemanden an sich heran. Nicht einmal meine Lieblingsfrau, ihre Mutter. Zuerst dachte ich, Budûr hätte Heimweh, aber das ist es nicht, ich fühle es genau. Ich bin mir nicht sicher, ob es Allah gefällt, wenn ich einem Ungläubigen gestatte, meine Tochter zu untersuchen, aber ich will es wagen. Zu unglücklich und verzweifelt wirkt die Kleine auf mich. Würdest du sie dir nach der Mahlzeit einmal ansehen, Cirurgicus?«

»Natürlich. Ich danke dir für dein Vertrauen, Sîdi Harun.«

Geraume Zeit später folgte Vitus dem Vater in den Frauentrakt von *el-Dschudi*, wo er ein sehr junges, tief verschleiertes

Mädchen antraf. Neben dem Mädchen saß eine etwas rundlichere Frau, offenbar die Mutter. »Du bist Budûr, nicht war?«, sagte er. »Wie alt bis du denn?«

Die Kleine antwortete nicht. Sie schlug lediglich die Augen nieder. Vitus sah, dass sie sich mit Tränen füllten.

»Willst du nicht mit mir reden?«

Kopfschütteln.

Vitus fasste einen Entschluss. Er wandte sich an die Eltern und sagte: »Würde es euch etwas ausmachen, mich mit Budûr allein zu lassen?«

Sîdi Harun und seine Gemahlin zögerten. Für einen gläubigen Muselmanen bedeutete es etwas Außergewöhnliches, ja, Unerhörtes, die Tochterbraut mit einem fremden Mann allein zu lassen – selbst wenn dieser ein Hakim war. Schließlich aber, auf einen Wink des Vaters, verließen beide den Raum.

Die Unterkunft war ein Gelass von vielleicht sechs mal sechs Schritt Größe, und Nâdschija, die Mutter, schien keine Mühen gescheut zu haben, daraus ein behagliches Heim für sich und ihr Töchterchen zu schaffen. Teppiche, Kissen und kostbare Decken bedeckten den Boden, sogar ein Beistelltischchen für Schönheitsutensilien stand bereit. Dazu gab es mehrere Seidenvorhänge, die sowohl als Wandverschönerung wie auch als Raumteiler dienten. Und inmitten dieser ganzen Pracht saß wie ein Häufchen Unglück Budûr.

Vitus setzte sich ebenfalls. Dann sagte er eine Weile nichts, um der Kleinen Gelegenheit zu geben, sich an seinen Anblick zu gewöhnen.

»Ich heiße Vitus von Campodios und bin ein Cirurgicus«, sagte er. Und dann fügte er hinzu: »Ich bin schon weit über zwanzig.«

Keine Antwort. Stattdessen blickte Budûr demonstrativ zur Seite.

»Ich wette, du bist noch keine zwölf.« Der Satz, mit voller

Absicht gesagt, musste auf ein junges Mädchen fast beleidigend wirken und verfehlte deshalb seine Wirkung nicht.

»Ich bin schon dreizehneinhalb!«, begehrte Budûr auf. Doch sie schwieg sogleich wieder, denn eigentlich hatte sie nichts sagen wollen.

»Natürlich bist du schon dreizehneinhalb, ich wollte nur einen Scherz machen. Vielleicht siehst du sogar noch älter aus, aber das kann ich natürlich nicht beurteilen, solange du dein Gesicht hinter dem Hidschab versteckst.«

Erneut wandte Budûr ihr Gesicht ab, und Vitus wurde klar, dass er zu weit gegangen war. Darum schwieg er wieder eine Weile, bevor er sagte: »Das Einzige, was ich sehen kann, sind deine Augen. Es sind sehr traurige Augen. Sie sind tränennass. Ist dein Bräutigam so hässlich, oder warum hast du geweint?«

Budûr zuckte mit den Schultern.

»Eigentlich solltest du dich freuen. Hochzeitsfeierlichkeiten sind das Schönste überhaupt für ein junges Mädchen.«

Budûr antwortete noch immer nicht, und Vitus wollte es fast schon aufgeben, ihr ein paar Worte zu entlocken, da presste sie plötzlich hervor: »Ich ... ich muss ... sterben ...«

Vitus verbarg seine Überraschung. »Wer hat denn gesagt, dass du sterben musst?«, fragte er sanft.

»Niemand ... ich ... ich selbst.«

»Du selbst glaubst das also.« Vitus war froh, dass der Bann gebrochen schien. Einem Patienten, der nicht redete, war schlecht zu helfen. »Ich als Arzt versichere dir: So schnell stirbt es sich nicht. Irgendwann muss jeder von uns diese Welt verlassen, aber du, du bist noch lange nicht dran.«

»Aber ... aber ... das viele Blut.«

»Das viele Blut?« In Vitus stieg eine Ahnung auf. »Könnte es sein, dass du seit zwei Tagen an immer derselben Stelle blutest?«

Budûr senkte verschämt den Kopf. »J… Ja.«

Vitus lächelte. »Ich denke, ich weiß, worunter du leidest. Es ist etwas, das bei jeder Frau alle vier Wochen vorkommt. Man nennt es Monatsblutung. Eine ganz normale Sache.«

»Ich … muss nicht sterben?«

»Aber nein. Die Monatsblutung ist eine Selbstreinigung des Körpers und gleichzeitig eine Vorbereitung, den männlichen Samen empfangen zu können. Du kannst dir gratulieren. Rechtzeitig vor deiner Heirat bist du zu einer vollwertigen Frau herangereift.«

»Wirklich?« Budûr brauchte eine Weile, um zu begreifen, dass ihre Beschwerden völlig normal sein sollten, zumal ihre Mutter niemals von derlei Vorgängen im weiblichen Körper gesprochen hatte. Langsam fiel die Angst von ihr ab.

»Ja, wirklich«, sagte Vitus fest. Er erhob sich und ging nach draußen, wo Budûrs Eltern in einem Nebenraum warteten. »Ich weiß jetzt, was es mit den Tränen deiner Tochter auf sich hat, Sîdi Harun«, verkündete er. »Sie hat zum ersten Mal ihre Blutung bekommen und gedacht, sie müsse sterben. Morgen oder übermorgen wird sie sich wieder rein fühlen und guter Dinge sein.«

»Oh, Cirurgicus!« Sîdi Harun fiel sichtlich ein Mühlstein vom Herzen. »Du meinst, äh, alles sei ganz normal?«

»Alles ist ganz normal«, lächelte Vitus. Er wandte sich der Frau zu: »Gestatte mir, dir einige Ratschläge zu erteilen. Als Erstes solltest du dafür sorgen, dass Budûr ein Sitzbad nimmt. Das Wasser muss körperwarm sein, nicht wärmer. Wenn es kälter wird, muss heißes Wasser hinzugefügt werden. Das Sitzbad sollte mindestens eine halbe Stunde dauern. Es hilft, die Muskulatur zu entkrampfen, der Unterleib wird gelockert, Stauungen werden behoben. Und dann erkläre deiner Tochter, wie man mit der monatlichen Blutung umgeht, und bestätige ihr noch einmal, sozusagen von Frau zu Frau, dass der Vorgang ganz normal ist. Vielleicht solltest du sie auch darauf vorbereiten, was sie als Braut in der ersten Nacht zu erwarten hat – du weißt schon, was ich meine.«

Sîdi Haruns Lieblingsfrau nickte scheu und entfernte sich mit raschen Schritten.

Ihr Gebieter blickte ihr nach, strich sich über den Bart und sagte: »Bei Allah, dem Herrn der Welten, warum hat die Mutter der Tochter nicht die notwendigen Dinge gesagt? Das ist doch Frauensache! Oh, oh, welcher Mann wird jemals in die Seele einer Frau blicken können. Nun ja, jedenfalls bin ich glücklich, dass alles sich als harmlos erwiesen hat. Komm, Cirurgicus, wir wollen wieder an die Tafel gehen.«

»Gern, Sîdi Harun.«

»Vielleicht versuche ich doch, ein wenig Gemüse zu essen. Was meinst du?«

Vorsichtig setzte Budûr sich in den hölzernen Bottich mit dem lauwarmen Wasser. Ein angenehmes Gefühl umfing sogleich ihren Unterleib, wohltuend und beruhigend und entspannend. Es war ihr, als würde der Schmerz ganz einfach davonfließen. Wie gut das tat! Sie schloss die Augen, lehnte sich zurück und hing ihren Gedanken nach. Wieso hatte die Mutter ihr kein einziges Wort über die Monatsblutung erzählt? Bûdur nahm sich vor, es bei ihrer eigenen Tochter anders zu halten. Dieser würde sie die Todesängste ersparen, vorausgesetzt, sie würde eine Tochter bekommen. Eine Tochter …

Um sie zu bekommen, mussten Dinge zwischen Mann und Frau passieren, von denen sie viel gehört, aber nie Genaues erfahren hatte. Wo die Mutter nur war? Ach ja, sie hatte den Raum verlassen, um etwas zu holen, das sich, wie sie versichert hatte, als sehr hilfreich erweisen würde.

Budûr öffnete die Augen wieder und entdeckte einen Gecko, der oben in der Wandecke saß. Der Gecko wirkte wie festgeklebt. Er hatte die Farbe von Glas und war nahezu durchsichtig. Vor ihm hatte sich eine Fliege niedergelassen. Ob er sie fangen würde? Nein, er rührte sich nicht. Genau wie sie in ihrem Sitzbad ...

Jetzt, wo sie nicht mehr sterben musste, erschienen ihr die beiden letzten Tage nur noch halb so schlimm. Trotzdem, den Augenblick, als sie beim Wasserlassen plötzlich Blut im Sand erblickt hatte, würde sie niemals vergessen. Sie hatte sich furchtbar erschreckt und war fast in Panik geraten. Nie zuvor hatte sie etwas Derartiges beim Verrichten der Notdurft erlebt. In ihrer Erinnerung war es ein richtiger Schwall von Blut, der ihren Körper verlassen hatte. Sie war aufgesprungen und hatte sich sofort wieder hingehockt. Niemand sollte sie so sehen! Anschließend hatte sie mit fahrigen Händen ein Stück ihres Hidschabs abgerissen und sich zwischen die Beine gestopft. Wie eklig und unsauber das alles gewesen war. Und wie groß ihre Angst!

Selbst jetzt noch, im warmen Sitzbad, durchlief sie ein Schauer, als sie an die Situation dachte. Das Schlimmste aber war, dass ihr Vater im selben Moment die Rast für beendet erklärt hatte und sie ihr Reitkamel wieder erklimmen musste.

Die Stunden danach waren zur Qual geworden. Hin- und hergerissen zwischen Angst und eigenen Erklärungsversuchen, hatte sie im Sattel gekauert und sich den Leib gehalten. Ihre Mutter war ein paarmal an ihre Seite geritten und hatte sie gefragt, was mit ihr los sei, aber es war ihr unmöglich gewesen, über ihre Probleme zu sprechen. Schließlich hatte Nâdschija sie in Ruhe gelassen.

»Da bin ich wieder.« Die Mutter war zurück und hielt etwas in der Hand. »Es war gar nicht leicht, es aufzutreiben, aber eine Beduinenfrau, die im Ostflügel übernachtet, gab es mir schließlich.«

»Was ist das?«, fragte Bûdur.

»Ein Monatsschwämmchen. Es ist sehr praktisch. Wenn die Blutung beginnt, steckst du es in die Scheide. Das ist schon alles. Du musst es nur tief genug einführen, damit es alles Blut aufsaugen kann.«

»Tut das nicht weh?«

»Nein. Aber du darfst das Schwämmchen nicht zu lange in dir lassen, weil sonst Geruch entsteht. Du musst es regelmäßig herausnehmen und auswaschen. Danach kannst du es wieder verwenden.«

»Woher weißt du das alles, Mutter?«

Nâdschija lachte leise. »Weil ich selbst ein solches Hilfsmittel benutze. Unglücklicherweise habe ich gerade ebenfalls meine Tage, sonst hättest du meines haben können.«

Bûdur nahm den blassgelben vielporigen Gegenstand in die Hand und drückte ihn. Biegsam gab er nach und wurde winzig klein. Nun konnte sie sich vorstellen, dass er in ihrem Schoß Platz finden würde.

»Tauche das Schwämmchen ins Wasser, dann wirst du sehen, wie es funktioniert«, sagte Nâdschija.

Bûdur gehorchte und betrachtete voller Staunen, wie es eine gute Portion Flüssigkeit aufsog. Sie drückte das Wasser heraus und legte es zur Seite. »Danke, Mutter«, sagte sie förmlich. »Ich werde es nachher ausprobieren.«

»Ja, gut.«

»Sag mal, Mutter, warum hast du mir nie etwas über die Monatsblutung erzählt?«

Nâdschija seufzte. »Die Frage musste kommen. Ich weiß, es war falsch von mir zu schweigen. Aber du warst als Kind immer mehr Junge als Mädchen. Bist die höchsten Palmen hinaufgeklettert und hast dich mit den stärksten Burschen im Ringkampf gemessen. Ein richtiger Wirbelwind warst du, und das ist noch gar nicht so lange her. In dieser Zeit hielt ich es nicht für notwendig, dich schon mit derlei Dingen zu belasten. Ich sagte mir, die Last mit der Regel kommt sowieso viel zu früh, warum also schon jetzt darüber sprechen? Aber ich gebe zu, es war ein Fehler.«

»Ja, Mutter, das war es. Noch nie in meinem Leben habe ich solche Ängste ausgestanden.«

Nâdschija strich ihrem Kind über den Kopf. »Ach, meine kleine Wildrose. Natürlich habe ich bemerkt, dass du in den letzten Monaten erblüht bist, dass dein Busen zu wachsen begann, doch ich schob ein Gespräch immer wieder hinaus. Es ist ja auch nicht besonders angenehm, über solche, äh, körperlichen Angelegenheiten zu reden. Außerdem, wenn ich ehrlich bin, hoffte ich darauf, dass eine der anderen Frauen unseres Gebieters dir die Zusammenhänge erklären würde.«

Bûdur nickte. Der Gecko hatte inzwischen die Fliege gefangen und verschluckt. Man erkannte es an dem schwarzen Punkt in seinem Leib. Irgendwie tat ihr das Insekt Leid. Auch die Mutter tat ihr plötzlich Leid. Sie erkannte, dass Nâdschija einerseits herzensgut, andererseits aber auch scheu und zurückhaltend war. »Lass nur, jetzt weiß ich ja Bescheid.« Zum ersten Mal in ihrem Leben fühlte sie sich ihrer Mutter überlegen. Es war ein seltsames, aber auch ein gutes Gefühl.

Nâdschija fuhr fort, über Bûdurs Kopf zu streichen. »Tut es noch weh, meine kleine Wildrose?«

»Nein, Mutter. Es war gut, dass der Cirurgicus die Idee mit dem Sitzbad hatte. Ich fühle mich wieder ganz gesund.«

»Kann ich sonst noch etwas für dich tun?«

»Nein, Mutter. Ich stehe gleich auf und benutze das Monatsschwämmchen. Du brauchst nicht dabei zu sein.«

Bûdur kam sich sehr erwachsen vor.

»Hier, meine kleine Wildrose, ich wollte sie dir eigentlich erst einen Tag vor der Hochzeit zeigen, aber ich denke, ich habe etwas gutzumachen.« Nâdschija hielt eine goldene Bildkapsel hoch, die nicht größer als die Kuppe eines Daumens war. »So schaut dein Bräutigam Kamar aus.«

Budûr rückte näher an das nächtliche Feuer vor dem Frauenzelt. Eine der Dienerinnen hatte gerade trockenes Geäst nachgelegt. Die Flammen züngelten empor und beleuchteten die Abbildung eines jungen Mannes mit nichts sagendem Äußeren. »Besonders hübsch ist mein zukünftiger Gemahl nicht«, stellte sie ernüchtert fest. »Er sieht aus, als wäre er noch jünger als ich. Nicht einmal einen Bart hat er.«

»Aber, aber«, versuchte Nâdschija zu beschwichtigen, »er hat sehr schöne Augen und einen ausdrucksstarken Mund.«

»Er hat Lippen wie ein Neger.«

»Nein, das täuscht. Sie sind nur voll. Glaub mir, du wirst es zu schätzen wissen, wenn er dir als Bräutigam den ersten Kuss gibt.«

Budûr schwieg. Sie stellte sich vor, wie es wäre, wenn ein fremder Bursche sie auf den Mund küsste. Küsse von Männern sollten ganz anders schmecken als solche von Eltern oder Geschwistern. Aber wo lag der Unterschied?

»Nach allem, was dein Vater und ich wissen, ist er ein junger Mann, der zu den schönsten Hoffnungen Anlass gibt. Im Übrigen dürfte er mittlerweile auch einen Bart tragen, denn das Bildchen ist mindestens zwei Jahre alt. Kamar wird im Winter sechzehn. Es heißt, er wäre sehr gespannt auf dich, dennoch wird er sich noch gehörig in Geduld fassen müssen, bis er dein Antlitz zum ersten Mal sehen darf.«

»Ich weiß, er muss noch bis zum Tag der Hochzeit warten.« Budûr betrachtete abermals das kleine Gemälde. Es war eine Tuschezeichnung mit blassen Farben und weichen Konturen. Schon allein aus diesem Grund war die Abbildung nicht sehr aussagekräftig.

»Richtig. Genau gesagt, muss er den Abschluss des Ehevertrages abwarten. Erst danach ist er nach alter Sitte befugt, dir den Hidschab abzunehmen.«

»Hoffentlich ist er dann nicht enttäuscht.« Budûr wusste, dass sie eine kleine Schönheit war – der blank polierte Messingspiegel hatte es ihr oft genug bestätigt –, sie wusste aber auch, wie unberechenbar die Geschmäcker der Männer waren. Warum sonst sollte ihr Vater so große Stücke auf ihre Mutter halten, wo doch Nâdschija beileibe nicht wie eine Prinzessin aus *Alf laila waleila* aussah.

»Er wird nicht enttäuscht sein, sondern sich für einen ausgemachten Glückspilz halten. Und das ist er auch, weil er dich bekommt. Doch selbst wenn er es wäre, würde es ihm nichts nützen. Vertrag ist Vertrag. Allah hat uns und alle unsere Handlungen vorbestimmt, so heißt es im Heiligen Buch. Er müsste dich nehmen, egal, ob du abstoßend wie ein Scheusal wärest, aufsässig wie ein Zankteufel oder verfressen wie ein gieriger Ghûl. Ja, er müsste bei dir bleiben bis zum Ende seiner Tage. Dasselbe gilt ebenfalls für dich. Auch du kannst dir nicht aussuchen, ob Kamar das Verhalten eines edlen Jünglings besitzt oder die Rücksichtslosigkeit eines Stiers, der auf die Lämmer geht. Du musst damit fertig werden.« Nâdschija machte eine Pause. »Und du wirst damit fertig werden.«

Budûr blickte in die Flammen. Es war ihr, als blickte Kamar aus ihnen zu ihr empor. Mal lächelte er, mal geriet sein Gesicht zur Fratze, je nach dem Spiel von Hell und Dunkel. War er gut? War er böse? Verwischte Konturen, Ungewissheit. »Ich habe oft zu Allah gebetet, Mutter, er möge geben, dass Kamar ein guter Mann ist. Da ich ihn doch gar nicht kenne und auch gar nicht liebe ...«

Nâdschija begann wieder, wie es ihre Art war, über den Kopf ihrer Tochter zu streichen. »Das mit der Liebe findet sich, meine kleine Wildrose. Wichtiger ist, dass man einander achtet. Und wenn dann erst die Kinder kommen, am besten ein Sohn, denn alle Männer sind närrisch nach Söhnen, dann werden deine Bande zu Kamar stark und stärker werden. Mir erging es mit deinem Vater nicht anders. Und noch etwas: Wie gut ein Mann ist, hängt nicht zuletzt von seiner Ehefrau ab. Unterschätze niemals deinen Einfluss und nimm ihn vom ersten Tage an wahr. Nur ein Mann, der dümmer ist als tausend Dschinns der Wüste, setzt sich über die Meinung seiner Gemahlin hinweg. Und nur eine Frau, die genauso dumm ist, wird ihren Mann spüren lassen, dass sie Einfluss auf ihn ausübt. Merke dir das.«

»Ja, Mutter.«

»Gib mir die Bildkapsel wieder. Du darfst sie offiziell erst am Tage der Hochzeit erhalten.«

Budûr tat, wie ihr geheißen. Sie war sehr nachdenklich geworden. Eine bestimmte Bemerkung wollte ihr nicht aus dem Kopf. »Sag, Mutter, was meintest du mit ›der Rücksichtslosigkeit eines Stiers, der auf die Lämmer geht‹?«

Nâdschija hüstelte. »Nun, ich komme wohl nicht darum herum, dir zu erklären, was zwischen Mann und Frau geschieht, und vielleicht ist es auch ganz gut so vor der Hochzeit. Ich hatte von alledem keine Ahnung, als ich das erste Mal bei deinem Vater lag, doch wusste wenigstens er Bescheid, denn wie du weißt, bin ich seine vierte Gemahlin, und vor mir hatte er schon oft der fleischlichen Lust gefrönt. Bei dir und Kamar jedoch ist es anders. Dein Bräutigam dürfte auf diesem Gebiet genauso unerfahren sein wie du.«

»Auf welchem Gebiet?«

»Auf dem des geschlechtlichen Verkehrs. Warte einen Augenblick.« Nâdschija bedeutete den Dienerinnen, die emsig mit dem Putzen von Silber beschäftigt waren, sie sollten sich einige Schritte entfernen und dort weitermachen. Das, was sie erklären wollte, war zu persönlich, als dass es jemand anders außer ihrem Töchterchen hören durfte. »Zunächst zu der Redensart vom rücksichtslosen Stier: Wir Frauen verstehen darunter einen Mann, der seinen Gemahlinnen täglich beiwohnen will, egal, ob ihnen danach ist oder nicht. Er allein bestimmt und setzt sich über ihre Wünsche hinweg. Fast immer ist es ein ungehobelter Kerl, der nur seine Lust will, und das möglichst schnell. Er kommt von oben, stößt sein Glied in sie hinein und ist fertig, noch ehe sie sich besonnen haben. Er ist eben nur dumm und stark und versteht nichts von den Freuden der Liebe.«

»Die Freuden der Liebe? Das klingt, als gäbe es mehrere Freuden, Mutter?«

»So ist es auch, meine kleine Wildrose. Wie heißt es so schön? Wer den ersten Schritt tut, muss auch den zweiten tun. Ich will dir deshalb alles sagen, was ich weiß. So gut ich kann. Gedulde dich einen Augenblick.«

Nâdschija verschwand im Zelt und kam kurz darauf wieder zum Vorschein, ein schweres Buch in den Händen haltend. »Das, was du hier siehst, ist eine Anleitung zur Liebe. Allein schon an den vielen Seiten erkennst du, wie viele Freuden es zwischen Mann und Frau gibt. Es heißt in den alten Geschichten immer, ›Er lag die Nacht bei ihr‹, was sich so anhört, als läge man grundsätzlich nebeneinander, aber das ist nicht der Fall. In Wahrheit gibt es unzählige Stellungen, die Mann und Frau bei der Liebe einnehmen können, und dieses aus Indien stammende Buch zeigt sie alle. Wir können die Beschreibungen dazu zwar nicht lesen, aber die Zeichnungen sprechen für sich.«

Die Mutter schlug das Buch auf und wies auf zwei nackte Körper. »Hier liegt die Frau mit angewinkelten Beinen auf dem Rücken; der Mann ist über ihr und führt sein Glied ein. Das ist die häufigste Art, sich zu lieben. Der Mann kann sich dabei völlig frei bewegen, die Frau steuert durch Anziehen der Beine, wie tief der Penis in sie eindringt.«

»Der ist ja furchtbar groß, Mutter! Das muss ja weh tun!«

Nâdschija kicherte. »Keine Sorge, meine kleine Wildrose. Du

musst wissen, dass solche Zeichnungen von Männern gemacht werden, und für Männer gibt es nichts Wichtigeres, als ein großes Glied zu haben. Der Wunsch ist hier der Vater des Gedankens; die Wirklichkeit sieht anders aus – kleiner.«

Einigermaßen beruhigt fragte Budûr: »Und wo hinein steckt der Mann das … das Ding?«

»In die Scheide. Also genau in die Öffnung, aus der auch die Monatsblutung herausfließt. Nur eben nicht an den unreinen Tagen.«

»Ja, Mutter.« Die Öffnung war Budûr vertraut, denn von ihr war viel die Rede. In ihr saß die Jungfernhaut, von deren Existenz und unversehrtem Zustand sich zwei alte Frauen vor Antritt ihrer Reise noch einmal überzeugt hatten. Sie waren sehr behutsam vorgegangen, viel behutsamer als die anderen Weiber damals, die sie beschnitten hatten. Budûr schloss die Augen, sie durfte nicht daran denken. Zu grausam war es gewesen, was man mit ihr angestellt hatte, sie hatte geblutet wie ein Huhn, dem man den Kopf abschlägt. Deshalb war der Schock bei ihrer ersten Monatsregel auch so groß gewesen … Sie vermochte sich beim besten Willen nicht vorzustellen, was ein Mann schön daran finden konnte, sein Ding in sie hineinzustecken, aber offenbar war es ungeheuer wichtig. »Was ist an der ganzen Sache eigentlich so wichtig?«, sprach sie ihren Gedanken aus.

»Wichtig?«, wiederholte Nâdschija erstaunt. »Ohne den Liebesakt entstünden keine Kinder, meine kleine Wildrose. Allah hat es so eingerichtet, dass es Freude macht, ein Leben zu zeugen. Kinder wachsen zu Frauen und Männern heran, die Allah preisen und wiederum Kinder zeugen. Es ist der Lauf der Welt, den der Erhabene, der Barmherzige für alle Ewigkeiten vorgesehen hat.«

»Aber was macht denn daran so viel Freude?«

»Das Gefühl, das man dabei empfindet. Das Gefühl! Es kann überwältigend schön oder auch gar nicht vorhanden sein, je nachdem, welche Stellung das Paar einnimmt. Sieh mal, hier liegt die Frau auf dem Bauch, und der Mann dringt von hinten in sie ein. Gleichzeitig greift er unter sie und streichelt die kleine Stelle, die oberhalb der Scheide liegt. Du weißt doch, welche Stelle ich meine?«

»Ja, ich glaube, ja.«

»Sei froh, dass du sie noch hast. Bei der Pharaonenbeschneidung wäre auch sie fort gewesen, aber das habe ich verhindert. Nirgendwo im Heiligen Buch steht geschrieben, dass nur der Mann Lust verspüren darf. Auch die Ehefrau hat ein Recht darauf. Auf der nächsten Seite kannst du erkennen, wie man es am bequemsten macht: in der Seitenlage. Sie empfiehlt sich besonders, wenn die Frau schwanger ist ...«

Nacheinander erklärte Nâdschija die Positionen in allen Einzelheiten, nannte Vor- und Nachteile, beantwortete Fragen, so gut sie konnte, und musste dann und wann auch zugeben, dass sie mit den Abbildungen nichts anzufangen wusste.

Es war ein gutes Gespräch. Budûr spürte, dass sie ihrer Mutter so nah war wie nie zuvor, und das sagte sie ihr auch.

»Meine kleine Wildrose.« Nâdschija drückte die Hand ihrer Tochter. »Wie schön, dass du das sagst. Warum musste es sein, dass wir erst so spät zueinander finden? Jetzt, wo wir nur noch zwei Tagesreisen von Oran entfernt sind?«

Budûr schwieg. Doch die Art, wie sie sich an die Schulter ihrer Mutter lehnte, sagte mehr als tausend Antworten.

Einen Abend später lagen Unruhe und Erwartung über der großen Karawane. Die Hafenstadt Oran war zum Greifen nah. Schon am nächsten Mittag würde man sie erreichen. Nachdem die Abendmahlzeit eingenommen und die Gebete verrichtet waren, legte sich jedermann früh zur Ruhe. Alle wussten: Die große Stadt würde anstrengend werden – und die Feierlichkeiten nicht minder. Da war es nur klug, ein wenig vorzuschlafen.

Doch es gab auch Menschen, die ihr Lager noch nicht aufsuchten. Dazu zählten die Wachen und auch Nâdschija und Budûr. Sie hatten sich viel zu erzählen, viel zu viel, als dass sie einen Gedanken an Schlaf verschwenden wollten. Jede Einzelheit der Hochzeit wurde wieder und wieder von ihnen durchgesprochen, wobei die Rollenverteilung eindeutig war: Budûr fragte, und Nâdschija antwortete.

»Welches Kleid werde ich tragen, Mutter?«, wollte Budûr wissen.

»Eine schneeweiße Gandoura mit halblangen Ärmeln, edelsteinbesetzt und über und über mit Spitze verziert. Es ist ein Gewand, das dein Vater sich ausdrücklich wünschte, denn es spiegelt am besten seinen Wohlstand wider. Aber sag ihm nicht, dass du es schon weißt. Er möchte dich damit überraschen. Auf dem Kopf wirst du natürlich den Hidschab tragen, allerdings keinen schwarzen, sondern einen weißen, damit er zur Gandoura passt, und darüber ein Krönchen aus Gold, wie eine richtige Prinzessin.«

»Oh, Mutter, ich kann es kaum erwarten zu heiraten! Sag, irgendwann wird Kamar mir doch den Schleier abnehmen, und dann darf er nicht enttäuscht werden. Ich muss schön sein auf meiner Hochzeit! Hilfst du mir beim Schminken vorher?«

»Ja, meine kleine Wildrose. Ich werde dir helfen, damit du weißt, wie wir Frauen uns unwiderstehlich machen. Deine Lippen werden mit Henna gefärbt sein und deine Brauen und Wimpern mit schwarzem Bleiglanz, damit deine Augen noch größer wirken als jetzt. Du wirst am ganzen Körper gesalbt sein, damit deine Haut wie eine Perle schimmert, du wirst mit Rosenwasser und Moschus besprengt sein, damit dein Duft auf Kamar verführerisch wirkt. Du wirst die Schönste sein, verlass dich darauf. Nâdschija strich Budûr über den Kopf. »Kamar wird eine Braut bekommen, ich aber werde ein Töchterchen verlieren. Doch das ist seit undenklichen Zeiten so, ich muss mich damit abfinden.«

»Wir werden uns regelmäßig besuchen, Mutter. Auch kann ich dir schreiben, wozu habe ich jahrelang die Koranschule besucht!«

»Das wäre wunderbar.«

Nâdschija wandte sich ab, denn sie wollte nicht, dass Budûr sah, wie ihr die Tränen kamen.

Sie wusste, nach der Hochzeit würde sie ihre kleine Wildrose nie wiedersehen.

Auf dem Platz des Großen Propheten brach mit lautem Getöse die Musik los. Hornbläser und Flötisten entlockten ihren Instrumenten schrille Töne, Trommler ließen die Stöcke wirbeln, Männer mit Rasseln und Becken fielen ein. Es war ein Höllenlärm, der meilenweit zu hören war, ein Spektakel, das niemanden unberührt ließ.

Die Neugierigen, und davon gab es Hunderte, begannen alsbald zu tanzen, stampften dabei mit den Füßen auf, drehten sich, bewegten sich um die Garküchen, die fliegenden Händler, den Tisch des Stadtbeamten und das riesige Zelt herum, in dem schon gestern den ganzen Tag über gefeiert worden war. Die Familie des Bräutigams war aus allen Himmelsrichtungen angereist, hatte sich hier versammelt und war zum ersten Mal offiziell auf Harun el-Chalidân und die Seinen getroffen. Ein denkwürdiger Moment, und ein von langer Hand vorbereiteter, denn an den vorangegangenen Tagen waren von beiden Seiten sowohl die Mitgift mit ihren zahllosen Einzelstücken als auch der Brautpreis, bestehend aus zwanzig Kamelen, eingehend begutachtet worden.

Heute jedoch war das Zelt nahezu leer. Nur Kamar, der Bräutigam, befand sich mit seinem Vater, den Brüdern und einigen engen Verwandten darin. Er hatte sein schönstes Seidengewand angelegt, eine rote mit breiten Goldfäden durchzogene Dschelaba, dazu eine smaragdgrüne Schärpe, in der ein langer Dolch steckte. Auf dem Kopf trug er einen hohen Turban, ebenfalls in Rot, geschmückt mit einer kostbaren Goldbrosche. Alles in allem ähnelte er dem Bildchen, das Budûr kannte, in keiner Weise, zumal ihm auch ein Bart gewachsen war.

Er blickte angespannt drein, denn er saß seit über einer Stunde auf dem Rücken einer prächtig geschmückten Eselsstute und wartete darauf, dass die Zeremonie endlich beginnen möge. Draußen schwoll der Lärm noch stärker an. Die stampfenden Schritte der Tanzenden ließen den Lehmboden erbeben, rhythmisches Klatschen setzte ein, Fetzen eines Liedes wehten herüber. Für einen Augenblick wünschte Kamar sich, er gehöre zu den Schaulustigen, damit er nicht länger warten müsse, aber dann biss er die Zähne zusammen und fasste sich weiter in Geduld.

Wie hatte sein Vater vorhin gesagt? »Auf Frauen wartet man immer. Das fängt bei der Hochzeit an und endet erst mit ihrem Tod. Je schneller du dich daran gewöhnst, desto besser.«

Ob Budûr auch so aufgeregt war wie er? Nein, er war ja gar nicht aufgeregt. Jedenfalls nicht sehr. Außerdem hatte ihm seine Mutter haarklein den Ablauf der Feierlichkeiten erklärt. Erst wenn die Braut draußen mit ihrer Familie erschienen und einmal um den Festplatz geleitet worden war, durfte das Zeichen gegeben werden. Er würde hinausreiten und seine Braut zum ersten Mal sehen. Ob sie wirklich so hübsch war, wie die Frauen in seines Vaters Harem munkelten?

Ihm blieb keine Zeit, lange darüber nachzusinnen, denn in diesem Augenblick stürzte einer seiner Onkel ins Zelt und rief: »Es geht los, es geht los! Die Braut wartet schon!«

Kamar presste die Zähne zusammen und gab seinem Grautier einen Klaps. Schon ist gut!, dachte er im Anreiten, doch dann galt seine ganze Aufmerksamkeit nur noch dem Geschehen auf dem Platz. Es war ein großer Platz, gesäumt von zahllosen Menschen, die alle bester Stimmung waren. Sie sangen und klatschten und hüpften in einem fort. Manche von ihnen, die ewig Hungrigen, hatten sich bereits bei den Garküchen angestellt. Andere lachten lauthals über Purzelbaum schlagende Narren und Grimassen schneidende Possenreißer. Wieder andere reckten die Hälse, tuschelten und konnten es nicht abwarten, bis endlich der Festakt begann.

Und inmitten all dieses Jubels und Trubels wartete die Braut.

Kamar hatte sie sofort an dem wunderschönen Gewand und dem Krönchen erkannt. Neben ihr standen drei ebenso kostbar gekleidete kleine Mädchen – als Zeichen der Fruchtbarkeit, mit der die Braut gesegnet sein sollte. Langsam ritt er weiter, vorbei an dem schweren Tisch des Stadtbeamten, auf dem die Urkunde vorbereitet worden war, weiter zur Mitte, wo Budûr tief verschleiert seiner harrte. Hinter ihr hatte ihre Familie Aufstellung bezogen, allen voran der stolze Vater Harun el-Chalidân. Auch Kamars Vater war da. Er ging mit allen männlichen Verwandten dicht hinter ihm, erst danach folgten ihre Frauen.

Kurz bevor er seine Braut erreicht hatte, saß Kamar ab. Seine Bewegungen waren langsam und würdevoll. Um ihn herum erstarb die Musik; Lachen und Gesang hörten auf. Stille breitete sich aus, nur die Geräusche der Stadt waren in der Ferne zu hören.

Kamar sah, dass Budûr den Kopf züchtig gesenkt hielt. Er ging auf sie zu und ergriff ihre Hände. Sie waren wie seine eigenen vollständig rot gefärbt und trugen grobmaschige Fingerfesseln aus starkem gelbem Faden – Sinnbild dafür, dass sie ihre Selbständigkeit noch nicht erreicht hatten. Der Brauch wollte es, dass zuerst er Budûrs Fesseln auflöste, danach sie die seinen. Beide gingen ernsthaft und konzentriert zu Werke, wohl wissend, dass Hunderte von Augenpaaren auf ihnen ruhten.

Als sie die Finger frei hatten, zögerte Kamar kurz, denn gleich würde sich entscheiden, was Allah der Allwissende und Vorausbestimmende ihm zugedacht hatte: eine schöne oder eine hässliche Frau. Er griff zum Schleier und nahm ihn ab. Budûr blickte auf, ruhig und selbstbewusst, und Kamar sah, dass sie schöner war, als er es sich in seinen kühnsten Träumen ausgemalt hatte. Er fühlte sich wie befreit und unterdrückte einen Jubelschrei.

Dann küsste er sie.

»Wui, wui!«, krähte der Zwerg über das wieder einsetzende Freudengeschrei hinweg. »Der Rotmann schnäbelt sein Täubchen, so isses recht, so isses recht! Is aber auch'n knäbbiges Pupperl, ja, das isses!« Er saß hoch oben auf Albs Schultern und ließ sich nicht das Geringste entgehen. »Jetzt stochen sie zum Federquäler, alle beid', un der Rotmann unterschreibt'n Pergomang!«

Danach sah man, wie Kamar in den Falten seiner Dschellaba nestelte und eine Goldmünze hervorzog, denn wie alles auf der Welt, so war auch die Leistung des Stadtbeamten nicht umsonst. Das Freudengeschrei ging in ohrenbetäubenden Jubel über. Die Menge wusste, der offizielle Teil der Hochzeit war vorbei, endlich konnte das Fest beginnen. Musik setzte wieder ein, und übergangslos wurde aufs Neue getanzt.

Am Rande des Platzes machten sich mehrere Männer zu schaffen. Mit einiger Mühe zerrten sie einen Hammel herbei, ein großes stattliches Tier, das schon zu ahnen schien, was gleich mit ihm geschehen sollte. Zwei von ihnen warfen es ächzend auf den Rücken, um es zu schlachten. Der Hammel protestierte blökend, konnte aber nichts gegen den eisernen Griff seiner Bezwinger ausrichten. Einer hielt ihn bei den Vorderbeinen gepackt, der andere bei den Hinterbeinen. Ein dritter Mann nahte, ein Messer in der Hand, das er ausgiebig und fachmännisch wetzte. Er kniete neben dem Kopf des Tieres nieder und trieb mit einer schnellen, sicheren Bewegung die Klinge in den Hals, dann vollführte er einen kurzen Schnitt, gerade so lang, dass er mit Hand und Arm in die Öffnung fahren konnte. Er tastete.

Einen Augenblick später hatte er die Herzschlagader gefunden und drückte sie zu. Der Hammel verendete röchelnd. Die Umstehenden klatschten Beifall. Wie nahe lagen bei einem Fest doch Freude und Tod beieinander!

Die Menschen verließen den Schlachtort und drängten zurück zu den Garküchen und den Feuern, wo sich bereits andere Hammel am Spieß drehten. Wer es nicht ganz so deftig mochte, strebte zu den großen runden Tabletts, auf denen alle Köstlichkeiten des Morgenlandes ruhten: mit Feigen und Ingwer gefüllte Küken, geröstete Wildpasteten vom Fleisch des Mufflons, der Antilope und der Gazelle, gepfefferte Rosinenbällchen mit Mandelsplittern und Kurkuma, Hühnchenbrust in Weinblättern, Filetstreifen vom Lamm auf einem Rosmarinbett, mit Safran und Harissa eingefärbter Reis, Scharfgebratenes in weißer Knoblauchsoße, gewürztes Obst und vieles, vieles mehr.

Und während die Menschen schmausten, lobten sie die Schönheit der Braut über die Maßen. Ein zahnloser Alter, der sich an weich gekochten Wachteleiern gütlich tat, schrie: »Die Budûr, ja, das ist ein Weib! Die würde mir endlich Kinder gebären, stattliche Söhne, stattliche Söhne! Bisher waren alle meine Frauen zwischen den Beinen trocken wie Staub.«

Ein anderer antwortete: »Hoho, Omar, du hast's doch schon bei dreißig versucht! He, Leute, hört mal her: Omar hat seinen Samen schon in dreißig Frauen gesenkt, immer vergebens!«

Ein Dritter lachte: »Omar, Omar, jeder weiß, dass es an dir liegt, nur du nicht!«

Enano, noch immer hoch oben auf Albs Schultern, krähte: »Knäbbig, knäbbig, dreißig Schicksen un keine Kindlein!« Er hielt ein Hühnerbein im Händchen, das er im Takt der Musik schwenkte.

Der Magister grinste. »Ein schlechter Acker ist unfruchtbar. *Ager spurcus sterilis est.* Aber auch der beste Acker nützt nichts, wenn die Saat nichts taugt.«

Alb lachte gurgelnd und steckte sich mehrere Fleischbällchen auf einmal in den Mund. Auch die anderen Freunde bedienten sich von den verführerisch duftenden Tabletts. Allerdings, so köstlich die Speisen auch waren, so heftig war das Gedränge um sie herum. Es schien, als habe ganz Oran seit Tagen nichts gegessen.

Vitus verschluckte sich fast an einer Gemüseschote, nicht weil sie so scharf gewürzt war, sondern weil er zum wiederholten Male angerempelt wurde. Er sagte kauend: »Wenn ihr satt seid, Freunde, sollten wir das kleinere Festzelt besuchen, das Sîdi Harun für die Familien aufbauen ließ. Da wird es etwas gesitteter zugehen.«

Wenig später schoben sie die Eingangsplane zurück und betraten das Zelt. Es war hell erleuchtet durch Dutzende von Öllampen. Dreißig oder vierzig Männer saßen auf kostbaren Teppichen, aßen kleine Happen oder sogen genüsslich an der Shisha. Die meisten Frauen hielten sich im Hintergrund, wo sie einen eigenen Kreis bildeten. Braut und Bräutigam saßen in der Mitte vor einem flachen Tischchen und wirkten etwas verloren, denn niemand außer den Dienern kümmerte sich im Augenblick um sie. Unter den Männern erkannte Vitus Harun el-Chalidân, ferner Faik er-Raschûd, den Vater des Bräutigams, der eine prächtige indigoblaue Galabiya trug, und Moktar Bônali. Er trat vor und sagte: Sîdi Harun, ich hoffe, wir stören nicht?«

»Wie könnte der Retter meines Magens jemals stören?«, versetzte der graubärtige Mann strahlend. »Nimm mit deinen Freunden an der Tafel Platz. Du musst unbedingt die in Ingwersoße getauchten Hirseklößchen probieren. Sie sind köstlich und bekömmlich!« Er strich sich über den Bauch, wie um seine Worte zu unterstreichen.

Vitus nahm eines und biss hinein, obwohl er schon mehr als satt war. Höflich lobte er die Speise und fuhr dann fort: »Leider sind wir heute nur zu viert, ich nehme an, Ngongo und Wessel sind wieder einmal bei deinen und Sîdi Moktars Wachen. Es scheint ihnen unter den Soldaten zu gefallen.«

»So ist es, mein Freund«, warf der zierliche Handelsherr ein. »Beide fragten mich gestern, ob sie nicht in meine Dienste treten dürften, das freie Leben als Krieger und die damit verbundenen Gefahren gefielen ihnen. Da ich weiß, dass du dich nicht als ihr Anführer verstehst, sie mithin für sich selber sprechen können, stand ihrem Wunsch nichts entgegen. Sie werden mich, nachdem ich meine Geschäfte abgewickelt habe, zurück nach Fez begleiten.«

Auf des Magisters Stirn bildeten sich Kummerfalten. Er blinzelte. »Die guten Freunde, so gehen sie dahin.«

»Wui, wui, futsch un perdü, die Gacken!«

Vitus sagte: »Dennoch freue ich mich für sie. Sie werden mit dir einen fürsorglichen Gebieter erhalten.«

»Danke, danke«, wehrte Sîdi Moktar ab. »Bevor du mich in Verlegenheit bringst, möchte ich dich Signore Giancarlo Montella vorstellen. Er führt das gleichnamige Handelshaus in Chioggia bei Venedig. Mit seiner Hilfe werde ich versuchen, ein paar Hundert meiner gelben Pantoffeln in Italien abzusetzen. Signore, das ist der Cirurgicus Vitus von Campodios. Und das sind seine Freunde: der Magister Ramiro García, der Zwerg Enano und der stumme Alb aus Deutschland.«

Ein rundlicher älterer Mann nickte den Gefährten freundlich zu. Er wirkte unter den anderen Männern wie ein Fremdkörper, denn er trug weder Burnus noch Dschellaba, sondern die europäische Schaube, einen weiten, nach vorn offenen Überrock, in dessen langen Ärmeln sich Schlitze zum Durchgreifen befanden. Auf den Kopf hatte er ein Barett gestülpt, unter dessen Rand eisgraue Haare wie Borsten hervorstanden. Infolge seiner Kleidung, die keineswegs den heißen Temperaturen angemessen war, hatten sich auf seiner Stirn und unter den Tränensäcken

Rinnsale von Schweiß gebildet. Diese fortwährend mit einem großen Tuch abwischend, sagte er zu Vitus: »So, so, ein Cirurgicus seid Ihr, interessant, interessant.«

»Ihr sprecht Spanisch, Signore?«, wunderte sich Vitus.

»Ich bin Kaufmann.« Montella sagte es mit einer Selbstverständlichkeit, als bedingte das eine das andere. »Nun, ich hörte von Sîdi Moktar, dass Ihr mit Euren Gefährten nach Venedig wollt. Eine gute Entscheidung, denn *La Serenissima* ist eine schöne Stadt, auch wenn sie sich noch immer nicht ganz von den Auswirkungen der Pest vor drei Jahren erholt hat. Ja, damals hätte sie einen guten Cirurgicus bitter nötig gehabt. Die Menschen starben wie die Fliegen und die Ärzte mit ihnen – trotz Pestmaske und tausenderlei anderer Vorsichtsmaßnahmen.«

Vitus lehnte ein weiteres Hirseklößchen, das Sîdi Harun ihm anbot, ab und antwortete: »Eben weil der Pestausbruch erst so kurz zurückliegt, habe ich mir Venedig zum Ziel gesetzt. Ich möchte dort alles über die Geißel erfahren, möchte wissen, was die Stadt an Schutzmaßnahmen traf, und möchte mit Menschen reden, die überlebten.«

Montella lachte gutmütig. »Da habt Ihr es nicht weit. Einer von ihnen sitzt Euch gegenüber.«

»Was? Ihr habt den schwarzen Tod besiegt?« Vitus musterte den Italiener genauer. Der sah eigentlich nicht so aus, als habe er große Widerstandskraft. Er war viel zu dick und hatte geplatzte Äderchen auf der Nase, was auf zu hohen Druck des Blutes schließen ließ. Andererseits hatte Montella keinen Grund, ihn anzulügen. Ein neues Rätsel, das die Pest ihm aufgab: Schwachen unterlag sie und Starke besiegte sie. Aber es konnte auch genau umgekehrt sein. Welche Gesetzmäßigkeiten verbargen sich dahinter? Oder gab es gar keine?

»So ist es.« In Montellas Stimme schwang Stolz mit. »Ich habe sie besiegt. Drei Tage lang wuchsen mir die Bubonen wie Hörner aus Achseln und Leisten hervor, das Fieber schien mich zu verglühen, ich roch aus dem Mund wie verfaultes Vieh. Am vierten Tag wollte ich in den wenigen Momenten, da ich bei klarem Verstand war, sterben, ich glaubte, dem Erzengel, dem Teufel und dem Erhabenen abwechselnd gegenüberzustehen. Am fünften Tag merkte ich irgendwann, dass ich nicht gestorben war, und vom sechsten Tage an ging es mir stetig besser. Am zwölften Tag schließlich kletterte ich mit Hilfe meiner Söhne von der Zimmerdecke herab.«

»Wie? Von der Zimmerdecke?«

»Genau von dort. Wisst Ihr das denn nicht? Pestkranke werden möglichst hoch gelagert, da die tödlichen Miasmen nach oben steigen, niemals nach unten. So können sie den Gesunden nichts anhaben. In den zwölf Tagen meiner Krankheit starben Hunderte, wenn nicht Tausende einen elenden Tod. Die Totengräber wussten bald nicht mehr ein noch aus. Sie kamen mit der Arbeit nicht nach. Die vorgeschriebene Tiefe für die Erdlöcher war nicht mehr einzuhalten.« Montella nahm zwei Hirseklößchen auf einmal, eines mit Ingwersoße, eines mit Minzsoße, und aß sie mit gutem Appetit.

»Welche Tiefe ist denn vorgeschrieben?«

»Auch das wisst Ihr nicht? Mir scheint, Ihr hattet noch niemals ernsthaft mit der Geißel zu tun. Nun, schätzt Euch glücklich, wenn es so ist. Wisset also, dass die Aushebung mindestens zweieinhalb, besser drei Ellen tief sein soll, weil nur auf diese Art der gefährliche Gestank, der von den Leichnamen ausgeht, vermieden werden kann. Aus demselben Grund müssen Särge mit Pesttoten auch luftdicht verschlossen werden. Womit, darüber streiten die Gelehrten noch. Manche sagen, das Harz der Pinie sei am besten, andere bevorzugen Pech, wieder andere schwören auf Gummiarabikum. Ich jedenfalls hatte dem Tod ein Schnippchen geschlagen, was leider nicht für alle Angehörigen meiner Familie galt. Eine Woche später erwischte es meine liebe Frau, Gott hab sie selig. Sie starb nach nur vier Tagen im Fieberwahn. Wie gern hätte ich noch ein Wort mit ihr gewechselt, hätte ihr gesagt, wie sehr ich sie liebe und wie sehr ich sie vermissen würde, allein, sie erlangte das Bewusstsein nicht mehr.« Montella griff erneut zu den Hirseklößchen, ließ sie dann aber liegen.

»Meine Braut starb ebenfalls an der Pest«, sagte Vitus, und er mühte sich, seiner Stimme einen festen Klang zu geben, denn bei Montellas Schilderung waren die eigenen Schreckensbilder wieder hochgekommen, das ganze Elend, der verzweifelte Kampf, den er gegen die Geißel geführt und letztendlich verloren hatte. »Es ist noch nicht einmal ein Jahr her.«

»Oh, das tut mir sehr Leid für Euch, *amico mio!* Wirklich sehr Leid.« Der Kaufmann nahm Vitus' Rechte und drückte sie. »Jetzt begreife ich, warum Ihr so viel wie möglich über den schwarzen Tod in Erfahrung bringen wollt. Sicher habt Ihr es der Sterbenden versprochen.«

»Das habe ich. Ich will die verfluchte Krankheit besiegen, und dazu muss ich alles über sie wissen. Irgendwo muss sie eine Schwäche haben, und mit Gottes Hilfe werde ich diese aufspüren. Und dann werde ich sie töten wie eine Viper. Doch zuvor habe ich noch einen langen Weg mit meinen Gefährten vor mir. Ich will nicht nur nach Venedig, sondern weiter bis nach Padua. An der dortigen Universität lehrt ein berühmter Professor, dem man nachsagt, er habe bedeutende Erfolge gegen die Geißel zu verzeichnen. Sein Name ist Girolamo. Mit ihm will ich mich austauschen.«

»Dazu wünsche ich Euch alles Glück und Gottes Segen, *amico mio!*« Schon viele Ärzte haben sich bemüht, hinter das Geheimnis des schwarzen Todes zu kommen, und keinem ist es bisher gelungen. Wenn ich ehrlich bin, weiß ich nicht, warum ausgerechnet Ihr es sein solltet, der Erfolg hat. Andererseits – warum solltet Ihr es nicht sein? Ich jedenfalls will Euch gerne mit all meinem Wissen helfen, nur fürchte ich, es wird nicht reichen.«

»Dennoch möchte ich mich an anderer Stelle ausführlich mit Euch unterhalten, Signore, und bei der Gelegenheit auch ein paar Aufzeichnungen machen.«

Montella wischte sich schnaufend den Schweiß vom Gesicht. »Täusche ich mich, oder ist es noch heißer geworden? Aber um Eure Frage zu beantworten: Gern will ich Euch Rede und Antwort stehen, bestimmt nur die Zeit und den Ort, Cirurgicus, schließlich verbindet uns dasselbe Schicksal, denn beide haben wir den liebsten Menschen durch die Geißel verloren. Ich fürchte nur, Euch bleibt nicht mehr viel Zeit; schon übermorgen will ich mit meiner *Quattro Venti* nach Chioggia heimsegeln.«

Der Magister, der die ganze Zeit aufmerksam zugehört hatte, ergriff nun das Wort: »Sagte Sîdi Moktar vorhin nicht, Chioggia liege bei Venedig? Wenn dem so ist, könnten die Gespräche auch auf Eurem Schiff stattfinden, denn die Lagunenstadt ist unser erklärtes Ziel, nicht wahr, Vitus?« Ohne die Entgegnung des Freundes abzuwarten, fuhr er fort: »Allerdings, es gibt da eine Schwierigkeit: Das Glück war uns auf unserer bisherigen Reise nicht immer hold, weshalb wir, nun ja, äh …« Er brach ab.

Vitus ergänzte. »Um es frei heraus zu sagen, Signore: Wir haben kein Geld, die Überfahrt zu bezahlen. Aber vielleicht ist ja ohnehin für vier weitere Männer nicht genug Platz auf Eurem Schiff?«

Montella kratzte sich am Kopf, wodurch sein Barett leicht verrutschte. »Platz wäre da schon, wenn es Euch nichts ausmachen würde, zu viert in einer Kabine zu schlafen. Ich fürchte nur, ich kann Euch nicht umsonst mitnehmen. Wir alle müssen sehen, wie wir zurechtkommen.«

»Wui, wui, un von Windsuppe un Luftklöß kann keiner nich püffern, nich?«, fistelte der Zwerg verständnisvoll. Er wusste am besten, dass nur der Tod umsonst war. »Kann einer der Gacken uns denn ein pustchen Zaster sickern? Wollen gern dafür trafacken, nich, Vitus?«

Montella zögerte. Sîdi Harun und Sîdi Moktar – Zufall oder Absicht – hatten nicht zugehört, sondern plauderten vielmehr angeregt mit den Verwandten des Brautvaters. Schließlich sagte Montella, sich ächzend vorbeugend: »Leihen will ich Euch nichts, Cirurgicus, aber ich wäre damit einverstanden, wenn Ihr mir einen Schuldschein über die Summe einer Vier-Personen-Passage von Oran nach Chioggia ausschreiben würdet. Die Summe müsste von Euch, sagen wir, innerhalb eines Jahres zurückgezahlt werden, mit entsprechender Verzinsung, versteht sich.«

Vitus überlegte kurz. Dann hellte sich sein Gesicht auf. »Ein guter Vorschlag, Signore. So können wir es machen. Aber auch auf die Gefahr hin, dass ich uns selber schade: Was gibt Euch die Sicherheit, an Euer Geld zu kommen, wenn wir nicht in Chioggia bleiben, sondern weiter über Venedig nach Padua ziehen, so wie es unsere Absicht ist?«

»Oh, in diesem Fall müsste einer Eurer Freunde bereit sein, als Sicherheit in meinem Hause zu bleiben. Sollte ein Jahr verstrichen sein und ich das Geld von Euch noch nicht haben, werde ich mich an ihm schadlos halten. Er wird die Summe dann abarbeiten.«

»Ihr versteht es, Euch in jeder Hinsicht abzusichern, Signore.«

Montella grinste flüchtig, bevor ein neuer Schweißausbruch ihn zum Tuch greifen ließ. »Ich wäre ein schlechter Kaufmann, *amico mio,* wenn ich es nicht täte. Glaubt jetzt nur nicht, wir Italiener wären weniger gastlich als die Araber, aber Freundschaft ist Freundschaft und Geschäft ist Geschäft.«

»Natürlich, Signore. Ich bin Euch außerordentlich dankbar für Euer Entgegenkommen. Wir machen es genau so, wie Ihr vorgeschlagen habt …«

Er unterbrach sich, denn Alb hatte irgendetwas gegurgelt.

»Die Frage ist nur, wer von uns als Sicherheit bei Euch bleibt«, beendete er seinen Satz.

Wieder gurgelte Alb etwas und gestikulierte dabei heftig mit den Händen.

»Was ist denn Alb?«

Nur langsam kam Vitus und den Freunden die Erkenntnis: Der Stumme bot sich als Unterpfand an.

Der Vasen- und Weinhändler Montella

»Gute Kunde, Freunde!
Ich habe die Pantoffeln an den Mann gebracht,
allesamt, bis auf ein Dutzend Stück!
Lasst euch umarmen!«

An Bord der Quattro Venti,
19. August, Tag des Monats A. D. 1579

Ich, Vitus von Campodios, habe mich entschlossen, alles Wissenswerte über die Pestilenz aufzuschreiben. Ich will dabei keinen Unterschied machen zwischen Dingen, die ernst zu nehmen sind, und solchen, die augenscheinlich dem Reich der Fabeln angehören. Alles ist zunächst wichtig, denn auch im Unsinn steckt häufig genug ein Sinn. Ich will dies tun, weil ich es meiner geliebten verstorbenen Braut Arlette geschworen habe, aber auch, weil meines Wissens noch niemals zuvor ein Arzt alle Erkenntnisse über die Gottesgeißel gesammelt hat. Giancarlo Montella, ein Händler aus Chioggia, der mit Murano-Vasen und Wein sein Geld verdient, hat ein ähnliches Schicksal erfahren wie ich und ist mir und meinen Getreuen ein wichtiger Gesprächspartner auf der Suche nach der Ursache des schwarzen Todes.

Wir befinden uns heute den dritten Tag auf See, Kurs Ost, ein steter Wind greift in die Segel unseres dickbauchigen Frachtschiffs, in dem tief unter Deck viele Hundert der gelben Pantoffeln des Hadschi Moktar Bônali darauf

warten, in Chioggia und Venedig mit gutem Gewinn veräußert zu werden.
Der Wind, so der Magister, erinnere ihn als Jünger Homers an die Fahrten des Odysseus, der genau wie wir vor Äonen von Jahren unseren Kurs gesteuert sei. Wir saßen, während er das sagte, gemeinsam bei einem abendlichen Essen in der Kabine des Eigners, und Montella fügte hinzu, seiner Meinung nach sei der Wind auf dem Meer Segen und Fluch zugleich – Segen, weil er den Schiffshandel ermögliche, Fluch, weil er dafür sorge, dass krank machende Ausdünstungen, die den Algen und anderen Wassergräsern entstiegen, an Land geweht würden.
Es fällt mir schwer, das zu glauben, denn nach meiner Erfahrung ist nirgendwo auf der Welt die Luft reiner und unverfälschter als auf dem Meer. Noch nie habe ich erlebt, dass übel riechende Schwaden oder Ausdünstungen aus ihm hervorgetreten sind; auch ist mir nicht bekannt, dass dies jemals ein Seemann erlebt hat.
Das alles sagte ich Montella, der aber seelenruhig weiter seine Mahlzeit einnahm und mir entgegenhielt, es gebe auch unterseeische Vulkanausbrüche, bei denen glühende Lava, Gestein und beißender Pestgestank in die See katapultiert würden, an die Oberfläche schössen und sich mit dem Wind verbänden.
Ich behielt daraufhin meine Zweifel für mich, denn ich konnte meinen Standpunkt genauso wenig wie er beweisen. Ich habe mir vorgenommen, darauf zu achten, dass unsere Gespräche niemals im Bösen enden, denn es geht nicht darum, wer Recht hat, sondern darum, was wahr ist, und ich stehe mit meinen Aufzeichnungen erst ganz am Anfang. Am Ende jedoch, so Gott der Allmächtige will, werde ich meine Schlüsse ziehen können.

Es gab an diesem Abend übrigens gebratenen Kapaun mit Kräutern und Oliven.

21. Tag des Monats August, A. D. 1579

*Der Schiffskoch ist wirklich ein Meister seines Fachs. Was er zubereitet, ist durchweg schmackhaft und von großer Bekömmlichkeit. Heute Abend gab es köstliche Doraden, vom Steuermann frisch mit der Langleine gefangen und anschließend über dem Rost zubereitet, dazu würzige Okraschoten, die noch aus Oran stammten, und einen guten Roten aus Venetien. Doch konnten wir unsere Speise nicht wie ursprünglich beabsichtigt unter freiem Himmel einnehmen, da uns ein kräftiger Schauer überraschte. »*It's raining cats and dogs, *wie man in England zu sagen pflegt«, bemerkte der Magister grinsend, woraufhin Montella sich fast an einer Gräte verschluckte, so komisch fand er den Vergleich. »Katzen und Hunde, die herabregnen!«, keuchte er. »*Gatti e cani! *Oder, wie es im Spanischen heißt: »*Gatos y perros! *Hoho, die Engländer sind schon ein seltsames, verschrobenes Volk!« Dann wandte er sich hastig an mich: »*Scusi, amico mio, scusi! *Es war nicht so gemeint. Aber bei der Gelegenheit fällt mir ein, wie sehr sich Italienisch und Spanisch ähneln, kein Wunder, ist doch das Spanische ein Ableger unserer schönen Sprache! Wir sollten fortan nur noch Italienisch miteinander reden, einverstanden? Und auch wenn Ihr am Anfang vielleicht nicht gleich alles versteht, so ist es doch eine gute Übung für später.«*

Wir waren sofort einverstanden, und sogar Enano der Zwerg sagte ausnahmsweise einmal nicht »Wui, wui«, sondern »Sì, sì«.

Die anschließende Unterhaltung war etwas holprig, geriet aber zunehmend lebhafter, als Montella, angeregt durch die herabregnenden Katzen und Hunde, wieder auf die Pest zu sprechen kam. Er sagte, ihm sei zu Ohren gekommen, dass es im Reiche der Moguln schon mehrfach Drachengewürm geregnet habe, darunter Frösche, Echsen, Schlangen und Skorpione. Anderentags habe jedes Mal Hagelschlag die Gegend heimgesucht. Am dritten Tag schließlich sei Feuer vom Himmel gefallen, durch das die Menschen bei lebendigem Leibe verbrannt wären. Der ganze Landstrich sei anschließend mit Leichengestank und Pesthauch überzogen worden. Der Magister zog die Stirn in Falten und blinzelte auf seine typische Art, denn noch immer fehlt es ihm an neuen Beryllen. »Ich bin nicht besonders bibelfest«, entgegnete er, »aber meines Wissens sind es nur wenige Stellen, an denen es in der Heiligen Schrift Ungewöhnliches über Himmelsregen zu lesen gibt. Abgesehen vom Feuer, womit zweifellos Blitze gemeint sind, handelt es sich immer nur um Heuschrecken, bei Moses heißt es beispielsweise:

Da sprach der Herr zu Moses:
Recke deine Hand über Egyptenland,
auf dass die Heuschrecken kommen,
und fressen alles Kraut im Lande auf,
samt alledem, das dem Hagel
überblieben ist.
Da reckte Moses seinen Stab.
Und der Herr trieb einen Ostwind ins Land
den ganzen Tag und die ganze Nacht;
und des Morgens führte der Ostwind
die Heuschrecken her.«

Diese Bibelstelle ist natürlich auch mir bekannt, und, wie sich herausstellte, auch Montella, der einen großen

Schluck Wein aus seinem Glaspokal nahm und erwiderte: »In Venedig und Chioggia hat es seit Menschengedenken kein Drachengewürm geregnet, mein lieber Magister, das weiß ich genau, und insofern habt Ihr sicher Recht, aber ist es deshalb undenkbar? Glaubt mir, es geschehen mehr Dinge zwischen Himmel und Hölle, als wir alle es uns vorzustellen vermögen.«
Ich mischte mich ein und sagte: »Ursachen für die Pestilenz mag es viele geben, klar scheint aber zu sein, dass die Krankheit höchst kontagiös ist. So ist zu lesen, dass manche Leichenfledderer allein durch Aufsetzen eines gestohlenen Ringes von der Geißel erfasst wurden.«
Montella stimmte dem zu und gab folgende Begebenheit zum Besten: Anno 76, als die Seuche in Venedig wütete, soll es drei Bettler gegeben haben, die des Nachts jämmerlich froren. Sie stahlen deshalb drei Leichendecken von Pesttoten, wickelten sich hinein und wünschten einander eine gute Nacht. Am nächsten Morgen fand man sie tot. Der schwarze Tod war so schnell über sie gekommen, dass sie nicht einmal mehr den wachen Zustand wiedererlangten.
Bald darauf gingen wir alle zur Ruhe, doch jeder von uns mit einem unguten Gefühl.
Würden wir am anderen Morgen aufwachen?

24. Tag des Monats August A. D. 1579
Die letzten drei Tage hat es der Wettergott nicht gut mit der Quattro Venti *gemeint. Der kräftige Schauer war, wie sich zeigte, der Vorbote eines Sturmes, der uns gehörig durchrüttelte. Gottlob ist das Schiff von fester Bauart und die Mannschaft von guter Schulung. Mit Montella war es nicht immer möglich zu reden, da er zuweilen heftig unter der Seekrankheit litt, eine Pein, die gegenüber der*

Gottesgeißel fast ein Labsal zu nennen ist. Ich verabreichte ihm Stückchen vom Wurzelstock des Ingwerstrauchs, da diese Gabe von alters her am besten hilft, und fragte ihn, eingedenk der Worte von Doktor Chamoucha, ob ihm eine Heilwirkung des Ingwers gegen die Pest bekannt sei.

Er verneinte erstaunt. Davon habe er im Leben noch nichts gehört. Aber ihm sei bekannt, dass eine Nachbarin, eine uralte Frau, der man das Überleben noch am Allerwenigsten zugetraut hätte, ihre Rettung nur der Tatsache zugeschrieben habe, dass sie ihr Morgenbrot stets in Zwiebelsud zu tauchen pflege. Eine Schrulle, an der mehr sein könne, als man zunächst glauben möge, schließlich gebe es auch ernst zu nehmende Ärzte, die als Therapeutikum ausgehöhlte Gemüsezwiebeln auf die Bubonen legen würden.

Zwiebeln als Mittel gegen die Pest?, fragte ich mich. Konnte die Lösung so einfach sein? Gewiss, dass Kräuter, die dem Sternbild des Mars zugeordnet werden, das Wohlbefinden des Leibes fördern, überdies die Säfte ausgleichen und Mut und Willen und Lebenslust anregen, das alles war mir bekannt. Auch wusste ich, dass Mars-Kräuter vielfach Dornen haben wie Disteln und Brennnesseln und der Pfeffer. Aber Zwiebeln als Rettung gegen die Seuche? Da schien mir doch der Pfeffer noch wahrscheinlicher. Eben weil er das Schwitzen fördert und damit die Pestsäfte aus dem Körper bannt. Vielleicht. Vielleicht auch nicht …

Als habe er es gehört, setzte Montalla seine Rede fort: Ein alter Schmied am Ende seiner Straße, so sagte er, sei nur deshalb dem schwarzen Tod von der Schippe gesprungen, weil er täglich eine scharfe Pfeffersuppe zu sich genommen habe.

Ich widersprach Montella nicht. Wozu auch? Ich wusste es keinesfalls besser als er. Dann fiel mir noch ein, dass Ingwer ähnlich schweißtreibend wirkt. Schweißtreibende Kräuter – ein erster Ansatz gegen die Geißel?

26. Tag des Monats August, A. D. 1579

Der Gedanke an schweißtreibende Kräuter als ein Mittel gegen die Pest ließ mich nicht los. Es gibt viele Pflanzen, die dafür sorgen, dass die Säfte den Körper verlassen, nicht nur Ingwer oder Pfeffer, auch geraspelter Meerrettich sorgt dafür, ebenso wie Campher oder scharfes Minzöl. Allerdings ist mir noch nie zu Ohren gekommen, dass letztgenannte Kräuter gegen die Pestilenz eingesetzt worden wären. Das Schwitzen allein kann die Wirkung des Ingwers oder Pfeffers – wenn sie denn tatsächlich vorhanden ist – also nicht begründen. Besitzen beide Kräuter womöglich unbekannte Kräfte? Kräfte, die den Pesthauch aus dem Leib herausschwemmen?

Montella teilte meine Ansicht nicht. Wieder einmal verwies er auf die Meinung eines Nachbarn. Es war diesmal ein Brunnenmacher, der ebenfalls die Geißel besiegt hatte. Der Mann habe Stein und Bein geschworen, es komme lediglich darauf an, die Medikamente zum rechten Zeitpunkt einzunehmen. Am besten nach jedem Läuten der nächstgelegenen Kirche, wobei die Wirkung sich verstärke, wenn das Gotteshaus nach einem Heiligen benannt sei. Da das aber bei den meisten Kirchen der Fall sei, sei es kein Problem.

Diese These vermochte ich nicht zu glauben, und das sagte ich auch. Montella gab mir sofort Recht, lachte und fügte an, der Brunnenmacher sei so hässlich wie der Teufel, und die Pest habe ihn womöglich deshalb gemieden. Allerdings, hielt ich entgegen, würde das im Umkehr-

schluss bedeuten, dass die Geißel vorzugsweise auf schöne Menschen ginge, was sicher nicht der Fall sei.
Die Sprache kam dann auf geweihtes Wasser, Kreuze, Amulette und heilige Reliquien, die nach landläufiger Meinung allesamt einen Schutzwall vor der Pestilenz aufbauen, aber so recht überzeugend klang das auch nicht. Ein jeder Kranke sucht wohl Trost und Hoffnung durch solche Mittel, und nur bei einigen wenigen helfen sie.
Wir alle schwiegen daraufhin, und ich dachte abermals an die schweißtreibenden Kräuter. Ihnen will ich weitere Überlegungen widmen. Aber auch den Mineralien. Vielleicht kann totes Gestein Leben retten? Mir fiel der Schwefelgestank ein, der dem Pesthauch so häufig nachgesagt wird, und ich fragte mich, ob ein scharfes Sulfurbad vielleicht helfen könnte – getreu den alten Meisterärzten, die da sagten: Similiar similibus curantur.

27. Tag des Monats August, A. D. 1579

Glaubt man den Worten des Steuermanns, werden wir morgen in Chioggia festmachen, vorausgesetzt, der Wind bleibt uns gewogen. Das Adriatische Meer zeigt sich von seiner freundlichsten Seite, so dass es gestern Abend wieder einmal möglich war, an Oberdeck zu essen. Der Koch hatte die Arme eines Oktopus jeweils fünfzig Male auf die Decksplanken geschlagen, wodurch sie außerordentlich zart und genießbar wurden. Dazu gab es geröstete Hirse, Wein und einen kräftigen Feigenschnaps. Letzterer war ein Produkt der Barbareskenstaaten, deren Einwohner nach Allahs Willen keinen Alkohol trinken dürfen, was sie aber nicht davon abhält, Aqua vitae ex fico *in großen Mengen herzustellen.*
Sei es, dass uns der Alkohol die Zunge löste, sei es, dass uns das Thema Pest nicht losließ, in jedem Fall disku-

tierten wir kurz darauf wieder einmal über die Heilungsmöglichkeiten der Geißel, wobei Enano sich diesmal besonders hervortat. Er sagte mit den ihm eigenen, schwer verständlichen, rotwelschen Brocken, er habe Menschen im Askunesischen gekannt – damit meinte er Deutschland –, die auf das Haarstrangziehen schwörten. Er nannte es übrigens »Flachsstrangzupferei«. Es handelt sich dabei um eine Methode, von der auch ich schon oftmals gehört habe: Man nimmt dabei ein Büschel langer blonder Haare, manche behaupten, es müsse das Haar einer Jungfrau sein, dreht es zu einem Strang und führt es durch das Öhr einer Nadel. Die Nadel stößt man unter der Bubone hindurch und zieht den Strang aus Haaren hinterher. Diesen Vorgang wiederholt man in den verschiedenen Himmelsrichtungen bei jeder einzelnen Geschwulst.
Eine Variante dazu spricht von der Notwendigkeit, zwei parallele Hauteinschnitte vorzunehmen – wo, darüber gehen die Meinungen auseinander –, um anschließend die Nadel samt Strang unter der Haut zwischen den Einschnitten hindurchzuziehen. Letztere Vorgehensweise gilt aber eher als Prophylaktikum.
Montella zeigte sich von beiden Methoden nicht sonderlich beeindruckt, sagte vielmehr, der Feigenschnaps hätte ihn auf eine andere Therapie gebracht. Es sei dies die Benutzung von reinem Alkohol, möglichst dreifach destilliert, mit dem die Bubonen zu behandeln seien. Allerdings müsse der Alkohol vorher mit poliertem Silber in Berührung gekommen sein, beispielsweise in einem Kelch. Von dieser Möglichkeit halte er eine ganze Menge, schließlich sei Silber das edelste Metall nach Gold und Elektron.
Enano hielt daraufhin seinen Trinkkelch hoch und fistelte: »Sì, sì, Schaubenmann! Doch ein loller Funkel drin

is alleweil besser.« Sprach's und trank einen kräftigen Schluck seines Roten.

Wir lachten, die Ablenkung tat uns gut. Fortan drehte sich das Gespräch nur noch um Chioggia und Venedig. Montella beabsichtigt, die Unzahl an gelben Pantoffeln zunächst in einem Lagerhaus auf der Laguneninsel Sant'Erasmo zu verwahren, da er anderswo keinen Platz hat. Er bat uns, ein Auge auf die Ware zu haben, was ich ihm gerne versprach. Wir haben keine besondere Eile, und außerdem fühle ich mich in Montellas Schuld.

»Ich bin Euch wirklich sehr dankbar, Cirurgicus, dass Ihr mit den Euren für eine Weile auf Sant'Erasmo bleiben und auf meine gelben Pantoffeln aufpassen wollt. Ich versichere Euch, ich tue alles, damit sie schnell Abnehmer finden. Lasst es Euch so lange gut ergehen.« Giancarlo Montella stand auf dem Deich über dem Anleger und streckte die Hand aus. »Wie Ihr seht, ist die Insel flach wie ein Fladenbrot, wenn auch eines von sattem Grün. Der Grund sind die ausgedehnten Felder, auf denen die wenigen Familien, die hier wohnen, Obst anbauen und Gemüse ziehen. Dort links seht Ihr den Lagerschuppen und rechts daneben einen kleinen Holzbau. Er ist regendicht und beheizbar und wird Euch als Behausung dienen. Paolo, mein Lagermeister, wohnte darin, bis der Schlagfluss ihn traf.«

»Ich danke Euch ebenfalls, Signore«, sagte Vitus stellvertretend für seine Gefährten. »Wir werden uns schon einrichten.«

»Gewiss, gewiss, *amico mio*. Dennoch werde ich mit dem alten Giovanni reden. Er lebt mit seiner Frau Carla und seinen Söhnen nur dreihundert Schritt von hier entfernt. Carla wird für Euch kochen, selbstverständlich auf meine Kosten. Ihr werdet merken, die Nahrung ist außerordentlich leicht und gesund. Dazu ein hübscher Roter von der Nachbarinsel Vignole … Ich wette, die Zeit wird Euch wie im Fluge vergehen. Falls nichts Unvorhergesehenes geschieht, bin ich in einer Woche wieder da. *Ciao*, meine Freunde, *ciao!*«

Er umarmte Vitus und die anderen kurz und heftig, küsste sie nach italienischer Sitte schmatzend auf beide Wangen und stapfte zurück zu dem Ruderboot, das sie von Venedig herübergebracht hatte.

»Allein mit tausend gelben Pantoffeln«, brummte der Magister und wischte sich den Schweiß von der Stirn. »Ich schlage vor, wir umrunden unser neues Reich einmal, lange kann es ja nicht dauern, und ich weiß immer gern ein wenig mehr über den Ort, an dem ich mich aufhalte.«

»*Sì, sì*«, fistelte der Zwerg.

Alb gurgelte etwas. Es war nicht zu verstehen, aber seiner Miene nach schien ihm die Insel gut zu gefallen.

»Dann wollen wir mal«, sagte Vitus.

»*Per pedes apostolorum*, wie weiland in der Wüste«, sagte der kleine Gelehrte blinzelnd. »Nur dass es hier gottlob nicht ganz so heiß ist.«

Sie steuerten nach rechts und wanderten auf dem Deich entlang. Die Aussicht war bemerkenswert. Rechterhand die große Lagune mit den einzelnen Inseln, davor die Türme und Kuppeln der *Serenissima*, zur Linken Sant'Erasmo, ein Eiland, so verwunschen wie der Garten Eden. Betörende Düfte nach Obst und Gemüse wehten heran. Niedrige Büsche, wilde Gräser und bunte Blumen bestimmten überall da das Bild, wo Menschenhand keine Felder angelegt hatte. Fliegen summten, und Zikaden zirpten. Als sie die Insel umrundet hatten und wieder in die Nähe des Anlegers kamen, sahen sie, wie ein dickbauchiges, flach gehendes Boot herangerudert wurde. Vier Männer befanden sich darin, die ihre Arbeit im Stehen verrichteten. Schnell und geschickt vertäuten sie den Kahn und sprangen an Land. Der Älteste unter ihnen, ein Graukopf mit dem Gesicht eines

Apostels, trat auf Vitus zu, deutete eine Verbeugung an und sagte: »Seid Ihr der Cirurgicus?«

»Der bin ich. Und das sind meine Freunde: der Magister, der Zwerg Enano und Alb, der Stumme.«

Der Alte nickte, wobei sein Blick auf Alb verweilte. »Ich bin Giovanni, der Fährmann, und die Burschen hier sind meine Söhne: Carlo, Franco und Giovanni junior. Messer Montella traf mich in der Stadt und hat mir alles über Euch und Eure Getreuen erzählt, Cirurgicus. *Benvenuto* auf Sant'Erasmo! Ich hoffe, die Zeit hier wird Euch nicht langweilig.«

»Nein, nein«, erwiderte der Magister. »Wir haben turbulente Tage hinter uns, da kommt ein wenig Ruhe gerade recht.«

»Das freut mich. Wenn die Sonne untergeht, wird Carla, mein Weib, eine Abendspeise zubereitet haben. Ich würde mich freuen, wenn Ihr uns die Ehre gebt.«

Der kleine Gelehrte grinste. »Mit Vergnügen! Ich bin als dankbarer Esser bekannt!«

»*Sì, sì*, Pullmann, ich auch, ich gewisslich auch.«

Alb lachte gurgelnd und betrachtete interessiert das Ruderboot des Fährmanns.

Vitus sagte. »Dann ist ja alles klar. Richte deiner Frau Grüße aus, wir würden nachher sehr gerne kommen. Aber sie soll kein großes Aufhebens machen. Wir sind nicht verwöhnt.«

Natürlich hatte Carla, eine mütterliche Frau von matronenhafter Gestalt, besonders viel Aufhebens gemacht. Der Tisch, an dem die Sippe Giovannis zusammen mit Vitus und den Seinen saß, war riesig und bog sich unter der Last der Speisen. Doch war bemerkenswerterweise kaum Fleisch darunter, lediglich eine große Schüssel mit Hühnerpastete, die von Oliven durchspickt war. Den stolzen Rest bildeten ausschließlich Gemüsegerichte. Vitus staunte über die Vielfalt, mit der man Bohnen, Erbsen, Pastinaken, Gurken, Kohl, Kürbisse und Karotten zubereiten konnte. Er machte der Hausfrau ein Kompliment, und diese errötete sanft.

»Ich danke Euch, Cirurgicus, es geschieht nicht häufig, dass meine Männer mich loben.«

Giovanni winkte ab. »Ach was, Weib, wenn wir die Speisen so loben würden, wie es ihrer Güte zukommt, käme niemand von uns mehr zum Essen, stimmt's, ihr Burschen?«

Alle lachten, und Carla setzte sich, nach einer energischen Aufforderung ihres Mannes, ebenfalls an den Tisch. »Wisst Ihr, Cirurgicus«, sagte sie, »manchmal wünsche ich mir, nicht nur Söhne zu haben, sondern auch ein paar Töchter, dann hätte ich ab und zu Hilfe am Herd.«

Vitus legte den Löffel, mit dem er gerade die Hühnerpastete gekostet hatte, beiseite. »Dass du keine Töchter, sondern nur Söhne geboren hast, will mir sehr ungewöhnlich erscheinen. Oder liegt die Schuld etwa bei der P…«, er brach ab. Es ging ihn schließlich nichts an, warum seine Gastgeberin keine Töchter hatte, und die Pest, die alle seine Gedanken beherrschte, musste beim Essen nicht unbedingt erwähnt werden.

Carla schob die Schüssel mit der Pastete näher an Vitus heran. »Nein, nein, Cirurgicus, die Pest hat mir keines meiner Kinder geraubt. Es ist ganz einfach so, dass Gott der Allmächtige mich nur mit Söhnen gesegnet hat.« Sie schlug das Kreuz. »Als Arzt wird es Euch interessieren, dass wir auf Sant'Erasmo vor drei Jahren, als die Geißel Venedig heimsuchte, keinen einzigen Todesfall zu beklagen hatten. Vielleicht, weil wir hier sehr abgeschieden leben.«

Vitus war nachdenklich geworden. »Verzeih, ich wollte dem Gespräch keine ernste Wendung geben. Doch sicher irrst du, wenn du sagst, niemand auf der Insel sei an der Geißel gestorben. Das kann nicht sein.«

»Und doch ist es so, Cirurgicus. Keiner hat damals inniger zur Jungfrau Maria gebetet als meine Nachbarinnen und ich.

Wir versammelten uns regelmäßig in der kleinen Holzkapelle und erflehten Schutz und Segen für Sant'Erasmo. Wir Frauen sind sicher: Nur deshalb sparte der schwarze Tod unsere schöne Insel aus.«

»Ach was.« Giovanni unterdrückte einen Rülpser. »Auf den anderen Inseln haben die Frauen genauso gebetet, ob es nun auf Vignole, Burano, Murano oder sonstwo war. Meiner Meinung nach lag es nur daran, dass wir so gut wie keine Ratten hier haben. Jedes Kind weiß doch: Wo sie sind, ist auch die Pest. Wenn es gelänge, alle Ratten auf der Welt zu erschlagen, hätte man die Geißel gleich mitgetötet.«

»Was du nicht sagst!« Vitus hatte fasziniert den Worten des Hausherrn gelauscht. »Weißt du denn auch, was Ratten an sich haben, dass ihr Auftreten stets mit der Pest einhergeht?«

»Nein, das weiß ich nicht. Leider. Soviel mir bekannt ist, sind sie sehr saubere Tiere. Sie leben zwar häufig in Müll und Dreck und fauligen Gewässern, dennoch putzen sie sich häufig. Vielleicht ist es ihr Atem, dem der Pesthauch entströmt.«

»Das ist nicht auszuschließen.« Vitus wischte sich den Mund und lehnte sich zurück. Er hatte viel mehr gegessen als beabsichtigt. »Nun, ich denke, es ist Zeit, dir und deiner Frau für das vorzügliche Mahl zu danken, selten habe ich so viel Köstliches aus Gemüse genossen.« Er erhob sich. »Ich wünsche dir und den Deinen eine gute Nacht. Möge der Erhabene euch angenehme Träume schenken.«

»Dasselbe für Euch, Cirurgicus.«

Die Freunde gingen hinaus in die sternenklare Nacht. Im silbrigen Licht der Mondsichel war in einiger Entfernung der Lagerschuppen mit dem daneben liegenden Haus zu erkennen. Sie schlenderten hinüber und überprüften das Schloss zum Schuppen. Es wirkte solide und unzerstörbar. Der Magister blinzelte. »Wisst ihr, was? Ich glaube, auf dieser Insel wird überhaupt nicht gestohlen. Montella will uns nur einen Gefallen tun und uns zu einer billigen Unterkunft verhelfen. Taktvoll, taktvoll, das muss ich schon sagen.«

»Du sprichst aus, was ich soeben auch gedacht habe«, sagte Vitus. »Montella weiß am besten, wie wenig Bares mir übrig blieb, nachdem ich ihm den Schuldschein ausgestellt und unsere Passagen bezahlt hatte. Er ist wahrhaftig zu einem Freund geworden. Wenn es ihm gelingt, die Pantoffeln mit Gewinn zu verkaufen, ist es gut für ihn und auch für Sîdi Moktar, so viel steht fest.«

Der Magister schnaufte. »Ich sehe schon bald ganz Oberitalien in gelbem Schuhwerk herumlaufen! Aber, um die Wahrheit nicht zu verhehlen, es geht sich wirklich sehr bequem darin. Das Einzige, was mich an den Tretern stört, ist ihr Geruch nach Ziege und Stall.«

Vitus lachte. »Dann lass sie einfach vor der Tür stehen! Kommt ins Haus, Freunde, ich bin müde, es war ein langer Tag.«

Das stimmte in der Tat. Wieder einmal hatten sie zahlreiche neue Eindrücke gesammelt und viele Menschen kennen gelernt. Nachdem sie die zwei karg möblierten Räume der Behausung in Augenschein genommen hatten, machten sie deshalb nicht viel Federlesens, bauten sich jeder eine Bettstatt aus Stroh und waren wenig später eingeschlafen.

Obwohl die Gefährten sich am anderen Tag sehr zeitig zum Morgenmahl bei Carla einfanden, waren Giovanni und seine Söhne bereits fort. Hoch beladen mit Gemüsekisten, hatten sie ihren Kahn schon vor Sonnenaufgang nach Venedig gesteuert. *La Serenissima* war es gewöhnt, wie eine Königin umsorgt zu werden.

Aber auch Vitus und seine Freunde konnten sich nicht beklagen. Das mütterliche Herz Carlas hatte wiederum für einen reich gedeckten Tisch gesorgt, und erneut aßen sie mehr, als eigentlich gut für sie gewesen wäre. Nach einem kleinen Verdauungsspaziergang griff Vitus zu Tinte und Feder und ergänzte seine Aufzeichnungen:

Sant'Erasmo, 29. Tag des Monats August, A.D. 1579
Gestern am Freitag sind wir auf Sant'Erasmo angekommen. Es ist eine Insel in der Lagune Venedigs, die für den Besucher einige Überraschungen bereithält. So ist sie in der Größe zwar der Markusstadt vergleichbar, doch hat sie höchstens hundert Einwohner. Die Menschen hier verdienen sich ihr Brot durch den Anbau von Gemüse. Giovanni, Fährmann und Bauer in einem, bringt es regelmäßig hinüber auf den Rialtomarkt. Bei ihm und seiner Frau haben wir für die Mahlzeiten gastliche Aufnahme gefunden. Gestern Abend vertrat er die Auffassung, dass überall da, wo Ratten seien, auch die Pest sei. Und Sant'Erasmo sei vor drei Jahren nur deshalb von der Geißel verschont geblieben, weil es auf dem Eiland keine Ratten gebe.
Eine interessante These, wie ich meine, zumal ich in dem medizinischen Werk De morbis *ähnliche Beobachtungen der alten Meisterärzte nachlesen konnte.*
Nur leider nützt die Erkenntnis so lange nichts, wie unklar bleibt, welche Bewandtnis es mit den Ratten auf sich hat. Was ist an ihnen, dass sie die Gottesgeißel über die Menschheit bringen? Das näher zu untersuchen bin ich gewillt, sobald wir wieder auf dem Festland sind. Ich werde mir eine Ratte besorgen und sie sezieren …

Am Nachmittag kamen Giovanni und seine Söhne über die Lagune zurück. In ihrer Begleitung befanden sich zwei weitere Lastkähne, besetzt von Männern, die wie sie vom Gemüseverkauf lebten. Die Fahrt in den dickbauchigen Caorlinen war wie immer anstrengend gewesen. Bevor sie die Kähne das Ufer hinaufschoben, banden sie sich Tücher vor Mund und Nase und hoben große Kessel an Land.

»Nanu, was transportiert ihr denn da?«, fragte Vitus, der mit den Gefährten gekommen war, um die Männer zu begrüßen. Im selben Moment verzog er das Gesicht. Der Gestank, der den Kesseln entströmte, hatte ihm die Antwort bereits gegeben: Es waren Fäkalien.

Giovanni lachte unter seinem Tuch. »Wir haben hier sozusagen die Kehrseite der *Serenissima*, Cirurgicus, und die ist weniger heiter. Aber sehr nützlich. Wir düngen damit unsere Felder. Dreimal in der Woche fahren wir den Canal Grande und die kleineren Kanäle ab, wechseln die Gefäße auf den Abtritten aus und kehren schwer beladen zurück. Die Gülle lässt unser Gemüse prächtig wachsen. Wenn es reif ist, fahren wir es zum Markt, wo es gekauft, anschließend gegessen, verdaut und wieder … nun ja, Ihr wisst schon, was ich meine. Ein Kreislauf in unserer Lagune, der seit Hunderten von Jahren stattfindet.«

Vitus nickte. Er wusste, in diesem Augenblick fühlten seine Gefährten sich an dasselbe erinnert wie er: an ihre Zeit auf der Galeere von Mehmet Pascha. Gerade jetzt hätte er viel für eine Parfümkugel gegeben, wie sie am Hofe der jungfräulichen Königin Elisabeth I. gebräuchlich waren, doch England und London schienen so weit entfernt, als lägen sie auf dem Mond.

»Ich soll Euch außerdem noch einen herzlichen Gruß von Messer Montella ausrichten, Cirurgicus. Ich habe ihn zufällig vor dem Palazzo Ducale getroffen. Er sagte, er habe einen der berühmtesten Pestärzte Venedigs getroffen und ihm von Euch berichtet. Sein Name ist Dottore Maurizio Sangio. Er freut sich darauf, Euch kennen zu lernen.«

»Was? Welch eine angenehme Überraschung!«, erwiderte Vitus strahlend. »Dass Montella daran gedacht hat, ein Treffen mit einem Pestarzt vorzubereiten, ist wirklich umsichtig. Dabei hatte ich ihn gar nicht darum gebeten.«

»Das nicht«, entgegnete der Magister, der sich bemühte, des Gestanks wegen möglichst flach zu atmen, »aber unser Freund musste auch kein großer Hellseher sein, um zu wissen, wie sehr du eine solche Zusammenkunft begrüßen würdest.«

»Sì, sì, wui, wui, ihr Gacken!« Enano sprang von Albs Schultern. Er hatte aus luftiger Höhe die Ankunft der Boote verfolgt. »Auf, auf, zum Grandigen Canale!«

Vitus winkte ab. »So weit ist es noch nicht, Enano. Vor Sonnabend rechne ich nicht mit der Rückkehr von Montella. Du wirst dich noch ein wenig gedulden müssen. *La Serenissima* läuft dir nicht fort.«

»Wui! Sì! Ja! Nich fort, nich fort!« Der Zwerg wollte wieder auf die starken Schultern von Alb klettern, doch der war nicht mehr da. Er hatte sich entfernt, um Giovanni und seinen Männern beim Ausbringen der Gülle zu helfen. »Wiewo? Was soll's. Wann gibt's denn wieder Pickerei? Hab knurrig Frost im Magen!«

Doch bis zum Abendessen sollte es noch eine ganze Weile dauern, und die Freunde vertrieben sich die Zeit, indem sie einen weiteren Spaziergang über die Insel machten.

Am folgenden Tag taten sie das Gleiche und am übernächsten auch, und allmählich empfanden sie das beschauliche Inselleben als eine Spur zu beschaulich. Schlicht gesagt: Sie begannen sich zu langweilen. Nur Alb schien es nicht so zu ergehen, denn er hatte sich angewöhnt, Giovanni auf dessen Fahrten zu begleiten. Seine Hilfe war hochwillkommen, denn natürlich verstand er es, erstklassig und ausdauernd zu rudern. Vitus, der Magister und der Zwerg dagegen waren heilfroh, als sich am Sonnabendmittag tatsächlich ein schwerer Lastkahn der Insel näherte. Die Sant'Erasmini reckten fast ohne Ausnahme die Hälse, denn es kam nicht häufig vor, dass ein so großes Schiff am Anleger festmachte.

Kaum war der Kahn sicher vertäut, sprang mit einem ungeschickten Satz Montella an Land. Er trug auch heute wieder eine Schaube, die für das Wetter zu warm war, doch immerhin passte das tiefe Blau des Brokatstoffes hervorragend zur Farbe des wolkenlosen Himmels. »Ich habe gute Kunde!«, keuchte er vergnügt, breitete die Arme aus und riss sich das Barett vom Kopf. »Gute Kunde, Freunde! Ich habe die Pantoffeln an den Mann gebracht, allesamt, bis auf ein Dutzend Stück! Lasst euch umarmen!«

Er stülpte sich die Kopfbedeckung wieder über, watschelte auf Vitus zu und drückte ihn an seine Brust. Während er ihm mit dem Gleichmaß einer Maschine auf den Rücken klopfte, gab er in Kurzform die Geschichte seines Verkaufserfolgs zum Besten: Es war ihm gelungen, den Haushofmeister eines Wesirs aus Konstantinopel kennen zu lernen. Dieser Mann, der über eine Dienerschaft gebot, die nach Hunderten zählte, hatte sich vom ersten Augenblick an begeistert gezeigt von der Farbe und der Geschmeidigkeit des arabischen Schuhwerks. Er hatte es höchstselbst übergestreift, war ein paar Schritte hin und her gegangen, hatte dabei von seinen Untergebenen überschwängliches Lob geerntet, unter anderem dafür, wie gut ihm die Pantoffeln stünden, wie herrlich das Gelb zu seinen lilaseidenen Pluderhosen passe, wie vornehm seine Füße darin wirkten und so weiter und so weiter ... und schließlich im Bausch und Bogen alle Paare gekauft.

»Ich bin der erfolgreichste Kaufmann von Chioggia und ganz Venetien!«, jubelte Montella, der noch immer Vitus' Rücken bearbeitete. Sein Opfer befreite sich mühsam. Die Wiedersehensfreude des dicken Händlers wirkte so überwältigend, als sei er nicht nur eine Woche, sondern ein ganzes Jahr fort gewesen.

»Das muss gefeiert werden, Cirurgicus!«, röhrte Montella. »*Amico mio,* Ihr habt einem Vasen- und Weinhändler Glück gebracht. Lasst uns essen, ich sterbe vor Hunger. Carla soll aufbieten, was Küche und Vorratskammern hergeben!«

Doch es dauerte noch eine geraume Weile, bis Montella und seine Gäste der Speise zusprechen konnten, denn Giovannis Weib hatte es zur Feier des Tages besonders gut machen wollen und deshalb besonders viel Zeit gebraucht. »Nun, Cirurgicus«, fragte der dicke Händler, endlich mit vollen Backen kauend, »hat Giovanni Euch von Dottore Sangio, dem berühmten Pestarzt, erzählt?«

Der Fährmann fuhr dazwischen: »Aber natürlich, Messer Montella, natürlich! Wie hätte ich das vergessen können!«

»Schon gut, schon gut, mein lieber Giovanni«, beschwichtigte der Dicke. »Es war ja nur eine Frage. Ich wollte dir keineswegs zu nahe treten. »Wisst Ihr, Cirurgicus«, wandte er sich erneut an Vitus, »ich habe gedacht, das Gespräch zwischen Dottore Sangio und Euch könnte übermorgen, am Montag, stattfinden. Der Dottore wohnt ganz in der Nähe des Markusplatzes, nur wenige Schritte von meinem Kontor entfernt. Ihr könntet dort mit euren Freunden schlafen. Es ist zwar nicht komfortabler als hier, besonders, wenn man bedenkt, wie gern einen nachts die Mücken von den Kanälen abschlachten, aber immerhin, für ein paar Tage dürfte es gehen.«

»Ich bin Euch sehr verbunden, Signore«, antwortete Vitus, dem die große Hilfsbereitschaft des Wein- und Vasenhändlers schon fast ein wenig peinlich war. »Hoffentlich kann ich Eure Großzügigkeit jemals wieder gutmachen. Ich versichere Euch, wir werden so bald wie möglich nach Padua weiterziehen. Selbstverständlich bleibt es bei der Sicherheit, die Ihr bei der Ausstellung des Schuldscheins verlangt habt.«

»Sicherheit, Sicherheit?« Für den Bruchteil eines Augenblicks schien Montellas Kaufmannshirn einen Aussetzer zu haben, doch dann fiel es ihm wieder ein: »Ach so, Ihr sprecht vom stummen Alb. Nun, ich habe mir überlegt« – er hörte kurz auf zu kauen –, »nun also, es zeugt vielleicht nicht gerade von geschicktem Handelsgebaren, aber ich habe mir gedacht, ich könnte auf die Sicherheit wohl verzichten. Nicht zuletzt, weil ich mir erlaubt habe, ein paar Erkundigungen beim hiesigen Gesandten Ihrer Majestät Königin Elisabeth, der ein langes, erfülltes Leben beschieden sein möge, äh, einzuholen, und daher weiß ich, Cirurgicus, dass Ihr der letzte Spross der edlen Collincourts seid, jedenfalls drückte Sir Allan McTrumbull es so aus, auch wenn da noch einiges Gezänk um Euer Erbe anzustehen scheint. Nun ja, das ist überall auf der Welt so. Was ich sagen will, ist, mir genügt die Sicherheit, dass Ihr über ein Schloss und große Ländereien gebietet, vollkommen.«

»Donnerwetter!«, lächelte Vitus. »Ihr seid die Umsicht in Person, Signore. Aber mittlerweile hat sich ergeben, dass Alb völlig freiwillig hier bleiben möchte. Er liebt die Insel und die Arbeit der Gemüsefahrer, außerdem könnte er die Nachfolge Eures verstorbenen Lagermeisters antreten.«

Zu Vitus' Worten gurgelte Alb heftig, und seine Lippen arbeiteten. Seine Miene war eine einzige Bitte: Lasst mich auf der Insel, lasst mich doch auf der Insel!

Montella stutzte. »Höre ich recht? Alb, der Stumme, möchte hier bleiben? Das ist ja, äh, *meraviglioso!* Das ist *fantastico, magnifico!* Natürlich bin ich damit einverstanden! Heute ist wirklich ein Glückstag! Ich habe meine Pantoffeln verkauft, ich habe einen neuen Lagermeister, und ich habe eine Sicherheit für den Schuldschein, äh, die ich natürlich nicht brauche, Cirurgicus. Aber trotzdem. Carla! Sei so gut, und bring uns noch mehr von dem Roten!«

Anschließend saßen sie noch lange beisammen, und erst im Morgengrauen, zu einer Zeit, da Giovanni normalerweise schon seinen Kahn Richtung Venedig steuerte, gingen sie zur Ruhe. Aber an diesem Tag war Sonntag, der Tag des Herrn. Und sie nahmen sich vor, zusammen in der kleinen Holzkapelle zu beten und Gott zu danken.

Dafür, dass sich alles so gut gefügt hatte.

Der Pestarzt Doktor Sangio

»Das ist meine Unterkleidung, gut ansitzend,
um die Schweißlöcher in der Haut, durch die verderbliche
Miasmen eindringen könnten, hermetisch abzudichten.
Darüber trage ich diesen langen Überwurf, dazu
lederne Handschuhe. Die Stiefel sind aus demselben Material.
So vermeide ich während der Behandlung
jegliche Berührung mit der Luft.«

Auf der Piazetta mit den zwei Säulen des heiligen Theodor und des Markuslöwen, inmitten brodelnder Betriebsamkeit, wo Gaffer, Bürger und Patrizier sich ein Stelldichein gaben, stand Giancarlo Montella und versuchte, sich Gehör zu verschaffen. Der Wein- und Vasenhändler, der zukünftig auch ein Pantoffelhändler sein wollte, hielt einen gut verschnürten Ballen in den Händen und rief: »Nehmt ihn zum Abschied, Cirurgicus, ja, nehmt ihn nur. Es ist eine Überraschung!«

Vitus zögerte. Der Ballen war recht groß, und er wusste nicht, wo er ihn in seiner Kiepe unterbringen sollte. Auch das Felleisen des Magisters war randvoll gepackt, und dem Zwerg mit seinem Buckel war es nicht zuzumuten, etwas auf den Rücken zu nehmen. »Danke, Signore. Es wird nicht ganz einfach sein, Euer Geschenk zu transportieren; ich denke, ich werde den Ballen oben auf dem Kiependeckel befestigen.«

»Das tut nur, Cirurgicus, das tut nur! Aber versprecht mir, das Bündel nicht vor Padua zu öffnen. Nicht vor Padua!«

»Ich gebe Euch mein Wort.«

»Gut, gut. Äh, wie ich Euch bereits sagte, pressiert es mir ein wenig, da die nächsten Geschäfte in Oran bereits warten. Der Wind steht günstig für meine *Quattro Venti*, und ich habe noch viel an Bord vorzubereiten, auch gilt es, dem Wesir rasch sein erworbenes Schuhwerk auszuliefern. Pantoffeln gegen bares Geld – nach einer guten Anzahlung, versteht sich –, so war es zwischen ihm und mir vereinbart. Ich sage Euch, Cirurgicus, anders kann man Geschäfte mit Osmanen nicht abwickeln! Wenn es denn überhaupt gelingt. Nachdem wir ihnen bei Lepanto gehörig die Flügel gestutzt hatten, lief geschäftlich zunächst gar nichts, das könnt Ihr mir glauben, aber nachdem wir ihnen anno dreiundsiebzig Zypern überließen, geht es wieder. Luigi jedenfalls weiß Bescheid.«

»Luigi? Was für ein Luigi?«

»Ach, wo bin ich nur mit meinen Gedanken! Das könnt Ihr ja nicht wissen: Er ist der Vorsteher meines hiesigen Kontors und wird Euch Unterkunft geben. Ich hoffe nur, Ihr werdet nicht allzu enttäuscht sein, die Bleibe ist wirklich recht dürftig. Nun ja, es soll ja nur für ein, zwei Nächte sein, wie Ihr sagtet, und *La Serenissima* ist ein teures Pflaster. Was meint Ihr wohl, warum ich mein Hauptkontor nicht hier, sondern in Chioggia habe!«

Montella machte eine kurze Pause, schnaufte und fuhr dann fort: »Findet Ihr nicht auch, dass der Montag immer der schlimmste Wochentag ist? Alles, was am Sonntag nicht erledigt werden konnte, weil der Allmächtige ihn zum Ruhetag erklärte, staut sich am Montag zusammen. Schon bald bricht die Mittagsstunde an, und ich habe noch nichts geschafft. Ich weiß nicht, wo mir der Kopf steht! Was wollte ich noch? Ach ja, *amico mio,* ich wünsche Euch und Euren Gefährten viel Erfolg im Kampf gegen die Pestilenz. Dottore Sangio freut sich schon auf Euch, und ich muss nun gehen. Lasst von Euch hören, Gott befohlen!«

Montella, der an diesem Tag eine Schaube mit besonders weitem Schalkragen trug, drückte Vitus ohne ein weiteres Wort den Ballen in die Hand, keuchte noch einmal kurzatmig und eilte zu einer Gondel, die ihn zu seiner *Quattro Venti* übersetzen sollte.

Der Magister blinzelte. »Der Mann hat es ganz schön eilig, so wahr ich Ramiro García heiße! Nicht einmal mehr für die übliche Umarmung hatte er Zeit. Ich sage euch, das ist der Lockruf des Mammons! Wahrscheinlich stellt er seine Geschäftsgrundlage von nun an um. Die Zukunft gehört der gelben Pantoffel!«

»Wui, wui, gelbe Schlorren, gelbe Schlorren!«

Vitus schnürte den Ballen auf die Kiepe. »Die Gabe Montellas ist ziemlich leicht für ihre Größe. Gottlob, denn ich muss sie wohl bis Padua schleppen.«

»Erst einmal gehen wir zu diesem Luigi«, entschied der Magister. »Dort quartieren wir uns ein, dann machen wir einen Abstecher zum Rialtomarkt, um uns noch von Giovanni, seinen Söhnen und dem guten Alb zu verabschieden, und dann trennen wir uns. Du, Vitus, gehst zu Doktor Sangio, und der Zwerg und ich versuchen, für mich zwei neue Nasengläser aufzutreiben. Wäre doch gelacht, wenn es in dieser reichen Stadt keine Glasschleifer gäbe, die mit Beryllen umgehen können.«

»Genauso machen wir es«, sagte Vitus.

Drei Stunden später, die Sonne versank bereits im Westen, strebte Vitus zum Haus des Doktor Sangio. Er musste zum Glück keine Gondel nehmen, um dorthin zu kommen, und konnte auf diese Weise seinen schmalen Geldbeutel schonen.

Das Haus glich eher einem Palazzo. Es hatte drei Stockwerke und war in einem warmen terrakottafarbenen Ton gestrichen. Friese und Freskenmalerei schmückten den oberen Teil der Fassade; Balkone mit reich verzierten Balustraden, über denen schräg gespannte Leinenplanen vor der Sonne schützten, bestimmten den unteren Teil. Insgesamt wies jedes Stockwerk mehrere prächtige Spitzbogenfenster auf. So beeindruckend das

Äußere des Palazzos war, so penetrant umwehte ihn der Gestank nach Exkrementen. Er rührte von den zahllosen Kanälen her, die ganz Venedig wie ein Gitterwerk durchzogen. Offenbar kamen Giovanni und seine Kollegen keineswegs gegen die Mengen an, die Tag für Tag in den Abtritten landeten.

Vitus stand unter der Lünette des Hauptportals und betätigte den löwenköpfigen Klopfer. Eine Zeit lang geschah gar nichts. Gerade wollte er nochmals klopfen, da erklang eine Stimme in seinem Rücken:

»Der Dottore erwartet Euch schon, Cirurgicus.« Die Stimme gehörte einem Bediensteten, der ihn in den Innenhof geleitete und über eine Freitreppe nach oben führte. Leichtfüßig eilte er die vielen Stufen empor, vorbei am ersten *Piano nobile,* dem »vornehmen oberen Geschoss«, passierte ein Zwischenstockwerk, Mezzanin genannt, und gelangte schließlich zum dritten Geschoss. Er war so flink, dass Vitus einige Mühe hatte, ihm zu folgen. Oben angelangt, entfernte der Diener sich rasch, allerdings nicht, ohne vorher einladend in einen großen, hellen Raum gewiesen zu haben.

Vitus sah sich um. Der Raum kam in den Ausmaßen eher einer Halle gleich, und wie bei Hallen häufig, war er kaum möbliert. Das Hauptaugenmerk, neben ein paar wandhohen goldgerahmten Gemälden und den kunstvollen Deckenfresken, beanspruchte ein großer marmorner Kamin mit reichlich Scheitholz davor.

»Man vermag es sich zur Zeit schwer vorzustellen, aber im Winter fährt einem die Kälte hier gehörig ins Gebein. Da ist ein gut ziehender Kamin so wichtig wie kräftige Kost und ein stärkender Tropfen.«

Vitus fuhr herum. Er hatte den athletischen Mann, der aus einer Nebentür hereingekommen war, nicht bemerkt. Rasch verbeugte er sich und sagte: »Verzeiht meine Unachtsamkeit. Ich bin Vitus von Campodios.«

»Der Cirurgicus! Ich dachte es mir. Und ich bin Maurizio Sangio, derjenige, den alle den ›Pestarzt‹ nennen.«

Die zwei Männer musterten einander und stellten fest, dass sie sich sympathisch waren. Sangio war ein stattlicher Mann in den Fünfzigern, von fester Statur, ohne Bauch, mit einem Kopf, der an die Büsten römischer Imperatoren erinnerte. Er trug eine hüftgepolsterte Hose, die kurz unter dem Knie endete, dazu ein Hemd mit Kragen von spanischer Spitze, Weste und Wams – alles gut sitzend und aus besten Materialien. Und alles, bis auf das Hemd, in glänzendem Schwarz. Vitus dagegen in seiner Dschellaba sah noch immer wie ein halber Araber aus, auch wenn er um die Leibesmitte einen breiten Ledergürtel geschlungen hatte.

»Setzt Euch doch, Cirurgicus.« Sangios linkes Augenlid flatterte plötzlich, doch er beachtete es nicht. Stattdessen deutete er auf zwei lederbezogene Stühle, die an einem Eichentisch standen. »Wo Ihr wollt.«

»Danke, Dottore.«

»Ich hoffe, Ihr habt Euch schon ein wenig im schönen alten Venedig eingelebt?« Der Pestarzt nahm ebenfalls Platz.

»Oh, ja, ein wenig schon.« Vitus erzählte, was der Tag bisher gebracht hatte, wobei er besonders darauf hinwies, wie schmerzlich der Abschied von Alb, Giovanni und Montella gewesen war. In welch bescheidenem Zustand sich jedoch ihre Bleibe über dem Kontor des dicken Händlers präsentiert hatte, verschwieg er. Es war dort wahrlich nicht heimelig, sondern klamm und feucht und schimmelig. Und voller Mücken. Die ersten Stiche hatten die Freunde schon davongetragen.

Der Diener erschien und stellte eine Karaffe mit rotem Rebensaft, einen Krug mit Wasser und zwei Gläser auf den Tisch. Dann blickte er den Hausherrn fragend an. Als dieser unmerklich den Kopf schüttelte, entfernte er sich geräuschlos.

Sangio erhob sich und schenkte selber ein. »Ja, ja, Giancarlo

Montella«, sagte er. »Der Wein- und Vasenhändler, der jetzt auch noch Pantoffeln verkauft. Sagt, schmeckt Euch die Traube?«

Vitus trank einen Schluck. Der Wein war kräftig und fuhr einem gehörig in die Glieder. »Danke, der Tropfen ist sehr gut«, versicherte er.

»Nun, um auf Montella zurückzukommen: Er ist ein Freund von mir. Als die Pestis vor drei Jahren über Venedig kam, war er einer meiner zahllosen Patienten und gehörte zu den wenigen, die überlebten.«

»Sicher dank Eurer ärztlichen Kunst.«

Sangios Augenlid flatterte abermals. »Oh, nein, Cirurgicus! Ich ließ ihm genau die Pflege angedeihen, die auch meine anderen Patienten bekamen. Ich muss gestehen, es ist mir bis heute ein Rätsel, wieso er überlebte und die anderen nicht. Oder, wenn Ihr so wollt: Warum meine Maßnahmen nur bei ihm wirkten. Man könnte auch sagen, warum meine Maßnahmen überhaupt nicht wirkten, weil es der reine Zufall war, dass Montella genas.« Er griff zum Wasserkrug und verdünnte seinen Wein. »Wollt Ihr auch, Cirurgicus?«

»Ja, bitte, ich möchte einen klaren Kopf behalten.«

»Den können wir in diesen Zeiten alle gebrauchen.«

»Darf ich fragen, Dottore, welche Maßnahmen Ihr traft, um die Pestkranken zu behandeln?«

»Aber sicher. Schließlich ist das der Hauptgrund Eures Besuchs, habe ich Recht?« Sangio wartete die Antwort nicht ab, sondern redete weiter. »Was ich tat, war wenig genug. Es fällt den Jüngern meiner Zunft zwar schwer, es zuzugeben, aber ich spreche es dennoch aus: Die Wissenschaft hat bis heute kein wirklich sicheres Mittel gegen die Pest gefunden. Wenn wir nicht unter uns wären, würde jetzt ein Aufheulen meine Worte begleiten, dennoch ist es meine felsenfeste Überzeugung: In der Therapie stochern wir Ärzte noch immer wie die Schiffer mit der Stange im Nebel. Andererseits: Vielleicht ist es auch ganz richtig, unsere Hilflosigkeit nicht an die große Glocke zu hängen, die Patienten hätten sonst überhaupt keine Hoffnung mehr.«

Da Vitus schwieg, trank Sangio einen Schluck verdünnten Weines. »Aber Ihr fragtet nach meinen Maßnahmen, Cirurgicus. Sie sind schnell aufgezählt: Am wichtigsten scheint mir zunächst die Vereinzelung des Patienten. Denn wird diese nicht vorgenommen, können weitere Menschen angesteckt werden. Ein erster Erfolg ist also nicht die Heilung des Kranken, sondern der Schutz seiner Familie. Zugegeben, nur eine vorbeugende Maßnahme. Anschließend erhält der Patient von mir ein sanftes Abführmittel, etwa Essigkraut, das für seine purgierende Wirkung bekannt ist.«

Vitus trank ebenfalls einen Schluck aus seinem Glas. Der Wein war jetzt leichter und löschte gleichzeitig den Durst. »Ich nehme an, Ihr wollt damit das Gift aus dem Körper treiben und so die Eukrasie der Säfte wiederherstellen?«

Das Augenlid flatterte. »Genau das ist der Grund. Wobei ich darauf achte, nicht zu starke Mittel einzusetzen. Sie könnten den Leib zu sehr schwächen. Wie überhaupt meine ganzen Heilbemühungen darauf abzielen, den Körper des Kranken zu stärken, damit er aus eigener Kraft die Geißel besiegen kann. Ich verordne Schwitzkuren gegen das Fieber und leichte Kost wie Hühnerbrühe und Gemüse. Auf keinen Fall fettes Fleisch, weil es den Verdauungstrakt zu stark belastet.«

»Was Ihr sagt, Dottore, klingt einleuchtend. Doch scheint die Pest viele Gesichter zu haben. Bei meiner verstorbenen Braut war eines der ersten Zeichen …«

»Eure Braut starb an der Geißel? Wie furchtbar. Ich weiß, wie Ihr gelitten haben müsst, denn auch ich verlor viele meiner Angehörigen durch den schwarzen Tod. Ihr habt mein ganzes Mitgefühl!«

»Danke, Dottore. Ja, es war eine schwere Zeit für mich, und sie liegt noch gar nicht so lange zurück. Im letzten Jahr war es, als sie starb. Was ich sagen wollte: Bei Arlette war es anders, eines der ersten Krankheitszeichen war Durchfall, so dass ich ihr einen stopfenden Trank verabfolgen musste. Später dann gab ich ihr mehrfach einen Weißdornaufguss zur Stärkung des Herzens. Wie Ihr seht, bin auch ich der Meinung, man solle alles tun, um den Körper des Kranken zu kräftigen. Sagt, wie sind Eure Erfahrungen mit dem Aderlass?«

Sangio nippte an seinem Glas. »Grundsätzlich ein probates Mittel, Cirurgicus, allerdings habe ich manchmal den Eindruck, dass meine verehrten Kollegen gar zu schnell von ihm Gebrauch machen. Kaum hat der Patient gesagt, wo es zwickt, spritzt schon das Blut in die Schüssel. Wird die Prozedur dann auch noch häufig wiederholt, blutet der arme Mensch regelrecht aus und stirbt daran – und nicht an der eigentlichen Krankheit. Hat der Patient aber zu hohen Druck in den Adern, ist der Aderlass eine Erleichterung und damit hilfreich.«

»So sehe ich es auch. Und was haltet Ihr von Speiseverboten wie dem Genuss von Geflügel, Wasservögeln, Spanferkel, altem Ochsenfleisch und Ähnlichem? Ihr wisst, es gibt da lange Listen mit zahllosen Nennungen.«

Sangio strich sich über das flatternde Lid. »Gar nichts! Ich kenne andere Listen, die Hühner, Rebhühner und Fasane ausdrücklich als unbedenklich erklären, ebenso wie Hammel, Kälber und Ziegen. Diesen Aufstellungen zufolge sind dagegen Fische, Birnen und alles, was leicht in Fäulnis übergehen kann, zu meiden. Meine Meinung ist nach wie vor: Fleisch, welches auch immer, schadet nicht, solange es nicht zu fett ist. Was hat ein Hähnchenschenkel mit der Pest zu tun? Nicht das Geringste! Ich weiß es genau, denn oftmals sah ich verschiedene Menschen dasselbe essen, und der eine wurde krank und der andere nicht. Nein, nein, solche Listen sind Humbug, geboren aus der Hilflosigkeit, irgendetwas verordnen zu müssen. Oh, ich sehe gerade, Ihr habt kaum noch Wein. Darf ich Euch nachschenken?«

»Nein, vielen Dank. Verzeiht, wenn ich Euch so ausfrage, Dottore, aber wo wir gerade von Speisen reden: Was haltet Ihr von den Marmeladen und den Rosenblättern des Nostradamus? Bekanntlich überlebte er mehrere Pestwellen.«

»Ebenfalls nichts. Ich kenne die Rezepturen und habe die Arzneien danach hergestellt. Sie sind wirkungslos. Leider, wie ich hinzufügen möchte. Wenn Nostradamus die Pest überlebte, dann nicht wegen seiner Marmeladen.«

»Aber weswegen dann?«

Der Dottore zuckte mit den Schultern. »Wenn ich das wüsste. Das ist ja gerade das Verhexte an der Pestis: Es gibt unzählige Prophylaktika und Therapeutika, und bei jedem einzelnen wird so getan, als sei es der Stein der Weisen. Bei näherer Betrachtung jedoch stellen sich alle als nutzlos heraus. Und bei den wenigen Malen, wo sie trotzdem zu wirken scheinen, kann es sich genauso gut um Zufall handeln.«

Daraufhin sprachen beide Männer eine Zeit lang nichts. Jeder hing seinen Gedanken nach. Es war eine bittere Erkenntnis, die der Doktor ausgesprochen hatte, so bitter, weil sie unumstößlich schien.

Irgendwann sagte Vitus: »Ich habe in Tanger einen arabischen Arzt kennen gelernt. Sein Name ist Doktor Chamoucha. Er versicherte mir, Ingwer sei außerordentlich heilkräftig. Während andere Medikamente nur die Auswirkungen der Pest bekämpften, wirke er gegen die eigentliche Krankheit. Chamouchas Begründung: Mit dem Schweiß, den der Ingwer verursache, würden auch die Pestsäfte den Körper verlassen.«

Der Doktor nickte. »Ich halte große Stücke auf die arabischen Medizin. Wir haben ihr viel zu verdanken, seit sie vor Hunderten von Jahren über die Schule von Salerno nach Europa kam. Auch ich habe schon Wunderdinge über den Ingwer gehört. Dennoch glaube ich, dass er nur ein Mittel im Concerto aller Maßnahmen ist. Das Schwitzen senkt das Fieber des Kranken, und wenn das Fieber sinkt, fühlt er sich weniger geschwächt, und wenn er weniger geschwächt ist, hat er mehr Kraft, die Geißel zu besiegen. So gesehen, tut Ingwer das Seinige – genauso wie heiße Brühe, ein Aderlass oder herzstärkende Sude.«

Vitus griff mechanisch zu seinem Glas und trank einen letzten Schluck. »Ich fürchte, ich muss Euch zustimmen. Es wäre auch zu schön gewesen, mit dem Ingwer ein Allheilmittel gefunden zu haben.«

»Ja, ja, zu schön. Die Auswahl dessen, was wir Ärzte zur Heilung verordnen können, ist gar kümmerlich. Aber wie ich bereits vorhin sagte, liegt der Behandlungserfolg auch darin, die Ansteckungsgefahr zu mindern. So kommt es meiner Meinung nach ebenfalls darauf an, die Krankenstube gehörig mit Weihrauch zu bedampfen und die Familie anzuhalten, sich regelmäßig Mund und Hände mit Essig oder Wein zu spülen. Der Patient sollte stets zu lautem Sprechen angehalten werden, da er so besser verstanden werden kann und ein Herantreten an das Krankenlager nicht vonnöten ist. Ferner sollten die Fenster der Stube nur nach der Nordseite geöffnet werden, da in aller Regel der Südwind die gefährlichen Pestmiasmen heranträgt.«

»So glaubt Ihr also auch, dass an allem die Miasmen schuld sind?«

»Sicher, sicher. Wobei der Ausdruck Miasmen nur stellvertretend für das ist, was zweifellos vom Körper Besitz ergreift. Es dringt in den Leib ein, dieses unerkannte Mysterium, ob gasförmig durch die Schleimhäute oder durch die Haut oder, wie manche sagen, sogar durch die Augen. Es beginnt sofort mit den Organen zu ringen, was sich durch Fieber, schwarzfaulen Zungenbelag und Beulenbildung zeigt, und zwingt den Körper zu Tode, jedenfalls fast immer. Meiner Schätzung nach überleben nur fünf von hundert Befallenen den Angriff der Pestilenz. Auch ich habe meinen Teil abbekommen, wie Ihr sicher an meinem flatternden Auge bemerkt habt.«

»Nanu?«, wunderte sich Vitus. »Was hat Euer Lidmuskel mit dem schwarzen Tod zu tun?«

Sangio stand auf und begann auf dem schweren Orientteppich hin und her zu wandern. Bei den Spitzbogenfenstern, durch die mittlerweile schon das Abendlicht hereinfiel, hielt er inne. »Zunächst nichts. Indirekt aber schon. Es war vor drei Jahren in den letzten Tagen der Heimsuchung. Tausende Tote hatten meine Kollegen und ich bereits auf die Friedhofsinsel schaffen lassen, und die Geißel lag wie ein Tier in den letzten Zuckungen. Das spiegelte sich, wie ich glaube, auch in den Körpern der Verstorbenen wider. Vor mir lag ein Mann, der so tot war, wie ein Mann nur tot sein kann, und dennoch begann sich plötzlich sein linkes Lid zu bewegen – direkt nachdem ich ihm die Augen geschlossen hatte. Ich starrte wie gebannt darauf und konnte es nicht glauben. Handelte es sich nur um die unwillkürliche Auswirkung eines Reizes, war es vielleicht der Beginn des *Rigor mortis* oder gar eine Unerklärlichkeit zwischen Leben und Tod?

Während meine Gedanken noch kreisten, hörte das Flattern plötzlich auf. Der Mund des Toten grinste höhnisch, jedenfalls bildete ich mir das ein, und im gleichen Augenblick begann mein eigenes Augenlid zu zittern. Gerade so, als habe der Tote mich angesteckt. Irgendetwas war von ihm auf mich übergegangen, und ich bin sicher, der schwarze Tod hatte dabei seine Hände im Spiel. Zu gern hätte er auch mich in seine Klauen bekommen, aber er hatte die Kraft nicht mehr. Er hatte sich über Wochen und Monate ausgetobt, und nun war es an ihm zu sterben. Dennoch gelang es ihm noch, mich über das Lidflattern anzustecken. Am nächsten Tag gab es keinen einzigen Pesttoten in ganz Venedig mehr, ein glücklicher Umstand, den zu genießen ich kaum Zeit fand, denn ich rechnete damit, dass nach dem Flattern meines Auges auch andere Körperteile von der Geißel befallen werden würden. Doch gottlob geschah nichts dergleichen.«

Sangio trat wieder an den Tisch und setzte sich.

Vitus sagte: »Vielleicht ist ja alles ganz harmlos zu erklären, Dottore. Bedenkt: Auch das Gähnen ist ansteckend, hat aber zweifellos nichts mit der Pest zu tun. Ebenso wie das Lachen. Ich denke, ich kann Euch beruhigen. Und die Tatsache, dass mittlerweile drei Jahre vergangen sind und Ihr noch immer nicht erkrankt seid, mag Balsam für Eure Gedanken sein.«

Sangio lächelte flüchtig. »Ich danke Euch für Eure Worte. Sie tun mir gut.«

»Wahrscheinlich werdet Ihr niemals an der Pest erkranken, denn bis zum heutigen Tage seid Ihr es ja auch nicht. Sicher hat Euer Körper im Laufe der Jahre besondere Abwehrkräfte gebildet. Gelegenheit dazu hatte er ja mehr als genug, denn wie ich weiß, standet Ihr bei der Bekämpfung so mancher Seuche in der vordersten Reihe.«

»Vielleicht, lieber Kollege, vielleicht. Aber ich glaube eher, dass meine Schutzausrüstung dafür verantwortlich ist. Es handelt sich dabei um die übliche Kleidung der venezianischen Pestärzte: Maske, Mantel und so weiter. Wenn Ihr wollt, führe ich sie Euch gerne vor.«

Vitus winkte ab. »Das ist sehr liebenswürdig von Euch, aber ich fürchte, ich habe Eure Zeit schon viel zu lange in Anspruch genommen. Die Sonne geht bald unter, ich muss mich verabschieden.«

»Oh, das ist schade.« Sangios Augenlid flatterte kurz. »Ich hatte gehofft, Ihr würdet mit mir zu Abend speisen. Ihr müsst wissen, dass ich ein ziemliches Einsiedlerleben führe. Meine Frau starb schon vor Jahren, die Söhne sind aus dem Haus, die

Töchter verheiratet. Und mein Patientenstamm wird auch immer kleiner.«

Vitus erhob sich. »Es tut mir Leid, Dottore. Ich muss wirklich gehen. Meine Freunde warten sicher schon auf mich, und ich möchte nicht, dass sie sich sorgen. Wenn Ihr erlaubt, komme ich morgen zur selben Zeit wieder, und wir setzen unser anregendes Gespräch fort.«

Sangio strahlte. »Das ist ein Wort!« Seine Hand hob sich wie von selbst zum Augenlid, konnte diesmal aber kein Flattern feststellen. »Einverstanden, Cirurgicus. Ich freue mich auf Euch.«

»Und ich mich auf Euch.«

Vierundzwanzig Stunden später saß Vitus wieder an der gleichen Stelle. Um nicht gar zu sehr gegen seinen Gastgeber abzufallen, trug er an diesem Tage ein leichtes Sommerwams, ein Kleidungsstück, das er zusammen mit einer englischen Seemannshose aus den Tiefen seiner Kiepe hervorgezogen hatte. Er hatte sogar ein kleines Geschenk für Sangio mitgebracht: eine Wüstenrose – jene blättrig-rosettenartige Sandverbackung, die in tausenderlei Vielfalt vorkommt und den Wanderer immer wieder in Erstaunen versetzt.

Auch auf den Pestarzt verfehlte sie ihre Wirkung nicht. »Wie wunderhübsch!«, rief er aus. »Was ist das? Es würde sich als Motiv für die Tondi im Innenhof vortrefflich eignen!«

Vitus erklärte, welche Bewandtnis es mit der Wüstenrose hatte.

»Wirklich wunderhübsch! Ich werde dem Gebilde einen Ehrenplatz auf dem Kamin geben.« Sangio setzte seinen Einfall sogleich in die Tat um und kehrte dann an den Tisch zurück. »Wie Ihr seht, Cirurgicus, habe ich nicht nur Wein bereitstellen lassen, sondern auch ein paar Oliven und ein wenig Schinken aus Parma. Ein Freund schickt ihn mir regelmäßig, ihr solltet ihn unbedingt probieren. Denn eines steht fest: Ohne ein paar Häppchen zu Euch genommen zu haben, lasse ich Euch heute gewiss nicht laufen!«

Vitus lachte und nahm von dem Schinken. Er schmeckte herrlich würzig und trocken und forderte geradezu auf, mit Wein nachgespült zu werden. Nachdem er sich gestärkt hatte, sagte sein Gastgeber:

»Wenn ich mich recht erinnere, bot ich gestern Abend an, Euch meine Schutzkleidung zu erklären. Nun, wenn Ihr noch immer interessiert seid, will ich es gerne tun. Ihr müsstest mir dazu nur in meinen Behandlungsraum folgen. Dort bewahre ich alles auf.«

»Mit Vergnügen, Dottore.«

Der Behandlungsraum lag im Mezzanin, dem niedrigen Zwischengeschoss über dem *Piano nobile,* und barg eine Fülle von medizinischen Exponaten, darunter einige ausgestellte Instrumente zum Schneiden und Stechen. Mit einigem Stolz verwies der Doktor auf sie und sagte: »Dies, mein lieber Cirurgicus, ist Werkzeug, das ich selbst entwickelt habe. Man kann damit besonders leicht und rasch Bubonen behandeln. Nach meiner Erfahrung eignen sich manche Geschwülste besser zum Aufschneiden, andere wiederum zum Aufstechen. Das Ziel jedoch, neben der erforderlichen Schnelligkeit angesichts der großen Anzahl an Kranken, muss immer sein, möglichst allen Eiter aus der Beule zu entfernen. Je mehr kranke Säfte den Körper verlassen, desto besser.«

Danach verwies er auf einige Glasbehältnisse, in denen Pulver von verschiedener Gelbfärbung aufbewahrt wurde. »Getrockneter, gemahlener Eiter«, erklärte er. »Manche meiner Kollegen schwören auf die Einnahme bei der Pesterkrankung, ich dagegen betrachte diese ›Arznei‹ mehr als Kuriosum.« Er ging weiter und deutete auf Gefäße mit Rosenblättern und eingekochtem Fruchtmark. »Die Ergebnisse der Rezepturen des Dottore Nostradamus. Sie sind schön anzusehen, taugen aber nichts. Wir sprachen gestern darüber. Doch seht Euch diese dunklen Knollen an. Es handelt sich um Rote Bete. Sie stellen einen der vielen Versuche dar, mit Hilfe von Paracelsus' Signaturenlehre die Geißel zu besiegen. Ihr wisst sicher, dass Theophrastus Bombastus von Hohenheim – so hieß er in Wirklichkeit – glaubte, dass die Natur durch bestimmte Zeichen in einer Beziehung zur therapeutischen Anwendung stehe.«

»Sicher« – Vitus nickte –, »ich habe viel darüber gelesen. »Pflanzen mit herzförmigen Blättern, beispielsweise, sollten gegen Herzkrankheiten wirken. Der Saft des Blutwurzes sollte Krankheiten des Blutes lindern, und die Walnuss, die im Aussehen an ein menschliches Gehirn erinnert, sollte gegen Kopfschmerzen helfen.«

»Ihr sagt es. Und Rote Beten, die in Form und Farbe an Bubonen erinnern, sollten gegen die Pest helfen. Ein Irrglaube, wie sich nach meiner Erfahrung herausgestellt hat. Dieses färbekräftige Gemüse ist in gekochtem Zustand eine gesunde Kost, mehr nicht. Ein weiteres Kuriosum in meiner Sammlung also.«

»Und was ist das?« Vitus deutete auf mehrere winzige Menschlein, die in Konservierungsflüssigkeit schwammen.

»Oh, das ist wesentlich ernster zu nehmen. Es sind Föten, auch Keimlinge genannt. Sie stammen samt und sonders aus den Körpern pesttoter Frauen. Ich habe sie herauspräpariert, um zu erforschen, ob auch sie schon von Bubonen befallen sind oder andere Merkmale der Geißel aufweisen. Wie Ihr seht, ist das nicht der Fall. Daraus schließe ich: Die Pestis kann zwar die Mutter niederringen, nicht aber die Frucht ihres Leibes. Warum? Ich denke, es liegt an dem Wasser, in dem der Fötus liegt. Die Flüssigkeit wirkt wie eine undurchdringliche Schutzmauer, die kein einziger Miasmapartikel durchdringen kann. Ihr mögt es für unwissenschaftlich halten oder nicht, aber ich habe die

Kräuter in meiner Pestmaske mit solchem Fruchtwasser getränkt.«

Sangio trat an einen hohen Schrank, öffnete ihn und holte seine Pestmaske hervor. Es war ein Apparat von seltsamem Äußeren – eine Maske mit zwei Augenlöchern und einem schnabelartigen Fortsatz, der in seiner Form an eine Rabenkrähe erinnerte. In dem Fortsatz steckte, wie er demonstrierte, unter den Atmungslöchern ein Knäuel aus den verschiedensten Kräutern. »Jeder Pestarzt schwört auf seine eigene Mischung«, erklärte er dazu. »Ich für mein Teil nehme Lorbeer, Wacholder, Pinie, Lärche und Tanne. Das Mischungsverhältnis beträgt bei Lorbeer und Lärche jeweils ein Eintel Teil, bei den drei anderen Pflanzen jeweils zwei Eintel Teile. Die Verbindung aller Kräuter muss sehr innig sein, wobei ich, wie gesagt, das gesamte Knäuel noch einmal in Fruchtwasser tauche, es trocknen lasse und erst dann in den Schnabel stopfe. Die Maske in ihrer Gesamtheit, das ist selbstverständlich, muss wie angegossen sitzen, damit die Miasmen nicht am Rande eindringen können.«

Vitus roch an den Kräutern. Er spürte einen intensiven Duft nach Frische, Herbheit und Wald.

»Die Brille muss mindestens genauso gut abdichten wie die Maske«, fuhr Sangio fort. »Seht, sie besitzt deshalb an der Seite Lederstücke, die sich eng an die Haut schmiegen.«

»Ich sehe es«, sagte Vitus.

Sangio legte Maske und Brille beiseite und holte ein knapp geschnittenes Lederhemd und eine ebensolche Hose hervor. »Das ist meine Unterkleidung, gut ansitzend, um die Schweißlöcher in der Haut, durch die verderbliche Miasmen eindringen könnten, hermetisch abzudichten. Darüber trage ich diesen langen Überwurf, dazu lederne Handschuhe. Die Stiefel sind aus demselben Material. So vermeide ich während der Behandlung jegliche Berührung mit der Luft.«

»Es muss sehr anstrengend sein, den ganzen Tag in dieser

schweren Kleidung herumzulaufen«, sagte Vitus. »Nützt sie denn wenigstens etwas?«

Der Doktor seufzte. »Ihr glaubt nicht, wie oft ich mir selbst diese Frage schon gestellt habe. Wenn man bedenkt, wie viele Pestärzte allein anno 1576 bei uns ein Opfer der Geißel wurden, mag man den Sinn der Kleidung durchaus in Zweifel ziehen. Andererseits: Niemand vermag die Frage zu beantworten, ob ohne den Schutzanzug nicht noch viel mehr Kollegen gestorben wären. Auch ist er einfach eine dingliche Barriere zwischen der Pestis und dem eigenen Körper, überdies eine Abwehr vor zudringlichen Erkrankten und Verwandten, die sich nicht scheuen, sich an den Arzt zu klammern – schreiend, gestikulierend und um Hilfe flehend.«

Sangio fuhr sich mit der Hand ans Augenlid, stellte aber fest, dass es nicht flatterte. »Überhaupt muss gesagt werden, dass die alles verderbende Seuche eine Verrohung der Menschen nach sich zieht. Ich habe erlebt, dass eine Mutter es ablehnte, sich an das Krankenbett ihres eigenen Kindes zu setzen, ich habe gesehen, wie ein Gatte seine Gemahlin vor die Tür warf, weil er annahm, sie sei befallen, ich habe ohnmächtig dabeigestanden, als Bettler und Herumtreiber durch die Stadt strichen und die Todgeweihten bestahlen. Wenn alles stirbt, sogar Hunde und Katzen und die übrigen Haustiere, ist es mit den Lehren Jesu Christi nicht mehr weit her. Nicht nur wir Ärzte hatten immerfort Angst, auch die Herren des Klerus, was dazu führte, dass Hunderte armer Sünder die Sterbesakramente nicht mehr bekamen.

Schon wenige Tage nach seinem Ausbruch, mein lieber Cirurgicus, wurde der Pesthauch zum Sturm. Es war wie anno 1348, als die Seuche *La Serenissima* überzog: Räte, Richter und andere Persönlichkeiten wurden ebenso dahingerafft wie Kaufleute, Handwerker oder Tagelöhner. Jung und Alt, Arm und Reich, Gebildet und Ungebildet starben gleichermaßen.

Der schwarze Tod machte keinen Unterschied zwischen braven Bürgern und Säufern, Fressern, Prassern und üblem Gelichter. Bald quollen die Straßen über vor Leichen, jedes Haus schien welche auszustoßen, und die Totengräber kamen mit der Arbeit nicht nach. Einige der Bedauernswerten sperrte man in den eigenen Mauern ein, wartete, bis sie tot waren, und verscharrte sie dann unter den Dielen ihrer Behausung. Aber nicht nur dort, auch am Wegesrand, an Kreuzungen, an Uferbefestigungen – kein Platz, an dem nicht früher oder später Leichen begraben wurden, wobei manche der Jammergestalten noch nicht einmal tot waren; sie wurden einfach bei lebendigem Leibe in Erdlöcher geworfen, aus Angst vor der Ansteckung. Andere, und das waren noch die Glücklichsten, wurden zur Friedhofsinsel hinausgefahren, wo sie in Massengräbern ihre letzte Ruhe fanden. Ja, es war eine grausame Zeit. Zahllose Palazzi waren herrenlos geworden und luden förmlich zum Diebstahl ein, doch insgesamt wurde nur wenig entwendet. Jedermann, selbst die übelsten Langfinger, schien wie gelähmt in jenen Tagen.

Viele meiner Kollegen vertraten die Auffassung, der tödliche Pesthauch sei aus der Lagune gestiegen, doch andere, darunter auch ich, glaubten eher, die Geißel sei per Schiff zu uns gekommen. Wir stellten die Stadt unter Quarantäne, kein Erkrankter durfte mehr einreisen, keiner mehr hinaus – und das unter der Androhung, anderenfalls auf die Galeeren zu kommen. Aber trotz all dieser Bemühungen breitete die Seuche sich wie ein Lauffeuer aus, nicht zuletzt, weil niemand die beschlossenen Maßnahmen kontrollierte. Es waren einfach zu viele Männer weggestorben. Auch die strenge Verordnung, nur noch sauberes Trinkwasser zu verwenden, wurde tagtäglich tausendfach missachtet, und dies, obwohl jeder in der Bevölkerung weiß, dass bestimmte Brunnen, wie die beiden neben der Kirche Sant'Angelo Raffaele liegenden, extra zu diesem Zweck gestiftet wurden. Quacksalber und Scharlatane erlebten eine Blütezeit. Angst und Verzweiflung der Menschen ausnutzend, versprachen sie Heilung über Nacht, verkauften für teures Geld Amulette und angebliche Reliquien verschiedenster Heiliger.«

Sangio fuhr sich abermals über das Augenlid, und wieder flatterte es nicht. Er setzte seine Rede fort: »Alles in allem gab es nichts, was in diesen Monaten nicht gestorben wäre. Ja, es gibt darüber hinaus Stimmen, die behaupten, dass sogar die Pflanzen getötet worden wären. Dass ich selbst zu den Überlebenden zählte, ist für mich heute noch ein Wunder, und ich danke Gott dem Allmächtigen bei jedem Gebet dafür. Mein Glück jedoch war unzähliger anderer Leid. Einer von ihnen, sein Name war Amadeo Rezzione, vermachte mir sterbend sein Anwesen, so dass Ihr, Cirurgicus, heute in einem Haus zu Gast seid, das nicht meinen Namen trägt, sondern Palazzo Rezzione genannt wird.«

Nachdem Sangio geendet hatte, blieb Vitus noch für eine Weile stumm. Zu niederschmetternd war das, was der Arzt ihm berichtet hatte. Nur langsam vermochte er seine Gedanken zu ordnen. Der Pestarzt hatte die Schreckensbilder so lebensecht gezeichnet, dass man glaubte, direkt davor zu stehen.

Vitus sprach bewusst langsam: »Ihr sagtet eben, Dottore, dass es nichts gab, was seinerzeit nicht starb, selbst die Pflanzen hätten dazugehört. Könnt Ihr mir verraten, wie es mit den Ratten stand?«

»Den Ratten?« Sangio zog erstaunt die Augenbrauen hoch. »Nun, auch sie starben. Allerdings glaube ich nicht, dass es in so starkem Maße geschah wie bei den Menschen und den Haustieren. Warum fragt Ihr?«

»Bevor ich Euch antworte, eine zweite Frage: Kamen die Einwohner von Sant'Erasmo zur Pestzeit nach Venedig, um die Abtritte zu entleeren?«

»Nein, natürlich nicht. Jeder Bewohner der Laguneninseln war froh, wenn er bleiben konnte, wo er war.«

»Ich frage Euch deshalb, weil Giovanni, einer der Fährleute von Sant'Erasmo, die Behauptung aufstellte, nur dort, wo Ratten seien, trete auch die Pest auf. Sant'Erasmo sei anno sechsundsiebzig rattenfrei und deshalb auch pestfrei geblieben.«

»Ach so. Nun, das würde ich eher den Quarantänemaßnahmen zuschreiben, Cirurgicus, doch immerhin, auch mir ist bekannt, dass häufig dort, wo die Seuche auftritt, Ratten in großer Zahl vorkommen. Ja, ich weiß sogar, dass es zweierlei Arten von Ratten gibt: die Hausratte und die Wanderratte. Während die Erste in Städten, Dörfern und Siedlungen anzutreffen ist, wo sie sich bevorzugt in Speichern, Kellern und Vorratslagern aufhält, begegnet man der Zweiten eher auf dem Land. Mit ihr werden vorwiegend kleinere Pestwellen in Verbindung gebracht. Die Hausratte dagegen hält sich dort auf, wo der alles überziehende Tod Ernte hält. Wenn Ihr mich fragt, ist das aber eher Zufall und hat weiter nichts zu bedeuten. Kommt, lasst uns zurück zu Wein und Schinken gehen.« Sangio nahm Vitus beim Arm und geleitete ihn hinaus.

Vitus folgte seinem Gastgeber hinauf ins oberste Geschoss, und nachdem sich beide wieder gesetzt hatten, sagte er: »Haltet mich nicht für hartnäckig, Dottore, aber ich frage mich manchmal doch, ob es nicht die Ratte ist, die den schwarzen Tod verbreitet, denn meines Wissens gab es noch nie eine Seuche, bei der die Nager nicht aufgetreten wären. Vielleicht ist es wirklich so, dass alle Theorien von Miasmen und Fäulnisschwaden falsch sind und stattdessen die Ratten als Verursacher angenommen werden müssen. Deshalb vorhin meine Frage an Euch, ob auch sie dahingerafft wurden.«

»Ich verstehe. Aber wie können sie Verursacher sein, wenn sie selber sterben?«

»Das ist das Problem. Da habt Ihr Recht. Wenn die Ratten selber sterben, bedeutet das, sie wurden ebenfalls angesteckt. Nun könnte man wiederum sagen, das sei durch Miasmen geschehen, aber damit hätte man sich gedanklich im Kreis bewegt. Mein Ansatz jedoch sind die Ratten. Besteht nicht die Möglichkeit, dass sie etwas an sich haben, das die Seuche auslöst, an der sie selber zugrunde gehen?«

Der Pestarzt kratzte sich am Kopf. »Nun ja, offen gesagt, kommt mir Euer Gedanke etwas weit hergeholt vor. Was könnte das sein, das eine Ratte an sich hat und solche verheerenden Folgen nach sich zieht? Schmutz, Dreck, Ungeziefer? Blut, Kot, Aasreste?«

Vitus antwortete: »Ich weiß es nicht, Dottore. Ich weiß nur, dass es unzählige Thesen gibt, die den Ursprung der Pest erklären wollen, und keine einzige bisher so überzeugen konnte, dass sie zu einem wirksamen Mittel gegen die Geißel geführt hätte. Giovanni versicherte mir, Ratten seien sehr reinliche Tiere, sie würden zwar in Müll und Dreck und fauligen Gewässern leben, sich aber häufig putzen. Wenn das stimmt, hätten sie keinen Unrat an sich.«

»Damit, Cirurgicus, habt Ihr Euch selbst widerlegt. Euer Ansatz ist eine Sackgasse.«

Vitus nahm ein wenig von dem Schinken und dazu eine Olive. »Mag sein, aber ich denke, wenn erst die Ursache der Geißel zweifelsfrei feststeht, ist es leichter, ein Heilmittel dagegen zu finden. Und selbst wenn es nicht gefunden werden kann, wird es immerhin möglich sein, wirksamere Schutzmaßnahmen zu ergreifen.«

Sangio erhob sein Glas. »Darauf, Cirurgicus, wollen wir trinken. Auch wenn Ihr meines Erachtens mit den Ratten auf dem Holzweg seid, so muss ich doch sagen, dass ich lange nicht so angeregt diskutiert habe. Salute!«

»Salute!«

Der Pestarzt trank, setzte sein Glas ab und fuhr sich mechanisch über das Augenlid. Es zitterte nicht. Er wiederholte die Bewegung und musste feststellen, dass sein Lid noch immer keine Regung zeigte. Verblüfft blinzelte er. »Es scheint, als sei das Flattern ein wenig besser geworden.«

Vitus lächelte freundlich. »Besser, Dottore? Es ist gänzlich verschwunden! Ich würde sagen, über Nacht, denn schon gestern, kurz bevor ich ging, fiel mir auf, dass die Dauer der Zuckungen kürzer wurde.«

»Was Ihr nicht sagt!« Sangio strich mehrmals mit der Hand über das Auge, als wolle er dadurch ein erneutes Flattern auslösen. Doch es blieb aus, und er strahlte über das ganze Gesicht. »Es scheint tatsächlich fort zu sein – so plötzlich, wie es gekommen ist.«

Vitus lächelte noch immer. »Der Tremor in Eurem Lid hatte nichts mit der Pest zu tun, Dottore, und auch nicht mit dem Toten, von dem Ihr glaubt, sein Augenzittern hätte Euch angesteckt. Die Geißel hat sich vor drei Jahren totgelaufen, und nichts von Ihr wird Euch künftig an sie erinnern.«

»Meint Ihr wirklich?«

»Natürlich. Ereignisse können zu ungewöhnlichsten Zeitpunkten doppelt auftreten, und dennoch steckt dahinter nicht mehr als purer Zufall. So war es auch bei Euch.«

»Gott der Allmächtige sei gepriesen, wenn es wirklich so ist, doch will ich erst daran glauben, wenn ich drei Tage ohne Symptome bin. Lasst uns nun von etwas anderem reden. Wie ich hörte, zieht es Euch nach Padua an die dortige Universität zu Professor Girolamo. Kennt Ihr ihn?«

»Nein, Dottore, leider nicht. Ich habe nur viel von ihm gehört. Der Ruf, ein herausragender Anatom zu sein, eilt ihm voraus. Auch soll er große Verdienste im Kampf gegen die Pestilenzia haben. Von ihm erhoffe ich mir wertvolle Hinweise, um die Geißel besiegen zu können.«

Sangio tauchte eine Scheibe Schinken in seinen Wein und ließ sie dann in den Mund gleiten. »Wenn Ihr ihn nicht kennt, wird es gut sein, ein kleines Empfehlungsschreiben im Gepäck zu haben. Ich werde eines für Euch aufsetzen, denn er ist mir wohlbekannt.«

»Oh, Dottore!« Vitus, der es seinem Gastgeber gleichtun und eine Schinkenscheibe in seinen Wein eintauchen wollte, hielt mitten in der Bewegung inne. »Das würdet Ihr für mich machen?«

»Aber selbstverständlich, es wird mir ein Vergnügen sein. Doch lasst uns erst zu Ende essen und trinken. Salute!«

»Salute, Dottore!«

Noch in derselben Stunde erhielt Vitus das Empfehlungsschreiben und verabschiedete sich auf das Herzlichste von Doktor Maurizio Sangio, einem der wenigen Pestärzte Venedigs, welche die Seuche anno 76 überlebt hatten. Einen Tag später fügte er seinen Aufzeichnungen über den schwarzen Tod weitere Gedanken hinzu:

Kontor des Kaufmanns Giancarlo Montella zu Venedig,
Mittwoch, 9. September

Seit meiner letzten Eintragung sind zehn Tage vergangen. In der Zwischenzeit hatte ich zwei überaus interessante Gespräche mit einem Pestarzt namens Doktor Maurizio Sangio. Er hat die Seuche vor drei Jahren hautnah erlebt und war in der Lage, mir auf das Lebhafteste die schrecklichen Ereignisse von damals zu schildern. Am nachhaltigsten beeindruckte mich das Chaos, in dem La Serenissima *seinerzeit versank. Die Toten zählten nach Zehntausenden. Eine Behandlung der Kranken war selten oder gar nicht möglich, zumal die Ärzte, wie Sangio berichtete, auch noch uneins untereinander waren. Die*

einen behaupteten, die Ursache der Geißel sei in den Pestausdünstungen der Lagune zu sehen, andere waren der Auffassung, die Miasmen seien per Schiff übers Meer gekommen. Wenn die Doktoren schon in dieser Hinsicht miteinander stritten, um wie viel weniger einig mochten sie wohl bei der Anwendung lindernder Arzneien gewesen sein?
Ich selbst mag zumindest an die erste der zwei Möglichkeiten nicht glauben. Die zweite scheint mir denkbar, ist es doch nicht auszuschließen, dass Ratten als todbringende Mitfahrer die Markusstadt erreichten. In diesem Zusammenhang erfuhr ich eine interessante Beobachtung von Doktor Sangio: Er behauptete, ein Merkmal für flächendeckende Verseuchungen sei die Hausratte; die Wanderratte dagegen würde eher da zu finden sein, wo nur Seuchennester aufträten. Wenn das stimmt, was hat das dann zu bedeuten? Verbreiten die Wanderratten eine Pestis, die weniger stark ist, da sie nicht ganze Ländereien überzieht? Die Antwort kann nur nein lauten, denn die Sterblichkeit ist bei begrenzten Ausbrüchen nicht weniger hoch. Haben die Hausratten vielleicht einen größeren Aktionsradius als ihre Artgenossen vom Lande? Abermals nein. Das Gegenteil dürfte der Fall sein.
Ich gebe zu, dass ich mit meinem Latein ziemlich am Ende war, als ich zu diesem Ergebnis kam. Dann jedoch fiel mir ein, dass die Lösung manchmal verblüffend einfach ist. Vielleicht verhält es sich auch hier so: Ich stellte mir vor, beide Rattenarten könnten die Pestis gleichermaßen verbreiten. Doch auf dem Lande, wo die Bevölkerung abgeschiedener lebt, würde der Ansteckungsvorgang früher abgeschlossen sein, einfach aus Ermangelung von weiteren Opfern. In der Stadt hingegen fände

die gefräßige Geißel immer neue Beute. Einer neunköpfigen Hydra gleich würde sie wieder und wieder zuschlagen. Überall, und selbst dort, wo man glaubte, sie getötet zu haben, erwüchse ihr ein neuer Kopf. Endlich dann, total überfressen, ginge sie nach Monaten ein – viel später als auf dem Lande.

Ich sprach mit dem Magister über meine Thesen, und er hielt sie zumindest nicht für unmöglich. Allerdings fragte er, welchen Nutzen sie mir für meinen Kampf gegen die Seuche brächten, und hatte mich damit wieder unsanft auf den Boden der Tatsachen geholt. Abermals war ich nicht weitergekommen. Was nützen mir die schönsten Verbreitungstheorien, wenn ich nicht weiß, was es mit Rattus rattus *auf sich hat?*

Immerhin hatte mein Freund noch einen Einfall, auf den ich niemals gekommen wäre: Er erinnerte sich daran, dass meine geliebte Arlette kurz vor Ausbruch ihrer Krankheit von Flöhen gebissen worden war. Kaum hatte er es gesagt, standen mir die Bilder wieder vor Augen, so deutlich, als hätte sich alles erst gestern zugetragen. Im Golden Galley, *einem heruntergekommenen Gasthaus, war es gewesen, und ich hatte die juckenden Bisse mit Farnkraut behandelt, da mir nichts anderes zur Verfügung stand. Später dann, als meine Geliebte schon von der Seuche geschlagen war, hatte ich an ebenjenen Bissstellen nekrotische Läsionen konstatieren müssen.*

Flöhe als Überbringer der Pest? Vor mir tut sich ein neues Feld auf, das mit meinen Rattenthesen nichts gemeinsam zu haben scheint. Ich habe beschlossen, darüber nachzudenken.

Vielleicht war es nur Zufall, dass Arlette zum fraglichen Zeitpunkt von Flohbissen geplagt war – ebenso wie der Tremor im Lid des Doktor Sangio aus beliebigem Grund

entstanden sein mag. Beides muss nichts mit der Pest zu tun haben.
Und wenn es nun doch so wäre?
Der Magister jedenfalls hat neue Beryllen und ist mehr als tatendurstig. Gleiches gilt für Enano.
Padua, wir kommen.

Der Zugmeister Arnulf von Hohe

»Ich suche unseren Bruder Massimo, der mir Gefolgschaft schwor, und je länger dieses Gespräch andauert, desto sicherer werde ich, dass er sich in der Herberge versteckt hat.«

Es war wirklich hochanständig von Edoardo, uns mitfahren zu lassen«, sagte der Magister. Er saß mit Vitus und dem Zwerg auf einem Ochsenkarren inmitten von Ferkeln, die auf dem nächsten Wochenmarkt feilgeboten werden sollten. »Schade, dass es in meiner Geldkatze so ebbt, ich hätte ihm gern einen Obolus entrichtet.«

Enano richtete sich empört auf. »Gickgack! Auch noch zastern für 'ne Schockelei unter Quiekern!«

»Beruhige dich, Zwerg. Wenn Edoardo nicht gewesen wäre, müsstest du jetzt tippeln, und bis Padua ist es noch weit. Jede Meile, die wir nicht auf Schusters Rappen zurücklegen müssen, ist eine gute Meile, nicht wahr, Edoardo?«

»*Sì, sì!*«, antwortete der Bauer, der vorn auf dem Bock saß. Er hatte zwar nicht mitbekommen, worum sich die Unterhaltung drehte, aber er war von freundlicher Gesinnung. »Geht es euch gut?«

»Natürlich!«, versicherte der kleine Gelehrte. »Sehr gut sogar, angesichts des schönen Wetters und der erträglichen Temperaturen.« Übergangslos stimmte er eine galizische Weise an, ein munteres Liedchen, das von einer Bauersfrau erzählte, der es mit List und Tücke – und über siebzehn Strophen hinweg – immer wieder gelang, ihren eifersüchtigen Mann mit dem Knecht zu betrügen. Als er geendet hatte, rief er nach vorne: »Hast du das verstanden, Edoardo?«

»*No, no,* nicht alles, Magister, aber es klang lustig!«

»Das ist die Hauptsache. Komm, Zwerg, gib auch einmal etwas zum Besten. Bist doch sonst mit dem Maul immer vorneweg!«

»Wui, wui, Blinzler, warum nich?« Enano begann mit seinem Fistelstimmchen einen Ländler aus dem Askunesischen vorzutragen. Danach war Vitus an der Reihe, aber dieser hob entschuldigend die Hände und rief: »Freunde, verschont mich! Ich könnte höchstens mit einem gregorianischen Gesang aufwarten, und der klänge zu traurig an diesem schönen Tag.«

»Was, du willst dich wohl drücken?« Der Magister stieß seinem Gefährten den Zeigefinger gegen die Brust. »Das hast du schon einmal versucht, du Unkraut. Letztes Jahr war es, als wir allesamt in der Überlandkutsche saßen, kurz vor der Ankunft in Greenvale Castle. Und du ... oh, verflixt, ich Hornochse, ich hatte ganz vergessen, dass Arlette ja mit dabei war, und der Gedanke daran muss für dich ... tut mir Leid, tut mir Leid!«

Bevor Vitus antworten konnte, ging ein kräftiger Ruck durch den Karren. Er war zum Stillstand gekommen. »Was hat das nun wieder zu bedeuten?«, fragte der kleine Gelehrte und blickte nach vorne, am Kutschbock vorbei auf die staubige Straße. Seine neu erworbenen Berylle machten es ihm möglich, genau zu erkennen, was los war: Ein großer, knochiger Mann stand da, eingehüllt in eine abgetragene Mönchskutte. Er war einer von rund dreißig weiteren Männern, alle ähnlich gekleidet, die in ordentlicher Zweierreihe hinter ihm verharrten. Der Knochige hatte die Hand erhoben und sagte: »Verzeih, Bauer, dass wir dich aufhalten, aber hättest du etwas Wegzehrung für uns? Gott der Allmächtige, in dessen Auftrag wir unterwegs sind, wird es dir lohnen.«

»Wer bist du?«, fragte Edoardo, und Furcht schwang in seiner Stimme mit.

»Hab keine Angst, mein Sohn. Wie ist dein Name?«

»E… Edoardo.«

»Der meine lautet Arnulf von Hohe, doch tut die Abstammung nichts zur Sache. Ich höre einfach auf Arnulf.« Er deutete mit großer Geste auf die anderen Männer. »Das sind Gleichgesinnte, Gläubige in Christo, die mich zum Meister unseres Zuges erwählt haben, unterwegs, um die Kinder Gottes in diesem Land vor der nächsten Pestilenz zu bewahren. Im Volksmund werden wir Geißler genannt. Hast du nun ein wenig zu essen für uns?«

Edoardo bekreuzigte sich hastig. Von der Ansprache Arnulfs war nur das Schreckenswort »Pestilenz« bei ihm haften geblieben. »Die … die … wo? Bei allen Heiligen und der Mutter Gottes, wo ist sie ausgebrochen?«

»Beruhige dich, noch ist es nicht so weit. Aber ich hatte jüngst einen Traum, in dem mir Jesus Christus, unser aller Erretter, erschien und mir kundtat, dass die Menschen gesündigt haben und er sie deshalb erneut mit der Seuche schlagen will. Ich sprach zu ihm: ›Meister, was kann ich tun, dass ich das Leid von den Sündigen abwende?‹ Und er antwortete: ›Gehe hin und versammle die Tapferen und die Braven um dich, ziehe mit ihnen durch das Land und nimm alle Schuld auf dich, wie ich sie einst auf mich genommen habe. Mache dir eine Geißel aus Stricken, wie ich sie mir einst gemacht habe, und treibe die Pestis davon, wie ich einst die Schacherer aus dem Tempel getrieben habe. Die Geißel aber behalte und strafe dich damit selbst, auf dass ich nicht die Menschen strafe. So du aber meinen Worten zuwiderhandelst, wird ein großes Heulen und Zähneklappern unter den Menschen im Lombardischen anheben.‹ Ich erwachte schreckensbleich und sprach: ›Ja, Herr, so wird es sein. Dein Wille geschehe!‹ Nun, Edoardo, hast du etwas zu essen für deine Brüder in Christo?«

Während Arnulf noch sprach, hatten einige seiner Männer ihren Oberkörper entblößt und begonnen sich zu geißeln. Sie taten es mit einem kräftigen Stock, an dem drei Stränge mit großen Knoten hingen. Durch die Knoten waren nadelspitze, eiserne Stacheln gesteckt. Es war ein Werkzeug, das direkt aus der Folterkammer zu kommen schien, und die Spuren, die es hinterließ, mussten Höllenqualen verursachen. Die Oberkörper der Männer bestanden nur noch aus blau verfärbten Schwellungen und aus blutigen Striemen.

Edoardo schauderte. »Wie furchtbar muss die … die … sein!« Wieder schlug er das Kreuz und begann hastig ein Ave-Maria zu beten, besann sich dann und fragte: »Wo, äh, Meister Arnulf, wird die … die … denn ausbrechen?«

»Zwischen Brescia und Mantua, und sie wird die ganze Lombardei überziehen, dann nach Osten wandern, uns entgegen, bis nach Padua und schließlich bis nach Venedig. Sie wird die ganze Welt mit ihrem faulen Hauch ersticken – wenn ihr nicht vorher Einhalt geboten wird von frommen Streitern wie meinen Männern und mir. Wir geißeln uns, damit der Kelch an dir vorübergeht, Edoardo!«

Arnulfs Augen schossen jetzt Blitze, und er wiederholte: »Wir geißeln uns, damit der Kelch an dir vorübergeht, Edoardo! Hast du endlich ein wenig Nahrung übrig?«

Doch der Bauer zögerte noch. »Ich … ich …«, hob er an und verstummte.

»So schlage dich selbst, damit die Seuche dich und die Deinen verschont!« Arnulf stieß Edoardo seinen Geißelstock förmlich entgegen. »Schlage dich selbst! Oder soll ich es für dich erledigen?«

»Nun, ich … ich könnte Euch eines meiner Ferkel überlassen.«

»Nur eines? Drei!«

Edoardo wollte zu einer Antwort ansetzen, aber ein deutliches »Nein!« kam ihm zuvor. Die Stimme gehörte Vitus, dem das Ganze zu bunt geworden war. Er sprang auf den Kutschbock neben den verängstigten Bauern und sagte: »Ein Ferkel muss genügen. Es gibt noch andere Bauern in der Gegend, die Ihr um Almosen bitten könnt.«

»Wer bist du?«, fauchte Arnulf.

»Mein Name ist Vitus von Campodios. Aber die Abstammung tut, genauso wie bei Euch, nichts zur Sache. Nennt mich einfach Cirurgicus, denn ein solcher bin ich.«

»So wisset denn, Cirurgicus, dass es gottgefällig ist, den Armen zu geben. Derjenige, der wenig hat, gebe wenig, derjenige, der viel hat, gebe viel. Und wie Ihr sicher längst bemerkt habt, besitzt Edoardo viele Ferkel.«

»Es sind insgesamt neun. Wenn Ihr also drei verlangt, wollt Ihr nicht weniger als ein Drittel seines Besitzes. Aber auch wenn Ihr Euch mit einem zufrieden geben würdet, hättet Ihr noch immer mehr als den Zehnten von ihm bekommen.« Vitus hielt inne. Die Situation erinnerte ihn an den Ablasshandel, den der Doctorus Martin Luther in Deutschland mit Recht verdammt hatte. Niemand durfte sich seiner Meinung nach zwischen Gott und den Menschen stellen – schon gar nicht, um Geld für den Bau des Petersdoms in Rom abzupressen. »Nehmt also in Gottes Namen ein Ferkel, und seid damit zufrieden. Und wenn Ihr von Gottgefälligkeit redet, so lasst Euch sagen, dass Armut immer mit Demut einhergeht und nicht mit dreisten Forderungen.« Er griff eines der kleinen Schweine heraus und übergab es Arnulf.

Der Zugmeister nahm es, dabei ein Gesicht ziehend, als hätte er in eine saure Gurke gebissen.

»Und nun geht mit Gott.« Vitus' Abschiedsgruß klang versöhnlich, denn im Grunde waren die Geißler fromme, sendungsbewusste Männer, die mit ihrem Tun nur Gutes erreichen wollten. Edoardo beeilte sich, den Ochsen die Peitsche zu geben, und der Karren zog wieder an.

Bald waren Arnulf und seine Flagellanten aus dem Sichtfeld verschwunden, und der Bauer atmete auf. »*Grazie*, Cirurgicus«, sagte er. »Ich bin noch ganz durcheinander. Meint Ihr, die … die … nun, Ihr wisst schon, was ich meine … kommt über uns alle?«

»Schwer zu sagen. Es gibt Visionen, die Wahrheit geworden sind, es gibt aber auch solche, die sich nicht erfüllt haben. Ich will zu Arnulfs Gunsten annehmen, dass er wirklich geträumt hat, was er erzählte – und gleichzeitig hoffen, dass sein Traum nur ein Hirngespinst war. Die Geißler sind im Übrigen harmlose Gotteseiferer. Wer sich mit Kirchengeschichte beschäftigt hat, weiß, dass sie schon um 1350, zu Zeiten der Großen Pest, in Europa auftraten. Sie züchtigten sich gern an den Mauern der Gotteshäuser und glaubten wohl, wenn ihr Blut dagegenspritzte, müsse der Allmächtige ein Einsehen haben und die Seuche ersticken. Ob diese Art der Kasteiung allerdings wirklich etwas nützt, steht dahin. Wenn du meine persönliche Meinung hören willst: Ich denke, dass ein inniges Gebet dieselbe Wirkung erzielt wie eine Selbstgeißelung, vielleicht sogar mehr. So oder so: Alles liegt in Gottes Hand. Er bestimmt die Abläufe der Welt und die eines jeden einzelnen Menschen.«

Der Magister, der mit Enano noch immer zwischen den Schweinen saß, verkündete von hinten: »Und eben hat er für uns bestimmt, dass da vorne die ersten Häuser von Mestro auftauchen. Das Dörfchen hatte ich mir größer vorgestellt. Kaum zu glauben, dass dort Markt gehalten wird. Immerhin, es ist ein Meilenstein auf unserem Weg nach Padua.«

Edoardo stieß die Peitschenspitze in die Hinterteile seiner Ochsen, um sie zu einer schnelleren Gangart zu bewegen. Doch er tat es eher mechanisch, denn ihm ging das Wort »Pest« nicht aus dem Kopf. »Und Ihr seid sicher, dass Gebete genauso helfen, damit sie uns verschont, die …?«, wandte er sich an Vitus.

»Wenn Gott will, sicher. Sag einmal, Edoardo, es fällt mir

schon die ganze Zeit auf: Warum sprichst du eigentlich das Wort ›Pest‹ nicht aus?«

»Oh, ich …« Der Bauer zog ein Gesicht, als hätte man ihn in der Speisekammer ertappt. »Ich … nun, alle sagen, wenn man nicht dran denkt, dann kommt sie auch nicht, und aussprechen soll man ihren Namen erst recht nicht. Ja, genau. Das wäre der rechte Weg, sie zu vermeiden.«

»Hat das euer Pfarrer auch gesagt?«

»Pater Franco? Nein, der meint, wir sollen beten.«

»Siehst du, das sage ich auch. Nun sorge dich nicht länger. Da vorn an der Markteinfriedung kannst du uns absetzen. Und noch einmal vielen Dank fürs Mitnehmen.«

»Nein, nein, ich muss mich bedanken, Cirurgicus. Wenn Ihr nicht gewesen wäret, hätte ich kaum noch Ferkel zu verkaufen, und ich könnte meiner Frau nicht wieder unter die Augen treten. Sie ist sehr streng, müsst Ihr wissen.«

Vitus klopfte Edoardo noch einmal auf die Schulter und sprang vom Karren. Der Magister und Enano taten es ihm gleich, und der kleine Gelehrte sagte: »Grüße dein Weib und richte ihr aus, sie habe einen prachtvollen Ehemann.«

Bevor Edoardo ganz verstanden hatte, waren die drei Freunde verschwunden.

Die *Locanda Tozzi,* eine Absteige am Dorfrand, die sich Herberge nannte, verdiente ihren Namen kaum. Doch sie war billig, und das war entscheidend. Vitus, der Magister und Enano saßen vor dem Gebäude und hielten Vesper. Auf einem dreibeinigen Tischchen hatten sie alles ausgebreitet, was sie an Essbarem auf dem Markt erstanden hatten: grobes Brot, Käse und ein paar Oliven. Der Magister, von jeher ein Mann, der den Freuden der Tafel zugetan war, hatte auch ein paar der herrlich duftenden Trüffel erwerben wollen, aber Vitus hatte dem einen Riegel vorgeschoben. Die Pilze waren einfach zu teuer, ebenso wie das

Tröpfchen Wein, nach dem der kleine Gelehrte ersatzweise verlangt hatte. So begnügten sie sich mit Wasser, von dem sie dafür umso reichlicher tranken.

Das blieb nicht ohne Folgen, und wenig später erhob sich Vitus, um hinter die Locanda zu treten und sich im angrenzenden Buschwerk zu erleichtern. Während er sich seiner Beschäftigung widmete, hörte er plötzlich leisen Gesang. Stimmen, die mal lauter, mal leiser zu ihm herüberklangen, gleichermaßen eintönig und eingängig. Neugierig geworden, bahnte er sich einen Weg in die Richtung, aus der die Melodie zu kommen schien. Er passierte Sträucher und Bäume, die sich allmählich verdichteten und schließlich zu einem Wäldchen wurden. Vor einer Lichtung machte er Halt. Der Gesang war inzwischen immer lauter geworden, und nun sah er auch, wer da so schwermütige Weisen von sich gab: Es waren die Geißler. Sie hockten im Kreis um ein loderndes Feuer, über dem sich mehrere Spieße drehten. Ein knochiger Mann, Vitus erkannte in ihm den Zugmeister Arnulf, erhob sich und überprüfte den Garzustand des Fleisches. Offenbar war er mit dem Ergebnis zufrieden, denn er wandte sich seinen Männern zu und gebot Ruhe. Mit ausgestreckten Armen und weittragender Stimme rief er:

»Herr, wir danken dir für die Speise, die du uns gegeben hast, obwohl wir Schuld auf uns geladen haben. Herr, wir danken dir für die Speise, die du uns gegeben hast, obwohl wir unwürdige Bittgänger sind. Herr, wir danken dir für die Speise, die du uns gegeben hast, obwohl wir schwach im Fleische sind. Deine Güte und deine Barmherzigkeit, deine Gnade und Nachsicht wiegen auf, was auf Erden mit zweierlei Gewicht gemessen wird. Wir wollen deine Speise andächtig entgegennehmen, denn sie ist dein Leib. Wir wollen dein Lob singen, solange du uns die Kraft dazu verleihst.« Er holte tief Luft und machte alsdann mit dröhnender Stimme den Vorsänger:

»Oh, Herr, Du strenger Christengott,
Du Schöpfer aller Welten.
Du machtvoller Herr Zebaoth,
Dir wollen wir's vergelten,
was Du getan in Stadt und Land
für Deine armen Kinder.
Wir danken Dir mit Herz und Hand,
denn wir sind nichts als Sünder!
Erbarme Dich, Vater unser,
in Christi Namen, in Christi Namen ...«

Er endete, und die Männer ergänzten einträchtig:

»Amen.«

Die nächste Strophe begann, ebenfalls von der Unwürdigkeit der Menschen und der Macht des Einen handelnd und ebenfalls mit einem »Amen« der um das Feuer hockenden Geißler endend. Eine weitere folgte.

Vitus fragte sich, wie lange Arnulf noch singen wollte, bis endlich die Mahlzeit beginnen konnte, und beschloss, sich zu entfernen. Auf dem Weg zurück zur Herberge vernahm er plötzlich ein leises Wimmern. Er blieb stehen und lauschte. Ja, kein Zweifel, da wimmerte und stöhnte ein Mensch. Er schob das Buschwerk beiseite, das ihn von der Quelle der Geräusche trennte, und erblickte im Halbdunkel einen Mann, gekrümmt vor Schmerzen und halb auf der Seite liegend. »He, du, was fehlt dir?«, rief er mit unterdrückter Stimme.

Statt einer Antwort versuchte der Wimmernde hastig, sich im dichten Unterholz zu verstecken, doch Vitus war schneller. Er zog den Burschen mit sanfter Gewalt wieder hervor und erkannte, dass es sich um einen Jüngling handelte, einen Menschen, dessen Oberkörper zahllose Verletzungen aufwies.

Zweifellos handelte es sich um einen der Geißler, und genauso klar schien, dass er dem Kreis seiner Mitbrüder entflohen war.

»Keine Angst«, sagte Vitus, »ich will dir nur helfen.« Er hockte sich neben dem Jüngling nieder, um weniger bedrohlich zu wirken. »Wie heißt du?«

Der junge Geißler schluckte. »Massimo.«

»Schön, Massimo, ich nehme an, du willst nicht länger ein Geißler sein. Habe ich Recht?«

Der Jüngling nickte. Dann verzog sich sein Gesicht. Ein neuerlicher Schmerzanfall schien ihn heimzusuchen. »Ich halt's nicht mehr aus«, flüsterte er. »Nicht mehr aus halt ich's. Das viele Schlagen und die Torturen.«

»Ich verstehe. Ich mache dir einen Vorschlag: Wir gehen zur *Locanda Tozzi,* dort kannst du mir alles erzählen, während ich deine Wunden behandele. Ich bin Cirurgicus.«

Vitus half Massimo auf, der immer wieder vor Schmerzen stöhnte. Der Jüngling klammerte sich an ihn und schüttelte heftig den Kopf. »Nein, nein, wir Geißler dürfen keine festen Häuser betreten, wir haben gelobt, es nicht zu tun.«

»Dann behandele ich dich eben vor der Herberge.« Vitus stützte Massimo und zog ihn energisch mit sich. Als sie vor dem baufälligen Gebäude angelangt waren, saßen der Zwerg und der Magister noch immer davor. Der kleine Gelehrte rief:

»Hallo, du Unkraut, hast du es an der Blase, oder warum hat es so lange gedau… nanu, wen hast du denn da im Schlepptau?«

»Das ist Massimo. Er ist ein Geißler und braucht rasch unsere Hilfe«, antwortete Vitus. »Hopp, hopp, stellt mal unsere drei Schemel zusammen.«

Die Freunde gehorchten, dabei neugierig den Jüngling musternd. Vitus holte derweil seine Kiepe mit den Instrumenten und Arzneien aus der Herberge. Dann hieß er Massimo sich hinzulegen. »Auf den Bauch, mein Freund, denn dort hast du die wenigsten Wunden, wahrscheinlich, weil man ihn mit der Geißel schlecht erreicht.«

Massimo streckte sich gehorsam aus. Als Vitus im Lichte einer Laterne mit der Untersuchung begann, biss der Jüngling die Zähne zusammen und keuchte: »Ich muss wieder zurück, Cirurgicus!«

»Wieder zurück?« Vitus wusch sorgfältig die Wunden auf dem Rücken aus. »Ich denke, du wolltest die Geißlertruppe verlassen?«

»Es geht nicht. Ich habe Meister Arnulf geschworen, bei ihm zu bleiben, so wie jeder andere von uns auch.«

»Meister Arnulf? Was ist er für ein Mensch?«

»Ich weiß es nicht. Keiner weiß es genau. Er kommt aus Tirol, so viel ist sicher. Manche sagen, er sei ein ehemaliger Benediktiner, sündig geworden und von seinem Kloster verstoßen. Aber das ist nur ein Gerücht. Er ist ein sehr gestrenger Herr, der aber auch sich selbst nie etwas zuschulden kommen lässt.«

Der Magister reichte Vitus die Salbe von Doktor Chamoucha, denn ein anderes Unguentum war nicht mehr vorrätig, und sagte: »Er ist also so etwas wie ein selbst ernannter Anführer, stimmt's? Ein Hirte Gottes, der seine Schafe um sich versammelt und streng darauf achtet, dass sie immer brav sind und nicht weglaufen?«

»Nein, nein, so kann man es nicht sagen. Meister Arnulf bemüht sich wirklich, ein vorbildliches Leben zu führen. Er kümmert sich um alles, ist morgens der Erste und abends der Letzte. Er nimmt uns sogar die Beichte ab, denn es gibt vieles, was wir nicht dürfen.«

»Wiewas, wiewas?«, fistelte Enano.

»Es ist uns, zum Beispiel, verboten, mit Frauen zu reden.«

Vitus begann vorsichtig einen Verband anzulegen. »Warum denn das?«

»Es ist unkeusch und kann falsche Gelüste erwecken. Dabei

ist es so schwer, das Verbot einzuhalten. Neulich, als wir durch ein Dorf zogen, fragte uns eine alte Frau, ob wir ein wenig Wasser trinken wollten, sie hätte gerade welches frisch aus dem Brunnen geholt. Ich antwortete ›Nein, danke, Mütterchen‹, nur diese drei Wörter, und doch musste ich mich später dafür bei Meister Arnulf verantworten. Meine Strafe war, mich einzeln vor allen Mitstreitern zu geißeln, bis ich ohnmächtig wurde. Als ich wieder wach wurde, kam eine zweite Bestrafung hinzu, der Meister nannte sie ›In-sich-Gehen‹. Sie bestand darin, dass ich dreihundertzehnmal das Paternoster beten musste, für jeden meiner Mitbrüder zehnmal. Es dauerte fast eine Woche, bis ich damit fertig war. Ja, Arnulf von Hohe ist ein strenger Herr.«

»Und ein herrischer«, brummte der Magister. »Wenn ich daran denke, mit welcher Selbstverständlichkeit er Edoardo die Schweine abverlangte. Als das nicht klappte, blickte er drein, als hätte jemand sein Nachtgeschirr über ihm ausgeleert, nicht wahr, Vitus?«

»Ganz recht. Er scheint es nicht gewöhnt zu sein, dass man ihm widerspricht. Es ist nie gut, wenn alle Macht in einer Hand ist.«

»Wie wahr, wie wahr!« Der Magister reichte Vitus eine Schere, damit er die Enden des Verbandes abschneiden konnte. »Und was sagt unser streitbarer Zwerg dazu? Nanu, wo steckt der Winzling denn? Will wahrscheinlich ebenfalls seine Blase zur Kontraktion bringen, der Kleine. Ich verstehe nicht, Freunde, warum ihr immer laufen müsst. Ich sage euch: Selbst wenn ich jetzt wollte, ich könnte nicht …«

»Pssst, ihr Gacken! Pssssst!« Enano kam von der Hinterseite der Herberge herangehuscht. »Der Kuttengeier, der Blaustrumpf-Arnulf walzt heran!«

»Was?« Vitus sprang auf. »Los, Massimo, in die Herberge mit dir. Komm schon, geh hinein.« Er drängte den Jüngling durch die Tür und in den Raum, der ihnen als Nachtlager dienen sollte. Dann ging er wieder nach draußen. Und traf auf Arnulf von Hohe, der sich bereits vor dem Zwerg und dem Magister aufgebaut hatte.

»Laudetur Jesus Christus!«, schnarrte der Zugmeister. »Vor Einnahme der Abendspeise wurde mir unser Mitbruder Massimo als vermisst gemeldet. Er ist ein wenig, nun, sagen wir, zart besaitet und bedarf unser aller Zuspruch, um auf dem rechten Weg zu bleiben. Er ist ein verlorener Sohn, den meine Männer und ich suchen. Ihr habt ihn nicht zufällig gesehen?«

»In aeternum, amen«, antwortete Vitus.

Arnulf zog erstaunt die Augenbrauen hoch. »Wie? Ihr könnt Latein?«

»Sicher. Ich wuchs in einem Kloster auf und hatte seit meinem sechsten Lebensjahr regelmäßig Lektionen. Wenn Ihr wollt, können wir die Unterhaltung gern in der Sprache der Wissenschaft fortführen.«

»Nun, äh …« Das wollte der Zugmeister offenbar nicht. Vielleicht, weil er lediglich ein paar lateinische Floskeln beherrschte, wenige Brocken, die aber beim einfachen Volk mächtig Eindruck machten. »Ich wiederhole meine Frage: Ihr habt Massimo nicht zufällig gesehen?«

Der Magister rückte seine Berylle zurecht. »Natürlich haben wir ihn gesehen, mein Freund. Wie sollten wir auch nicht! Er geißelte sich wie alle anderen, während Ihr von dem armen Edoardo drei Ferkel verlangtet.«

Arnulf hatte Mühe, seinen Ärger zu verbergen. »Das meinte ich nicht, und das wisst Ihr auch. Wer seid Ihr überhaupt?«

Der Zwerg antwortete für den Magister: »Willst gneißen, wer zu dir truscht, Kuttengeier? So will ich's dir stecken: 's is der berühmte Ramiro García, Magister der Rechte aus La Coruña im Spanischen – studiert, gelehrt und hochverehrt! Ich selbst bin Enano aus dem Askunesischen, erfahren in allen Balsamen und Arkanen.«

Wieder war der Zugmeister bemüht, sich seine Gefühle nicht anmerken zu lassen. Diesmal war es die Vorahnung, dass die Unterhaltung für ihn erfolglos enden könnte. »Ich suche unseren Bruder Massimo, der mir Gefolgschaft schwor, und je länger dieses Gespräch andauert, desto sicherer werde ich, dass er sich in der Herberge versteckt hat.«

»Oh, nein, das hat er nicht«, rief der Magister.

»Das will ich mit eigenen Augen sehen.« Arnulf hob seine Kutte an, um nicht über die Stufe am Eingang zu stolpern, wurde aber von Vitus zurückgehalten.

Der Zugmeister schnaubte. »Bei Jesus und der gebenedeiten Jungfrau, Ihr wagt es, mir den Weg zu versperren?«

»Oh, das ist kein großes Wagnis, Meister Arnulf. Ich weiß ja, dass Ihr nicht einfach so hineingehen würdet.«

»Wie? Was? Was wollt Ihr damit sagen?« Der Zugmeister legte den Kopf schief wie ein Kampfhahn.

Vitus lächelte. »Wenn ich mich recht erinnere, ist es bei euch Geißlern ungeschriebenes Gesetz, niemals unaufgefordert ein Haus zu betreten.«

»Nun, äh, das ist richtig«, räumte der Zugmeister ein, fing sich jedoch gleich wieder und sagte: »Doch genauso richtig ist, dass niemand uns vor der Tür stehen lässt, man bittet uns selbstverständlich hinein.«

Der Magister grinste. »Und genau das tun wir selbstverständlich nicht. Ich betone nochmals: Euer Bruder Massimo hat sich nicht in der Herberge versteckt. Das könnt Ihr gern *expressis verbis* nehmen. Wie heißt es doch so schön bei Johannes: ›Selig sind, die nicht sehen und doch glauben!‹«

»Das ist unerhört! Das ist Blasphemie!« Arnulfs Augen schossen Blitze. »Gott der Allmächtige wird wissen, wie er mit euch Sündern zu verfahren hat. Ich jedenfalls werde nicht für euch beten und mich schon gar nicht für euch geißeln. Möget ihr allesamt in der Hölle schmoren.« Wutschnaubend lief er davon.

»Puh, das war knapp«, sagte der kleine Gelehrte.

»Ja«, entgegnete Vitus. »Wieso hast du Arnulf eigentlich angelogen? Natürlich hat Massimo sich drinnen versteckt.«

»Nein, du Unkraut, das hat er nicht. Wir waren es, die ihn versteckt haben, und das ist ein Unterschied. Was kann ich dafür, wenn der Herr Zugmeister sich nicht präzise auszudrücken vermag? Ja, wenn er gesagt hätte: ›Ich bin sicher, dass er sich in der Herberge versteckt *hält*‹, wäre es etwas anderes gewesen. Aber so …«

Vitus musste lachen. »Gut, du Wortspalter, dann wollen wir mal nach Massimo sehen.«

Der Jüngling, der jedes Wort mitgehört hatte, zitterte noch immer am ganzen Körper, als die drei Freunde in die Herberge traten und nach ihm sahen.

»Es ist vorbei«, sagte Vitus beruhigend. »Arnulf ist abgezogen, und wenn mich nicht alles täuscht, wird er auch so schnell nicht wieder auftauchen. Nun komm nach draußen und iss mit uns. Du siehst aus, als hättest du die letzten Tage wenig zu beißen gehabt.«

»Ja, so war's«, nickte Massimo, noch immer zitternd. »Uns Geißlern ist das Betteln verwehrt. Da heißt es oft, den Gürtel enger schnallen.«

»Na, na«, hielt der Magister dagegen, »Meister Arnulf hat aber geradezu aufdringlich um die Ferkel gebettelt.«

»Das stimmt, aber das tat er aus Not. Wir alle hatten seit Tagen nichts mehr gegessen. Glaubt mir, er ist ein guter Mann, der nur so hart wirkt. Es war sein Recht, nach mir zu suchen, denn ich schwor aus freien Stücken, bei ihm zu bleiben.«

»Darüber kannst du uns draußen mehr erzählen.« Vitus ergriff den Jüngling bei der Hand und zog ihn hinaus. Vor der Tür nahmen die Freunde das Tischchen und die Schemel und stellten sie in einer nicht einsehbaren Ecke auf.

»Nur für den Fall, dass Arnulf noch einmal vorbeischaut«,

sagte der Magister, eine weitere Bank herbeiziehend. »Er muss dich ja nicht unbedingt entdecken.«

Massimo setzte sich zögernd. »Ich darf meinen Schwur nicht brechen«, erklärte er ernsthaft. »Schlimm genug, dass ich vorhin schwach geworden bin und fortwollte.«

Vitus schob dem Jüngling Käse und Oliven hin. »Iss erst einmal. Nun gut, du hast Arnulf geschworen, in Armut und Keuschheit zu leben, du hast ihm geschworen, dich eurer Gemeinschaft unterzuordnen, und du hast ihm geschworen, dich zu geißeln, damit die Welt von Pest und Sünde errettet werde. Aber du hast keineswegs gelobt, dich selbst zu Tode zu prügeln. Hättest du das vorher gewusst, du hättest niemals die Hand erhoben, stimmt's?«

»Ja, das stimmt«, räumte Massimo kauend ein.

»Wissen deine Eltern eigentlich, dass du dich den Geißlern angeschlossen hast?«

»Meine Mutter weiß es. Meinen Vater kenne ich nicht. Mutter sagte immer, ich wäre ein Bankert, gezeugt von einem Mailänder Kaufmann, der ihr mit süßen Worten und vielen Schmeicheleien den Kopf verdreht habe, am anderen Morgen aber auf und davon gewesen sei.«

Vitus nahm noch etwas Brot und trank einen Schluck Wasser. »Lebt deine Mutter denn nicht mehr?«

»Sie starb vor drei Monaten. Wie man mir sagte, am Fieber. Als Meister Arnulf das hörte, musste ich mich extra geißeln, um dafür zu sorgen, dass ihre Seele auch ganz gewiss in den Himmel eingeht. Mutter war eine Wäscherin, eine Frau ohne Mann, aber mit vielen Kindern. Außer mir hat sie noch drei Knaben und sieben Mädchen geboren. Sechs meiner Geschwister sind in jungen Jahren gestorben, die anderen in alle Himmelsrichtungen verstreut.«

Massimo blickte fragend auf das letzte Stück Käse, und als Vitus zustimmend nickte, nahm er es, biss hinein und sprach mit vollem Mund weiter: »Als vor einem halben Jahr Meister Arnulf in der Nähe vorbeizog, war für mich sofort klar, dass ich ihm folgen wollte. Wie mir erging es auch vielen anderen. Wir alle wollten sein gottgefälliges Werk unterstützen und etwas für unsere ewige Seligkeit tun. Doch so einfach war die Aufnahme nicht. Er bestand bei jedem Einzelnen von uns darauf, die Genehmigung unserer Eltern oder Verwandten einzuholen, und er sorgte dafür, dass wir unseren Feinden öffentlich vergaben und zur Beichte gingen, bevor wir uns ihm anschlossen. Ja, das alles verlangte er. Er ist ein guter Mann.«

Der Magister winkte ab. »Lass ihn einen guten Mann sein, mein Sohn, aber bringe dich nicht selber um. Das hast du Arnulf auch nicht geschworen. Unter diesen Umständen gilt dein Gelöbnis nicht. *Juramentum ad incognita non extenditur*«, wie wir Juristen sagen. Für Normalsterbliche bedeutet dies: Der Eid erstreckt sich nicht auf nicht Bedachtes. Du kannst dich also frei und ungebunden fühlen.«

»Meint Ihr wirklich?«

»So wahr ich mich Magister nennen darf. Hast du noch weitere Verwandte?«

»Neben meinen Geschwistern, von denen ich nicht weiß, wo sie leben, nur noch den Bruder meines Muttervaters. Er lebt in Padua und soll ein Radbauer sein.«

»Aha. Nun, dann mache ich dir einen Vorschlag: Marschiere mit uns und gehe zu deinem Großonkel, denn Padua ist auch unser Ziel. Wir wären dann zu viert, und irgendwelches Räuberpack würde sich einmal mehr überlegen, ob es lohnt, uns zu überfallen.« Der Magister blickte die beiden Freunde an. »Ihr seid doch einverstanden?«

»Natürlich sind wir das.«

»Wui, wui, sì, sì.«

Nach einer Nacht, in der sie alle Hände voll zu tun gehabt hatten, sich gegen Läuse, Wanzen und Schwärme von Fliegen zu erwehren, standen sie mit dem ersten Morgengrauen auf und wuschen sich gründlich an einem nahe gelegenen Bach. Das kalte Wasser tat ihrer Haut, die trotz aller Bemühungen zerstochen war, überaus gut. Vitus überprüfte den Sitz von Massimos Verbänden, und nachdem er für alle das Übernachtungsentgelt entrichtet hatte, machten sie sich auf den Weg.

Der Himmel war bedeckt, die Sonne zeigte sich hier und da und vermochte nur selten den Hochnebel zu durchbrechen. Über das Land zog ein Hauch von Herbst, der aber hochwillkommen war, sorgte er doch für angenehme Kühle. Während die Gefährten kräftig ausschritten – Vitus wie in seinen ersten Wandertagen den Stecken quer über der Schulter tragend –, erzählten sie einander aus ihrem bisherigen Leben, und es stellte sich heraus, dass Massimo zwar der Sohn einer armen Wäscherin war, aber trotzdem eine Lateinschule in Mestro besucht hatte. Die Mutter hatte Tag und Nacht dafür geschuftet, denn der Unterricht war nicht billig. Doch es war ihr größter Wunsch gewesen, ihn etwas lernen zu lassen, damit er später das Noviziat in einem Kloster antreten konnte. Es war anders gekommen. Mit dem Erscheinen Arnulfs, der seit dem Auftreten der Pest anno 76 pausenlos in Oberitalien umhergezogen war, hatte sich alles geändert. Gleich beim ersten Mal, als Massimo die Geißler sah, war er von ihrer Botschaft fasziniert gewesen. Fortan hatte er seiner Mutter in den Ohren gelegen, ihn doch ziehen zu lassen. Endlich, vor einem Jahr, hatte sie nachgegeben in der Hoffnung, die Märsche der Geißler seien nur eine vorübergehende Station von Massimos Weg ins Kloster.

Vitus erzählte von seiner Zeit in Campodios. Er schilderte das einfache, aber erfüllte Leben der Zisterzienser, berichtete von den Brüdern, ihren großen Aufgaben und kleinen menschlichen Schwächen. Er zeichnete ein Bild von Abt Gaudeck, dem vergleichsweise jungen Vorsteher, der die Mathematik und die Sterne so sehr liebte, und auch von Pater Thomas, dem Prior und Arzt des Klosters, sowie von Cullus, der den Versen des Ovid zugetan war.

Der Magister erzählte von seiner Zeit in La Coruña, wo er an der dortigen Schule für Jurisprudenz ein beschauliches Leben geführt hatte, bis er dem Universalgelehrten Conradus Magnus begegnet war, den er kennen und schätzen gelernt hatte und der im Häretikerhemd sein Leben auf dem Scheiterhaufen verlor. Fast wäre er ebenfalls gestorben, doch nicht bei einem Autodafé, sondern in den Folterkammern der Inquisition. Hier beendete der kleine, zähe Mann seinen Bericht, denn er wollte Massimo die Einzelheiten ersparen.

Vitus nahm den Faden auf und erzählte, wie er den Magister im Kerker kennen gelernt hatte, wobei er verschwieg, warum er überhaupt ins Verlies geworfen worden war. Schuld daran trug niemand anderer als Enano, der ihn damals bei der Inquisition denunziert hatte, um an sein Geld zu kommen. Eine Schandtat, die der Wicht anschließend tausendmal bereut und wieder gutgemacht hatte.

Der Zwerg seinerseits tat etwas, was er normalerweise niemals bei jemandem tat, den er erst so kurz kannte: Er berichtete von seinen Jahren als Kind und Jüngling in Askunesien, erzählte, wie tagein, tagaus Kübel von Spott über ihm entleert worden waren, wie er versucht hatte, eine Arbeit zu bekommen, irgendeine, und wenn es die niedrigste dieser Welt gewesen wäre. Doch der Mensch war und ist grausam, und Enano, der damals noch nicht so hieß, sondern lediglich mit Namen wie Krüppel, Geblasener, Missgeburt und Ähnlichem bedacht wurde, war es eines Tages zu dumm geworden. Er hatte es satt, zu bitten und betteln, und er hatte beschlossen, sein künftiges Leben als kleiner Gauner, Betrüger und Giftmischer fortzuführen. In diesem Abschnitt seines Daseins war er ins Spanische ausgewandert, hatte Vitus kennen gelernt und dessen Hilfsbereitschaft und Ahnungslosigkeit als überaus lächerlich gefunden. Doch seitdem er der Dritte im Bunde der beiden Kerkerfreunde geworden war, hatte er sein altes Leben abgestreift wie die Puppe, aus der ein schöner Falter hervorkriecht ...

Drei Tage vergingen so mit mehr oder weniger kurzweiligen Plaudereien, drei Tage, in denen die liebliche oberitalienische Landschaft an ihnen vorbeizog, und mit jeder Stunde, die er unter seinen neuen Freunden weilte, fühlte Massimo sich wohler. Sogar seine Angst, Meister Arnulf und seine Geißler könnten ihnen unverhofft begegnen, hatte sich gelegt. Irgendwann, kurz bevor sie Padua, die Stadt des heiligen Antonius, erreichten, sagte er: »Mein Großonkel heißt Romano. Romano Tassini.«

Bläulicher Rauch stieg aus dem alten, aber gepflegten Werkstattschuppen von Romano Tassini empor. Es war um die Mittagszeit, doch der Qualm roch weniger nach einer Mahlzeit, sondern vielmehr nach Öl und heißem Holz.

Vitus und seine Gefährten traten neugierig näher. Romano würde Massimo, seinen Großneffen, nicht erkennen, so viel stand fest, denn er hatte ihn niemals zuvor gesehen. Sie schauten durch eines der offenen Fenster hinein und erblickten einen dürren, alten Mann, der pfeifend vor sich hin arbeitete. In dem Raum herrschte wenig Licht, weshalb die Gerätschaften erst nach längerem Hinschauen erkennbar wurden. An den Wänden, über einer Hobelbank, hingen zahllose Werkzeuge für die Holzbearbeitung. Der Gestank des Qualms verquickte sich mit dem nach Tischlerleim. »*Buon giorno,* Ihr seid sicher Meister Tassini?«, rief Vitus.

Der Alte schreckte auf. Er war so in seine Arbeit vertieft gewesen, dass er die Gestalten vor dem Fenster nicht bemerkt hatte. *»Buon giorno«*, entgegnete er. »Ja, der bin ich. Und wer seid ihr?«

Vitus schob Massimo ein Stück vor. »Das hier ist Euer Großneffe Massimo.«

»Massimo? Der Sohn von Elena?« Ungläubig kniff der Alte die Augen zusammen. Er kam zum Fenster, und Vitus hatte Gelegenheit, ihn näher zu betrachten. Sein Gesicht war mit kleinen Altersflecken übersät, die Haut wirkte sehr blass. Offenbar verließ der alte Romano nur selten die Werkstatt. Seine Hände jedoch, die das Fenstersims umfassten, waren groß und muskulös.

Massimo stammelte: »Ja ... ich bin's wirklich ... Onkel!«

»Hm, der Ähnlichkeit nach mag das wohl stimmen. Du hast genauso eine römische Nase wie die gute Elena. Wie geht es meiner Brudertochter?«

»Sie ist tot, Onkel, gestorben am Fieber. Gott hab sie selig!« Massimo schlug gleich mehrere Male das Kreuz. »Es war ein schwerer Schlag für mich, aber mit Gottes Hilfe bin ich darüber hinweggekommen. »Darf ich dir meine Freunde vorstellen?«

Nachdem die Formalitäten erledigt waren, schlug sich der Alte plötzlich an den Kopf. »Was bin ich nur für ein schlechter Gastgeber! Nun kommt erst einmal in die Werkstatt!«

Die Gefährten traten ein und erkannten neben den vielen Holzbearbeitungsinstrumenten auch mehrere Regale mit Leim, Wagenschmiere und eisernen Teilen, deren Sinn sich ihnen nicht offenbarte. An der gegenüberliegenden Wand steckten Stangenbohrer der verschiedensten Größen in ihren Halterungen. Neben der Hobelbank standen weitere Regale, darauf Behältnisse, die von Schrauben, Muttern und Unterlegscheiben überquollen. Ein Stück weiter befand sich ein Gerät mit eisernen Spannbacken, die über einen Treibriemen in Drehung versetzt werden konnten. Der Art und Bauweise nach handelte es sich um eine Drechselbank. In der Mitte des Raums loderte ein kräftiges Feuer, und darüber hing ein brodelnder Kessel. Dampfschwaden zogen nach oben und entwichen durch den Rauchabzug im

Dach. Das Auffälligste in der Werkstatt jedoch waren die Räder. Überall lagen und standen Holzräder herum.

»Kommt, setzt euch doch!«, sagte Romano und deutete auf eine lange Bank vor dem Feuer. Ich würde euch gern etwas zu essen anbieten, aber die Nachbarin, die mir sonst gelegentlich etwas vorbeibringt, kränkelt zur Zeit, und in meinem Alter ist Essen auch nicht mehr so wichtig.«

»Macht Euch um uns keine Gedanken, Meister Tassini«, entgegnete Vitus. »Gibt es denn keine Meisterin, die Euch versorgen könnte?«

Romanos Gesicht nahm einen kummervollen Ausdruck an. »Nein, schon seit acht Jahren nicht mehr. Sie war der gütigste Mensch auf Gottes weiter Welt. Aber dem Herrn hat es gefallen, sie zu sich zu nehmen. Dabei war sie erst dreiundfünfzig Jahre alt und hätte es noch gut eine Zeit lang machen können. Aber klagen nützt nichts. Das Leben geht weiter. Du, Massimo, und ich haben wohl das Liebste, das wir hatten, verloren. Das verbindet uns. Doch nun erzähle erst einmal von deiner Familie und den Geschwistern.«

Der Jüngling gehorchte und berichtete. Zunächst stockend und schüchtern, doch mit der Zeit immer flüssiger. Besonders die Zeit bei den Geißlern und seine damit verbundenen Nöte schilderte er eindringlich. Schließlich endete er mit den Worten: »Nachdem ich geflohen war, schloss ich mich dem Cirurgicus und seinen Freunden an. Sie rieten mir, zu dir zu gehen, Onkel, und da bin ich.«

»Und das ist gut so.« Romanos kräftige Hand strich über die des Jünglings. »Wenn du willst, kannst du bei mir bleiben. Ich bin ein einsamer alter Mann, dem ein wenig Gesellschaft gut täte. Auch könnte ich dich in der Kunst des Radbaus unterweisen. Es ist ein Handwerk, das seinen Mann nährt.«

»Gern, Onkel, aber ... ich weiß nicht, ob ich das kann. Ich habe noch nie mit meinen Händen gearbeitet.«

»Ach, das lernt sich!« Romano war offenbar begeistert von seiner Idee. Er stand auf und rollte ein mittelgroßes Rad vor Massimo hin. »Jedes Rad ist ein Kunstwerk aus neunzehn verschiedenen Holzteilen«, erklärte er. »Alle müssen perfekt gearbeitet sein, denn wenn auch nur eines nicht vollkommen ist, sind die anderen achtzehn Feuerholz.«

»Was du nicht sagst, Onkel!«

»Die Radfelge setzt sich zusammen aus sechs gebogenen, mit der Bandsäge ausgeschnittenen Vierkanthölzern. Wie du siehst, gibt es insgesamt zwölf Speichen. Ich stelle sie meist aus Buche oder Ahorn her. Die besten jedoch gelingen aus guter italienischer Eiche. Das Problem ist nur, dass es immer weniger Eichen in Venetien gibt. Die Werften von *La Serenissima* verbrauchen einfach zu viel Holz für die Galeeren. Ein einziges Schiff verschlingt schon einen halben Wald!«

Der Magister staunte. »Das hätte ich nicht für möglich gehalten.«

»Es ist aber so«, seufzte Romano. »Doch kommen wir zum neunzehnten und letzten Teil, dem Mittelpunkt eines jeden Rades: die Nabe. Sie ist das Wichtigste überhaupt. Wenn eine Speiche bricht oder ein Felgenstück splittert, kann man notfalls noch ein, zwei Meilen weiterfahren. Aber wenn die Nabe entzweigeht, ist alles verloren.«

»Das leuchtet ein«, sagte Vitus.

»Nicht wahr?« Der Alte stellte das Rad zur Seite und nahm von der Drechselbank ein zylinderförmiges Holzstück herunter. »Bestes Rüsterholz! Hier in der Mitte ist die Ausbohrung für die Wagenachse, die zusätzlich durch eine Eisenbuchse verstärkt wird.« Er steckte die Hand hindurch, um seine Erklärungen zu veranschaulichen. »Am Rand wird der Stopper für den Achsnagel herausgearbeitet, und außen herum verlaufen insgesamt zwölf Löcher. Da hinein kommen die Speichen. Am anderen Ende der Speichen werden die Felgenstücke draufgeschlagen. Zu diesem Zweck haben sie bereits zwei Löcher. Die Stücke werden untereinander noch durch Holzdübel verbunden. Sind alle sechs auf die Speichen geschlagen, ergeben sie zusammen einen Kreis.«

Bei seinen letzten Worten hatte Romano das mittelgroße Rad wieder herangerollt. Er wäre dabei fast über Enano gefallen, der sich anschickte, auf die Drechselbank zu klettern. »... ergeben sie zusammen 'ne Rundel, 'ne Rundel!«, trällerte der Winzling, offensichtlich leicht gelangweilt.

Unbeirrt fuhr der Alte fort, denn er hatte nicht oft Gelegenheit, über seine Arbeit zu sprechen: »Hier, seht« – sein schwieliger Zeigefinger deutete auf zwei Buchstaben am Felgenrand –, »hier brenne ich meine Initialen ein. ›RT‹ für ›Romano Tassini‹. Aber ich tue es nur, wenn das Werk wirklich vollkommen ist. Schließlich habe ich einen Namen zu verlieren, und man weiß vorher nie genau, welchen Weg ein Rad nimmt.«

Massimo sagte: »Jetzt sehe ich ein Holzrad mit ganz anderen Augen, Onkel. Bisher habe ich mir noch nie Gedanken darüber gemacht. Aber es ist wirklich interessant. Es muss wunderbar sein, wenn alle Teile wie von Zauberhand zusammenpassen – und ein Ganzes ergeben.«

»Das ist es, mein Junge, das ist es. Nun, um die Sache weiterzuerzählen: Anschließend muss das Rad noch zum Schmied, der ein Eisenband um die Felge legt und einen Kopfring um die Nabe anpasst. Beides ergibt den endgültigen Halt. Doch jetzt verrate ich dir, wozu der Kessel hier über dem Feuer hängt: Ich koche darin die Nabe!«

»Du kochst die Nabe?« Massimo blickte ungläubig drein. »Wie ein Stück Rindfleisch in der Suppe?«

Romano lachte. »Wenn du so willst, ja! Eine gute Nabe muss eine Stunde lang gekocht werden. Durch die hohe Temperatur verändert sich die Struktur des Holzes, es wird härter und widerstandsfähiger. Der Grad der Härte hängt natürlich auch von der Flüssigkeit ab, mit der man kocht. Ich nehme dazu immer bestes Olivenöl.«

Mit einer Zange ließ der Alte die Nabe behutsam in den dampfenden Kessel gleiten. »Nichts wird heißer als Olivenöl.«

»Das wusste ich nicht, Onkel.«

»Oh, mein Junge, ich glaube, es gibt vieles, was du noch nicht weißt und was ich dir beibringen könnte. Möchtest du das?«

»Ja, Onkel, gern!«

»Dann bleibe bei mir, lerne den Beruf des Radbauers und erfreue das Herz eines alten Mannes.« Romano breitete die Arme aus, und Massimo erhob sich, ging auf ihn zu und ließ sich ans Herz drücken. Nachdem die beiden eine Weile so gestanden hatten, räusperte sich der Magister und flüsterte:

»Ich glaube, wir sind hier fehl am Platze, Freunde. Wir sollten das Familienglück nicht weiter stören.«

Vitus und der Zwerg nickten einträchtig.

Zu dritt verließen sie rasch die Werkstatt.

Der Anatom Professor Girolamo

*»Der Lorbeer gebührt Euch, Cirurgicus. Ihr wart es,
der darauf gekommen ist, es könnte sich auf dem
Petrarca-Dokument noch eine geheime Botschaft befinden,
Ihr wart es, der diese sichtbar gemacht hat,
und Ihr wart es auch, der durch seine Schlüsse
die Lösung des Problems immer wieder vorantrieb.
Eine hervorragende Leistung!«*

Professor Mercurio Girolamo, der hinter seinem Rücken nur »Häklein« genannt wurde, stand im Hörsaal der Universität zu Padua vor einer geöffneten Leiche. Er war ein schmächtiger Mann von durchaus eigenwilligem Äußeren, wozu drei besondere Körpermerkmale beitrugen: eine spitze Nase, ein spitzer Adamsapfel und ein spitzes Bäuchlein.

Den Beinamen Häklein, den er darüber hinaus erhalten hatte, verdankte er, nach Meinung einiger, seiner häufig seltsam abgewinkelten Kopfhaltung, nach Ansicht anderer seiner Vorliebe, beim Sezieren gern und oftmals »Häklein« zu sagen und von diesen auch regen Gebrauch zu machen. Ansonsten verfügte er über die gütigsten Augen, die ein Mensch nur haben kann.

Häklein hob den Blick und rief mit seiner hellen Stimme: »Meine lieben Studiosi! Ich bitte um äußerste Aufmerksamkeit. Sperrt eure Augen auf, damit ihr lernt, wie man einer zusammengefallenen Lunge wieder zu Volumen verhilft. Es ist ganz einfach, man muss es nur wissen!«

Die Studenten reckten die Hälse. Sie saßen dicht gedrängt in rundum angeordneten Sitzreihen. Gespannt beobachteten sie, wie Häklein einen winzigen Schnitt in die Lunge tat, einen Strohhalm hineinsteckte und die Flügel aufblies. Alsdann hielt er die Öffnung des Halms mit dem Daumen zu, damit die Luft nicht wieder entweichen konnte, und begann seine Erklärungen: »Die Lunge, liebe Studiosi, doch halt ...« Er unterbrach sich. »Wie heißt die Lunge im Lateinischen?«

»Pulmo«, erklang es von den Sitzreihen her.

»Gut, die Lunge also bezeichnen wir als ein paariges Atmungsorgan. Sie nimmt den Brustraum beiderseits des Herzens ein und wird in ihrer Form durch das Zwerchfell ...« Abermals hielt er inne. »Wie heißt Zwerchfell in der Sprache der Wissenschaft?«

»Diaphragma.«

»Recte.« Häklein schien zufrieden. »Die Lunge wird in ihrer Form durch das Zwerchfell und den Brustkorb bestimmt ...«

»Thorax!«, erklang es von den Rängen.

»Wie? Ach ja, *recte,* meine Herren, *recte.* Ich fahre fort: Der rechte Lungenflügel unterteilt sich in drei Lappen, der linke indes nur in zwei. Weiß jemand, warum Mutter Natur das so eingerichtet hat?«

Die Antwort blieb aus, denn in der hintersten Sitzreihe, dort, wo noch einige Plätze frei waren, gab es Unruhe. Doch sie war nicht von langer Dauer, und eine Stimme rief: »Er muss ja kleiner sein, der Lappen, sonst hätte das Herz nicht genug Raum.« Der Rufer war ein stämmiger junger Mann mit vergnügt blickenden Augen.

»Gut, mein lieber Carlo, gut.« Häklein wandte sich wieder der Leiche zu, das Strohhalmende noch immer zuhaltend. »Wie ihr an der Farbveränderung seht, meine lieben Studiosi, ist bei dieser Lunge ein Großteil des Gewebes entzündet, Diagnose also: Pneumonie. Womit wir als gute Anatome auch gleich die Todesursache festgestellt haben.«

Die Studenten lachten. Häklein, daran bestand kein Zweifel, war sehr beliebt.

»Nun, Herrschaften, eine kleine Zwischenfrage: Weiß jemand von euch, wann erstmalig ein Korpus zwecks kriminologischer Untersuchung geöffnet wurde?« Häklein legte den Kopf schief und wartete ein paar Augenblicke. Als keine Antwort kam, rief er:

»Es war im Jahre 1302. Ein Mann namens Azzolino war aus unbekannter Ursache zu Tode gekommen. Sein Körper hatte sich grün und schwarz verfärbt. Zwar vermutete man, dass er vergiftet worden war, aber niemand konnte den Beweis dafür erbringen. Nur ein Anatom namens Bartholomeus de Varignana war dazu in der Lage. Was tat er?«

»Er öffnete den Leichnam!« Wieder war es Carlo, der gerufen hatte.

»*Recte!* Aber diese Antwort war nicht schwierig. Was sollte ein Anatom auch sonst tun!«

Abermals lachten die Studenten.

Häklein fuhr fort: »Ich will euch die Geschichte, die ihr übrigens in unserem Archiv nachlesen könnt, zu Ende erzählen: Der Anatom öffnete den Magen und präparierte einen Teil des Inhalts heraus. Es handelte sich unter anderem um Schweinefleisch und Rosinen. Beides roch normal, wenn man von den Magensäften einmal absieht. Der Anatom jedoch gab sich damit nicht zufrieden, sondern nähte einen Teil der Masse in ein Stück frisches Fleisch ein und gab es einem streunenden Hund. Kaum hatte der Köter den Bissen hinuntergeschlungen, zeigte er alle Anzeichen einer Vergiftung. Seine Körpertemperatur sank, und er wand sich vor Schmerzen. Damit stand fest: Der Tote war ebenfalls vergiftet worden. Sogar den Täter fand man. Es war ein Wirt, in dessen Locanda ebendieses Fleisch-Rosinen-Gericht auf den Tisch kam. Er hatte eine Tochter, die mit Azzolino verbandelt war und ein Kind von ihm erwartete. Der erboste Wirt hatte sich auf seine Weise rächen wollen. Er war sofort geständig, als man ihm die Beweise zeigte.«

Häklein machte eine Pause und fragte dann: »Also, was lernen wir aus diesem Fall?«

Die Studenten schauten ratlos drein. Sie wussten die Antwort nicht.

»Ganz einfach: Fangt niemals etwas mit einer Wirtstochter an!«

»Hoho! Haha!« Die jungen Herren amüsierten sich köstlich.

»Spaß beiseite!« Häklein hob die Hand, und augenblicklich kehrte Ruhe ein. »Zurück zu unserer Leiche. Carlo, seid so gut und näht sie wieder zu, nehmt den dicken Faden und macht grobe Stiche. Ich will den Körper morgen noch einmal öffnen.«

»Jawohl, Herr Professor.« Carlo nahm Spreizer und Haken aus der Körperöffnung des Leichnams und machte sich an die Arbeit.

»Und dann schafft den Toten wieder in die Cellarien, ganz nach unten, wo es am kühlsten ist.«

»Jawohl, Herr Professor.«

Häklein legte den Kopf schief und verkündete: »Für heute ist Schluss, meine lieben Studiosi, geht nach Hause und schaut in die Bücher!«

Rasch leerten sich die Bänke, denn so groß die Beliebtheit des Professors auch war – Freizeit schätzten die jungen Herren noch mehr. Carlo hatte unterdessen den Leichnam zugenäht und sich ein paar kräftige Kommilitonen geschnappt, die ihm beim Hinuntertragen in die Kellerräume behilflich waren. Häklein sah es mit Zufriedenheit, klemmte sich zwei Lehrbücher sowie einen Band der *Fabrica* von Vesalius unter den Arm und wollte gerade den Hörsaal verlassen, da wurde er unverhofft angesprochen:

»Verzeiht, habe ich das Vergnügen mit Professor Girolamo?«

»Der bin ich.« Häklein blieb stehen und musterte sein Gegenüber. Er sah einen stattlichen jungen Mann vor sich, mit blonden Locken, markanten Zügen und einem Grübchen im Kinn. Letzteres war gut sichtbar, da der Mann – im Gegensatz zur landläufigen Gepflogenheit – keinen Bart trug. Seine beiden Begleiter taten dies ebenfalls nicht. Der eine war ein kleiner, drahtiger Kerl mit hoher Stirn und Brille auf der Nase, der andere ein buckliger Zwerg mit Mondgesicht und Fischmündchen. Alles in allem ein seltsames Trio.

»Ich bin Vitus von Campodios«, sagte der Blonde freundlich. »Ich habe vorhin Euren Vortrag gestört, als ich in der hintersten Sitzreihe Platz nahm. Ihr nehmt es mir hoffentlich nicht übel? Eigentlich hätte ich das Ende der Lesung abwarten sollen, aber ich war einfach zu neugierig auf Euch. Ihr spracht gerade über die Lunge und ihre Verlappungen, ein Gebiet, das auch mich sehr interessiert. Doch ich will nicht abschweifen. Ich habe einen weiten Weg hinter mir, Professor, um Euch zu treffen und Euren Rat zu erbitten.«

»Soso?«

»Erlaubt mir zuvor, dass ich Euch meine Freunde vorstelle.«

Er tat es, und Häklein entbot allen dreien seinen Gruß, sich fragend, was wohl hinter der ganzen Sache steckte.

Der Blonde fuhr fort: »Ich bin Cirurgicus und habe mein Examen bei Professor Banester in London gemacht.«

Häklein riss erstaunt die Augen auf. »Ach! Das ist aber eine Überraschung! Ein Zögling vom alten Banester?« Er kicherte übergangslos. »Wie geht es ihm? Neigt er noch immer zu, äh, so starker Körperfülle?«

»Soviel ich weiß, geht es ihm gut.«

»Das freut mich zu hören. Gewiss hat er Euch kräftig in die Mangel genommen, wie?«

»Das kann man wohl sagen. Ich habe Blut und Wasser geschwitzt, bis ich die Urkunde endlich hatte. Die Herren Anatomen Clowes und Woodhall waren übrigens auch dabei. Sie haben mich ebenfalls tüchtig traktiert.«

»Ja, so geht es bei Prüfungen zu! Wie, sagtet Ihr, heißen die beiden anderen Examinatoren?«

»Clowes und Woodhall, Professor.«

»Ach ja! Clowes ist mir bekannt. William Clowes. Einer der besten Militärchirurgen und Anatomen Englands. Hat ein paar beachtenswerte Schriften verfasst, darunter eine über die Sektion des Herzens.«

»Ich kenne sie. *De Sectionis Cordis.* Eine höchst lehrreiche Abhandlung.«

Häklein legte den Kopf schief und schaute Vitus gütig an. »Sagt, Cirurgicus, wenn Ihr auf dem Feld der Zergliederungskunst schon so bewandert seid, was kann ein Anatom wie ich noch für Euch tun? Ihr wisst doch bereits, dass man für diese Profession die Augen eines Luchses, die Hände einer Jungfer und den Fleiß einer Biene braucht.«

Vitus lachte. »Ja, das ist mir bekannt, auch wenn ich es nicht so schön hätte ausdrücken können. Nun, Professor, um es kurz zu machen: Aus bestimmten Gründen habe ich mir zur Aufgabe gemacht, die Pestis zu besiegen. Dazu sammle ich alles Wissen, dessen ich habhaft werden kann, um es abzuwägen und meine Schlüsse daraus zu ziehen. Ihr nun seid eine der bedeutendsten Persönlichkeiten auf diesem Gebiet, und ich wäre Euch außerordentlich dankbar, wenn Ihr mir einen Teil Eurer knappen Zeit schenken würdet.«

Häklein wunderte sich. »Mein Wissen um die Pest ist wahrhaftig nicht außergewöhnlich, Cirurgicus. Ich kenne jemanden, der da viel besser Bescheid weiß, und das sogar aus eigener Erfahrung als Pestarzt. Sein Name ist Dottore Maurizio Sangio. Ein exzellenter Physikus, der in Venedig wirkt.«

»Von ebenjenem habe ich ein Empfehlungsschreiben an Euch.« Vitus übergab das Papier.

»Wie bitte? Ihr versteht es, mich immer wieder in Erstaunen zu versetzen, Cirurgicus.« Häklein erbrach das Siegel und begann zu lesen:

Venedig, 8. Sept., A. D. 1579

Mein lieber Freund,
lange haben wir voneinander nichts gehört, umso mehr hoffe ich, dass Ihr bei guter Gesundheit seid. Ich selbst will ebenfalls nicht klagen, auch wenn das Alter des Häufigeren schon an meinen Knochen nagt. Ich bin gewiss, Euch erging es wie mir: Immer wieder in der letzten Zeit wollte ich zur Feder greifen, um Euch einen Gruß zu senden, und immer wieder kam mir etwas dazwischen. Die Arbeit, die Arbeit … Ihr kennt das ja.
Heute jedoch will ich mein Vorhaben endlich in die Tat umsetzen, zumal ich einen besonderen Grund dazu habe. Der Grund ist ein junger Cirurgicus, Vitus von Campodios mit Namen, der sich aufgemacht hat, die Pestis niederzuringen – ein Unterfangen, das wahrscheinlich zum Scheitern verurteilt ist. Doch dieser Cirurgicus hat einen eisernen Willen und ist zudem blitzgescheit.
Lasst ihn deshalb am Born Eures umfangreichen Wissens teilhaben, mein Freund. Ihr werdet sehen, Vitus von Campodios ist ein angenehmer Mensch, freundlich, aufmerksam, von geschliffener Höflichkeit.
Ich hoffe, Ihr lenkt in Bälde wieder einmal Eure Schritte nach Venedig, damit wir plaudern können wie in alten Tagen. Bis dahin bin ich

Euer stets verbundener
M. Sangio

Häklein faltete den Brief wieder zusammen. »Soso, die Pest wollt Ihr also besiegen«, sagte er nachdenklich. »Wenn Ihr Euch da mal nicht zu viel vorgenommen habt. Doch sei es, wie es sei: Natürlich könnt Ihr auf meine Hilfe zählen. Allerdings nicht hier im Hörsaal, sondern eher, äh, im Privaten. Sagt, habt Ihr schon eine Wohnmöglichkeit in Padua?«

»Ja, Professor, die haben wir. Einer Eurer Studenten, sein Name ist …«

»Carlo!« Der stämmige Jüngling war zurück aus den Katakomben der Universität und hatte den letzten Teil der Unterhaltung mitgehört.

»Richtig, Carlo war so freundlich und hat uns gestern geholfen, eine Bleibe in den Studentenunterkünften zu finden. Einfach, aber günstig. Wir haben uns bereits eingerichtet.«

Häklein nestelte den Brief in die Tasche seines Wamses. »Nun, ich muss gestehen, ich bin Junggeselle, und deshalb ist mein Domizil nicht sonderlich heimelig, so dass wir uns weder bei mir noch bei Euch austauschen sollten. Ich denke, wir treffen uns hier in der Universität, und zwar in dem kleinen Studierzimmer neben der Bibliothek. Wäre Euch der morgige Nachmittag recht? Die Vorlesung ist dann vorbei, und ich kann Euch ohne Zeitdruck zur Verfügung stehen.«

»Mit Freuden, Professor, mit Freuden!« Vitus' Augen leuchteten. »Ich habe nicht geglaubt, dass alles sich so problemlos anlassen würde.«

Häklein lächelte. »Ich bin ein Diener der Wissenschaft. Und als ein solcher tue ich alles, um sie voranzutreiben. Nun aber muss ich mich empfehlen.«

Sprach's, grüßte und ging.

Das Studierzimmer mit seinem großen, dunklen Eichentisch, den messingenen, mildes Licht verbreitenden Lampen und den gut gepolsterten Stühlen lud förmlich zu einem regen Gedankenaustausch ein. Dennoch wussten Vitus und der Magister nicht recht, wie sie die Unterhaltung mit dem Professor beginnen sollten. Nach einer Weile, die Begrüßungsfloskeln waren längst ausgetauscht, half Häklein ein wenig nach, indem er fragte: »Cirurgicus, wo habt Ihr denn den Zwerg gelassen? Er ist doch nicht etwa krank?«

»Oh, nein«, beeilte Vitus sich zu versichern. »Es ist nur so, dass der Winzling gern einmal eigene Wege geht.«

»Und sich dabei ein wenig umsieht«, ergänzte der Magister.

»Ein seltsamer kleiner Wicht. Ich hörte ihn ein paarmal etwas sagen, konnte es aber nicht verstehen.«

»Das war Rotwelsch, Professor«, erklärte der Magister, »man muss sich ein wenig hineinhören, bevor man einzelne Wörter erfassen kann. Enano stammt aus den Landen östlich des Rheins, ›aus dem Askunesischen‹, wie er selber immer sagt.«

Häklein legte den Kopf schief. »Aus dem Askunesischen? Hört, hört! Es ist ein Landstrich, der mit am stärksten von der Pestilenzia überzogen wurde. In vielen Wellen, über viele Jahrhunderte hinweg. Zeitweise waren ganze Städte und Dörfer entvölkert, lagen brach wie ein abgeholzter Wald. So jedenfalls steht es in den alten Chroniken. Die wenigen Überlebenden, so ist ebenfalls nachzulesen, wurden zusätzlich von Gott bestraft, indem er ihnen oftmals keine gesunden Kinder schenkte, vielmehr nur kranke, verkrüppelte und verzwergte. Vielleicht ist Enano ein Nachkomme solcher Überlebender. Das zu erfahren wäre wissenschaftlich von höchstem Interesse.«

Vitus holte sein Buch mit den Pest-Aufzeichnungen hervor. »Mag sein, Professor, dass die Seuche sich schädlich auf die Zeugung auswirkt, und eine Untersuchung zu dieser These wäre zweifellos wichtig, doch ebenso wichtig scheinen mir die Ursache und die Bekämpfung der Pest zu sein. In diesem Buch habe ich alles niedergeschrieben, was ich bislang über die Seuche erfahren konnte. Und zwar nach drei Rubriken: Erstens: *Causae,* dazu zähle ich Miasmen, Ratten, Fäulnis; zweitens: *Prophylactica,* etwa Ausräucherung, Schutzkleidung, Flucht; drittens: *Therapeutica,* wie Ingwer, Abführungen und den Bubonenschnitt. Ich habe alles in eine strenge Ordnung gebracht, weil ich mir davon ein leichteres Erfassen möglicher Zusammenhänge erhoffe.«

Häklein spitzte beeindruckt die Lippen. »Das scheint mir ein vernünftiger Ansatz zu sein, Cirurgicus. Noch nie hörte ich von einer derartigen Vorgehensweise. Habt Ihr schon irgendwelche Schlüsse ziehen können?«

»Leider nein, Professor. Ich tappe wie alle Forscher völlig im Dunkeln. Das Einzige, was mir auffiel, ist, dass die Rubrik *Therapeutica* die wenigsten Stichwörter enthält. Sie spiegelt die ganze Hilflosigkeit wider, in der wir Ärzte uns befinden. Ähnlich kurz ist auch das, was Ihr unter *Causae* lest, und entsprechend viel steht bei *Prophylactica.*« Vitus schob das Buch über den Tisch, damit der Professor Einsicht nehmen konnte.

Häklein ließ sich Zeit. Er blätterte hin und her und schließlich sagte er: »Eine stattliche Aufreihung all jener Dinge, mein lieber Cirurgicus, die indirekt oder direkt mit der Geißel Pest zu tun haben – oder haben könnten. Aus meiner Sicht fehlen noch ein paar Stichwörter, womit ich allerdings nicht sagen will, dass diese der Weisheit letzter Schluss wären. Nur der guten Ordnung halber will ich sie nennen.«

»Und ich will sie gerne niederschreiben«, sagte Vitus.

Der Magister sprang auf, um Feder, Tinte und Löschsand zu holen, und als er alles auf den Tisch gestellt hatte, sagte er grinsend: »So bin auch ich zu etwas nütze.«

Padua, 16. Tag des Monats September, A. D. 1579

Der erste anregende Gedankenaustausch mit Professor Girolamo liegt hinter mir. In Anwesenheit des Magisters diskutierten wir über Ursachen, Vorkehrungen und Heilmöglichkeiten der Pestis. Girolamo, der übrigens von aller Welt »Häklein« genannt wird, ergänzte meine Ord-

nungsliste um einige Punkte, die ich hier noch einmal festhalten will ...

Unter Causae:

- *Himmels-Konjunktionen. Damit meinte er Konstellationen, bei denen Planeten auf einer Linie stehen, etwa bei Neumond. Als Beispiel führte er die These des Guy de Chauliac an, nach der die »Große Conjunction« der drei oberen Planeten Saturn, Jupiter und Mars, welche am 24. März 1345 erfolgte, die Ursache der großen europäischen Seuche gewesen sei.*
- *Pesterregende Aura aus dem Erdinneren – so entstanden bei einem Beben anno 1348 in Friaul.*

Unter Prophylactica:

- *Meiden von ebenerdigen Räumen, um dem Pesthauch aus Erdspalten zu entgehen.*
- *Vermeiden von körperlichen Anstrengungen, insbesondere der Fleischeslust, da sonst vermehrt miasmenreiche Luft eingeatmet werden könnte.*
- *Vermeiden der fünf »Fs«:* fatigua, fames, fructus, femina, flatus ... *also Ermüdung, Hunger, Früchte, Frauen und Blähungen.*
- *Einnahme von Theriak und Mithridat. Wobei mit Letzterem ein Elektuarium gemeint ist, dessen Name auf den König Mithridates zurückgeht, welcher die Angewohnheit besaß, ein solches einzunehmen, um sich gegen alle Vergiftungen und Krankheiten zu wappnen.*

Unter Therapeutica:

- *Abkochungen von* Aconitum. *Mit der gebotenen Vorsicht, denn Eisenhut ist giftig.*

- *Auflegen grünen Tabaks auf geöffnete und gesäuberte Bubonen.*
- *Ansetzen von Schröpfkugeln.*
- *Harmonische Musik.*

So weit die Anmerkungen des Professors. Ich muss sagen, dass mich besonders der letzte Punkt berührte, denn genau diese Maßnahme ergriff der Zwerg, kurz bevor meine geliebte Arlette an der Pest dahinschied. Er bezeichnete das, was er damals zu Gehör brachte, als »schöne, lenzige Schallerei«. Girolamo drückte es wissenschaftlicher aus: Er berichtete, dass harmonische Musik den Gleichklang im Körper stärken und wieder zur Eukrasie zurückführen könnte. Und der Magister glänzte wieder einmal mit seinem Geschichtswissen, indem er hinzufügte, er als Homer-Jünger könne nur sagen, dass schon die Hellenen vor Troja die Pestis mit Musik bekämpften und dass bereits Odysseus das Bluten einer Wunde mit Gesang stillte.
Wir redeten noch lange an diesem Tage und beschlossen, zunächst einmal alle Ansätze, die offenkundig sinnlos sind, die der Scharlatanerie zugehören oder die aus eigener Erfahrung nichts bewirken, auszuschließen. Den Rest wollen wir mit scharfem Verstand prüfen, Punkt für Punkt. Eine Herausforderung und eine Sisyphusarbeit gleichermaßen.
Enano, der Zwerg, war bei dem Treffen nicht dabei. Er besuchte in der Zeit den alten Romano und seinen neuen Lehrling Massimo.

»Ich finde, du könntest allmählich das Geheimnis lüften«, sagte der Magister am nächsten Morgen vorwurfsvoll zu Vitus. Er saß auf seiner Bettstatt in der Studentenunterkunft und setzte gerade sein Nasengestell auf. »Vielleicht beginnt der Tag dann etwas angenehmer.«

Vitus, der schon aufgestanden war, saß an einem wackeligen Tisch und überprüfte noch einmal die Aufzeichnungen des vergangenen Tages. »Geheimnis? Was für ein Geheimnis?«, fragte er abwesend.

Statt einer Antwort nahm der kleine Gelehrte das Gestell wieder von der Nase und bog an den Bügeln herum. »Ewig sitzt das Ding schief, komme mir sowieso schon vor wie eine Schleiereule.« Er schob die Berylle wieder vor die Augen, blinzelte und schien endlich zufrieden. »Den Ballen natürlich, du Unkraut.«

»Sì, sì, den Ballen!«, fistelte der Zwerg, der sich das Lager mit dem Magister teilte. Um zu nächtigen, legte er sich einfach am Fußende quer. Das genügte.

Vitus schüttelte den Kopf. »Was für ein Ballen denn? Ihr redet heute Morgen in Orakeln.«

»Tz, tz«, machte der kleine Mann. »Natürlich das Bündel, das du von Venedig bis hierher geschleppt hast. Oben auf deiner Kiepe. Das Bündel, den Ballen, die Überraschung!«

Vitus dämmerte es langsam. »Ach, du meinst das Abschiedsgeschenk von Giancarlo Montella, dem Wein- und Vasenhändler?«

»Genau. Montella beschwor uns, es nicht vor Padua zu öffnen, und wenn mich nicht alles täuscht, sind wir jetzt in Padua.«

Vitus grinste schief. »Dem kann ich schwerlich etwas entgegenhalten.« Er erhob sich, holte den Ballen aus der Ecke, in der auch seine Kiepe stand, und wog ihn in der Hand. »Schwer ist er wahrhaftig nicht.«

Der Magister fuhr in sein Beinkleid und knöpfte sich das Hemd zu. »Leider nein. Was vermuten lässt, dass sich darin keine Vasen befinden. Und – noch bedauerlicher – auch keine Amphoren mit Wein.«

»'ne Schaube ist's, 'n Übermann, 'n Flöhfänger, 'n Oberhänger!«, krähte Enano dazwischen. »Für jeden einen!«

Vitus begann den Ballen aufzuschnüren. »Das glaube ich nicht. Eher ein warmes Halstuch. Vielleicht auch ein guter Seidenstoff. Allerdings wüsste ich mit Stoff nichts anzufangen, außer ihn zu verkaufen.«

»Ich hab's!«, rief der Magister. »Ein Teppich ist drin! Vielleicht sogar ein Gebetsteppich! Wahrscheinlich als eine Art Erinnerung an die Barbareskenstaaten gedacht.«

»Ein Teppich? Als Erinnerung? Warum sollte Montella uns ausgerechnet so etwas schenken?«

»Nun, äh. Da hast du Recht. Weißt du vielleicht etwas Besseres? Etwas, das gleichzeitig so leicht und doch so voluminös ist?«

Der Zwerg fistelte: »Schlangenhäute, ihr Gacken! Die sin leicht! Oder Federn von Stürchen un Strohbeißern? 'n trockner Schinken vonnem Wurzelgraber? Nee, der is zu dropp. 'n Masselbringer? 'n Fixfaxmittel?«

Vitus löste die letzten Fäden und entdeckte einen Brief. Er war von Montella. Der Vasen- und Weinhändler wünschte den Freunden darin von Herzen alles Gute, um dann – an Vitus gewandt – etwas kryptisch fortzufahren:

> *… lange habe ich überlegt,* amico mio, *was ich Euch auf Euren Weg mitgeben soll, und bin endlich auf eine Gabe gekommen, von der ich denke, dass es mit ihr immer weitergeht. Und sollte es nicht mehr weitergehen, könnt Ihr sie veräußern, damit es wieder weitergeht.*
> *Gottes Segen mit Euch!*

Es folgte die schwungvolle Unterschrift des Kaufmanns. »Ich ahne etwas«, sagte Vitus.

»Ich auch«, brummte der Magister.

»*Sì, sì,* wui, wui!«

Gemeinsam schlugen sie das Tuch zurück.

Zwölf Paar gelbe Pantoffeln kamen zum Vorschein.

Vierzehn Tage waren ins Land gegangen. Die Sitzungen mit Professor Girolamo hatten sich inzwischen zu einem guten Brauch entwickelt. Das Studierzimmer, ursprünglich ein Raum beschaulicher Ruhe, war zu einem Ort lebhafter Diskussionen und rauchender Köpfe geworden. Viele Behauptungen, die sich in Zusammenhang mit der Pestis als unsinnig, widersprüchlich, falsch, überholt oder abergläubisch erwiesen hatten, waren von den dreien bereits ausgeschlossen worden. Doch noch immer gab es eine Fülle von Erkenntnissen, die eingehend erörtert werden mussten.

Das Studierzimmer war nicht der einzige Platz, an dem Vitus und der Magister mit Häklein zusammenkamen. Ihre Treffen fanden zunehmend auch im Hörsaal statt, wo sie ihm als Prosektoren zur Hand gingen. Eine Tätigkeit, die beiden Seiten zugute kam: dem Professor, weil er bei seinen Sektionen schon lange nach kundiger Unterstützung Ausschau gehalten hatte, den Freunden, weil sie sich auf diese Weise ein kleines Salär verdienen konnten.

An diesem Vormittag standen sie zu dritt vor der Leiche eines gewichtigen Mannes, der am Tage zuvor auf dem Richtplatz gehängt worden war. Der Tote lag bäuchlings auf einem Tisch, der gerade die richtige Höhe hatte, um bequem daran arbeiten zu können. Während Häklein noch emsig die bereitliegenden Instrumente und Werkzeuge einer Prüfung unterzog, bat er seine Studenten, näher zu treten. Es handelte sich um einen ausgesuchten Kreis junger Herren, samt und sonders höhere Semester, die in der Zergliederungskunst schon einige Kenntnisse vorweisen konnten.

»Wir Anatomen wollen den menschlichen Korpus in seiner

Gesamtheit erkennen!«, rief Häklein. »Beispielsweise die Lage, die Beschaffenheit und das Funktionieren der Organe, ihre Verflechtung miteinander und ihr Zusammenwirken mit den Adersträngen, der Muskulatur und den Nerven. Warum ist das so, meine lieben Studiosi?« Er drehte sich ihnen zu und wartete auf Antwort.

Als diese nicht wie aus der Pistole geschossen kam, gab er sie selbst: »Damit dem Medicus Dinge wie Diagnose, Therapie und Indikation leichter fallen – von den Geheimnissen der Vier-Säfte-Lehre oder der Harnschau gar nicht zu reden. Nun, Herrschaften, war das so schwierig?«

»Nein, Herr Professor.«

»Gut. Und um den menschlichen Korpus in seiner Gesamtheit zu erkennen, muss man ihn öffnen. Wozu man wiederum nicht nur ein reichhaltiges Instrumentarium braucht, sondern auch …?«

»Gelbe Pantoffeln!«

Dem Zwischenruf folgte allseits ein unterdrücktes Gelächter, doch Häklein verzog keine Miene. In der Tat trug er an diesem Tage ein Paar jener gelben Schuhe, die Vitus viele Meilen durch Oberitalien geschleppt hatte. Es war ein Geschenk der Freunde gewesen, und er hatte es dankbar angenommen, denn die Beschäftigung mit Kleidung jeder Art gehörte nicht gerade zu seinen Interessengebieten – entsprechend dürftig war seine Erscheinung.

»Sondern auch mechanisch einwandfreie Gerätschaften«, ergänzte er seelenruhig. »Die Funktionalität eines Instruments ist das Wichtigste, Herrschaften. Ihr hat sich alles andere unterzuordnen. Das gilt im Übrigen auch für das Schuhwerk. Solange es gut passt und keine Blasen verursacht, kann es getrost gelb sein.«

Diesmal hatte er die Lacher auf seiner Seite.

Wiederum verzog er keine Miene, sondern hob nur leicht die

Hand. Augenblicklich kehrte Ruhe ein. Ein leichtes Schmunzeln huschte über sein Gesicht, denn er wusste: Es war seine gelassene und humorvolle Art, die ihn zu einem der beliebtesten Professoren Paduas machte. Er griff zu einem Schermesser, gab es dem Magister und bat ihn, die ausgeprägte Rückenbehaarung des Toten abzurasieren. Dann nahm er selbst ein Skalpell zur Hand, eines mit langem Griff, um die Hebelwirkung zu verstärken, und sagte: »Es geht los, meine lieben Studiosi! Cirurgicus, nehmt schon einmal die Häklein. Es ist immer wichtig, die Häklein rechtzeitig zur Hand zu haben.«

Das erneute Gekicher überhörend, überzeugte er sich von der sauberen Vorbereitung des Magisters und begann dann mit Vitus' Hilfe, die untere Rückenpartie freizupräparieren. Im Verlauf seiner schnellen und geschickten Vorgehensweise stellte er, wie es seine Art war, immer wieder Fragen, darunter auch solche, die mit seinem Tun nicht unmittelbar zusammenhingen. So schaute er einmal auf und wollte wissen: »Was geschah anno 1543?«

»1543 erschien in Basel der Foliant *De humani corporis fabrica*, kurz *Fabrica* genannt«, antwortete Carlo für seine Kommilitonen.

»*Recte.* Und was ist die *Fabrica?*«

»Ein Kompendium anatomischer Zeichnungen, mit deren Hilfe wir Gestalt und Funktion des menschlichen Körpers verstehen, Herr Professor.«

»Und von wem ist die *Fabrica?*«

»Von Andreas Vesalius.«

»*Recte.* Er ist als Arzt und Autor für den Inhalt verantwortlich. Aber von wem sind die Illustrationen? Es sind alles in allem mehr als zweihundertfünfzig, verteilt auf sieben Bände!«

»Von Tizian, Herr Professor.«

»Ja und nein, mein Sohn! Es ist schon richtig, dass Tiziano Vecellio immer wieder als Urheber der Zeichnungen genannt wird. In Wahrheit aber dürfte sie sein Schüler Stephan von Kalkar angefertigt haben. So viel dazu. Zurück zu Andreas Vesalius: Wer war er?«

Ein anderer Studiosus antwortete: »Ein berühmter Arzt und Anatom. Eigentlich hieß er Andries van Wesel, denn seine Familie stammte aus Wesel in Deutschland. Er wurde in Brüssel geboren, studierte in Löwen und Paris und war der Leibarzt von Karl V. und Philipp II.«

»*Recte*«, sagte Häklein zufrieden, während er sich wieder dem Leichnam widmete. »Und ganz nebenbei dürfte er auch der berühmteste Wissenschaftler sein, der jemals an unserer schönen Universität gelehrt hat. Wir verdanken ihm viele bedeutsame Erkenntnisse. Herr Magister, seid so gut, und holt mir das kleine Skelett heran, das dort im Hintergrund steht. Ja, genau das. Stellt es hier neben das freipräparierte Becken des Toten. So ist es recht. Danke.«

Häklein richtete sich zu voller Größe auf, legte den Kopf schief und bat seine Studenten um erhöhte Aufmerksamkeit. Er deutete er auf das Skelett. »Nun, Herrschaften, da ihr schon einiges bei mir gelernt habt, wisst ihr natürlich, dass dieses Knochengerüst kein menschliches ist, sondern einem Affen zugeordnet werden muss. Scheinbar stimmt es mit dem unseren völlig überein, wenn man einmal davon absieht, dass es kleiner ist und besonders der Schädel und die Füße unterschiedlich geformt sind. Doch was die Anzahl der Knochen angeht, so gibt es keinen Unterschied. Ach, da fällt mir ein: Wie viele Knochen hat der Mensch?«

»Zweihundertundsechs, Herr Professor.« Wieder war es Carlo, der antwortete.

Häklein blickte gütig drein. »Es scheint, dass meine Bemühungen, euch jungen Herren etwas beizubringen, nicht ganz erfolglos waren.«

Das Gelächter mit einer Handbewegung unterbindend, fragte er weiter: »Und wie viele Knochen hat die Hand? Und der Fuß? Und der Kopf?«

Als keine Antwort kam, zeigte er sich großzügig und antwortete selbst. »Die Hand siebenundzwanzig, der Fuß sechsundzwanzig, der Kopf dreiunddreißig. In den nächsten Lesungen erwarte ich, dass ihr mir jeden Einzelnen zeigen und benennen könnt. Doch zurück zum Affen. Ich sagte, sein Skelett weise im Vergleich zu dem unseren keinen Unterschied auf. Nun, meine lieben Studiosi, ist das wirklich so? Schaut euch beide Lendenbereiche einmal genau an.«

Häklein trat einen Schritt beiseite und wartete.

Vitus, der schon Muße gehabt hatte, einen Vergleich anzustellen, war der Unterschied bereits aufgefallen. Aber er schwieg, schließlich war er Prosektor und kein Schüler.

Es dauerte eine Weile, und Häklein begann schon mit den Füßen zu scharren, als Carlo endlich das Wort ergriff: »Herr Professor, wir glauben, beim Affen einen Lendenwirbelfortsatz entdeckt zu haben, der beim menschlichen Skelett fehlt.« Er deutete auf einen kleinen knöchernen Auswuchs.

»Da glaubt ihr richtig. Auch wenn es eine Ewigkeit gedauert hat, bis euch der Unterschied auffiel. Mit diesem Fortsatz hat es im Übrigen eine besondere Bewandtnis: Schon Galen ... ach, wer war noch gleich Galen?«

»Ein berühmter römischer Arzt griechischer Herkunft, Herr Professor.«

»Und ein geschickter Cirurgicus und exzellenter Anatom dazu – neben vielen anderen Fähigkeiten, natürlich. Claudius Galenus erwähnt ebendiesen Fortsatz in seinen Schriften. Viele meiner geschätzten Kollegen nahmen deshalb an, er habe einen Fehler gemacht, als er das menschliche Skelett beschrieb, und erst Vesalius war es, der nachwies, dass der alte Meisterarzt mitnichten das humane Knochengerüst meinte, sondern dasjenige eines Affen. Ja, die ›Erkenntnis aus dem Körper‹, wie die Anatomie auch genannt wird, ist reich an Missverständnissen und Irrtümern.«

»Jawohl, Herr Professor.«

»Nächstes Mal, meine lieben Studiosi, erwarte ich, dass ihr selber das Skalpell führt. Denn was ein rechter Doktor und Medicus sein will, der versteht es auch, mit Häklein, Säge, Schermesser und Skalpell umzugehen. Oder, um es mit den Worten des großen Paracelsus zu sagen: ›*Wo er nit ein chirurgus darzu ist, so steht er do wie ein ölgöz, der nichts ist als ein gemalter aff.*‹«

Die Studenten lachten einmal mehr, und Häklein gestattete sich ebenfalls ein Schmunzeln. »Der Affe jedenfalls bringt uns wieder zu unserem Skelett, zu unserer Leiche und zu Vesalius, der nicht müde wurde zu sagen: ›Die Autopsie ist die Wahrnehmung mit eigenen Sinnen. Tastet und fühlet mit eigenen Sinnen!‹ Und nichts anderes erwarte ich von euch.«

Der schmächtige Professor übergab seine Instrumente einem Studenten, damit dieser sie reinige, und Vitus folgte seinem Beispiel. Der Magister räumte das Skelett wieder an seinen alten Platz, und Carlo fiel erneut die Aufgabe zu, den Leichnam nach unten in die kühlen Kellerräume zu tragen.

Danach rief Häklein: »Für heute ist Schluss, meine lieben Studiosi, geht nach Hause und schaut in die Bücher!«

Eine Woche später, als Carlo und seine Kommilitonen es wieder einmal verstanden hatten, auf dem Richtplatz eine männliche Leiche aufzutreiben, machte der Professor seine Ankündigung wahr und rief: »Dieses Mal, meine lieben Studiosi, sollt ihr selber das Skalpell führen. Denn wie pflege ich immer zu sagen? Was ein rechter Doktor und Medicus sein will, der versteht es auch, mit Häklein, Säge, Schermesser und Skalpell umzugehen.«

Die Studenten lachten nicht. Jeder von ihnen hatte schon

mehrmals mit dem Besteck eines Cirurgicus gearbeitet, aber keiner von ihnen fühlte sich so sattelfest, dass er nicht Sorge gehabt hätte, sich zu blamieren.

Häklein trat an den Toten heran, der auch heute auf den Bauch gebettet dalag. »Der Beckenbereich«, sagte er und zog das verhüllende Tuch von der nackten Leiche, »der Beckenbereich ist …« Plötzlich verstummte er. »Nanu, was haben wir denn da? Das sieht mir ganz nach einer Zyste aus. Was meint Ihr, Cirurgicus?«

Vitus beugte sich vor und betrachtete die Geschwulst, die sich dicht unterhalb des Steißbeins zwischen den Gesäßbacken gebildet hatte. Sie war groß wie eine Kirsche und auch fast so rot. In ihrer Mitte fand sich eine kleine Öffnung, aus der ein paar Härchen herauslugten. »Ja, es ist eine Zyste«, bestätigte er. »Eine von jener Art, die sehr, sehr unangenehm ist. Sie sitzt fast immer an derselben Stelle und verursacht große Pein. Der Mann muss neben der bedrückenden Aussicht auf seinen Tod auch erhebliche Schmerzen verspürt haben.«

»Ganz meine Meinung, Cirurgicus! Was haltet Ihr davon, wenn Ihr vor der eigentlichen Sektion die Geschwulst operieren würdet? Sozusagen als kleine Demonstration vor unseren jungen Herren?«

Vitus zögerte kurz, doch als ihn der Magister aufmunternd in die Seite knuffte, willigte er ein. »Warum nicht? Die Möglichkeit zu einem solchen Eingriff kommt nicht alle Tage.« Ohne es zu merken, schlüpfte er in die Rolle des Professors und fragte die Studenten: »Wie, Herrschaften, würdet ihr die Operation angehen? Würdet ihr zunächst die Zyste ausdrücken? Oder würdet ihr es lassen?«

»Ausdrücken!«

»Lassen!«

»Am besten beides!«

»Ja, erst das eine, dann das andere.«

Vitus gebot Ruhe. »Da die Geschwulst ohnehin aufgeschnitten und ihr Inhalt ausgeräumt werden muss, macht es wenig Sinn, sie zuvor auszudrücken. Eine Zyste ist kein Pickel. Nein, wir beginnen direkt mit dem Skalpell. Wie setze ich es an? Wo setze ich es an? Wie viele Schnitte führe ich durch? Und vor allem: Wie sehen sie aus?«

Wieder waren die jungen Herren unterschiedlicher Meinung, was Häklein zu der Frage veranlasste, ob sie denn bereits wieder alles vergessen hätten, was er ihnen beigebracht habe.

Vitus beendete das Durcheinander, indem er zu einem mittelgroßen Skalpell griff und erklärte: »Es sind zwei tiefe Schnitte vonnöten. Ich setze sie leicht rund gegeneinander an, so dass sie oben und unten spitz aufeinander treffen. Die Geschwulst muss im Übrigen weitläufig herausgearbeitet werden, damit sämtlicher Eiter und Talg entfernt werden kann. Ebenso die Haare mit ihren Wurzeln, die in der Zyste sitzen und wahrscheinlich die Verursacher der Geschwulst sind.« Er setzte das Skalpell an und vollführte unter den interessierten Blicken aller Anwesenden die Schnitte. Der Magister und der Professor assistierten ihm, hielten mit Haken die Wunde auseinander, während Vitus zu einem scharfen Löffel griff und die Operationsstelle sorgfältig auskratzte.

Anschließend griff er zu Nadel und Faden und fragte: »Vorausgesetzt, der Mann lebte: Könnte ich dann die Wunde einfach zunähen, oder müsste ich noch auf irgendetwas anderes achten?«

Die Studenten schwiegen und dachten angestrengt nach. Schließlich traute sich Carlo und antwortete: »So, wie es aussieht, Cirurgicus, könntet Ihr die Wunde einfach zunähen. Das Gewebe würde sich dann von unten nachbilden, bis die Operationsstelle gänzlich zugewachsen ist.«

»Im Prinzip richtig«, nickte Vitus. »Aber ich hätte nicht so gefragt, wenn es nicht doch etwas gäbe, was vorher zu beachten ist: Ihr müsst dafür sorgen, dass die Eingriffsstelle kräftig blutet. Die Erfahrung zeigt, dass solche Wunden später besser heilen.«

»Jawohl, Cirurgicus.«

Häklein blickte gütig und sparte nicht mit Lob: »Eine sehr gute Vorführung! Wäre der Mann noch am Leben, hätte er jetzt eine große Sorge weniger.«

»Ja«, pflichtete der Magister bei, »und so hat er gar keine mehr.«

Padua, 9. Tag des Monats Oktober, A. D. 1579
Wir schreiben heute Freitag. Morgen werden wieder sechs arbeitsreiche Tage in dieser Woche hinter uns liegen. Wir sehen den Professor jetzt beinahe täglich: Wenn nicht im Studierzimmer, dann im Hörsaal, wo der Magister und ich ihm bei der Sektion von Toten und bei der Demonstration von Leichenorganen assistieren. Einige Male konnte ich auch selbst zum Skalpell greifen und den Verlauf von Operationen demonstrieren. Diese Tätigkeit war mir von Herzen recht, sorgte sie doch dafür, dass meine Hände nicht gänzlich aus der Übung kommen.
Durch die enge Zusammenarbeit ist so etwas wie freundschaftliche Verbundenheit zwischen dem Professor und uns entstanden. Bedauerlich nur, dass Enano sich so wenig zur Zergliederungskunst hingezogen fühlt. Kann er kein Blut sehen? Vielleicht meidet er es – so wie es ihn meidet? Das würde immerhin erklären, warum er seinerzeit, als ich dem Matrosen Dunc auf der Falcon *den Schädel trepanierte, so unerwartet als Blutstiller auftreten konnte.*
Auf jeden Fall zieht er es vor, den Radbauer Romano Tassini zu besuchen. Der Magister meinte heute schon scherzhaft, der Alte habe mittlerweile anderthalb Lehrlinge.
Unsere Forschungsgespräche mit »Häklein« kommen voran, wenn auch langsamer, als ich erhofft hatte. Die

Schlange Pest entzieht sich immer wieder unserem Zugriff. Wie wir es uns vorgenommen hatten, haben wir zunächst alle Gedanken, Erklärungen und Verordnungen, die offenkundig keinen Sinn machen, ausgeschlossen. Sie sind auf einer separaten Liste gesondert festgehalten. Hier nur die wichtigsten:

- *Das Verbot von Speisen jeglicher Art.*
- *Das Verbot, geschlachtete Schweine mit Luft zu füllen.*
- *Die fünf »Fs«.*
- *Vermeiden von körperlichen Anstrengungen.*
- *Tragen von Wacholderbeeren im Mund.*
- *Tragen von Amuletten und Palliativen.*
- *Einnahme von Theriak und Mithridat.*
- *Haarstrangziehen.*
- *Tabak, Ingwer, Pfeffer, Zwiebeln, Eisenhut, Marmelade, Rosenblätter.*
- *Einreibungen mit schwarzer Sepia.*
- *Abführmittel.*
- *Schröpfen.*
- *Himmels-Konjunktionen.*

Die Diskussion entzündete sich noch einmal am Ingwer, doch waren wir uns schließlich einig, dass er nicht mehr als ein Schweiß bildendes Mittel ist, eines von vielen anderen, die keinesfalls mit der Pest-Therapie in Verbindung gebracht werden. Gleiches widerfuhr uns mit dem Erklärungsversuch der Himmels-Konjunktionen für das Auftreten der Seuche. Hier einigten wir uns darauf, dass bestimmte Konstellationen immer wieder am Firmament auftauchen und demzufolge die Pestis dauerhaft ihr Unwesen treiben müsse. Da sie das aber nicht tut, hält diese Erklärung der Logik nicht stand.

Zu den sinnvollen Therapie-Maßnahmen, die nach unserer einhelligen Meinung durchgeführt werden sollten, gehören leichte, kräftigende Kost für den Patienten, tüchtiges Schwitzen, da die Pestis stets mit den Anzeichen der Influenza beginnt, Aderlass bei Übergewichtigen, Behandeln der Bubonen und harmonische Musik. Das ist schon alles. Mehr hat die Wissenschaft zur Zeit nicht gegen die Pestilenzia zu bieten. Alles andere sind Schutzmaßnahmen, wie Ausräuchern des Krankenzimmers, Tragen von Pestmasken, Quarantäne et cetera.
Was nun die Ursachenforschung angeht, so kommt ihr auch nach Meinung von Girolamo eine wichtige Bedeutung zu, denn oftmals war es in der Wissenschaft schon so, dass im Erkennen der Ursache der Schlüssel für die Heilung lag. An dieser Stelle brachte ich noch einmal meine These von den Ratten ins Gespräch, doch drehten wir uns mit unseren Gedanken wieder einmal im Kreis, bis schließlich der Magister in seiner optimistischen Art sagte: »Kommt Zeit, kommt Rat.« Und es wäre nicht der Magister gewesen, wenn er nicht auf Latein hinzugefügt hätte: »Tempus ipsum affert consilium.«

»Es hilft nichts, Cirurgicus, all unsere Bemühungen sind umsonst«, sagte Professor Girolamo und blies den Staub von einem jahrhundertealten Dokument. »Wir werden im Archiv nichts finden, das uns auf die Sprünge hilft. Die Ursache der Pestis wird im Dunkeln bleiben – jedenfalls so lange, bis nach uns Generationen kommen, denen andere und bessere Mittel zur Verfügung stehen.«

»Ich fürchte, Ihr habt Recht.« Vitus und der Magister standen ein paar Schritte weiter und suchten ebenfalls Regal auf Regal durch. Sie bemühten sich nach dem Ordnungsprinzip der gesammelten Werke vorzugehen, doch über die Jahrhunderte hinweg war immer wieder dagegen verstoßen worden, und das machte die Sache nicht einfacher. Sie hatten schon unzählige Arbeiten, Betrachtungen und Abhandlungen durchstöbert, und zwar nicht nur von italienischen Autoren, auch von deutschen, französischen und englischen, sie hatten die Schriften von Gentile da Foglio ebenso studiert wie jene von Johannes Jakobi, von Guy de Chauliac wie von Marchionne di Coppo, von Johannes von Parma wie von Gideon Whytney, darüber hinaus auch die von Pietro d'Albano, Taddeo Alderotti, Thomas del Garbo, Giulio Cesare Aranzio und vielen anderen.

Häklein legte den Kopf schief, hielt sein Dokument hoch und sagte: »Auch ein so großer Dichter wie Petrarca hat sich oft und kritisch über die Pest und die Ärzte, die sie bekämpften, geäußert. Hier schreibt er etwas über ein Gespräch, das er anno 1351 beim hiesigen Bischof Ildebrandino führte. Er plauderte dabei angeregt mit zwei Kartäusermönchen, die, wie sie sagten, seinen Bruder Gherardo gut kannten. Er schreibt weiter, dies sei allerdings nicht verwunderlich gewesen, da Gherardo demselben Orden angehörte. Die beiden frommen Männer erzählten ihm zu seinem nicht geringen Schrecken, dass sein Bruder als einziger Mönch die Pestis in der Kartause zu Montrieux überlebt hatte. An die dreißig seiner Glaubensbrüder waren jämmerlich dahingerafft worden. Er hatte jedem vorher die Sterbesakramente gegeben und ihn anschließend eigenhändig begraben, und er war der Einzige gewesen, der sich nicht gescheut hatte, all dies zu tun. Dennoch wurde er aus unerklärlichen Gründen nicht angesteckt.« Häklein schüttelte den Kopf. »Seltsam, dass der Text so plötzlich endet. Man sollte doch annehmen, Petrarca habe noch mehr geschrieben, etwa über seine Vermutungen, warum Gherardo nicht mit der Seuche geschlagen wurde. Hatte er vielleicht ein geheimes Mittel? Erkenntnisse, die uns verborgen sind? Nun, meine Gedanken sind müßig. Das Einzige, was Petrarca noch schreibt, steht hier.«

Girolamo zeigte Vitus das Dokument, und dieser las: Möge die Flamme der Forschung Licht in das Dunkel um die Pestis bringen.«

»Darf ich mal?« Vitus nahm Häklein das Pergament aus der Hand. Eingehend studierte er die Schrift, dann den Rand des Dokuments und die leere Rückseite, so lange, bis der Magister ungeduldig wurde und rief: »Allmächtiger, du starrst darauf, als könntest du dadurch weitere Buchstaben herbeizaubern!«

Vitus runzelte nur die Stirn. Er dachte angestrengt nach. Plötzlich ging er zu einer der Kerzen im Raum und hielt das Pergament darüber.

Häklein schrie auf: »Seid Ihr von Sinnen? Ihr könnt doch dieses unwiederbringliche Dokument nicht verbrennen!«

Auch der Magister brüllte irgendetwas, doch in diesem Augenblick hatte Vitus das Papier bereits wieder fortgenommen. Nochmals studierte er im Schein des Lichts das Pergament. Dann sagte er: »Kein Grund zur Aufregung. Ich habe nur den letzten Satz Petrarcas wörtlich genommen und sein Papier über eine Flamme gehalten. In der Tat sind durch die Hitze weitere Buchstaben erschienen. Sie sind mit einer Spezialtinte geschrieben worden – eine einfache Vorgehensweise, wenn einer nicht will, dass seine Gedanken in falsche Hände geraten.«

»Spezialtinte? Was für eine Spezialtinte?«, fragte der Magister irritiert. »Was steht denn da? Du spannst den Professor und mich ganz schön auf die Folter!«

»Es handelt sich offenbar um eine wasserhelle Flüssigkeit, die im getrockneten Zustand durch Wärme nachdunkelt. Es gibt viele solcher Flüssigkeiten. Am einfachsten nimmt man den eigenen Urin. Doch nun zum Text. Ich kann ihn nicht lesen. Er muss in einer Art Geheimschrift aufs Papier gebracht worden sein.«

»Lasst mal schauen!« Häklein beugte sich gespannt über das Pergament. Was er sah, las sich so:

GMHERWVFLDIWMVWNHWCHUMVFL
GRFLZDLVGHUIORLEUMQKWGMHSH
VWHUVWHURHWHWHUGMHUDWWH
GDQDFLZHQQVMHHUNDOWHWGHQP
HQVFLHQGDQQGHUPHQVFLGHQPHQ
VFLHQXUVDFLHYRQDOOHPDEHVMV
WGHOIORLGMHVHUNDQQWHIUDQFH
VFRSHWUDUFD

»Ich verstehe das nicht«, murmelte Girolamo. »Zweifellos eine Geheimschrift, deren Schlüssel wir nicht kennen. Der Absender wollte nicht, dass seine Gedanken sich jedermann erschließen.«

»Umso wichtiger, dass wir erkennen, wie er seine Nachricht verfremdete«, sagte Vitus.

»Richtig«, nickte der Magister. »Petrarca hat uns hiermit eine verzwickte Aufgabe gestellt. Allerdings sollten wir sie lösen können, immerhin sind wir zu dritt und akademisch vorgebildet. Ich fange mal an und denke einfach laut: Petrarca war, wie wir wissen, nicht nur ein Dichter, sondern auch ein hochgebildeter und aufgeschlossener Mann. Da liegt es nahe, dass er sich mit den Schriftstellern der Griechen und Römer gut auskannte. Aber kannte er sich auch mit Geheimschriften aus? Welcher der berühmten Männer benutzte überhaupt eine Verschlüsselung? Nun?« Er blickte fragend in die Runde.

Als keine Antwort kam, gab er sie selbst. »Mehr oder weniger alle. Die Zeiten waren damals wie heute unsicher, und wer nicht immer mit den Oberen einer Meinung war, lief Gefahr, verbannt oder getötet zu werden. Am meisten aber fanden Geheimverschlüsselungen wohl auf dem militärischen Sektor statt.«

»Ich ahne, auf wen du hinauswillst«, sagte Vitus.

»Ich auch«, fügte Häklein hinzu. »Denkt Ihr an einen großen Feldherrn, Herr Magister? Womöglich an Alexander ... doch nein, der kann nicht als Schriftsteller durchgehen, dann bleibt eigentlich nur noch ...«

»Richtig! Gaius Julius Cäsar!« Der kleine Gelehrte machte eine weit ausholende Geste. »Womit wir das Rätsel fast schon gelöst hätten. Wir brauchen nur noch herauszufinden, welcher Art von Cäsars Verschlüsselungen sich Petrarca bediente. Ich vermute, dass es sich um eine so genannte Cäsar-Verschiebung handelt. Denn oftmals ersetzte der Imperator einfach jeden Buchstaben seiner Nachricht durch einen anderen, und zwar genau durch jenen, der eine, zwei, drei, vier, fünf oder noch mehr Stellen weiter im Alphabet folgt. Bei fünf Stellen würde somit aus jedem A seines Textes ein F werden.«

»Das leuchtet ein!«, nickte Häklein lebhaft. »Wir müssten also nur noch herausfinden, für wie viele Positionen weiter er sich entschieden hat.«

»Und das ist zeitaufwändig«, seufzte der kleine Gelehrte. »Versuchen wir, immer vorausgesetzt, ich habe mit meiner Vermutung der Cäsar-Verschiebung Recht, das Verfahren abzukürzen. Nehmen wir einfach jede dritte Stelle, vielleicht geschieht das Wunder.«

Und das tat es.

Das Unterfangen war zwar mühsam, aber als die ersten Wörter – wie durch einen Nebel herankommend – Gestalt angenommen hatten, arbeiteten die drei Männer umso eifriger weiter. Es dauerte eine geraume Weile, doch dann hatten sie einen neuen, wenn auch schwer lesbaren Text, den Vitus Zeile für Zeile am Tisch des Archivs sitzend niederschrieb:

DIEBOTSCHAFTISTKETZERISCH
DOCHWAHRDERFLOHBRINGTDIEPE
STERSTTOETETERDIERATTE

DANACHWENNSIEERKALTETDENM
ENSCHENDANNDERMENSCHDENMEN
SCHENURSACHEVONALLEMABERIS
TDERFLOHDIESERKANNTEFRANCES
COPETRARCA

Vitus griff noch einmal zur Feder und schrieb die Nachricht verständlicher hin:

DIE BOTSCHAFT IST KETZERISCH,
DOCH WAHR: DER FLOH BRINGT DIE PEST.
ERST TOETET ER DIE RATTE, DANACH,
WENN SIE ERKALTET, DEN MENSCHEN.
DANN DER MENSCH DEN MENSCHEN.
URSACHE VON ALLEM ABER IST DER FLOH.
DIES ERKANNTE FRANCESCO PETRARCA.

Vitus las die Botschaft mehrfach leise vor. Dann sagte er: »Es muss anno 1351 ein großes Wagnis gewesen sein, den Floh als Pest-Verursacher zu bezeichnen. Man bedenke, wie viele Theorien von hochgelehrten Ärzten und Wissenschaftlern es gab, so genannte Erkenntnisse, die allesamt ganz anders klangen. Welt erschütternde Beben mit pestilenzialischen Ausdünstungen wurden als Grund genannt. Oder auch Himmelskonstellationen, in denen Saturn, Jupiter und Mars auf einer Linie standen – Zeichen des Himmels also, wenn nicht gar des Allmächtigen selber, dass die Menschheit gestraft werden müsse!«

Nach einer Pause fuhr er fort: »Was im Übrigen die Kirche bis heute nicht müde wird zu betonen: Überall da, wo Unwetter, Missernten oder Seuchen auf uns niederkommen, ist es eine Strafe des Allmächtigen für den armseligen Sünder auf Erden. Und da kommt nun dieser Francesco Petrarca und behauptet, das ganze Elend nehme seinen Anfang bei einem kleinen Floh.«

»Jetzt verstehe ich auch, warum der Dichter so eine Geheimniskrämerei um seine Botschaft machte.« Der Magister flüsterte unwillkürlich.

»Ja, die Erklärung des Cirurgicus ist überzeugend«, pflichtete Häklein bei. »Petrarca gilt zwar bis heute als streitlustiger, offen denkender Mann, doch so offen mochte er in dieser Hinsicht wohl doch nicht sein. Er hätte in Teufels Küche kommen können, wenn sein Gedankengut als Häresie abgestempelt worden wäre. Andererseits wollte er seine Erkenntnisse unbedingt der Nachwelt mitteilen. Ein Jammer, dass die Botschaft bis heute unbeachtet in diesem Archiv schmorte.«

Der Magister fragte: »Glaubt Ihr denn, Professor, dass der Floh tatsächlich die Ursache allen Übels sein kann?«

Häklein blickte aus gütigen Augen drein. »Warum nicht? Ich halte das für mindestens ebenso wahrscheinlich wie andere Theorien, auch wenn diese gewaltiger klingen.«

Vitus sagte: »Wir müssen Petrarcas Behauptung vor dem Hintergrund seiner Begegnung mit den Kartäusermönchen sehen. Beide erzählten ihm, dass sein Bruder als Einziger von rund dreißig Gottesmännern überlebte. Und nicht nur das: Gherardo gab ihnen darüber hinaus sogar die Sterbesakramente und begrub sie. Er hätte sich in dieser Zeit hundertmal oder tausendmal anstecken können, ja, müssen! Warum tat er es nicht? Weil er wusste, worauf er zu achten hatte: auf den Floh. Er hatte ihn als Überträger der Pestis entlarvt. Anders kann es nicht sein.«

Der Magister blinzelte. »Und was ist mit den Ratten? Spielen die überhaupt keine Rolle mehr?«

Häklein antwortete für Vitus: »Die Ratten sterben, wie uns bekannt ist, ebenfalls an der Pestilenzia, mein lieber Magister. Petrarca schreibt dies ja auch. Sie verenden wie die Haustiere, wie Rind, Ziege, Schaf oder Hund. Nur mit dem Unterschied, dass sie von Haus zu Haus ziehen oder gar über Land. Bei dieser

Gelegenheit könnten die Flöhe auf ihnen überallhin reisen – und mit ihnen die Seuche.«

Der Magister nickte grübelnd. »Je mehr ich darüber nachdenke, desto mehr scheint an der These zu stimmen. Der Floh benutzt die Ratte sozusagen als Transportmittel, um die Pest zu verbreiten.«

»Nicht ganz«, schränkte Vitus ein. »Ich denke, dem Floh ist es ziemlich egal, worauf er sitzt, Hauptsache, er hat ein Tier, das er als Wirt benutzen kann. Allerdings tötet er es auch, wie Petrarca uns versichert. Wie kann ein Floh eine Ratte töten? Wir sind da auf Vermutungen angewiesen. Wahrscheinlich aber scheint mir zu sein, dass der Biss dabei eine Rolle spielt. Wenn ich an meine arme Arlette denke: Auch sie war von einem Floh gebissen worden in der schäbigen Absteige *Golden Galley* …«

Der Magister räusperte sich. »Ja, das stimmt wohl. Interessant finde ich, dass Petrarca meint, der Floh töte erst die Ratte, dann, wenn sie erkaltet ist, den Menschen. Daraus schließe ich, dass eine tote Ratte für ihn nicht mehr anziehend ist, vielleicht, weil ihr Blut dann nicht mehr die Wärme hat. Folglich sucht er sich ein anderes Opfer: Er springt auf die nächste Ratte oder, wenn gerade keine da ist, auf einen Menschen. Hier wiederholt sich dasselbe: Biss – Pest – Tod.«

Häklein legte den Kopf schief und wiederholte sinnend: »Biss – Pest – Tod … das habt Ihr ebenso schmerzlich wie trefflich kurz gefasst, Herr Magister. Wisst Ihr, was mich bei alledem wundert? Dass der Floh selbst anscheinend gegen die Seuche gefeit ist. Noch nie sah jemand tote Flöhe in einem Pestgebiet. Doch wenn ich es recht bedenke, ist das so ungewöhnlich nicht. Es gibt ja auch Vögel, die Beeren aufpicken, an denen andere eingehen würden, und Fische, denen die Feuernesseln einer Qualle nichts anhaben können.«

»So ist es.« Vitus schaute nochmals auf Petrarcas geheime Botschaft. »Hier steht außerdem, dass der Mensch den Menschen tötet, womit sicherlich die Ansteckung gemeint ist. Keine sonderlich überraschende Mitteilung. Dennoch bekommt die Information eine neue Bedeutung im Hinblick auf unser frisch erworbenes Wissen über den Floh. Halten wir uns noch einmal vor Augen, dass der Biss des tückischen Insekts den Tod von Tier und Mensch in Pestzeiten nach sich zieht. Nun weiß jedermann, dass ein solcher Biss unangenehm ist. Die Stelle schwillt an und beginnt heftig zu jucken. Doch daran stirbt normalerweise niemand. Es muss also irgendetwas sein, das mit dem Biss in den Körper des Opfers gelangt. Aber was? Ein Gift? Eine Säure? Ein Miasma? Wir wissen es nicht. Doch so viel ist sicher: Es muss etwas geben. Und dieses Etwas gelangt bei der Ansteckung von dem einen Menschen in den anderen.«

»Nur eben ohne Biss«, ergänzte Häklein.

»Vielleicht durch den Atem?«, vermutete der Magister. »Dann würde der viel zitierte Pesthauch eine neue Bedeutung erhalten.«

»Nein.« Häklein schüttelte den Kopf. »Nicht durch den Atem. Dann wäre Gherardo mit Sicherheit gestorben. Wir müssen davon ausgehen, dass er bei seinen vielen Hilfsaktionen den Todkranken auch körperlich sehr nahe war. Vielleicht geschieht die Kontagion ja über Körperflüssigkeiten. Was meint Ihr, Cirurgicus?«

»Das ist nicht auszuschließen. Man müsste dazu untersuchen, welche in Frage kämen. Doch sollten wir das, wenn es Euch recht ist, Professor, zu einem späteren Zeitpunkt tun.«

»Das ist mir sehr recht.«

»Mir auch«, sagte der Magister.

»Dann bleibt mir heute nur noch, meiner Bewunderung für Francesco Petrarca Ausdruck zu verleihen. Sein Wissen muss er in langen Gesprächen mit den Kartäusermönchen erworben haben, die es ihrerseits von Gherardo hatten. Es war hochbrisantes Geheimwissen, das er in einer überaus klugen Weise weitergegeben hat: mit einer Nachricht, die lediglich achtunddreißig Wörter umfasst und dennoch Umwälzendes übermittelt. Wann sehen wir uns wieder, lieber Professor?

Häklein blickte gütig, aber auch erwartungsfroh. »Gleich morgen nach der Vorlesung! Dann aber im Studierzimmer.«

»So soll es sein«, sagten Vitus und der Magister wie aus einem Munde.

Am folgenden Tag konnten der Professor und die beiden Freunde es kaum erwarten, sich zu treffen. Endlich, am späten Nachmittag, war es so weit. Sie saßen einander wieder gegenüber, und Häklein begann das Gespräch, indem er sagte: »Nun, meine Herren, habt Ihr nochmals über unsere gemeinsamen Erkenntnisse nachgedacht? Ich für mein Teil habe mich heute ständig dabei erwischt, dass ich sie im Geiste überprüfte. Aber ich muss sagen: Alles, was wir aus Petrarcas Worten hergeleitet haben, erscheint mir logisch und richtig.«

»So erging es auch uns«, antwortete Vitus.

»Nur die Frage des Wie bei der Ansteckung von Mensch zu Mensch ist noch ungelöst«, sagte der Magister.

»Womit wir beim Thema wären«, nickte Häklein. »Wir sagten, wenn ich mich nicht irre, dass die Kontagion über Körperflüssigkeiten erfolgen könnte. Dazu sollten wir uns erst einmal klar darüber werden, was es alles an *Liquores corporis* gibt.«

Im Folgenden zählten die drei Männer auf, was ihnen einfiel, und das war nicht wenig. Selbst der Professor war überrascht von der großen Anzahl der Säfte. Vitus machte sich erneut die Mühe, alles schriftlich festzuhalten:

Liquores corporis (universitas):
- *Blut*
- *Speichel*
- *Schweiß*

- *Nasensekret*
- *Tränen*
- *Ohrenschmalz*
- *Urin*
- *Sperma*
- *Scheidensekret*
- *Fruchtwasser*
- *Gelbe Galle*
- *Schwarze Galle*
- *Hustenschleim*
- *Muttermilch*
- *Eiter*

Das waren insgesamt fünfzehn Flüssigkeiten. Nach einigem Zögern fügte Vitus *Erbrochenes* und *Fäkalien* hinzu. Noch später *feuchte Hautschuppen.* Letzteres allerdings mehr der guten Ordnung halber.

Als dies geschehen war, beschlossen die Forscher, in bewährter Manier all jene Punkte auszuschließen, die augenscheinlich keinen Sinn machten. Dazu gehörte *Ohrenschmalz*, denn niemand vermochte sich vorzustellen, wie das Schmalz aus dem Ohr des einen Menschen in den Körper des anderen gelangen sollte. Gleiches galt für *gelbe Galle* und *schwarze Galle* und *Eiter.* Und auch für *Erbrochenes*, *Urin*, *Fäkalien* und *feuchte Schuppen.* Doch was blieb, war immer noch viel.

Durch Verletzungen konnte das Blut des einen Menschen mit dem eines anderen in Berührung kommen. Speichel konnte beim Kuss in den Mund hinüberfließen, Schweiß konnte ausbrechen und in die Poren des anderen sickern, Scheidensekret konnte – ebenso wie Sperma – bei der Fleischeslust in die Blutbahn gelangen, Nasensekret, Tränen und Hustenschleim konnten bei Umarmungen in winzigste Hautläsionen eindringen. Vitus schrieb also als mögliche kontagiöse Flüssigkeiten nieder:

Liquores corporis (reliquiae):
- *Blut*
- *Speichel*
- *Schweiß*
- *Scheidensekret*
- *Sperma*
- *Nasensekret*
- *Tränen*
- *Hustenschleim*

Nach kurzer Diskussion beschlossen die drei, Muttermilch und Fruchtwasser als ungefährlich einzustufen, wobei Vitus von den Keimlingen des Dottore Sangio erzählte, die keinerlei Seuchensymptome aufwiesen – dank des sie umgebenden *Liquor amnii*, im Gegenteil! Vitus berichtete, dass der Pestarzt sogar seine Maskenkräuter damit tränkte.

»Hört, hört«, meinte Häklein. »Wenn unsere Thesen stimmen, dann hat mein guter Freund Sangio an etwas geglaubt, das wirkungslos ist. Gottlob ist er dafür nicht bestraft worden. Oder haltet Ihr es für möglich, meine Herren, dass im Fruchtwasser etwas verborgen ist, das Gift, Säure oder Miasmen unschädlich macht?«

Vitus antwortete und wägte seine Worte dabei sorgfältig ab: »Ich glaube nicht, Professor. Zwar sagte der Dottore zu mir, jeder Arzt habe seine eigene Kräutermischung, aber zweifellos übermittelte er seine Beobachtungen an den Keimlingen seinen Kollegen. Und ebenso zweifellos dürften einige von ihnen die Rezeptur gleichfalls benutzt haben – und trotzdem den Pesttod gestorben sein. Anders ausgedrückt: Wenn es Sangio wirklich geglückt wäre, ein Schutzmittel zu finden, hätte die Nachricht sich wie ein Lauffeuer in ganz Venedig verbreitet.«

Häklein seufzte. »Es wäre ja auch zu schön gewesen, wenn es

uns – gewissermaßen nebenbei – gelungen wäre, ein Mittel gegen die Pest zu finden.«

Der Magister grübelte laut weiter: »Dennoch bleibt festzustellen, dass der Dottore überlebt hat. Wahrscheinlich, weil seine Schutzkleidung ihn von jeglicher Übertragung durch Körperflüssigkeit von Pestkranken bewahrte.«

»Woraus sich die Frage ableitet, warum so viele Ärzte von der Seuche dahingerafft wurden, schließlich trugen doch alle Schutzkleidung«, spann Häklein den Faden weiter.

Vitus legte die Feder beiseite und klappte das Tintenfass zu. »Ganz einfach, weil sie sich der tödlichen Gefahr nicht bewusst waren. Niemand verfügte über das Geheimwissen, das ihn vor den tödlichen Flohbissen hätte warnen können. Alle dachten, sie müssten sich ausschließlich vor der Ansteckung durch den Menschen schützen – was im Prinzip ja auch richtig ist –, aber keiner achtete auf die Flöhe. Was nützt der schönste Schutzanzug, wenn ein Pestfloh darin sitzt und seinen Träger beißt!«

Häklein legte den Kopf schief. »Wollt Ihr damit sagen, es sei der pure Zufall, dass mein Freund Sangio mehrere Seuchen überlebte?«

»Gewissermaßen, ja. Allerdings habe ich den Dottore als einen Mann kennen gelernt, der sehr auf sein Äußeres bedacht ist. Ich will damit sagen, er ist wahrscheinlich sehr reinlich und wäscht sich oftmals. Jedermann weiß, dass Flöhe am meisten dort anzutreffen sind, wo es schmutzig ist. Vielleicht haben sie ihn deshalb gemieden.« Vitus hielt inne, griff zur Feder und begann mit ihr zu spielen. »Gherardo hingegen, der den Verursacher genau kannte, brauchte keine Schutzkleidung. Er vermied beides: den Kontakt mit Körperflüssigkeiten Kranker und den Kontakt mit Flöhen. So blieb er wie durch ein Wunder gesund.«

Den Magister hielt es plötzlich nicht mehr auf seinem Stuhl. Temperamentvoll, wie er war, sprang er auf und schrie: »*Heureka, heureka!* Ich hab's, ich hab's! Wenn du es schon nicht sagst, du Unkraut, sage ich es für dich: Mit diesen letzten Worten der Logik hast du die Pest besiegt. Niemand muss von nun an mehr an der Seuche sterben. Niemand!«

Vitus und der Professor schauten einander belustigt an. Dann sagte Vitus: »Wenn überhaupt, dann habe ich sie mit eurer Hilfe besiegt. Und das auch nur, weil es uns gelungen ist, die geheime Botschaft des Francesco Petrarca zu entschlüsseln.«

Häklein schaute gütig drein und bemerkte: »Natürlich haben wir alle unser Scherflein zu den Erkenntnissen beigetragen, aber ich schließe mich der Meinung des Magisters an: Der Lorbeer gebührt Euch, Cirurgicus. Ihr wart es, der darauf gekommen ist, es könnte sich auf dem Petrarca-Dokument noch eine geheime Botschaft befinden, Ihr wart es, der sie sichtbar gemacht hat, und Ihr wart es auch, der durch seine Schlüsse die Lösung des Problems immer wieder vorantrieb. Eine hervorragende Leistung!« Der Professor klang, als lobe er einen Studenten, und endete: »In jedem Fall ist es so, dass niemand mehr auf dieser Welt, der sich richtig verhält, von der Pestis dahingerafft werden kann.«

»Und das muss gefeiert werden!«, rief der Magister.

Der Riese Enano

»Da hinten, ihr Gacken, ich späh ein Pupperl, 'ne Trawallerin, 'ne Schickse, kommt aus'm Gesprüss, das dicke Suppengrün!«

Der Zwerg stand vor seinen schnarchenden Freunden und hüstelte mehrmals vernehmlich. »He, ihr Gacken, 's is bald Mittentach, un ihr lullt immer noch!«

Als keiner der beiden sich rührte, begann er sie nacheinander zu rütteln und verzog dabei das Näschen. »Pfui, potztausend! So 'nen Stank nach Stöff hab ich mein Lebtach nich gepüffert.«

Endlich schlug Vitus die Augen auf – um sie sogleich wieder zu schließen. Auch der Magister rührte sich, hob leicht den Kopf, blinzelte und ließ sich stöhnend zurücksinken.

Enano zerrte erneut an den Freunden. »Ihr Ofenhänger! Auf, auf, was strömt?«

Der kleine Gelehrte krächzte: »Es ist etwas später geworden gestern Abend.«

»Wui, wui, *sì, sì*. Na un?«

Vitus setzte sich vorsichtig auf. »Wir hatten etwas zu feiern. Sind gleich von der Universität aus losgezogen in die Schänken dieser Stadt. Ich glaube, wir haben keine einzige ausgelassen, keine Osteria, keine Bettola, keine Taverna. Es war wohl doch etwas zu viel Wein und Bier und Tresterschnaps, den der gute Professor und wir uns gegönnt haben.«

»Wiewo?« Der Zwerg verstand kein Wort. Doch nach beharrlichem Fragen bequemten die beiden sich, schließlich zu antworten – allein schon, um nicht länger belästigt zu werden. So erfuhr Enano von den erstaunlichen Erkenntnissen über die Ursache der Pest, und sein Mündchen machte ständig »Aaah!«

und »Oh!«, während er gebannt lauschte. Denn als jemand, der ebenfalls den Umgang mit Säften und Arzneien gewöhnt war, begriff er sofort die ganze Tragweite der Schlussfolgerungen und fistelte irgendwann begeistert: »Simpel, simpel, ihr Gimpel! Der schwarze Husar is also schuld an der Pestilenzia. Der molle Winzling: hoppt vom Knagerling auf'n Michel un vom Michel auf'n Michel un zwickt un beißt un macht alle Welt kappore! *Sì, sì*, man musses nur holmen, dann isses ganz leicht. Wiewo habt ihr mir's nich gleich gestochen? Wär gern mit euch gewalzt.«

Der Magister fuhr sich mit den Händen durch die strubbeligen Haare und setzte die Berylle auf. »Wie gesagt, Zwerg, wir haben direkt die heiligen Hallen der Universität gegen die weniger heiligen in der Altstadt vertauscht. Oh, mein armer Kopf!« Außerdem warst du wie immer bei deinen Radbauern. Was du da verloren hast, wird mir ein ewiges Rätsel bleiben.«

Vitus hatte unterdessen den Kopf tief in eine Waschschüssel gesteckt und kam prustend wieder hoch. »Das tut gut! Das solltest du auch machen, Magister.«

Enano rief dazwischen: »Hab trafackt bei Romano un Massimo, das is alles.«

Vitus ging nicht darauf ein. Er wandte sich erneut an den kleinen Gelehrten. »Ich glaube, als wir alle noch halbwegs nüchtern waren, hat der Professor zu mir gesagt, ich müsse unbedingt unsere Erkenntnisse publik machen. Ich solle sie niederschreiben, Punkt für Punkt, und er wolle dafür sorgen, dass sie gedruckt würden. Stimmt das?«

»Das stimmt, ich erinnere mich schwach. Und du hast noch hinzugefügt, dass du das sehr gern machen würdest, denn genau diese Erkenntnisse seien es ja gewesen, um deretwillen du mit uns die ganze Reise unternommen hättest. Oh, mein armer Kopf!«

Vitus fuhr in seine Kleider und begann damit, die sechsundzwanzig Knöpfe seiner Weste zu schließen. Es dauerte eine

Weile, bis er fertig war, nicht zuletzt, weil er sich noch nicht vollends bei Kräften fühlte. Dann sagte er: »Ich glaube, vor morgen fange ich nicht damit an. Schon aus Rücksichtnahme auf dich.«

»Wieso auf mich?«

»Weil du mir selbstverständlich dabei helfen wirst.«

»Oh, mein armer Kopf!«

»Das sagst du jetzt zum dritten Mal. Du wirst mir doch helfen?«

»Natürlich, du Unkraut.«

Vitus saß im Studierzimmer, das er mit Einverständnis des Kollegiums zu seinem Arbeitsraum erkoren hatte, und tauchte die Feder sorgfältig ins Tintenfass. Er schrieb die letzten Sätze seiner Abhandlung über die Ursachen der Pest, ein Werk, das er schlicht *De Causis Pestis* genannt hatte:

Wenn auch die Wissenschaft heute noch rätselt, welches Therapeuticum das rechte gegen die Pestilenzia ist – wie bereits ausgeführt, wird es eher ein Bündel an Maßnahmen sein als eine einzige Arznei –, so kann doch mit Fug und Recht behauptet werden, dass der Pestfloh, den ich hiermit Pulex pestis *taufe, als der Urheber allen Übels angesehen werden muss.*

Seine Entlarvung verdanken wir dem bereits oben erwähnten Francesco Petrarca, dessen geheime Botschaft den entscheidenden Hinweis gab.

Den Biss von Pulex pestis *vermeiden und gleichzeitig Sorge tragen, dass dieses tückische Insekt allerorten vernichtet wird, wird künftig die beste Gewähr dafür sein, die Schlange Pest endgültig zu besiegen.*

Dieses schrieb zu Padua am 27. Tag des Monats Oktober, A. D. 1579

Vitus von Campodios

»Ihr wollt uns wirklich verlassen, Signori? Der Winter steht vor der Tür, bald haben wir November, höchste Zeit, die Füße hinter den Ofen zu stecken! Und da wollt Ihr die lange Rückreise nach England antreten?«

Häklein stand im Hof der Universität und war der Fleisch gewordene Vorwurf. »Warum bleibt Ihr nicht einfach hier? Wenn es draußen friert und die Mäuse sich unter den Bänken beißen, sucht man die Wärme, liest ein gutes Buch und probiert den jungen Wein.«

Der Magister stöhnte auf. »Es ist zwar schon zwei Wochen her, Professor, dass wir gemeinsam unsere Erkenntnisse über den Pestfloh begossen haben, aber sprecht bitte das Wort ›Wein‹ nicht in meiner Gegenwart aus.«

Girolamo musste trotz des traurigen Anlasses lachen. »Ja, das war eine Nacht, die auch ich so schnell nicht vergessen werde, ebenso wie den Morgen danach. Nur der Allmächtige kann ermessen, wie speiübel mir war. Dennoch: Wir hatten wahrhaftig Grund zum Feiern. Und hätten es heute eigentlich nochmals, jetzt, wo das Werk *De Causis Pestis* so trefflich gelungen ist. Nicht wahr, Cirurgicus?«

Vitus wehrte ab, doch Häklein legte ihm die Hand auf den Arm. »Wenn man alles schwarz auf weiß und in so wohlgesetzten Worten nachliest, jeden Punkt, jede Beobachtung, jede Schlussfolgerung, dann merkt man erst, wie zwingend das Gebäude der Logik ist, auf dem unsere Erkenntnisse beruhen! Ja, die Pestilenzia hat von nun an ihren Schrecken verloren. Ich werde dafür sorgen, dass *De Causis Pestis* schon in den nächsten Tagen in Druck geht. Jedermann muss wissen, das die Gefahr einzig und allein von einem lächerlichen Floh ausgeht! Die Schlange Pest wird verenden, und ich werde, mit Eurer Erlaubnis, so schnell wie möglich eine Zusammenkunft der klügsten Köpfe dieses Landes anberaumen. Einziges Thema: *Pulex pestis*.«

»Tut das, Professor. Aber dann werden wir nicht mehr hier sein«, entgegnete Vitus. »Meine Freunde und ich haben beschlossen, über die Lombardei nach Ligurien zu ziehen. Wir wollen marschieren und immer dann, wenn die Gelegenheit sich ergibt, auf einer Kutsche oder einem Karren mitfahren. In Genua werden wir versuchen, ein Schiff zu erwischen, dass uns um die Iberische Halbinsel herum nach Hause trägt. Meine Mission ist erfüllt. Mich zieht es mächtig heim nach England. Die Winter dort sind länger als hier, und meine Leute auf Greenvale Castle brauchen mich.«

»So ist es«, bekräftigte der Magister. »Ich gestehe, auch mich juckt es in meinen Reiseschuhen, und das, obwohl sie gelb und eigentlich für wärmere Gefilde gedacht sind.«

»Nun denn.« Girolamo reckte sich zu voller Höhe auf. »Wenn Ihr Herren denn doch gegen alle Vernunft reisen wollt, bleibt mir nichts anderes übrig, als Euch von Herzen alles Gute zu wünschen.« Für einen Augenblick vergaß er seine professorale Würde, umarmte Vitus und küsste ihn auf beide Wangen. »*Amico mio!* Ich werde Euch nach England schreiben und Euch selbstverständlich ein paar Exemplare Eures Werkes schicken!« Dann drückte er den kleinen Gelehrten an sich und küsste ihn ebenfalls. »*Amico mio,* gebt Acht auf Euch!«

»Das werden wir tun.« Vitus und der Magister schritten hinaus auf die Piazza vor der Universität und atmeten erst einmal tief durch. »Mit jedem Abschied stirbt ein Stück in uns«, seufzte der Magister. »Ich werde Padua immer in guter Erinnerung behalten.«

Da es noch Vormittag war und die Sonne mild vom Himmel schien, beschlossen die Freunde, vor ihrer Abreise das zu tun, wozu sie die ganze Zeit nicht gekommen waren: die Stadt und ihre Sehenswürdigkeiten bei Tage zu bestaunen. Sie besuchten die Basilika des heiligen Antonius, schlenderten über den Prato della Valle, blickten zum Reiterstandbild des Gattamelata empor und besichtigten die Capella degli Scrovegni mit ihren wunderschönen Freskenmalereien von Giotto. Nachdem sie sich am Stand einer Garküche gestärkt hatten, schlugen sie den Weg zu ihrer Studentenunterkunft ein. Kurz bevor sie dort ankamen, begegnete ihnen ein lang aufgeschossener Bursche mit Vollmondgesicht, Fischmündchen und feuerroten Haaren.

»Sieh mal«, sagte der Magister, »wenn der Kerl nicht so groß wäre, würde ich sagen, es ist Enano, der Zwerg. Aber er kann es nicht sein, es sei denn, er wäre innerhalb kürzester Zeit um vier Fuß gewachsen.«

»He, ihr Gacken, ich bin's wirklich!«, krähte der Kerl plötzlich mit einer Fistelstimme, die haargenau der des Winzlings glich.

Verblüfft schauten die Freunde näher hin und erkannten, dass es tatsächlich Enano war. Der Knirps stand auf Stelzen, was auch seinen ruckartigen Gang erklärte. »Ich bin's wirklich!«, krähte er nochmals. »Hab Spazierhölzer drunter un'n extra langen Übermann!«

In der Tat war sein himmelblaues Gewand verlängert worden, so dass es fast bis zum Boden hinabreichte.

Der Magister blinzelte. »Was, um alles in der Welt, willst du mit den Gehstangen?«

»Na, walzen doch! Wollt mal so richtich grandig sein!«

»Komm runter, so kannst du kaum bis nach Genua gehen. Wo hast du die Stelzen nur her?«

»Selbst trafackt! Bei Romano un Massima. Is Esche, beste Esche!« Enano zog sein Gewand hoch, um die Beinverlängerer sichtbar zu machen. Sie wiesen jeweils drei Stege in unterschiedlicher Tritthöhe auf und waren, wie jedermann bestätigt hätte, kunstvoll gefertigt. Das Holz schien in Olivenöl gekocht, denn es zeigte den dafür typischen Schimmer.

Der Zwerg, der jetzt ein Riese war, ließ seinen Übermann

wieder fallen und stakste mehrmals um die beiden Freunde herum, wobei er aus luftiger Höhe auf sie herabblicken konnte. Ungläubig schüttelte der Magister sein Haupt und sagte:

»Das also hast du die ganze Zeit gemacht, während Vitus und ich an der Universität Forschung und Lehre vorangetrieben haben. Hast dir Stelzen gebaut. Nun ja, sicher begegnen wir auf unserem Weg irgendwelchen Gauklern oder Spielleuten, denen du sie dann schenken kannst.«

»No, no, nix, nix, nein, nein!«

»Nein? Aber du glaubst doch nicht im Ernst, dass du weiter als hundert Schritte auf den Stöcken gehen kannst!«

Auch Vitus schaltete sich ein und versuchte, den Wicht umzustimmen, doch seine Worte stießen ebenfalls auf taube Ohren. Enano war felsenfest entschlossen, auf seinen neuen Gehwerkzeugen zu laufen.

So zogen sie gemeinsam los. Ein ungleiches Trio, bei dem der Magister nun der Kleinste war.

Am Abend desselben Tages mussten Vitus und der Magister eingestehen, dass sie den Zwerg unterschätzt hatten. Meile für Meile hatte der Winzling sich auf seinen Gehstangen vorwärts bewegt, die Zähnchen zusammengebissen und dabei sogar noch Zeit gefunden, in seinem seltsamen Rotwelsch den einen oder anderen Witz zu reißen. Je länger sie unterwegs waren, desto klarer wurde ihnen, dass es dem Zwerg bei alledem keineswegs nur um eine Leibesübung ging, sondern vielmehr um das Gefühl, die Welt nicht mehr aus dem Blickwinkel eines großen Hundes erleben zu müssen.

Kurz vor Einbruch der Dämmerung erreichten sie ein abgelegenes Bauernhaus, von dem sie zunächst annahmen, es sei verlassen, doch als sie eintraten, stellten sie fest, dass eine alte Frau darin hauste. Das Mütterchen hieß Amalia und entpuppte sich, nachdem es sich von dem Schreck über den unerwarteten Besuch erholt hatte, als eine reizende Gastgeberin. Amalia schaffte das wenige heran, was sie an Essbarem hatte, und das wenige erwies sich als überaus köstlich: Es waren Trüffeln, herrlich duftende, prachtvoll gewachsene Exemplare, die sie mit einer alten Klinge in dünne Scheiben schnitt und in eine Pfanne mit Olivenöl gab.

Der Magister war in seinem Element. »*Carnis silvae*«, meinte er schwelgend, »das Fleisch des Waldes! Als hättet Ihr es geahnt, Mütterchen, was einem müden Wanderer wie mir wieder auf die Beine hilft.« Er griff zu seinem Felleisen, öffnete die Klappe und zauberte einen Ziegenschlauch mit Rotem hervor, den er Vitus unter die Nase hielt. »Venezischer Wein! Ich habe ihn gestern heimlich gekauft, nachdem der Professor uns für unsere Dienste ausgezahlt hatte. Wusste ja nicht, ob du damit einverstanden sein würdest.«

»Das wäre ich nicht gewesen, du Unkraut«, entgegnete Vitus. »Das bisschen Geld, das wir haben, sollten wir für die Schiffspassage aufheben.«

»Richtig, richtig. Und deshalb habe ich dich nicht gefragt.« Schwungvoll goss der kleine Gelehrte die einzigen zwei Holzbecher voll, die Amalias Haushalt zu bieten hatte, schielte bedauernd auf den nun schon halb leeren Schlauch und rief: »*Salute, cheers* und *assusso!* So jung kommen wir nicht wieder zusammen.«

Amalia kicherte und entblößte einen einsamen Zahn im Oberkiefer. Züchtig wie ein junges Mädchen nippte sie an einem der Becher. Dann erhob sie sich, um eine zweite Portion gebratener Trüffeln herzurichten. Nachdem sie damit fertig war, kippte sie den Pfanneninhalt abermals in die große Tonschüssel, aus der sich alle bedienten.

Der Zwerg, der wieder Normalgröße angenommen hatte, hielt wacker mit. »Lecker, lecker, die Fanglinge!«, meinte er fröhlich kauend, »hab im Askunesischen immer Herbsttrompeten geschmaust, aber die war'n nich so klöstich, lange nich so klöstich.«

Amalia bedankte sich für das Lob und fragte, wo denn das Land liege, das er als askunesisch bezeichne. Bereitwillig gab der Kleine Auskunft, und alsbald entwickelte sich eine lebhafte Unterhaltung zwischen den beiden. Enano taute immer mehr auf, so dass Vitus und der Magister Dinge über ihn erfuhren, die sie noch nie zuvor gehört hatten: Der Zwerg war als ältestes Kind eines Kohlenbrenners im Hochtaunus aufgewachsen. Vierzehn Geschwister hatte er gehabt, und alle waren normalwüchsig zur Welt gekommen. Als das Jüngste geboren wurde, hatte Enano schon sein siebzehntes Lebensjahr vollendet, und als es fünf war, hatte es seinen ältesten Bruder bereits an Körpergröße übertroffen. Den Zwerg hatte das anfangs nicht gestört, so wie bei den anderen davor auch nicht, aber dieses Jüngste, ein Junge, zeigte fast vom ersten Tage an, wie grausam Kinder sein können. Es stachelte seine Geschwister an, Enano zu hänseln, immer wieder, jeden Tag, und irgendwann machten alle mit. Enano hatte sich nicht wehren können, weder mit Hieben noch mit Worten. Er war der Niedertracht einfach ausgeliefert. Seine Eltern, hart arbeitende Leute, hatten ihm nicht helfen können, vielleicht auch nicht wollen. So hatte er inmitten seiner Familie als Ausgestoßener gelebt.

Zu den wenigen Lichtblicken in seinem Leben hatte gehört, wenn der Vater ihn lobte: dafür, dass er das luftgetrocknete Holz für den Meiler besonders dicht gesetzt hatte, dafür, dass er den Feuerschacht besonders gut errichtet und dass er die Holzmassen besonders sorgfältig abgedeckt hatte. Ja, Enano beherrschte das Handwerk des Köhlers aufs Genaueste und erzielte jedes Mal große Mengen von Holzkohle in bester Güte. Mit den Geheimnissen des Feuers kannte er sich aus wie kein Zweiter.

Doch sein Vater war der Einzige gewesen, der ihn hin und

wieder lobte, und dieser seltene Zuspruch konnte beileibe nicht die Kübel von Spott aufwiegen, die täglich über ihm ausgekippt wurden. So war er eines Tages fortgegangen in die nächstgelegene Stadt. Er hatte gedacht, dort würde man ihm freundlicher begegnen, aber das Gegenteil war der Fall. Man hetzte, höhnte und lästerte genauso wie daheim über ihn, und als ob das alles noch nicht genug gewesen wäre, wurden manche Buben sogar handgreiflich. Sie schubsten ihn, betasteten und schlugen ihn und wollten sich schier ausschütten vor Lachen, wenn er zappelnd und wimmernd am Boden lag.

Da hatte er sich den Rädelsführer gemerkt und dafür gesorgt, dass die Behausung seiner Eltern in der nächsten Nacht abbrannte. Niemand wäre auch nur im Entferntesten darauf gekommen, dass es Brandstiftung war. Und niemand merkte, dass es fortan immer diejenigen traf, die am Tag zuvor besonders niederträchtig zu Enano gewesen waren.

Seinen Lebensunterhalt hatte er in dieser Zeit durch kleine Diebereien bestritten, denn niemand war bereit, ihm eine Anstellung zu geben. Dann war er darauf gekommen, dass sich mit Arzneien jeder Art sehr viel leichter Geld verdienen ließ. Die Leute glaubten alles, was sie glauben wollten, und das war viel. Es hatte kaum einen gegeben, der nicht dumm genug gewesen wäre, ein Arkanum für nie endenden Reichtum zu kaufen. Freudig hatte jeder Einzelne das Zaubermittel getrunken und sich tatsächlich eingebildet, er würde anschließend mit dem Wasserlassen Gold ausscheiden.

Später hatte er sich alchemistische Kenntnisse angeeignet, hatte experimentiert mit Giften und Säuren, die nicht selten zu Waffen seiner Rache geworden waren. Auch Wärmkugeln hatte er gegen gutes Geld angeboten. Sie sollten bei jeder Art von Leibschmerzen helfen und waren doch nichts anderes als Gipsbälle, die er mit feuchter Hühnerhaut überzogen hatte. Schluckte ein Ahnungsloser eine solche Wärmkugel, dann wurde ihm der Magen zunächst tatsächlich warm, doch anschließend bleischwer. Übelkeit und Atemnot stellten sich ein, kalter Schweiß und Herzrasen traten auf, und wer die Kugel auf natürlichem Wege loswurde, der konnte noch von Glück sagen.

Enano jedoch war zu diesem Zeitpunkt stets über alle Berge, hatte das Dorf oder die Stadt längst verlassen und sich zur nächsten Ortschaft aufgemacht. So war er immer weiter nach Süden gekommen und schließlich, nach einer langen, beschwerlichen Tippelstrecke, im Spanischen angelangt. Kurz darauf hatte er Vitus kennen gelernt – und sofort spitz gekriegt, wie unbedarft der ehemalige Klosterschüler war. Dass Vitus überdies noch Geld im Saum seiner Kutte eingenäht hatte, war ihm dann zum Verhängnis geworden. Enano hatte ihn mit einem Gifttrank bewusstlos gemacht und anschließend bei der Inquisition denunziert …

»Wui, wui, 's war nich recht von mir«, fistelte der Zwerg, »nich recht war's, hab's aber quitt gemacht, nich, Vitus?«

»Ja, das hast du. Hast dem Magister und mir schon mehrfach das Leben gerettet.«

»Was ich hiermit feierlich bestätige.« Der kleine Gelehrte drückte auf den Weinschlauch, um noch ein paar Tropfen herauszuquetschen, aber die Quelle war bereits versiegt. »Schade, schade, *in vino veritas*, heißt es so schön, und die Wahrheit ist, mein lieber Zwerg, dass du in jungen Jahren ein arger *Homo agrestis* warst. Aber inzwischen hast du dich ja vom Saulus zum Paulus gewandelt.«

»*Sì, sì*, du Gack!«

Da der Wein alle war, begnügte der Magister sich damit, den Rest der Pilze aus der Schüssel zu wischen. »Sagt, liebe Amalia, wo habt Ihr nur die delikaten Trüffeln aufgetrieben? Ihr müsst wissen, dass ich mich für mein Leben gern an diesen unterirdischen Knollen labe.«

Amalia kicherte und antwortete nuschelnd: »Ich grab sie aus, Herr Magister, ich grab sie aus. Man muss nur wissen, wo.«

»Das dachte ich mir.«

»Ich geh mit dem Schwein los. Das riecht die Trüffeln im Boden, dann grunzt es und fängt an zu scharren.«

»Aha, verstehe. Sozusagen Schnüffeln nach Trüffeln. Und wo geschieht das?«

»Hihi.« Amalia kicherte abermals. »Das möchtet Ihr wohl wissen, wie? Aber ich sag's nicht. Nur dass ich unter Eichen, Weiden und Pappeln grab.«

»Na, das ist ja wenigstens etwas. Sagt, Amalia, hättet Ihr etwas dagegen, wenn meine Freunde und ich in Eurer Scheune schliefen? Die Nächte sind kühl geworden.«

Der Zwerg fiel ein: »Wui, wui, bei Mutter Grün ist's alleweil recht schattig.«

Natürlich hatte die Alte nichts dagegen, zumal der Magister und der Zwerg sich nicht scheuten, mit ihr auch noch ein wenig Süßholz zu raspeln.

Kurz darauf erhoben sich die Freunde, bedankten sich für die köstliche Speise und entboten den Gute-Nacht-Gruß:

»Wir begeben uns nun in Morpheus' Arme!«

»Schlaft wohl, Amalia.«

»Wui, Trübmusch, lull schön!«

Tags darauf zogen sie weiter, nicht ohne zuvor ein kräftiges Morgenmahl von der Alten bekommen zu haben. Vitus ließ es sich nicht nehmen, ihr für die Gastfreundschaft einen angemessenen Betrag dazulassen. Dann trat er vor die Hütte und sah zu seinem Erstaunen, dass Enano schon wieder auf seinen Stelzen stand. »Willst du dich wirklich aufs Neue mit den Dingern abquälen, Zwerg?«

»*Sì, sì*, quäl mich nich, hab' mich dran gewöhnt, 's walzt sich wie von selbst.« Kaum hatte der Winzling, der jetzt wieder ein

Riese war, das gesagt, stelzte er auch schon los, und Vitus und der Magister mussten sich eilen, um hinterherzukommen.

Sie schritten kräftig aus. Der Tag war schön, es wehte ein frisches Lüftchen, das sie nicht allzu sehr in Schweiß geraten ließ. Am Rande des Weges tauchten Wiesen und Weiden auf und immer wieder Felder, auf denen Weizen, Gerste und Rüben schon abgeerntet waren. Ab und zu begegneten sie ein paar Bauersfrauen, die Schafe oder Rinder vor sich hertrieben, und hier und da tauchte ein Wald vor ihnen auf, der größtenteils aus Weiden und Steineichen bestand, und ein- oder zweimal versuchte der Magister sein Glück, indem er aufs Geratewohl nach Trüffeln grub. Doch wie nicht anders zu erwarten, fand er nichts, und sie setzten ihre Reise fort.

Am frühen Nachmittag überquerten sie die Etsch, wobei sie ein paar Benediktinermönche kennen lernten, die ebenfalls nach Genua wollten, um von dort per Schiff weiter nach der Hafenstadt Barcelona zu reisen. Dann sollte es zu Fuß weitergehen, den Jakobsweg entlang bis nach Santiago de Compostela, dem uralten Wallfahrtsort in Galizien. »Ach, Galizien, du meine Heimat«, seufzte der Magister, »wann werde ich dich je wiedersehen?«

Einige Tage später, sie hatten sich gerade von den Mönchen getrennt, denn diese gingen ihnen zu langsam, setzten sie über den Po, dessen Ufer an dieser Stelle von zahllosen Pappeln gesäumt wurden. In der Lombardei angekommen, riss der Magister unvermittelt die Arme hoch und rief. »Endlich zu Hause! Wenn alles auch ein wenig fremd anmutet!«

»Wui, du Gack, wiewo? Ich denk, Galizien is dein Mutterboden?«

Auch Vitus blickte fragend, und der kleine Gelehrte bequemte sich zu einer Anwort: »Ja, wisst ihr es denn nicht? Die Lombardei wurde anno 1535 zu einem spanischen Reichslehen. Und das ist sie auch heute noch! Vielleicht habe ich in guter spanischer Erde mehr Glück?«

Er steuerte auf eine Ansammlung stattlicher Pappeln zu und begann wahllos unter einer zu graben – mehr schlecht als recht, denn in Ermangelung einer Schaufel bediente er sich eines Stockes. Natürlich schlug auch dieser Versuch fehl, was ihn zu dem Ausruf veranlasste: »Man müsste Schwein sein, dann wäre man klüger!« Unter dem Gelächter seiner beiden Begleiter warf er den Stock fort und schloss sich ihnen wieder an.

Nach einiger Zeit, eine Stunde mochte wohl vergangen sein, krähte der voranmarschierende Zwerg plötzlich: »Zapperlot un schwere Not! Was spähen meine Sehlinge?«

Der Magister blickte zu ihm auf. »Ich weiß es nicht, aber du wirst es mir gewiss gleich sagen, mein kleiner Riese. Schließlich hast du den besseren Überblick und … alle Wetter! Das ist aber mal eine Überraschung!«

Auch Vitus riss die Augen auf. Hinter einer Wegbiegung war eine Kolonne von zerlumpten Männern aufgetaucht, traurige Gestalten, die in Zweierreihen vor ihnen hermarschierten und Fahnen mit Kreuzen und Fischen und Tauben schwangen. Im Einklang mit ihrem schweren Schritt sangen sie ein Lied. Es waren Geißler, wohl über zweihundert Mann, und wie es aussah, hatten sie nur einen einzigen Zugmeister: Arnulf von Hohe.

Und dieser hatte sie ebenfalls erblickt. Er gab seinen Männern das Zeichen zum Halt und schritt würdevoll auf die Freunde zu. Kurz vor ihnen blieb er stehen und musterte besonders den zum Riesen gewandelten Zwerg. Er wollte etwas sagen, doch Enano kam ihm zuvor und krähte von oben herab: »Glatten Schein un kronig Jamm, Kuttengeier! Nu, wie strömt's da unten?«

Arnulf beschloss, nicht darauf einzugehen, und schob die Hände in die Ärmel seiner Kutte. »Gott zum Gruße, Ihr Herren. Ich stelle fest, unser Mitbruder Massimo befindet sich nicht unter Euch. Wo ist er?

»Er ist nicht hier«, antwortete Vitus.

»Das sehe ich, Cirurgicus. Glaubt nicht, dass Ihr mich für dumm verkaufen könnt, so wie es Euch schon einmal vor der Herberge gelungen ist. Massimo hat mir den Treueid geschworen, und wenn ich ihn treffe, werde ich diesen einfordern. Sagt ihm das ruhig, wenn Ihr ihn das nächste Mal seht.«

»Das wird kaum möglich sein. Ich wäre Euch dankbar, wenn Ihr uns nicht weiter aufhalten würdet.«

Arnulf zog die Hände aus seinen Ärmeln und begann mit dem rechten Zeigefinger zu fuchteln. Offenbar übermannte ihn jetzt doch der Ärger. »Ihr mit Eurer hochnäsigen Art! Glaubt, etwas Besseres zu sein, wie? Aber ich sage Euch, auch Euer Stündlein wird noch kommen, wenn Ihr erst jammernd und flennend zu Kreuze kriecht, aus Angst vor der großen Schlange Pest!«

Vitus schwieg. Er wartete darauf, dass der Ausbruch sich legte, doch er hoffte vergebens. Der Zugmeister war noch lange nicht fertig und giftete weiter: »Ja, Ihr hört richtig! Die Schlange Pest hat sich wieder erhoben. Sie züngelt und sucht und findet ihre Opfer. Tausend Tote hat es schon gegeben! Zehnmal tausend Tote. Allerorten werden Bittgottesdienste abgehalten. Die Lombardei ist verseucht, wie ich es vor Monaten schon geträumt!«

Vitus runzelte die Brauen. »Was Ihr da sagt, scheint mir aus der Luft gegriffen. Wenn die Pestis wirklich irgendwo aufgeflackert wäre, hätten wir bestimmt davon gehört. Und nun lasst uns vorb...«

Weiter kam er nicht, denn Arnulf baute sich vor ihm auf, hochrot und zornbebend. »Ihr wagt es, mein Wort anzuzweifeln? Was bildet Ihr Euch ein? Hoffart, Geilheit, Gottlosigkeit sehe ich in Euren Augen, aber seid gewiss: Auch für Euch werden wir uns geißeln, auch wenn Ihr es nicht verdient, denn der Herr vergisst seine Sünder nicht, und Arnulf von Hohe tut es auch nicht.«

Vitus trat einen Schritt zurück und zog die beiden Freunde mit sich. Das Benehmen Arnulfs verlangte zwar nach einer deutlichen Entgegnung, vielleicht sogar nach einer Bestrafung, doch das führte erfahrungsgemäß zu nichts. Außerdem war nicht klar, ob die frommen Geißler angesichts eines geohrfeigten Zugmeisters noch so fromm bleiben würden.

»Lasst uns passieren«, sagte er ruhig. »Nur weil ich Euren Worten keinen Glauben schenke, braucht Ihr Euch nicht gleich zu vergessen.«

»Ich vergesse mich nicht! Ich habe Recht! Schon anno sechsundsiebzig habe ich die Pestilenz in Venedig vorausgesagt. Es war die schlimmste aller Seuchen, die jemals die Stadt heimsuchten. Über fünfzigtausend Menschen starben, und wenn ich nicht gewesen wäre, und mit mir meine treuen Geißler, dann wären es doppelt so viele gewesen! Ich habe Recht! Auch das große Feuer, das letztes Jahr in den Prunkräumen des Dogenpalastes ausbrach, habe ich vorhergesehen. Wandbildnisse, Galerien, Gemälde von Tizian, Carpaccio und Bellini wurden ein Raub der Flammen. Ich habe Recht! Ist mir die Jungfrau Maria nicht leibhaftig erschienen wie anno sechsundsiebzig dem Kapuziermönch Jakobus zu Nursia? Hat sie ihre Anwesenheit nicht vor meinen Geißlerbrüdern als triumphierende Königin des Himmels bezeugt? Ich habe Recht! Und ich werde immer Recht haben. Ebenso wie ich mich immer mit den Meinen züchtigen werde für die Ungläubigen und Abtrünnigen, auf dass sie von Gott dem Allmächtigen, dem Gnadenreichen, dem Barmherzigen errettet werden. Ja, sogar für die Juden, die christliche Kinder töten, um mit ihrem Blute zu zaubern und die Pest zu besiegen, sogar für sie will ich mich geißeln. Ich habe Recht, ich …«

»Ich habe keine Zeit mehr«, unterbrach ihn Vitus. Er stieß den geifernden Mann zur Seite und schaffte sich freie Bahn. »Kommt, Freunde, wir müssen weiter.«

»*Adios, ciao*, un schäl den Mondschein!«, krähte der Zwerg und schickte sich an, die kleine Gruppe wieder zu führen.

Auf ihrem Weg nach Piacenza, der altehrwürdigen, von den Römern gegründeten Stadt, die mit Parma einen selbstständigen Staat bildete, begegneten sie vielen Menschen, doch niemand hatte etwas von einer sich ausbreitenden Seuche gehört oder gesehen. Nichts schien das Menetekel des Arnulf von Hohe zu bestätigen.

Sie gingen weiter und weiter, und allmählich wurden die Tage kürzer, morgendliche Nebel hüllten die Landschaft wie weiche Watte ein, und erst gegen Mittag zerriss die Sonne die Schleier, um sie dann später vollends zu heben.

An einem dieser Tage, als die Freunde sich vor Einbruch der Dunkelheit anschickten, eines der beschaulichen Dörfer anzusteuern, trafen sie auf eine seltsame Gruppe unterschiedlichster Gestalten. Den Mittelpunkt bildete ein stattlicher, vollbärtiger Mann, dem die Lebensfreude nur so aus den Augen sprang. Er hatte das rote Gesicht eines dem Wein Ergebenen und die Figur eines Fasses. Ein leuchtend grünes Barett saß unternehmungslustig auf seinem Kopf. Er hatte eine Muskete quer über dem Rücken hängen, zwei Dolche im Gürtel und ein Amulett von Wolfszähnen an der Halskette. Dort hing auch ein Gebilde, das sich auf den zweiten Blick als eine Art Horntute entpuppte.

Der Mann mochte um die vierzig sein, hatte Arme wie Balken und Beine wie Säulen, und ein erdfarbener Überwurf, der an die Schauben von Giancarlo Montella erinnerte, fiel an ihm in langen Falten herab.

Und so wie der Wein- und Vasenhändler aus Chioggia, so schien auch er seinen Broterwerb mit dem Verkauf von Waren zu bestreiten. Ein großer, vierrädriger Wagen, vor den zwei Gäule gespannt waren, stand neben ihm, voll gepackt mit tausenderlei Gerätschaften für Haus und Hof: Töpfe, Pfannen und

Krüge ebenso wie Seile, Ketten und Türschlösser, Werkzeuge aller Art ebenso wie lederne Blasebälge oder Fuchsfallen, Hacken, Harken, Spaten, Eggen, Heugabeln und eiserne Pflugscharen. Fässchen mit Fett, mit Wagenschmiere, mit Öl, aber auch mit Wein und Tresterschnaps. Sicher gab es noch viel, viel mehr auf dem Wagen, aber das meiste war durch Planen abgedeckt und somit dem neugierigen Auge verborgen.

Und über alledem, sozusagen als Krönung, thronte ein hölzerner Käfig, in dem eine weiße Taube gurrte.

Der Mann riss die Arme hoch und strahlte die Umstehenden an. »Dies ist ein guter Tag, Leute! Freut euch! Fabio, der Überlandfahrer, ist da!« Er riss die Horntute an die Lippen und blies hinein, dass sich seine Backen aufblähten. Ein markerschütternder Laut drang aus der Öffnung, ein Laut, den man wohl drei Dörfer weiter noch hören konnte.

»Der fahrende Fabio ist da! Der Mann, der für euch übers Land fährt und euch die guten Waren bringt! Die Zeit der Sorgen hat ein Ende, denn es gibt nichts, was Fabio nicht hat! *Fabio bellissimo!«* Abermals benutzte er sein Blasinstrument, und diesmal hielten sich die Umstehenden die Ohren zu.

»Haha, huhu! Sperrt eure Ohren nicht zu, sondern spitzt sie! Reißt die Augen auf, sperrt die Münder auf, öffnet eure Herzen für die schönsten Dinge dieser Welt, die Fabio euch bringt. Alles, alles, was ihr hier seht, ist verkäuflich, sogar meine Schwiegermutter, die sich unter der Plane versteckt hat …«

Fabio machte eine Pause, um den Menschen die Gelegenheit zum Lachen zu geben. Mittlerweile war aus den wenigen Umstehenden eine größere Menge geworden, die sich mit langen Hälsen um ihn drängte, und er fuhr mit unverminderter Lautstärke fort: Alles ist verkäuflich, verkäuflich, verkäuflich, nur meine kleine Bussola nicht!« Er deutete auf die Taube, die mittlerweile ein paar Körner vom Käfigboden aufpickte. Dann ging er auf die am nächsten Stehenden zu und bedachte sie mit kleinen Gaben. Ein Mädchen, kaum fünf Jahre alt, fragte er, woher es komme. »*Di dove sei?*«

Als die Kleine schüchtern schwieg, lachte er und bot ihr einen Kamm und eine Haarbürste an. »*Un pettine? Una spazzola?*« Und als sie noch immer nicht antwortete, steckte er ihr eine bunte Schleife ins Haar, der Mutter gab er ein Stück wohlriechende Seife, einem alten Mann schenkte er drei geschmiedete Nägel, einem jungen Burschen eine geschnitzte Flöte.

Dies alles tat er unter ständigem Reden und Schwatzen und Scherzen. Bei dem kleinen Mädchen sagte er, es sehe jetzt genauso hübsch aus wie seine Mutter, was diese sanft erröten ließ, und dem jungen Burschen versicherte er augenzwinkernd, dass nichts über eine gute Flöte gehe, da sie dem schönen Geschlecht Schreie der Entzückung entlocke, wenn man sie richtig benutze. Das allseitige Gekicher und Gepruste überhörend, kam er zu Enano und rief: »Ja, wen haben wir denn da? Einen Zwerg, der zum Riesen wurde? Oder einen Riesen mit Beinen aus Holz? Auf jeden Fall eine seltsame Gestalt!«

»Wiewo, Tutenmann?«, kam es von oben. »Bist selbst 'ne seltsame Gestalt, trägst dein Rohr ja hinten!«

Fabio stutzte, griff sich in den Rücken, wo die Muskete hing, und fiel in das schallende Gelächter der Leute ein. »Du verstehst es, mit gleicher Münze zurückzuzahlen, mein Freund, *molto bene!* Wie ist dein Name?«

»Enano der Grimmling, Tutenmann!«

»Grimmling?«

»'s heißt Riese in der Sprache der Wolkenschieber, ja so heißt's.«

»Nun, du grimmliger Riese, ich denke, darauf müssen wir einen heben. Gib Acht!« Fabio machte mit dem Arm eine wischende Bewegung und hielt plötzlich zwei kleine Gläser zwischen den Fingern, dann eine zweite Bewegung, und zum maßlosen Erstaunen des Publikums floss dem Händler Wein aus der

Hand. Der Traubensaft lief direkt in die beiden Gläser, und sobald sie voll waren, versiegte der Quell, als hätte jemand einen Hahn zugedreht. Eines der Gläser reichte er Enano. *»Salute, amico mio.«*

Die Menge klatschte begeistert.

»Assusso, Abrakadabramann.«

»Hoho, Abrakadabramann sagst du zu mir? Das ist gut!« Mit taschenspielerischer Geschicklichkeit ließ Fabio die leeren Gläser wieder verschwinden und begann nun ernsthaft mit dem Verkauf seiner Waren. Er erwies sich dabei als außerordentlich erfolgreich, denn er hatte die Menge in allerbeste Stimmung und in gehörige Kauflaune gebracht. Schon nach kurzer Zeit hatte jeder etwas erworben und zog, da der Händler keine Anstalten machte, sein Unterhaltungsprogramm fortzusetzen, hochzufrieden ab.

Nur der Riese Enano mit seinen Freunden war noch da. »Hast tüchtig Heu eingesackt, wie?«, fragte das Fischmündchen.

Der fahrende Fabio, der gerade die eingenommenen Münzen in einem Lederbeutel verstaute und diesen wiederum in seine Gürteltasche schob, entgegnete: »So ist es, du Riese mit dem hölzernen Gebein. Allerdings war's früher mehr. Die Zeiten sind schlecht, man muss zufrieden sein. Darf man fragen, wer mit dir reist?«

»Mein Name ist Vitus von Campodios«, stellte Vitus sich selbst vor. »Ich bin Cirurgicus. Und das ist der Magister der Jurisprudenz Ramiro García.«

»Alle Wetter! Ein Beutelschneider und ein Paragraphenreiter! Äh, nichts für ungut, meine Herren. Aber Ihr seht nicht gerade so aus wie das, was man sich unter einem Arzt und einem Juristen vorstellt. Zumal bei Eurer Geldkatze Schmalhans Küchenmeister zu sein scheint. Jedenfalls habt Ihr nichts gekauft, das habe ich wohl bemerkt.«

»Wir halten unsere Münzen zusammen, weil wir noch eine weite Reise vor uns haben«, antwortete Vitus. »Wir wollen nach Piacenza und von dort die Trebbia hinunter nach Genua.«

»Nach Piacenza will ich auch. Es ist der Endpunkt meiner Fahrt, bevor ich auf anderer Strecke wieder nach Padua zurückkehre. Wenn Ihr Lust habt, reisen wir ein Weilchen zusammen. Der Riesenzwerg jedenfalls scheint mir ein lustiger Geselle zu sein, seine Anwesenheit könnte ich gut ertragen.«

»Wui un gramersi, Abrakadabramann!« Enano verbeugte sich geschmeichelt.

Der Magister blinzelte. »Keine Einwände von meiner Seite. Zumal Ihr offenkundig ein wehrhafter Zeitgenosse seid. Ein wenig Schutz auf unbekanntem Weg kann keineswegs schaden.«

Auch Vitus war einverstanden, und so zog die neu gebildete Gruppe in das kleine Dorf ein, wo sie in einer Herberge Obdach fand. Der Wirt, ein gutmütiger, kochbegabter Mann, tischte für sie aus der Küche des Landes auf: Schinken und Käse aus Parma, dazu ein leckeres Kürbisgericht und frisch gebackenes Fladenbrot. Natürlich verlangte diese Speisenfolge nach einem guten Tropfen, und Fabio ließ es sich nicht nehmen, die Freunde dazu einzuladen. Alsbald wurde die Stimmung ausgelassen, und auf Drängen sämtlicher Gäste musste er wieder und wieder Zauberkunststücke vorführen. Mal zog er sich ein Ei aus dem Mund, mal schnitt er ein Tuch entzwei, welches sich im Anschluss wieder als ganz entpuppte, mal ließ er sich eine Goldmünze geben, steckte sie ein und vergaß scheinbar, sie zurückzugeben. Auf den Protest des Besitzers hin hieß er den Mann in seine Tasche fassen, in der – o Wunder! – die Münze sich befand. Am häufigsten aber musste er das Kunststück mit dem aus der Hand fließenden Wein zeigen. Wobei der Magister derjenige war, der am hartnäckigsten um Wiederholung bat, denn er wollte unbedingt hinter das Geheimnis kommen. Schließlich lehnte er sich zurück, putzte seine Berylle und stöhnte: *»Sic me servavit,*

Domine! Alles ein Trugbild, ein Hirngespinst, eine Selbsttäuschung! Und dennoch: Ich bin zu blöde, kriege den Trick einfach nicht raus.«

Da er damit aber nicht der Einzige war, tröstete er sich, indem er tief ins Glas schaute.

Irgendwann in dieser Nacht, weinselig und fern der Heimat, beschloss die Gruppe, sich fortan zu duzen, denn es reiste sich besser so, und der Riese Enano, der sitzend wieder zum Winzling geworden war, bemerkte:

»Hast Massel, Abrakadabramann, dassde mit uns tippelst, könntst keine bessren Bruchkadetten nich finden.«

Am nächsten Morgen, man schrieb Freitag, den sechsten November, trafen die Freunde den Händler vor der Herberge. Fabio saß bereits gestiefelt und gespornt auf einer Bank, hielt die Taube Bussola in der Hand und fütterte sie Korn für Korn. Der Vorgang war offenbar nichts Besonderes, denn der Vogel pickte in aller Ruhe und ließ sich dabei von nichts und niemandem stören. »Sie mag am liebsten Sonnenblumenkerne. Ist sie nicht schön, meine Holde? So zierlich und anmutig?«

Dem konnten die Freunde nur zustimmen. In der Tat war Bussola ein Prachtexemplar von einer Taube.

»Sie ist etwas ganz Besonderes!« Fabio stopfte weiter Körner in den Schnabel des Vogels. »Ihr müsst wissen, dass jede Brieftaube, die einigermaßen Verstand hat, in der Lage ist, nach Hause zu ihrem Schlag zurückzufliegen. In Bussolas Fall also nach Padua. Aber meine Schöne, meine Holde kann noch mehr: Sie findet mich anschließend auch hier wieder, und das ist außergewöhnlich. Ich kenne keine andere Taube, die das kann. Irgendetwas muss in ihrem Kopf sein, das ihr den Weg hin und zurück weist. Was es ist, weiß ich nicht, aber ich habe sie ›Bussola‹ genannt, was, wie euch bekannt sein dürfte, nichts anderes als Kompass heißt.«

Fabio beendete die Fütterung und band seinem Liebling ein kleines, zusammengerolltes Papier ans rote Bein. »Eine Nachricht an mein Weib und die Kinder. So wissen sie, dass es mir gut geht. Umgekehrt werde ich morgen oder übermorgen Bescheid haben, wie es in Padua steht.«

»Erstaunlich, ganz erstaunlich«, sagte der Magister.

»Nicht wahr!« Der stolze Taubenvater strich zart über Bussolas Gefieder. »Soviel ich gehört habe, gab es bisher nur eine einzige Taube, die so begabt war wie mein Liebling. Es war ein Vogel, der dem heiligen Franz von Assisi gehörte. Allerdings ist die Leistung seines Täuberichs nicht sonderlich hoch einzustufen, denn der heilige Franz konnte bekanntlich mit allen Tieren sprechen.«

Der Händler nahm seinen Liebling in die riesigen Pranken und wollte ihn auf den Käfig setzen, denn dies war das Startsignal für den Vogel, doch Vitus kam ihm zuvor und sagte: »Fabio, ich habe eine Idee. Wenn Bussola nach Padua zurückfliegt, könnte sie doch einen Gruß für Professor Girolamo mitnehmen. Er lehrt an der Universität und würde sich bestimmt freuen, ein paar Worte von uns zu erhalten. Meinst du, das wäre möglich?«

»*Certo, sì*, wenn's weiter nichts ist!« Des Händlers Fasanenfeder wippte lustig. »Das ist eine Kleinigkeit für meine Schöne. Sie bekommt einfach ein zweites Briefchen ans andere Bein, und dann geht's los.«

Wenig später hatte Vitus einen Gruß geschrieben, und Bussola erhob sich mit einem sanften Gurren in die Lüfte. »Sei vorsichtig, meine Schöne, meine Holde! Achte auf die bösen Falken und Sperber!«, rief Fabio ihr hinterher. Für einen Augenblick schien ihn so etwas wie Abschiedsschmerz zu drücken, doch dann siegte wieder seine Lebensfreude, und er sagte: »Wohlan, Freunde, der Tag ist noch jung, und die Straße will, dass wir sie unter die Füße nehmen.«

»Wui, wui, Abrakadabramann, die Stelzlinge wolln auch schon walzen.«

Fabio schnalzte mit der Zunge, und die Gäule zogen an. Er ging neben dem Wagen her, denn auf diese Weise konnte er sich besser mit den Freunden unterhalten. Außerdem türmten sich auf der Plattform noch immer so viele Waren, dass seine Zugtiere sich mächtig anstrengen mussten. Unter munteren Reden ging es voran, und irgendwann, den vor ihm dahinstelzenden Zwerg beobachtend, sagte Fabio zu Vitus und dem Magister: »Ein munterer Gevatter, euer kleiner Riese.«

»Das ist er«, antworteten beide wie aus einem Munde.

Gegen Mittag, als die Sonne von einem blassblauen Himmel herabschien, begegneten sie einem jungen, ernst dreinblickenden Mann, der am Wegesrand saß und Rast hielt. Er hatte ein Stück jungen Parmesan in der Hand, in das er mit gutem Appetit hineinbiss. Neben ihm im Gras lag ein kleiner dunkler Kasten, dessen Konturen an die Figur einer gut gewachsenen Frau erinnerte.

»Gott zum Gruße und *buon appetito!«,* rief Fabio ihm entgegen. »Bei solchem Wetter, da schmeckt's, wie?«

Der junge Mann nickte höflich, kaute zu Ende, schluckte den Käse hinunter und erwiderte erst dann: »Ja, es geht nichts über ein gutes Stück Parmesan.«

»Das ist auch meine Meinung. Allerdings: Käse allein ist doch recht trocken. Ich hätte da einen hübschen Roten, der trefflich dazu passen würde. Er kostet so wenig, dass es mir fast peinlich ist, dir den Preis zu nennen.«

»Danke, ich habe Wasser. Das genügt.«

»Wasser? Hoho, mein Sohn, das klingt, als würdest du niemals einem guten Tropfen zusprechen?«

»So ist es. Zu viel Alkohol macht die Hände unruhig, und ich brauche ruhige Hände.«

Im folgenden Gespräch stellte sich heraus, dass der Jüngling ein Geigenbauer war, der bei Andrea und Antonio Amati im nahen Cremona sein Handwerk erlernt hatte und nun auf dem Weg nach Piacenza war, wo er als Geselle arbeiten wollte. Sein Name war Guido. Auf Wunsch der Freunde öffnete er bereitwillig den dunklen Kasten neben sich und holte eine wunderschöne goldbraune Geige heraus. Er spielte ein paar Töne, legte das Instrument dann aber wieder zurück, weil es, wie er sagte, nicht zu lange den Sonnenstrahlen ausgesetzt sein dürfe. Da er insgesamt einen verlässlichen Eindruck machte, gestatteten ihm die Freunde, mit ihnen weiterzureisen. Und als sie schließlich zusammen aufbrachen, sagte der Riese Enano:

»Wui, wui, schad, dass der Guido-Gack keine Schallerei nich macht. 's würd sich wohl knäbbiger walzen!«

Am frühen Nachmittag machten sie gemeinsam Halt. Trotz der schwächeren Novembersonne waren sie gehörig ins Schwitzen geraten; eine Pause war deshalb hochwillkommen. Sie setzten sich im Kreis nieder und begannen sich zu stärken. Fabio nahm seine Radschlossmuskete vom Rücken und legte sie schussbereit vor sich hin, nachdem er sich vergewissert hatte, dass ihr Ladezustand nach wie vor einwandfrei war und er im Fall einer Gefahr nur noch den Deckel der Zündpfanne entfernen, den Hahn absenken und den Abzughebel betätigen musste.

»Glaubst du, hier treibt sich übles Gelichter herum?«, fragte der Magister kauend. »Am helllichten Tag?«

»Gelichter?« Der Händler lachte und nahm das Barett mit der Fasanenfeder vom Kopf. Dann wischte er sich den Schweiß von der Stirn, die, bei einem Mann seines Alters nicht ungewöhnlich, schon sehr hoch war. »Nicht, dass ich wüsste. Aber wie heißt es so schön: Gelegenheit macht Diebe. Gut möglich, dass angesichts meiner Schätze so manchem lange Finger wachsen. Und wenn das der Fall ist, macht es ganz schnell ›piff, paff‹, und der Bursche hat ein Loch im Pelz. Wäre nicht das erste Mal, dass ich auf diese Weise deutlich ›No‹ sagen muss, wenn jemand sich zu sehr für meine Ladung interessiert.«

Enanos Fischmündchen, eben noch emsig kauend, blieb stehen. »Da hinten, ihr Gacken, ich späh ein Pupperl, 'ne Trawallerin, 'ne Schickse, kommt aus'm Gesprüss, das dicke Suppengrün!«

Die Blicke aller folgten der Richtung seiner »Sehlinge«, die wie gebannt ein Mädchen beobachteten, das sich vorsichtig aus einem nahe gelegenen Gehölz auf sie zu bewegte.

Der Magister blinzelte. »In der Tat, es scheint sich um eine Frau zu handeln, vielleicht sogar um eine Nonne, wenn ich mir ihr Gewand so anschaue. Allerdings spricht die einfache Haube dagegen. Das ist eher die Kopfbedeckung einer Magd. Doch warum weiterrätseln? Das Geschöpf kommt direkt auf uns zu, gleich werden wir mehr wissen.«

Die Frau war mittlerweile so nahe, dass ihre Erscheinung sich gut abschätzen ließ. Sie hatte kohlrabenschwarzes Haar, das in Büscheln unter der Haube hervorquoll, und Augen von ebensolcher Farbe. Ihr Gesicht war schmal und wirkte energisch, wozu eine ausgeprägte Hakennase beitrug. Im Gegensatz zu der Nase war ihr Mund sehr weiblich, und dasselbe konnte auch von ihrer Figur gesagt werden. Sie wirkte üppig, vorne wie hinten, und die Nonnentracht, die sie tatsächlich trug, spannte sich mächtig über ihrem Leib. Als sie sprach, wurde deutlich, dass sie auch über gute Zähne verfügte: »*Buon giorno*, ihr Herren«, sagte sie mit klarer Stimme. »Ihr habt nicht zufällig einen Kanten Brot und einen Schluck Wasser übrig?«

Die Männer griffen automatisch nach etwas Essbarem, nur der weitgereiste Fabio nicht. Er antwortete: »Sag uns erst einmal deinen Namen, damit wir wissen, wem wir etwas geben.«

»Ich heiße Antonella.«

»So, so. Antonella. Ein hübscher Name. Weißt du eigentlich, Antonella, dass du uns Rätsel aufgibst?«

»Ich? Wieso?« Die Frau schlug die Augen nieder.

»Weil ich mich frage, was jemanden wie dich dazu bewegt, allein auf Wanderschaft zu gehen! Was bringt dich dazu, die Tracht einer Nonne zu tragen? Was machst du ohne Gepäck hier draußen?«

»Ich ... ich ...« Die Augen der jungen Frau füllten sich mit Tränen. Dann, plötzlich, schlug sie die Hände vors Gesicht und begann bitterlich zu weinen. »Mein Vater ... oh, es ist so furchtbar ...« Wieder schluchzte Antonella auf und erzeugte damit etwas, das auch der hartherzigste Mann empfunden hätte: Mitleid.

»Wui, knick dich ein, Trawallerin«, fistelte der Zwerg, »da is noch Platz, un 'n Stück Bäckling wär auch noch da.«

Dankbar setzte Antonella sich neben Enano, weiter heulend, aber auch schon in ein Fladenbrot beißend. Es dauerte eine ganze Zeit, bis sie zwischen Essen und Trinken und Schluchzen ihre Geschichte erzählt hatte:

Sie war die Tochter eines Bürstenbinders, eines alten Mannes, mit dem sie über Land gezogen war. Luigi, so der Name ihres Vaters, hatte in den Städten und Dörfern seine Waren feilgeboten und von seinem kärglichen Verdienst ihrer beider Auskommen bestritten. Antonellas Aufgabe war es gewesen, den Karren zu ziehen und dem Vater die wunden Hände zu pflegen. Denn das Bürstenbinden war beileibe keine leichte Arbeit für alte Finger. Also hatte sie selbst das Handwerk erlernen müssen.

Auch bei den barmherzigen Frauen eines entfernt gelegenen Klosters hatten sie eines Tages vorgesprochen, doch brauchten die Nonnen nichts, da sie ihre Bürsten und sonstigen Küchengerätschaften selbst herstellten. Dennoch hatten sie Vater und Tochter nicht einfach wieder ziehen lassen wollen und beiden eine warme Mahlzeit zukommen lassen. Antonella hatte darüber hinaus eine alte, vielfach ausgebesserte Tracht erhalten – ein

Geschenk, das trotz seiner Flicken immer noch besser gewesen war als der Kittel, den sie vorher getragen hatte. Vor drei Tagen war dann das Furchtbare passiert: Räuber hatten sie des Nachts überfallen, ihren Vater getötet und den Karren entwendet. Um ein Haar hätten die Schandbuben ihr noch Gewalt angetan, aber im letzten Augenblick war es ihr gelungen, fortzulaufen und sich zu verstecken. Seitdem irrte sie umher, voller Angst und Verzweiflung, immer auf der Suche nach Christenmenschen, die ihr weiterhelfen konnten.

»Wui, wui, dir strömt's wohl mies«, fistelte der Zwerg Enano und schlang tröstend sein Ärmchen um Antonellas Schulter. »Bist aber bei ächtigen Gacken gelandet, ja, das biste. Nu kann dir nix mehr passiern.«

Da Enano dieserart entschieden hatte, dass Antonella sie künftig begleitete, beließen die Freunde es dabei. Jeder war bemüht, der jungen Frau zu helfen, und kehrte seine ritterlichen Tugenden hervor. Am meisten aber kümmerte der Zwerg sich um sie. Sein neues Selbstbewusstsein erlaubte es ihm sogar, der Fremden schöne Augen zu machen, was dieser zu gefallen schien.

»Bin grandiger als du holmen tust, viel grandiger!«, erklärte er lächelnd. »Wirst's gleich spähen!« Und als die Gruppe wenig später aufbrach, begriff Antonella, was er mit seinen Worten gemeint hatte: Auf seinen Stelzen war er der Größte von allen.

Und er stakste vorneweg.

Am Abend mussten sie sich sputen, vor Einbruch der Nacht eine Locanda zu finden, und sich, wenn auch bedauernd, mit einer ziemlich dürftigen Behausung zufrieden geben. Überall starrte ihnen der Dreck entgegen, und wenn die Nächte nicht schon empfindlich kalt gewesen wären, hätten sie unter dem Sternenzelt geschlafen – oder, wie Enano es genannt hätte: »bei Mutter Grün«.

Antonella hatte selbstverständlich einen eigenen Raum zugewiesen bekommen und war eben im Begriff, ihn zu betreten, als sie jäh aufschrie.

»Wiewo? Was strömt?« Enano war als Erster bei ihr, um zu sehen, was geschehen war.

Doch es war nichts geschehen. Gar nichts. Nur dass auf dem schmutzigen Boden etwas lag. Der Zwerg sah es erst auf den zweiten Blick, aber dann weiteten sich seine Äuglein, und er fistelte:

»'n Knagerling, 'n toter Knagerling!«

Der Überlandfahrer Fabio

»Uno messaggio! *Miabella hat einen Knaben geboren. Das Dutzend ist voll.* Dio mio, una dozzina di figli! *Ich bin ein glücklicher Mann!*«

Wenn es nicht so dunkel in der schäbigen Herberge gewesen wäre, hätte man gesehen, dass Vitus weiß wie die Wand war. »Eine Ratte!«, stieß er hervor. »Eine tote Ratte in diesem Dreckloch!« Tausend Gedanken schossen ihm durch den Kopf. Doch am meisten plagte ihn die Vorstellung, die Ratte könnte an einem Biss von *Pulex pestis* verendet sein. Andererseits: Wie jede Kreatur musste auch eine Ratte irgendwann sterben. Und vielleicht war diese einfach nur alt gewesen?

Vitus blickte sich um. Der Raum war wirklich erschreckend verwahrlost. Die richtige Brutstätte für Pestflöhe und böse Miasmen. Was hatte Arnulf von Hohe, der Eiferer, gesagt? Die Schlange Pest sei wieder auferstanden? Zehn mal tausend Tote habe es schon gegeben? Gewiss eine Übertreibung. Eine maßlose Übertreibung. Aber die tote Ratte vor seinen Füßen gab dem Ganzen eine neue Bedeutung. Wenn die Pestis nun doch erneut aufgeflackert war? Nicht auszudenken, was diesem Land und seinen Menschen dann bevorstand …

»Wir können in dieser Drecksabsteige nicht übernachten«, sagte Vitus, sich zu den Gefährten umwendend. Alle hatten sich mittlerweile in Antonellas Raum eingefunden und starrten auf das tote Tier.

Fabio kratzte sich am Kopf. Seine gute Laune hatte sich für den Moment verabschiedet. »Wenn nicht hier, wo dann, Cirurgicus? Draußen ist es bitterkalt. Ich schlage vor, wir treten dem

Wirt in den Hintern, dass er gefälligst sauber macht, dann wird es schon gehen.«

»Nein, wir sollten auf keinen Fall hier schlafen. Diese Ratte kann an der Pest gestorben sein, was bedeuten würde, dass in der Herberge die Seuche umgeht. Überall können todbringende Flöhe herumspringen.«

»Pest? Todbringende Flöhe? *No comprendo!* Ich verstehe kein Wort. Male bloß nicht den Teufel an die Wand!«

Vitus erklärte die komplizierten Zusammenhänge der Pestursachen, wobei er sich auf das Wichtigste beschränkte. Der Magister unterstützte ihn dabei nach Kräften. Es dauerte eine Weile, aber schließlich waren Fabio, Guido und Antonella überzeugt von der verborgenen Gefahr, und sie willigten ein, unter freiem Himmel zu nächtigen.

Als der Entschluss erst einmal gefasst war, konnte es ihnen gar nicht schnell genug gehen, die Seuchenhöhle zu verlassen, doch Vitus nahm sich noch die Zeit, in die Küche zu laufen, um den Wirt zu warnen. Der Herbergsbetreiber lag in einer Ecke und röchelte wie ein Fisch auf dem Trockenen, unverständliche Laute ausstoßend. Er streichelte immerfort eine Weinkanne wie die Wange einer Frau und fuchtelte zwischendurch in der Luft herum. Es sah aus, als mache er das Kreuzzeichen.

Vitus wandte sich ab. Von einem Sturzbetrunkenen war nichts anderes zu erwarten als Erbrochenes, und darauf konnte er gut verzichten.

Er wollte ein paar Decken suchen und mitnehmen, denn alles, was wärmte, würde draußen willkommen sein, doch dann ließ er es. Wer weiß, dachte er, wie viele Flöhe ich so mit hinausschleppe.

Rasch folgte er den anderen.

Die Nacht war kalt gewesen, so kalt, dass ihnen morgens beim Aufstehen die Gelenke knackten. Raureif lag über den Wiesen, und weiße Dampfwölkchen standen ihnen beim Sprechen vor dem Mund. Fabio schüttelte sich aus seinen Decken und stöhnte: »*Ho dormite male!* Bei der Kälte habe ich nicht besonders gut geschlafen.« Dann gab er als Erstes seinen Gäulen Futter aus dem Dinkelsack, und danach machte er sich mit zwei Holzeimern zur nahen Quelle auf. Die Tiere brauchten Wasser.

Die anderen schälten sich ebenfalls aus Planen und Überwürfen, wobei sich herausstellte, dass Enano und Antonella eng beieinander gelegen hatten. Zufall oder Absicht? Es war noch zu kalt, als dass sich jemand darüber Gedanken machen wollte. Während der Magister gähnend seine Berylle suchte, machte auch Vitus sich zur Quelle auf. Er hatte einen Kessel dabei, den er mit Wasser füllen wollte. Später, über einem prasselnden Feuer, sollte daraus eine Suppe werden.

Als er zurückkam, waren alle aufgestanden. Fabio machte sich mittlerweile an seinem Wagen zu schaffen und suchte nach einem Kistchen mit Pilzen und Kürbissen, Guido überprüfte seine Geige, denn er war in Sorge, sie könne feucht geworden sein, der Magister baute das Dreibein für den Kessel auf, und Enano und Antonella waren angelegentlich damit beschäftigt, das Lager in Ordnung zu bringen.

Als das Feuer allmählich Wärme spendete und der Kessel zu summen begann, brach die Sonne durch den Nebel – eine milchig-helle Scheibe, die zunehmend gelber und goldener wurde und schließlich als gleißender Feuerball am Himmel hing. Die Gefährten hatten sich um das Dreibein gesetzt und warteten hungrig auf die Ergebnisse von Antonellas Kochkünsten, denn da sie eine Frau war, hatte man ihr die Aufgabe des Suppemachens zugewiesen.

Vitus lehnte sich zurück, schloss die Augen und genoss die wärmenden Sonnenstrahlen im Gesicht. Angesichts des schönen, klaren Herbstwetters und der friedlichen, flachen Landschaft kam ihm die nächtliche Flucht aus der Herberge überflüssig, ja fast lächerlich vor. Eine kleine, tote Ratte war der Auslöser gewesen. Mehr nicht. Hatten sie vorschnell gehandelt? Es gab viele Ursachen für den Tod einer Ratte, nicht nur den natürlichen. Auch eine Vergiftung kam in Frage. Vielleicht war der schmuddelige Wirt die Viecher Leid gewesen und hatte Köder mit Arsen ausgelegt?

Er beschloss, die unnützen Gedanken beiseite zu schieben und eine wichtige Frage zu stellen: »Freunde«, sagte er, »ich möchte wissen, ob jemand in der vergangenen Nacht von einem Floh gebissen wurde. Sucht nach Stellen, und helft euch, wenn nötig, gegenseitig.«

Sein Wunsch fand wenig Zustimmung, da die Suppe jeden Augenblick fertig werden sollte und niemand Lust hatte, die Kleider wieder abzulegen. Doch Vitus blieb hart, und schließlich bot die ganze Gruppe ein Bild, das dem einer Affenhorde glich. Gegenseitig fahndeten sie an ihren Körpern nach Bissstellen: Vitus und der Magister, Fabio und Guido, Enano und Antonella. Wobei das letzte Paar sehr taktvoll zu Werke ging – einerseits, weil Antonella eine Frau war, andererseits, weil der Zwerg einen Buckel hatte.

Wie sich herausstellte, hatten mehrere von ihnen Wanzen- und Flohstiche aufzuweisen, doch gottlob waren alle alt und stammten keinesfalls von der vergangenen Nacht. Vitus fiel ein Stein vom Herzen, und er schielte zum Magister hinüber. Der kleine Gelehrte wirkte ebenfalls sehr erleichtert. Er straffte sich und rief Antonella zu:

»Na, Frau Köchin, wie steht's?«

Enano fiel ein: »Ja, wie strömt's? Der Speisfang is leer. Ich schnapp Luftklöß alleweil!«

Antonella lachte. Ganz offensichtlich fand sie die Ausdrucksweise des ritterlichen Zwergs erheiternd. »Wartet, ihr Burschen, es geht gleich los!«

Fabio rückte zwei große Holzschüsseln zurecht, die aus

der Unerschöpflichkeit seines Warenangebots stammten, und brummte vergnügt: »Eine warme Suppe ist das Schönste auf der Welt, Freunde. Glaubt mir, ich weiß, wovon ich spreche. Gib einem, der beim Spiel sein Vermögen verloren hat, eine warme Suppe, und er wird getröstet sein; gib zweien, die sich geschäftlich nicht einigen können, eine warme Suppe, und sie werden zusammenkommen; gib dreien, die sich spinnefeind sind, eine warme Suppe, und sie werden sich vertragen. Ja, ein dampfendes Gericht bewirkt manchmal mehr als tausend Worte!«

»Wenn es denn erst mal fertig ist«, bemerkte der Magister trocken. Er schwang unternehmungslustig seinen Löffel, und die anderen taten es ihm nach. Fabio war nicht im Mindesten gekränkt, sondern rief:

»Nur Geduld, Freunde. *Pazienza, pazienza!* Was glaubt ihr wohl, warum ich nicht nur eine, sondern gleich zwei Schüsseln hervorgekramt habe? Damit wir uns alle gleichzeitig bedienen können! Und nun: *buon appetito!«* Er tauchte seinen Löffel in die heiße Brühe, fischte darin herum, bis er sicher war, auch genug Pilz- und Kürbisfleisch zu bekommen, und pustete mehrmals mit geschlossenen Augen. Dann, fast andächtig, schlürfte er die Suppe in sich hinein. »Aaaaahh! Antonella, du kochst genauso gut wie Miabella, mein Weib in Padua.«

»Wui, wui, *sì, sì!* So moll wie die molle Mrs. Melrose auf dem Grüntal-Kastell!«

»Danke«, sagte die Bürstenbinderin sichtlich bewegt. Sie hatte den Ausruf des Zwergs, der ihre Kochkünste mit denen der Mamsell auf Greenvale Castle verglichen hatte, zwar nicht verstanden, aber das tat ihrer Freude keinen Abbruch.

Fabio rief: »Ach, mein Weib und die Kinder, wie fehlen sie mir!«

Guido fragte: »Wie viele Kinder hast du denn?«

Fabio nahm den zweiten Löffel voll. »Nun, die Frage ist ganz einfach zu beantworten: Ich fahre seit achtzehn Jahren über die

Lande, also müssten es eigentlich achtzehn Sprösslinge sein. Man stelle sich vor: anderthalb Dutzend kleine Fabios und Fabias. *Bambini e bambine!* Alle haben übrigens im November Geburtstag.«

»Im November? Wie kommt denn das?«, wollte Antonella wissen. Familienfragen interessierten sie.

Der Überlandfahrer war schon beim fünften oder sechsten Löffel. »Ganz einfach: Kurz vor dem Weihnachtsfest bin ich stets von der Reise zurück, bleibe zwei Monate, mache in dieser Zeit meiner Frau ein Kind, sause wieder los und … oh, äh, was ist denn, Antonella?«

Die Gesichtszüge der jungen Frau waren für einen Augenblick erstarrt. Doch nun trug sie wieder ihre normale Miene zur Schau. Sie schwieg, was den Händler nicht gerade beruhigte.

»Habe ich etwas Falsches gesagt? Wenn ja, tut's mir Leid. *Scusi! Mi dispiace!* Ich meinte nur …«

Der Magister wiegte sein Haupt und sagte: *»Et semel emissum volat irrevocabile verbum.«*

»Was heißt denn das nun wieder?«, fragte Fabio verständnislos.

»Und einmal entsandt, flieht unwiderruflich das Wort«, deklamierte der kleine Gelehrte. »Horaz. Aber mach dir nichts draus, ich kenne das. Habe in meinem Leben auch schon häufiger Wörter ausgesprochen, die ich am liebsten sofort wieder eingefangen hätte.«

»Wui, wui, mach dir nix draus, Abrakadabramann.«

Vitus schaltete sich ein. »Fabio hat es nicht so gemeint, Antonella. Er ist im Jahr zehn Monate unterwegs und nur zwei Monate zu Hause. Wann sollte er es denn sonst mit seiner Frau, äh, nun ja, du weißt schon, was ich meine. Da ist es doch klar, dass die Kinder alle im November zur Welt kommen. Fabio, sagtest du, es sind achtzehn?«

»No, no. Ich sagte, eigentlich müssten es achtzehn sein.« Der

Überlandfahrer begann wieder zu essen. »In Wirklichkeit sind es nur elf. Dreimal, äh …« Er schielte zu Antonella, die aber ganz entspannt dasaß, und sprach weiter: »Dreimal haben wir ausgesetzt, und vier der Kleinen sind gestorben.«

Dann, unvermittelt, hellte sich seine Miene auf, und die übliche Lebenslust sprühte wieder aus seinen Augen. »Aber wenn ich zum Weihnachtsfest nach Hause komme, sind es sicherlich zwölf! Durch Bussola, meine Schöne, meine Holde, weiß ich schon lange, dass Miabella wieder guter Hoffnung ist. Und wenn es Gott dem Allmächtigen gefällt, wird Nummer zwölf in diesen Tagen geboren.«

Vitus legte seinen Löffel zur Seite, denn er war satt. »Dann hoffe ich, dass alles gut verläuft. Aber bei einer Frau wie der deinen, die schon so oft geboren hat, dürfte es keine Komplikationen geben.«

»Nein, *nonsenso!«* Fabio winkte ab. »Miabella hat die Gesundheit eines Gauls … äh, verzeih den Ausdruck, Antonella, ich meine natürlich, sie ist in guter Verfassung. Aber wo du schon von Komplikationen redest, Cirurgicus, an was hattest du da gedacht? Was könnte denn eintreten?«

»Ja, was könnte denn eintreten?« Auch Antonella schien interessiert.

»Nichts, gar nichts.« Vitus wurde unbehaglich zumute. Er hatte dem Gespräch nicht diese Wendung geben wollen. »Ich verstehe nichts vom Geburtsvorgang, bin keine Hebamme. Es war nur so dahingesagt. Vergiss es.«

Der Magister grinste. *»Et semel emissum volat irrevocabile verbum.«*

»Wie bitte?« Vitus hatte im ersten Moment nicht verstanden. »Ach so, ja. Der Spruch von Horaz.« Er musste lachen.

Die anderen fielen mit ein, sogar Antonella, die insgesamt ein wenig verkrampft wirkte.

Fabio löffelte bereits weiter. Sein Appetit stand dem des

Magisters in nichts nach, und das wollte schon etwas heißen. »Wenn Bussola zurückkommt«, sagte er, »schreibe ich gleich einen neuen Brief an Miabella und werde ihr sagen, in welch fabelhafte Gesellschaft ich geraten bin und welch fabelhafte Köchin wir in Antonella gefunden haben.«

»*Sì, sì*, wui, wui«, fistelte Enano.

Und klang ein wenig eifersüchtig.

Nach einem strammen Tagesmarsch – Enano, der Riese, war wie üblich vorweggeeilt – kam der Abend und mit ihm wiederum die Frage, ob sie sich eine Herberge suchen oder unter freiem Himmel nächtigen sollten. Bei Dunkelheit schien ihnen das Bild der toten Ratte viel bedrohlicher als am hellen Tag, und so beschlossen sie, abermals unter dem Sternenzelt zu kampieren.

Schnell war die Habe ausgepackt, ein Feuer gemacht und der Kessel darüber gehängt. Die Flammen flackerten unruhig an diesem Abend, denn der Wind war stark und wehte, da sie nur im Schutz einiger weniger Büsche lagerten, unsanft über sie hinweg. Dennoch wurde es ein gelungener Abend, denn sie erzählten einander aus ihrem Leben, und Guido ließ sich zum ersten Mal überreden, auf seiner Geige eine lustige Weise zu spielen. Er tat es sehr gekonnt, nachdem er endlos an den Wirbeln gedreht und das Instrument gestimmt hatte. Anschließend jedoch bettete er es sofort wieder in seinen Kasten.

»Du behandelst deine Geige wie eine Kranke«, sagte der Magister ein wenig vorwurfsvoll. Er hätte gern noch mehr gehört.

Guido antwortete in seiner ernsten Art: »Du ahnst nicht, Magister, wie empfindlich das Holz ist. Ich habe die Decke und den Boden zwar insgesamt siebenmal gelackt, mit einer Spezialmischung, die das Geheimnis der Familie Amati ist, aber man darf nicht vergessen, dass eine Geige aus mindestens vier verschiedenen Hölzern besteht, aus Fichte, Ahorn, Eiche und Ebenholz. Und jede einzelne Art reagiert auf Hitze und Kälte anders, dehnt sich mehr oder weniger aus. Dasselbe gilt für die vier Saiten. Das Ergebnis ist eine immer wieder andere Geige, je nachdem, wie es die Witterung will. Deshalb muss das Instrument auch vor jedem Spiel neu gestimmt werden.«

»Ach so«, sagte der Magister. »Ich muss gestehen, dann habe ich den Musikanten, die vor Beginn ihrer Darbietung ewig an den Stimmwirbeln drehen, bislang immer Unrecht getan. Ich dachte, sie machen sich nur wichtig.«

Guido hüllte den Kasten zusätzlich in eine Decke. »Nur wenn alle Teile bestmöglich aufeinander abgestimmt sind, entsteht der wahrhaft reine Ton. Die Geige muss in sich eine Harmonie haben. Eine eigene Harmonie.«

Vitus nickte. »Ein gutes Stichwort, Guido. Ich denke, Harmonie ist das, was Musik und Medizin verbindet. Du sprichst von reinen Tönen, wir Ärzte von reinen Säften. Du unterscheidest vier verschiedene Hölzer, wir vier verschiedene Flüssigkeiten: das Blut, die gelbe Galle, die schwarze Galle und den Schleim. Entsteht nun irgendwo ein Missverhältnis im Säftehaushalt, versuchen wir, es zu beseitigen. Wir ›stimmen‹ den Körper neu ein, indem wir ihm helfen, sich selbst zu helfen. Schlechte Materie wird durch Eiter, Harn, Stuhl, Auswurf und anderes ausgeschieden, und wir Ärzte unterstützen den Kranken durch verstärkende Maßnahmen. Die Harmonie kehrt zurück, ein Zustand, den wir Eukrasie nennen.«

Guido zeigte sich beeindruckt. »So einfach hat mir das noch niemand erklärt, Cirurgicus.«

Der Magister, der die ganze Zeit ein Liedchen vor sich hingesummt hatte, rief: »Siehst du, und weil das so ist und der Abend noch lange nicht zu Ende geht, solltest du dein Instrument wieder auspacken!« Er blickte Beifall heischend in die Runde, und als alle nickten, blieb dem Geigenbauer nichts anderes übrig, als sein Instrument aufs Neue anzusetzen.

Sie sangen gemeinsam ein paar Lieder, die allen bekannt waren, und wünschten einander anschließend eine gute Nacht. Fabio jedoch nahm Vitus noch einmal beiseite und sagte mit gedämpfter Stimme: »Ich habe vorher nicht darüber gesprochen, weil ich keine schlafenden Hunde wecken wollte, Cirurgicus, aber wir sind nur noch einen Tagesmarsch von Piacenza entfernt, und diese Gegend ist nicht ungefährlich. Übles Pack aus der Stadt treibt sich hier herum, meistens sind es Räuber, die es nur auf die Habe der Reisenden abgesehen haben, aber manchmal ist auch ein Schlagetot dabei. Wir müssen auf der Hut sein.«

»Dann sollten wir eine Wache aufstellen.«

»Das wollte ich auch gerade vorschlagen.«

»Gut. Wenn du einverstanden bist, übernehme ich die erste Runde bis Mitternacht, danach du die zweite bis zum Morgengrauen.«

Fabio griff Vitus an die Schulter. »Du bist in Ordnung, Cirurgicus. *In una parola:* Bei dir muss man nicht viel erklären. Das gefällt mir!«

»Schon gut, gib mir deine Muskete und leg dich aufs Ohr. Ich wecke dich später.«

»Kannst du mit dem Ding auch umgehen?«

»Das kann ich.« Vitus nahm das Schießgerät entgegen und hängte es sich über den Rücken. Da der Überlandfahrer aber ein wenig zweifelnd guckte, fügte er hinzu: »Ich kann auch mit der Armbrust umgehen und den Degen führen. Ich habe schon manches Mal getötet. Eigentlich eine Schande, wenn man wie ich Arzt ist und Leben retten will. Aber ich hatte keine andere Wahl.«

Fabio schien beruhigt. »Dann nimm auch noch einen meiner Dolche, für alle Fälle.«

»Gut. Nun geh schlafen.« Vitus steckte die Klinge in den Gürtel und stapfte ohne ein weiteres Wort los. Er suchte sich einen Platz, von dem aus er das Gelände gut überblicken konnte, jedenfalls so weit, wie das Mondlicht es gestattete. Die wenigen Büsche wirkten schwarz und unheimlich, und immer dann, wenn der Wind durch sie hindurchpfiff, konnte man meinen, sie bewegten sich und seien lebendig. Ab und zu knackte es im verglimmenden Feuer, und Schnarchtöne drangen zu ihm herüber.

Er setzte sich auf den Stamm einer umgefallenen Weide und ließ seinen Gedanken freien Lauf. Der Weg nach England war noch weit, aber wenn er mit den Freunden erst einmal Genua erreicht hatte, wäre das Schwerste geschafft. Mit etwas Glück würden sie ein Schiff erwischen, das sie durch die Meerenge von Gibraltar brachte und von dort weiter nach Norden bis zur Britischen Insel.

Vitus fröstelte. Er stand auf, um ein wenig auf und ab zu gehen. Die britische Insel, England ... Wenn er wieder daheim war, würde er Zeugnis ablegen müssen über den Erfolg seiner Reise. Er war losgezogen, die Pest zu besiegen. Hatte er sie besiegt? Wenn er ehrlich war, konnte nur von einem Teilerfolg die Rede sein. Denn die Vermeidung der Ansteckung war das eine – die Heilung der Seuche das andere. Und die alles entscheidende, in jedem Fall wirksame Therapie war noch nicht gefunden. Vielleicht gab es sie auch gar nicht. Immerhin, die Ursache der Schlange Pest war aufgeklärt – der Pestfloh. Wie der Dichter Petrarca wohl hinter das Geheimnis gekommen war? Oder besser: Gherardo, sein Bruder, der gegen alle Miasmen gefeit zu sein schien?

Vitus stampfte ein paarmal fest auf, denn seine Füße wurden kalt. Die gelben Pantoffeln, die er wie seine Freunde noch immer trug, waren nicht für diese Breitengrade gemacht. Was würde ihn außerdem zu Hause auf Greenvale Castle erwarten? Viele gute Menschen, die ihn achteten und liebten, so wie er sie achtete und liebte. Nur die Eine, die Einzige, sie würde nicht mehr da sein. Arlette ...

Wehmut umfing ihn. Er dachte an sie, wie er so häufig an sie dachte: mit einem Gefühl der Zärtlichkeit, der unauflöslichen

Verbundenheit. Sie war von strahlender Natürlichkeit gewesen, schlank, schön, temperamentvoll. Noch heute spürte er den Duft ihrer Haare in der Nase. Und den ihrer makellosen Haut. Sie hatte sein Kind unter dem Herzen getragen, das Kind ihrer Liebe, bevor die Pestis heimtückisch über sie hereingebrochen war. Innerhalb von wenigen Tagen hatte sie Arlette und das Kind dahingerafft, und auch von ihm ein Stück getötet. Arlette, Arlette, Arlette …

Ja, sie war noch immer bei ihm, denn er trug sie in seinem Herzen. Wenn das nur nicht so wenig gewesen wäre, so verdammt wenig.

Und er dachte an seinen verstorbenen Onkel, Lord Collincourt, den richtig kennen zu lernen er kaum Gelegenheit gehabt hatte. Er dachte an Richard Catfield, seinen etwas steifen, aber umso pflichtbewussteren Gutsverwalter, an Keith, den Stallburschen, der es mittlerweile zum Stallmeister gebracht hatte, an Hartford, den Assistenten Catfields, an Marth, das Küchenmädchen, und an die vielen anderen. Auch an Mrs. Melrose dachte er, die Köchin, von der alle Welt behauptete, sie ginge zum Lachen in den Keller, damit ja niemand sehe, dass sie auch anders als grimmig dreinblicken konnte.

Ja, Mrs. Melrose war eine Festung gewesen – bis Enano, der Zwerg, gekommen war und ihr Herz im Sturm erobert hatte, eine Leistung, die niemand im Schloss für möglich gehalten hätte. Wochenlang war über das ungleiche Paar gekichert worden. Enano hatte seine »Bratwachtel« von früh bis spät umgarnt und sie mit komischen Artigkeiten und Unartigkeiten überhäuft. Wahrhaftig ein ungleiches Paar, das da entstanden war, aber den Winzling hatte das niemals angefochten, weil er bei der Köchin an der Quelle aller leiblichen Genüsse saß.

Enano. Der Zwerg, der neuerdings ein Riese war. Er kümmerte sich auffällig stark um Antonella. Ein Zeichen seines neuen Selbstbewusstseins. Bei Mrs. Melrose war es etwas anderes gewesen, sie war alt, und ihr den Hof zu machen konnte eher als Spaß gewertet werden. Aber Antonella war jung und schön, wenn auch um einiges zu dick. Sie zu umwerben hätte der Zwerg sich früher nicht getraut. Antonella. Zweifellos eine tüchtige, junge Frau. Doch irgendetwas war an ihr, das sich nicht greifen ließ. Er wusste nur nicht, was.

Vitus' Gedanken kehrten zurück nach Greenvale Castle. Noch jemand war auf dem Schloss gewesen, ein Mann, der dort nicht hingehörte und sich dennoch erdreistet hatte, dort zu erscheinen und ihm die Erbschaft streitig zu machen. Sein Name war Hornstaple, ein Advocatus der übelsten Sorte. Er hatte behauptet, er vertrete die Interessen des Mannes seiner verschollenen Mutter, eines gewissen Warwick Throat, Leinenwebergeselle aus Worthing. Und er, Vitus, sei ohnehin nicht erbberechtigt, da keineswegs feststehe, dass er der Großneffe von Lord Collincourt sei. Man habe ihn vielmehr vor dem Klostertor von Campodios vertauscht. Also sei er nicht mehr als das Kind irgendeiner dahergelaufenen Bauersfrau.

Vitus fröstelte erneut. Seine Erinnerungen waren nicht gerade dazu angetan, ihn zu wärmen. Anhand des durch die Wolken scheinenden Mondes stellte er fest, dass Mitternacht schon vorüber war, stapfte noch ein paarmal um das Lager herum und weckte dann Fabio. Flüsternd gab er ihm die Muskete zurück und strebte dann seiner eigenen Schlafstelle zu. Müde streckte er sich neben dem Magister aus und war wenige Augenblicke später eingeschlafen.

Irgendetwas hatte Vitus geweckt. Er schreckte hoch und riss die Augen auf. Nichts. Dunkle Nacht umfing ihn. Dafür war umso mehr zu hören: Keuchen, Stöhnen und ein Schrei. Er war lang und spitz und kam von Antonella. Was war geschehen? Er hörte den Magister neben sich fluchen und Enano etwas kreischen. Eine Stimme dröhnte: »Warte, du elender Hund!« Die Stimme gehörte Fabio. Dann folgte ein ohrenbetäubendes Krachen, und er spürte einen scharfen Luftzug neben seinem Gesicht. Unwillkürlich zog er den Kopf ein. Ein Schuss! Wo war Fabio? Da, die große Masse, die mit einem Angreifer rang, das musste er sein! Er hatte seine Muskete abgefeuert. Hatte er auch getroffen?

Vitus sprang auf und verhedderte sich dabei mit den Beinen in seiner Decke. Im Lager herrschte völliges Durcheinander. Huschende Gestalten im fahlen Mondlicht. Räuber, Diebespack! Überall! Er riss Fabios Dolch aus dem Gürtel und wollte seinem Besitzer zu Hilfe eilen, da wurde er jählings selber angegriffen. Eine dunkler Schatten stürzte sich auf ihn, ein Schatten, in dessen Hand etwas blitzte. Es war das pure Glück, dass er die Hand zu fassen bekam, und als er sie gepackt hatte, hielt er sie eisern fest. Er wollte selbst zustechen, aber schon war sein Arm ebenso umklammert. Ein paar Atemzüge, die ihm wie eine Ewigkeit vorkamen, rang er mit seinem Widersacher, dann merkte er, wie ihn die Kräfte verließen. Der Kerl war bärenstark. Es ging ums nackte Überleben, Regeln wie bei einem Duell gab es nicht! Vitus riss das Knie hoch und stieß es dem Halunken zwischen die Beine. Mit einem Schrei ließ der Mann los. Aufatmend hastete Vitus davon. Wo waren die anderen Kerle? Ein paar machten sich an Fabios Wagen zu schaffen. Die verfluchten Langfinger waren überall! Auch dort, wo der Zwerg, Antonella und Guido lagerten. Ein Klumpen aus Körpern bewegte sich dort, kämpfende Leiber, Wirrwarr und Schreie. Wieder krähte der Zwerg irgendetwas. Vitus schrie: »Warte, Enano, ich komme!«

»Ich auch!«, hörte er hinter sich den Magister brüllen.

Er wollte sich auf den Haufen aus Leibern stürzen, doch in diesem Moment wurde er zu Boden gerissen. Der erste Angreifer war wieder da und stach wie besessen auf ihn ein. Ein zäher Bursche! Vitus rollte sich zur Seite und bekam eine Stange in die

Hand. Ohne zu überlegen, holte er aus und schlug zu. Der Halunke fiel wie ein gefällter Baum. Von diesem Erfolg beflügelt, rappelte er sich hoch, holte abermals weit aus und ließ die Stange auf das Knäuel aus Leibern niedersausen. Wieder und wieder. Aus den Augenwinkeln sah er den Magister kämpfen. Er hatte ebenfalls ein Holz in der Hand. Auch Fabio, der Überlandfahrer, rang mit einem Gegner.

Vitus wusste nicht, wen er traf, ob Freund oder Feind, aber er wollte den Kampf beenden, das Lumpenpack verjagen und schlug nochmals und nochmals zu. Er war jetzt wie in einem Rausch und merkte kaum, dass bei seinen letzten Hieben die Stange gebrochen war. Das Holz war unbrauchbar geworden.

Aber es wurde auch nicht mehr gebraucht.

Das Diebes- und Mörderpack machte, dass es wegkam. In der hereinbrechenden Morgendämmerung sah er dunkle Gestalten davonlaufen. Die Hunde gaben Fersengeld. Gut so, Gott sei Dank! Jetzt galt es, sich um die eigenen Leute zu kümmern. Wobei er inständig hoffte, dass seine ärztliche Kunst nicht vonnöten sein würde.

»Ist jemand verletzt?!«, rief er.

Der Zwerg antwortete als Erster: »No, no, nee, nee!« Er raffte sein überlanges himmelblaues Gewand zusammen und kam zu Vitus herüber. »Die Sündenfeger sin allesamt wech!«

»Ja, es scheint so, Gott sei Dank. Trotzdem: Dein Kleid ist über dem Buckel zerrissen, und wenn ich mich nicht täusche, blutest du. Ich schaue mir die Sache gleich an.«

Der Magister trat herbei und knirschte mit den Zähnen: »Meine Berylle sind fort, schon wieder! Gebe der Himmel, dass ich sie finde.«

Fabio, der dabei war, die Ladung seines Wagens auf Vollständigkeit zu überprüfen, rief: »Es scheint so, als hätten die Halunken nichts mitgehen lassen. *Fortunatamente!* Habe sie noch rechtzeitig überrascht. Allerdings verstehe ich nicht, woher die Brüder so plötzlich auftauchen konnten. Ich hätte sie doch sehen müssen.«

»Was ich sehe, ist ein blutender Schnitt auf deiner Stirn«, gab Vitus zurück. »Er scheint nicht lebensgefährlich zu sein, aber er muss rasch verbunden werden.«

»Ach, es ist nur ein Kratzer!« Fabio lachte. Seine gute Laune gewann schon wieder die Oberhand. »Den Brüdern haben wir es aber gegeben, was?«

Guido meldete sich, noch völlig unter dem Eindruck des Erlebten stehend. »So etwas ist mir noch nie passiert«, stammelte er, »noch nie. Ich hatte Todesängste.«

»Wiewo, du Gack? Todesängste?«

»Ja, natürlich nicht um mich, sondern um meine Geige. Aber ihr ist, gottlob, nichts passiert.«

Vitus ging auf Antonella zu, die sich als Einzige nicht erhoben hatte, sondern noch verstört am Boden saß. »Fehlt dir etwas, Antonella?«

Die Bürstenbinderin blickte auf. »Nein, Cirurgicus, ich ... ich glaube nicht. Enano hat mich verteidigt. Als die Burschen kamen, hat er sich über mich geworfen und mit seinem Körper geschützt. Er ist sehr tapfer.«

»Gickgack, Blausinn!« Der Zwerg wurde sichtlich verlegen und wusste nicht, wohin er gucken sollte. »Hab nix nich gemacht.«

»Das erzähle, wem du willst, nur nicht mir.« Vitus blickte über das Lager. Es war mittlerweile so hell geworden, dass alle Einzelheiten gut erkennbar waren. Der Kampf war heftig gewesen, davon zeugte allein schon die Tatsache, dass nichts mehr so dalag wie zuvor. Decken, Kisten und Gerätschaften waren verstreut, als hätte eine Riesenfaust sie durcheinander gewirbelt. Irgendwo entdeckte er seine Kiepe mit der chirurgischen Ausrüstung. »Du, Enano, und du, Fabio, ihr kommt zu mir, damit ich euch verarzten kann. Guido und Antonella räumen das Lager auf und helfen dem Magister, seine Berylle zu suchen.«

Wenig später nähte Vitus den Schnitt auf Fabios Stirn mit sechzehn Stichen. Es war eine schmerzhafte Angelegenheit, denn der Überlandfahrer musste die Prozedur ohne Betäubungsmittel über sich ergehen lassen. Aber er sagte kein Wort. Nur als Vitus ihm einen Verband um den Kopf wickelte, fragte er, ob die Wunde Weihnachten wohl schon verheilt sei, er wolle in jedem Falle vermeiden, dass Miabella sich bei seinem Anblick erschrecke.

Vitus beruhigte ihn und kümmerte sich um den Zwerg. Enano blutete bei weitem nicht so stark wie Fabio, dafür hatte er mehr Verletzungen als zunächst angenommen. Die Haut auf seinem Buckel war übersät mit Rissen und Quetschungen, die allesamt von Tritten herrührten. Antonella hatte die Wahrheit gesagt. Der Zwerg hatte sie mit seinem Körper geschützt. Vitus behandelte die Läsionen mit Doktor Chamouchas Salbe, zu der er noch etwas getrocknete Kamille beimischte. Anschließend legte er einige Kompressen auf, die er mit zwei Leinenbinden fixierte.

Im Lager war die Ordnung halbwegs wiederhergestellt. Der Magister suchte noch immer seine Berylle, und Vitus begann damit, seine Arzneien zu verstauen. Dann stellte er die Kiepe in die Nähe der Büsche, damit sie nicht im Wege war. Er räumte eine Decke beiseite und hielt mitten in der Bewegung inne. Unter der Decke lag eine fremde Gestalt. Ein Toter. Ein Mann, der zu den Räubern gehört haben musste und zweifellos bei den Kämpfen erschlagen worden war.

Vitus kniete nieder und untersuchte den Leichnam. Es handelte sich um einen noch jungen Mann, dessen Gesicht im Tode friedlich und nichts sagend wirkte, fast so, als könne der hinterhältige Überfall dadurch ungeschehen gemacht werden. Der Mann trug ein altes, zerschlissenes Barett mit Fasanenfeder.

»*Deo gratias!* Ich hab sie!« Das war der Magister, der seine Berylle wiedergefunden hatte. Freudestrahlend hob er das Nasengestell auf, um dann einen gotteslästerlichen Fluch folgen zu lassen. »Beim Blute Christi! Verbogen und zersplittert! Warum muss ausgerechnet mir das immer wieder passieren! Dieses gemeine Lumpenpack, dieses Gesindel! Nur ihm habe ich das zu verdanken, ich ... Moment, du Unkraut, wen hast du denn da? Einen Vertreter dieser Mistbande? Ich werde ihm eigenhändig die Gurgel umdrehen, ich werde ...«

»Gar nichts wirst du, der Mann ist tot. Er hat eine Kerbe im Schädeldach, als habe ihn jemand in zwei Hälften spalten wollen. Er muss sofort tot gewesen sein.«

»Das warst du.«

»Oder du. Wir haben beiden mit den Stangen um uns geschlagen, das weiß ich noch genau.«

»Uh, das is'n bruchischer Aufstoß! Uuuh, meine schönen Spazierhölzer!« Enano hielt seine beiden Stelzen in der Hand. Eine war durchgebrochen, bei der anderen waren die Stege abgerissen. »Sin nich zum Keilen, meine Walzmänner, sin nich zum Keilen, uh!« Das Fischmündchen zuckte verdächtig. Antonella eilte zu ihm und versuchte ihn zu trösten. Auch die anderen scharten sich um ihn.

Vitus sagte: »Ich fürchte, ich habe eine deiner Stelzen kaputt gemacht.«

Der Magister echote: »Ich auch.«

Vitus sprach weiter: »Es tut mir Leid. Sie lag direkt zu meinen Füßen. Griffbereit. Da habe ich sie genommen. Aber es war nicht umsonst. Einen der Halunken haben wir erwischt. Wenn wir ihn nicht erschlagen hätten, hätte er uns erschlagen.«

»So ist es«, bekräftigte der kleine Gelehrte. »Man kann es auch anders sagen: Wenn deine Beinverlängerer nicht gewesen wären, würden wir alle hier jetzt nicht stehen. Ich schlage vor,

Antonella bereitet uns ein kräftiges Frühstück zu. Oder sind die Vorfälle jemandem auf den Magen geschlagen?«

Da das nicht der Fall war, hätte Antonella nun ein weiteres Mal ihre Kochkünste unter Beweis stellen können, aber es ereignete sich etwas, das sich als weitaus schlimmer als der nächtliche Überfall erweisen sollte.

Vitus war es, der die schreckliche Entdeckung machte. Er durchsuchte den Toten, tastete seine Kleider ab und spürte plötzlich Verdickungen in beiden Leisten. Böses ahnend und nicht auf Antonella achtend, die verschämt zur Seite blickte, zog er dem Toten die Beinlinge aus. Der Mann konnte nichts mehr spüren, und Vitus hätte keine Rücksicht dabei nehmen müssen, dennoch tat er es überaus vorsichtig. Er packte die beiden Hosenröhren mit spitzen Fingern an den Enden und zog sie langsam von den Beinen herunter.

»Warum so viel Aufhebens?«, fragte der Magister. »Der Kerl merkt doch sowieso nichts mehr.«

Vitus schwieg und untersuchte die Beine. »Komm mal her.«

»Was ist denn? Ich denke, wir nehmen jetzt das Morgenmahl ein, stattdessen fummelst du an diesem Leichnam herum«, quengelte der kleine Gelehrte. Trotzdem gehorchte er und beugte sich über den Toten. Er blinzelte und fragte nochmals: »Was ist denn?«

»Siehst du das da?«

»Das? Das ist ein Stich. Na und?«

Vitus biss die Zähne zusammen. »Es ist ein Flohstich! Genau genommen sind es sogar mehrere, an beiden Beinen.«

»*Sic me servavit, Domine!* Du meinst doch nicht, dass dieser Hundsfott die Pestilenzia …?«

»Genau das meine ich. Der Kerl hat alle Anzeichen der Pest. Hier im Leistenbereich haben sich links und rechts Bubonen gebildet – widerliche schwarzbraune Geschwülste, teilweise schon voller Eiter.«

»Dann nichts wie weg!«

»Nein. Bleib ruhig. Mach nicht die Pferde scheu. Panik ist das Letzte, was wir jetzt brauchen.« Vitus ließ von dem Toten ab und wusch sich in einem Bottich die Hände. Dann goss er das Wasser ins angrenzende Gebüsch. »Der Mann kann nicht mehr im Vollbesitz seiner Kräfte gewesen sein, trotzdem war er noch stark genug, gegen uns zu kämpfen. Um ein Haar hätte er mich mit dem Messer getötet, vorausgesetzt, es ist der Bursche, der mich angegriffen hat. Irgendetwas stimmt da nicht. Der Kerl kann unmöglich ein paar Meilen gelaufen sein und anschließend noch die Kraft besessen haben, uns zu überfallen.«

Der Magister kratzte sich am Kopf. »Vielleicht war er ja die ganze Zeit hier.«

»Was? Wie? Ich verstehe dich nicht.«

»Vielleicht saß er ja im Gebüsch. Hübsch getarnt wie ein Fuchs, der auf die Beute lauert.«

»Du meinst ...?« Vitus spitzte die Lippen. »Donnerwetter, warum bin ich nicht gleich darauf gekommen? Ja, so kann es gewesen sein: Der Halunke hatte sich mit seinen Kumpanen im Buschwerk verborgen, um harmlose Reisende zu überfallen. Bei uns, die wir so viele sind, mag es so gewesen sein, dass die Bande sich bei Tageslicht nicht getraut hat; in der Nacht aber haben sie es dann versucht. Weißt du, und ich dachte während meiner Wache wirklich, es läge nur am Wind, warum das Gebüsch sich manchmal so stark bewegte! Jetzt ist auch klar, warum Fabio von ihnen überrascht werden konnte.«

»In jedem Fall sollten wir noch in dieser Minute aufbrechen. Mir ist schon jetzt so, als würde ich mit jedem Atemzug Pestmiasmen inhalieren.«

Vitus schüttelte den Kopf. »Wir dürfen uns nicht verrückt machen. Noch haben die anderen nichts mitbekommen. Ich werde ihnen nachher, wenn wir unterwegs sind, alles erklären. Zuvor allerdings will ich mich noch im Buschwerk umtun.«

»Mensch, Vitus!« Der Magister wurde zusehends nervöser. »Heißt das nicht Gott versuchen?«

»Ruhig Blut, altes Unkraut. Wir wissen doch, woran wir sind. Der Tote hat Bissstellen von *Pulex pestis* an den Beinen. Er ist auf diese Weise mit der Seuche infiziert worden!« Vitus' Augen leuchteten.

»Ich weiß gar nicht, warum du dich so freust. Über uns hängt das Schwert des Damokles und ...«

»Begreif doch! Was wir in der Theorie so mühsam erarbeitet haben – hier findet es seine Bestätigung. Wir hatten Recht! Und wenn alles andere ebenfalls stimmt, wovon ich überzeugt bin, können wir uns gar nicht angesteckt haben: Wir haben den Toten nicht direkt berührt, und geatmet hat er auch nicht mehr.« Ohne dem Magister die Gelegenheit zu einer Antwort zu geben, verschwand Vitus zwischen den Büschen. So blieb er schulterzuckend zurück.

Vom Feuer her, wo alle anderen sich bereits niedergelassen hatten, brüllte Fabio: »Magister, *amico mio,* wo bleibst du? Wo ist der Cirurgicus, er war doch eben noch da?«

»Er ist noch mal austreten!«, rief der kleine Gelehrte zurück. »Wir kommen gleich.« Er vergewisserte sich, dass ihn niemand beachtete, und zog mit angehaltenem Atem die Leiche ins Buschwerk, damit sie für immer verschwunden war. Wenige Augenblicke später kam Vitus aus dem Gestrüpp zurück. Er war sehr nachdenklich und sagte:

»Ich habe einen weiteren Toten gefunden. Ebenfalls an der Pestis gestorben, ebenfalls Flohbisse, ebenfalls Bubonen. Allerdings nicht in den Leisten, sondern in den Achselhöhlen. Interessanterweise befinden sich die Bisse an den Unterarmen. Es hat den Anschein, als wolle die Pestis über die Gliedmaßen in den Rumpf vordringen und als wehre der Körper sich gleichzeitig dagegen, indem er Verdickungen und Geschwülste an den Übergängen bildet. Nun, das nur nebenbei.«

Vitus sprach ein kurzes Gebet für die Toten und flehte den Allmächtigen an, er möge ihnen ihre Sünden vergeben und in sein Himmelreich aufnehmen. Dann sagte er: Übrigens, auch der zweite Tote trug ein Barett mit Fasanenfeder, scheint eine Art Bandenzeichen zu sein. Ich gehe jetzt zur Quelle und wasche mich da gründlich. Ich glaube zwar nicht an eine Kontagion, aber schaden kann es auf keinen Fall.«

»Ich komme mit. Meine Haut kribbelt, als wollten die Miasmen mir durch sämtliche Poren.«

Sie wuschen sich von Kopf bis Fuß und reinigten auch ihre Kleider auf das Sorgfältigste. Dies alles dauerte seine Zeit, was dazu führte, dass der eine oder andere zu ihnen kam, um nach ihnen zu sehen oder um ein paar Bemerkungen über ihren plötzlichen Sauberkeitsfimmel zu machen. Sie aber ließen sich nicht beirren. Schließlich erschienen sie am Feuer und nahmen die Reste des Morgenmahls entgegen. Als sie mit Essen fertig waren, räusperte sich Vitus und erklärte den Gefährten mit knappen Worten den Sachverhalt. Er endete: »Wir sollten uns keine Sorgen machen, Freunde, aus den genannten Gründen muss niemand Angst haben. Keiner hat sich angesteckt, dafür gebe ich euch mein Wort als Arzt. Wir sollten zusammenbleiben und weiter unseres Weges ziehen. Alles Übrige wird sich schon finden.«

Die Stimmung, eben noch munter, war hellem Entsetzen gewichen. Besonders Fabio, der sonst so lebensprühende Überlandfahrer, konnte es nicht fassen. »Wie nahe Freud und Leid doch beieinander liegen«, brummte er schließlich und zog fröstelnd die breiten Schultern hoch. *Fa freddo*, meine Freunde. Wir sollten diesen ungastlichen Ort so schnell wie möglich verlassen. *Andiamo!*«

Doch es dauerte noch geraume Weile, bis alle Siebensachen gepackt und die Pferde im Geschirr waren. Als sie gemeinsam auf den Weg nach Piacenza einbogen, hatte sich an der Spitze etwas geändert. Enano, der Zwerg, ging Seite an Seite mit Antonella voraus. Sie überragte ihn dabei um mehr als Kopfeslänge.

Doch das schien beide nicht zu stören.

Sie waren noch keine zwei Stunden marschiert, als das nächste Unglück über sie hereinbrach: Auf einem Feld am Wegesrand erblickten sie einen Körper. Er gehörte einer Bäuerin, die wie tot zwischen den Ackerfurchen lag. Doch sie war nicht tot, noch nicht. Sie fieberte im Delirium und sprach abgehackte Worte, die niemand verstand. Vitus genügte ein Blick aus sicherer Entfernung, um eine hässliche Bubone an ihrem Körper zu entdecken. »Sie ist von der Seuche geschlagen«, sagte er tonlos.

»Machen wir, dass wir weiterkommen, *andiamo, andiamo!*«, drängte Fabio.

»Nein.« Vitus' Ablehnung kam für alle überraschend. »Sie ist sicher eine gläubige Christin und hat ein Recht auf die Sterbesakramente. Da ich kein Priester bin, kann ich sie ihr nicht geben, aber ein Gebet will ich für sie sprechen.« Er kniete ein paar Schritte entfernt von ihr in der Erdkrume nieder, legte die Hände zusammen und sprach:

»Höre, unbekannte Frau,
in der Heiligen Schrift finden sich Gedanken
des Trostes in Sterbensgefahr.
Es heißt da im Psalm 91, Vers drei:
›Denn er errettet mich vom Strick des Jägers
und von der schädlichen Pestilenz.
Er wird dich mit seinen Fittigen decken,
und deine Zuversicht wird sein
unter seinen Flügeln.
Seine Wahrheit ist Schirm und Schild.‹
Ja, so steht es geschrieben, Frau,
und wenn es Gott dem Allmächtigen

mit seinem unergründlichen Ratschluss gefällt,
dich genesen zu lassen,
so wirst du noch heute genesen.
Amen.«

»Amen«, murmelten auch die anderen.

Vitus sprach weiter: »Lasst uns gemeinsam noch ein Vaterunser beten, Freunde. Wir alle haben bisher nicht daran gedacht, aber heute ist Sonntag, der Tag des Herrn. Wir wollen ihn preisen, auf dass er uns vor der Seuche verschone.« Und er begann: *»Pater noster, qui es in caelis, sanctificetur …«*

Danach erhob er sich, wischte die Erde von seinem Umhang und schritt zu den Gefährten, die in respektvoller Entfernung gewartet hatten.

Fabio stöhnte: »Wo wir auch hinkommen, die Pest ist schon da! Ich habe das Gefühl, von der Seuche umzingelt zu sein. Am besten, wir gehen zurück.«

Vitus runzelte die Stirn. »Zurück zu dem Buschwerk mit den pesttoten Räubern?«

»*Mamma mia*, Cirugicus, was sollen wir denn sonst tun? Wir können doch nicht hier hocken und wie das Kaninchen auf die Schlange warten!«

»Wir ziehen weiter«, sagte Vitus.

Und so geschah es.

Der dritte Todesschreck an diesem Tage kam am späten Nachmittag über sie. Wieder begegneten sie Arnulf von Hohe und seinen frommen Männern. Doch wie hatten diese sich verändert! Von den einstmals glühenden Eiferern war nur noch ein mutloser Haufen übrig. Rund zweihundert Mann hatte die Truppe zuletzt umfasst, jetzt zählte sie höchstens noch achtzig. Und von diesen achtzig lagen die meisten fiebernd und sterbend auf dem nackten Erdboden. Die Schlange Pest hatte sie geschlagen. Zwischen ihnen glimmten einige Kochfeuer, an denen die noch Gesunden saßen und eine Mahlzeit herzurichten versuchten. Die Fahnen, sonst so eifrig geschwenkt, lagen im Staub. Gleiches galt für die Geißeln. Nur drei oder vier der Verbliebenen benutzten sie noch. Unermüdlich und gegen jede Vernunft. Und mitten unter ihnen stand Arnulf von Hohe, der Unbelehrbare, der von Besessenheit getriebene, hoch aufgerichtet und aus voller Kehle singend.

Als er Vitus und seiner Gruppe angesichtig wurde, brach er ab und eilte schnellen Schrittes auf die Gefährten zu.

»Halt!«, rief Vitus mit einer Stimme, die keinen Widerspruch duldete.

So blieb der Zugmeister stehen, rund dreißig Schritte entfernt und für den Augenblick sprachlos. Doch er fing sich rasch und breitete die Arme aus. »Habe ich es nicht vorausgesehen, Cirurgicus? Die Pestilenz geht um und wird alle vernichten. Alle, sage ich! Es sei denn, der Sünder Gottes ist bereit, sich selbst zu züchtigen, auf dass der Allmächtige sich erbarme und ihn errette.«

Statt Vitus antwortete der Magister: »Dass die Geißelei nicht der Weisheit letzter Schluss ist, Arnulf, seht Ihr an Euren eigenen Männern. Humbug ist's, wozu Ihr sie auffordert. Selbstverstümmelung! Ich kenne viele Paragraphen, die Euch dafür zur Rechenschaft ziehen würden.«

Vitus fiel ein: »Seht doch Eure Männer an! Sie sterben an der Pestis, obwohl sie sich so eifrig geißeln! Und andere, die sich nicht züchtigen, tun es auch.«

Bevor Arnulf etwas auf diese Unerhörtheit entgegnen konnte, setzte der kleine Gelehrte nach: »Eure Geißelei hilft ungefähr so viel gegen die Seuche wie ein Topf Marmelade. Merkt Euch das!«

»Das ist … das ist doch …« Fassungslos ging Arnulfs Mund auf und zu. »Das ist Blasphemie! Häresie! Exsekratie! Ihr seid vom Teufel besessen, allesamt. Von Satan, von Luzifer! So höre denn, Teufelsgeschmeiß, was Arnulf, der Gott Liebende und Gott Ergebene, dir entgegenschleudert: Es maße der Mensch sich nicht an, den Ratschluss des Herrn in Frage zu stellen. Er allein bestimmt über Leben und Tod. Er ist es, der Kranke heilt, Er allein, Er, der allmächtige, der erhabene, alleswissende Gott. Er ist es, der Gnade und Barmherzigkeit walten lässt, wenn wir Ihm gläubig dienen, Er allein! Und wenn der Mensch in seiner Bedeutungslosigkeit gottgefällig dient, so mag Er gütig zu uns sein oder auch nicht. Er mag seine Freude an uns haben oder auch nicht. Er mag Milde walten lassen oder auch nicht. Er mag mit frohem Auge sehen, wenn wir uns geißeln ...«

»Oder auch nicht!«, ergänzte der Magister trocken.

»Was? Das Teufelsgeschmeiß wagt es, noch immer zu belfern?« Arnulf von Hohe hatte jetzt Schaum vor dem Mund und schien wie von Furien besessen. »Wir geißeln uns zu Tode, damit andere leben. Wir büßen und bereuen, wir erliegen dem Fieber, damit Gottes Kinder befreit werden, wir züchtigen uns bis aufs Blut, damit der Erhabene das Paradies wieder auf Erden erstehen lässt. Wenn einer von uns stirbt, so stirbt er gern, einmal, zweimal, tausendmal, auf dass der Herr sich seiner erbarme. *Flagellare necesse est!* Geißeln, Geißeln, Geißeln tut Not! Je mehr sich einer geißelt, desto näher ist ihm das Himmelreich! Ihm und allen, für die er Schmerzen auf sich nimmt! Sieh her, Teufelsgeschmeiß, wie Arnulf von Hohe sich gegeißelt hat. Du sollst es sehen, alles sollen es sehen. Arnulf will es!«

Völlig von Sinnen riss sich der Zugmeister die Kutte vom Leibe und stand jählings so da, wie der von ihm vielzitierte Gott ihn erschaffen hatte. Nackt und bloß, die Haut ein blutiger Teppich aus Wunden, Schwären, Quetschungen. Auf seltsame Art hilflos und anrührend. Doch der Irrwitz steckte tief in ihm, er griff sich eine Geißel und begann, sich erbarmungslos zu züchtigen. Die Schläge klatschten nur so auf seine geschundene Haut, er fing an zu tanzen, jauchzte auf, schlug sich weiter, stärker und stärker, und stimmte schließlich das Lied der Flagellanten an:

»Oh, Herr, Du strenger Christengott,
Du Schöpfer aller Welten.
Du machtvoller Herr Zebaoth,
Dir wollen wir's vergelten,
was Du getan in Stadt und Land
für Deine armen Kinder.
Wir danken Dir mit Herz und Hand,
denn wir sind nichts als Sünder …«

Vitus hielt es nicht länger aus. Er machte das Kreuzzeichen und zog seine Gefährten mit sich fort. Dem Zugmeister war nicht zu helfen, er war von allen guten Geistern verlassen. So marschierten sie an diesem ereignisreichen Tag weiter gen Westen in Richtung Piacenza. Doch das Gehen wurde ihnen schwer, zu abgelenkt waren sie, wenn sie an Arnulf und seinen Veitstanz dachten, zu lebhaft standen ihnen die Bilder der sterbenden Geißler vor Augen.

Schließlich gebot Vitus Halt. Er hatte links des Wegs eine grün bewachsene Ebene entdeckt, flaches Land, das nur von einigen Baumansammlungen unterbrochen wurde. Gras und Bäume wirkten so einladend, als sei die Pestis nie da gewesen. Vitus blickte sich um und sprach: »Wir sollten an dieser Stelle unser Lager aufschlagen. Die Gegend hat Liebreiz. Bis auf das alte Bauernhaus, das ihr da hinten seht, scheint keine Menschenseele hier zu wohnen.«

Der Magister blinzelte. »Ich sehe kein Bauernhaus, aber ohne meine Berylle ist das auch kein Wunder. Das Einzige, was ich wahrnehme, ist, dass es hier keine Wälder gibt, so dass sich mir die Frage aufdrängt, womit wir ein Feuer machen können.«

Vitus hielt die Hand über die Augen, um besser sehen zu

können. »Wenn mich nicht alles täuscht, hat der Bauer einen guten Vorrat Scheitholz an der Hauswand aufgeschichtet. Ich werde zu ihm gehen und ihn bitten, uns ein wenig davon zu überlassen.«

»Tu das. Aber ich komme mit. Die anderen mögen derweil für ein heimeliges Lager sorgen. Nach all den Schrecknissen dieses Tages haben wir es uns verdient.«

Gemeinsam schritten sie zu dem Haus und passierten dabei einen Brunnen, dessen Ziehvorrichtung viel benutzt aussah – ein Zeichen dafür, dass er Wasser führte. Sie gingen weiter bis zur Haustür und klopften. Als sich nichts rührte, traten sie ein. Übler Geruch schlug ihnen entgegen. Vitus rümpfte die Nase und rief: »Ist da jemand?«

Niemand antwortete.

Sie begannen sich umzusehen. Das Haus war nicht besonders groß und machte den Eindruck, als sei es hastig verlassen worden. Vitus rief abermals, und abermals bekam er keine Antwort. Sie schauten sich weiter um. Das Haus hatte nur wenige Räume, zwei unten und einen oben, den Dachboden. Eine Holzstiege führte hinauf. Sie kletterten hoch und gingen über die knarrenden Dielen. Der Geruch hatte sich verstärkt. Eine Bettstatt aus Stroh tauchte in einer Ecke auf. Sie war leer, doch neben ihr lagen viele gebrauchte Verbände. Sie waren die Ursache des Gestanks, denn sie waren voller Eiter. Der Magister wollte näher treten, doch Vitus hinderte ihn daran. »Lass das, du Unkraut. Du weißt nicht, welche Miasmen sich in dem Leinen verstecken.«

»Wahrscheinlich hast du wie immer Recht.« Der kleine Gelehrte hielt sich zurück. »Gott steh mir bei, aber das Bett sieht aus, als wäre darin jemand gestorben. Und ich möchte lieber nicht wissen, woran.«

»Ich auch nicht. Zumal ich gerade ein winziges Paar Äuglein habe vorbeihuschen sehen.« Vitus zog seinen Freund die Stiege hinunter. »Wenn du denkst, was ich denke, haben wir hier nichts mehr verloren. Also komm.«

Als sie das Haus durch die Hintertür verließen, sagte der kleine Gelehrte: »Puh, auf den Gestank da drinnen kann ich gut verzichten. Sieh mal, da hinten, das sieht aus wie Erdhügel.«

»Gräber sind es. Ich erkenne Kreuze darauf. Sieben Gräber insgesamt.«

Sie gingen zu den Hügeln und betrachteten aus mehreren Schritten Entfernung die schlichten Holzkreuze. Der Magister blinzelte und fragte: »Was steht denn drauf?«

»Nichts«, entgegnete Vitus. »Aber man muss kein Prophet sein, um zu wissen, dass hier die Bauersfamilie begraben liegt. Dahingerafft von der Pestis. Der letzte Überlebende mag das Grab geschaufelt und noch ein Gebet gesprochen haben.«

»Bevor er sich davongemacht hat«, nickte der kleine Gelehrte. »Ich hätte wohl genauso gehandelt.«

»Ich nicht. Bedenke, dass die Pest mittlerweile grassiert. Wer heute sein Heim verlässt, kommt vom Regen in die Traufe. Davon abgesehen scheint dieses Haus sehr gut bevorratet zu sein. An der hinteren Hauswand ist ebenfalls Scheitholz bis unter das Dach hochgestapelt. Und an der Stirnseite dazu. Ich glaube auch zu wissen, warum hier so viel Holz gehortet wurde: Ich habe nämlich zwischen den beiden unteren Räumen eine Räucherkammer entdeckt, in der die herrlichsten Schinken und Würste hängen.«

»Sprich mir nicht vom Essen, wo ich so einen Bärenhunger habe! Tantalusqualen leide ich, wenn ich von Würsten und Schinken höre, die ich mir versagen muss.«

»Aber warum denn? Du meinst, weil das Haus pestverseucht ist? Hast du denn schon alles vergessen, was wir gemeinsam mit Professor Girolamo herausgefunden haben? Solange uns kein Floh beißt, kann uns nichts passieren. Im Übrigen: Erinnere dich daran, was man mit Pesträumen macht – man räuchert sie aus. Wenn also etwas miasmenfrei ist, dann sind es die Köstlichkeiten aus dem Rauchfang.«

Der Magister machte eine zustimmende Geste. »Dass du immer alles besser weißt! Nun ja, du kannst ja nichts dafür, dass ich manchmal etwas vergesslich bin.«

Vitus lachte und knuffte dem kleinen Mann in die Seite. »Nun höre aber auf. Stelle dein Licht nicht unter den Scheffel. Komm, wir schauen uns noch in den Ställen um.«

Sie gingen hinüber zu den Viehverschlägen und stellten fest, dass alle leer waren. Nur Stroh und Kot bedeckten den Boden. Niemand hatte mehr ausgemistet. Keine Kuh, keine Ziege, kein Schaf, kein Huhn war weit und breit zu sehen. Wer immer als Letzter das Gehöft verlassen hatte, er war nicht ohne lebenden Proviant gegangen.

Einzig ein paar Hühnereier entdeckten die Freunde, doch als der Magister sie einstecken wollte, wehrte Vitus ab. »Lass es lieber, wer weiß, wie alt sie sind. Eine Magenvergiftung können wir alle nicht brauchen. Halten wir uns lieber an Wurst und Schinken. Ich schlage vor, du greifst dir ein paar Stücke aus der Räucherkammer, und ich packe mir die Arme voll Feuerholz.«

Als die Freunde zum Lager zurückkamen, hatte die Laune sich dort sichtlich gebessert. Der Grund war Fabio, der über das ganze Gesicht strahlte. »Cirurgicus«, brüllte er schon von weitem, »gute Kunde, gute Kunde! Meine Schöne, meine Holde ist zurück!« Er deutete mit seinen Pranken zum Holzkäfig, in dem Bussola eifrig Körner aufpickte. Sie hatte einen langen Flug hinter sich und entsprechenden Hunger.

Ihr Herr und Meister jubelte weiter: »*Uno messaggio!* Miabella hat einen Knaben geboren. Das Dutzend ist voll. *Dio mio, una dozzina di figli!* Ich bin ein glücklicher Mann!«

Der Magister grinste. »Du bist fruchtbar und mehrest dich, mein Lieber! Das muss gefeiert werden. Ich für mein Teil kann ein paar Würste und einen Schinken beisteuern, allerdings nur, wenn du den Wein übernimmst.«

Natürlich fand der Vorschlag allseits begeisterte Zustimmung, und wenig später saß die Gruppe um ein prasselndes Feuer, schmauste, trank und ließ es sich gut gehen. Nur Vitus war nachdenklich. Er hatte den Magister gebeten, nichts über die Pestgräber neben dem Bauernhaus zu erzählen. Die Gefährten würden es noch früh genug erfahren, morgen, nach dem Aufstehen, damit ihnen der Abend nicht verdorben wurde. Nach dem Aufstehen, ja. Und dann?

Er machte sich Sorgen, wie es weitergehen sollte, denn er war sicher, dass die Schlange Pest aus allen Himmelsrichtungen über sie kommen würde. Egal, wohin sie gingen, sie waren gefangen, konnten nicht vor und zurück und schon gar nicht nach Piacenza. Dort, im Schmutz und Gedränge der Stadt, würde der Tod die reichste Ernte einfahren.

Aber wohin konnten sie gehen?

Und während die anderen lachten und sangen, reifte ein wahnwitziger Plan in ihm.

Die Bürstenbinderin Antonella

»Ich liebe ihn nicht. Dabei ist er so ritterlich, so putzig, so hilfsbereit, und er kümmert sich auch so rührend um die Kleine, aber lieben tue ich ihn nicht. Was soll ich nur machen?«

Je bedrohlicher die Zeiten, desto mehr neigt der Mensch dazu, vergessen zu wollen und ausgelassen zu feiern. Vitus' Gefährten machten da keine Ausnahme. Sie hatten bei Wein und Tresterschnaps bis weit nach Mitternacht beisammengesessen. Der Alkohol hatte ihnen die Zunge gelöst und die Sinne betäubt. Fabio war immer wieder aufgefordert worden, seine Zauberkunststücke vorzuführen, was anfangs noch gut gelang, später aber mehr und mehr danebengeriet. Das Ei, das er sich aus dem Mund zu ziehen pflegte, hatte plötzlich kaputt am Boden gelegen, das Tuch, das er teilte, blieb zerschnitten, und sein Wams, das er weinselig ablegte, offenbarte ein Behältnis auf der Innenseite des Kragens, von dem ausgehend zwei Schläuche durch die Ärmel führten. Somit war das Geheimnis, wieso ihm Rebensaft aus den Händen laufen konnte, gelüftet. Doch diese kleinen Pannen hatten der guten Stimmung keinerlei Abbruch getan. Im Gegenteil, sie waren jedes Mal Anlass gewesen, erneut den Becher zu schwingen.

Die Einzigen, die sich beim Alkohol zurückgehalten hatten, waren Vitus und Antonella. Fabio dagegen und auch der Magister und der Zwerg mussten am anderen Morgen bitter für ihre Unmäßigkeit büßen. Der Atem ging ihnen kurz und die Schädel wollten ihnen zerspingen. Selbst Guido, der sonst so Ernste und

Bedächtige, litt heftige Kopfschmerzen. Er hatte seine fröhliche Ader entdeckt, mitgezecht und ein ums andere Mal am Feuer aufgespielt.

Vitus blickte hinab auf die Elenden, die um das Dreibein herumkauerten, hatte ein Einsehen und holte vom Brunnen mehrere Kübel Wasser, die er den Leidenden über die Köpfe goss.

Sie schüttelten sich wie die Pudel und fluchten und stöhnten, doch danach ging es ihnen ein wenig besser. Ja, der unzerstörbare Magister meinte sogar, eine salzige Suppe wäre jetzt willkommen. Salz gegen den Kater sei nun einmal sehr probat. Besonders, wenn im Inneren des Kopfes ein Schmiedehammer wüte. »Ein Jammertal, diese Welt!«, klagte er weiter. »Meine Berylle sind entzwei, die Sonne spielt hinter den Wolken Versteck, Regen ist im Anmarsch, der Winter ebenso, ganz zu schweigen von der Schlange Pest, welcher der Herrgott endlich den Hals umdrehen möge!«

Erschöpft von der langen Rede ließ er sich zurücksinken.

Vitus klopfte ihm auf die Schulter. »Du gibst mir das Stichwort, altes Unkraut.« Dann wandte er sich an alle: »Leider muss festgestellt werden, dass die Schlange Pest lebendiger ist denn je. Sie kriecht wie ein Lindwurm durch die Lande und stillt ihren mörderischen Hunger nach Menschenleben.«

Er erzählte, was dem Magister und ihm in dem Bauernhaus widerfahren war, berichtete von den Leinenverbänden, mit denen vermutlich eiternde Bubonen versorgt worden waren, schilderte die verwaisten Ställe und endete schließlich: »Dass die Seuche auch schon über dieses Haus gekommen ist, haben wir gestern verschwiegen, weil wir euch den Abend nicht verderben wollten.«

»Dio mio! Aiuto!«, rief Fabio. »Nichts wie weg! Hier hält mich nichts mehr!«

»Nein«, sagte Vitus und holte tief Luft, denn jetzt kam

das, was bei der Gruppe einen Sturm der Entrüstung auslösen würde: »Wir sollten hier bleiben, und zwar mindestens für zwei Monate.«

»Was? *Mamma mia!* An diesem Fleck? Sag das noch mal, Cirurgicus!«

»No, no, nee, nee! Was tarrt das zinken?«

»Meine Geige, sie darf nicht feucht werden! Sie braucht einen trockenen Platz!«

»Hör mal, du Unkraut, du willst hier bleiben? Wieso hast du mir das nicht schon gestern gesagt?«

Vitus schaute den kleinen Mann belustigt an. »Gestern Abend? Da galt deine ganze Aufmerksamkeit doch dem Roten von Fabio.«

»Ja, ja, schon gut. Sprich nicht so laut.« Der kleine Gelehrte betastete seine Schläfen. »Ich ziehe die Frage zurück.«

Vitus setzte sich mit ans Feuer. »Ich dachte mir schon, dass mein Vorschlag auf wenig Gegenliebe stoßen würde. Was ist mit dir, Antonella, du sagst ja gar nichts dazu?«

Die Bürstenbinderin machte sich an dem Suppenkessel zu schaffen. Dann entgegnete sie: »Du wirst uns gleich sagen, was du damit bezweckst, Cirurgicus. Dann ist immer noch Zeit, dass ich mich äußere.«

»Zapperlot, gut getruscht! Ich lenze dich, Trawallerin!«, fistelte der Zwerg.

Vitus setzte sich bequemer hin. »Lasst es mich euch erklären, Freunde. Gewiss, auf den ersten Blick klingt mein Vorschlag verrückt, aber auf den zweiten und dritten Blick gewinnt er an Vernunft. Ausgangspunkt meiner Überlegungen ist die Tatsache, dass die Pest bereits überall ist. Du selbst, Fabio, hast gestern gesagt, wir seien von ihr umzingelt.«

»*Sì, amico mio,* das tat ich.«

»Wenn wir nun also keine Möglichkeit haben, der Seuche zu entkommen, können wir auch gleich hier bleiben.«

»*Sì,* und dann? Dann werden wir alle zu Kaninchen, die auf die Schlange Pest warten. Oh, *Dio mio,* das ist keine gute Idee!«

»Vielleicht doch. Wir haben hier alles, was wir brauchen. In erster Linie ausreichend Wasser.«

Guido, den Geigenkasten neben sich, schüttelte den Kopf. »Cirurgicus, du scheinst zu vergessen, dass der Brunnen keine fünfzig Schritt von dem verseuchten Haus entfernt ist. Jedes Mal, wenn wir Wasser holen, würden wir uns in höchste Gefahr begeben. Das wäre auf die Dauer kein Zustand.«

»Wui, wui, un nix zu spachteln alleweil, würden nur Windsuppe essen un Luftklöße schnappen!«

»Richtig«, fiel der Magister ein, »das Wichtigste aber ist, dass jeder hergelaufene Pestkranke uns anstecken würde. Wir könnten das auf die Dauer gar nicht verhindern.«

Vitus seufzte. Er hatte gewusst, dass es nicht leicht werden würde. »Passt auf, hört mir zu und lasst mich ausreden. Also: Wir werden bleiben, aber nicht genau an dieser Stelle. Wir werden unseren Platz zum Brunnen hin verlegen. So haben wir leichteren Zugriff auf das Wasser. Anschließend werden wir das neue Lager auf das Sorgfältigste säubern, damit wir sicher sein können, dass sich kein Ungeziefer mehr am Boden aufhält. Keine Wanzen, keine Läuse und vor allem keine Flöhe. Dann werden wir einen Ring aus Feuer anlegen. Der Ring wird unser Lager und den Brunnen umschließen. Er wird einen Durchmesser von zwanzig Schritten haben, und er wird Tag und Nacht brennen. Ich weiß, dass euch jetzt wieder tausend Fragen auf der Zunge liegen, aber lasst mich weitersprechen: Der Ring wird unser Schutz sein, unsere selbst gewählte Quarantäne. Die Pestis wird ihn nicht durchbrechen, das weiß ich, denn ich habe schon einmal zu diesem Mittel gegriffen. Im letzten Jahr war es, als ich ein Schutzfeuer um Greenvale Castle anlegen ließ. Was damals im Großen gelang, wird hier im Kleinen gelingen.«

»Un wenn der Niesel nu die Brändelei zischt?«, fragte der Zwerg.

»Du meinst, wenn der Regen das Feuer löscht? Dann werden wir es wieder neu entzünden. Weiter: Ihr fragt euch vielleicht, woher wir das ganze Brennmaterial nehmen sollen. Die Antwort: Am Haus dort hinten lagern erhebliche Mengen an Scheitholz. Der Bauer muss sie über Jahre hinweg angelegt haben. Warum? Weil er nicht nur Bauer war, sondern auch eine Räucherei betrieb. Im Haus befindet sich eine Kammer, in der Schinken, Speck und Würste in großer Zahl von der Decke herabhängen, damit kein Nagetier herankommen kann.«

Abermals veränderte Vitus seine Sitzposition, dann fuhr er mit seiner Rede fort: »Nun, Freunde, damit sind schon die wichtigsten Fragen beantwortet: die nach dem Schutz und die nach der Nahrung. Was bleibt, sind Einzelfragen. Zum Beispiel, wer das Feuer anlegt und überwacht. Ich denke, der Zwerg sollte das tun. Es gibt keinen Besseren dafür. Weiter wollt ihr sicher wissen, warum ich von zwei Monaten, die wir hier ausharren müssen, sprach. Nun, ich habe noch heute Nacht im Werk *De morbis* gelesen. Es ist ein Buch, in dem alle Krankheiten beschrieben sind, ihre Merkmale, ihre Auswirkungen und nicht zuletzt die Schritte zu ihrer Heilung. Diesem Werk also ist zu entnehmen, dass eine Pestis-Quarantäne sogar siebzig Tage andauern soll. Wenn ich also nur von zwei Monaten sprach, so lag darin schon die Hoffnung, dass die Schlange Pest früher verendet sein wird. Abschließend möchte ich sagen, dass ich an unseren Glücksstern glaube. Wir können es schaffen, wenn wir nur wollen. Nun, was denkt ihr?«

Die Gefährten, eben noch voller Fragen und Ablehnung, schwiegen jetzt. Nur Antonella sagte langsam: »Und du bist sicher, Cirurgicus, dass du in dem Pesthaus gestern nicht angesteckt worden bist? Nach dem, was du uns erzählt hast, würde dazu ja ein einziger Flohbiss genügen.«

»Ich bin sicher. Und der Magister auch. Wir haben nichts berührt, nur den Schinken und das Scheitholz. Aber du hast Recht: Bevor wir den Feuerring anlegen, müssen wir noch ein paarmal in das Pesthaus, um Vorräte und Holz heranzuschaffen. Da heißt es vorsichtig sein.«

Fabio meldete sich: »Cirurgicus, was ist mit meinen Pferden? Was ist mit Bussola, meiner Schönen, meiner Holden?«

»Ja, die Pferde sind ein Problem. Ich muss gestehen, ich weiß nicht recht, was wir mit ihnen machen sollen. Entweder sie kommen mit in den Ring, oder du lässt sie frei. Vielleicht ist es besser, du lässt sie laufen, denn unser Platz ist begrenzt, und sie würden alles volläpfeln. Außerdem hast du sicher nicht genug Futter für eine so lange Zeit.«

Der Überlandfahrer schluckte sichtlich. »Oh, *amico mio*, meine armen Gäule! Es wird mir das Herz zerreißen, mich von ihnen zu trennen. Darf ich denn wenigstens mein Herzblatt behalten?«

»Bussola? Die musst du sogar behalten. Sie wird unsere Verbindung zur Außenwelt sein. Sie wird unsere Nachrichten nach Padua bringen und von dort Informationen zu uns zurücktragen. Zum Beispiel über das Verhalten der Pestis. Oder darüber, wie es deinem neu geborenen Sohn geht. Vielleicht auch darüber, was unser Freund Professor Girolamo an der Universität macht. Du siehst, alles wird sein wie sonst, nur dass du nicht durch die Lande ziehst.«

»Und dass ich Weihnachten nicht bei meinen Liebsten sein kann. Oh, *buon Natale,* wie werde ich dich vermissen!« Fabio zerdrückte eine Träne.

Vitus kam sich hart vor, aber er ging nicht darauf ein. Zu vieles musste noch besprochen werden. »Deinen Wagen stellst du am besten in die Mitte des Rings, sieh her, so.« Er nahm einen Stock und zeichnete einen Kreis in den Sand. Dann bezeichnete er die Stelle. »Nun zum Brunnen: Er wird am Rand liegen. Unsere Schlafplätze sind hier. Die Essensvorräte dort. Vielleicht werden wir sie in einem Erdloch aufbewahren. Aber nur, wenn wir in den Stallungen und Scheunen noch verderbliches Gemüse finden. Das Geräucherte wird ohnehin nicht schlecht. Das Kochfeuer werden wir hier anlegen, im Schutz des Wagens und des Scheitholzes, das dort gestapelt werden sollte. Zwischen Scheitholz und Feuerring werden wir einen Abtritt bauen, so können uns die Gerüche weniger belästigen.«

»Jesus, Maria und Joseph!« Der Magister pfiff bewundernd durch die Zähne. »Und das alles hast du dir in der letzten Nacht ausgedacht?«

Vitus warf den Stock beiseite. »Nicht alles, aber den größten Teil.« Er stand auf, ging zu seiner Kiepe und holte ein Döschen daraus hervor.

»Was hast du nun schon wieder vor?«

Vitus antwortete nicht, sondern fragte Antonella: »Kocht das Wasser schon?«

»Ja, gleich, Cirurgicus.«

»Gut.« Er nahm den Kessel vom Dreibein, stellte ihn in den Sand und kippte den Inhalt des Döschens hinein. »Das ist Weidenrindenpulver«, erklärte er. »Es gibt nichts Besseres gegen einen schweren Kopf. Warten wir ein Weilchen, bis die Wirkstoffe sich verteilt und ihre Kräfte entfaltet haben. Dann bekommt jeder einen Becher von dem Trunk. Ich will nicht, dass ihr unnötig leidet, wenn wir gemeinsam an die Arbeit gehen.« Er blickte in die Runde. »Wir werden doch an die Arbeit gehen?«

Da niemand Einwände erhob, war es beschlossene Sache: Sie würden den Feuerring bauen.

Drei Tage harter Arbeit waren erforderlich, bis alles so war, dass fünf Männer und eine Frau überleben konnten. Dann kam der große Augenblick. Der Zwerg Enano legte einen brennenden

Span in das von ihm kreisförmig aufgeschichtete Holz. Das Feuer des Spans traf auf ein paar leere Vogelnester, die sofort lichterloh brannten. Sie gaben die Hitze weiter an klein gehackte Äste, die wiederum dickere Äste entzündeten, bevor endlich die kräftigen Scheite in Brand gerieten.

Die Aufschichtung hatte viel Mühe und Schweiß gekostet und bildete ein Kunstwerk in sich. Jede Stelle des Feuerrings war so angelegt, dass die Flammen nicht nur lange vorhielten, sondern auch nicht zu klein und nicht zu groß ausfielen. Sie hatten eine Höhe von zwei Fuß und waren somit hoch genug, jedem Floh und jeder Ratte den Weg ins Lager zu versperren.

Sowie das Feuer rundum brannte, trat die erste Feuerwache ihren Dienst an. Sie bestand aus Fabio und Guido. Ihre Aufgabe war es, unermüdlich Streife zu gehen – immer an der Innenseite des Rings entlang. Sie hatten den Zustand der Flammen ständig im Auge zu behalten und darüber hinaus darauf zu achten, ob sich jemand von außen dem Lager näherte. Die Zeit ihrer Wache betrug vier Stunden, eine Spanne, die genau mit dem Sandglas abgemessen wurde. Ihre Bewaffnung bestand aus der Muskete und mehreren Dolchen. Bei jedem Wachwechsel wurden die Waffen an das nächste Paar weitergegeben, in diesem Fall an Vitus und den Magister. Das letzte Paar schließlich bestand aus dem Zwerg und Antonella.

Insgesamt war die Rechnung einfach: Wenn jede Wache innerhalb von vierundzwanzig Stunden zweimal ihre Runden drehte, würde Tag und Nacht jemand auf dem Posten sein. Ein beruhigendes Gefühl für die anderen.

Als der Ring an allen Stellen stetig brannte, ging Antonella auf Enano zu, beugte sich zu ihm herab und sagte: »Das hast du gut gemacht. Du besitzt zwar keine Stelzen mehr, aber für mich bist du trotzdem ein Riese.«

Dann küsste sie ihn vor aller Augen.

Im Feuerring, einen Tagesmarsch westlich von Piacenza,
12. Tag des Monats November, A. D. 1579

Ich habe beschlossen, meine Aufzeichnungen weiterzuführen, auch wenn die Erforschung der Pestis nicht mehr unmittelbarer Gegenstand meiner Eintragungen sein wird. Doch will ich der Reihe nach berichten. Nach den tief schürfenden Erkenntnissen über die Seuche, zu denen der Magister, Professor Girolamo von der Paduaner Universität und meine Wenigkeit beitrugen, habe ich mich mit meinen beiden alten Weggefährten auf die Rückreise nach England gemacht.

Der Marsch verlief bisher wenig angenehm. Nach einem heimtückischen nächtlichen Überfall auf unser Lager, den wir nur mit knapper Not abwehren konnten, hatten wir eine Begegnung mit dem schwarzen Tod! Alles das, womit wir uns in der Theorie beschäftigt hatten, wurde plötzlich grausame Wirklichkeit: Die Schlange Pest ist wieder erwacht und frisst ihre Opfer! Sie bedrängt uns von allen Seiten. Unsere Gruppe, zu der auch ein Überlandfahrer namens Fabio, ein Geigenbauer namens Guido und eine Bürstenbinderin namens Antonella gehören, beschloss deshalb vor drei Tagen, einen schützenden Feuerring um unser Lager anzulegen. Zwei Monate wollen wir so aushalten in der Hoffnung, die Schlange möge sich bis dahin totgelaufen haben.

Mit Vorräten und Wasser sind wir gottlob wohlversorgt. Das Glück im Unglück wollte es, dass wir in Fabio einen Händler getroffen haben, der auf seinem Wagen alles für einen Hausstand Notwendige transportiert. Er ist ein fröhlicher Mann, der eine Taube sein Eigen nennt, mit deren Hilfe wir den Kontakt zur Außenwelt aufrechterhalten können. Von seinen Zugpferden jedoch musste er sich trennen, die Gäule hätten im Ring zu viel Platz bean-

spruchst, auch hätten sie wohl das Feuer gescheut. Er trieb sie schweren Herzens davon und überließ sie sich selbst. Umso größer war seine Freude, als sie wenige Stunden später wieder auftauchten und in respektvoller Entfernung zu grasen begannen. Seitdem hält er Verbindung zu ihnen, indem er ihnen öfter einen Gruß zuruft.
Über Guido, den Geigenbauer, und Antonella, die Bürstenbinderin, weiß ich nicht viel zu berichten. Nur dass Letztere sich gut mit dem Zwerg versteht. Ob da mehr ist als bloße Kameradschaft? In jedem Fall haben beide darauf bestanden, zusammen Wache zu gehen. Ich denke, ich werde ein Auge auf sie haben, damit der Streifengang nicht zum Schäferstündchen gerät …
Im Übrigen wird es, trotz aller widrigen Umstände, interessant sein, zu beobachten, wie sich Menschen auf engem Raum verhalten, wenn ihnen von außen große Gefahr droht.

Vitus saß auf einer Kiste und untersuchte Fabios Stirnwunde. Den Verband hatte er schon vor zwei Tagen entfernt, damit Luft an die Verletzung herankam. Seitdem war der Heilprozess gut vorangeschritten. In drei oder vier Tagen würden die Fäden gezogen werden können. »Oh, Cirurgicus, alles im Leben hat sein Gutes!«, sagte der Überlandfahrer lebhaft. »Wenn ich Weihnachten schon nicht zu Hause sein kann, so bleibt Miabella doch wenigstens mein schrecklicher Anblick erspart.«

Vitus lachte. »So schrecklich ist dein Anblick wahrhaftig nicht. Und wenn die Ligaturen erst einmal entfernt sind, wird kaum mehr als die kleinen Narben der Einstichstellen übrig bleiben.«

»Meinst du wirklich? *Fantastico!* Dann werde ich meinem Weib die Aufregung ersparen und ihr nichts von dem Überfall schreiben.«

»Das heißt, du willst Bussola wieder mit einer Botschaft nach Padua schicken?«

»So ist es, *amico mio,* ich kann es gar nicht erwarten, endlich mehr über mein Söhnchen zu erfahren.«

»Das verstehe ich. Wenn ich es recht bedenke, solltest du aber von unserem Feuerring berichten, damit sich zu Hause keiner Sorgen macht. Ich vermute, es hat sich mittlerweile bis Padua herumgesprochen, dass hier die Seuche wieder aufgeflackert ist. Vielleicht hat sie ja sogar schon Venetien erreicht.«

»*Certo, sì!* Das ist nicht auszuschließen, ich darf gar nicht daran denken! Ich werde zum heiligen Antonio beten, dass meinen Lieben nichts passiert. Am besten, ich schreibe gleich jetzt.« Fabio stand auf, um Feder und Papier zu holen, wurde aber von Vitus zurückgehalten, der ihn fragte:

»Darf ich Professor Girolamo einen Gruß mitschicken?«

»Sì, sì, warum nicht?«

Eine Stunde später stieg Bussola auf, an einem Bein die Grüße an Fabios Familie, am anderen einen Kurzbrief an den Professor. Vitus berichtete darin, wie es ihnen ergangen war, erwähnte den Schutzring aus Feuer und beschrieb danach die Formen und Farben der Bubonen, die er an den Pesttoten gesehen hatte, und ging besonders auf den Zusammenhang zwischen den Flohbissen und der Position der Beulen ein. Nach seiner Beobachtung, so schrieb er, zöge ein Biss im Arm die Beulenbildung in der Achselhöhle nach sich, ein Biss im Bein einen Auswuchs in der Leiste. Er fragte, was der Professor von seiner These halte, nach der das Anschwellen der Lymphknoten eine Abwehr gegen die Pestmiasmen sei, damit diesen der Weg in den Rumpf des Körpers und damit zu den lebenswichtigen Organen verwehrt werde. Er entschuldigte sich für die Kürze des Briefs, grüßte auch vom Magister und vom Zwerg und versicherte abschließend, niemand müsse sich um ihn und seine Gefährten Sorgen machen.

Kaum war Bussola am Horizont verschwunden, begann es zu regnen, was Fabio sorgenvoll zum Himmel blicken ließ. Er hatte Angst um seine Schöne, seine Holde. In der Tat waren dunkle Wolken aufgezogen, und ein kräftiger Wind wehte aus Südwest.

Unerwartet tauchte der Zwerg auf, die Muskete auf dem Rücken. »Kronig Jamm«, fistelte er, »muss mit dir truschen, Vitus.«

»Nanu, was gibt's? Es ist noch keine vier. Das Stundenglas müsste mindestens noch einmal gedreht werden bis zum Ende deiner Wache. Geht das Feuer aus?«

»No, no, nee, nee. Der Prasselmann brändelt.« Enano nestelte unsicher an seinem Gürtel.

»Komm erst einmal ins Zelt. Was ist es dann? Hast du etwas entdeckt? Nähert sich ein Fremder?«

»No, no, nee, nee. 's is bloß wegen Antonella. Ihr is nich gut. Fühlt sich mall.«

»Dann soll sie sich hinlegen. Ich schaue gleich nach ihr. Du drehst inzwischen deine Runden weiter.«

»Is gut, Vitus.« Der Zwerg klang ungewohnt zahm, machte kehrt und nahm seine Runden wieder auf.

Als Vitus wenig später die Bürstenbinderin in ihrem abgeteilten Zelt aufsuchte, lag diese lang ausgestreckt auf ihrer Bettstatt aus Stroh, die Decke bis ans Kinn hochgezogen, das Gesicht schweißglänzend. Er hockte sich neben sie und legte ihr die Hand auf die Stirn. »Fieber hast du anscheinend nicht. Sage mir, ob dir etwas wehtut, und wenn ja, wo.«

Antonella gab einen unterdrückten Seufzer von sich und wandte das Gesicht ab.

»Wenn du mir nicht antwortest, kann ich deine Krankheit nicht erkennen.«

»Mir fehlt nichts, Cirurgicus.«

»Natürlich fehlt dir etwas. Oder hast du dich zum Spaß niedergelegt? Der Zwerg macht sich Sorgen um dich. Also, heraus mit der Sprache.«

Doch Antonella schwieg. Nur ab und zu ging ein Zittern durch ihren Leib, und sie stöhnte leise auf.

Vitus wartete eine Zeit lang, darauf hoffend, dass sie es sich anders überlegte, doch dann gab er es auf. Wer sich nicht helfen lassen wollte, dem war auch nicht zu helfen. Als er aufstand und fortging, rief sie ihm nach:

»Nachher stehe ich wieder auf und koche wie immer.«

Er schüttelte den Kopf und glaubte nicht daran. Aber er sollte sich getäuscht haben. Als der Zwerg um vier von der Wache kam und Fabio und Guido übernommen hatten, stand sie auf und traf die Vorbereitungen für das abendliche Mahl. Enano half ihr dabei. Er schürte das Feuer, reinigte den Kessel, holte Wasser, schnitt Speck und Würste in kleine Würfel und redete bei alledem ohne Unterlass mit ihr.

»Verstehst du, was die beiden so Wichtiges besprechen?« Der Magister hatte ein Nachmittagsschläfchen gehalten, war erwacht und gähnte nun ausgiebig.

»Nein, aber Antonella ging es vorhin nicht sehr gut. Etwas stimmt nicht mit ihr. Was, das wollte sie mir nicht verraten.«

»Typisch Frau. Immer müssen sie sich mit Geheimnissen umgeben. Na, Hauptsache, sie ist wieder gesund. Übrigens, was suchst du da in deiner Kiepe?«

»Nichts. Ich überprüfe nur meinen Kräutervorrat. Antonellas Unwohlsein hat mich daran erinnert, dass ich mal wieder eine Bestandsaufnahme machen muss.«

»Aha, nun, ich spüre ein menschliches Regen. Werde mich mal zum Abtritt begeben.« Der kleine Mann verschwand hinter der Mauer aus Scheitholz.

Vitus rief: »Wenn du fertig bist, könntest du unsere gemeinsamen Hinterlassenschaften vergraben, es fängt allmählich an, im Lager zu stinken.«

»Was soll ich denn noch alles machen?«, war von jenseits des Holzes zu hören. »Kann das nicht Fabio tun? Oder Guido?«

Vitus musste schmunzeln. Er hatte Verständnis dafür, dass der kleine Gelehrte sich nicht um diese Arbeit riss. Dennoch musste sie erledigt werden. Er schloss seine Kiepe und schritt zum Wagen, von dem er zwei Schaufeln herunternahm. Dann strebte er dem Abtritt zu, wo der Magister gerade seine Tätigkeit beendet hatte. »Fabio und Guido sind auf Wache. Als ob du das nicht wüsstest. Hier, du Drückeberger, eine Schaufel. Ich helfe dir, dann geht es doppelt schnell.«

Der Magister schniefte. »Wenn ich so schlecht riechen könnte, wie ich sehe, wäre manches leichter. Danke, du Unkraut.«

Gemeinsam hoben sie eine Grube aus, schaufelten die Fäkalien hinein und schütteten das Loch wieder zu. Der Regen hatte aufgehört. Die Nacht brach an, und es drängte sie zum Kochfeuer, wo Antonella und der Zwerg werkelten. Die Suppe enthielt viel Fleisch und auch Gemüse, denn es war den Gefährten gelungen, in dem Bauernhaus noch einige Säcke mit Saubohnen, ungemahlenem Weizen und Rüben aufzutreiben, die in einer versteckten Vorratsgrube gelegen hatten.

Antonella schöpfte die Suppe mit der Kelle in die gemeinsame große Schüssel. Es dampfte und zischte und roch überaus köstlich. Ihre Unpässlichkeit vom Nachmittag war ihr nicht mehr anzumerken, weshalb Vitus darauf verzichtete, nochmals die Sprache darauf zu bringen. Außerdem schmeckte es ihm viel zu gut, als dass er noch weiter daran denken mochte.

Wahrscheinlich hatte sie nur ihre Monatsblutung.

»Pssst, Sträuberin, wie strömt's dir jetzt? Geht's wieder glatt?« Der Zwerg hockte neben Antonella und hielt fürsorglich ihre Hand.

»Du sollst doch nicht in mein Zelt kommen. Wenn die anderen was merken!«

»Gickgack. Fabio un Guido ratzen, dass die Schwarte kracht, un Vitus un der Magister walzen die Rundel. Geht's wieder glatt?«

»Und sag nicht immer Sträuberin zu mir.«

»Wiewo? 'n Sträuber is inner Sprache der Wolkenschieber 'ne Bürste, un du machst doch Bürsten. Also Sträuberin: Wie strömt's dir jetzt?«

»Es geht wieder. Aber heute Nachmittag dachte ich, ich müsste sterben. Hast du mich auch nicht verraten?«

»Wie werd' ich! Wann isses denn nu so weit?« Enano nahm beide Hände, um Antonellas Hand zu wärmen. Es sah aus, als hielte ein Hörnchen eine Nuss.

»Wenn ich das wüsste.« Die Bürstenbinderin seufzte. »Wenn es doch schon vorbei wäre! Ich habe solche Angst.«

»Bin ja bei dir. Weich nich von der Fahne.«

»Du hast mir versprochen, mir Medizin zu geben. Der Weidenrindentrank, den der Cirurgicus vor ein paar Tagen gemacht hat, scheint gut gegen Schmerzen zu sein. Kannst du mir das Pulver nicht besorgen?«

»Kannich, kannich, Sträuberin! Ich lenz dich doch. Un wie! Hab noch nie 'n Pupperl so gelenzt. Bist mein Lipplig!«

»Dann bring mir das Pulver.« Antonellas Hand verkrampfte sich. Der Zwerg merkte es wohl, und er ahnte, dass eine neue Schmerzwelle von seiner Angebetenen Besitz ergriff. Rasch erhob er sich, hastete zum Männerzelt, wo Vitus' Kiepe stand, und trat auf Zehenspitzen ein. Zufriedenes, regelmäßiges Schnarchen drang an sein Ohr. Vorsichtig ging er weiter, denn er konnte kaum die Hand vor Augen sehen. Dann hatte er die Kiepe erreicht. Er tastete nach dem Döschen, dabei den Großen Machöffel anflehend, er möge geben, dass er es fand, und glaubte endlich am Ziel zu sein. Er schüttete sich auf gut Glück eine Portion in die Hand, verstaute mit der anderen das Döschen wieder und schlich hinaus. Draußen war es etwas heller, der Widerschein des Feuerrings spendete Licht. Er ging zum Kessel, nahm die Kelle und schöpfte einen Rest Suppe heraus, in die er das Pulver warf. Auf dem Rückweg zu Antonellas Zelt griff er sich einen Span aus den Holzstößen hervor und rührte damit die Suppe in der Kelle um.

»Hab's Pulver inner Flosse!«, flüsterte er stolz, als er sich neben der Bürstenbinderin niederließ.

»Flosse?« Antonellas Stimme klang matt.

»Flosse is Suppe, meine Sträuberin. Sie wird dir schmerfen, is doch das Schmerz-wech-Pulver drin! Komm, nu schmetter sie.«

Schluck für Schluck trank Antonella den Schöpflöffel leer und ließ sich dann kraftlos zurücksinken.

»Ich glaube, ich lenze dich auch«, sagte sie.

Zwei Tage später, gegen neun Uhr abends, drehten Vitus und der Magister ihre Wachrunden, und der kleine Gelehrte meinte verdrießlich: »Als Streifenposten tauge ich nicht viel, sehe sowieso kaum etwas. Aber dass die Flammen des Feuerrings fast heruntergebrannt sind, das sehe ich wohl.«

»Wie? Was sagst du?«, fragte Vitus. Er war mit seinen Gedanken weit weg gewesen, hatte an dieses und jenes gedacht, wie es einem beim Einerlei des Rundenlaufens häufiger passiert.

»Die Flammen sind fast heruntergebrannt«, wiederholte der kleine Gelehrte. »Was ist bloß mit dem Zwerg los? Ich denke, er ist für das Feuer verantwortlich? Statt sich darum zu kümmern, scharwenzelt er ständig um Antonella herum.«

»Er macht sich Sorgen um sie, und ich fürchte, nicht unbegründet. Heute Morgen wollte ich ihr einen Trank von Weidenrindenpulver machen, weil sie wieder unter starken Schmerzen litt, aber mein Vorrat war fast aufgebraucht. Seltsam, ich dachte, es wäre noch mehr in meinem Döschen gewesen. In jedem Fall teile ich die Sorge um Antonella. Wenn sie wenigstens sagen würde, wo genau ihr Leiden sitzt! Zuerst dachte ich, sie hätte starke Monatsblutungen, aber dazu hält ihr Zustand schon zu lange an. Ich hoffe nur, sie hat nicht eines dieser unbehandelbaren Frauenleiden, eine Zyste oder Ähnliches.«

Die beiden Freunde waren unterdessen beim Männerzelt angelangt. Vitus steckte den Kopf hinein und rief mit unterdrückter Stimme: »He, Enano! Enano, hörst du mich? Aufwachen! Das Feuer geht aus.«

Keine Antwort. Nur ein paar schmatzende Schnarchgeräusche waren zu hören. Der Magister hatte unterdessen eine Lampe entzündet und hielt sie ins Zelt. »He, Zwerg, komm schon hoch! Aufstehen! Nanu? Vitus, siehst du, was ich sehe?«

»Ja, der Winzling glänzt durch Abwesenheit. Dreimal darfst du raten, wo er ist. Die Sorge um Antonella in allen Ehren, aber nächtliche Besuche in ihrem Zelt gehen denn doch ein bisschen zu weit.«

»Ja, ja, das ewig Weibliche. Es zieht den Mann zur Frau. Wer würde das besser verstehen als ich. Dennoch: Der Winzling muss sich ums Feuer kümmern.« Der Magister schlug die Eingangsplane zurück und leuchtete in Antonellas Zelt. »Verzeih, wenn wir dich stören, aber … oh, mein Gott!«

»Was ist?«, fragte Vitus, und dann sah er es selbst: Die Bürstenbinderin lag da mit weit gespreizten Beinen, ein paar Decken im Rücken und ein Scheitholz zwischen den Zähnen, auf das sie mit aller Macht biss. Der Zwerg kauerte neben ihr, hielt ihr den Kopf und kühlte ihr mit einem Tuch die Stirn. »Oh, mein Gott!«, entfuhr es auch Vitus. »Antonella bekommt ein Kind!«

»Wui, wui, ihr Gacken. 's war doch klar! Habt ihr's denn nich gespäht? Ich wusst's schon lang.« Der Winzling tauchte das Tuch in eine Wasserschüssel, wrang es aus und legte es seiner Angebetenen wieder auf die Stirn. Antonella blickte dankbar zu ihm auf, doch plötzlich stieß sie ein Wimmern aus und warf den Kopf hin und her. Eine Wehe durchlief ihren Körper. Das Scheitholz fiel ihr aus dem Mund. Der Zwerg schob es ihr wieder zwischen die Zähne. »Mach was, Vitus!«, fistelte er, »bitte, mach's hui!«

Vitus war noch mit sich selbst beschäftigt. »Ich grenzenloser Dummkopf! Ich blinder Hornochse! Wieso bin ich nicht auf die natürlichste Erklärung der Welt gekommen? Antonella kriegt ein Kind!«

Jetzt wusste er auch, was die ganze Zeit mit ihr nicht gestimmt hatte. Seine Gedanken überstürzten sich. Er hatte noch niemals Geburtshilfe geleistet. Angst kroch in ihm hoch. Die Angst zu versagen. Er unterdrückte sie. Als Arzt musste er Sicherheit ausstrahlen. »Nun ja, macht euch keine Sorgen. Alles wird gut gehen. Antonella ist nicht die Erste, die auf dieser Welt ein Kind bekommt. Ich werde euch sagen, was zu tun ist: Du, Enano, gehst hinaus und kümmerst dich um den Feuerring. Die Flammen sind fast schon heruntergebrannt.«

»Wui, wui!« Der Winzling strich seiner Sträuberin noch einmal über die Wange, bevor er davonhuschte, sichtlich erleichtert, dass Vitus das Kommando übernommen hatte.

»Und du, Magister, weckst Fabio und Guido. Sie müssen außer der Reihe Wache gehen. Und schüre das Kochfeuer. Ich brauche einen Kessel mit heißem Wasser.«

»Ist gut, bin schon unterwegs!« Der kleine Gelehrte eilte davon.

»Und bring mir auch meine Kiepe!«, rief Vitus ihm hinterher. »Und mehr Licht!« Dann setzte er sich zu Antonella und nahm ihr den Scheit aus dem Mund. »Kannst du sprechen?«, fragte er.

»J… ja, Cirurgicus.«

»Hast du schon die Wehen?«

»Ja …«

»Darf ich?« Er zog ihr das Nonnengewand hoch über den sich wölbenden Leib. »Stell die Beine auf, wenn dir dabei wohler ist.« Dunkel erinnerte er sich an eine Illustration, die er einmal gesehen hatte. Sie zeigte eine im Bett Gebärende. Die Frau hatte ebenfalls die Beine angezogen. Eine Hebamme und drei Ärzte waren um sie bemüht gewesen. Drei Ärzte, und er war ganz allein … Viele Fragen lagen ihm auf der Zunge, unter anderen die, warum sie ihm nicht reinen Wein über ihren Zustand eingeschenkt hatte, aber es war müßig, darüber nachzudenken.

Zwischen Antonellas Beinen war das Laken nass. »Ist das Fruchtwasser schon abgegangen?«, fragte er.

»Ja, Cirurgicus.«

Im Werk *De morbis*, und dort im Kapitel über die Geburtshilfe, hatte Vitus gelesen, dass nach dem Platzen der Fruchtblase und dem dadurch bedingten Austritt des Wassers die Geburt unmittelbar bevorstand. Auch stand da, dass die Gebärende den Vorgang durch heftiges Pressen unterstützen müsse. Wo der Magister nur blieb? In der Kiepe befand sich das Werk *De morbis*, und zu gern hätte er schnell nachgeschaut, mit welchen Schritten er Antonella in ihrer schwersten Stunde beistehen konnte.

Ein wimmernder Laut riss ihn aus seinen Überlegungen. Antonella schien eine weitere Wehe zu haben. Wieder begann sie den Kopf hin und her zu werfen. Vitus hätte ihr gern das Holz aus dem Mund genommen, aber solange er ihr keine andere Hilfe gegen den Schmerz anbieten konnte, musste er es ihr lassen. So kühlte er das Tuch erneut in der Wasserschüssel, drückte es aus und wischte ihr den Schweiß von der Stirn.

»Da bin ich!« Endlich war der Magister zurück. Er hatte die Kiepe dabei und zwei Laternen.

»Danke, Magister.«

Der kleine Mann stellte die Lampen ab und verschwand sofort wieder. »Das heiße Wasser braucht noch!«

Vitus lächelte flüchtig. So locker das Mundwerk seines Freundes manchmal auch war, so verlässlich war er, wenn's darauf ankam. Er wandte sich der Kreißenden zu. »Jetzt will ich sehen, wie ich dir helfen kann. Mal schauen, was der Inhalt meiner Kiepe dazu beiträgt. So, da ist sie schon offen. Hier haben wir ein paar Streifen sauberes Linnen. Sauberkeit ist bei der chirurgischen Arbeit von hoher Wichtigkeit, musst du wissen. Allerdings sind die Meinungen der Ärzte darüber geteilt. Manche sagen, gerade Schmutz verstärke die Eiterbildung in Wunden, und Eiter sei gut, weil mit ihm die kranken Säfte aus dem Körper entweichen würden, aber ich glaube nicht daran.«

Vitus redete mit voller Absicht so viel, weil er aus Erfahrung wusste, wie beruhigend und ablenkend Worte wirken konnten.

»Mein Vorrat an Weidenrindenpulver ist leider so gut wie aufgebraucht, so muss ich mir etwas anderes einfallen lassen, um dir zu helfen.«

»I… ich hab's … schon … gekriegt.«

»Wie? Du hast es schon bekommen?« Vitus ging ein Licht auf. »Der Zwerg hat es mir wohl stibitzt, um dir schmerzbefreienden Trank zu bereiten?«

Antonella nickte mühsam.

»Er ist ein kleiner Dummkopf. Er hätte mich nur fragen müssen.«

»Ich … w… wollt's nicht.«

»Ja, ich kann mir langsam denken, warum. Die Schwangerschaft war dir peinlich, und bis vor ein paar Tagen hattest du auch keine Veranlassung, sie uns mitzuteilen. Doch nachdem wir im Feuerring sind, sieht alles ganz anders aus, stimmt's?«

Abermals nickte Antonella.

»Jetzt ist mir klar, warum du dich stets beim Wein zurückgehalten hast und warum du so interessiert warst, als Fabio erzählte, seine Frau erwarte Nachwuchs. Jetzt macht es Sinn, dass du entrüstet warst über seine Ausdrucksweise, ›er mache seiner Frau jedes Jahr ein Kind und fahre wieder davon‹, und es leuchtet ein, warum du aufgehorcht hast, als Fabio mich fragte, welche Komplikationen bei einer Geburt auftreten könnten. Nun ja, schauen wir weiter, was die Kiepe hergibt. Da das Weidenrindenpulver fast alle ist und ich auch kein Laudanum habe, muss ich mir etwas einfallen lassen. Ich denke, ich präpariere für dich eine Mixtur aus getrockneter Opiummilch, Stechapfel und *Atropa belladonna*. Sie wird dir helfen, wenn die Schmerzen unerträglich werden sollten. Aber noch ist es ja nicht so weit.«

Wie um seine Worte Lügen zu strafen, wurde Antonella von einer weiteren Wehe erfasst. Sie heulte auf, hieb die Zähne in das Holz und umklammerte Vitus' Arm. Er wunderte sich über die Kraft der Frau und dachte: Ein so vitales Weib muss eigentlich den Vorgang gut überstehen.

»Atme ruhig und stetig, und dann halte die Luft an und presse, alles andere geht ganz von allein«, sagte er und glaubte selbst nicht recht an seine Worte. Während er zu ihr sprach, bereitete er die Arznei vor. Er mischte die drei Bestandteile mit einem Spatel, zerdrückte sie, mischte sie und hatte am Ende einen weißlich grünen Stoff hergestellt. »Jetzt fehlt nur noch der Magister mit dem heißen Wasser«, sagte er.

»Der Magister mit dem heißen Wasser ist da«, sagte in diesem Moment der kleine Gelehrte und stellte einen großen Topf auf den Boden. »Hat eine halbe Ewigkeit gedauert mit dem Erhitzen, aber du weißt ja selbst, wie es ist: Immer wenn es schnell gehen soll …«

»Danke. Gut, dass du da bist, altes Unkraut.« Erleichtert nahm Vitus ein kleines Albarello, füllte es mit heißem Wasser und zerrührte die Arznei darin. Er war sich nicht sicher, wie schmerzlindernd und betäubend der Trank sein würde, denn er hatte die drei Wirkstoffe noch nie miteinander in Kombination gebracht, aber darauf konnten jetzt keine Gedanken verschwendet werden. Im Zweifelsfall würde er etwas weniger verabreichen.

Wieder erfasste eine Wehe den gemarterten Körper. Antonella schrie auf, so markerschütternd, dass der Zwerg einen Wimpernschlag später im Zelteingang stand. Sein Fischmündchen zitterte: »Wiewo? Wie strömt es ihr? Is was passiert?«

»Nein, Zwerg, alles normal. Keine Sorge. Was macht das Feuer? Lodert es wieder?«

»Wui, bin noch nich fertich, aber's meiste brändelt wieder recht knäbbig.«

»Dann mach deine Arbeit zu Ende. Wir kommen hier schon zurecht.«

Widerstrebend verschwand der Winzling.

Antonella befolgte Vitus' Rat und atmete tief und ruhig, hielt dann die Luft an und presste. Danach schöpfte sie mehrmals hastig Luft, um sich von der Anstrengung zu erholen. Während der Magister ihr den Kopf hielt und die Stirn kühlte, hängte Vitus die Laternen ins Zeltdach und kniete sich zwischen ihre Beine. Für einen Augenblick war ihr Schamgefühl größer als ihr Schmerz, und sie wollte die Schenkel schließen, doch Vitus drückte sie wieder auseinander. »Ich bin Arzt«, sagte er nur.

Er beugte sich vor, um zu sehen, wie weit der Geburtsvorgang fortgeschritten war. Die Scheide klaffte bereits weit auseinander, in der Mitte der Öffnung schienen ein paar winzige Härchen aufgetaucht zu sein. Der Schopf des Säuglings? Ja, das musste er sein! Vitus fiel ein Stein vom Herzen. »Dein Kind liegt normal, du brauchst nichts zu befürchten. Ich kann das Köpfchen schon sehen«, rief er.

Seine Worte schienen Antonella neue Kraft zu geben, denn sie verstärkte ihre Bemühungen. Aus einatmen, ausatmen, einatmen und pressen ergab sich ein neuer Gleichklang, der dazu führte, dass die Härchen des Säuglings für den Bruchteil eines Zolls weiter hervorstanden.

»Ich glaube, es kommt!«, rief er.

Doch er hatte sich getäuscht. Antonella hatte das Pressen eingestellt und brauchte Zeit, um wieder Luft zu holen. Sie atmete hechelnd. Das Köpfchen rutschte zurück.

»Wie steht es mit den Schmerzen? Soll ich dir jetzt die Arznei geben?«

Antonella schüttelte wild den Kopf. Das Scheitholz flog dabei hin und her.

Welch eine Frau!, dachte Vitus. Ob alle Gebärenden so leiden müssen? Abermals bedauerte er, so wenig über Geburtshilfe zu wissen. Aber woher hätte er seine Erfahrungen auch nehmen sollen? Auf Campodios, wo er herangewachsen war, gab es nur Mönche, und diese pflegten keine Kinder zu kriegen.

»Aaaaaoohhaaa!« Jetzt schrie Antonella vor Schmerz und Verzweiflung, und abermals presste sie mit aller Kraft.

Vitus sah die Löckchen wieder vorkommen. »Ja!«, hörte er sich jetzt rufen. »Ja, ja, ja! Komm weiter, komm weiter, gleich ist es da!«

Noch ein Stückchen mehr lugte das Köpfchen heraus. Vitus fasste darunter, und plötzlich, mit einem Schwall aus Blut und Schleim und Wasser, kam ihm das Kind entgegen. Er fing es auf und wusste nicht, wie ihm geschah.

»Ein Mädchen!«, rief der Magister. »Wenn mich nicht alles täuscht.«

»Ja, es ist ein Mädchen«, sagte Vitus. »Ein kleines Wunder. Ein kleiner Mensch.«

»Wui, isses da? Kann ich's auch spähen?« Der Zwerg kam hereingehuscht. »Wui, wui, knäbbig winzlig der Streichling!« Seine Augen füllten sich mit Tränen. »Wie strömt's mir nur? Sträuberin, wir ham's getarrt, der Große Machöffel bensche dich!«

Antonella nickte matt. Aber sie lächelte.

Vitus hielt noch immer das Kind. »Komm, Enano, schneide die Nabelschnur durch, da liegt eine Schere.«

Der Zwerg gehorchte mit angespannter Miene.

Vitus nahm die Kleine bei den Beinen, hielt sie kopfüber und gab ihr einen Klaps auf den Po. Sofort begann sie zu plärren. »Sie scheint gesund zu sein!«

Der Magister brummte erleichtert: »Besonders die Lungen.«

Enano nahm Vitus das Kind aus der Hand. »Stech mir mal den Streichling, oho, oooh, is sie zuckrig, meine kleine Nella!«

»Nella?«, fragte Vitus.

»Das is ihr Name, sie is ja'n Stück von Antonella, nich?«

Der Magister brummte: »Das ist nicht abzustreiten, aber was hättest du gemacht, wenn es ein Junge geworden wäre?«

»Dann würd's 'n Tonio sein!« Der Zwerg wiegte das Neugeborene in den Armen und schaute verzückt auf das winzige Gesicht und die puppenhaften Hände. Alles an dem Kind war noch kleiner als bei ihm, eine ungewohnte, eine angenehme Erfahrung.

Vitus hatte inzwischen die Nachgeburt auf Vollständigkeit untersucht und beiseite getan. Jetzt nahm er dem Zwerg das Kind wieder ab und rubbelte es mit einer Decke trocken.

»Gib sie mir.« Antonella hob schwach die Hände.

Vitus legte der Mutter die Kleine in die Armbeuge. Sie lächelte glücklich.

»Gute Arbeit«, sagte der Magister und ließ dabei offen, ob er damit Vitus' Hilfe oder die Leistung der Mutter meinte, aber es war auch egal, denn in diesem Augenblick begann das Kind wieder zu plärren, lang und anhaltend und jammervoll. Bestürzt sahen die drei Freunde sich an. War die Kleine am Ende doch nicht gesund? Ein verborgenes Leiden? Irgendetwas, das sie falsch gemacht hatten?

Und während sie einander noch ratlos anschauten, verstummte plötzlich das Geschrei. Antonella hatte das getan, was jede Mutter instinktiv getan hätte: Sie hatte die Kleine an die Brust gelegt.

Der Magister blinzelte. »Ein neuer Erdenbürger!«

Vitus lachte befreit. »Eher eine neue Erdenbürgerin.« Er schickte sich an, der jungen Mutter den Unterleib zu säubern und ihr eine Linnenkompresse auf die gemarterte Öffnung zu legen, aber Antonella bedeutete ihm, das könne sie später selbst machen. Da ließ er es.

Der Magister meldete sich wieder: »Wir sollten dem Allmächtigen danken, dass alles so gut verlaufen ist.«

»Wui, wui! Wollen paternollen!«

Vitus sagte: »Es ist ein Sonntagskind, im Sternzeichen des Skorpions geboren. Wir wollen beten und danken.«

Und das taten sie.

Im Feuerring,
Mittwoch, 18. Tag des Monats November, A. D. 1579

Am vergangenen Sonntag hat die Bürstenbinderin Antonella ein Kind zur Welt gebracht. Niemandem war ihr Zustand bis dahin aufgefallen. Wahrscheinlich eine typisch männliche Oberflächlichkeit. Einzig der Zwerg hatte von der Schwangerschaft gewusst, aber geschwiegen. Er hat sich zu einem liebevollen Beschützer für die Mutter entwickelt. Vermutlich werden seine Gefühle erwidert. Das Rotwelsche, dessen er sich stets befleißigt und das dem fahrenden Volk als eine Art Schutz dient, sieht für das Wort »Liebe« den Begriff »Lenze« vor. Beide sagten schon mehrfach »Ich lenze dich« zueinander. Ich hoffe, ihre Liebe führt nicht zu Komplikationen in der Gruppe.

Gott sei Dank stellte die Geburt meine ärztliche Kunst auf keine große Probe. Alles ging recht schnell, ganz so, wie es die Natur wohl im Normalfalle vorgesehen hat, so dass ich nicht einmal dazu kam, im Werk De morbis *unter dem Stichwort »Geburtshilfe« nachzuschlagen. Ebenso wenig war die Gabe eines schmerzstillenden Präparates notwendig, welches ich extra zuvor hergestellt hatte. Ich nahm getrocknete Opiummilch, das Pulver des Stechapfels und* Atropa belladonna, *einen Extrakt der Tollkir-*

sche – alles in allem eine Verbindung, die ich im Verhältnis 2 : 1 : 1 anrührte. Ich verwahre die Arznei nun in einem zylindrischen Gefäß aus Majolika und hoffe weiter, sie nicht anwenden zu müssen.

Der Zwerg hat seit der Geburt nichts anderes im Sinn, als die kleine Nella – so nennen er und die Mutter das Kind – umherzutragen und zu umsorgen. Seine Hingabe geht so weit, dass er seine Pflichten als Hüter des Feuers und als Wachgänger vernachlässigt, was besonders bei Fabio und Guido auf Unverständnis stößt. Ich hatte einige Mühe, den aufkommenden Streit zu schlichten. Trotzdem bleibt die Einteilung der Wachzeiten ein Problem, zumal Antonella noch nicht in der Lage ist, wieder auf Posten zu gehen. Sie ist sehr schwach und hat auch Fieber, lehnt aber jegliche Hilfe ab. Wenn es schlimmer wird, werde ich sie behandeln müssen, ob sie will oder nicht.

Vielleicht sollten wir zukünftig darauf verzichten, am Tage Streife zu laufen. Allerdings nur dann, wenn es nicht mehr anders geht. Die Male, dass Neugierige, Bettler, Versprengte oder Umherziehende durch unseren Feuerring angelockt werden, häufen sich. Wir wollen mit ihnen nichts zu schaffen haben und halten sie uns vom Leibe, indem wir ihnen zurufen, das Bauernhaus und die ganze Gegend seien von der Pest verseucht. Wir selbst jedoch wären dabei, uns selbst zu verbrennen, um Gott den Allmächtig gnädig zu stimmen, damit er die Seuche von der Menschheit nehme. Eine Notlüge, die sich aber immer wieder als erfolgreich erweist.

Zu den Pferden, die außerhalb des Rings unsere Nähe suchen, hat sich eine Ziege gesellt. Niemand weiß, woher sie kommt. Vielleicht haben wir sie übersehen, als wir das Bauernhaus durchsuchten.

Der Zwerg sagte gestern zu mir, der Verlust seiner Stelzen sei ihm mächtig sauer angekommen, aber die kleine Nella mit ihrem sonnigen Gemüt mache alles wieder »quitt«. Der Magister und ich, wir freuen uns für ihn.
Fabio weint in den letzten Tagen häufig – ein seltsamer Anblick bei einem Koloss seiner Größe. Ihm fehlen die Frau und die Kinder. Die kleine Nella erinnert ihn ständig daran, dass er selbst gerade Vater geworden ist. Sein fliegender Liebling Bussola lässt noch immer auf sich warten, was ihn auch nicht gerade glücklich macht.
Guidos Gebaren stimmt mich ebenfalls nachdenklich. Das Verhältnis zu seiner Geige wird mit jedem Tag seltsamer. Neuerdings nimmt er sie sogar mit auf den Abtritt, aus Angst, ihr könnte in seiner Abwesenheit etwas passieren.
Ich hoffe, dass demnächst wieder so etwas wie ein normaler Tagesablauf eintritt.

Vitus saß in Antonellas Zelt und versuchte, ihr heiße Fleischbrühe einzuflößen. Eigentlich hatte der Zwerg das machen wollen, aber er musste sich schon um Nella kümmern, und alles gleichzeitig tun konnte auch er nicht. So saß er jetzt im Männerzelt, das Kind auf dem Arm, und sang seinem »Streichling« rotwelsche Weisen vor.

»Nimm doch einen Löffel«, sagte Vitus.

»Nein. Danke, Cirurgicus.« Aus der so starken Frau war in den letzten Tagen mehr und mehr die Kraft gewichen. Sie fieberte und fror und schwitzte und klapperte mit den Zähnen, dass einem angst und bange werden konnte.

»Es ist besser, du isst«, versuchte Vitus es nochmals. »Denke an die Kleine. Wie willst du ihr Milch geben, wenn du selbst nichts zu dir nimmst?«

»Nein.«

»Nun gut.« Er legte den Löffel zur Seite. »Antonella, ich muss mit dir reden. Ich will dir keine unnötige Angst einjagen, aber ich mache mir erhebliche Sorgen um dich. Du zeigst alle Anzeichen einer starken Influenza. Du leidest. Du hast noch immer Schmerzen in deinem Schoß, wie du mir sagtest. Und dennoch darf ich dir nicht helfen. Willst du, dass wir alle mit der Influenza geschlagen werden?«

Antonella schüttelte schwach den Kopf.

»Noch eins, da du nur auf klare Worte zu hören scheinst: Die Anzeichen der Influenza können deckungsgleich mit denen der Pest sein. Was es bedeutet, wenn dich die Seuche gepackt hat, muss ich dir nicht lange erklären. Wenn du schon nicht essen willst, beantworte wenigstens meine Fragen: Hast du außer dem hohen Fieber auch Durchfall?«

»N… nein.« Deutlich sah man Antonellas Gesicht an, wie peinlich ihr die Frage war.

»Musstest du dich irgendwann in den letzten Tagen heftig erbrechen?«

»Nein, nein.«

Vitus atmete auf. Aber noch war er sich seiner nicht sicher. »Ich fürchte, ich muss noch einen Blick auf deine Leisten werfen. Erst wenn dort keine Schwellungen oder Bubonen festzustellen sind, kann ich davon ausgehen, dass du wirklich nur eine Influenza hast.«

»Nein.«

»Nein?« Vitus wurde langsam ärgerlich. »Höre, Antonella, für falsche Scham ist jetzt nicht die Zeit. Ich bin Arzt und muss dich untersuchen. Ich tue das nicht, weil es mir Vergnügen bereitet, sondern aus Sorge um die gesamte Gruppe. Außerdem habe ich dich schon einmal nackt gesehen.« Ohne ihre Antwort abzuwarten, schob er ihr das Nonnengewand hoch.

Unwillkürlich zuckte Antonellas Hand zu ihrem Schoß und bedeckte ihn, als wolle sie dadurch ihre Unschuld retten. Er kümmerte sich nicht darum und überprüfte die Leistengegend. Gott sei Dank, keine Anzeichen von Bubonen!

Er zog das Gewand wieder zurück. »Du bist fieberkrank, aber die Pest hast du nicht. Unser Feuerring scheint tatsächlich guten Schutz zu bieten. Sei ehrlich, war die Untersuchung wirklich so schlimm?«

Die junge Mutter schüttelte den Kopf. Tränen traten ihr in die Augen.

»Nanu, du weinst? Dabei hast du doch allen Grund, glücklich zu sein. Hast einem gesunden Kind das Leben geschenkt, hast den Zwerg, der dich liebt.«

»Das ist es ja gerade!« Antonellas Tränenstrom nahm zu. »Er liebt mich, aber ich, i...«

»Ja?«

»Ich liebe ihn nicht!«

»Wie bitte?«

»Ich liebe ihn nicht. Dabei ist er so ritterlich, so putzig, so hilfsbereit, und er kümmert sich auch so rührend um die Kleine, aber lieben tue ich ihn nicht. Was soll ich nur machen?«

»Aber du hast doch selbst zu ihm gesagt: ›Ich lenze dich auch‹?«

»Habe ich, ja, weil ich ihm eine Freude machen wollte. Mit ihm ist es genauso wie mit Rocco, nur dass es bei Rocco umgekehrt war.« Antonella wandte den Kopf zur Seite und schluchzte leise weiter.

»Rocco? Wer ist das? Dein Vater?«

»Nein, nein, er war mein ... mein Geliebter. Mein Vater ist schon über zehn Jahre tot. Alles, was ich von Vater erzählt habe, bezog sich eigentlich auf Rocco. Ich bin eine Zeit lang mit ihm übers Land gezogen. Ich liebte ihn sehr, mehr als mein Leben, aber als er erfuhr, dass ich ein Kind von ihm erwarte, hat er sich aus dem Staub gemacht.«

Vitus nahm das Albarello aus seiner Arzneikiste und begann ein wenig von der Mixtur aus Opiummilch, Stechapfel und *Atropa belladonna* in Wasser zu verrühren. »Ich verstehe. Du liebtest Rocco, aber er erwiderte deine Gefühle nicht. Und mit dem Zwerg ist es nun umgekehrt. Kennt er die Geschichte mit Rocco?«

Antonella nickte.

»Und er liebt dich trotzdem. Bemerkenswert, sehr bemerkenswert. Wenn ich ehrlich bin, weiß ich keinen Rat für euch beide. Am besten, du verwendest zunächst deine ganze Kraft darauf, gesund zu werden. Alles andere findet sich dann.«

Er flößte Antonella etwas von dem Trank ein und fuhr fort: »Die Arznei wird dir angenehme Gedanken schenken und dich schlafen lassen. In ein paar Stunden sehe ich wieder nach dir.«

Vitus saß in der fahlen Mittagssonne vor dem Kochfeuer und zog die Fäden bei Fabios Stirnverletzung. Die Wunde war mittlerweile auf ganzer Länge zugewachsen. »Du hast gutes Heilfleisch, Fabio«, lobte er.

»Das sagt meine Miabella auch immer, Cirurgicus.« Dem Überlandfahrer war an diesem Tag nicht so weinerlich zumute wie sonst, vielleicht weil die Sonne schien und seine Pferde sich nahe am Feuerring aufhielten, so dass er ihnen schon am Morgen ein paar Worte hatte zurufen können. Auch die Ziege war dabei gewesen, doch ihr hatte er keine große Aufmerksamkeit geschenkt.

»So, sagt sie das?« Gerade wollte Vitus die Pinzette beiseite legen, als plötzlich Flügelflattern über ihren Köpfen zu vernehmen war. Bussola gurrte aufgeregt. Sie hatte den Weg von Padua zurück gefunden und setzte sich auf Fabios Schulter.

»*Mamma mia!* Welch eine Freude!«, rief der Überlandfahrer. »Kaum rede ich von Miabella, schon ist meine Schöne, meine Holde zurück mit einem Briefchen von ihr.«

Sanft hob er den Vogel von seiner Schulter. »Nicht wahr,

mein Liebling, du hast doch ein Briefchen dabei?« Er betrachtete die roten Beine. »*Naturalmente*, ich wusste, dass du mich nicht enttäuschen würdest.«

Rasch faltete er die Nachricht auseinander. Während er mit den Lippen die einzelnen Wörter formte, weil ihm das Lesen so leichter fiel, wurde das Strahlen in seinem Gesicht größer und größer. »Ja, es geht ihr gut, und mein Söhnchen ist wohlauf! Oh, *Dio mio,* ich kann mein Glück kaum fassen! Miabella fragt, wie es heißen soll. Was meinst du, Cirurgicus, wie soll ich es nennen?«

Vitus lachte. »Das weiß ich nicht, ich kenne die Namen deiner anderen Söhne ja nicht.«

»Ach so, ja, hm, hm. Weißt du, ich glaube, ich werde meinen Kleinen ›Fabio Felicio‹ taufen lassen, den Namen gibt es eigentlich nicht, aber mein Glück ist so groß, dass Vater Frederico sicher eine Ausnahme machen wird. Gleich will ich meinem treuen Weib antworten.«

»Tu das. Doch zuvor eine Frage: Ist für mich oder meine Freunde auch eine Botschaft dabei? Ich meine, von Professor Girolamo?«

»Warte, Cirurgicus.« Fabio schüttelte das nicht ganz auseinander gefaltete Papier, und tatsächlich fiel noch ein Zettel heraus. Fabio kniff die Augen zusammen, denn die Schrift war sehr klein: »*An den Cirurgicus Vitus von Campodios*, steht da. Mehr kann ich nicht lesen, denn das andere ist wohl Latein.«

Vitus nahm das Schreiben entgegen. »Dann muss es eine Botschaft vom Professor sein.« Er studierte kurz die Zeilen. »Ja, ein Brief von Girolamo! Bin gespannt, was er schreibt.«

Er fühlte freudige Erwartung, als er die Nachricht zu lesen begann. Die vergangenen Tage hatten ihn viel Kraft gekostet, und eine Abwechslung im täglichen Einerlei war ihm hochwillkommen. Der Professor dankte ihm für seinen Brief und schrieb in knappen Worten, dass er die These von der Lymphknotenbildung als Abwehr gegen Organschäden leider nur an Hand archivarischer Aufzeichnungen habe prüfen können, da es in Padua keine Pest und damit auch keine Pesttoten gebe. Nach den Aufzeichnungen aber sei es ein interessanter Ansatz. Der Brief schloss:

> ... amico mio, *bleibt gesund, ich bete für Euch und Eure Freunde. Lasst aus dem Feuerring bald wieder von Euch hören. Die Frau des Überlandfahrers Fabio wird mir Eure Nachricht zukommen lassen.*
>
> *Euer ergebener*
> *M. Girolamo*

»Die Pest hat Padua nicht gestürmt!«, rief Vitus. »Dem Allmächtigen sei Dank. Vielleicht ist das Aufflackern der Seuche ja sehr begrenzt. Das wäre eine wunderbare Neuigkeit. Denn je begrenzter das Vorkommen, desto größer die Wahrscheinlichkeit, dass die Pestilenz sich schnell totläuft.«

»Sagtest du, die Pest sei nicht in Padua, Cirurgicus? Oh, heilige Mutter Maria, ich danke dir!« Der Überlandfahrer fiel mit gefalteten Händen auf die Knie. Tränen der Dankbarkeit und Freude liefen ihm über die fleischigen Backen. »Miabella schreibt zwar, dass es ihr und den Kindern gut geht, von der Pest hingegen sagt sie nichts. Wahrscheinlich wollte sie mich nicht beunruhigen, genauso, wie ich es nicht wollte und die Seuche verschwieg. Oh, Allmächtiger, ich danke dir!«

Fabio redete noch eine Weile so weiter, aber Vitus verließ ihn, verstaute seine Arzneikiste wieder in der Kiepe und machte sich zu Antonella auf. Dass es den Angehörigen des Überlandfahrers so gut ging, hatte ihn schmerzlich an ihren Zustand erinnert. Sie hatte in den letzten vierundzwanzig Stunden zu phantasieren begonnen und war kaum noch ansprechbar. Er machte sich große Sorgen um sie.

Noch mehr Angst um sie aber hatte der Zwerg, der, stets den Säugling auf dem Arm, nicht mehr von ihrer Seite wich.

»Wui, Vitus«, fistelte er mit übernächtigten Äuglein, »'s is alles zu spät, ich glaub, sie wird nich wieder.«

Vitus antwortete nicht, sondern setzte sich neben die Lagerstatt und ergriff das Handgelenk der Kranken. Der Puls raste womöglich noch schneller als bei der letzten Messung, eine Begleiterscheinung des hohen Fiebers, das ihren Körper schier verbrannte. Inzwischen hatte er die Mixtur aus dem Albarello immer weniger zur Anwendung gebracht, denn sie konnte den Schmerz zwar lindern, nicht aber die Hitze aus dem Körper bannen. Und schon gar nicht vermochte sie, die kranken Säfte wieder in Harmonie zu bringen.

Da die junge Mutter gleichzeitig weder hustete noch Schleim absonderte, drängte sich eine bestimmte Erkenntnis immer mehr auf. Es war eine niederschmetternde Diagnose, gegen die alle ärztliche Kunst nichts ausrichten konnte: Kindbettfieber.

»Ja, deine Freundin ist sehr, sehr krank«, sagte Vitus mit gepresster Stimme. »Kindbettfieber geht einher mit einem entzündeten Unterleib. Die besten Medikamente nützen nichts dagegen. Du weißt, dass ich Antonella letzte Nacht noch zur Ader der gelassen habe, um das Fieber herunterzubringen, leider nur mit vorübergehendem Erfolg. Es ist wirklich zum Verzweifeln.«

»Wui, hab schon zum grandigen Machöffel paternollt, aber ich fürcht, er will sie keckeln, meine Sträuberin.«

»Ja, es sieht so aus, als wolle der Herr sie heimholen. Jetzt hilft nur noch ein Wunder.«

»Wui«, sagte der Zwerg traurig. »Pardong ...« Er begann zu weinen. Vitus konnte sich nicht daran erinnern, ihn jemals so verzweifelt gesehen zu haben. »P... pardong, dassich flössel, kann nich mehr wie paternollen, mehr kannich nich ... pardong, dassich flössel.«

»Natürlich. Bleibe nur bei ihr. Lege ihr das Kind in den Arm und kühle ihr die Stirn.«

Vitus war selbst zum Heulen zumute, aber er verließ das Frauenzelt und schritt hinüber zu dem der Männer, wo er ein kleines Stück Papier holte. Dann begab er sich zum Kochfeuer. Fabio legte die Feder gerade aus der Hand. Er hatte seinen Gruß an Miabella und die Kinder beendet. Statt froh über sein Werk zu sein, hatte sein Gemütszustand sich schon wieder ins Gegenteil gekehrt. Tränen der Trauer standen ihm in den Augen.

Vitus dachte: Herrgott im Himmel, müssen denn alle ständig flennen? Er unterdrückte einen Fluch, der aber mehr seiner eigenen Ohnmacht als dem Verhalten seiner Gefährten galt, und sagte: »Fabio, darf ich Bussola auch diesmal wieder als Botschafterin benutzen?«

Der Überlandfahrer wischte sich mit dem Handrücken über die Augen. »*Sì, amico, naturalmente,* aber meine Schöne, meine Holde darf erst übermorgen wieder in die Lüfte. Ich will nicht, dass sie ganz vom Fleische fällt, muss sie erst wieder aufpäppeln.«

»Das verstehe ich. Dennoch will ich jetzt gleich schreiben. Wer weiß, ob ich demnächst dazu komme.« Vitus setzte sich ans Feuer und verfasste einen kurzen Brief, in dem er zunächst dem Professor für seine Zeilen dankte und dann noch einmal auf seine Pesttheorien zu sprechen kam. Er überlegte, ob er Girolamo von dem tragischen Krankheitsfall in der Gruppe berichten sollte, unterließ es dann aber, nicht zuletzt, weil er glaubte, als Arzt versagt zu haben. So schrieb er nur, dass es ihm, dem Magister und dem Zwerg weiterhin gut gehe.

Und dass der Herr Professor sich keine Sorgen um sie machen müsse.

Der Geigenbauer Guido

*»Du Schwein! Das sollst du mir büßen,
du Schwein mit deiner Scheißtaube, dieser Ratte der Luft!«*

Wieder saß Vitus am Kochfeuer und schrieb. Es war zwar erst um die Mittagsstunde, aber er benötigte eine Lampe, um genügend Licht zu haben. Über seinem Kopf spannte sich eine Zeltplane, die das Feuer und die Laterne vor dem seit Stunden herabrieselnden Regen schützte.

Alles war klamm an diesem Tag.

Da sich jüngst abermals undurchsichtiges Volk in der Nähe des Rings herumgetrieben hatte, vor allem Diebespack, dem man förmlich ansah, dass es seine Habe von Pesttoten zusammengestohlen hatte, musste auch weiterhin tagsüber Wache gelaufen werden. Zur Zeit zogen Fabio und Guido ihre Runden, mehr oder weniger maulend, denn eigentlich wären der Zwerg und Antonella dran gewesen. Sie gingen Seite an Seite und gaben dabei ein seltsames Paar ab: der eine die Muskete auf dem Rücken, der andere seinen Geigenkasten.

Vitus legte die Feder fort und rieb sich die kalt gewordenen Hände. Dann klappte er das Buch mit seinen Aufzeichnungen zu. Die letzte lautete:

Im Feuerring,
Sonntag, 22. Tag des Monats November, A. D. 1579

Gestern war die wohl schwärzeste Stunde, die ich als Arzt jemals erlebt habe. Antonella starb bei Tagesanbruch, nur acht Tage nachdem sie ihr Kind geboren hatte. Trotz aller meiner Bemühungen, die jedoch bescheiden genug aus-

fielen, erlag sie dem tückischen Kindbettfieber. Die ganze Gruppe war wie vor den Kopf geschlagen, am meisten aber litt der Zwerg. Ich glaube, wenn die kleine Nella nicht gewesen wäre, hätte er seinem Leben ein Ende gemacht.

Mir war ähnlich zumute. Immer wieder hielt ich mir die Situation kurz nach der Geburt vor Augen. Ja, so war es gewesen: Ich hatte Antonellas Genitale reinigen und versorgen wollen, doch sie hatte abgewehrt, denn sie wollte es selbst machen. Und ich, ich vermaledeiter Pfuscher, hatte das zugelassen. Hatte zugelassen, dass Unreinheit in die Vagina gelangen konnte. Nur deshalb musste Antonella sterben. Nur deshalb gerieten ihre Säfte im Leib so unrettbar aus dem Gleichgewicht.

Wie ich mit dieser schweren Sünde zurechtkommen werde, weiß Gott allein.

Wir haben Antonella begraben, im Feuerring, der letzten Station ihres Lebens, dicht neben dem großen Scheitholzstapel. Der Magister übernahm für mich die Gebete, denn mir war so elend, dass ich mich am liebsten neben die Tote gelegt hätte. Der Zwerg Enano weinte immerfort. Er hielt die Kleine im Arm, die dem Anlass zum Trotz fröhlich krähte und ihre Ärmchen in die Luft stieß. Gottlob bekam sie von alledem nichts mit.

Die Frage der Ernährung für Nella lastet schwer auf uns. Was nützt es, dass wir die Kleine der Toten noch ein letztes Mal an die Brust legten! Früher oder später wird sie jämmerlich verhungern. Ich verstehe nicht viel von Säuglingspflege, aber so viel ist gewiss: Kein Neugeborenes dieser Welt verträgt Fleischsuppe oder -brühe. Wir beten zur Jungfrau, sie möge uns helfen, doch das taten wir auch schon für Antonella, und dennoch starb sie.

Seit heute Morgen haben wir Dauerregen. Das Wetter

passt zu unserer Stimmung. Der Zwerg ist pausenlos im Einsatz, um das Ringfeuer immer wieder neu zu entzünden. Vielleicht ist es ganz gut so, denn die Tätigkeit lenkt ihn ein wenig von seinem Kummer ab. Der Magister übernahm dafür die Pflege des Kindes.
Am späteren Vormittag erhob sich Bussola wieder in die Lüfte – aufgepäppelt von ihrem Herrn, der alsbald wegen des Abschiedsschmerzes wieder in Tränen ausbrach.
Wie wird das alles enden?

Am Montagmorgen um acht, der Tag dämmerte gerade, kamen Vitus und der Magister von ihrem vierstündigen Wachgang zurück. Die Zeit war ihnen lang geworden, wie immer, wenn sich überhaupt nichts ereignete. Doch war es besser so als anders herum.

»Es ist mir fast peinlich«, brummte der kleine Gelehrte, »jedem von uns ist Antonellas Tod auf den Magen geschlagen, nur mir nicht. Ich habe einen Bärenhunger. Freue mich auf Suppe und einen trockenen Faden am Leib. Der Regen hat ja gottlob aufgehört, aber der Morgennebel steht ihm in der Feuchte kaum nach.«

Die Freunde gingen zum Kochfeuer, wo unter der Plane das Stundenglas verwahrt wurde. Der Magister drehte es um und sagte: »Eine weitere Stunde unserer selbst gewählten Quarantäne ist um! Wo bleibt Guido, der Bursche? Wenn mich nicht alles täuscht, muss er sich jetzt auf die Socken machen, zusammen mit Fabio.«

Da von den beiden Genannten keiner zu sehen war, gingen die Freunde ins Männerzelt, wo der Magister heftig blinzelnd ausrief: »Was sieht mein schwaches Augenlicht? Die Herren ruhen noch? Auf, auf, ihr müden Leiber!« Er rüttelte beide kräftig an der Schulter. »Eure Wache beginnt!«

Fabio richtete sich gähnend auf und begann seine Stiefel anzuziehen. »Ist es schon wieder so weit, mein Freund? Das Leben scheint nur noch aus Streifelaufen zu bestehen. *Dio mio,* wenn meine Miabella mich so sehen würde!«

Vitus übergab ihm die Muskete. »Hier, deine Waffe. Zum Glück mussten wir sie nicht benutzen. Keine Vorkommnisse.«

Fabio stand aufrecht und zog sich die Kleider glatt. Wie alle anderen, so hatte auch er darin geschlafen. Er hängte sich die Muskete auf den Rücken, gähnte nochmals herzhaft und blickte sich nach Guido um.

Der Geigenbauer war mittlerweile ebenfalls wach, doch er machte keine Anstalten, sich zu erheben.

Vitus fragte stirnrunzelnd: »Willst du nicht aufstehen?«

Guido schüttelte heftig den Kopf und umklammerte seinen Geigenkasten, als hielte er eine Frau.

»Warum nicht? Bist du krank?«

Fabio dröhnte: »Das hätte uns gerade noch gefehlt!«

»Nein, ich bin nicht krank. Aber ich kann nicht Wache gehen. Es wäre nicht gut zu gehen. Nicht gut für sie.« Offenbar meinte er sein Instrument, denn er deutete auf den Kasten. »Nicht gut für sie.«

Dem Magister schwoll langsam der Kamm. »Was redest du da für wirres Zeug? Wenn du Angst hast, die Witterung könnte deiner Geige schaden, dann lass sie einfach hier.«

»Das geht nicht!« Guido kreischte fast.

»Aha. Das geht also nicht? Hast du etwa Sorge, jemand könnte dir das gute Stück klauen? Überlege doch mal: Was hätte er davon? Und selbst wenn er es täte, wo sollte er das Ding verstecken? Wir sind hier im Feuerring, einem Ring von nur zwanzig Schritt Durchmesser.«

Guido begann zu zittern. »Ich darf meine Geige nicht im Stich lassen«, flüsterte er. »Ich darf's nicht. Sie hat Angst vor dem Feuer, große Angst!«

Der Magister beherrschte sich mühsam. »Eine Geige mit menschlichen Gefühlen? Das ist doch Unsinn! Humbug! Narretei! Glaubst du im Ernst, dass ein Stück Holz Angst vor dem Feuer haben kann?«

»Feuer, Feuer, überall ist Feuer.«

Vitus versuchte, die Gemüter zu beruhigen: »Aber die Flammen brennen doch nun seit Tagen, und du bist schon häufig mit der Geige auf dem Rücken Wache gelaufen, und ihr ist niemals etwas passiert.«

Guido schien ihn nicht gehört zu haben. Seine Augen weiteten sich, während er unablässig über den Kasten strich. »Die Hitze, die Hitze! Die schreckliche Hitze! Sie zerstört alles, und meine liebe Geige hat Angst. Angst um ihren Körper, ihren Hals, ihre Schnecke und um ihre kleinen Schalllöcher!«

Der Magister sagte derb: »Löcher können nicht brennen.«

Vitus zog ihn beiseite. »Lass, ich glaube, es hat keinen Zweck. Wir können auf Guido nicht zählen. Jedenfalls im Moment nicht. Vielleicht nimmt er nachher wieder Vernunft an.«

Er wandte sich an Fabio: »Du musst fürs Erste allein auf Wache ziehen, so Leid es mir tut. Mittags wirst du abgelöst. Dann sehen wir weiter.«

Der Überlandfahrer grummelte etwas Unverständliches in seinen Bart, warf Guido noch einen verächtlichen Blick zu und zog von dannen.

»Wo ist eigentlich der Zwerg?«, fragte der Magister.

»Dort, wo die Kleine ist, vermute ich. Wahrscheinlich in Antonellas Zelt.«

Sie gingen hinüber und betraten gebückt die Behausung. Tatsächlich fanden sie Enano vor. Selbstvergessen hielt er ein kleines Klistier mit Schafsblase in der Hand, dessen Ende in Nellas Mündchen steckte. Die Kleine suckelte und sog zufrieden daran.

Vitus staunte. »Das ist mein Klistier!«

Der Magister blinzelte. »Donner und Doria, du Wicht, was gibst du der Kleinen da?«

Enano hob den Kopf, doch ehe er antworten konnte, erklang draußen ein kräftiges Meckern.

Die Freunde sahen sich an. Was hatte das zu bedeuten?

Der Magister begriff als Erster. »Zwerg, du hast die Ziege gemolken und gibst die Milch jetzt der Kleinen, stimmt's?«

»Wui, wui. 's schmerft ihr knäbbig, späh nur, wie sie trinkt!«

»Das ist ja alles schön und gut.« Vitus, eine steile Falte auf der Stirn, trat einen Schritt auf den Winzling zu, der sich jedoch keineswegs stören ließ. »Aber würdest du mir freundlicherweise verraten, wie die Ziege in unseren Feuerring kommt? Sie steht doch wohl direkt hinter dem Zelt? Angepflockt, wie ich vermute? Wie oft habe ich gesagt: Der Ring ist unsere einzige Überlebensmöglichkeit! Nichts darf von außen hereinkommen, nichts ihn verlassen! Wie also hast du die Ziege hereingebracht?«

»Pssst! Hall nich so laut, Vitus, mein Schäfchen kriegt's Plärren sonst.«

»Wie hast du die Ziege hereingebracht?« Vitus sprach jetzt leiser, aber sein Zorn war noch nicht verraucht.

Allmählich merkte der Zwerg, wie ernst es seinem heilkundigen Freund war. Er fistelte: »Hab den Bartmann durch'n Loch im Feuerring gelotst, durch'n Loch. Der Nieselmann von oben hat's Brändeln gelöscht. Da hab ich den Bartmann durchgelotst.« Er guckte treuherzig. »'s ging nich anders, bei meiner Seel, brauchte Eutersaft für Nella, sonst schwimmt sie ab, un du willst doch auch nich, dass sie kaputtgeht?«

»Nein, natürlich nicht.« Vitus beruhigte sich. In gewisser Weise hatte der Zwerg ja Recht: Es war gut, die Ziege als Nahrungsquelle für die Kleine zu haben. Auf diese Weise waren sie eine große Sorge los. Doch sie hatten sich dafür ein anderes

Problem eingehandelt: die Infektionsgefahr. »Hast du das Tier gründlich auf Ungeziefer untersucht?«

Der Wicht senkte den Kopf. »Nee, hab ich nich. Hab den Bartmann an'n Hörnern genommen un bin durch'n Ring. Musste ja schnell gehen, nich?«

»Du wusstest also, wenn ich dich erwische, würdest du damit nicht durchgekommen! Höre, Enano, vielleicht rettest du mit der Ziegenmilch das Leben der Kleinen, aber ich frage dich: Was zählt das schon, wenn wir alle von der Pest geschlagen werden!«

»Wui, Vitus. Hast Recht. Musste es aber trotzdem tun. Kann mein Schäfchen nich verhungern lassen.«

Vitus atmete tief durch. »Nun gut, jetzt ist sowieso nichts mehr daran zu ändern. Die Ziege bleibt. Der Allmächtige gebe, dass sie nicht verseucht ist. Schließlich stammt sie aus dem Bauernhaus, in dem die Pest grassierte. Hast du daran nicht gedacht, Zwerg?«

»N... nee. 's tut mir Leid.«

»Und wie soll das Ganze weitergehen? Hast du wenigstens davon eine Vorstellung?«

»Wui, ich un mein Schäfchen sin alleweil hier, un ich kümmer mich drum, un der Bartmann gibt Milch. Fertich.«

Vitus blickte sich in dem Frauenzelt um. Einiges von Antonellas Habe war noch da: Tücher, Lappen, Waschzeug, ein Korb voller Bürsten und anderes mehr. Auch die Siebensachen des Zwergs lagen herum. Offenbar war er schon eingezogen. Am Ende der Lagerstatt stand eine Holzkiste, gefüllt mit Stroh und Vogelfedern – das Bettchen von Nella. »Aha. So einfach ist das also. Du kümmerst dich von Stund an nur noch um die Kleine, und alles andere machen wir.«

»Wui, wui.« Die Äuglein des Winzlings leuchteten. Er war damit einverstanden.

»Nun, ich sehe ein, dass sich jemand um die Kleine kümmern muss. Kinder in dem Alter brauchen Tag und Nacht besondere

Zuwendung, und niemand könnte sie besser geben als du, Enano. Nur eines wirst du auch weiterhin tun: das Feuer regelmäßig kontrollieren und versorgen. Das ist meine Bedingung. Während du das machst, werden der Magister oder ich den Säuglingsdienst übernehmen.«

»Wui, wui.« Der Zwerg nahm das Klistier aus Nellas Mündchen. Die Kleine, satt und zufrieden, war übergangslos eingeschlafen. »Is glatt, mach ich.«

»Und noch eines: Bete zum ›grandigen Machöffel‹, wie du ihn zu nennen pflegst, dass du die Pest nicht eingeschleppt hast. Komm, Magister.«

Vitus zog seinen Freund nach draußen.

Vor dem Zelt schnappte der kleine Gelehrte erst einmal nach Luft. »Dem Zwerg hast du aber tüchtig Bescheid gestoßen, du Unkraut. Musste das sein?«

Vitus zuckte mit den Schultern. »Vielleicht war ich zu unfreundlich, mag sein, aber auf jeden Fall hatte ich Recht. Stell dir vor, jeder würde nach Belieben den Ring verlassen und wieder zurückkommen: heute der Zwerg, weil er eine Ziege braucht, morgen du, weil du Blumen pflücken willst und übermorgen Fabio, weil er seine Gäule streicheln will. Im Übrigen scheint mir, dass wir beide hier als Einzige normal geblieben sind. Alle anderen spintisieren. Wenn ich also eben zu laut war, dann ...«

»Dann liegt es nur daran, dass du genauso ein Riesenloch im Magen hast wie ich.« Der Magister grinste verständnisvoll. »Auf zu den Fleischtöpfen, mein Alter, auch wenn diese in letzter Zeit nicht mehr so gut gefüllt sind. Es ist eben niemand da, der sich regelmäßig ums Kochen kümmert.«

»Ja, Antonella fehlt uns allen sehr, nicht nur dem Zwerg.« Vitus schöpfte drei Kellen voll Suppe in die große Schüssel. Die Brühe war halbkalt und ziemlich zerkocht. »Ich fürchte, wir haben schon besser gegessen.«

»Ach was!« Der stets zuversichtliche kleine Mann tauchte

seinen Löffel in das Gebräu. »Dem Hungrigen schmeckt das Brot wie Manna.«

Vitus konnte schon wieder lächeln. Während er selbst zu essen begann, sagte er: »Wir müssen davon ausgehen, dass Guido ab sofort ausfällt.«

»Was? Ist das dein Ernst? Wie sollen wir dann weiter Wache gehen? Wir sind nur noch ein armseliges Fähnlein von drei Mann, denn der Zwerg kommt ja wohl auch nicht mehr in Frage?«

»Richtig. Wir müssen uns eben ganz neu aufstellen, denn an einem lasse ich nicht rütteln: Wir werden nach wie vor Streife laufen. Du, Fabio und ich. Wir werden nach wir vor vier Stunden laufen, allerdings allein. Danach kommen wie bisher acht Stunden wachfreie Zeit. Derjenige, der auf Streife ist, wird künftig nicht nur Fabios Muskete tragen, sondern auch seine Horntute. Sie wird im Fall der Fälle ein gutes Warnsignal sein. Auch das Problem mit dem Kochen muss neu gelöst werden. Ich denke, das übernehme ich. Eine kräftige Mahlzeit am Tag muss genügen.«

Vitus unterdrückte ein Aufstoßen und fuhr fort: »Ich werde mich gleich an den Kessel stellen. Wenn Fabio um zwölf von der Wache kommt, kriegt er eine ordentliche Portion. Ich übernehme bis vier, danach kommst du bis acht, und so weiter. Das Einzige, was wirklich schade ist: Wir werden niemals alle zusammen essen können, dabei verbindet ein gemeinsames Mahl doch so stark! Weißt du noch, wie prächtig wir uns alle bei den Gauklern verstanden?«

»Weiß ich, weiß ich. Sage mal, isst du den Rest da noch? Nein? Umso besser, dann opfere ich mich.« Der Magister aß die letzten Löffel mit Genuss. »Ja, wir verstanden uns prächtig, jeder mit jedem, nur der hochnäsige Kurpfuscher Doctorus Bombastus Sanussus war die Ausnahme. Erinnerst du dich, wie er uns die ganzen Flusskrebse wegfraß, weil er unsere einzige

Zange mit Beschlag belegt hatte? Dabei raspelte er unentwegt Süßholz mit Tirzah, sehr zum Unmut eines gewissen Vitus von Campodios.«

»Ach ja, Tirzah.« Vitus lächelte wehmütig. »Die junge Zigeunerfrau. Was wohl aus ihr geworden ist?«

Der Magister nickte nachdenklich. »Und aus all den anderen? Aus Arturo und Anacondus, aus Zerrutti und Maja, aus Antonio und Lupo … ja, ja, die Zeit. Ob wir die *Artistas unicos* wohl jemals wiedersehen?«

»Wer weiß, wer weiß.«

Im Feuerring,
Dienstag, 1. Tag des Monats Dezember, A. D. 1579

Unschöne und gefährliche Dinge haben sich ereignet, die aufzuschreiben ich erst heute in der Lage bin. Guido, der Geigenbauer, lehnt es seit einer Woche strikt ab, auch nur einen Schritt in Richtung Feuer zu tun, aus Angst, seine Geige könnte Schaden nehmen. Er behandelt das Instrument, als sei es eine Frau – als sei das Holz die Haut und das Schallloch … nun ja. Wenn es nicht so unheimlich wäre, könnte man über das Ganze lachen. Jedenfalls fällt er als Wachgänger aus.

Auch Enano tut für die Gemeinschaft nur noch das Nötigste, allerdings kümmert er sich rührend um die kleine Nella und versorgt dazu das Feuer. Um das Kind ernähren zu können, beging er eine ungeheure Torheit: Er holte die Ziege in den Ring und nahm damit höchste Ansteckungsgefahr in Kauf. Doch gottlob blieb die Pest draußen.

Die genannten Umstände bringen es mit sich, dass nur noch Fabio, der Magister und ich auf Wache ziehen können, jeder allein, was natürlich ein erhöhtes Risiko darstellt. Besonders beim Magister, mit dessen Sehstärke es nicht weit her ist. Er läuft morgens und abends die Runde von vier bis acht, so dass er derjenige ist, in dessen Zeiten das meiste Tageslicht fällt.

In der vergangenen Woche verlöschte zwei Mal der Feuerring. Heftiger Regen war die Ursache dafür. Dem Zwerg gelang es jedes Mal, die Flammen in kürzester Zeit wieder zum Lodern zu bringen. Er sagt, alles sei nur ein Geheimnis des Holzschichtens. Gut brennendes, abgelagertes Material könne durchaus einen kleinen Guss überstehen. Umso mehr, wenn man noch sparsam Öl in die Glut gebe.

Immer häufiger fragen die Gefährten mich, wie lange wir noch im Ring ausharren müssen, dabei wissen sie es doch selbst genau. Ich antworte jedes Mal, dass schon bald ein Monat vorbei sei.

Fabio, der ehemals Lebenssprühende, ist nur noch ein Schatten seiner selbst. Zwar geht er eisern seine Wache, hat ansonsten aber noch immer nahe am Wasser gebaut. Es wird Zeit, dass seine Taube Bussola, die er liebevoll »meine Schöne, meine Holde« nennt, zurückkehrt. Ich ertappe mich dabei, dass ich den Vogel in meine Gebete einschließe. Möge der Allmächtige das Tier beschützen und auf seinem Flug begleiten. Nicht auszudenken, wenn ihr etwas geschähe und wir komplett von der Außenwelt abgeschnitten wären.

Vorgestern sahen wir in einigen hundert Schritt Entfernung eine Menschengruppe vorbeiziehen. Männer, Frauen und Kinder, alle inbrünstig singend. Wir brauchten einige Zeit, um zu verstehen, dass ihr Verhalten nichts mit der Pest zu tun hatte, sondern einfach mit dem fortgeschrittenen Jahr: Die Adventszeit ist da. Die Leute waren auf dem Weg zur Kirche.

Auch wir hielten daraufhin eine Andachtsstunde ab. Lei-

der nicht komplett, weil Guido sich weigerte und der Magister auf Wache war. Ich sprach die Lukasverse zur Geburt unseres Herrn und dankte dem Allmächtigen dafür, dass er uns die Schlange Pest bisher vom Leibe hielt.
Körperlich sind wir alle wohlauf, aber das ist auch schon alles.
Die Ziege heißt jetzt auf gemeinsamen Beschluss »Bartmann«.

Der Nachmittag des sechsten Dezember sollte seit langer Zeit wieder einmal harmonisch werden. Der Grund dafür hieß Bussola, die weiße Botschafterin des Überlandfahrers. Sie war zurückgekommen und mit graziösem Flügelschlag auf der Zeltplane über dem Kochfeuer gelandet. Fabio war außer sich vor Freude und küsste und herzte seine Schöne, seine Holde. Dann nahm er ihr die papierene Nachricht vom Bein und las die Grüße seiner Miabella laut vor. Wie sie schrieb, ging es in Padua allen gut, die Kinder seien gesund, auch der Neuankömmling. Sie war einverstanden mit dem Namen Fabio Felicio und schlug vor, den Kleinen so bald wie möglich von Vater Frederico taufen zu lassen. Der Gottesmann hatte anfragen lassen, ob es noch vor dem Weihnachtsfest geschehen solle.

Fabio blickte auf. »Und du meinst wirklich, Cirurgicus, dass wir die Geburt Christi in diesem nach Rauch stinkenden Ring feiern müssen? Ich würde lieber heute als morgen nach Hause aufbrechen.«

»Das möchte ich auch.« Vitus stand am Kessel und rührte die Suppe um. »Aber es geht nicht.«

»Wieso? Du immer mit deinen zwei Monaten freiwilliger Quarantäne! Wir haben in der letzten Woche nichts mehr von der Seuche gehört. Niemand der Vorüberziehenden wusste etwas Neues zu berichten. Wenn ich morgen aufbräche, könnte ich Padua leicht in zehn Tagen erreichen.«

»Oder in fünf Tagen tot sein.« Vitus wählte absichtlich so deutliche Worte, denn es war nicht das erste Mal, dass Fabio ihre Zurückgezogenheit in Frage stellte. Er hatte mehr und mehr von seinem Zuhause gesprochen, von den Kindern und seiner wunderbaren Frau, und mehr und mehr hatte er sich selber Leid getan.

»Oh, Cirurgicus, du bist härter als Carrara-Marmor!«

»Mag sein, aber lieber zwei Monate in Quarantäne, als das ganze Leben fortgeworfen. Bedenke doch, es ist schon fast ein Monat um.«

»*Uno mese, sì, sì,* aber ein ganzer Monat liegt noch vor uns. Ich will dich nicht beleidigen, Cirurgicus, aber ich kann die ewige Fleischgemüsesuppe nicht mehr sehen.« Fabio fütterte seine Schöne, seine Holde mit Sonnenblumenkernen und stieß dabei Laute aus, die dem Gurren des Vogels sehr ähnlich waren.

»Ich bin nicht beleidigt, aber was soll ich machen? Unsere Fleischvorräte schmecken nun einmal rauchig und salzig, und das Gemüse geht allmählich zur Neige.«

»*Sì, naturalmente,* aber musst du immer alles zusammenwerfen? Es gibt auch Gemüsesuppe, die von hoher Köstlichkeit ist, ganz ohne Fleisch, und es gibt Fleisch ganz ohne Gemüse, wobei man den Schinken ein wenig wässern könnte, damit er nicht so salzig schmeckt! Speckstreifen dagegen könnte man auslassen und als Grundlage für einen leckeren Beiguss verwenden, man könnte …«

»An dir ist ja ein richtiger Koch verloren gegangen!«

Fabio winkte ab und beschäftigte sich wieder mit seinem gefiederten Liebling.

»Weißt du, was? Du könntest das Kochen für, sagen wir, die nächste Woche übernehmen. Danach bin dann wieder ich dran. Oder der Magister.«

»Wenn du meinst, Cirurgicus.« Sonderlich begeistert schien

der Überlandfahrer nicht. »Hier ist noch eine Nachricht für dich. Der Schrift nach von Professor Girolamo.«

»Und das sagst du mir erst jetzt?« Freudig griff Vitus nach dem Papier und entfaltete es. Der Brief begann genau wie der Letzte: *An den Cirurgicus von Campodios.* Dann erzählte der Professor in knappen Worten vom Lehrbetrieb, berichtete über die Fortschritte der Studenten, von denen sich Carlo nach wie vor gut mache, und kam schließlich auf das Werk *De Causis Pestis* zu sprechen, das mittlerweile schon so gut wie fertig gesetzt sei und kurz vor der Drucklegung stehe. Mit den Wünschen nach bester Gesundheit verblieb er erneut als sehr ergebener M. Girolamo.

Vitus steckte das Schreiben ein. Er wollte es später dem Magister zeigen. »Sage, Fabio, wann schickst du Bussola wieder auf die Reise?«

»Oh, *amico mio,* frühestens in drei Tagen! Meine Schöne, meine Holde braucht nach jedem Flug länger, um wieder zu Kräften zu kommen. Was soll ich denn Miabella schreiben? Wann kann Fabio Felicio getauft werden?«

»Ich denke, Mitte bis Ende Januar.«

»Was? Erst so spät?« Fabios Unterlippe begann zu zittern.

»Früher geht es nicht, ich habe es dir doch schon Dutzende Male erklärt. Am besten, du schreibst deinem Weib auch, dass du Weihnachten nicht zu Hause sein kannst. Oder hast du ihr das schon angekündigt?«

»N... nein.« Die Unterlippe zitterte stärker. »Hatte immer noch gehofft, dass ...«

»Fabio!« Vitus wurde energisch. »Du musst den Dingen endlich ins Auge sehen. Du wirst zur Geburt unseres Heilands nicht in Padua sein können. Wenn du deiner Frau bisher nicht von unserer unfreiwilligen Abgeschiedenheit berichtet hast und es auch weiterhin nicht tun willst, dann erfinde einen anderen Grund, warum du ihr fern bleiben musst. Einen Achsenbruch am Wagen oder sonst irgendetwas. Denke an meine Worte: lieber zwei Monate Quarantäne, als das ganze Leben fortgeworfen.«

Fabio schniefte geräuschvoll und schnappte nach Luft. Er holte eine riesiges angeschmutztes Tuch hervor und betupfte sich damit die Augen. »Es hilft wohl nichts«, schnüffelte er. »Ach, meine arme, arme Miabella.«

Später am Tag besuchte Vitus den Zwerg im Frauenzelt. Der Wicht wickelte gerade das Kind. Vitus wunderte sich: »Woher kannst du so etwas?«

»Wui, hatte viele Presschen un Pritschen, un ich war alleweil der Ölleste.«

»Presschen und Pritschen? Was heißt das denn nun wieder?«

»'s heißt Brüder un Schwestern inner Sprache der Wolkenschieber.«

»Aha, ich verstehe. Hier habe ich dir etwas Suppe mitgebracht.«

»Flosse? Kann keine Flosse nich mehr sehn. Da hab ich lieber Frost im Magen.« Enano überprüfte den Sitz des neuen Windeltuchs und zupfte es noch einmal zurecht. Nella lachte. Überhaupt schien die Kleine ein ausnehmend fröhliches Kind zu sein, denn sie kicherte und giggelte den ganzen Tag, wenn sie nicht gerade schlief.

Vitus stellte die kleine Schüssel auf einem Schemel ab. »Ich weiß, dass ich kein Meisterkoch bin. Fabio hat sich auch schon beschwert. Er wird ab morgen am Kessel stehen. Mal sehen, was er zustande bringt.«

»Wui un *sì!*« Der Zwerg nahm Nella in die Armbeuge und drückte ihr sanft das Klistierende ins Mündchen. »'s is Zeit, dass sie 'n bisschen Milch schmettert. Is ganz frisch, der Eutersaft. Bartmann macht triebig Milch!«

Vitus schmunzelte. »Bartmann müsste eigentlich Bartfrau

heißen, findest du nicht? Andererseits: Eine Frau mit Bart, das klingt nicht gerade schmeichelhaft.«

»Sì, sì, hihi!« Der Zwerg kicherte, während er sacht auf die Schafsblase drückte, um Nellas Nuckelbemühungen zu unterstützen.

Willst du nicht erst die Suppe essen, bevor du weitermachst? Sie wird sonst kalt.«

»Nee, 's is nich so wichtich, dass ich spachtel. Nella kommt vornewech.«

»Du bist eine vollkommene Mutter. Nur dass dir keine Brüste gewachsen sind.«

Der Zwerg verzog sein Fischmündchen zu einem spitzbübischen Grinsen. »Was nich is, kann ja noch werden, nich?« Er nahm das leere Klistier und legte es weg. »Nella, war das moll? Wui, wui, nich? Killekillekille, nu komm zum Altlatz.«

»Altlatz?«, fragte Vitus.

»Heißt Papa.« Enano klang stolz. Er nahm die Kleine hoch und stützte dabei ihr Köpfchen ab. Dann schaukelte er sie sacht, bis sie ein Bäuerchen machte.

»Böpp, böpp, war das 'n knäbbiger Aufstoß? Wui! Killekillekille. Böpp un gulp! Un gleich noch mal ...«

Vitus merkte, dass er hier nichts mehr verloren hatte, und schickte sich an zu gehen. »Dann mach mal weiter«, sagte er. »Aber vergiss draußen das Feuer nicht.«

Er stapfte zurück zum Männerzelt, wo er im Schein einer Lampe an Girolamo schreiben wollte. Laute Stimmen und Geschrei ließen ihn aufhorchen. Der Lärm kam aus dem Zelt. Was war da los? Er beschleunigte seinen Schritt und betrat die Behausung. Was er sah, als seine Augen sich an das Halbdunkel gewöhnt hatten, waren zwei Männer, die wie rasende Rachegöttinnen aufeinander losgingen, aufgeregt umflattert von einer weißen, Federn verlierenden Taube, die vergebens irgendwo zu landen versuchte, weil immer dann, wenn sie sich niederlassen wollte, aus dem Knäuel der Raufenden ein Arm oder Fuß auftauchte, der ihre Absicht zunichte machte.

»Aufhören!«, brüllte Vitus, aber er hätte genauso gut den Mond anschreien können. Keiner der Kämpfenden, weder Guido noch Fabio, schenkte ihm auch nur die geringste Beachtung. Stattdessen hieben sie weiter aufeinander ein, als säße der Leibhaftige in ihnen.

Der Geigenbauer schrie: »Du Schwein! Das sollst du mir büßen, du Schwein mit deiner Scheißtaube, dieser Ratte der Luft!« Er hing wie eine Klette an dem ungeschlachten Überlandfahrer und zielte mit seinen Fäusten in dessen Gesicht. Fabio versuchte, sich zu befreien, wollte den schäumenden Guido abstreifen wie ein zu enges Hemd, allein, es gelang ihm nicht. Ein Faustschlag traf ihn an der Nase, was seine Augen tränen ließ und ihn für den Bruchteil eines Augenblicks kampfunfähig machte.

Vitus nutzte die winzige Pause und brüllte nochmals mit Stentorstimme: »Aufhören! Sofort aufhören!«

Als wäre seine Aufforderung eine Anfeuerung gewesen, packte Fabio nun den verhassten Angreifer an der Gurgel, umschloss sie mit seinen riesigen Pranken und drückte zu. Guido zappelte wie ein Fisch auf dem Trockenen, spuckte, keilte, trat, doch was er auch versuchte, er kam nicht frei.

»Aufhören!« Vitus war es leid. Irgendwie bekam er einen Arm des Riesen in die Finger, hielt ihn fest und schrie dem Koloss aus nächster Nähe ins Ohr: »Aufhören! Schluss, sage ich, mach Schlu…«

Das letzte Wort konnte er nicht mehr brüllen, denn ein Fußtritt hatte ihn wie ein Riesenhammer getroffen und in die nächste Ecke geschleudert. Er rappelte sich auf. Auch in ihm loderte nun die Wut hoch. Die vergangenen Tage hatten ihn viel Kraft gekostet. Zu viel Kraft, als dass er hätte ruhig bleiben und den Überblick behalten können. Er hatte die Gruppe immer wieder von der Notwendigkeit der Quarantäne überzeugen müssen, er hatte Schrullen und Verrücktheiten der Gefährten ertragen und die Wachen neu einteilen müssen, er hatte mit der Sorge einer pestverseuchten Ziege leben müssen, und seine Kochkünste waren kritisiert worden ... Jetzt war es genug.

Mit einem Aufschrei stürzte er sich auf die beiden Kampfhähne und versuchte, Fabios Pranken von Guidos Hals zu zerren. Es gelang ihm nicht, vielmehr bekam er einen Hagel von Hieben und Tritten ab, schmerzhafte Blessuren, die ihn nicht gerade milder stimmten. Da schlug er seine Zähne in den Arm des Riesen und biss mit aller Kraft zu.

»Oooooaaahh!« Fabio röhrte vor Schmerz wie ein Hirsch, doch er ließ los. Wer jetzt gedacht hätte, Guido wäre froh, endlich frei zu sein, und würde Frieden geben, sah sich getäuscht: Kaum dass er wieder atmen konnte, begann er den Riesen erneut unflätig zu beschimpfen, keifte, tobte und schäumte, wie es nur jemand tut, der nicht mehr bei Verstand ist.

Endlich war es Vitus gelungen, sich zwischen die beiden Hitzköpfe zu schieben. »Aufhören!«, brüllte er zum soundsovielten Male, und wieder war es vergebens. Die Fäuste flogen weiter. Ein Hieb traf ihn schmerzhaft am Ohr.

»Aufhören, Herrgott noch mal!« Abermals ging die Keilerei weiter, aber dann, dann standen alle drei Raufbolde plötzlich wie gelähmt da.

Ein Donnerschlag, so ohrenbetäubend laut, dass ihnen fast die Trommelfelle platzten, war ihnen in die Glieder gefahren. Im Zelteingang stand der Magister, die rauchende Muskete in der Hand. »Es tut mir Leid, wenn ich gestört haben sollte. Aber es war ein wenig geräuschvoll hier.« Dann wurde der kleine Mann übergangslos ernst: »Ja, habt ihr denn nur noch Stroh in euren Köpfen? Herrscht hier das Faustrecht? Prügelt euch wie die Gassenjungen! Könnt ihr eure Meinungsverschiedenheiten nicht anders lösen! *Sancta simplicitas!* Oh, heilige Einfalt! Ich muss mich erst einmal setzen.«

Ernüchtert machten die drei Streithähne es ihm nach.

Bussola ließ sich ebenfalls nieder. Sie landete auf einer Stange ihres Käfigs und begann ihr Gefieder zu putzen.

Der Magister blinzelte. »Ihr könnt froh sein, dass nicht einer von euch ein Loch im Pelz hat. Was war los?«

»Ja, was war los?«, wiederholte Vitus in Richtung Fabio und Guido. »Ihr habt ja wie die Furien aufeinander eingedroschen!« Und zum Magister sagte er: »Eigentlich wollte ich die Prügelei beenden, habe mich dann aber mit hineinziehen lassen.«

Der kleine Gelehrte schüttelte den Kopf. »So kenne ich dich gar nicht. Aber egal, ich will wissen, was los war!« Auffordernd blickte er Fabio und Guido an.

Es war eine einfache Frage, doch ihre Beantwortung schien ungleich schwerer, denn die beiden Kontrahenten redeten nun gleichzeitig, unterbrachen sich ständig und durchbohrten einander mit Blicken.

Nach zähem Hin und Her ergab sich endlich folgender Hergang: Fabio hatte sich ein Stündchen aufs Ohr legen wollen und zu diesem Zweck das Männerzelt aufgesucht. Da er so lange von seiner Schönen, seiner Holden getrennt gewesen war, hatte er den Käfig mit ins Zelt genommen, neben sich gestellt und mit seinem Liebling geplaudert. Darüber war er eingeschlafen. So weit, so gut. Nur hatte er vergessen, das Türchen der Vogelbehausung zu schließen.

Auch Guido, der ebenfalls im Zelt schlief, hatte etwas vergessen: Er hatte es versäumt, seine Geliebte mit der wunderbaren Haut aus Holz zurück in ihren Kasten zu legen.

So hatte das Unglück seinen Lauf genommen. Bussola war irgendwann aus dem Käfig geklettert, hatte den Kopf schief gelegt, sich neugierig umgesehen und war dann losspaziert, wahrscheinlich auf der Suche nach etwas Essbarem. Sie hatte immer mal wieder probeweise etwas angepickt und dabei wiederholt Zeugnis ihrer gesegneten Verdauung abgelegt. Irgendwann hatte sie auch auf der Geige gesessen und Guidos Geliebte mit einer guten Portion bedacht.

Es bedurfte keiner großen Vorstellungskraft, sich auszumalen, was passierte, als Guido erwachte und seine Geige an sich zog …

»Das reinste Tollhaus hier!«, schnaubte der kleine Gelehrte. »So etwas wischt man doch einfach ab. Oh, Herr, wie ist dein Schafstall groß!«

»Wui, Kleemänner gibt's alleweil un überall!« Der Zwerg stand im Zelteingang und schoss Blitze aus seinen Äuglein. »Is nu endlich Sticke? Nella muss Ruhe haben! Späht nur, sie flösselt un steinelt, dasses einem die Pump zerreißt!«

In der Tat weinte die Kleine, die sonst so gerne lachte und giggelte.

»Da seht ihr, was ihr Streithammel angerichtet habt!«, grollte der Magister. »Sich auf Kosten eines unschuldigen Kindes zu prügeln, pah!«

Kopfschüttelnd zog er wieder ab und drehte seine Runden.

Vitus saß am Kochfeuer vor der großen Schüssel und blickte neugierig in das dampfende Gebräu. »Was ist es denn für eine Suppe?«, fragte er Fabio.

Gemüsesuppe aus Bohnen und Rüben«, antwortete der Überlandfahrer nicht ohne Stolz.

»Und was ist das Grüne darin?«

»Löwenzahnblätter. Ich konnte sie Bartmann gerade noch vor der Nase wegschnappen. Sie sind ein wenig bitter, aber sie geben zusätzliche Würze, du wirst sehen.«

Vitus probierte vorsichtig und nickte dann anerkennend. »Die Suppe ist wirklich gut. Die anderen werden sich freuen.«

»Nicht wahr, *amico mio!* Aber ich habe noch etwas anderes

gemacht, während du auf Wache warst. Der Magister hat mir dabei geholfen. Hier!« Fabio griff in eine Kiste und holte ein Fladenbrot hervor. »Selbst gebacken. Habe Weizen gemörsert und Mehl daraus gemacht. Es schmeckt etwas fade, aber wenn man es in die Suppe tunkt, geht's.«

»Herrlich! Brot! Wie lange haben wir kein Brot mehr gegessen.«

Fabio brach ein großes Stück ab und gab es Vitus. Dann setzte er sich zu ihm und rieb voller Vorfreude seinen Holzlöffel am Ärmelstoff sauber. »Lass es dir schmecken, Cirurgicus. Ich muss sagen, die Kocherei hat mich auf andere Gedanken gebracht.«

»Das freut mich. Essen hält Leib und Seele zusammen, so sagt man doch, oder? Ich hätte dich viel früher bitten sollen, für uns am Kessel zu stehen.«

Fabio strahlte. »Miabella sagt auch immer, an mir ist ein Koch verloren gegangen. Morgen mache ich eine Soße von ausgelassenem Speck mit Schinkenwürfelchen. Du wirst sehen, die ist noch leckerer. Die Soße zusammen mit dem Fladenbrot, hm, *bellissimo!* Soll ich dir verraten, was ich für übermorgen vorgesehen habe?«

Vitus hätte es gerne gewusst, aber in diesem Augenblick erschien Guido auf der Bildfläche, den Geigenkasten eng an sich gedrückt. Grußlos setzte er sich zu den beiden anderen, holte seinen Löffel hervor und wollte ihn in die dampfende Schüssel tauchen. Doch dazu kam es nicht. Blitzschnell schoss die Pranke des Überlandfahrers vor, packte sein Handgelenk und hielt es eisern fest.

»Au! Was soll das?«

»Was das soll?« Fabios Stimme dröhnte. »Ach, nichts! Mich interessiert nur, ob der Herr heute schon Wachdienst gehabt hat? Nein? Oder ob der Herr heute schon Nellas Pflege übernommen hat? Nein? Oder ob der Herr heute schon gekocht hat? Nein? Nun, ich denke, wer keinen Handschlag tut, sondern den ganzen Tag nur auf der faulen Haut liegt, sollte auch nichts zu essen bekommen.«

»Lass mich los!«

»Gern, aber gnade dir Gott, du isst auch nur einen einzigen Bissen!

»Ja, ja, schon gut. Ich will deine blöde Suppe ja gar nicht.« Guido hielt sich zurück. Aber man sah seinen Augen an, dass er hungrig war.

Vitus, der gleich zu Anfang dazwischengehen wollte, hatte es sich anders überlegt. Ein kleiner Funke nur, das war klar, würde einen neuen Streit entfachen. Aber genauso klar war, dass eine Lösung gefunden werden musste, Guido zum Arbeiten zu bewegen. Denn natürlich hatte Fabio Recht: Zum Leben in der Gemeinschaft musste jeder sein Scherflein beitragen. Vitus schwieg also und beobachtete lediglich, wie der Geigenbauer sich zurückzog.

Mit Guidos Verschwinden brach die gute Laune bei Fabio wieder durch. »Siehst du, Cirurgicus, man muss nur hart bleiben! Ich wette, der Bursche macht sich spätestens morgen wieder nützlich.«

Doch seine Voraussage sollte sich als falsch erweisen.

Vitus saß im Männerzelt neben dem Geigenbauer, der eigensinnig auf seine Geige starrte. »Höre, Guido, so kann es nicht weitergehen. Seit vier Tagen erhebst du dich nicht von deinem Lager, liegst nur herum und tust nichts. Ich kann Fabio gut verstehen, wenn er nicht will, dass du zu essen kriegst.«

»Die Taubenscheiße hat ein Stück Lack zerstört.«

»Ja, ich sehe es. Wenn wir erst in Piacenza sind, wird es dir ein Leichtes sein, das zu reparieren. Doch zurück zu deiner Untätigkeit: Ich möchte nicht, dass du von morgens bis abends und noch dazu die ganze Nacht nur auf der Bärenhaut liegst. Du ärgerst damit die anderen.«

»Die Taubenscheiße hat ein Stück Lack zerstört.«

»Ja, du sagtest es bereits. Höre, Guido, ich will Frieden haben in der Gruppe. Wenn wir uns gegenseitig die Köpfe einschlagen, nützt das keinem etwas. Also erhebe dich und besorge dir eine Arbeit. Irgendetwas ist immer zu tun. Anschließend kannst du dann auch mit uns essen.«

»Ihr Körper ist siebenfach gelackt.«

»Auch das ist mir bekannt. Warum willst du mir nicht antworten?«

»Meine Geige. Ihr schöner Kopf. Ihr wundervoller Körper … Es würde mir überhaupt nichts nützen, ihn in Piacenza reparieren zu wollen, weil die Zusammensetzung des Lacks ein Geheimnis der Familie Amati ist. Wenn überhaupt, müsste ich nach Cremona reisen und dort um ein Quantum bitten.«

»Dann tu das meinetwegen, sobald wir weiterziehen. Aber eines sage ich dir: Durch das Draufstarren wird dein geliebtes Stück auch nicht wieder heil.«

Guido schwieg trotzig.

Auch Vitus sagte nichts mehr. Gerade wollte er aufstehen, um wieder nach draußen zu gehen, da hatte er einen Einfall. Er blieb sitzen und dachte darüber nach. Und je mehr er nachdachte, desto besser gefiel ihm sein Gedanke. »Sag mal, Guido«, begann er, »erinnerst du dich daran, dass wir einmal gemeinsam feststellten, dass die Harmonie es sei, die Musik und Medizin verbindet? Wir sprachen von reinen Tönen und reinen Säften. Und wir sprachen auch davon, dass zum Bau eines Geigenkörpers vier verschiedene Holzarten vonnöten sind – ebenso, wie sich der menschliche Körper auf vier verschiedenen Säften aufbaut. Der Geigenkörper ist also in vielerlei Hinsicht mit dem des Menschen vergleichbar.«

»Ja, wieso?«

Vitus ging nicht auf die Frage ein. »Wenn ein Mensch sich nun eine Zeit lang nicht bewegen kann, weil er, zum Beispiel, durch Krankheit ans Bett gefesselt ist, was passiert wohl, wenn er das erste Mal wieder aufsteht?«

»Ich weiß nicht, Cirurgicus.«

»Ich will es dir sagen: Dieser Mensch ist wackelig auf den Beinen. Man schiebt den Zustand gemeinhin der Krankheit zu, die den Körper ausgezehrt hat, aber das ist es nicht allein: Die schwachen Beine rühren auch vom Muskelschwund her. Wenn Muskeln nicht bewegt werden, verkümmern sie.«

»Ja, natürlich. Aber worauf willst du hinaus?«

»Nun, mit deiner Geige ist es genauso. Wenn sie nicht bewegt – also gespielt – wird, verkümmert ihr Körper.«

»Meinst du wirklich?«

»Ich bin sicher. Der schöne Geigenkörper würde Substanz verlieren und schwächer werden. Im Übrigen: Heißt es nicht immer, ein Instrument müsse gespielt werden, damit Leben hineinkommt?«

»Ja, natürlich, das stimmt.« Guido war sehr nachdenklich geworden. »Aber der Körper hat den hässlichen Fleck durch die Taubenkacke.«

»Der Fleck ist doch rein oberflächlich, nichts anderes, als die Schramme auf deiner Stirn, die du bei der Rauferei davongetragen hast.«

»Tja, wenn du meinst.«

»Als Arzt würde ich deiner Geige täglich dreimal Bewegung verordnen.« Vitus stand auf und ging zum Zeltausgang.

»Lass dir die Sache einmal durch den Kopf gehen.«

Am selben Abend, das Stundenglas zeigte, dass es bald auf acht Uhr ging, spielte Guido auf seiner Geige. Zuerst zaghaft und mit einigen Unterbrechungen, dann immer sicherer und lauter. Schließlich durchzog eine fröhliche Melodie die Schwärze der

Nacht, kletterte munter die Tonleiter hinauf und hinab und schenkte jedermann einen harmonischen Hörgenuss.

Wenig später kam der Magister von der Wache zurück, und Fabio machte sich auf den Weg. Doch bevor er ging, schärfte er Vitus und dem Magister ein: »Dass ihr mir ja nicht dem Faulenzer Guido etwas zu essen gebt!«

»Doch, das werden wir«, sagte Vitus.

»Nein! No! *Dio mio!* Wer nichts tut, kriegt auch nichts zu beißen!«

»Aber Guido hat eben die ganze Zeit sehr schön auf seiner Geige gespielt.«

»Ich habe es gehört. Na, und?«

»Hat es dir gefallen?«

»Ja, schon. Warum?«

»Es hat dir gefallen und deine Gedanken etwas aufgehellt. Ebenso wie den Magister, der seine Runden zog, wie Enano, der die Kleine wickelte, und wie meine Wenigkeit, die das Kochfeuer schürte und das Essen aufwärmte. Damit hat Guido eine Leistung für die Allgemeinheit erbracht und darf folglich auch essen.«

Fabio grunzte. Aber das war auch schon alles, was er noch entgegenzuhalten hatte. Er schulterte die Muskete und stapfte los.

Die Zeit von Mitternacht bis vier Uhr morgens war diejenige, die seit alters die Aufmerksamkeit des Wachpostens auf die härteste Probe stellte. Vitus kannte diese sich zäh dahinziehenden Stunden aus den Tagen, da er mit dem Magister und dem Zwerg zur See gefahren war. »Hundewache« wurden diese Stunden auch genannt, wahrscheinlich, weil niemand zu dieser Zeit einen Hund vor die Tür jagen mochte.

Das Wetter in dieser Nacht tat ein Übriges, dem Wachläufer das Leben zu versauern. Ein kalter Wind blies von den Ausläfern der Apenninen heran, scharfe Böen, die einem Schauer über den Rücken jagten. Vitus zog die Schultern zusammen und stapfte vorwärts. Er hatte schon ganz andere Stürme erlebt, auf schwankenden Schiffsplanken, den Tod vor Augen. In der unendlichen Weite des Westmeeres war es gewesen, im Rettungsboot der tapferen *Gallant*. Die Besatzung hatte sich zusammengesetzt aus Pater Ambosius, der in Neu-Spanien missionieren wollte, den »Damen« Phoebe und Phyllis, die in Wirklichkeit Hafendirnen waren und sich am anderen Ende der Welt einen Ehemann suchen wollten, dem braven Hewitt und ein paar weiteren Matrosen, dazu dem Magister, dem Zwerg und ihm – ein bunt zusammengewürfelter Haufen, der ums nackte Überleben kämpfte. Ja, es war eine schwere Zeit gewesen. Das schwarze Erbrechen hatte einige der Männer dahingerafft, die Nahrung war ausgegangen und – schlimmer noch – immer wieder auch das Trinkwasser. Zuletzt waren sie nur noch zu fünft gewesen. Fünf Menschen. Und ein Hahn.

Vitus fröstelte. Er ging schneller. Das Ringfeuer brannte wegen des starken Windes lichterloh. Nach der dritten oder vierten Runde tauchte plötzlich ein Schatten vor ihm auf. »Halt! Wer da?«, rief er.

»Ich bin's«, fistelte es.

»Ach so, du bist es, Zwerg. Was machst du hier mitten in der Nacht?«

»Muss nach'm Brändeln spähn. Geht nich anders, sonst isses bald flach.« Der Wicht hatte große Holzscheite dabei, die er kunstvoll auf die Glut schichtete.

Vitus beobachtete ihn. »Wie geht es der Kleinen?«, fragte er nach einer Weile.

»'s geht ihr glatt, aber ich lass sie nich gern allein.«

»Schläft sie denn nicht?«

»Nee, non, no. Is gerade plärrig. Hat Frost im Magen, mein Schäfchen.«

»Du meinst, Nella hat Hunger? Weißt du, was? Ich werde ihr zu trinken geben. Schließlich verstehe auch ich es, mit einer Klistierspritze umzugehen.«

Froh über die Abwechslung im Wach-Einerlei ging Vitus zum Frauenzelt. Nella lag in ihrem Bettchen aus Stroh und Vogelfedern, schlug mit den Ärmchen um sich und schrie. Sie strengte sich dabei sehr an, und ihr zahnloses Mündchen war ein einziges Loch.

»Ruhig, ruhig, meine Kleine, Onkel Vitus ist ja da. Er weiß, dass du hungrig bist. Wollen doch mal sehen, wo die Schafsblase mit dem Klistier steckt. Ah, da liegt sie schon. Ist sie auch voll? Ja, wunderbar.«

Wieder plärrte Nella, aber diesmal klang es anders. Wie der schrille Schrei eines Mäuschens, nur zehnmal lauter. Und dann, jählings, wurde Vitus klar, dass nicht die Kleine im Zelt, sondern der Zwerg am Ring geschrien hatte. Mit drei Sätzen sprang er nach draußen in die Nacht, blickte sich um und erkannte im Widerschein des Ringfeuers dunkle Gestalten, die auf etwas, das am Boden lag, einschlugen. Auf Enano!

Vitus' Gedanken überschlugen sich. Er riss Fabios Horntute an die Lippen und blies mit aller Kraft hinein. Spätestens jetzt mussten die Gefährten wach geworden sein! Doch waren sie nicht die Einzigen, die sein Warnsignal gehört hatten, denn zwei der Angreifer kamen auf ihn zugelaufen, Messer und Knüppel schwingend. »Hilfe! Zu Hilfe! Überfall!«, schrie er aus Leibeskräften, machte die Muskete schussbereit und zielte auf den Erstbesten. Der Knall war auch diesmal ohrenbetäubend. Einer der Angreifer taumelte, griff sich an die Brust und fiel. Weitere Halunken kamen heran! Vitus packte den Dolch und ließ die Klinge warnend vor sich kreisen. Wo die anderen nur blieben? Er versetzte einem der Halunken einen Stoß, so dass dieser zurückwich. Da endlich kamen Fabio und der Magister! Sie hatten sich dreizinkige Forken vom Wagen geholt und gingen damit auf die Angreifer los. Die Kerle wichen zurück. Einer stöhnte auf und fluchte. Er war getroffen worden. Vitus lief zu der Stelle, wo die Bande auf den Zwerg eingeschlagen hatte. Wo lag der Wicht? Dort. Er rappelte sich gerade auf, ein langes Holzscheit in der Hand, mit dem er sich offenbar gewehrt hatte. Tapferer kleiner Kerl! »Bist du verletzt, Zwerg?«

»Nee, 's geht schon. Die verdammten Strohputzer!«

»Los, da rüber!«

Beide eilten Fabio und dem Magister zu Hilfe, die von vier Halunken umkreist wurden. Die Kerle hatten Respekt vor den zehn Fuß langen Forken mit ihren nadelspitzen Zinken, aber wie lange noch? Vitus stürzte auf einen zu und hieb ihm von hinten den Musketenlauf über den Kopf. Einem Zweiten stieß er den Kolben in die Seite. Auch der Zwerg teilte wacker aus: Er schlug einem Dritten mit dem Scheitholz auf die Knie. Der Mann brüllte und ging zu Boden. Fabio und der Magister hatten ihre Abwehrhaltung aufgegeben und waren zum Angriff übergegangen. Wild stießen sie mit ihren Forken um sich. Wer sich ihnen in den Weg stellte, gab alsbald Fersengeld. Auch die Kerle, mit denen es Vitus und der Zwerg zu tun gehabt hatten, flohen Hals über Kopf. Mit großen Sätzen sprangen sie aus dem Feuerring und verschwanden in der Dunkelheit. Der Spuk war vorbei.

Vitus stand mit rasendem Puls da. »Diese Mordbande! Einen so heimtückisch zu überfallen.«

Fabio keuchte: »*Sì.* Die Höllenbrut wollte die Schätze auf meinem Wagen!«

»Diebespack! Wenn Morpheus' Arme mich nicht immer so fest hielten, wäre ich früher wach geworden.«

»Mein Schäfchen! Mein Schäfchen!«, fistelte der Zwerg dazwischen. »Muss zu meinem Schäfchen!« Er weinte fast vor Sorge um Nella, während er zum Frauenzelt eilte. Vitus, Fabio und der kleine Gelehrte liefen hinterher. Der Überlandfahrer rief: »Ich möchte mal wissen, wo Guido die ganze Zeit war! Hat sich wieder mal gedrückt, der Bursche, als es drauf ankam!«

Doch das hatte er nicht.

Als die drei Gefährten ins Zelt stürzten, erblickten sie den Geigenbauer, der sich zu allem entschlossen vor Nella aufgebaut hatte, eine schwere Hacke in der erhobenen Hand. »Ach, ihr seid's«, sagte er erleichtert.

»Wie strömt's dir, mein Schäfchen?«, heulte der Zwerg, wieselte um Guido herum und riss Nella hoch. »Glatt? Knäbbig? Alles im Lot? Dank dir, oh, grandiger Machöffel!« Grenzenlos erleichtert und pausenlos auf die Kleine einredend, griff er zum Milchklistier.

»*Deo gratias,* dass die Kleine wohlauf ist!«, rief der Magister, und er sprach damit allen aus dem Herzen. Dann fügte er stirnrunzelnd hinzu: »Allerdings weiß ich nicht, ob das ständige Rotwelsch linguistisch angebracht ist, gerade bei heranwachsenden Säuglingen. Aber mich geht es ja nichts an. Schauen wir lieber wieder nach draußen. Ich glaube zwar nicht, dass die Barbaren noch einmal wiederkommen, aber wenn mein schwaches Augenlicht mich nicht getäuscht hat, liegen da noch ein oder zwei von den Halunken herum.«

Der kleine Gelehrte sollte Recht behalten. Zwei Männer lagen leblos neben dem Feuerring. Der Schein der Flammen beleuchtete nur schwach ihre Gesichter, doch reichte die Helligkeit aus, um zu erkennen, dass der eine Kerl mausetot war. Es war derjenige, den Vitus mit der Muskete getroffen hatte. Der andere bewegte sich noch. Er lag gekrümmt da und stöhnte schwach. Ein Forkenstich hatte ihn in den Bauch getroffen.

»Licht!«, befahl Vitus. »Ich muss den Mann untersuchen, vielleicht kann ich sein Leben retten.« Er rollte den Mann auf den Rücken und begann ihm die Kleider vom Leib zu zerren.

»Das sieht nicht gut aus.« Der Magister hatte zwei Laternen aus dem Männerzelt geholt und übergab sie Vitus.

Fabio knurrte: »Um den ist es nicht schade. *Bandito! Briccone! Brigante!* Lass ihn verrecken, Cirurgicus!«

»Nein, er hat Schmerzen.«

»Na und?«

»Er hat Schmerzen, und ich habe das Mittel dagegen.«

Der Magister fragte: »Kannst du ihn nicht operieren?«

»Ich fürchte, dafür ist es zu spät. Außerdem sind Eingriffe im Bauchraum immer ein Spiel auf Leben und Tod, wobei der Tod fast immer gewinnt. Selbst wenn der Verletzte überlebt, so stirbt er ein paar Tage später an Wundbrand. Geh noch mal und bring mir den kleinen Albarello, du weißt schon, den mit der grünen Mixtur.«

»Mach ich, mach ich.«

Während der Gelehrte fort war, versuchte Vitus eine Unterhaltung in Gang zu bringen. »Wie heißt du?«, fragte er.

»La… Ladino.« Die Antwort war nur ein Hauch.

Vitus wollte weiterfragen, ob Ladino Blut im Mund spüre, denn dies wäre ein Indiz für weitere innere Verletzungen gewesen, doch dann entdeckte er die Feder. Es war eine Fasanenfeder, und sie steckte seitlich im Barett des Mannes. Eine solche Hutzier hatte er schon einmal gesehen, ebenfalls bei Räubern. Richtig, beim letzten Überfall war es gewesen, als die Angreifer aus dem Buschwerk gekommen waren!

Unwillkürlich wich er zurück. Die Burschen hatten die Pestis gehabt – in einem fortgeschrittenen Stadium. Dass die Kerle überhaupt noch kämpfen konnten, hatte fast an ein Wunder gegrenzt.

Ob Ladino auch von der Schlange Pest geschlagen war?

»Was starrst du den Mann so an? Ist er schon tot?« Der kleine Gelehrte war zurück, übergab den Albarello und dazu eine Kruke Wasser.

»Nein, ist er nicht. Ich habe eben nur einen Heidenschrecken bekommen.« Vitus rührte das Medikament in die Flüssigkeit ein.

»Wieso? Der Kerl ist ja wohl keine Bedrohung mehr?«

»Oh, doch, wenn er die Pestilenz hat.« Vitus wies auf die Fasanenfeder des Mannes. »Eine solche Feder haben wir schon einmal bei Räubern gesehen. Genauer: bei zwei toten Räubern. Es war beim letzten Überfall, als wir die Stelzen des Zwergs als Waffe benutzten.«

Der Magister pfiff durch die Zähne. »Alle Wetter, natürlich! Ich erinnere mich. Die Kerle hatten die Seuche. Und du meinst, es wäre dieselbe Bande, die uns hier … Allmächtiger!

»Siehst du, jetzt bist du es, der den Heidenschrecken bekommen hat.« Vitus grinste flüchtig. »Aber ich kann dich beruhigen: Dieser Bursche wird an seinen Verletzungen sterben – und nicht an der Geißel. Er hat sie nämlich nicht.«

Der Magister blinzelte. »Er hat sie nicht? Das ist seltsam. Man sollte doch annehmen, dass die ganze Bande von damals sich gegenseitig angesteckt hat und in den Orkus gewandert ist. Stattdessen springen die Kerle quicklebendig hier herum und überfallen harmlose Zeitgenossen wie uns.«

»Vielleicht gehört die Fasanenfeder ja allgemein zur Huttracht der hiesigen Männer. Dann hätte meine Beobachtung überhaupt nichts zu bedeuten.« Vitus flößte dem Verletzten eine Portion der Arzneimixtur ein.

»Meinst du? Und wenn es nun ganz einfach so ist, dass die Seuche sich totgelaufen hat?«

»Darauf würde ich mich lieber nicht verlassen.« Vitus stellte den Albarello auf den Boden. Dann sprach er den Schwerverletzten wieder an: »Du wirst in wenigen Augenblicken keine Schmerzen mehr haben, Ladino. Vorher hätte ich allerdings gerne gewusst, ob in eurer Bande vor einiger Zeit die Pest umging. War es so?«

Ladino öffnete und schloss den Mund, doch es kam kein Ton hervor.

»Seid ihr es, die uns schon einmal überfallen haben? Sprich! Es ist sehr wichtig.«

»I... ich weiß ... n... nicht.« Die Stimme des Räubers war kaum zu verstehen.

Vitus stellte noch eine Reihe weiterer Fragen, bekam aber nur noch Unverständliches zur Antwort. Schließlich, als Ladino eingeschlafen war, gab er es auf.

»Es sieht gut aus«, sagte der Magister.

»Wie? Was?« Vitus hatte gar nicht bemerkt, dass der kleine Mann kurz fort gewesen war.

»Der zweite Halunke hat ebenfalls nicht die Seuche. Ich habe ihn gerade von Kopf bis Fuß inspiziert. Keine Beulen, nirgendwo.«

»Gott sei Dank!«

»Ich schlage vor, du legst dich jetzt aufs Ohr. Muss sowieso gleich die Wache übernehmen, da kann ich dich auch jetzt ablösen.«

Vitus schüttelte den Kopf. »Nein. Ich bleibe bei dem Verletzten. Leg du dich wieder hin. Heute Nacht passiert sowieso nichts mehr.«

Der Magister seufzte. »Du Unkraut! Geht es zwischen uns jetzt wieder darum, wer der Edelmütigere ist? Hau dich hin, du hast es verdient.«

Wer die beiden Freunde kannte, der wusste, dass ihr Geplänkel noch eine Weile so weitergehen konnte, doch diesmal war es anders, denn sie wurden durch einen Schreckensruf Fabios unterbrochen.

»Was ist denn nun schon wieder los?«, knurrte der kleine Gelehrte.

Da kam der Überlandfahrer auch schon händeringend herbeigestürzt. »*Dio mio*, meine Pferde sind weg! Das Gesindel hat sie mitgehen lassen! Ich weiß es genau, denn bei Sonnenuntergang grasten sie noch ganz in der Nähe, und so weit können sie sich nicht entfernt haben.« Tränen schossen dem Riesen in die Augen. »Fort, fort, alle sind fort! Fabio hat niemanden mehr, keine Miabella, keine Bambini, keine Bussola, keine Pferde. Oh, Herr, welche Strafen willst du mir noch auferlegen?«

Er jammerte noch eine Zeit lang so weiter, bis es Vitus endlich gelang, den Strom seiner Tränen zu unterbrechen: »Geh«, sagte er, »koch uns was Schönes für morgen.«

Im Feuerring,
Donnerstag, 17. Tag des Monats Dezember, A. D. 1579

Seit langer Zeit greife ich wieder zur Feder. Turbulente Tage liegen hinter uns. Dass wir noch immer leben, können wir selbst kaum glauben. Wieder wurden wir nächtens angegriffen, und wieder konnten wir die Halunken in die Flucht schlagen. Es handelte sich aller Wahrscheinlichkeit nach um die Bande, die uns schon einmal überfiel. Zwei Männer streckten wir im Kampfe nieder, der eine war sofort tot, der andere lebte noch zwei Tage. Ein Forkenstich ins Gekröse war letztlich die Todesursache. Ich weiß nicht, wie viele Sünden dieser Mann auf sich geladen hatte, aber er war ein Mensch, und als einen solchen habe ich ihn behandelt.

Die toten Räuber wurden von uns christlich begraben. Sie liegen neben Antonella, allerdings mit einigem Abstand.

Bei dem Überfall wurden Fabio seine zwei Zugpferde gestohlen, worüber er schier zu verzweifeln drohte, doch der Himmel gab es, dass eines davon am nächsten Nachmittag wieder auftauchte. Selten habe ich bei einem Mann eine so ungehemmte Wiedersehensfreude gesehen. Er war wie entfesselt vor Glück.

Der erwähnte Überfall geschah in der Nacht zum Drei-

zehnten, einem Sonntag, und nur drei Tage später hatte Fabio erneut Grund zur Freude: Bussola, seine Schöne, seine Holde, war zurückgekehrt. Diesmal hatte sie keine Nachricht für mich dabei. Ich weiß nicht, warum, vielleicht hatte Professor Girolamo einfach keine Zeit zum Schreiben. Dafür scheint in Padua alles seinen gewohnten Gang zu gehen, jedenfalls, was Fabios Familie betrifft. Über die Pest war nichts Neues zu erfahren. Wir alle beten täglich, sie möge sich bald erschöpft haben.
Der Zwerg Enano umsorgt die kleine Nella weiter, als wäre sie von seinem eigenen Fleisch. Vor ein paar Tagen bat er darum, im Frauenzelt eine Feuerstelle einrichten zu dürfen. Er hatte Sorge, die Kleine könne sich erkälten. Natürlich willigte ich ein, zumal unsere Holzvorräte nach wie vor reichlich sind. Nicht einmal die Hälfte haben wir bisher verbraucht.
Fabios Weinerlichkeit hat sich gebessert, nachdem er für uns alle kocht. Er tut es mit Hingabe und Einfallsreichtum. Wir alle staunen, wie viel er aus so wenig macht.
Auch Guido hat sich etwas gefangen. Zwar hütet er seine Geige noch immer in einem völlig übertriebenen Maße, aber nachdem ich ihm deutlich machte, er müsse sie häufiger spielen, damit ihr Körper nicht an Substanz verliere, wirkt er ausgeglichener. Sein eigenes Spiel scheint ihn zu beruhigen.
Bussola ist inzwischen schon wieder fort. Ich bin gespannt, ob sie heil und gesund zurückkommt, und frage mich, ob dann ein Schreiben des Professors für mich dabei ist.
Ich hoffe, unser Seelenzustand bleibt einigermaßen stabil.

Das Wetter hielt sich. Der Dezember war regenarm und vergleichsweise mild – ein Geschenk für Männer, die zwischen sich und den Naturgewalten nur eine dünne Zeltplane hatten.

Nach dem Überfall durch die Räuber waren sie ein paar Tage verstärkt Wache gegangen, aber da nicht das geringste Zeichen für ein neuerliches Auftauchen der Schurken sprach, gingen sie alsbald wieder zu ihren normalen Runden über. Die Tage waren jetzt sehr kurz, die Nächte dafür umso länger.

Eine gewisse Abfolge des Tages hatte sich entwickelt:

Bei Tagesanbruch, wenn der Magister von der Streife zurückkam, traf er auf Guido, der mit seiner Geige vor das Männerzelt getreten war. Beide hielten ein Schwätzchen, woraufhin der kleine Gelehrte im Zelt verschwand, um sich noch ein wenig aufs Ohr zu legen, und Guido seine Geige ansetzte, um ihre Körperlichkeit zu ertüchtigen. Er tat dies mit der ernsthaften Begründung, seine Geige wolle gespielt werden, ja, es verlange sie sogar danach.

Fabio hatte unterdessen seine Runden begonnen, von denen er um zwölf zurückkam. Vitus, der vormittags nach dem Zwerg und Nella sah, hatte dann schon alles vorbereitet, damit Fabio seine Kochkünste entfalten konnte. Während Vitus bis vier auf Wache war, aßen Fabio, der Magister und Guido. Der Zwerg hielt selten mit, weil er die Kleine ungern allein ließ. Guido spielte nach dem Mittagsmahl erneut auf, ebenso noch einmal bei Dunkelwerden.

Dieses tat er auch am dreiundzwanzigsten Dezember, dem Tag vor dem Heiligen Abend. Es herrschte wieder böiger Wind, der die Flammen des Feuerrings hochzüngeln ließ und die Töne weit über das Land trug. Guido spielte selbstvergessen, denn er spürte den Leib seiner Geliebten unter den Fingern. Wie stets lauschte er der eigenen Melodie mit geschlossenen Augen, doch als er diese für einen Moment öffnete, glaubte er, durch die Flammen etwas Seltsames zu erkennen: die Gesichtszüge eines bärtigen, ausgezehrten Mannes, näher kommend und sich wieder entfernend, sich ständig verändernd in Licht und Schatten. Ein Trugbild? Ein Traum? Nein, denn jetzt sprach das Gesicht:

»*Dem Herrn, dem Gott Israels will ich spielen*, so heißt es in der Heiligen Schrift! Spiele weiter, mein Sohn, spiele weiter für mich, auf dass du durch mich ergötzest und durch mich errettet werdest!«

Guido lief ein Schauer über den Rücken. Er schloss die Augen. Das Gesicht war immer noch da.

»Spiele weiter!«

Guido öffnete die Augen und gehorchte, wenn auch mit zittrigen Fingern. War ihm soeben der Herrgott begegnet?

»›*Und der Herr zog des Nachts in einer Feuersäule* …‹, so steht es ferner geschrieben. Spiele weiter!« Die Stimme klang befehlsgewohnt.

»Ja, Herr, du Allmächtiger.« Guido führte den Bogen auf und ab.

»So ist es gut.« Das Gesicht begann wieder, sich zu bewegen. Lag es nur an den Flammen, oder regte es sich tatsächlich? »So ist es gut! Spiele, spiele, spiele! Singe, singe, singe das Lied zu Ehren des großen Zebaoth!«

Und der Mund des Allmächtigen öffnete sich, und er sang:

»Oh, Herr, Du strenger Christengott,
Du Schöpfer aller Welten.
Du machtvoller Herr Zebaoth,
Dir wollen wir's vergelten …«

Erst jetzt erkannte Guido, mit wem er es zu tun hatte: Es war der besessene Arnulf von Hohe. Umgehend setzte er den Bogen ab, doch der Geißler herrschte ihn an:

»Spiele weiter, Spielmann, wenn deine arme Seele nicht zur Hölle fahren will! Erfreue den Herrn und danke ihm. Denn Er allein bestimmt über Leben und Tod. Er allein ist es, der Kranke heilt, Er allein, Er, der allmächtige, der erhabene, alleswissende Gott!«

Guido spielte weiter, er musste es tun. Eine magische, nie gekannte Kraft zwang ihn dazu. Es war, als flösse die Kraft aus Arnulfs Augen hinaus und direkt in seine Arme hinein. Ja, seine Arme bewegten sich wie von selbst.

»Er ist es, der Gnade und Barmherzigkeit walten lässt, wenn wir Ihm gläubig dienen, Er allein! Und wenn der Mensch Ihm gottgefällig dient, so mag Er gütig zu uns sein oder auch nicht. Er mag seine Freude an uns haben oder auch nicht. Er mag Milde walten lassen oder auch nicht. Er mag mit frohem Auge sehen, wenn wir uns zu Tode geißeln, damit andere leben … Und sie leben! Alle leben, wenn auch alle den Tod der Märtyrer gestorben sind. Alle bis auf Arnulf, des Allmächtigen Zugmeister, den Anführer der Flagellanten. *Flagellare necesse est!* Geißeln, Geißeln, Geißeln tut Not! Je mehr sich einer geißelt, desto näher ist ihm das Himmelreich! Ihm und allen, für die er Schmerzen auf sich nimmt! Los, Spielmann, wirf die Geige fort und geißele dich! Arnulf will es!«

Wie gebannt ließ Guido sein Instrument sinken. Die Augen zwangen ihn dazu. Doch irgendetwas, eine starke Barriere, ließ ihn zögern, seine Geliebte fortzuwerfen. Er spürte die Macht der Augen, die förmlich in ihn hineinkroch, doch er hielt stand. Noch …

»Komm näher, Spielmann, komm näher, näher.«

Guido setzte einen Fuß in die Flammen, die sofort an seinem Wams hochkletterten. Er spürte wie von fern die Hitze und machte einen zweiten Schritt.

»*Wenn du ins Feuer gehst, sollst du nicht brennen,* spricht der Allmächtige. Habe keine Furcht, Spielmann. Spüre keinen Schmerz! Und nun: Wirf die Geige ins Feuer und geißele dich! Die Geige ins Feuer!«

Guido warf seine Geliebte fort. Er musste es tun. Aber in dem Moment, wo sie in den Flammen landete, ging eine Veränderung in ihm vor. Ihm war, als wache er aus einem bösen Traum auf. Er spürte wahnsinnigen Schmerz und wahnsinnige Wut. Beides war so stark, dass er fast die Besinnung verlor, doch bevor er starb, wollte er das verhasste Gesicht zerstören. Das Gesicht und die Augen, die ihn nicht mehr beherrschten. Er packte den Bart und riss mit letzter Kraft daran. Arnulf taumelte in den Ring, wollte wieder hinaus – und musste doch darin bleiben. Er zappelte, er schrie, aber er kam nicht los. Seine letzte Worte waren: *»Wenn du ins Feuer gehst, sollst du nicht brennen ...«*

Fabio, der zur selben Zeit Wachdienst hatte, fuhr hoch und rieb sich die Augen. Er war auf dem Abort eingeschlafen, doch nun hatte ihn irgendetwas geweckt. Ein Keuchen? Ein Stöhnen? Ein Schrei? Rasch erhob er sich von dem behelfsmäßigen Sitz, zog die Hose hoch und kam hinter dem Holzstapel hervor. Was er sah, ließ ihm den Atem stocken: Zwei Gestalten lagen lichterloh brennend im Feuer des Rings!

Fabio lief hin, so schnell ihn seine schweren Beine trugen, doch er kam zu spät. Die Männer rührten sich nicht mehr. Ihre Körper waren gekrümmt, ihre Münder weit aufgerissen. Er musste zweimal hinsehen, um in dem einen Mann den Geigenbauer Guido zu erkennen und in dem anderen – Arnulf von Hohe. Arnulf? Wie kam der Geißler hierher? Fabio schüttelte den Kopf, als könne er dadurch das grausame Bild verjagen, doch es blieb. Da schrie er mit aller Kraft: »Cirurgicus, komm! Komm schnell!«

Am anderen Morgen hoben sie zwei Gruben für die Leichname aus. Es war der Morgen des Heiligen Abends, ein trüber Tag, dessen Witterung nicht den kommenden Feierstunden entsprach. Vitus las ein paar Verse aus der Schrift und bat den Herrn, er möge den Seelen der Verstorbenen gnädig sein. *»›Wer unter euch ohne Sünde ist, der werfe den ersten Stein auf sie‹,* sagt Jesus im Evangelium des Johannes«, sprach er, »und ich bin gewiss, dass beide Toten das Himmelreich erlangen werden.« Er endete mit weiteren Versen:

»Ich bin das Licht der Welt;
wer mir nachfolget,
der wird nicht wandeln
in Finsternis, sondern wird
das Licht des Lebens haben.«

»Amen«, riefen der Magister, Fabio und der Zwerg. Letzterer mit der warm angezogenen Nella auf dem Arm. Dann machten sie sich daran, die Gräber zuzuschaufeln. Guido gaben sie die verkohlten Reste seiner geliebten Geige mit in die Grube. Da es gegen zehn Uhr morgens war, ging Fabio anschließend wieder auf Wache – mit schlechtem Gewissen, weil er sich für den Tod der Verstorbenen verantwortlich fühlte.

»Ich werde nie wieder auf Wache einschlafen, Cirurgicus«, rief er. »Niemals!«

Vitus antwortete: »Mach dir nicht so viele Gedanken. Was geschehen ist, kannst du nicht rückgängig machen. Es hätte auch mir oder dem Magister passieren können. Uns allen fehlt ausreichend Schlaf.«

Immer noch zerknirscht, schulterte Fabio die Muskete und entfernte sich. Auch der Zwerg verschwand wieder. Er meinte: »'s is bibberisch für mein Schäfchen, ihr Gacken, muss wieder ins Zelt.«

Der Magister blinzelte. »Nun sind wir nur noch unserer vier, die Kleine nicht mitgerechnet. Ich glaube, dies ist kein guter Ort, um länger zu verweilen.«

»Fängst du auch noch an?« Zwischen Vitus' Augenbrauen bildete sich eine steile Falte.

»Gemach, gemach. Ich meinte nur, es gibt Angenehmeres,

als in der Nähe von ehemals besessenen und nun mausetoten Geißlern zu nächtigen. Von Geigenbauern, die ihr Instrument wie einen Frauenkörper behandelt haben, ganz zu schweigen.«

Die Freunde waren unterdessen wieder zum Kochfeuer geschritten, wo Vitus damit begann, den Kessel zu reinigen, damit Fabio später sofort mit seinen Kochkünsten beginnen konnte. Plötzlich hörten sie über sich ein Flattern, dann folgte ein sanftes Gurren. Bussola war zurück! Welch eine Freude an diesem trüben Tag! Auch Fabio hatte seine Schöne, seine Holde gehört und eilte nun herbei. »Cirurgicus!«, rief er, »ich weiß, dass ich Wache habe, aber darf ich meinen Liebling wenigstens ganz kurz begrüßen?«

Natürlich durfte er, alles andere wäre zu grausam gewesen. Der Überlandfahrer entledigte sich recht unmilitärisch seiner Muskete, indem er sie einfach auf den Boden legte, und nahm Bussola liebevoll in seine Pranken. »Da bist du ja!«, rief er so laut, als wäre der Vogel noch eine Meile weit entfernt. »Hattest du eine gute Reise, meine Schöne, meine Holde? Komm, zeig mal dein hübsches rotes Bein. Sì, ja, so. Was haben wir denn da? Eine Nachricht aus Padua von Miabella, meinem liebenden Weib?«

Er nestelte an der Botschaft, bis er sie losgemacht hatte, und las begierig den Text, mit den Lippen die einzelnen Wörter formend. Dann blickte er auf, Tränen der Trauer und der Freude in den Augen. »Meine Miabella ist untröstlich, dass ich an Weihnachten nicht zu Hause sein kann. Man stelle sich vor, *buon Natale,* und ich bin nicht zu Hause! Aber sie schreibt, die Hauptsache sei, ich sei gesund. Sie will mit den Kindern für mich beten, heute, am Heiligen Abend, um acht Uhr. Und wenn auch ich das zu dieser Uhrzeit täte, dann wären wir einander fast so nah, als sei ich daheim. Ist das nicht rührend?«

»Ja, rührend«, sagte der Magister. »Hat Professor Girolamo

keine Nachricht für den Cirurgicus mitgeschickt, oder hast du sie nur wieder unterschlagen?«

»Wie? Ob ich etwas unterschlagen habe? Na, hör mal!«

»Das war nur ein Scherz.«

»Ein Scherz? Ach so. Ja, da ist eine Nachricht. Ist es nicht bewundernswert, wie meine Schöne, meine Holde immer wieder das schwere Papier transportiert?«

Vitus nahm den Brief entgegen. »Ja«, sagte er, »das ist es. Besonders, wenn der Inhalt auch noch schwer wiegt.«

»Wie? Wie meinst du das?«

Der Magister wiederholte: »Das war nur ein Scherz.«

»Wie? Schon wieder?«

Vitus las die Zeilen: *An den Cirurgicus Vitus von Campodios.* Dann folgte der eigentliche Brief:

Lieber Cirurgicus, verehrter Kollege und Freund,
zunächst muss ich mich entschuldigen, dass es mir beim letzten Mal nicht möglich war, Euch und den Euren einen Gruß mitzuschicken. Nur so viel: Das Unterfangen De Causis Pestis *lässt sich weiter gut an. Mit dem Druck wurde bereits begonnen. Doch nun gestattet mir, ohne Umschweife auf etwas zweifellos viel Wichtigeres zu kommen. Es handelt sich um einen Brief an Euch, der eine Reise um die halbe Welt hinter sich hat: einen Brief von einem Mister Catfield auf Greenvale Castle, der seinem Schreiben einen weiteren Brief beifügte. Letzterer ist von einem Pater Thomas, dem Prior des Klosters Campodios. Beide Botschaften gelangten zunächst nach Tanger, dann auf verschlungenen Wegen über die Stadt Fez in die Barbareskenstaaten, weiter nach Chioggia und Venedig und schließlich nach Padua an die hiesige Universität.*
Ich will es, wegen des begrenzten Papiergewichts, kurz machen:

Ich musste mich entscheiden, ob ich das Postgeheimnis wahren oder Euch über den Inhalt Bescheid geben sollte. Verzeiht, aber ich entschloss mich, die Briefe zu öffnen, denn mit der bloßen Nachricht, Euch seien zwei Schreiben hinterhergereist, hättet Ihr wenig anfangen können. So aber kann ich Euch mitteilen, dass Eure adlige Herkunft festzustehen scheint. Eine alte Stoffweberin, die in der Nähe von Campodios lebt, sagte aus, sie sei in der Lage, vor Gott und der Welt zu bezeugen, dass Ihr von Eurer Mutter Jean vor dem Kloster abgelegt wurdet. Eilet also nach Campodios, amico mio, *sobald es die Verhältnisse zulassen.*
Ich weiß nicht, wie es bei Euch steht, aber nach Padua drang die Kunde, die Pestis habe ihr Leben ausgehaucht. Eilet auch, weil die alte Stoffweberin an Brustfraß erkrankt ist und ihre Tage gezählt sind.
Achtet auf Euch und Eure Freunde. Wie immer bin ich Euer ergebener

M. Girolamo

Vitus ließ das Papier sinken. Sein fassungsloses Gesicht machte den Magister neugierig. Der kleine Gelehrte fragte: »Na, und? Was steht drin?«

»Ich kann es kaum glauben.«

»Was kannst du nicht glauben? Spann mich nicht so aufs Streckbett, altes Unkraut!«

»Lies selbst.« Vitus übergab den Brief.

Der Magister las, und während er das tat, blinzelte er mehr und mehr. Schließlich rief er: »Großartig! Das ist ja großartig! Habe ich es nicht immer gesagt? Irgendwann wird der Beweis erbracht werden. Nun ist es also schon fast amtlich: Du bist ein Lord. Lord Collincourt! Und alle Neider und Erbschleicher, ich denke da besonders an diesen durchtriebenen Advocatus

Hornstaple, werden verstummen! Wann brechen wir auf nach Spanien?«

Vitus wehrte ab. »Ich weiß nicht. Die zwei Monate Quarantäne sind doch noch gar nicht …«

»Ach, was! Du hast doch selbst gelesen, dass man in Padua der Meinung ist, die Pestis habe sich totgelaufen.«

»Padua ist weit.«

»Nun mach aber mal einen Punkt.« Der Magister stellte sich, die Hände in die Hüften gestemmt, vor seinen Freund. »Ich erkenne dich nicht wieder! Wo ist dein Tatendrang geblieben?«

»Ich fühle mich eben für euch alle verantwortlich. Es sind schon genug Menschen gestorben, besonders, wenn ich an Antonella denke. Es ist allein meine Schuld …«

»Unsinn! Keine Selbstbemitleidung, bitte! Du hast getan, was du tun konntest, und das war mehr als genug. Im Übrigen glaube auch ich, dass die Schlange Pest verendet ist. Erinnerst du dich an die singende Menschengruppe, die vor ein paar Tagen an unserem Feuerkreis vorüberzog? Es waren Gläubige auf dem Weg zur Kirche; sie wollten in der Zeit des Advents den Allmächtigen preisen. Festlich gekleidete Gläubige waren es. Ich frage dich: Sehen so Pestkranke aus?«

Der Magister holte tief Luft. Seine Worte sprudelten jetzt wie ein Wasserfall. »Und dann der verblendete Arnulf: Als er hier erschien, war er völlig allein. Kein einziger seiner frommen Männer war noch bei ihm. Warum wohl? Nicht, weil alle von der Pestilenz dahingerafft worden waren, sondern weil keine Notwendigkeit mehr bestand, sich wegen der Seuche zu geißeln. Die Leute sind nach Hause gegangen, zu Weib und Kind und Haus und Hof. Es gab die Seuche nicht mehr. Und es gibt sie nicht mehr. Die Pestis ist tot, wir aber leben. Hurra!«

Er riss die Arme hoch und umarmte Vitus. »Hurra! Nun freu dich doch endlich!«

Am selben Abend feierten sie die Geburt des Heilands, wobei die Begleitumstände, in denen sie es taten, ähnlich einfach waren wie jene vor fast eintausendsechshundert Jahren in Bethlehem. Allerdings saßen sie nicht in einem Stall, sondern in einem Zelt, und ihr Neugeborenes war kein Knabe, sondern ein Mädchen. Auch waren kein Ochs und kein Esel in ihrer Mitte, dafür aber eine Ziege und eine Taube.

»Ich weiß nicht, ich weiß nicht, ob die Geiß hier wirklich etwas zu suchen hat«, brummte der Magister.

»Gickgack!«, fistelte der Zwerg. »'s is Weihnachten, un Bartmann gehört dazu, nich, Bartmann?« Er kraulte der Ziege das Kinn, wandte sich aber sogleich wieder Nella zu und sprach ein Gedicht:

»Mein Schäfchen!
Machst'n Schläfchen?
Lullst fein?
So soll's sein!«

Er nahm die Kleine und wiegte sie in den Armen. »Dein Altlatz is bei dir, nich, killekille? Gleich gibt's was aus'm Milchgeschirr, wui?«

Fabio trat schwungvoll ins Zelt, in den Pranken die große Schüssel, aus der es überirdisch gut duftete. Seitdem er wusste, dass es am nächsten Morgen heimgehen sollte, sprühte er wieder vor guter Laune. »Gemüsesuppe mit Fleischklößchen!«, verkündete er, »*bellissimo,* ich habe mich selbst übertroffen.«

Beim Schein zweier Laternen ließen sie es sich schmecken, der Zwerg allerdings erst, nachdem er Nella das Klistier gegeben hatte. Die Ziege bekam etwas aus dem Dinkelsack und Bussola ein paar handverlesene Sonnenblumenkerne.

Schmausend meinte der Magister: »Ich kann es noch gar nicht fassen, Freunde, dass wir morgen nicht mehr in diesem

Rauchring hausen müssen. Wie habe ich mich danach gesehnt, diesem Fleckchen Erde den Rücken kehren zu dürfen! Nun ja, wir gehen zunächst nach Barcelona, und du, Fabio, fährst zurück nach Padua. Wie pflege ich immer zu sagen? Abschiedsschmerz ist der schönste Schmerz! Grüße mir dein Weib unbekannterweise.« Er legte den Löffel beiseite. »Ach, Galizien, Spanien, Iberische Halbinsel! Wie habt ihr mir gefehlt!«

Vitus lachte. Es hatte eine Weile gedauert, bis ihm das Schreiben des Professors in allen seinen Punkten klar geworden war, bis er die ganze Tragweite der Zeilen begriffen hatte, aber nun freute er sich mit jeder Faser seines Herzens und sehnte sich zurück nach Hause, wobei er damit sowohl das Kloster Campodios als auch das Schloss Greenvale Castle meinte – Greenvale Castle, den alten Herrensitz, der ihm mit Gottes Hilfe bald auch offiziell zugesprochen werden würde.

Der Magister aß schon wieder weiter. »Weißt du eigentlich, Fabio«, rief er, »dass du es bei dem Cirurgicus mit einem echten Lord zu tun hast?«

»Lass doch«, rief Vitus, »ich möchte jetzt ...«

Aber er konnte seinen Satz nicht vollenden, denn der kleine Gelehrte ließ ihn nicht zu Worte kommen. Temperamentvoll schilderte er die ganze Geschichte von dem Findelkind in der roten Damastdecke mit dem goldenen Wappen, von dem Jüngling und seiner klösterlichen Ausbildung und von der langen Suche nach der Herkunft, die schließlich auf einem südenglischen Adelssitz geendet hatte.

Fabio kam aus dem Staunen nicht heraus, und als der kleine Gelehrte schließlich fertig war, machte sich Verlegenheit auf seinem Gesicht breit. *»Dio mio«,* seufzte er, »jetzt weiß ich gar nicht mehr, wie ich den Cirurgicus anreden soll! *Barone, Conte, Duca,* oder wie beliebt es?«

»Es bleibt nach wie vor bei Cirurgicus«, sagte Vitus, dem es gar nicht recht war, dass der Magister die ganze Geschichte vor Fabio ausgebreitet hatte. »Kommen wir lieber zu dem, was viel wichtiger ist: Ich werde die Weihnachtsgeschichte aus dem Lukas-Evangelium vorlesen:

Es begab sich aber zu der Zeit,
dass ein Gebot vom Kaiser Augustus ausging,
dass alle Welt geschätzet würde.
Und diese Schätzung war die allererste
und geschah zu der Zeit,
da Cyrenius Landpfleger in Syrien war …«

Der Abend war noch lang, und sie sangen viel und beteten und lachten und tranken den letzten Roten, den Fabio bis dahin wie seinen Augapfel gehütet hatte.

Schließlich gähnte der Zwerg herzhaft, streichelte die kleine Nella, die satt und zufrieden in seinen Armen schlummerte, und fistelte: »'s is Zeit, ihr Gacken.«

Im Feuerring,
Freitag, 25. Tag des Monats Dezember, A. D. 1579

Heute am Weihnachtstag ist es so weit: Wir werden unseren Schutzring endlich verlassen. Das Feuer ist erloschen, ebenso wie die Pestis, wenn man den Anzeichen und Deutungen Glauben schenken darf. Es ist, als hätte der Allmächtige uns zur Geburt seines Sohnes eine besondere Freude machen wollen.

Die Zelte sind abgebrochen, die Gerätschaften verstaut, das verbliebene Pferd ist wieder eingefangen. Bevor Fabio und wir einander Lebewohl sagen, will er seine Schöne, seine Holde mit einer Nachricht in die Lüfte steigen lassen. Sein Weib Miabella soll wissen, dass er auf direktem Wege nach Padua ist.

Ich selbst habe bereits einen Brief an Professor Girolamo

aufgesetzt, in dem ich mich für alle seine Bemühungen bedanke, besonders aber für die gute Kunde, die er mir hat zukommen lassen. Ich habe ihm mitgeteilt, dass der Magister, der Zwerg, die kleine Nella und ich über Genua per Schiff nach Barcelona reisen wollen und von dort aus weiter zu meinem alten Heimatkloster. Es wird wohl keine leichte Fahrt werden, denn es ist Winterzeit, und die Ziege als Milchlieferantin haben wir auch noch dabei.
Ich bat den Professor, die beiden an mich gerichteten Schreiben nach Campodios zu Händen von Pater Thomas zu schicken und gleichzeitig mein Eintreffen anzukündigen. Sollte ich früher da sein als die Post – umso besser.
Gleich wird Fabio mit seiner Nachricht fertig sein, und ich werde ihn bitten, die meine mit an Bussolas Bein zu binden. Dann heißt es für immer Abschied nehmen.
Ich weiß nicht, wann ich wieder dazu kommen werde, eine Eintragung zu machen. Wahrscheinlich erst wieder in Spanien.
Ich hoffe und bete, dass wir der Pestis dann endgültig entkommen sind.

Der Jakobspilger Ernesto

»Nun, die Ursache für meine Schwierigkeiten dürfte ebenso lächerlich wie schmerzhaft sein: Ich fürchte, es ist ein Hühnerauge.«

Pater Ernesto sah eine kleine Menschengruppe über den Hügelkamm kommen. Sie näherte sich ihm Schritt für Schritt und bestand, soweit er erkennen konnte, aus zwei Männern, einem Zwerg, einem Säugling und einer Ziege.

Der Zwerg ging voran. Er trug das Kind in einem Tuch vor der Brust. Der kleinere der beiden Männer war mit einem Felleisen und schwerem Zeltgestänge beladen, außerdem führte er die Ziege an einem Strick. Der Größte von ihnen, ein blonder barhäuptiger Bursche, hatte sich eine Kiepe auf den Rücken geschnallt. Dazu trug er einen Stecken quer über den Schultern. Fast hätte man meinen können, der Heiland am Kreuz schritte vom Berge Golgatha herab.

Pater Ernesto rieb sich die Augen. Er hatte auf seiner Wanderschaft schon viele seltsame Gestalten getroffen, aber diese Gruppe schien etwas Besonderes zu sein. Da er von neugierigem Wesen war, beschloss er, sie näher kommen zu lassen und sie anzusprechen. Er bekreuzigte sich vor einem Madonnenbild am Wegesrand und setzte sich auf die steinerne Bank darunter. Sein Marschgepäck legte er neben sich. Fröstelnd rieb er die Hände aneinander. Es war alles andere als warm an diesem Märztag des Jahres 1580, und im Gegensatz zur Meinung vieler war Aragon kein ewig warmer Landstrich, sondern bitterkalt. Zwar lag kein Schnee, und auch die Seen und Bäche waren nicht zugefroren, aber der Wind konnte einem gehörig durch Mark und Bein blasen.

Abermals rieb der Pater sich die Augen. Es waren hellwache, kluge Augen, die in einem Gespinst aus Falten und Fältchen saßen und zu dem gütigen Ausdruck seines Gesichts beitrugen.

Langsam schloss die Gruppe zu ihm auf. Ihr Tempo wurde von der Ziege bestimmt, die hin und wieder verweilte und das kümmerliche Gras am Wege fraß.

Ernesto überlegte, ob es sich wohl um Spielleute oder Gaukler handelte, aber dagegen sprach, dass sie ohne Wohnwagen unterwegs waren. Drei Männer und ein Säugling. Welch bemerkenswerte Zusammensetzung! Wo war die Mutter des Kindes? Die Ziege, das dämmerte ihm langsam, war offenbar die Nahrungsquelle für das Kleine. »Hallo, *pax Domini vobiscum* und Gott zum Gruße!«, rief er, sich erhebend. »Ihr habt euch zum Marschieren nicht gerade die beste Jahreszeit ausgesucht.«

Der kleinere Mann, der mit dem Zeltgestänge und der Ziege, blinzelte durch ein Nasengestell und antwortete: »Ihr aber auch nicht, Pater. Wohin des Wegs?«

»Ich pilgere nach Santiago de Compostela.« Der Gottesmann machte eine weit ausholende Geste. »Den uralten Jakobspfad von Osten nach Westen. Weiter, weiter, immer weiter! Allerdings bin ich nicht sehr gut zu Fuß. Doch was soll's, Jesus, unser aller Erretter, konnte sogar über das Wasser schreiten, da werde ich wohl die Wanderung zu einer heiligen Stätte durchstehen. Und ihr, meine Söhne?«

Diesmal gab der Blonde Auskunft: »Wir reisen nach Campodios, dem Zisterzienserkloster in der Sierra de la Demanda, Pater.«

»Nach Campodios?« Ernesto stützte sich auf seinen Jakobsstab. »Ich habe viel davon gehört. Es soll noch schöner sein als die Klöster Yuso und Suso, die auf meinem Wege liegen.«

Der Blonde lächelte. »Dem will ich nicht widersprechen. Ich verbrachte dort die ersten zwanzig Jahre meines Lebens.«

»Die ersten zwanzig Jahre? Dann bist du oder, äh, wart Ihr ein Bruder im Herrn?«

Der Blonde lächelte noch immer. »Ich denke, es ist Zeit, sich gegenseitig vorzustellen. Ich nenne mich Vitus von Campodios und bin Cirurgicus, denn diese Ausbildung habe ich im Kloster erfahren, das ist Ramiro García, ein Magister der Jurisprudenz, und das Enano, der Zwerg, der unserer kleinen Nella Vater und Mutter ersetzt.«

Enano fistelte: »Glatten Schein un kronig Jamm, Kuttengeier! Nu, wie strömt's?«

»Äh, wie bitte?«

»'s is Rotwelsch, Herr Himmelsfechter, die Sprache der Wolkenschieber un Zitronenschleifer. Hab Euch die Tageszeit entboten un nach dem werten Befinden gefragt.«

»So weit gut, danke. Nun ja, ihr drei seid, wenn ich so sagen darf, ein außerordentliches Fähnlein«, erwiderte Ernesto, dem als zusätzliche Absonderlichkeit aufgefallen war, dass alle Männer gelbe pantoffelähnliche Schuhe trugen. »Doch bevor ich euch ausfrage, gebietet es die Höflichkeit, mich selbst bekannt zu machen: Ich bin Pater Ernesto aus Roncesvalles, einem kleinen Dorf in den Westpyrenäen. Ich bete und arbeite in der dortigen Augustinerabtei, und das nun schon seit über vierzig Jahren. Der Allmächtige möge mir vergeben, aber in dieser langen Zeit habe ich es niemals geschafft, mich auf den Weg nach Santiago de Compostela zu machen, um dort in der Kathedrale das Zertifikat zu erhalten, welches die Gewähr dafür ist, dass mir armem Sünder zweihundert Tage des Fegefeuers erlassen werden. Aber jetzt bin ich dazu wild entschlossen, auch wenn die Füße nicht so recht wollen.«

»Was ist mit Euren Füßen, Pater?«, fragte der blonde Arzt.

Der Pater zögerte. »Nun, die Ursache für meine Schwierigkeiten dürfte ebenso lächerlich wie schmerzhaft sein: Ich fürchte, es ist ein Hühnerauge.«

»Ein Hühnerauge? Aha. Angesichts Eurer stramm sitzenden Stiefel würde es mich nicht wundern, wenn Eure Einschätzung stimmt. Setzt Euch wieder auf die Steinbank, ich will mir die Sache einmal ansehen.«

Der Gottesmann gehorchte und schnürte ächzend seine Stiefel auf. Es waren Marterinstrumente, die er in der Vergangenheit mit Ausdrücken wie Reibeisen, Beißzangen, lederne Daumenschrauben für die Füße und Ähnlichem bedacht hatte. Mitunter war ihm auch ein Fluch dabei herausgerutscht, was jeweils ein zehnfaches Ave-Maria notwendig gemacht hatte.

Die Stiefel. Natürlich waren sie der Grund für seine Leiden. Aber er war nun einmal auf sie angewiesen, denn er gehörte nicht zu den unbeschuhten Augustinern, sondern zu den beschuhten. Festes Gehwerkzeug, das hatten alle Brüder ihm vor Beginn seiner Wanderung geraten, sei das A und O einer Pilgerreise. Also hatte er sich die Marterinstrumente ausgeliehen …

Die Hände des blonden Arztes waren sanft und geschickt. Er wirkte überaus gelassen, ganz so, als habe er in seinen jungen Jahren schon vieles erlebt. Jetzt blickte er auf und sagte: »Es ist in der Tat ein Hühnerauge, Pater. Ich werde es aufweichen und anschließend herausschneiden. Allerdings brauche ich dazu heißes Wasser. Wisst Ihr, wie weit ist es noch bis Logroño ist?«

Ernesto zuckte mit den Schultern. »Genau weiß ich es nicht, aber ich schätze, noch mindestens fünf Meilen.«

»Dann machen wir hier Rast. Ihr seid herzlich eingeladen, unser Gast zu sein.«

»Nein, nein, das kommt überhaupt nicht in Frage! Ich marschiere weiter nach Logroño. In der dortigen Kirche wird ein Glaubensbruder sicher Speise und Trank mit mir teilen. Was sind schon fünf Meilen! Die zwinge ich noch. Habe es schließlich schon über Larrasoana, Puente la Reina, Estella und Los Arcos bis hierher geschafft.«

»Und würdet es keine weitere Meile mehr schaffen. Nein, nein, ich muss darauf bestehen, dass Ihr bei uns bleibt.«

Pater Ernesto fügte sich in sein Schicksal. »Begebe dich niemals in die Hand eines Arztes«, seufzte er, »wenn du gesund bleiben willst. Aber nichts für ungut, ich bin Euch sehr dankbar, Cirurgicus. Wenn ich es recht bedenke, sind die vierhundertfünfzig Meilen bis Santiago de Compostela, die noch vor mir liegen, doch kein Pappenstiel. Darf ich fragen, woher Ihr mit Euren Gefährten kommt?«

»Ursprünglich aus England. Jetzt aber aus Barcelona. Wir sind stetig westwärts gezogen, quer durch Katalonien und Aragon, den Ebro hinauf über Zaragoza, Tudela und Calahorra. Ein mühseliger, langsamer Marsch, obwohl wir sehr in Eile sind. Aber Ihr seht ja selbst: Mit einer Ziege und einem Säugling sind keine Höchstleistungen zu erziehlen.«

Ernesto nickte. »Sicher, sicher. Aber verzeiht: Sagtet Ihr England? Wie passt das mit Barcelona und dem Kloster Campodios zusammen? Darauf kann ich mir schlecht einen Reim machen. Es hört sich nach einer ziemlich komplizierten Geschichte an. Würdet Ihr mir sie erzählen? Ich liebe Geschichten.«

»Gern. Aber nicht, bevor ich Euch behandelt habe.«

Vitus saß in dem gemeinsamen Zelt und betrachtete beim Schein einer Laterne das von einem kräftigen Hornzapfen befreite Hühnerauge. Dann legte er das Operationsinstrument, einen scharfen Löffel, beiseite und deckte die Stelle mit einer Kompresse ab. »Das Schlimmste ist überstanden, Pater.«

Der Magister, der assistiert hatte, räumte die Utensilien für den Eingriff fort. »So ist es«, bekräftigte er, »morgen könnt Ihr wieder hüpfen wie ein Frosch oder, um es geziemender auszudrücken, weiter auf den Pfaden des Herrn wandeln. Allerdings nicht in Euren Stiefeln. Im Interesse Eurer fünften Zehe rate ich Euch dringend, den weiteren Weg in diesen gelben Pantoffeln zu bestreiten. Sie müssten eigentlich passen.«

Er holte ein Paar der seltsamen Schuhe aus einem Sack hervor und präsentierte sie nicht ohne Stolz. »Beste Handwerksware aus Fez, Pater! Ware, die im Übrigen einen weiten Weg hinter sich hat: von Fez auf dem Kamelrücken nach Oran und von dort über das Mittelländische Meer hinüber nach Chioggia und Venedig. Prachtexemplare aus den Werkstätten des Hadschi Moktar Bônali und ein Geschenk unseres Freundes Giancarlo Montella dazu!«

»Danke«, murmelte Pater Ernesto, der kein Wort verstanden hatte. »Aber, äh, meint Ihr wirklich, ich könnte in diesen gelben …?« Er stellte sich vor, was sein gestrenger Abt Alberto wohl sagen würde, wenn er ihn in diesem Aufzug sähe, und verdrängte den Gedanken lieber schnell. »Das Material scheint mir doch …«

»Das Material ist über jeden Zweifel erhaben. Ihr seht es an uns, die wir schon Tausende von Meilen darin gegangen sind. Und außerdem, wie heißt es so schön? *Ne sutor supra crepidum.* Was über die Sandale hinausgeht, möge ein Schuster nicht beurteilen, nicht wahr?«

Ernesto grinste mühsam. »Ich merke schon, mit Eurer Barmherzigkeit ist nicht zu spaßen. Ich werde also Euer Geschenk gerne annehmen und Euch in meine Gebete einschließen. Das gilt natürlich auch für Euch, Cirurgicus. Als Jakobspilger habe ich, wie Ihr wisst, nur meinen Stab, dazu den Kürbis als Flüssigkeitsbehältnis und die Muschel, die mir als Löffel dient.«

Vitus wollte etwas erwidern, doch der kleine Gelehrte kam ihm zuvor. Er brummte: *»Paupertas non est probo.«*

»Nein, Armut schändet wahrhaftig nicht, Herr Magister«, bestätigte der Pater, »aber wenn Ihr gestattet, habe ich jetzt eine

Frage an den Arzt: Verratet mir doch, Cirurgicus, was für eine Salbe Ihr mir soeben appliziert habt.«

»Es ist die Heilsalbe von Doktor Chamoucha, einem arabischen Arzt aus Tanger.«

»Doktor Cha… aus Tanger?« Pater Ernesto lehnte sich erstaunt zurück. Wieder ritt ihn die Neugier. »Tanger?«, wiederholte er. »Fez? Oran? Venedig, *La Serenissima?* Lauter viel versprechende, geheimnisumwitterte Namen! Gehören sie auch zu Eurer Geschichte, Cirurgicus? Vergesst nicht, Ihr habt mir versprochen, sie zu erzählen. Ich liebe Geschichten.«

Vitus lächelte. »Ich habe es nicht vergessen. Doch lasst uns zuvor das gemeinsame Mahl einnehmen. Nachdem wir dem Herrn für Speise und Trank gedankt haben, will ich Euch gerne alles erzählen. Allerdings nicht allein. Der Magister muss mir dabei helfen, sonst vergesse ich die Hälfte.«

Der kleine Gelehrte blinzelte. »Das will ich gerne tun. Wenn nur meine neuen Berylle etwas schärfer wären! Nicht, dass ich sie zum Berichten brauchte, aber der Glasschleifer aus Genua verstand sein Handwerk wirklich nicht sonderlich gut.«

»Genua?«, rief der Pater. »Da wart Ihr also auch? Allmächtiger, Señores, Ihr scheint die halbe Welt zu kennen, und ich, ich habe es noch nicht einmal bis Santiago de Compostela geschafft!«

Vitus lachte. »Alles hat seine Zeit, Pater. Kommt jetzt, der Zwerg dürfte das Essen bereitet haben.«

Viele Stunden später, der andere Morgen dämmerte bereits, war Ernestos Neugier einigermaßen gestillt. Während der Erzählungen, die nicht nur abwechselnd von Vitus und dem Magister, sondern hin und wieder auch von dem Zwerg vorgetragen wurden, war er aus dem Staunen nicht herausgekommen. Schließlich sagte er: »So vieles habt Ihr erleben müssen, Cirurgicus, um nun endlich doch den Beweis für Eure adlige Herkunft vor Augen zu haben. Ich muss gestehen, wenn ich in Eurer Lage wäre, hätte ich keine ruhige Stunde, bevor ich nicht in Campodios weilte. Sagt, warum leiht Ihr Euch nicht irgendwo ein Pferd und prescht voran? Ihr könntet in wenigen Tagen dort sein. Eure Gefährten finden den Weg doch auch so.«

»Gewiss.« Vitus unterdrückte ein Gähnen. Der Pater war, trotz seiner Verletzung und seines fortgeschrittenen Alters, munter wie ein Reh gewesen, hatte immer wieder nachgefragt, gestaunt, erneut nachgefragt und mit leuchtenden Augen gelauscht. »Gewiss, Pater. Aber das würde ich niemals machen. Niemals. Ich bleibe bei meinen Freunden, und meine Freunde bleiben bei mir. Und wenn Ihr unseren Geschichten aufmerksam zugehört habt, dann wisst Ihr, dass wir es immer so gehalten haben.«

»Natürlich, natürlich. Wenn es nicht schon so spät wäre, hätte ich es sicher selbst bemerkt.«

Vitus bemerkte erleichtert, dass nun auch der Gottesmann ausgiebig gähnen musste. Doch er hatte sich zu früh gefreut, denn schon kam eine weitere Frage:

»Die Reise vom Feuerring nach Piacenza und Genua und von dort weiter über das Meer nach Barcelona, die seid Ihr mir noch schuldig, Cirurgicus. Aber ich denke, es ist zu spät, als dass ich erwarten dürfte, sie jetzt von Euch zu hören.«

»Ich werde sie später erzählen, Pater. Wenn wir gemeinsam weiterziehen.«

»Das ist sehr liebenswürdig, mein Sohn. Ihr wisst, ich liebe Geschichten.«

Am gleichen Morgen, nach kaum zwei oder drei Stunden Schlaf, waren alle noch müde, aber Vitus drängte auf einen frühen Aufbruch, nicht zuletzt, weil Ernesto mit seiner Idee vorauszureiten, neue Unruhe in ihm entfacht hatte. Der Gottesmann stand am Wegesrand, beobachtete, wie die Gefährten die letzten

Gepäckstücke schulterten, und machte probeweise ein paar Schritte in seinen neuen gelben Pantoffeln. »Der Herr ist mein Zeuge«, rief er, »dieses Schuhwerk ist wirklich von angenehmer Tragweise. Ich habe das Gefühl, als könnte ich gleich bis Santiago de Compostela durchlaufen.«

Der Magister trat neben ihn. »Für heute mag zunächst Alesón genügen, was gut zwanzig Meilen westlich von Logroño liegen soll. Aber ich versichere Euch, Pater, spätestens dann wird Euer Schuhwerk mit Euch verwachsen sein, und Ihr werdet es nicht mehr ablegen wollen.«

Die Marschgeschwindigkeit der Gefährten mitzuhalten fiel Pater Ernesto leichter, als er gedacht hatte. Ob es an seinen neuen Schuhen lag, dem frühlingshaften Wetter oder der guten Stimmung, die in der Gruppe herrschte, vermochte er nicht zu sagen. Aber es war ihm auch einerlei, denn der Cirurgicus verstand es überaus fesselnd über den letzten Teil seiner Reise zu erzählen.

»Wisst Ihr, Pater«, sagte er gerade, »es war kein leichtes Unterfangen, in Genua einen Kapitän aufzutreiben, der bereit war, uns über das Ligurische Meer nach Barcelona zu bringen, denn um die Jahreswende herum verlässt kaum eine Frachtgaleere den Hafen. Dazu kam, dass wir die Passage nicht bezahlen konnten und auch nicht so aussahen, als gehörten wir zu den Leuten von Stand.«

»Ich verstehe«, erwiderte Ernesto. Er konnte sich lebhaft vorstellen, wie fremdartig die Gruppe auf andere gewirkt haben musste – ihm selbst war es ja auch so ergangen.

»Tagelang trieben wir uns am Hafen herum, lebten von Gelegenheitsarbeiten und von den Redekünsten des Magisters, der auf der Piazza San Matteo einer staunenden Menschenmenge unsere Erlebnisse erzählte.«

»Ja«, rief der kleine Gelehrte von hinten, denn er bildete die

Nachhut der Gruppe, »ich fühlte mich wie eine Mischung aus Cicero und Schehrezâd.«

Pater Ernesto wandte sich um, ohne seinen Schritt zu verlangsamen. »Wer Cicero ist, weiß ich wohl, Herr Magister, aber wer ist Scheh…, äh, wie war der Name?«

»Schehrezâd, Pater. So hieß die schöne Erzählerin aus *Alf laila waleila.*«

»Was heißt denn das nun wieder?«

»Es ist arabisch und bedeutet Tausendundeine Nacht.«

»Genauso ist es.« Vitus sprach weiter. »Um das Stichwort *Alf laila waleila* aufzugreifen: Unsere zahllosen Bemühungen um eine Überfahrt kamen mir wie ein böses Märchen vor. Zuletzt wusste ich nicht mehr ein noch aus, ich wollte, ja, ich musste unbedingt nach Campodios, und doch saßen wir fest, als hätte man uns allesamt an die Kaimauer gekettet. Wir versuchten es nicht nur in den Kontoren und Schuppen der Handelskompagnien, sondern auch in der Nähe des Leuchtturms, des Torre della Lanterna, doch es war vergebens. Wir probierten es in der Umgebung der Kathedrale San Lorenzo, wo sich so manche Locanda befindet, in der Seeleute gerne zechen, ebenfalls vergebens. Wir bemühten uns, am Palazzo Ducale reiche Kaufherren anzusprechen, um sie zu fragen, ob eines ihrer Schiffe nach Barcelona ginge – vergebens.«

»Wenn alle Eure Anstrengungen sich als umsonst erwiesen, kommt es ja einem Wunder gleich, dass Ihr am Ende doch noch Glück hattet, Cirurgicus.«

»Nennt es, wie Ihr wollt: Glück, Wunder oder ein absonderliches Zusammentreffen von beidem. Jedenfalls war es in der *Locanda Fortuna,* wo wir nach einem langen Tag voller bitterer Abfuhren wieder einmal saßen und Trübsal bliesen. Gottlob hatten wir ein paar Münzen in der Tasche, so dass wir etwas zu essen bestellen konnten. Der Wirt war ein freundlicher Mann, der uns ein wenig mehr gab, als er hätte müssen, und auch für

Bartmann hatte er auf dem hinteren Hof ein Grasplätzchen gefunden. Ja, so war das an diesem denkwürdigen Tag.«

»Und dann? Was geschah dann?«

»Plötzlich rief jemand lauthals: ›Cirurgicus, seid Ihr's? Bei den Algen der Sargassosee, ich glaub, Ihr seid's wirklich!‹ Der Rufer hieß Pint. Pint wie ein Pint Ale. Er ist ein englischer Matrose oder besser: Er war es. Warum, werdet Ihr gleich erfahren. Er ist ein untersetzter Bursche, fast so breit wie lang, mit den Oberarmen eines Preisringers. Er diente jahrelang unter Kapitän Sir Hippolyte Taggart, dem berühmten Korsaren, der anno dreiundsiebzig von der wohl erfolgreichsten Kaperfahrt aller Zeiten heimkehrte. Auf Taggarts Schiff, der *Falcon,* fuhren auch meine Freunde und ich eine Weile. Aus dieser Zeit kenne ich Pint.«

Pater Ernesto, der nur wenig größer als der Magister war, blickte auf. »Ihr müsst ihn sehr gut gekannt haben, anders ist seine große Wiedersehensfreude kaum zu erklären.«

»Nein, das ist nicht der Fall. Eher war es ein gemeinsames Erlebnis, das ihn zu diesem Freudenausbruch trieb. Ihr müsst wissen, dass Pint es war, der mir eines Tages an Bord half, einen verunglückten Matrosen festzuhalten, der wie ein Rohr im Winde schwankte. Duncan Rider, so der Name des Unglücklichen, war über ein aufgeschossenes Tau gestolpert und hatte sich eine Impressionsfraktur der Kalotte zugezogen. Oder, um es weniger wissenschaftlich auszudrücken: Sein Schädeldach war angebrochen und eingedellt. Ich trepanierte den Mann mit Hilfe des alten Bordarztes Doktor Hall.«

»Un mit meiner Hilfe!«, ertönte es plötzlich von vorn. Der Zwerg, der mit dem Säugling wie immer voranging, hatte sich eingemischt. »Hab als Blutstiller trafackt. Gneißt du's noch?

Blutiges Blut,
glutige Glut,

fließ zurück
über die Brück,
sollst stehen, sollst stehen,
sollst ruhen still
nach meinem Will!«

»Ja, natürlich erinnere ich mich«, sagte Vitus. »Es war eine komplizierte Operation. Ich habe dem Verletzten eine Goldmünze in die Schädelplatte eingesetzt, passgenau wie eine Intarsie, und hoffe, dass er noch heute damit herumläuft. Um auf Pint zurückzukommen: Auch er hat das Seinige dazu beigetragen, Duncan Rider, einem Ehemann und Familienvater, das Leben zu retten. Das verbindet uns.«

»Und weiter?«, drängte Pater Ernesto. »Die Geschichte ist doch sicher noch nicht zu Ende?«

»Nein, das ist sie nicht. Denn Pint ist heute kein Matrose mehr, sondern Teilhaber einer Frachtkompagnie in Genua. Er kaufte sich mit seinem Prisengeld in die Firma ein.«

Pater Ernestos Augen blitzten. »Die Wege des Herrn sind unerfindlich! Ich freue mich für Pint. Er ist sicher ein braver, gottesfürchtiger Mann. Doch was hat ihn als Engländer ausgerechnet nach Genua verschlagen?«

»Die Liebe, Pater, die Liebe. Irgendwann hatte er das Glück, nicht eine der üblichen Hafendirnen kennen zu lernen, sondern ein schönes Mädchen aus gutem Hause. Und dieses Mädchen, Ornella ist ihr Name, stammt aus Genua. Also folgte er ihr in ihre Vaterstadt, heiratete sie und sorgte dafür, dass beide ihr Auskommen haben.«

»Welch eine schöne Geschichte! Und dieser Pint nun war es, der …?«

»Genau. Dieser Pint machte es möglich, dass wir zwei Tage später aufbrechen konnten. Als Teilhaber brauchte er nur die entsprechenden Befehle zu erteilen.«

»Wahrhaftig, ein kleines Wunder!« Pater Ernesto hielt mitten im Schritt inne und zwang damit seine Weggefährten, ebenfalls stehen zu bleiben. »Erlaubt mir, meine Söhne, für den ehemaligen Matrosen Pint, der heute ein geachteter Handelsherr ist, einen freudenreichen Rosenkranz zu beten. Möge der Erhabene ihn auf allen seinen Wegen behüten und beschützen.«

Es blieb den Freunden nichts anderes übrig, als abzuwarten, bis der Pater seinen Wunsch wahr gemacht hatte, wobei sie eine gehörige Portion Geduld an den Tag legen mussten, denn ein Rosenkranz besteht aus fünf Gebetsabschnitten, von denen jeder ein Credo, ein Vaterunser, zehn Ave-Maria und ein Ehre-sei-dem-Vater beinhaltet. Dazu einen weiteren Satz, der ein Ereignis aus dem Leben Jesu und Maria schildert.

Als Ernesto endlich mit einem inbrünstigen Amen geendet hatte, sagte Vitus: »Ihr macht Eurer Berufung alle Ehre, Pater, wenn Ihr den Segen des Allmächtigen auf Pint herabfleht, aber ich möchte Euch bitten, es demnächst bei einer Rast zu tun. Wir verlieren sonst zu viel Zeit. Ihr wisst doch, wie eilig ich es habe.«

»Gewiss, mein Sohn, gewiss. Verzeiht einem alten Diener des Herrn.«

Sei es, dass der Rosenkranz des Paters insgesamt doch zu lange gedauert hatte, sei es, dass der Weg länger als erwartet war, in jedem Fall erreichte die Gruppe den Ort Alesón nicht mehr vor Einbrechen der Dunkelheit, so dass sie gezwungen waren, ein weiteres Mal unter freiem Himmel zu nächtigen.

Als das Zelt aufgebaut und das Feuer für die Mahlzeit entfacht war, ließ Pater Ernesto sich auf einem großen Stein nieder, zog die gelben Pantoffeln aus und massierte seine Zehen. »Um ehrlich zu sein, Cirurgicus, ich hätte nicht gedacht, dass die Stelle, an der mein Hühnerauge saß, das Marschieren so gut mitmachen würde. Ich habe sie die ganze Zeit kaum gespürt. Ihr verfügt über gesegnete Hände.«

Vitus, der zusammen mit dem Magister die Suppe zubereitete, antwortete ebenso zuvorkommend: »Und diese Hände wollen sich nun vom Fortgang des Heilungsprozesses überzeugen, Pater. Lasst mal sehen.« Er beugte sich über die fünfte Zehe, die der Ursprung aller Pein gewesen war, und begutachtete sein Werk. »Ja, es sieht nicht schlecht aus. Die Wunde wird von innen zuwachsen. Ich werde nochmals Doktor Chamouchas Salbe auftragen und eine Kompresse anlegen.«

»Cirurgicus, ich will nachher einen dankesfrohen Rosenkranz beten und Euch darin einschließen. Nur der Allmächtige weiß, wie sehr Ihr mir geholfen habt.«

Vitus wehrte ab. »Aber, aber! Ich habe nur getan, was selbstverständlich ist.«

Nach dem Essen betete der Pater den angekündigten Rosenkranz, wobei er die Freunde aufforderte, mitzutun und einträchtig die ewig währenden Sätze zu sprechen. Es dauerte wohl über eine Stunde, bis die fromme Handlung ihrem Ende entgegenging, und die erste Äußerung danach kam von der kleinen Nella. Sie plärrte, weil sie hungrig war. Der Zwerg hatte an den Gebeten teilgenommen und ihr nicht zur üblichen Zeit die Milch geben können.

Nun beeilte er sich, das Versäumte nachzuholen. Er schob der Kleinen das Klistierende ins Mündchen, drückte sanft auf die Schafsblase und fistelte pausenlos dabei: »Nu is ja gut, is ja gut, mein Schäfchen, der Altlatz is ja da, nich? Nu suckel man schön, dann schiebste auch keinen Kohldampf nich, nich? Suckel, suckel, wui un hui, das schmerft, wie? Killekillekille!«

Er wiegte sie hin und her, bis sie ein Bäuerchen machte. »Böpp, böpp, war das 'n quantiger Aufstoß? Wui! Killekillekille. Böpp un gulp! Un gleich noch mal …« Wieder senkte er das Klistierende in den zahnlosen Mund, immerfort beruhigende Laute ausstoßend.

Schließlich, als die Kleine satt war, fistelte er: »Nu is kein Grimmen nich mehr im Speisfang, nich? Der Altlatz hat Klein-Nella moll gekriegt. Nella, killekillekille! Wui un sí, du heißt Nella, Nella heißte, nich?«

Plötzlich unterbrach er seinen Redeschwall und wurde nachdenklich. »Nee, eigentlich heißte nich Nella, bist ja nich getäuft, nich? Musst 'ne ächtige Schmatterei haben, mit Schmatterwasser un so, geweiht von 'nem Kuttengeier un ... Moment mal.« Er unterbrach sich und wurde plötzlich ganz förmlich: »Pater Ernesto, Himmelsmann, kannste mein Schäfchen nich täufen? 's wär wichtig, glaub ich.«

Ernesto, der mit einiger Rührung die Bemühungen des Zwergs verfolgt hatte, war überrascht. »Nun ja, mein lieber Enano, natürlich ist die Taufe wichtig. Äußerst wichtig sogar. Sie ist das Sakrament, das den Täufling in die unauflösbare Gemeinschaft mit Gott hineinführt. Aber ich fürchte, ich kann deinen Wunsch nicht erfüllen, denn dazu bedarf es nicht nur geweihten Wassers, sondern auch eines Taufbeckens. Ich schlage deshalb vor, das Kind morgen in der Kirche von Alesón zu taufen. Ich bin sicher, mein dortiger Glaubensbruder wird deinem Wunsch gern entsprechen.«

Wer nun gedacht hatte, der Zwerg wäre mit diesem Vorgehen von Herzen einverstanden, sah sich getäuscht. »Mit Verlaub, Himmelsmann«, fistelte er, »will nich, dass mein Schäfchen von 'nem Fremden betatscht wird, will, dasses 'ne Sache unter Gefährten is.«

»Ja, aber, ohne Taufbecken ...«

Vitus schaltete sich ein: »Verzeiht, Vater, aber gibt es irgendwo in der Schrift einen Passus, in dem die Form eines solchen Beckens vorgeschrieben ist?«

»Wie? Was meint Ihr? Eine Vorschrift?« Ernesto durchforstete sein zweifellos stattliches Bibelwissen, wiegte mehrmals sein Haupt und kam zu dem Schluss: »Nein, soviel ich weiß, nicht. Wenn ich mich recht besinne, benötigte auch Johannes der Täufer, der Sohn des Zacharias, kein spezielles Wasserbehältnis. Er taufte die Gläubigen einfach im Fluss. Aber, Cirurgicus, hier gibt es keinen Fluss.«

Vitus lächelte. »Das stimmt. Aber wir führen Wasser mit uns. Und wir haben einen Kessel.«

Der Magister fiel ein: »So ist es, Pater. Wir haben einen Kessel, der sich wunderbar als Taufbecken eignen würde. Leider ist er zur Zeit noch zu heiß, als dass er dem heiligen Zweck dienen könnte, aber ich denke, spätestens morgen früh ist er erkaltet.«

Pater Ernesto gab sich geschlagen. »Es scheint, meine Söhne, als habe der Allmächtige mir diese Aufgabe zugewiesen, also will ich mich ihr nicht entziehen.«

»Amen«, fistelte der Zwerg froh.

Nach einer kurzen Nacht, die Dämmerung hatte gerade erst eingesetzt, sorgte Ernesto dafür, dass der Kessel gereinigt wurde, bevor er mit dem Ritus begann. Der Säugling stieß dazu giggelnde Laute aus, was aber der Feierlichkeit des Augenblicks keinen Abbruch tat. »Du Kind eines Mannes und eines Weibes«, hob er mit klarer Stimme an, »Tochter des Enano ... äh?«

Er musste unterbrechen, denn er kannte den weiteren Namen des Zwergs nicht.

»... von Askunesien«, half Vitus aus.

»Tochter des Enano von Askunesien«, setzte der Pater seine Rede fort, »ich erflehe für dich den Segen des Herrn, unseres mächtigen Schöpfers, denn wie heißt es in Seinem heiligen Buch? *Der unschuldige Hände hat und reinen Herzens ist, der nicht Lust hat zu loser Lehre und schwöret nicht fälschlich, der wird den Segen des Herrn empfangen und Gerechtigkeit von dem Gott seines Heils ...«*

Es folgte eine ausgedehnte Fürbitte, die hin und wieder von einem Gluckser des Täuflings unterbrochen wurde. Danach setzte Ernesto zu einem Gebet an, in dem er auf die Fährnisse des Lebens und die Abgründe des Teufels verwies, pries die Kraft des Allmächtigen, in dessen guter Hut niemand um sein Seelenheil zu fürchten brauche, und leitete über zum Glaubensbekenntnis: *Ich glaube an Gott, den Vater ...«*

Als auch das geschafft war, nahm Pater Ernesto dem Zwerg das kleine Bündel Mensch ab, stellte es in den Kessel, dessen Wasser er vorher geweiht hatte, und sprach feierlich: »Im Namen des Vaters, des Sohnes und des Heiligen Geistes taufe ich dich auf den Namen Nella.«

Er nahm seine Jakobsmuschel, schöpfte sie voll Wasser und übergoss das Köpfchen damit. Dieses wiederholte er noch zweimal. Dann gab er das Kind, das alles wie selbstverständlich, ja, fast fröhlich über sich hatte ergehen lassen, an den Zwerg zurück.

Nun wandte er sich an Vitus und den Magister, die in diesem Fall die Gemeinde darstellten, und sagte: »Ich habe Nella, die Tochter des Enano von Askunesien, getauft, wie Jesus es seinen Jüngern auf dem Berg in Galiläa befahl:

Darum gehet hin und lehret alle Völker
und taufet sie
im Namen des Vaters und des Sohnes
und des Heiligen Geistes.
Und lehret sie halten alles,
was ich euch befohlen habe.
Und siehe, ich bin bei euch
alle Tage bis an der Welt Ende.«

Ernesto schlug das Kreuz und sagte abschließend: »Ich denke, ich habe alles so gemacht, wie die Liturgie es vorschreibt. Allerdings fehlt mir eine Kirche, in deren Gemeindebuch ich die Geburt eintragen könnte. Auch der Flügel eines Altars täte es, aber beides steht mir nicht zur Verfügung. Also müsst ihr, meine Söhne, jederzeit bereit sein, vor Gott und der Welt zu bezeugen, dass dieses Kind auf den Namen Nella von Askunesien getauft wurde, und zwar am neunten März anno 1580.«

Kaum hatte er das gesagt, blinzelte der Magister heftig, grinste bis über beide Ohren, trat auf Vitus zu und begann dessen Hand wie einen Pumpenschwengel zu bearbeiten. »Richtig! Heute ist ja der neunte März, du altes Unkraut, dein Geburtstag! Herzlichen Glückwunsch, und möge alles, was du dir vorstellst, in Erfüllung gehen!«

Nacheinander schlossen sich die Gefährten den Worten des kleinen Gelehrten an, so dass es Vitus schon fast peinlich war. »Macht nicht so viel Aufhebens um mich«, sagte er. »Eigentlich ist es ja nicht mein Geburtstag, sondern nur der Tag, an dem der alte Abt Hardinus mich vor dem Klostertor fand.«

»Vor nunmehr vierundzwanzig Jahren«, ergänzte der Magister. »Wie fühlt man sich, wenn man das Vierteljahrhundert fast erreicht hat?«

Vitus lachte. »Genauso wie mit dreiundzwanzig.«

»Weißt du noch, was wir vor einem Jahr gemacht haben?«

»Sicher. Wir waren auf See, steuerten gen Süden in Richtung Tanger.«

»Gütiger Himmel! Mir ist, als wäre es erst gestern gewesen. Und weißt du auch noch, wo wir uns heute vor zwei Jahren befanden?«

Vitus musste einen Augenblick nachdenken, bevor er die Antwort geben konnte: »Ich denke, genau an jenem Tag wurden wir mit dem Wrack der *Albatros* an den Strand von Neu-Spanien geworfen. Es war an einem Küstenstreifen zwischen den Städten Nombre de Dios und Puerto Bello, wenn ich mich recht erinnere.«

»Das tust du. Und hast du eine Ahnung, wer uns dort auflas?«

»Wie könnte ich das jemals vergessen: Der Schmied Haff war es, zusammen mit seinem Hund.«

Der kleine Mann breitete die Arme aus. »Ja, ja, geschlagene fünf Wochen waren wir ein Spielball der Stürme gewesen! Aber wir haben es überstanden. *Tempi passati!* Doch nun zu etwas anderem: Du weißt, dass wir arm wie die Kirchenmäuse sind, trotzdem wollten wir an deinem Geburtstag nicht mit leeren Händen dastehen. Deshalb haben wir beschlossen, dir etwas zu schenken, das für kein Geld der Welt zu kaufen ist: Zeit! Enano und ich, wir schenken dir unsere Zeit. Oder, um es anders zu sagen, wir werden auch weiterhin an deiner Seite sein, egal, ob du nun vierundzwanzig, vierunddreißig oder vierundvierzig Jahre alt wirst. Du kannst immer auf uns zählen.« Er schloss Vitus in die Arme und drückte ihn fest. Dann, damit die Sache nicht zu rührselig wurde, trat er schnell zurück und überließ dem Zwerg das Feld.

»Der Altlatz un das Schäfchen wünschen dir gut Kiem, Assússo un Massel«, fistelte Enano, »un dass dir alleweil die Tauben in'n Mund fliegen.«

Endlich kam auch Pater Ernesto an die Reihe, der vor Vitus das Kreuzzeichen machte und sagte: »Ich, mein Sohn, kann Euch nicht viel von meiner Zeit schenken, denn unsere Wege werden sich bald trennen. Aber ich schenke Euch etwas anderes, ebenfalls Unbezahlbares: Meine Hochachtung vor Euch und Eurer ärztlichen Kunst. Ich werde Euch immer in meine Gebete einschließen, damit Ihr gesund bleibt und Zufriedenheit erlangt.«

Vitus wusste kaum noch, wo er hinblicken sollte, so verlegen hatten ihn die Worte der Gefährten gemacht. Schließlich krächzte er: »Ich denke, wir sollten jetzt aufbrechen.«

Kurz bevor sie Alesón erreichten, sahen die Freunde Scharen von Menschen auf eine große, frei liegende Weide zueilen, auf der eine Art Holzbühne errichtet worden war. Ein hutzliges Männchen hüpfte darauf herum und schimpfte wie ein Rohrspatz: »Ja, ja, lacht nur über einen alten Mann, der sich nicht wehren kann! Dummes, hohlköpfiges Pack, das ihr seid! Mehr Respekt vor dem Alter, wenn ich bitten darf, ich habe schon für Karl V., Gott hab ihn selig, gekämpft, als ihr alle noch in die Windeln geschissen habt!«

Einige Leute lachten. Zurufe wurden laut: »Na, na, übertreib mal nicht, Opa!«

»Hoho, du kannst uns viel erzählen, Abuelo. Wir waren ja nicht dabei!«

»Wer ist überhaupt Karl V.? Nie gehört. Hahaha!«

Der Magister, der nicht viel sehen konnte, brummte: »Am vielen Lachen erkennt man den Narren, so heißt es doch, nicht wahr, Pater?«

Ernesto nickte. »Ganz recht. *Per risum multum debes cognoscere stultum.*«

Unter den Lachern waren auch drei junge, gut gekleidete Burschen von Stand, die einen Platz dicht vor der Bühne ergattert hatten und sich einen Spaß daraus machten, Steinchen auf den Alten zu werfen. Die meisten Geschosse verfehlten ihr Ziel, doch manch eines traf auch, und jedes Mal, wenn das der Fall war, schrie der Greis »Autsch!« und sprang in die Höhe wie ein Floh.

Das amüsierte die Zuschauer noch mehr. Die drei Jünglinge fühlten sich angefeuert und warfen weitere Kiesel, was neuerliche Schimpfkanonaden des hutzligen Alten zur Folge hatte. Der Größte der Rüpel schrie: »Du reißt das Maul ja nur so weit auf, Opa, weil du alt bist. Hahaha! Wenn du jünger wärst, würde ich dir schon zeigen, wie mein Degen spricht!«

»Was?«, kreischte der Alte. »Habt ihr das gehört, Leute? Der Kerl hat einen, der sprechen kann!«

Die Menge brüllte vor Lachen. Ihre Gunst, die eben noch den

Jünglingen gegolten hatte, richtete sich auf den Greis. Der Jüngling zog ein saures Gesicht.

Der Alte kam jetzt richtig in Fahrt: »Das ist ja großartig! Von so etwas habe ich noch nie gehört. Sage mir, mein Freund, spricht er eher im erschlafften oder im erstarkten Zustand? Doch halt, natürlich im erschlafften, denn wenn ich dich so anschaue, glaube ich wohl, dass sich bei dir nicht viel abspielt!«

Vitus und die Freunde waren unterdessen so nahe herangekommen, dass sie den Zwist genau mitverfolgen konnten. Sie waren eingezwängt zwischen den anderen, konnten nicht vor und zurück und machten lange Hälse. Einzig der Zwerg hielt sich abseits, aus Rücksicht auf sein Schäfchen.

»Los, komm rauf auf die Bühne und lass die Hose runter!«, höhnte der Alte weiter. »Wir wollen ihn sprechen sehen. Nicht wahr, Leute, wir wollen ihn doch sprechen sehen?«

Die Menge johlte Zustimmung.

»Wollen wir ihn wirklich sprechen sehen?«

Erneuter Jubel.

Der kräftig gebaute Jüngling wurde jetzt ernstlich wütend. »Halt's Maul, Opa, sonst komm ich wirklich hoch, und dann gnade dir Gott! Ich verpasse dir ein paar Schläge, die dich von hier bis auf den Marktplatz von Alesón befördern.«

»Was? Du drohst mir mit den Fäusten? Hööö, ihr Leute, habt ihr das gehört? Die Rotznase will handgreiflich werden! Wie darf ich das verstehen? Heißt das etwa, deiner kann gar nicht sprechen, und, schlimmer noch, du weißt ihn auch nicht zu benutzen?«

Wieder heulte die Menge vor Vergnügen auf. Sie fühlte sich glänzend unterhalten.

»Bei Gott!« Mit einem einzigen Satz sprang der junge Bursche auf die Bühne und zog blank. Dem Greis die Spitze seines Degens unters Kinn haltend, keuchte er: »Wenn du den Zweikampf haben willst, Alter, bitte sehr. Aber jammere hinterher nicht um dein Leben.«

Die Menge lachte jetzt nicht mehr. Ihre Freude schlug vielmehr in Sorge um. Rufe ertönten allseits:

»Lass es gut sein, Abuelo.«

»Ja, lass es gut sein. Du hast es ihm tüchtig gegeben.«

»Überspann den Bogen nicht.«

»Vertragt euch lieber.«

Den Wunsch nach Harmonie wollte auch Pater Ernesto unterstützen, und er rief: »Gebt Frieden, ihr zwei Streithähne! Gott hat die Menschen nicht erschaffen, damit sie sich die Köpfe einschlagen!«

Einigermaßen besänftigt, schickte der Jüngling sich an, vom Podest zu steigen, doch da hielten ihn die Worte des Alten zurück: »Mit dir Milchgesicht nehme ich es noch allemal auf. Selbst wenn man mir das linke Bein hochbände, würde ich dir eine Abreibung verpassen, die du dein Lebtag nicht vergisst.«

Der Jüngling schnappte nach Luft. »Da hört ihr es selbst, Leute! Der Alte will unbedingt, dass ich ihm eine Lektion erteile. Nun gut, ich verspreche, es kurz zu machen, dann haben wir die Sache hinter uns.« Den Degen, den er schon wieder in die Scheide gestoßen hatte, abermals ziehend, stellte er sich in Fechtpositur. »Nun, wo ist deine Waffe, Alter?«

»Nicht so schnell, nicht so schnell, Milchgesicht.«

»Aha! Jetzt hast du wohl doch die Hosen voll?« Der Jüngling zog seine Klinge ein paarmal durch die Luft. Es zischte gefährlich. »Sag es ruhig, wenn du einen Rückzieher machen willst.«

Der Alte straffte sich. Er war dadurch plötzlich fast genauso groß wie sein Kontrahent, dann aber fiel er wieder in sich zusammen und rief mit brüchiger Stimme: »Im Gegenteil, Milchgesicht, ich gehe jede Wette, dass ich dich bezwinge! Sollte es mir aber nicht gelingen, kriegst du einen Vierer von mir. Da du dir deiner Sache so sicher bist, wirst du mir im umgekehrten Falle gewiss das Fünfzigfache zahlen. Oder ist das zu viel verlangt?«

»Nein, sicher nicht!«, erwiderte der Jüngling, und sein Gesichtsausdruck bekam etwas Lauerndes. »Bei Gott, ich gebe dir fünfzig Vierer, wenn du mich schlägst. Aber ich sage dir, das haben schon ganz andere versucht.«

»Dann ist es abgemacht, hier vor allen Zuschauern!«

Als die Geschehnisse auf dem Podest so weit gediehen waren, meinte der Magister besorgt: »Der alte Mann ist entweder verrückt oder lebensmüde. Meinst du nicht, wir sollten uns einmischen?«

Vitus, der scharfe Augen hatte, schüttelte den Kopf. »Nein, nicht nötig. Ich habe so eine Ahnung, dass alles ganz anders ist, als es zu sein scheint. Vielleicht können wir an meinem Geburtstag unverhofft zu einem hübschen Sümmchen kommen.« Laut rief er: »He, du junger Heißsporn da oben, auch ich zahle dir einen Vierer, wenn du gewinnst. Gibst du mir ebenfalls das Fünfzigfache, wenn du verlierst?«

Der kleine Gelehrte zischte erschreckt: »Bist du des Teufels, du Unkraut? Wir besitzen doch keinen Vierer! Wir besitzen nicht einmal mehr vier armselige Maravedis!«

Doch da erscholl schon die Antwort des Jünglings: »Natürlich, Mann. Merk dir nur mein Gesicht, damit du mir anschließend das Geld geben kannst.«

»Und du dir das meine!«, rief Vitus zurück, den noch immer heftig protestierenden Magister abwehrend.

Pater Ernesto hieb in dieselbe Kerbe wie der kleine Gelehrte. Er zog zürnend die Brauen zusammen. »Wetten und Würfeln, Cirurgicus, beides ist nicht gottgefällig.« Aber niemand achtete auf ihn, denn jetzt wurde es oben auf dem Podest ernst. Beide Gegner standen sich gegenüber, der Jüngling mit der blanken

Klinge, der Alte seltsamerweise nur mit einem Stock in der Hand.

»Ich erkenne so wenig«, quengelte der kleine Gelehrte. »Gott verfluche den Glasschleifer in Genua, der mir diese miserablen Berylle verpasst hat. Hat der junge Kerl schon gewonnen? Beim Blute Christi, wo sollen wir nur einen Vierer hernehmen? Sag, Vitus, wie sieht es da oben aus?«

»Es ist noch nichts geschehen. Der junge Bursche steht da in tadelloser Fechtergrundstellung, der Alte hingegen stützt sich auf seinen Stock.«

»Hölle, Hades und offener Orkus! Ich wusste es doch: Der Alte spielt mit seinem Leben, was ist nur in ihn gefahren?«

In der Zwischenzeit hatte der Jüngling ein paar Vorstöße gemacht, sich danach aber sofort wieder zurückgezogen. Offenbar wollte er nur die Schnelligkeit seines Gegners herausfinden. Damit jedoch schien es nicht weit her zu sein. Nur unbeholfen wich der Alte aus, und der Jüngling hätte um ein Haar schon den einen oder anderen Treffer gelandet.

»Und was passiert jetzt?«, fragte der Magister mit vor Aufregung heiserer Stimme.

»Nichts«, antwortete Vitus betont ruhig. »Der Heißsporn steht da mit abwärts geneigter Klinge und bietet eine Sixt an. Er lädt den Alten zum Angriff ein.«

»Bei allen zwölf Aposteln! Du solltest dazwischengehen. Wenn du es nicht tust, tue ich es.«

Der kleine Gelehrte war drauf und dran, die Bühne zu erklimmen, doch Vitus hielt ihn zurück. »Nein, lass uns noch abwarten.«

In der Tat schien der Alte mehr Glück als Verstand zu haben, denn immer dann, wenn der Jüngling einen Ausfall machte, verfehlte er ihn nur um Haaresbreite. Einige Leute in der Menge, besonders die Frauen, wurden immer besorgter um das Wohl des alten Mannes, und die Aufforderungen, den

Kampf zu beenden, mehrten sich. Doch die Angst schien unbegründet. Mit jedem Hieb, den der Jüngling austeilte, schien der Alte sich um ein Stück zu verjüngen. Alsbald hatte man den Eindruck, es sei nicht nur Zufall, dass der Jüngere ins Leere schlug, sondern eher die wohl berechnete Schnelligkeit seines Gegenübers.

»Der Heißsporn hat eben einen Sturzangriff gemacht«, hielt Vitus den Magister auf dem Laufenden, »und der Alte hat pariert und mit einer Riposte geantwortet.«

Der kleine Gelehrte blinzelte. »Sagtest du Riposte? Wolltest du damit andeuten, der Alte könne fechten?«

Vitus entgegnete nichts, denn nun überschlugen sich die Ereignisse. Während seines Gegenangriffs hatte der Alte mehrmals mit dem Stock zugestoßen und dabei die Rippen des Jünglings getroffen; alles war so blitzartig schnell abgelaufen, dass das menschliche Auge es kaum verfolgen konnte. Der Jüngling stöhnte auf vor Schmerzen. Durch die Menge ging ein Raunen.

»Ja«, bestätigte Vitus, »der Alte kann tatsächlich fechten. Und wie! Sein Stock scheint mir ein Dussack zu sein, die alte hölzerne Fechtwaffe.«

Mittlerweile hatte der Greis mit jugendlicher Kraft und großer Leichtfüßigkeit weitere Stockschläge ausgeteilt. Die Gegenwehr des Jünglings war vollständig erlahmt. Er kniete in gekrümmter Haltung auf den harten Brettern des Podests und schnappte nach Luft. Der Degen entglitt seinen Händen.

»Gibst du dich geschlagen?«, rief der Alte.

»J... ja«, keuchte der Jüngling.

»So will ich von dir lassen. Aber nur, wenn du deine Wette einlöst.«

»Ja, j... ja doch!« Der Unterlegene schien ernsthafte Schmerzen zu haben, denn er hielt sich immerfort die Seite und versuchte mehrmals vergeblich aufzustehen.

»Ich bekomme fünfzig Vierer von dir!«

»Genauso wie ich!« Der Ausruf kam von Vitus, der mit einem Satz auf das Podest sprang.

Der Alte stutzte für einen Augenblick. Ein Funke des Erkennens schien in seinen Augen aufzublitzen, doch dann wandte er sich wieder der Menge zu: »Genauso ist es! Auch diesem Mann hier stehen fünfzig Vierer zu. Ihr alle habt gehört, wie er gewettet hat und mein vorlauter Widersacher darauf eingegangen ist ...«

Während der Alte weiter auf die Leute einsprach, kniete Vitus neben dem Verletzten nieder und untersuchte ihn. Rasch stand für ihn die Diagnose fest. Sich aufrichtend, sagte er zu dem Greis: »Dein Gegner hat mindestens zwei Rippen gebrochen. Er braucht einen Streckverband.«

Der Alte nickte. »So, so, einen Streckverband.« Dann weiteten sich seine Augen, und er nahm Vitus beiseite. »Du bist Arzt? Dann bist du ... bist du's wirklich? Großer Gott, hast du dich verändert! Vitus, nicht wahr?«

»Arturo! Ich hatte dich nicht gleich erkannt. Aber als ich dich fechten sah, wusste ich Bescheid.« Vitus wollte den alten Weggefährten an die Brust drücken, doch der hielt ihn davon ab.

»Warte, mein Freund, nicht hier oben. Die Darbietung muss weitergehen, bevor wir uns in die Arme fallen. Versorge meinen Gegner und nimm ihm das Geld ab, das er gegen uns verloren hat. Bis später.«

Kaum hatte er das gesagt, sprang Arturo mit einem eleganten Satz zur Mitte der Bühne und schrie: »Der Mann, den ihr eben gesehen habt, ist Arzt, Leute! Er wird sich um meinen Gegner kümmern. Verzeiht, dass alles so schnell ging und der Maulheld so glimpflich davongekommen ist, aber schließlich musste ich ihn am Leben lassen. Wie sollte er sonst seine Wettschulden bezahlen?«

Die Menge, die eigentlich mehr erwartet hatte, lachte versöhnlich.

»Ich sehe, ihr seid mir nicht gram. Das gibt mir die Hoffnung, dass ihr es auch nicht seid, wenn ich euch mein wahres Gesicht zeige!« Arturo riss sich den falschen Bart und die weißhaarige Perücke ab und stand nun da als derjenige, der er in Wirklichkeit war. »Gestattet, Freunde, Arturo ist mein Name!« Er verbeugte sich tief. »Ich bin der lebende Beweis dafür, dass man einen Gegner niemals unterschätzen darf.«

Wieder lachten die Zuschauer.

»Und ich bin der Wortführer der weltbekannten Gauklertruppe *Los artistas unicos.*« Abermals verbeugte er sich und setzte dann zu einer Ansprache an:

»Hochverehrtes Publikum! Männer, Frauen und Kinder! Ich habe die unschätzbare Ehre, euch ein Programm anzukündigen, wie ihr es noch niemals im Leben gesehen habt. Staunet, bebet und erschrecket! Lasset die Wunder unserer unglaublichen Darbietungen auf euch wirken! Freut euch auf einen Mann, dem es als Einzigem gelungen ist, die Schwerkraft vollendet zu besiegen! Begrüßt sodann den Körper ohne Knochen, Anacondus, den unvergleichlichen Schlangenmenschen! Applaudiert Zerrutti, dem Magier der Welt, und seinem einmaligen Assistenten Antonio! Weidet eure Augen an Maja, der blonden Schönheit, deren zarter Körper brutal durchsägt werden wird … Freut euch auf dieses und jenes und noch viel mehr. Doch zunächst auf den großen, den einmaligen Balancearo …!«

Arturo sprang federnd von der Bühne herunter, verschwand hinter einem hölzernen Wandschirm und kam nach wenigen Augenblicken wieder zurück. Er trug jetzt einen riesigen Schnauzbart, der nach jeder Seite eine halbe Elle lang ausgezwirbelt war, dazu auf dem Kopf einen hohen, feierlich anmutenden Hut, der ebenso vielfarbig war wie der lange, goldbestickte Rock, auf dem zahllose bunte Glassteine blitzten.

Neben ihm trat eine junge zierliche Frau auf, die eine Trommel vor den Leib geschnallt hatte. Während sie die ersten Wirbel schlug, nahm Arturo drei Bälle zur Hand und begann mit ihnen zu jonglieren. Er warf sie hoch und immer höher, drehte sich dabei um die eigene Achse, scherzte dazu, tat manchmal so, als verlöre er eine der Kugeln, verlor sie auch fast und fing sie doch immer wieder auf.

Die Trommel wurde lauter, die Wirbel schneller. Arturo hatte jetzt fünf Bälle, mit denen er arbeitete, dann sogar sieben. Mit jedem Ball, den er dazunahm, staunten die Zuschauer mehr. Kurz vor Ende seiner Nummer erschien wie zufällig ein kleiner Hund und setzte sich neben ihm nieder. Arturo warf den ersten der sieben Bälle zur Seite. »Terro, fass!«

Wie von einer Feder hochgeschnellt, sprang der Hund in die Luft und fing die Kugel mit dem Maul auf. Die zierliche Frau schlug dazu scheppernd zwei Becken gegeneinander. Mit der nächsten Kugel verfuhr Terro genauso. Schließlich lagen alle sieben Bälle in einer sauberen Reihe vor ihm.

»Brav, Terro!« Arturo applaudierte dem Hund und gab damit den Zuschauern das Signal, es ihm gleichzutun.

Als der Beifall verklungen war, hob er abermals die Stimme: »Hochverehrtes Publikum! Erlebt nun den Menschen ohne Knochen, den einmaligen, den sensationellen, den legendenumwobenen Anacondus!«

Die zierliche Frau ergriff einen Schellenreifen und schüttelte ihn kräftig.

Das Programm der *Artistas unicos* nahm seinen Lauf ...

»Du bist jung«, sagte Vitus am Rande der Bühne zu dem Heißsporn, »da wachsen die Rippen noch leicht zusammen. Allerdings dürfte es mehrere Wochen dauern, bis du völlig wiederhergestellt bist.« Er überprüfte noch einmal den Streckverband, der sich wie eine breite weiße Schärpe um die Brust des Verletzten zog.

»So ist es«, brummte der Magister, der Vitus wie so häufig assistiert hatte. »*Superbientem animus prosternet*, mein Junge. Oder, falls es mit deinen Lateinkenntnissen nicht weit her ist: Hochmut kommt vor dem Fall. Bis zu deiner Genesung dürfte dir genügend Zeit bleiben, deine Manieren zu verbessern. Besonders alten Menschen gegenüber.«

»Ja …« Der Jüngling biss die Zähne zusammen. Er war sehr blass. Seine Qualen schienen trotz des Verbandes noch immer erheblich zu sein. »Aber der verfluchte Kerl war ja gar nicht alt. Er hat sich verstellt, hat mich reingelegt, der Hundesohn. Ganz bewusst.«

»Aber, aber, mein Sohn.« Pater Ernesto legte dem Verletzten beschwichtigend die Hand auf die Stirn. »Was sind denn das für Ausdrücke! Du solltest dankbar sein, dass es dem Herrn gefallen hat, dich eine so wichtige Erfahrung machen zu lassen. Noch einmal wird dir so etwas nicht passieren. Im Übrigen muss ich dich rügen. Fluchen geziemt sich nicht für einen gottesfürchtigen jungen Mann. Und du glaubst doch an Gott?«

»Natürlich, Hochwürden«, kam ächzend die Antwort. »Natürlich.«

»Dann bist du sicher damit einverstanden, mit mir einen schmerzensreichen Rosenkranz zu beten. Lass dich durch die jubelnde Menge um uns herum nicht stören, dem Herrgott ist es egal, von wo aus man ihn anruft.«

Leise lächelnd holte Ernesto seine Gebetsschnur hervor und begann mit der heiligen Handlung.

Über ihm wurde gerade die blonde Maja zersägt.

Wegen der früh einsetzenden Abenddämmerung dauerten die Darbietungen der *Artistas unicos* nur eine gute Stunde, weshalb ihr Ende mit dem des Rosenkranzes von Pater Ernesto zeitlich fast zusammenfiel.

Kaum hatte die Menge sich verlaufen, gab es für Vitus und den Magister und ebenso für die Gaukler um Arturo kein Halten mehr. Sie liefen aufeinander zu, umarmten, herzten sich und küssten einander, als hätten sie sich hundert Jahre nicht gesehen. Nur der Zwerg mit Nella und Pater Ernesto bildeten eine Ausnahme. Sie sahen dem Treiben halb staunend, halb belustigt zu. Schließlich, als die erste Wiedersehensfreude ein wenig nachgelassen hatte, schaute Vitus sich um und bemerkte die beiden. »He!«, rief er, »ich hatte ganz vergessen, dass wir zu fünft sind! Kommt her, Pater, komm her, Zwerg! Pater, darf ich Euch die Künstler der *Artistas unicos* vorstellen? Da haben wir zunächst Arturo, seines Zeichens Fechtmeister aus dem Florentinischen in Italien und gleichzeitig Wortführer der Truppe ...«

Nacheinander folgten die anderen: Anacondus, der Schlangenmensch, der ein wenig Latein lesen konnte und sich mit Arturo und dem Hund Terro einen Wohnwagen teilte; Zerrutti, der Magier und Illusionist mit den flinken Vogelaugen und den kleinen Händen, der mit Maja, einer zierlichen, blonden Schönheit, zusammenlebte; die Zwillinge Antonio und Lupo, die allerdings immer nur in der Person von Antonio auftraten – anders wären Zerruttis Zaubertricks zu leicht durchschaubar gewesen –, und nicht zuletzt der Glasschleifer Joaquin mit den eisernen Greifbacken, die ihm die rechte Hand ersetzten.

Als die gegenseitige Vorstellung beendet war und alle auch Nella, das Schäfchen des Zwergs, begutachtet hatten, sagte Maja: »Ich weiß, wie glücklich du sein musst, Enano. Zerrutti und ich haben auch Nachwuchs bekommen, sechs Monate ist unser kleiner Zerro nun alt und kommt ganz nach seinem Vater. Wenn du willst, zeige ich ihn dir in unserem Wagen. Willst du?«

Natürlich wollte der Zwerg, und Arturo besann sich und rief laut: »Wir alle sollten aufbrechen, Freunde, gehen wir in unsere

Wagenburg. Lasst uns dort am Feuer sitzen und essen und trinken und von vergangenen Zeiten plaudern!«

Gesagt, getan. Doch bevor sie sich gemeinsam niederließen, teilten sie sich die Arbeit nach guter Gauklerart auf: Während Enano mit Maja und Zerrutti in deren Wohnwagen verschwand, schauten Anacondus und Joaquin nach den Pferden, Antonio und Lupo suchten trockenes Holz für das Feuer, Vitus und der Magister kümmerten sich um die Reinigung des Kessels, und Arturo und Pater Ernesto forschten im Küchenwagen nach verwertbaren Speiseresten.

Die *Artistas unicos* waren in Wahrheit keine sonderlich erfolgreiche Truppe, doch war an ihrem Feuer noch jeder Gast satt geworden, und das sollte auch heute so sein.

»'s is wahrhaftich 'n zuckriger Fratz der kleine Zerro«, fistelte der Zwerg geraume Zeit später, als alle um das Dreibein herumsaßen und sich die Mahlzeit, die Maja aus Resten zubereitet hatte, schmecken ließen. »'n zuckriger Fratz! Fast so wie meine Nella.« Er hatte darauf bestanden, sich um beide Säuglinge zu kümmern, hockte nun mit ihnen im Kreis der Freunde und wiegte sie abwechselnd in seinen Kinderärmchen.

Maja lächelte geschmeichelt, und auch Zerruttis Vogelaugen glänzten stolz. Die zierliche blonde Frau erhob sich und schöpfte aus dem Kessel neue Suppe in die große Schüssel, aus der sich alle bedienten. »Pater, Ihr müsst mehr essen«, mahnte sie in ihrer schüchternen Art, »langt zu, damit Ihr bei Kräften bleibt und den langen Weg bis nach Santiago de Compostela schafft.«

Ernesto nickte lächelnd, und mit seinem Lächeln verdichtete sich das Faltengespinst um seine Augen. »Ich tue, was ich kann, meine Tochter.« Folgsam schöpfte er mit der Jakobsmuschel weitere Brühe in sich hinein.

Enano fistelte: »Ihr könnt mir's holmen, ihr Wolkenschieber: Unser Himmelsmann is knäbbig zu Fuß, der walzt, bisser da is.

Der Große Machöffel bensche ihn. Un er hat mein Schäfchen getäuft. Nich, Pater, so war's doch?«

»Ja, mein Sohn, das habe ich.«

Maja spitzte die Ohren. »Sagtest du, der Pater hat deine kleine Nella getauft?«

»Wui, wui, 's hat er!«

Der Gottesmann winkte ab. »Für einen Bruder in Christo, der die Priesterweihe bekommen hat, ist das nichts Besonderes. Wenn man's genau nimmt, hätte jeder andere es auch machen können. Im Rahmen einer Nottaufe.«

»Ja, aber Ihr habt es gemacht, Pater.« Maja rührte die Suppe im Kessel um, was gar nicht nötig war. »Sagt, Pater ...« Sie brach ab und rührte weiter. Schließlich fasste sie sich ein Herz, legte den Kochlöffel beiseite und fragte: »Würdet Ihr auch den kleinen Zerro taufen, Pater? Ich wünsche es mir so sehr. Ich glaube, Gott hat Euch geschickt, damit Ihr es tut.«

Ernesto wischte die Jakobsmuschel an seinem Ärmel sauber und steckte sie weg. »Ein Priester ist dazu da, die Sakramente zu erteilen«, sagte er. »Was ich tun kann, will ich gerne tun. Doch erlaube mir zuvor eine Frage, meine Tochter.«

»Ja, Pater?«

»Es ist eine Frage, die ich gleichermaßen an Meister Zerrutti richten muss: Habt ihr beide den heiligen Bund der Ehe geschlossen? Wenn nicht, so wurde Klein-Zerro in Sünde gezeugt.«

Maja und Zerrutti sahen einander betreten an. Schließlich antwortete der Magier, der des Spanischen bei weitem nicht so mächtig war wie seine Partnerin: »Wir nicht getraut, Pater, hat bis jetzt nicht sollen sein, *sì?*«

»Aha, nun ja. *Wer unter euch ohne Sünde ist, der werfe den ersten Stein auf sie,* so sagt unser Herr im Evangelium des Johannes, und wie wollte ich als kleiner Priester euch da verteufeln. Aber warum geht ihr nicht gleich morgen in Alesón zur

Kirche und erbittet dort den Segen für eure Lebensgemeinschaft?«

Zerrutti erhob die kleinen, gepflegten Hände. »Ist Problem, Pater, *sì?* Wir Gaukler, Künstler, Spielleute, und Kirche sagt, wir halbe Ketzer. Wir versucht, trauen, aber keiner Pater wollte bisher, jagen uns davon, *sì?*«

Ernesto fiel darauf nichts ein. Doch er wusste, dass Zerrutti Recht hatte. Das fahrende Volk stand stets mit einem Bein im Kerker. Es galt der Kirche wegen seines freizügigen Lebens als verwerflich und gehörte im Zweifelsfall an den Pranger – wenn nicht gar gleich in die Tiefen einer Folterkammer.

Der Zwerg krähte: »Wiewo? Is doch kein Problem, Himmelsmann, musst sie halt ringlern, bevor du Klein-Zerro täufst!«

»Was? Ich?« Pater Ernesto war verdutzt. Dann aber, bei näherer Überlegung, begann der Gedanke ihm zu gefallen. Es musste ein gottgefälliges Werk sein, zwei Menschen von der Last ihrer Sünde zu befreien. Warum sollte nicht er derjenige sein, der dafür sorgte. »Nun, meine Kinder«, sagte er, »ich denke, ich werde es machen. Gleich morgen früh. Anschließend will ich Zerro taufen, auf dass er unter der Liebe und der Fürsorge des Allmächtigen aufwachse.«

Bei seinen letzten Worten sprang Maja auf und küsste den Pater, ganz gegen ihre sonstige zurückhaltende Art, herzhaft auf beide Wangen. Auch Zerrutti zeigte unverhohlen seine Freude und schüttelte dem Gottesmann minutenlang die Hände.

Antonio und Lupo, die Zwillinge, stimmten ein altes Gauklerlied an, in das alsbald alle einfielen. Sie sangen aus voller Brust, denn eine bevorstehende Hochzeit ist überall auf der Welt ein freudiges Ereignis, und die *Artistas unicos,* die mit ihren bunt bemalten, stabil gebauten Wohngefährten kurz vor Alesón im Nordspanischen standen, machten da keine Ausnahme.

Sowie das Lied verklungen war, zog es Maja und Zerrutti in ihren Wagen, denn als Brautleute plagte sie die Sorge, sie könnten für die kommende Zeremonie nichts Rechtes anzuziehen haben. Sie konnten sich beruhigt entfernen, da Zerro weiterhin in der Obhut des Zwergs blieb.

»Wui, 's is'n scheiniger Abend! Knäbbig, knäbbig«, krähte der Winzling.

»Ganz meine Meinung«, pflichtete der Magister bei. »So jung kommen wir nicht wieder zusammen.« Er blinzelte heftig, was Joaquin, den Glasschleifer, zu dem Ausruf veranlasste:

»He, Magister, ich will einen Besen fressen, wenn das die Linsen sind, die ich dir seinerzeit auf die Nase gesetzt habe!«

Der kleine Gelehrte grinste. »Diese Kost bleibt dir erspart. Ich habe mindestens schon drei oder vier Paare verschlissen. Eines schlechter als das andere. Besonders der letzte Glasschleifer in Genua hatte von seiner Profession so viel Ahnung wie die Kuh vom Fideln.«

Joaquin lachte. Er rückte näher, nahm dem Magister das Nasengestell ab und begutachtete die Berylle beim Schein des Feuers. »Keine gute Arbeit, in der Tat«, sagte er dann. »Gleich morgen früh verpasse ich dir neue Linsen.«

»Danke, mein Freund, dich hat der Himmel geschickt! Es scheint so, als würde morgen eine Menge passieren, lauter erfreuliche Dinge.«

»Auf die wir heute schon anstoßen können«, lachte der Glasschleifer. Er schob die Greifbacken, die ihm die Rechte ersetzten, über den Henkel einer Weinkanne, schraubte sie zu und war somit in der Lage, das Gefäß anzuheben und daraus einzuschenken. »Gib deinen Becher, Magister, und ihr anderen auch!«

»Salud! Cheers! Lecháim! Salute!«

Alle tranken und seufzten, denn so gut hatten sie es lange nicht gehabt. Und als sie darüber hinaus erfuhren, dass dieser besondere Tag auch der Geburtstag des Cirurgicus war, tranken sie gleich noch einmal.

Nachdem Vitus von allen Seiten Glückwünsche entgegengenommen hatte, versuchte er das Gespräch in andere Bahnen zu lenken, indem er Antonio und Lupo ansprach: »Erzählt mir, wie es zu Hause steht. Ist euer Vater wohlauf? Was macht die Mutter?«

Antonio antwortete für beide: »Es ist schon über ein Jahr her, dass wir die Eltern sahen. Mutter kränkelte seinerzeit etwas, aber sie sagte, wir sollten uns nicht sorgen und ruhig wieder von dannen ziehen. Vater war es zunächst nicht recht, du kennst ihn ja, schließlich aber gab er nach, denn jedes Mal, wenn wir nach Hause kommen, bringen wir ein paar hübsche goldene Reales mit.«

»Euer Vater ist eben ein Mann mit Grundsätzen. Die Söhne eines Bauern gehören auf den Hof, das ist seine Meinung. Ihr könnt froh sein, dass er euch anno sechsundsiebzig überhaupt ziehen ließ. Ana, eurer Mutter, habt ihr es zu verdanken. Und natürlich Zerrutti, der euch für seine Zaubereien brauchte.«

Der Magister, der sich von Joaquin noch einmal nachschenken ließ, sprach dazwischen: »Wie alt seid ihr junges Gemüse heute eigentlich? Schon zwanzig? Meiner Treu! An der Jugend erkennt man das nahende Grab.«

»Und wie geht es euren Geschwistern?«, fragte Vitus weiter. »Hat Gago sich gut entwickelt?« Gago war der Jüngste in dem mit Kindern gesegneten Haus. Er hatte vor vier Jahren unter einer Hasenscharte gelitten und aus diesem Grunde heftig gestottert. Vitus hatte ihn mit Erfolg operiert.

»Prächtig, prächtig, er ist fast zehn und hat mittlerweile die größte Klappe in der ganzen Gegend. Von Stottern keine Spur mehr.« Lupo ergänzte: »Auch Conchita, Blanca, Pedro, Maria und Manoela geht es gut. Nur von Nina haben wir lange nichts gehört. Sie studiert bei Pater Thomas in Campodios, und Vater ist mächtig stolz auf sie. Immer wenn in der Taverne die Rede auf sie kommt, sagt er zu den Leuten: ›Das hättet ihr nie gedacht, dass Carlos Orantes so ein blitzgescheites Töchterchen hat, was?‹ Dabei wird sie demnächst achtzehn und hasst es, wenn er sie ›Töchterchen‹ nennt.«

»Achtzehn schon?« Vor Vitus' geistigem Auge tauchte ein Mädchengesicht auf, dessen sanfte Schönheit ihn schon damals berührt hatte.

»Ja«, übernahm Antonio wieder die Rede. »Sie fragt manchmal nach dir.«

»Nach mir?« Vitus konnte sich keinen Grund dafür denken und wechselte das Thema. »Sagt mal, ihr zwei, hat irgendjemand etwas von Tirzah, dem Zigeunermädchen, gehört?«

Die Zwillinge schüttelten den Kopf. »Die müsste unten in Andalusien sein, und wo Bombastus Sanussus, der alte Quacksalber, sich aufhält, mag der Scheitan wissen.«

»Na, na!«, fuhr Pater Ernesto dazwischen, »nicht so derb, ihr Burschen.«

»Verzeihung, Pater«, gab Antonio sich zerknirscht. »Jedenfalls haben wir kein Sterbenswörtchen über den Verbleib des Kurpfuschers gehört. Nur einmal hieß es, in der Nähe von Bilbao arbeite ein Wundschneider, der Narrensteine entfernt. Da mussten wir an ihn denken.«

»Auch mir ist der Scharlatan in den vergangenen Jahren immer mal wieder in den Sinn gekommen«, sagte Vitus. »Es war damals gar nicht so leicht für mich, seine Stelle innerhalb der Truppe einzunehmen. Wenn Tirzah nicht gewesen wäre, hätte manches anders ausgesehen. Gottlob hat auch der Zwerg mir das eine oder andere Mal geholfen.«

»Der Zwerg?« Antonio und Lupo zogen fragend die Brauen hoch. Sie taten es gleichzeitig, wie alles in ihrem Leben. »Der war doch damals nicht bei uns?«

»Wui un *sí*, ihr Gacken, war nich dabei un doch dabei!«, fistelte Enano grienend.

»Du redest in Rätseln.«

»Wui, is'n Rätenisch, is'n Rätenisch, ihr habt drei Malige frei, oder lasst's dabei, drei frei, drei frei – oder lasst's dabei.«

Natürlich konnten die Zwillinge nicht erraten, was der Zwerg mit seiner seltsamen Bemerkung gemeint hatte, und Vitus löste schließlich das Rätsel. »Ihr müsst wissen«, sagte er, »dass Enano zum damaligen Zeitpunkt schon mit uns gewandert war, allerdings ohne sich uns zu zeigen. Die näheren Gründe mögen hier keine Rolle spielen. Seine Unsichtbarkeit hielt ihn aber nicht davon ab, mir einmal eine wichtige Arznei vor den Wohnwagen zu legen, und zwar mit dem Hinweis: *Für Vitus von Campodios. Von einem, der es gut meint.* Ein andermal waren es fünf Schröpfkugeln.«

»Schröpfkugeln? Waren das die, die Tirzah der Señora López auf den Rücken gesetzt hat?«

»Ja, genau die. Nun, jedenfalls war Enano die ganzen letzten Jahre stets an meiner Seite, ebenso wie der Magister.«

»Wui, so war's.«

Joaquin drehte spielerisch an dem Gewinde seiner Greifbacken. »Ich glaube, ich bin der Einzige, Zwerg, der dich schon einmal gesehen hat. Jetzt weiß ich es wieder: In einem Wirtshaus war es. Es hieß *Casa de la Cruce*, stimmt's? Allerdings hat es dir dort nicht sehr gefallen, denn du bezogst gehörig Senge, und wenn Vitus nicht gewesen wäre, würdest du vielleicht gar nicht mehr am Leben sein.«

Enano kräuselte sein Fischmündchen, während er unablässig die Säuglinge wiegte. »Wui un *sí*, 's is ächtig, was du truschst, Linsenmann, mag aber wahrhaftich nich drüber brabbeln, 's is zu lange her.«

Der Magister fiel ein: »Ja, das ist es wohl. Lassen wir die unliebsamen Erinnerungen, und wenden wir uns erfreulicheren Dingen zu. Joaquin, mein Freund, hältst du es für möglich, mir morgen früh noch vor der Trauung ein paar Linsen in mein

Nasengestell zu applizieren? Wäre doch zu schade, wenn ich nur die Hälfte von Pater Ernestos Liturgie mitbekäme.«

»Kein Problem, Magister.« Joaquin ließ bereitwillig von seinem Thema ab, auch wenn er das Gefühl hatte, dass ein Geheimnis über der Vergangenheit des Zwergs lag. »Ich habe noch Berylle jeder Stärke, da werden zwei bestimmt passen.«

»Ich danke dir! Ich danke dir. Und nun, meine ich, ist es Zeit, dass wir haarklein erzählen, was uns alles widerfahren ist, ebenso wie Arturo uns berichten sollte, was die *Artistas unicos* in der Zwischenzeit erlebt haben. Ich denke, darauf sind wir gespannt wie ein Flitzbogen, besonders aber Pater Ernesto, der Geschichten über alles liebt.«

Der Gottesmann lächelte. »Zugegeben, die Neugier ist eine Schwäche von mir, meine Kinder, eine große Schwäche sogar. Doch ich werde nachher zur Sühne einen besonders langen, demutsvollen Rosenkranz beten.«

»Äh, ja, Pater.«

»Ein jeder ist eingeladen, daran teilzunehmen.«

Eine Meile vor Alesón,
Donnerstag, 10. Tag des Monats März, A. D. 1580

Diese Eintragung nehme ich in tiefer Dankbarkeit vor. Meine Gebete, der Pestis endgültig zu entkommen, sind erhört worden.

Vieles ist seit meinen letzten Aufzeichnungen geschehen, zu vieles, als dass ich alles hier niederschreiben könnte. Doch will ich festhalten, dass wir, aus Genua kommend, wohlbehalten in Barcelona gelandet sind und uns nun, nach einem langen Marsch, auf dem Jakobspfad befinden. Unser Ziel ist Campodios im Westen, wo sich endgültig herausstellen wird, ob ich von adliger Herkunft bin. Wie und wodurch das geschehen soll, entzieht sich meiner Kenntnis, doch es gibt einen Brief von Pater Thomas, dem dortigen Arzt und Prior, in dem dieser versichert, der endgültige Beweis sei erbracht. Wohl jeder wird verstehen, dass ich es unter diesen Umständen besonders eilig habe.

Gottlob sind wir alle bei guter Gesundheit, was insbesondere für die kleine Nella gilt, die das Reisen im Blut zu haben scheint. Der Zwerg ist nach wie vor Vater und Mutter für sie; der Magister und ich bilden die weitere Familie.

Auf unserem langen Weg lernten wir Pater Ernesto kennen, einen gütigen, gebetsfreudigen Augustinermönch, der dem Zwerg einen Herzenswunsch erfüllte, indem er unsere Kleine taufte.

Doch war das nicht die einzige heilige Handlung, die er vornahm, denn am gestrigen Tage passierte etwas Unglaubliches: Wir stießen auf die Artistas unicos, *die alte Gauklertruppe, in welcher der Magister seinerzeit als Antipodist und ich als Cirurgicus gearbeitet hatten. Zerrutti und Maja, das Magierpaar, haben einen sechs Monate alten Sohn namens Zerro, und jenen Sprössling taufte der Pater heute Morgen ebenfalls. Zuvor jedoch traute er die Eltern in einer einfachen, eindrucksvollen Zeremonie.*

Ich brauche wohl nicht zu betonen, wie groß die Wiedersehensfreude war, als wir den alten Weggefährten begegneten, zumal wir damit niemals gerechnet hatten. Wie unerfindlich sind doch die Fügungen des Allmächtigen!

Die Truppe selbst ist immer noch dieselbe, wenn man davon absieht, dass Tirzah, das Zigeunermädchen, und der falsche Doctorus Bombastus Sanussus nicht mehr dazugehören. Antonio und Lupo sind in den vergangenen vier Jahren mächtig ins Kraut geschossen. Sie zählen jetzt zwanzig Jahre und sind mit Leib und Seele Artisten. Sie erzählten mir, ihre Schwester Nina habe manches Mal in der Vergangenheit nach mir gefragt, was mich freute, obwohl ich kaum glaube, dass sie sich deutlich an mich erinnern kann. Schließlich war sie damals erst vierzehn Jahre alt, also noch ein halbes Kind.

Jetzt ist es früher Nachmittag, die Artistas unicos *schicken sich an, die Darbietungen des Tages wie immer mit dem Täuschungsmanöver eines hutzligen Alten auf der Bühne zu beginnen. In Wahrheit handelt es sich dabei um Arturo, einen* Maestro di scherma, *der gegen jedermann wettet, er würde ihn im Fechtkampf besiegen.*

Uns allen fiel der Abschied schwer, viel schwerer noch als vor vier Jahren, und natürlich flossen Tränen. Antonio und Lupo haben mir aufgetragen, ihre Schwester Nina in Campodios zu grüßen. Hoffentlich vergesse ich es nicht.

Der Magister ist wohl der Einzige, dem nicht weh ums Herz war. Der Grund sind die neuen Berylle, die Joaquin ihm angepasst hat. Er behauptet, er habe jetzt Augen wie ein Adler.

Eine weite Reise liegt noch vor uns, und wir befehlen uns in Gottes Hand. Pater Ernesto wird uns noch ein Stück des Weges begleiten, bis auch er sich von uns trennen muss.

Herr im Himmel, wir danken Dir. Mit Deiner Hilfe sind wir der Pestis entronnen.

Dies soll meine letzte Eintragung sein.

»Was macht Euer Hühnerauge, Pater?« Vitus schritt neben Ernesto her, der keinerlei Anzeichen von Beschwerden oder Ermüdung zeigte. Die Gruppe hatte Alesón bereits passiert und bewegte sich auf einer staubigen Straße in südwestlicher Richtung. Der Himmel war wolkenverhangen, aber es regnete nicht. Links und rechts des Weges tauchten hinter den Feldern immer wieder Buchengehölze auf, ab und zu unterbrochen von kleinen Wäldern, in denen die zähe spanische Steineiche wuchs.

Der Gottesmann blieb für einen Augenblick stehen und zwang damit auch die anderen, Halt zu machen. Seine Augen nahmen einen spitzbübischen Ausdruck an, das Faltengespinst um die Brauen verdichtete sich. »Ihr meint sicher die Stelle, an der mein Hühnerauge einst saß, denn wie Ihr selber wisst, habe ich es nicht mehr.«

Vitus lachte. »Eure Antwort macht meine Frage überflüssig. Ich freue mich, dass Ihr wieder so gut fürbass schreiten könnt.«

Der Magister brummte: »Wenn Ihr auch nur annähernd wieder so gut gehen könnt, wie ich sehen kann, Pater, hat der Allmächtige es wahrhaft gut mit Euch gemeint.«

»Das hat er, mein Sohn, das hat er. Schließlich verdanke ich ihm auch, dass ich in den letzten Tagen eine Reihe prächtiger Menschen kennen gelernt habe. Doch lässt der Erlöser, wie Ihr wisst, die Bäume nicht in den Himmel wachsen, weshalb er auch für uns die Stunde des Abschieds nahen lässt. Wie Eure neu gewonnene Sehkraft Euch sicher bestätigen wird, liegen die Klöster Yuso und Suso bereits in der Ferne vor uns, jene erhabenen Stätten des Glaubens, die jeder Wanderer gesehen haben sollte.«

Vitus hob die Hände. »Aber, Pater, ich sagte Euch doch schon …«

»… dass Eure Zeit es nicht erlaubt, den ehrwürdigen Mauern einen Besuch abzustatten, ich weiß. Und ich antwortete Euch, dass Ihr Euer ganzes Leben noch adlig sein könnt, aber vielleicht nie wieder in diesem Leben nach Yuso und Suso kommt.«

»Pater, so versteht doch, die Ungewissheit …«

»Aber ich will nicht wieder von vorn anfangen. Die Zeit, einander Lebewohl zu sagen, ist da. Ihr, meine Freunde, werdet über Ezcaray, Fresneda und Punta de la Cruz nach Campodios wandern, während ich nach dem Besuch der beiden Klöster über Santo Domingo de la Calzada, Villafranca Montes de

Oca und Burgos weiter dem Galizischen zustrebe. Gewiss, wir könnten den Abschied noch ein paar hundert Schritte hinauszögern, aber ich bin ein Mann, der die unangenehmen Dinge gern schnell hinter sich bringt.«

Pater Ernesto richtete sich zu seiner vollen Größe auf und sah in diesem Moment, obwohl noch immer von kleiner Statur, durchaus beeindruckend aus. »Vitus von Campodios, Ramiro García, Enano und Nella von Askunesien, ich segne euch hiermit im Namen des Herrn. Möge er auf allen Seinen Wegen mit euch sein, möge Er leuchten lassen Sein Angesicht über euch und euch Glück und Zufriedenheit bescheren, so wie es Ihm in Seiner Barmherzigkeit gefällt.«

Er machte das Kreuzzeichen und umarmte dann jeden der Freunde einzeln. Sogar Nella nahm er aus den Händen des Zwergs, hob sie hoch, drückte sie an sich und gab sie wieder zurück. »Ihr seid ein glücklicher Mann, Enano von Askunesien. Gott der Herr kann seinen Geschöpfen keine größere Gnade schenken als Kinder. Achtet auf die Kleine und erzieht sie zu Seinem Wohlgefallen.«

»Wui, wui, Herr Pater.« Enano schniefte. Wie gerührt er war, ließ sich schon daran erkennen, dass er zum ersten Male nicht »Himmelsmann« zu Ernesto sagte.

Vitus sagte: »Da Ihr den Zeitpunkt des Abschieds nun bestimmt habt, Pater, wünschen auch wir Euch von Herzen alles Gute. Möge es Euch leicht fallen, die vielen Meilen, die Euch noch von Santiago de Compostela trennen, unter die Füße zu nehmen. Möge Euer Weg von Freude und Glück bestimmt sein. Erlaubt meinen Freunden und mir, diesen Weg noch ein wenig bequemer zu machen. Ihr wisst, dass ich fünfzig Viererstücke in der Wette gewonnen habe. Ein Fünftel davon soll Euch gehören.« Er nahm einen kleinen Ledersack und wollte ihn dem Gottesmann überreichen, doch dieser lehnte entrüstet ab:

»Nichts für ungut, Cirurgicus, aber das kann ich nicht annehmen. Unmöglich! Selbst wenn ich es wollte, dürfte ich es nicht. Als Jakobspilger ist mir nur erlaubt, den Jakobsstab und die Muschel mit mir zu führen, mehr nicht. Dass ich darüber hinaus ein paar Habseligkeiten auf dem Rücken trage, kommt beinahe schon einer Sünde gleich.«

»Aber, Pater …«

»Nein, nein. Es ist schon fast verwerflich, dass ich die gelben Pantoffeln von Euch angenommen habe, wo doch eine Pilgerreise keine Vergnügungsfahrt ist. Nein, nein, Geld kommt überhaupt nicht in Frage.«

»Aber, Pater, lasst mich doch einmal ausreden! Wenn Ihr das Geld schon nicht für Euch wollt, so nehmt es wenigstens für jemand anderen. Bedenkt, wie leicht Ihr einer armen Seele begegnen könntet, der Ihr eine Mahlzeit kaufen müsst, damit sie nicht verhungert.« Noch immer hielt Vitus das Ledersäckchen hoch.

»Ich sagte nein.« Der Gottesmann zürnte jetzt fast. »Die arme Seele, von der Ihr sprecht, mag Almosen von anderen bekommen, das ist schließlich gute Christenpflicht; die Pflicht eines Jakobspilgers dagegen ist, in selbst gewählter Armut zur Kathedrale nach Santiago zu pilgern.«

»Ihr seid ein Mann von hoher Willenskraft.« Vitus lächelte schief und ließ die Hand mit dem Säckchen sinken. »Ich glaube zwar nicht, dass Gott Euch unser kleines Geschenk übel genommen hätte, aber ich verstehe Eure Grundsätze. Tun wir deshalb so, als hätten wir Euch nie etwas von dem schnöden Mammon angeboten. Nochmals von Herzen alles Gute, Gott sei mit Euch.« Er streckte die Hand aus, und Ernesto ergriff sie beherzt.

»Und mit Euch. Ich werde bei nächster Gelegenheit einen dankesinnigen Rosenkranz für Euch beten.« Dann drehte er sich rasch um und ging, ohne sich noch einmal umzublicken, davon.

Der kleine Gelehrte sah ihm nach und brummte: »Ein wackerer Streiter im Glauben, fürwahr, aber ein wenig starrsinnig, wenn du mich fragst.«

Vitus antwortete nicht.

»Nur gut, dass ich ihn mit Gottes Hilfe zu seinem Glück zwingen durfte.«

»Wie bitte?«

Der Magister grinste bis über beide Ohren. »Dank der Taschenspielerkünste, die mir Fabio seinerzeit beibrachte, habe ich das Ledersäckchen in seinem Gepäck versenkt, ohne dass er es bemerkte.«

»Du hast was …?«

»Genau das habe ich. Und nun: auf nach Campodios!«

Der Arzt und Prior Thomas

»Der Grund ist: Jean lag nicht in geweihter Erde. Tonias Mann hatte sie hinter dem Haus im Garten vergraben, ohne priesterlichen Segen, einfach so, denn es ging ja nicht anders. Dieser Umstand aber quälte Tonia ihr ganzes weiteres Leben. Sie wusste, dass sie schwere Sünde auf sich geladen hatte, und wollte diese nicht mit ins Grab nehmen.«

Ich danke dir für die Überbringung der Nachrichten«, sagte Pater Thomas und blickte auf die schwere Botentasche aus Segeltuch. »Weißt du, von wem sie sind?«

Der staubbedeckte Kurier schüttelte den Kopf. »Leider nein, Vater, ich führe nur einen Auftrag aus.«

»Nun gut. Dann gehe jetzt in die Klosterküche und lass dir von Bruder Festus eine kräftige Mahlzeit geben. Mir scheint, du hast sie dir verdient. Und richte Bruder Daniel in den Ställen aus, er möge deinem Pferd eine doppelte Portion Dinkel in den Futtersack füllen.«

»Danke, Vater.« Respektvoll verbeugte sich der Kurier vor dem hageren, asketischen Mann.

»Gott sei mit dir, mein Sohn.« Thomas beachtete den Mann nicht weiter, sondern setzte sich an den Tisch in seiner bescheidenen Zelle und zog das Öllämpchen heran. Von wem mochten die Botschaften sein?

Schnell löste er die Schnüre um die Tasche und entdeckte darin drei Briefe – drei zusammengerollte und versiegelte Schriftstücke aus altersfleckigem, grobem Papier. Eines davon kam ihm bei näherer Betrachtung bekannt vor.

Thomas sah noch genauer hin – und dann wusste er es: Diesen Brief hatte er selbst geschrieben. Sein persönliches Siegel ließ keinen Zweifel zu. Allerdings war es erbrochen, was nichts anderes bedeutete, als dass die Nachricht gelesen worden war. Er hatte sie vor ziemlich genau einem Jahr aufgesetzt und nach Greenvale Castle in England geschickt.

Und nun war sie zurückgekommen. Geöffnet und neuerlich versiegelt. Thomas untersuchte den wächsernen Abdruck. Er zeigte eine Knochensäge und ein Skalpell in kreuzweiser Darstellung. Der umlaufende Schriftzug buchstabierte sich, wenn er richtig las, ANATOMUS GIROLAMUS. Seine Augen wanderten weiter über das zusammengerollte Papier und entdeckten eine Reihe von Zeichen und Vermerken, die ihm sämtlich nichts sagten. Einige davon sahen in ihrer Kalligraphie sogar arabisch aus. Nun, das konnte nur eines bedeuten: Der Brief hatte eine Reise um die halbe Welt hinter sich, bevor er wieder bei ihm, dem Absender, gelandet war. Und er war, das lag auf der Hand, von Vitus nicht gelesen worden.

Thomas war enttäuscht. Er erbrach das Siegel mit dem Schriftzug ANATOMUS GIROLAMUS und entrollte die Botschaft. Ja, kein Zweifel, das war sein Brief, in dem er seinem Lieblingsschüler von dem Geständnis der alten Tonia berichtet und ihm gleichzeitig eröffnet hatte, dass die letzte Lücke in der Beweiskette um seine adlige Herkunft geschlossen sei.

Er nahm den zweiten Brief zur Hand. Er war ebenfalls an Vitus gerichtet, wenn auch von einem anderen Absender. Der Mann hieß Catfield und hatte das Siegel von Greenvale Castle benutzt. Thomas schloss daraus, dass der Absender kein eigenes Petschaft besaß und mithin ein Bediensteter des Schlosses war. Auch der zweite Brief war geöffnet und wieder verschlossen worden.

Der dritte Brief schließlich schien ihm am interessantesten, nicht nur wegen des Siegels, auf dem nochmals der Schriftzug ANATOMUS GIROLAMUS auftauchte, sondern auch, weil er an ihn persönlich gerichtet war. *An den hochwürdigen Pater Thomas, Arzt und Prior in Campodios* – so stand es in großen Lettern außen auf dem Papier.

Er breitete das Schriftstück aus und stellte fest, dass die Nachricht in Latein gehalten war. Er las:

Hochwürdiger Pater, hochverehrter Herr Kollege,
ich darf mich Euch zunächst vorstellen: Mein Name ist Mercurio Girolamo, ich bin Professor für Anatomie an der Universität zu Padua. Dortselbst hatte ich das große Vergnügen, den Cirurgicus Vitus von Campodios und seinen Freund, den Magister der Jurisprudenz Ramiro García, kennen zu lernen.
In vielen gemeinsamen Gesprächen diskutierten wir über die Zergliederungskunst, in welcher der Cirurgicus, der, wie ich weiß, Euer Adlatus war, ein profundes Wissen an den Tag legte. Das Lob für den Schüler möge den Meister treffen!
Wichtiger noch aber waren die grundlegenden Erkenntnisse, die wir über die Entstehung und Bekämpfung der Pestilenzia gewinnen konnten. Da diese Erkenntnisse zum großen Teil auf den Scharfsinn Eures ehemaligen Zöglings zurückzuführen sind, darf ich, ohne unbescheiden zu sein, an dieser Stelle behaupten: Die Geißel Pest kann nun besiegt werden. Ein Meilenstein in ihrer Bekämpfung wurde gesetzt! Der Verursacher allen Übels ist ein heimtückisches Insekt: der Floh, dem Euer Schüler den wissenschaftlichen Namen Pulex pestis *gegeben hat.*
Alle weitergehenden Schritte und Schlussfolgerungen wurden im Übrigen von ihm in einem Buch mit dem Titel

De Causis Pestis *niedergelegt, welches hier drucken zu lassen ich die Ehre habe.*
An letzterer Formulierung, hochverehrter Herr Kollege, mögt Ihr schon erkannt haben, dass Vitus von Campodios nicht mehr in Padua weilt. Er machte sich Ende Oktober 79 mit seinen Gefährten auf, um nach England zurückzukehren, da, wie er sagte, seine Mission erfüllt sei.
Natürlich nahm ich an, von ihm lange Monate nichts mehr zu hören, da es sich auch in Italien zur Winterzeit beschwerlich reist. Umso überraschter war ich, als ich bereits Mitte November wieder Nachricht von ihm erhielt – in Form einer Kurzbotschaft, die mich per Brieftaube erreichte. Vitus von Campodios befand sich zu dieser Zeit kurz vor der Stadt Piacenza und war von der Pestis umzingelt. Um sich und die Seinen zu retten, ließ er einen Feuerring anlegen. Wie wirksam diese Maßnahme war, mögt Ihr daran erkennen, dass alle im Ring überlebten.
Doch will ich mich nicht in Einzelheiten verlieren, sondern auf den eigentlichen Grund dieses Briefes kommen: Mitte Dezember 79 wurde eine Segeltuchtasche an der Paduaner Universität abgegeben, darin zwei Botschaften an Vitus von Campodios. Was sollte ich tun? Nach kurzer Überlegung stand für mich fest: Ich musste sie öffnen, denn es konnte sich Wichtiges darin verbergen. Wie richtig ich gehandelt hatte, wusste ich, nachdem ich die Inhalte kannte. Mehr noch: Mir war klar, dass ich alles daransetzen musste, den Cirurgicus darüber zu informieren. Ich tat es und bekam gottlob rasche Antwort – abermals durch die Brieftaube. Euer ehemaliger Schüler schrieb mir, dass er sich umgehend nach Campodios aufmachen wolle, und bat mich, Euch darüber in Kenntnis zu setzen für den Fall, dass er langsamer ist als die Kurierpost …

»Thomas! Bruder! Wo steckst du bloß?« Der dicke Cullus stand in der Tür und legte sein Vollmondgesicht in vorwurfsvolle Falten. »Die Komplet beginnt gleich! Komm, ich habe keine Lust, mir wieder einen Rüffel von Abt Gaudeck einzufangen. Nun, komm schon!«

Pater Thomas konnte sich nur schwer von seinem Lesestoff lösen. Er blickte auf und sagte: »Cullus, mein Mitbruder und Freund, gehe du nur zur Komplet und entschuldige mich dort. Ich habe hier Briefschaften von höchster Wichtigkeit, die ich erst zu Ende studieren möchte. Richte Abt Gaudeck aus, ich würde ihn später noch einmal persönlich aufsuchen.«

»Briefschaften? Was denn für Briefschaften?« Cullus, der es eben noch so eilig gehabt hatte, schob seinen mächtigen Leib näher. »Was steht denn drin?«

Am liebsten hätte Thomas nicht geantwortet, aber es gab keinen hinreichenden Grund dafür, und deshalb sagte er: »Vitus ist auf dem Weg nach Campodios. Endlich kommt er nach Hause. Nach so vielen Jahren.«

»Was? Wie? Vitus? Und das sagst du mir erst jetzt?« Cullus, der sangesfreudige, der trinkfeste, der den Genüssen der Tafel so ergebene Bruder, stand da, als hätte jemand einen Kübel saurer Gurken über ihm ausgekippt. Dann besann er sich. »Hurra! Das muss ich sofort den anderen Brüdern erzählen!« So schnell ihn seine Beine trugen, verließ er die Zelle.

Thomas sah ihm nach und schüttelte lächelnd sein Haupt. Der unverbesserliche Cullus! Er widmete sich wieder dem Brief und suchte die Stelle, an der er unterbrochen worden war:

… Euer ehemaliger Schüler schrieb mir, dass er sich umgehend nach Campodios aufmachen wolle, und bat mich, Euch darüber in Kenntnis zu setzen für den Fall, dass er langsamer ist als die Kurierpost.

Um Euch meine Nachricht zukommen zu lassen, hochverehrter Herr Kollege, habe ich mir erlaubt, dieselbe Segeltuchtasche als Beförderungsmittel zu verwenden, die schon ein gewisser Catfield benutzte, um Euren Brief weiter nach Tanger zu schicken – zusammen mit seinem eigenen Begleitschreiben. Beide Schriftstücke dürften eine abenteuerliche Reise hinter sich haben …

»Bruder! Bruder! Da bin ich wieder!«

Thomas schreckte hoch und erkannte Cullus im Türrahmen, freudig erregt eine Weinkanne schwenkend. »Was hat das nun wieder zu bedeuten? Ich denke, du bist zur Komplet geeilt und hast mich dort entschuldigt?«

Cullus' Schweinsäuglein blickten vergnügt. »Das wollte ich auch, das wollte ich auch! Doch dann habe ich es mir anders überlegt. Es ist nicht richtig, sagte ich mir, so viele Brüder vom Stundengebet abzuhalten, denn zweifellos hätte ich dies getan, wenn ich mit der großen Neuigkeit herausgeplatzt wäre.«

»Aha. Deine Argumentation ist spitzfindig, aber nicht ganz von der Hand zu weisen. Und was willst du mit der Weinkanne?«

»Die Weinkanne? Oh, ich dachte, ein so freudiges Ereignis wie Vitus' Rückkehr ist wohl ein Schlückchen wert, findest du nicht?« Cullus ließ sich Zoll für Zoll auf einen Schemel am Tisch nieder. Die Vorsicht war nicht unberechtigt, denn schon so manches Gestühl hatte unverhofft unter seinem Gewicht nachgegeben. »Hier, Thomas, nimm einen Becher, ich habe den Rebensaft stark verdünnt, damit du ihn nicht verschmähst.«

»In Gottes Namen. Du gibst ja ohnehin vorher keine Ruhe.« Thomas trank einen kleinen Schluck.

Cullus trank einen großen.

»Sage, Bruder, was schreibt Vitus denn?«

»Nicht Vitus hat mir geschrieben, sondern ein gewisser Professor Girolamo aus Padua. Doch nun lass mich endlich meinen Brief zu Ende lesen. Hier, nimm das Schreiben, das ich ursprünglich an Vitus gerichtet habe. Du erinnerst dich? Ich hatte ihm vor einem Jahr mitgeteilt, dass die Nebel über seiner Herkunft sich gottlob endgültig gelüftet haben. Die alte Tonia ist darin erwähnt, dazu ihre Aussage über Vitus' Mutter, und so weiter und so weiter. Lies nur, damit ich Ruhe habe. Abermals suchte Pater Thomas die Stelle, an der er unterbrochen worden war:

... Beide Schriftstücke dürften eine abenteuerliche Reise hinter sich haben, wenn man den vielen absonderlichen Vermerken Glauben schenkt. Es grenzt an ein Wunder, dass die Nachrichten auf so verschlungenen Wegen am Ende in Padua angelangt sind. Gelobt sei der Allmächtige in der Höhe!
Gestattet mir, zu guter Letzt noch einmal auf das Werk De Causis Pestis *zurückzukommen. Das Einverständnis des Cirurgicus voraussetzend, werde ich Euch, hochverehrter Herr Kollege, ein Exemplar dieses außergewöhnlichen Buches senden und freue mich schon heute auf Eure Stellungnahme.*
Grüßt mir von ganzem Herzen Vitus von Campodios – oder muss ich schon »Lord Collincourt« sagen? –, dessen gesunde Ankunft in Eurem Kloster ich jeden Tag von Gott erflehe.
Mit dem Ausdruck meiner vorzüglichen Hochachtung bin ich Euer

Mercurio Girolamo
Professor an der Universität zu Padua

Padua, 29. Dezember, Anno Domini 1579

Pater Thomas ließ das Schreiben sinken und wollte etwas sagen, doch sein dicker Mitbruder kam ihm zuvor, indem er sich beschwerte:

»Das, was in diesem Brief steht, ist mir doch alles wohlbekannt. Ein jeder in Campodios weiß es. Was ist denn der Inhalt deines Schreibens, Bruder?«

Thomas reichte wortlos das schwere Papier hinüber und nahm sich nun die Zeilen von Catfield vor. Wie er sich schon gedacht hatte, verlieh der Engländer, welcher im Übrigen der Verwalter des Schlosses und sämtlicher Ländereien zu sein schien, seinem Bedauern Ausdruck, dass die Botschaft aus Spanien seinen Herrn nicht mehr erreicht habe und dieser sich vielmehr schon auf der Seereise nach Tanger befinde. Er habe sich deshalb entschlossen, die Nachricht so rasch wie möglich hinterherzusenden ...

Thomas blickte auf. Diesmal war er eher fertig als der wissensdurstige Cullus. Der dicke Mönch saß mit großen Kulleraugen über dem Geschriebenen und schien Zeit und Raum vergessen zu haben.

Thomas gönnte sich einen weiteren Schluck Wein. In einem hatte Cullus wirklich Recht: Dies war ein außergewöhnlicher Tag, einer, der es wahrhaft wert war, einen guten Tropfen zu trinken, nicht zuletzt wegen der hochinteressanten Ausführungen Girolamos über die Pestis. Was hatte der Kollege geschrieben? Der Verursacher sei nichts weiter als ein kleiner Floh? Thomas' wissenschaftliche Neugier war erwacht. Gern hätte er mehr über die Hintergründe erfahren, zumal er selbst sich eine Zeit lang mit der Geißel auseinander gesetzt hatte, aber das war natürlich nicht möglich. Er musste sich gedulden, bis Vitus auf Campodios erschien. Doch wann würde das sein?

Thomas schalt sich im Stillen, dass ihm die Geistesgegenwart gefehlt hatte, dem Kurier ein paar weitere Fragen zu stellen. Beispielsweise, von wo er gekommen war und ob er womöglich

Vitus auf seinem Weg getroffen hatte … Dann seufzte er. Es war müßig, vergangenen Gelegenheiten nachzutrauern. Sein lebensfroher Mitbruder, der da so angelegentlich den Brief des Professors studierte, hätte das auch nicht getan. »Höre, Cullus«, sagte er laut. »Gib mir das Schreiben, ich will damit zu Abt Gaudeck gehen. Er hat das Recht, als Erster zu erfahren, dass Vitus heimkommt.«

Cullus las hastig die letzten Zeilen. »Ja, Bruder! Was hältst du davon, wenn ich mitkomme? Ich bin gespannt auf Vater Gaudecks Gesicht, wenn er die große Neuigkeit erfährt.«

»Nein, ich möchte allein gehen.«

»Oh, warum soll ich denn hier bleiben?«

»Du könntest die Komplet sprechen. Was hältst du davon?«

»Oh, oh, oh.«

»Oder dich deiner Weinkanne widmen.«

»Oh, oh … oh, ja! Warum nicht?«

Pater Thomas konnte ein Grinsen nicht ganz verbergen. »Ich wusste, dass du meinen zweiten Vorschlag nicht ablehnen würdest.«

Rasch verließ er seine Zelle.

Als Thomas das kleine Studierzimmer von Abt Gaudeck betrat, saß dieser tief gebeugt über einer Reihe von Sternenkarten, an deren Rand er mit spitzer Feder ekliptikale Berechnungen eintrug. Es waren neue Ergebnisse, bedingt durch die veränderten März-Konstellationen am nördlichen Himmelszelt, und sie waren bedeutsam. So bedeutsam, dass er sie baldmöglichst einem jungen dänischen Astronomen namens Tycho Brahe, mit dem er in ständiger Korrespondenz stand, mitteilen wollte.

»Störe ich, Ehrwürdiger Vater?«

Gaudeck, groß, kräftig, um die fünfzig und alles andere als der Abklatsch eines gewöhnlichen Mönchs, blickte auf. Über sein Gesicht huschte ein Lächeln. »Du störst nie, Thomas. Tritt näher.«

»Danke, Ehrwürdiger Vater.«

»Und sage nicht ständig ›Ehrwürdiger Vater‹ zu mir. Du bist mindestens zehn Jahre älter als ich. Außerdem sind wir unter uns.« Der Abt legte die Feder beiseite. »Was kann ich für dich tun?«

Thomas wusste nicht recht, wie er anfangen sollte. Eben noch hatte er die frohe Botschaft von Vitus' baldiger Ankunft auf den Lippen gehabt, doch jetzt, in der konzentrierten Atmosphäre des Studierzimmers, besann er sich eines anderen. Deshalb sagte er zunächst: »Es tut mir Leid, dass ich vorhin die Komplet versäumt habe.«

»Du wirst deine Gründe gehabt haben. Triftige sicherlich.« Gaudeck machte keine Anstalten zu fragen, welcher Art die Gründe gewesen sein mochten, dafür war das Verhältnis zwischen ihm und seinem Prior zu vertrauensvoll.

»In der Tat. Es gab da etwas, dass mich davon abgehalten hat. Hier, dieses Papier.« Thomas hatte sich entschieden, keine langen Worte zu machen, denn Gaudeck war nicht nur Abt, sondern genau wie er auch Wissenschaftler – und als solcher verabscheute er überflüssiges Herumgerede und Schwafeleien.

»Wie kann ein Papier dich vom Besuch der Komplet abhalten?«

»Lies, vielleicht verstehst du mich dann.«

Gaudeck nahm den Brief entgegen und vertiefte sich in seinen Inhalt. Thomas wartete gespannt. Endlich gab der Abt das Schreiben zurück. »Die Nachricht macht mich glücklich und traurig zugleich«, sagte er.

»Glücklich und traurig zugleich?«

»Ja, so ist es. Doch setz dich erst einmal. Du stehst ja vor mir wie einer deiner Schüler.«

Thomas gehorchte stumm.

»Glücklich macht mich der Brief, weil Vitus lebt. Zwar drang in den vergangenen vier Jahren immer mal wieder Kunde von ihm nach Campodios, aber die Welt da draußen ist voller Gefahren. Eine davon ist die alles verheerende Pestis, der er nur knapp entronnen zu sein scheint. *Deo gratias!* Wie der Professor schreibt, hat er sogar die Ursache der Geißel entdeckt. Sollte das wirklich stimmen, hat dein ehemaliger Lieblingsschüler eine Tat vollbracht, deren Bedeutung heute noch gar nicht abzusehen ist. Auch das macht mich glücklich.«

»Und was stimmt dich traurig, Bruder?«

Gaudeck lehnte sich zurück und begann mit einem Federmesser zu spielen. »Traurig stimmt mich, dass die alte Tonia tot ist. Was sie uns gebeichtet hat, kann sie Vitus nun nicht mehr selber sagen.«

Pater Thomas versuchte, sich in Vitus' Lage zu versetzen, und wurde plötzlich ebenfalls wehmütig. »Ja«, sagte er leise, »das kann sie nun nicht mehr. Ich hoffe nur, dass Vitus das nicht zum Nachteil gereicht.«

»Das hoffe ich auch«, nickte der Abt. »Das hoffe ich auch.«

Drei Tage später, am Morgen kurz nach der Terz, klopfte es gegen das alte Nordtor von Campodios. Bruder Castor schreckte aus dem Land der Träume auf. Er blickte sich um, doch er tat es mehr mechanisch, denn mit seiner Sehkraft war es seit langem nicht zum Besten bestellt. Hatte da jemand Einlass begehrt? Vielleicht, vielleicht auch nicht ... Einen Wimpernschlag später sank ihm das Haupt wieder auf die Brust.

Abermals klopfte es. Nun mit einer Stärke, die keinen Zweifel mehr aufkommen ließ. Da war jemand! Mühsam erhob sich Castor und schob den schweren Riegel zurück. Das Tor schwang ächzend auf. *»Pax Domini vobiscum«,* krächzte er den schemenhaften Gestalten entgegen, »was ist euer Begehr?«

»Erkennst du mich nicht, Bruder Castor?«, fragte eine frische, männliche Stimme.

»Nein, ja … äh, ich kann nicht alle kennen.« Castor war es peinlich, dass seine Augen ihn von Jahr zu Jahr mehr im Stich ließen, allerdings nicht so peinlich, dass er die ihm schon häufig von Pater Thomas angebotene Star-Operation in Anspruch genommen hätte.

»Ich merke schon, das graue Fell macht dir schwer zu schaffen, Bruder. Ich bin Vitus.«

»Vitus? Vitus! Bist du es wirklich? Entschuldige! Nun, du musst verstehen, die Sonne ist noch nicht durchgekommen, das Licht ist noch schwach, und man kann nicht vorsichtig genug sein …«

»Sicher, sicher. Das hier ist ein guter Freund von mir, Ramiro García, und das der Zwerg Enano mit seinem Töchterchen Nella.«

»Natürlich! Ich sehe euch, meine Kinder.« Castor kniff die Augen zusammen. »Und wer ist der Junge da neben dem Zwerg?«

»Das ist kein Junge. Das ist Bartmann, unsere Ziege, die dafür sorgt, dass Klein-Nella nicht verhungert. Was ist? Lässt du uns nun ein?«

»Aber ja, aber ja. Folgt mir. Abt Gaudeck ist oben in seinem Studierzimmer.« Der alte Torwächter schloss die Pforte und stapfte eilig voraus. Er kannte hier jeden Stein, so dass sein schwaches Augenlicht ihn nicht behinderte. Eigentlich hätte er auf seinem Posten bleiben müssen, aber er wollte es sich nicht nehmen lassen, das freudige Ereignis persönlich anzukündigen.

Oben vor dem Studierzimmer legte er den Finger an die Lippen. »Pst! Der Abt ist zur Zeit sehr beschäftigt. Die Astronomie, müsst ihr wissen. Normalerweise lässt er sich bis zur Sext nicht stören und nimmt danach mit allen Brüdern im Refektorium das Mittagsmahl ein.«

»Schon recht.« Vitus wurde leicht ungeduldig. »Ich bin überzeugt, er wird einen Augenblick Zeit für uns erübrigen.«

Castor pochte gegen die Holztür und öffnete sie gleichzeitig einen Spalt breit. »Abt Gaudeck, Bruder! Du wirst staunen, wen ich dir hier bringe.«

»Abt Gaudeck holt gerade Auripigment.« Die Stimme gehörte Thomas, der sich in diesem Moment erhob und zur Tür kam. »Er braucht es, um die Sterne auf seinen Karten gelb einzufärben. Wen bringst du de… Allmächtiger! Vitus! Bist du es wirklich?« Der große, asketische Mönch trat zwei Riesenschritte vor und schloss Vitus in die Arme. »Nach so langer Zeit bist du endlich wieder daheim, ich kann es nicht fassen!«

Er gab seinen ehemaligen Adlatus wieder frei und wandte sich dem kleinen Gelehrten zu. »Und da haben wir den Herrn Magister, an Euch erinnere ich mich genau. Geht es Euch gut?«

»Es könnte nicht besser sein, Pater.«

»*Deo gratias!* Und wen haben wir da?«

»Bin der Kreipel Enano, Hagermann, un das is mein Schäfchen, Nella mit Namen. Bartmann ham wir draußen gelassen, mampft'n Büschel Grünweher, die Gute.«

»Ich verstehe nicht …«

»Gelobt sei Jesus Christus!« Eine mächtige Stimme auf dem Gang übertönte alles. Sie gehörte Abt Gaudeck, der zurückgekommen war. Neben ihm stand Cullus, der eine Marmorplatte mit mehreren eingelassenen Tintenfässern trug, darunter eines voll Auripigment. »Vitus, wie haben wir alle auf dich gewartet! Lass dich begrüßen!«

»Ja, wie haben wir alle auf dich gewartet!«, strahlte auch Cullus.

Nacheinander hieß der Abt alle Gefährten willkommen und hatte sogar ein paar Worte für die kleine Nella übrig, was besonders dem Zwerg zu gefallen schien. Dann sagte er, auf das Zeitglas an der Wand deutend: »Wir haben noch eine knappe Stunde bis zum mittäglichen Mahl. Haltet ihr es noch so lange ohne eine Speise aus, meine Söhne?«

Als dies bejaht wurde, fuhr er fort: »Setzt euch auf die Bank dort an der Wand. Cullus wird uns allen einen kühlen Trunk besorgen. Übrigens, um Verwechslungen vorzubeugen: Ich spreche von Wasser, Cullus.«

»Jawohl, Ehrwürdiger Vater.« Der dicke Mönch setzte die Platte mit den Tintenfässern ab und watschelte eilig nach draußen. Gaudeck blickte ihm nach. »Er und Pater Thomas halfen mir gerade, den Geheimnissen der Sterne wieder ein wenig mehr auf die Spur zu kommen. Thomas als Mathematiker, Cullus mehr als Hausfrau. Er staubt meine Sternenkarten ab und mischt mir neue Tintenfarben an. Ich hatte den Einfall, die Planeten unterschiedlich zu kolorieren und unsere Sonne als heliozentrischem Mittelpunkt in einem leuchtenden Gelb erstrahlen zu lassen. Wie sagte Kopernikus doch so richtig: *... in der Mitte aber von allen steht die Sonne. Denn wer möchte in diesem schönsten Tempel diese Leuchte an einen andern oder bessern Ort setzen, als von wo aus sie das Ganze zugleich erleuchten kann? ... So lenkt in der Tat die Sonne, auf dem königlichen Throne sitzend, die sie umkreisende Familie der Gestirne.* Doch was rede ich? Vergessen wir die Himmelskunde, Vitus. Erzähle uns, was dir und deinen Freunden widerfahren ist.«

»Das will ich gerne tun, Ehrwürdiger Vater. Doch erlaubt mir zuvor eine Frage: Ihr sagtet vorhin, alle hätten schon auf mich gewartet, daraus schließe ich, dass Ihr um meine Ankunft wusstet, was wiederum bedeutet, dass Ihr einen Brief von Professor Girolamo aus Padua erhalten habt. Stimmt das?«

»Ganz genauso ist es. Vor ein paar Tagen kam ein Kurier und gab eine dicke Tasche bei Pater Thomas ab. Darin: drei Briefe. Einer von Thomas an dich, einer von dem Schlossbediensteten Catfield an dich und einer vom Professor an Thomas. Ich muss sagen, selten haben Botschaften so viel Unruhe in mein Kloster getragen.«

Pünktlich zum Stichwort Unruhe erschien Cullus wieder auf der Bildfläche, ein großes Tablett mit einer Wasserkanne und mehreren Bechern im Gleichgewicht haltend. »Der kühle Trunk!«, rief er fröhlich. »Wollt Ihr auch, Ehrwürdiger Vater?«

»Natürlich. Aber schenke erst unseren Gästen ein. Anschließend staubst du weiter meine Himmelskarten ab.«

»Jawohl, Ehrwürdiger Vater.«

»Was Vitus uns erzählt, wirst du auch so mitbekommen.«

»Wie Ihr meint, Ehrwürdiger Vater.« Cullus schenkte allen ein und nahm dann ein Staubtuch, um sich mehreren starken, aufrecht stehenden Pergamentrollen zu widmen.

Abt Gaudeck, dem Vitus' fragender Blick nicht entgangen war, sagte: »Es gibt in diesen Mauern Gottesstreiter, die es manchmal versäumen, bei der Komplet zu erscheinen, was natürlich geahndet werden muss. Wie es der Zufall will, kam Bruder Cullus vorgestern auf mich zu und bat darum, meine Karten abstauben zu dürfen, was ich ihm selbstverständlich erlaubt habe. Nicht wahr, Bruder?«

»Ganz recht, Vater.« Cullus wedelte eifrig mit dem Tuch und murmelte dabei: *»Levi defungor poena«*, was soviel wie »Da bin ich mit leichter Strafe davongekommen« bedeutet.

Doch er hatte wieder einmal das gute Gehör seines Klostervorstehers unterschätzt, denn dieser antwortete lächelnd: *»Levi poena defungeris.* – Es wird dich nicht den Kopf kosten.«

»Danke, Vater.«

Vitus nahm einen tiefen Schluck und sagte: »Ich möchte nicht unhöflich sein, Ehrwürdiger Vater, aber die Frage nach meiner Herkunft brennt mir doch sehr unter den Nägeln. Könnten wir nicht zuerst darüber reden?«

Gaudeck fasste sich an den Kopf. »Wie unbedacht von mir!

Natürlich muss diese Frage für dich das Wichtigste von der Welt sein. Ja, es gibt in dieser Hinsicht Neues zu berichten. Allerdings: Ich weiß nicht recht, wo ich anfangen soll, denn ich kennen deinen Wissensstand nicht.«

»Ich erhielt Brieftaubenpost von Professor Girolami, in der er mir mitteilte, es gebe eine alte Stoffweberin, die vor Gott und der Welt bezeugen könne, dass ich von meiner Mutter Jean vor dem Nordtor abgelegt wurde. Mehr weiß ich nicht. Das heißt, doch: In dem Brief stand außerdem, die alte Frau sei an Brustfraß erkrankt und ihre Tage seien gezählt.«

Pater Thomas nickte. »Da hat der Professor das Wesentliche wiedergegeben, was ich an dich schrieb. Du kannst den ganzen Brief, und natürlich auch die beiden anderen, nachher lesen. Sie befinden sich in meiner Zelle. Nun zu der alten Tonia, denn so hieß die Stoffweberin: Leider weilt sie nicht mehr unter den Lebenden. Gott der Allmächtige rief sie im Januar zu sich, nachdem Abt Gaudeck und ich ihr die Sterbesakramente gegeben hatten.«

»So kann also doch niemand mehr das letzte Beweisstück für meine Herkunft erbringen!«, rief Vitus. Er war kreidebleich geworden.

»Beruhige dich, ganz so ist es nicht«, versuchte Gaudeck ihn zu beschwichtigen. »Denn bevor wir Tonia die Letzte Ölung gaben, erzählte sie uns noch einmal das, was sie im März letzten Jahres schon Pater Thomas anvertraut hatte. Es war genau dieselbe Geschichte, ohne Weglassungen, ohne Hinzufügungen, was ein weiterer Beweis dafür ist, dass sie die Wahrheit sprach. Wir fertigten an Ort und Stelle ein Protokoll an, unter das sie mit ihren letzten Kräften drei Kreuze setzte. Dieses Protokoll wurde sowohl von Pater Thomas als auch von mir für die Richtigkeit gegengezeichnet. Anschließend fühlte die alte Tonia sich sehr erleichtert, und unter einem Fürbittgebet salbte ich sie und vergab ihr im Namen des Erhabenen ihre Sünden.«

Vitus hatte wie gebannt zugehört und brauchte eine Weile, um wieder klar denken zu können. »Warum hat die alte Frau das alles erst jetzt gesagt?«, fragte er dann.

»Jean, deine Mutter, war schon todkrank, als sie dich vor dem Klostertor ablegte. Anschließend schleppte sie sich zum Haus von Tonia, wo sie noch am selben Tage starb. Vorher jedoch nahm sie der Stoffweberin einen heiligen Schwur ab, zu niemandem darüber zu sprechen.«

»Das verstehe ich«, murmelte Vitus. Er musste an den durchtriebenen Advocatus Hornstaple denken, der Ende 1578 nach Greenvale Castle gekommen war, um Besitzansprüche für einen Leinenwebergesellen namens Warwick Throat anzumelden. So weit hergeholt das Ansinnen auch gewesen war, in einem hatte der Paragraphenreiter Recht gehabt: Warwick Throat konnte durchaus Vitus' Vater sein, und selbst wenn er es nicht war, irgendwer musste schließlich dafür in Frage kommen. In jedem Fall war er, Vitus, ein Bastard, und es verwunderte nicht, dass Jean ihm im Angesicht ihres Todes eine Zukunft ohne Vorbelastungen sichern wollte.

»Das verstehe ich«, wiederholte Vitus. »Aber warum hat die alte Tonia am Ende ihren Schwur gebrochen?«

Thomas antwortete: »Der Grund ist: Jean lag nicht in geweihter Erde. Tonias Mann hatte sie hinter dem Haus im Garten vergraben, ohne priesterlichen Segen, einfach so, denn es ging ja nicht anders. Dieser Umstand aber quälte Tonia ihr ganzes weiteres Leben. Sie wusste, dass sie schwere Sünde auf sich geladen hatte, und wollte diese nicht mit ins Grab nehmen.«

Gaudeck fügte hinzu: »Selbstverständlich haben wir Jean und die Erde, in der sie liegt, in der Zwischenzeit gesegnet. Deiner Mutter ist über den Tod hinaus von Gott Absolution erteilt worden.«

»Ich danke Euch dafür, Ehrwürdiger Vater. Sagt, darf ich das Protokoll einmal sehen?«

»Gewiss.« Gaudeck schritt zu seinem Schreibtisch und entnahm einer Schublade einen großen Bogen Papier.

Vitus nahm ihn dankend entgegen und las:

Protocollum

Zur Befragung der Stoffweberin Tonia Pérez
über ein bedeutsames Geschehnis,
von ihr selbst erlebt und wie folgt
mit ihren eigenen Worten beschrieben:

Es war der 9. Tag des Monats März, anno 1556, ein Tag, bevor wir des heiligen Aemilianus gedenken, deshalb weiß ich's noch so genau. Da kam kurz nach Tagesanbruch eine Frau zu uns auf den Hof. Sie war so schwach, dass sie fast kroch. Sie war eine Fremde, das sah ich sofort. Ihre Kleider waren schmutzig und zerrissen, aber es waren kostbare Kleider. Mein Mann lebte damals noch. Er wollte gleich den Bader holen, aber die fremde Frau lehnte es ab. »Mein Leben hat sich erfüllt«, flüsterte sie. »Mein kleiner Sohn liegt vor dem Tor des Klosters. Er hat es warm im roten Tuch. Man wird für ihn sorgen.« Diese Sätze wiederholte sie immerfort. Essen wollte sie nichts, kein Brot, keinen Käse, keine Suppe. Sie verweigerte jegliche Nahrung. »Ich will nur noch sterben«, sagte sie. Wir fragten, wer sie sei, und sie antwortete: »Ich bin eine englische Lady. Lady Jean aus dem Hause Collincourt.« Der Name klang seltsam in unseren Ohren. Deshalb musste sie ihn ein paarmal sagen, bis wir ihn genau verstanden hatten. Wir konnten kaum glauben, wen wir vor uns hatten. Aber sie trug einen Ring am Finger mit einem Wappen drauf, da haben wir's geglaubt. Sie erzählte mit schwacher Stimme, sie habe ihr Schiff in Vigo verlassen und sei mit Kaufleuten weiter-

gereist. Die wollten nach Navarra. In der Nähe von unserem Dorf sind sie von Wegelagerern überfallen worden. Alle seien tot, aber sie habe überlebt, schwer verletzt. Dann habe sie sich mit letzter Kraft zum Kloster geschleppt und das Kind abgelegt. Das alles erzählte sie. Etwas später tat sie ihren letzten Atemzug, und wir mussten ihr vorher versprechen, sie in dem Gärtchen hinterm Haus zu begraben, und schwören mussten wir bei der heiligen Mutter, niemals etwas darüber zu verraten. Niemals. »Der Schande wegen«, sagte sie. »Ich habe mich mein ganzes Leben dran gehalten. Doch heute, wo ich den eigenen Tod spüre, kann ich nicht länger schweigen. Lady Jean liegt in nicht geweihter Erde, und ich bin schuld daran. Ich habe große Sünde auf mich geladen. Möge Gott mir verzeihen und mich in sein Himmelreich aufnehmen. Er ist mein Zeuge. Alles, was ich gesagt habe, ist wahr.«

Es folgten die von der alten Tonia selbst gekritzelten Kreuze als Unterschrift, dazu unter dem Wort *Testes* die Namenszüge der Zeugen Gaudeck und Thomas, jeweils mit ihrem persönlichen Siegel, dazu das Siegel des Ordens mit der Inschrift *OrdCist. Monasterium Campodios*, dem Datum und der Ortsangabe Punta de la Cruz.

Vitus wollte das Blatt zurückgeben, aber Gaudeck wehrte ab. »Es ist ein offizielles Dokument, und es ist deines. Es kann dir bei der Anerkennung deiner Abstammung von großem Nutzen sein.«

»Seid Ihr sicher, Ehrwürdiger Vater?«

»Nun ja, ich hoffe es zumindest.«

Der Magister nahm seine Berylle ab und griff nach dem Protokoll. »Du gestattest doch? Danke.« Das Papier dicht vor seine kurzsichtigen Augen haltend, studierte er den Inhalt und legte dabei besonderen Wert auf die Begutachtung der Unterschriften und Siegel. »Das Dokument ist über jeden Zweifel erhaben!«, verkündete er schließlich. »Die Beweiskette ist hiermit endgültig geschlossen. Hochwürdiger Abt, ehrwürdige Pater, liebe Freunde: Wir haben einen Lord unter uns!« Er beugte das Knie, wie es bei Hofe üblich ist, und blinzelte heftig. Diesmal jedoch nicht aus Sehschwäche, sondern weil ihm der Schalk im Nacken saß. »Mylord, es ist mir eine große Ehre, Euch zu kennen, darf ich weiter ›Vitus‹ und ›du‹ sagen?«

Vitus lachte. »Natürlich, du Unkraut, und versuche ja nicht, mich zu verunsichern. Alles bleibt beim Alten. Im Übrigen bin ich kein Lord, solange mich Königin Elisabeth, der ein langes Leben bei bester Gesundheit beschieden sein möge, nicht mit der Peerswürde ausgezeichnet hat.«

»Reine Formsache.« Der kleine Gelehrte winkte ab. »Was mich aber besonders freut, ist, dass unser gemeinsamer Freund Hornstaple sich das nächste Mal die Zähne ausbeißen wird, wenn er dir dein Erbe streitig machen will. Seinen Spitzfindigkeiten, man könne Lady Jeans Säugling vor dem Klostertor vertauscht haben oder, noch abstruser, Lady Jean müsse gar nicht vor dem Tor erschienen sein, es könne sich auch um eine andere Mutter gehandelt haben, mit einem anderen Kind, die sich nur des gestohlenen roten Damasttuches bediente, und so weiter und so weiter – diesem ganzen Unsinn ist jetzt ein für alle Mal der Boden entzogen worden.«

»Deo gratias!«, kam es laut von den Pergamentrollen her. Auf Cullus hatte in den letzten Minuten niemand geachtet, und so war es auch nicht aufgefallen, dass er seit geraumer Weile seine Bemühungen, die Pergamentrollen zu entstauben, eingestellt hatte. »Meint Ihr nicht, Ehrwürdiger Vater, diese frohe Erkenntnis sei einen kühlen Trunk wert? Um Verwechslungen vorzubeugen, ich spreche nicht von Wasser.«

Gaudeck musste schmunzeln, ob er wollte oder nicht. Cullus mit seinem treuherzigen, kauzigen Verhalten konnte niemand lange gram sein. »In Gottes Namen, hole uns Wein!«, rief er. »Aber nicht mehr als eine halbe Kanne.«

Und Thomas fügte hinzu: »Denke an die Gicht in deiner großen Zehe.«

Doch das hatte Cullus schon nicht mehr gehört. Im Nu war er verschwunden, und genauso schnell wieder da. Als jeder seinen Schluck Wein im Becher hatte, sagte der Abt: »Ich kann mich nicht daran erinnern, jemals einen Tropfen vor der Sext getrunken zu haben, aber sei es, wie es sei, Gott weiß, dass wir einen Grund dafür haben. *Bene tibi!«*

»Salute! Cheers! Lecháim!«

Sie tranken, und Gaudeck wollte gerade nach den Erlebnissen der Freunde fragen, als Nella zu plärren begann. Warum, wusste niemand der Freunde zu sagen, da sie gewöhnlich ein sehr ruhiges, genügsames Kind war. Vielleicht lag es einfach daran, dass alle zu trinken hatten, nur sie nicht. »Wui, mein Schäfchen is schwächerlich, ich holm, der Bartmann muss ran. Adschüss, die Herrn, seh euch nachher beim Schnappen.« Sprach's und verschwand mit Klein-Nella.

Kaum war die Tür hinter ihm zugeschlagen, ging sie auch schon wieder auf. Ein Bruder aus der Küche stand da, blickte zu Boden und fragte demütig: »Verzeiht die Störung, Ehrwürdiger Vater, die Sext hat begonnen und ist bereits gesprochen. Bruder Festus lässt fragen, ob er zum Mittagsmahl mit Euch rechnen darf.«

»Was? So spät schon?« Gaudecks Blick glitt zum Stundenglas an der Wand, das bereits durchgelaufen war. Hastig trank er seinen Becher aus. »*Tempus avis est!* Sage dem Küchenmeister, wir seien auf dem Weg. Er möge genügend Teller aufdecken lassen. Wir sind zu fünft, nein, zu sechst. Der Zwerg Enano kommt sicher noch nach.«

Eiligst begaben sie sich zum Hauptgebäude des alten Klosters, in dem das weitläufige Refektorium lag. Bruder Festus, der wegen seines tonnenförmigen Leibes von allen *Cupa dicens,* das sprechende Fass, genannt wurde, stand die Freude ins Gesicht geschrieben, als er Vitus' angesichtig wurde. »Weißt du noch, was ich dir mit auf den Weg gegeben habe, als du uns vor vier Jahren verließest, mein Sohn?«, dröhnte er.

»Ja, du sagtest, Essen hält Leib und Leele zusammen, daran möge ich denken, sollte es mir im Leben einmal schlecht ergehen.«

»Was? Sagte ich das? Hahaha! Ich meinte eigentlich eher den Kapaun, den ich dir heimlich zusteckte. Habe damit gegen die Fastengesetze verstoßen und es bis heute nicht gebeichtet.«

Der Magister grinste. »Man könnte in Erwägung ziehen, ob Eure Missetat inzwischen verjährt ist.«

»Verjährt? Hoho! Das ist gut! Hast du das gehört, Gaudeck, äh, Verzeihung, Ehrwürdiger Vater?«

»Ja, das habe ich.« Gaudecks sanfte Stimme stand in starkem Kontrast zu *Cupa dicens'* lautem Gepolter. »Ich denke, wir sollten uns jetzt setzen, die anderen Brüder schauen schon zu uns herüber.« Laut rief er: »Esst nur weiter, meine Söhne, lasst euch nicht stören!«

Festus hatte sich unaufgefordert mit an den Tisch gesetzt. »Da ist so ein merkwürdiger Zwerg, der krauses Zeug redet, gehört der auch zu dir, Vitus?«, fragte er. »Der Wicht ist gerade dabei, die ganze Küche rebellisch zu machen, weil er Milchbrei für sein Kind will.«

»Ja«, sagte Vitus, der sah, wie dunkle Wolken über Gaudecks Stirn auftauchten.

Da sprach der Abt auch schon: »*Ede et tace,* so soll es bei Tische zugehen, hast du das vergessen, Festus? Wenn du uns nichts zu essen bringst, schweige wenigstens.«

»Verzeihung, Ehrwürdiger Vater!« Das Fass wuchtete seine schwere Gestalt empor und eilte in die Küche. Wenig später dirigierte der Küchenmeister zwei Brüder vor sich her, die ein

Tablett wie eine Tischplatte trugen, darauf das, was Festus an diesem Tage zu bieten hatte. »Es ist nur karge Fastenkost, Vitus«, dröhnte er, »es scheint, wir kommen immer dann zueinander, wenn Schmalhans Küchenmeister ist. Du und deine Freunde, ihr müsst euch mit Lauchsuppe und gebackenem Salm zufrieden geben. Auch eine Pilzpastete mit Karottenwürfelchen wäre da. Oder ein kleiner Gemüseauflauf, allerdings ohne meine berühmten Schweinefinnen.«

»Wui, kein Speck vom Wurzelgraber? Nur Windsuppe un Grätlinge?« Der Zwerg war unbemerkt herangehuscht. »Nu, Hauptsach, mein Schäfchen is schnoll, nich? Killekille und böpp, mach böpp, mach knäbbig böpp!«

Gaudeck räusperte sich. Die gebotene Ruhe bei der Einnahme des Mittagsmahls war nun schon so oft durchbrochen worden, dass er einschreiten musste. »Enano von Askunesien«, sagte er, »ich wäre Euch verbunden, wenn Ihr das Bäuerchen Eures Sprösslings draußen im Klosterhof hervorlocken könntet. Auch wäre ich Euch dankbar, wenn Ihr das Kind nicht hier im Saale windeln würdet.«

Der Zwerg, der sich noch gar nicht gesetzt hatte, rollte mit den Äuglein und fistelte: »Wui, zu Befehl, ehrwürdiger Abtmann. Fitzen Dampffetz noch. Bin geglichen wieder da!«

Gaudeck atmete auf. Er nahm ein großes Messer zur Hand, auf dessen Klinge eine zweizeilige Dankeshymne eingeritzt war, die vor jeder Speiseeinnahme gesungen wurde. Das Messer war alt, weshalb die Noten und der Text nur noch schwer zu erkennen waren. Die Worte lauteten:

Gratiarum actio
protuis beneficiis Deus gratias agimus tibi

Sie drückten den Dank für die Wohltaten des Herrn aus. Ein solches Messer hatte jeder Mönch vor sich auf dem Tisch liegen;

es stellte eine Art Nachhilfeunterricht für Gedächtnisschwache dar. Doch zum Singen hatte Gaudeck nach so viel Schwatzerei keine Lust mehr. Er beschloss, die Klinge ihrem ursprünglichen Zweck entsprechend zu verwenden, und begann die Pastete zu zerteilen.

Der Rest des Mahls verlief in angenehmem Schweigen.

Am Nachmittag desselben Tages regnete es in Strömen, doch Vitus wollte es sich nicht nehmen lassen, das Grab seiner Mutter aufzusuchen. Der treue Magister begleitete ihn, und auch Thomas hatte Zeit gefunden mitzukommen. In langen Übermänteln beschritten sie die alten verschlungenen Wege nach Punta de la Cruz. Kurz bevor sie den Ort erreichten, bogen sie in den schmalen Pfad ein, der durch ein Wäldchen führte und schließlich beim Haus der Stoffweberin endete. »Da vorn ist es«, sagte Thomas und zeigte auf eine windschiefe Hütte. »Das Gärtchen liegt nach hinten hinaus.« Sie gingen um das Haus herum und erblickten einen von Wildwuchs überwucherten Flecken Erde. Nur zwei frische Holzkreuze deuteten an, dass sich hier in letzter Zeit eine menschliche Hand zu schaffen gemacht hatte.

Mit klopfendem Herzen trat Vitus näher und las die Inschriften auf den Kreuzen. Die erste lautete TONIA PÉREZ, dann folgten Geburts- und Sterbedatum. Was wird auf dem zweiten Kreuz stehen?, fragte er sich und kniete unwillkürlich nieder. Er las:

LADY JEAN

Geboren in England † 9. Martius A. D. 1556

»Wir kannten das Geburtsdatum und den offiziellen Titel deiner Mutter nicht«, sagte Thomas hinter ihm. »Trotzdem hielten wir ein neues Kreuz für angebracht, nachdem wir die alte Tonia neben ihr zur letzten Ruhe gebettet hatten.«

»Ja«, murmelte Vitus. Er hörte die eigene Stimme wie aus weiter Ferne. »Ich weiß das genaue Geburtsdatum auch nicht, ich weiß nur, dass meine Mutter anno 1534 zur Welt kam. Aber es ist auch unwichtig.«

Er versuchte, sich Jeans Porträt vor Augen zu führen, doch es gelang ihm nicht richtig. Immerhin hatte sie viel Ähnlichkeit mit Arlette gehabt, und wie Arlettes Äußeres gewesen war, daran erinnerte er sich sehr genau. Einer Eingebung folgend, faltete er die Hände und sprach das Gebet, das er auch am Sarg des alten Abtes Hardinus gesprochen hatte. Es waren unvergängliche Worte, viele hundert Jahre alt, die aus England stammten, so wie er selbst. Und wie Jean, seine Mutter.

»Ewiges Licht, scheine in unsere Herzen,
Ewige Güte, erlöse uns von dem Bösen,
Ewige Weisheit, vertreibe das Dunkel
unserer Unwissenheit,
Ewige Trauer, habe Gnade mit uns,
dass wir mit unserem Herzen, unserem Verstand,
unserer Seele, unserer Kraft Dein Angesicht erkennen
und dass Deine unendliche Gnade
uns zu Deiner Göttlichkeit führt.«

Er erhob sich, die Hände noch immer gefaltet. »Vater im Himmel, lass sie in Frieden ruhen, nimm ihre Seele in Deine starken Arme.«

»Amen«, sagte Thomas. Und auch der Magister brummte: »So ist es, so sei es.«

Der hagere Gottesmann zog sich den Mantel fester um die Schultern. Das Wetter war wirklich schauderhaft. »Ich habe hier noch etwas für dich. Die alte Tonia gab es mir kurz vor ihrem Tod.« Er hielt einen Ring aus Gold in der Hand.

Vitus griff danach und stieß einen Ruf der Überraschung aus.

»Ein Siegelring der Collincourts! Er sieht genauso aus wie jener, den ich von meinem Großonkel erhielt. Nur ist er deutlich kleiner.«

»Es dürfte Jeans Ring gewesen sein. Tonia sagte mir, sie habe ihn von der Sterbenden als Geschenk erhalten und über all die Jahre aufbewahrt. Als ich ihr kurz vor ihrem Tod erzählte, dass aus dem Findelkind von damals ein stattlicher junger Arzt geworden ist, der zur Zeit in England auf einem Schloss lebt und sicher irgendwann wieder nach Campodios zurückkommen würde, gab sie mir das Schmuckstück für dich.«

»Der Ring ist sehr schön.« Vitus' Stimme klang fast andächtig. »Und er ist tatsächlich von meiner Mutter! Ich kann den Schriftzug JEAN winzig klein an der Innenseite erkennen.«

Der Magister brummte: »Verwahre ihn nur gut, altes Unkraut. Irgendwann in deinem Leben wird es vielleicht eine Frau geben, der du ihn an den Finger steckst.«

Vitus schwieg und starrte weiterhin auf das Kleinod.

Pater Thomas schwieg ebenfalls. Ihm wurde allmählich kalt. Er wünschte sich zurück in die Vertrautheit seines Klosters, zurück an die Stätte seiner medizinischen Forschungen. Doch er wollte nicht unhöflich sein, deshalb sagte er: »Die alte Tonia bat mich übrigens kurz vor ihrem Tod, neben deiner Mutter bestattet zu werden. Sie wollte nicht neben ihrem Mann auf dem Dorffriedhof liegen.«

Vitus Blick löste sich von dem Ring und wanderte wieder zu den schlichten Kreuzen. »Warum das?«

»Genau weiß ich es nicht. Ich nehme aber an, dass sie sich deiner Mutter sehr verbunden fühlte. Nina erzählte mir, sie sei täglich in den Garten gegangen, um an ihrem Grab zu beten.«

»Nina?«

»Ja, Nina. Carlos Orantes' Tochter. Sie kannte die alte Stoffweberin recht gut, weshalb sie mir auch im Kampf gegen Tonias Brustfraß half.«

»Was? Das tat sie?«

»Ja, sie ist eine erstaunliche junge Frau. Sie assistierte mir bei der Exstirpation einer Geschwulst in der rechten Brust. Es war eine blutige, wenig ansprechende Operation, die sich zu alledem nicht als erfolgreich erweisen sollte. Aber sie hielt sich großartig.«

»Wie habt Ihr den Eingriff vorgenommen, Pater?« Vitus' Interesse war erwacht.

»Das erzähle ich dir, wenn du einverstanden bist, auf dem Rückweg. Die Nässe kriecht mir doch allmählich in die Knochen, und ich sehne mich nach einem trockenen Plätzchen.«

»Das geht mir ganz genauso«, pflichtete der kleine Gelehrte bei. »*Adolescentia deferbuit,* nicht wahr? Wir werden alle nicht jünger.«

Vitus fiel der Abschied vom Grab seiner Mutter nicht leicht, doch er sagte sich, dass er jederzeit wiederkommen könne, und willigte ein. Thomas erhob die rechte Hand, segnete beide Ruhestätten, dann machten sie sich auf den Rückmarsch.

»Um deine Frage aufzugreifen, Vitus«, sagte er kurze Zeit später, »ich stand vor der Entscheidung, entweder mit der Fasszange zu arbeiten oder eine vollständige Amputation vorzunehmen. Nach reiflicher Überlegung nahm ich die Zange, denn ich wollte nicht mit Kanonen auf Spatzen schießen. Vielleicht hätte ich doch die große Lösung wählen und kreuzweise unternadeln sollen, zumal ich später in den Achselhöhlen der Kranken weitere Knoten erfühlte, aber hinterher ist man immer klüger. Ich kann nur sagen, ich war an den Tagen danach sehr niedergeschlagen.«

»Das kann ich gut verstehen, Pater. Ich habe in den vergangenen Jahren auch so manchen Patienten verloren. Es war jedes Mal schrecklich.«

»Nichts ist für einen Arzt schlimmer, als nicht helfen zu können. Wenn Nina nicht gewesen wäre, hätte ich mich noch elender gefühlt. Sie bestand darauf, Tonias Pflege zu übernehmen. Das sei wichtiger als die Arbeit, die auf ihres Vaters Hof anfiele, sagte sie. Und auch wichtiger als die Schule.«

»Wichtiger als die Schule?« Vitus blieb stehen. Er stellte sich Nina vor, wie er sie von früher her kannte. Ihr sanftes Madonnengesicht mit den großen Augen passte nicht recht zu dem entschlossenen Handeln, von dem Pater Thomas berichtete. »Heißt das, sie erscheint im Kloster und nimmt an Eurem Unterricht teil, Pater?«

»Ja, das tut sie. Regelmäßig sogar. Dreimal in der Woche. Sie ist eine sehr begabte Schülerin, und das in jedem Fach. Fleißig ist sie obendrein. Du kannst dich selbst davon überzeugen. Morgen ist Dienstag, dann kommt sie. Ich glaube, sie würde sich freuen, dich wiederzusehen.«

»Ich weiß nicht recht. Wenn ich die Lektionen verfolge, fühlt sie sich bestimmt gehemmt – und die anderen Schüler ebenso.«

Pater Thomas ließ nicht locker. »Höre, Vitus: Letztendlich verdankst du es Nina, dass du hier bist. Sie war die Erste, der Tonia ihr Geheimnis anvertraute, woraufhin sie prompt zu mir gelaufen kam und die ganze Sache weitererzählte.«

»Das war Nina?«

»Ja, Nina. Ich sagte ihr, das Geständnis der Stoffweberin sei von größter Bedeutung für dich, und sie antwortete nur, das wisse sie, schließlich kenne sie dich.«

»Das tut sie. Nun, vielleicht komme ich demnächst doch einmal zum Unterricht.«

Die Schülerin Nina

»Oh, du Dummer, du verstehst wirklich nichts von Frauen. Ich weine doch nur aus Freude. Bitte sage noch einmal, dass du mich liebst.«

Zeitig am Morgen, noch vor Tagesanbruch, herrschte im Haus des Landmannes Carlos Orantes stets große Geschäftigkeit, was nicht zuletzt an seinen vielen Kindern lag. Nach einer kurzen Stärkung pflegte der Bauer den Hof zu verlassen und auf die Felder zu gehen, begleitet von seinen kleinen Söhnen Gago und Pedro, denn im Frühjahr wurde draußen jede Hand gebraucht. Die Erde musste von Steinen und Disteln befreit werden, damit sie unter den Pflug kommen konnte.

Währenddessen verrichtete Ana, sein Weib, wie gewohnt die Hausarbeit. Als Erstes bereitete sie eine Speise vor, die man zur Mittagszeit aufs Feld hinaustragen konnte, anschließend kümmerte sie sich um die Abendmahlzeit. So stand sie auch heute an der Feuerstelle, rührte in einem kräftigen Bohneneintopf und beobachtete dabei ihre älteste Tochter, die unruhig hin und her lief.

»Ich weiß wirklich nicht, welches Kleid ich anziehen soll«, klagte Nina. »Das Blaue ist zu kurz und das Grüne hat zwei große Flicken.«

»Aber, Kind, die Flicken sind doch schon eine Ewigkeit drauf, wieso stören sie dich plötzlich?«

»Sie sind nicht einmal grün wie das Kleid, sondern braun.«

»Ja, ja, ich weiß. Schließlich habe ich sie selbst draufgenäht. »Komm, Nina, zieh es an, es gibt keinen Grund, es nicht zu tun, wo du doch nur zum Klosterunterricht willst.«

»Vielleicht sollte ich doch das rosafarbene Kleid nehmen, der Kragen hat recht hübsche Spitzen. Allerdings müssten sie nochmals geweißt und neu gestärkt werden.«

»Was, das Sonntagskleid? An einem Donnerstag?« Ana hörte auf, die Suppe zu rühren, und übergab den schweren Löffel an Conchita und Blanca, zwei von Ninas jüngeren Schwestern. Sie ging auf ihre älteste Tochter zu und legte ihr die Hand auf den Arm. »Niemand kennt dich besser als ich«, sagte sie ruhig. »Was ist los mit dir?«

Nina blickte zur Seite und machte eine wegwerfende Handbewegung. »Was soll schon los sein? Mir ist heute Morgen zum ersten Mal klar geworden, dass ich nichts Vernünftiges anzuziehen habe. Kein einziges Kleid mit modisch hinuntergezogenem Mieder, nicht einmal einen Reifrock.«

»Aber wie kommst du denn darauf? Niemand in unserer Familie besitzt ein so teures Kleidungsstück und auch niemand von den Nachbarn.«

Nina druckste herum. »Ja, ja, ich weiß. Schon gut, Mutter, manchmal möchte ich eben hübsch aussehen, verstehst du das nicht?«

»Doch, das verstehe ich«, antwortete Ana und dachte: Du siehst doch hübsch aus. So hübsch, dass dein Vater sich schon Sorgen macht, weil alle Burschen im Dorf dir hinterherpfeifen. Laut sagte sie: »Dann zieh das blaue Kleid an. Es ist zwar etwas verblichen, sitzt aber sehr gut. Dass es etwas kurz ist, lässt sich nicht ändern. Ich habe den Saum schon so weit wie möglich ausgelassen.«

»Ja, Mutter, du hast Recht.«

Nina wirkte alles andere als glücklich.

»Nun.« Pater Thomas schaute ernst, aber nicht unfreundlich auf seine Schülerinnen und Schüler herab. »Wir haben heute einen Gast unter uns, der selber einmal hier im Kloster die Schulbank drückte: einen weit gereisten Cirurgicus, der heute in einem Schloss auf der Britannischen Insel lebt, sich aber in Anlehnung an seine Herkunft noch immer Vitus von Campodios nennt.«

Alle Augen wandten sich Vitus zu, der sich in die letzte Reihe verdrückt hatte und nun um ein Lächeln bemüht war. »Lasst euch durch mich nicht stören«, sagte er, und selbstverständlich sagte er es umsonst. Er war ein Fremder für die Schüler und als solcher der Mittelpunkt ihrer Neugier. Auch Nina, die Einzige, die ihn von früher her kannte, musterte ihn eingehend. Er stellte fest, dass sie dunkle, fast schwarze Pupillen hatte, die von langen, seidigen Wimpern umrahmt wurden.

Pater Thomas fuhr fort: »Ich will euch heute eine Latein-Lektion erteilen und wie schon beim letzten Mal über die a-Deklination, die o-Deklination und über die konsonantische Deklination sprechen.«

Ein leises Stöhnen ging durch die Reihen, doch Thomas achtete nicht darauf. Er begann: »Nehmen wir zunächst das Wort *schola*, weil es nahe liegt. Es heißt, wie euch bekannt ist, Schule. Ich möchte nun wissen, wie es sich im Nominativ, Genitiv, Dativ und Akkusativ dekliniert. Lonso, bitte.«

Lonso, ein blasser Neunjähriger, sprang auf und leierte herunter: *»Schola, scholae, scholae, scholam.«*

»Richtig. Und der Ablativ?«

»Schola.«

»Und wie sieht es mit dem Plural aus?«

»Scholae, scholarum, scholis, scholas, scholis.«

»Gut.« Der hagere Gottesmann blickte in die Runde. »Nun zur o-Deklination am Beispiel des Wortes *domus,* Haus.«

Ein anderer Schüler sprang auf und ratterte los: *»Domus, domi, domo, domum, domo.«*

»Richtig. Und weiter?«

»Domi, domorum, domis, domos, domis.«

Thomas zeigte sich zufrieden, wenn auch die Leistung der

Schüler nicht sonderlich hoch einzuschätzen war, da er die Deklinationsübungen schon seit ein paar Wochen durchführen ließ. Er leitete über zu Substantiven von neutralem Geschlecht, ließ hier ebenfalls ein paar Wörter durchdeklinieren und kam dann zur konsonantischen Deklination, wobei er zunächst darauf hinwies, dass diese in Konsonantenstämme, i-Stämme und eine gemischte Deklination zerfällt. *»Furor, agger, frater«,* führte er aus, »deklinieren sich im Genitiv auf *is,* also: *furoris, aggeris, fratris* und so weiter. Im Dativ ... Im Plural ... Nun zu den i-Stämmen. Bei den i-Stämmen ...«

Spätestens jetzt waren die Schüler nicht mehr bei der Sache und sehnten das Ende der Lektion herbei.

Vitus ging es nicht anders. Er unterdrückte ein Gähnen. Hatte Latein ihn früher auch immer so gelangweilt? Er konnte sich nicht daran erinnern. Gar nicht langweilig dagegen fand er den Anblick von Nina. Natürlich war sie fast noch ein Kind, trotzdem sah sie in ihrem einfachen blauen Kleid sehr ansehnlich aus, das musste er einräumen. Außerordentlich ansehnlich sogar. Ihre olivfarbene Haut und ihr schwarzes Haar, das sie straff nach hinten gekämmt trug, standen in wunderschönem Gegensatz zueinander. Ihr Haar glänzte wie ... er suchte nach einem Vergleich ... ja, wie lackiert, und ihr Mund war wirklich sehr rot. Ob sie mit ein wenig Schminke nachgeholfen hatte? Nein, wohl nicht. Orantes hätte sicher etwas dagegen gehabt. Das Blau ihres Kleides war eigentlich kein Himmelblau, wie man es häufiger auf dem Lande sah, es ging mehr ins Indigo und wechselte sich mit helleren Stufen ab.

Wie aus weiter Ferne hörte er unvermittelt Pater Thomas' Stimme: »... wird uns der Cirurgicus sicher sagen können.«

»Wie? Wie bitte?«

Der hagere Gottesmann lächelte. »Es ging um den *Genitivus pluralis* von *carmen*, niemand scheint ihn zu kennen. Da habe ich dich als meinen alten Schüler gefragt.«

»Äh, ja, natürlich. Vitus überlegte fieberhaft. *Carmen*, das bedeutete Lied, Gesang, aber auch Gedicht oder Formel, nur nützte ihm dieses Wissen bei der Deklination wenig. Hieß es nun *carminum* oder *carminorum*? »Nun, ich muss sagen ...«

»Carminum«, rief Nina, der die Antwort im letzten Augenblick eingefallen war.

»Richtig, meine Tochter, obwohl ich dich nicht gefragt hatte.«

»Verzeihung, Vater.« Nina schlug züchtig die Augen nieder, wohl wissend, dass dieser ihr nicht lange zürnen konnte.

»Entschuldige dich lieber beim Cirurgicus, der die Antwort sicher gerade geben wollte – und auch gegeben hätte, wenn du nicht so vorschnell gewesen wärst.«

»Jawohl, Vater.« Nina blickte auf und sah Vitus unverwandt an. »Es tut mir Leid, Cirurgicus.«

Vitus krächzte irgendetwas, das er selber nicht verstand.

»Und nun zur u-Deklination.« Pater Thomas war bereit, den kleinen Zwischenfall zu vergessen. »Die u-Deklination sieht in der Regel ein *ium* im *Genitivus Pluralis* vor, wie wir am Beispiel von *turrium* oder *marium* sehen können ...«

Der Unterricht ging weiter. Er war wie zäher Leim.

Aber alles in diesem Leben hat ein Ende, und so war es auch mit der Lektion von Pater Thomas. Aufatmend strebten die Schüler ins Freie, wo sie sich alsbald zerstreuten. Auch Vitus hatte sich von seinem alten Lehrer verabschiedet und trat auf den Innenhof hinaus. Es war jetzt um die Mittagszeit, und die Märzsonne sandte ihre ersten wärmenden Strahlen herab. Ein Hauch Frühling lag in der Luft.

»Warst du sehr ärgerlich auf mich?«

Vitus fuhr herum. Hinter ihm stand Nina und lächelte ihn an. Großer Gott, wie hübsch sie war! »Ärgerlich?«, hörte er sich fragen. »Worauf?«

»Weil ich dich unterbrochen habe.«

»Ach so. Tja ...« Er überlegte kurz, ob er sie in dem Glauben belassen sollte, entschied sich dann aber für die Wahrheit. »Du hast mich nicht unterbrochen. Um ehrlich zu sein: Ich wusste die Antwort nicht. Diese verzwickten Genitiv-Endungen konnte ich mir noch nie merken. Habe sie von jeher verwechselt. Genau genommen war ich sogar ziemlich froh, dass du mich vor der Bloßstellung bewahrt hast.«

Nina lachte noch immer. In ihren dunklen Pupillen leuchteten jetzt ein paar bernsteinfarbene Sprenkel auf. »Dann kann ich ja auch ehrlich sein: Ich habe gespürt, dass du es nicht weißt, und wollte dir helfen.« Wie selbstverständlich trat sie einen Schritt vor, hakte sich bei ihm unter und steuerte das Nordtor an.

Er musste mitgehen, ob er wollte oder nicht. »Das ... das war sehr nett von dir.«

Sie antwortete nicht, sondern passierte mit ihm das Tor und schlug den Weg hangabwärts in Richtung Punta de la Cruz ein.

Er spürte sie neben sich, wie sie sich geschmeidig seinen Schritten anpasste. Zwiespältige Gefühle bemächtigten sich seiner. Die Art, wie sie zusammen einhergingen, kam der eines Paares gleich, aber sie waren keines. Trotzdem war es sehr angenehm. Irgendwie aufregend. Wenn er doch nur nicht immer so schüchtern wäre. Schüchtern? Unsinn. Sie war Orantes' Tochter, ein halbes Kind noch, und er war Cirurgicus. Außerdem kannten sie sich gut, weil er sich vor vier Jahren auf dem Hof des Landmannes vor den Häschern der Inquisition verkrochen hatte. Was also war schon dabei, wenn sie so gingen.

Um irgendetwas zu sagen, meinte er nach einer Weile: »Du scheinst eine ungewöhnlich gute Schülerin zu sein«, und weil er im selben Augenblick merkte, wie unpassend, ja, lehrerhaft der Satz auf sie wirken musste, fügte er hastig hinzu: »Es ist gut, Latein zu können. Es erschließt sich einem eine völlig neue Welt – die Welt der Literatur, die Welt des Wissens.«

»Ja«, sagte sie, »seitdem ich leidlich Latein kann, lese ich sehr viel. Pater Thomas ist so nett und leiht mir öfter Werke aus, die ich mir in einem Nebenraum des Skriptoriums ansehen darf.«

»Was für Bücher liest du denn?«

»Am liebsten solche über Medizin.«

Vitus staunte. »Medizin? Das ist aber sehr ungewöhnlich für ein Mäd…, ich meine, für eine junge Frau.«

»Wieso? Warum soll sich eine Frau nicht für solche Dinge interessieren? Nur weil sie eine Frau ist?«

»Nein, nein. Nun … ich finde es sehr schön, dass du dich mit so etwas beschäftigst.« Vitus merkte selbst, wie lahm das, was er sagte, klang.

»Das Problem ist allerdings, dass ich immer nur die Hälfte verstehe, obwohl ich mir doch so viel Mühe mit dem Latein gebe.«

Vitus lachte. Seitdem die Sprache auf sein Gebiet gekommen war, fühlte er sich wohler. »Das Wissen um die Wortbedeutung ist das eine, das Verstehen der Zusammenhänge das andere. Wenn ich in Pater Thomas seinerzeit nicht so einen meisterhaften Lehrer gehabt hätte, wäre aus mir wohl nichts geworden.«

»Pater Thomas hat keine Zeit, mir Privatunterricht in Medizin zu geben. Er ist mit seinen eigenen Forschungen mehr als genug beschäftigt.« Ninas Stimme war anzuhören, wie sehr sie diesen Umstand bedauerte.

»Nun, ja, ich … ich könnte …«

»Ja?« Plötzlich erhöhte sich der Druck von Ninas Arm. Sie blieb stehen. »Was könntest du?«

»Tja, wenn es dir nichts ausmacht und du mit mir vorlieb nehmen willst, dann würde ich die Sache übernehmen.«

»Das würdest du?«

»Ja.«

»Oh, Vitus!« Ninas Augen blitzten. Eher er sich's versah, stellte sie sich auf die Zehenspitzen und küsste ihn auf die

Wange. Dann, als sei sie über ihre eigene Handlung erschrocken, drehte sie sich um und lief mit wehenden Röcken davon.

Er stand da und sah ihr nach. Ihr Kuss brannte noch auf seiner Wange. Er berühte die Stelle mit den Fingerspitzen. Ja, sie hatte ihn tatsächlich geküsst. Nun ja, im Überschwang der Dankbarkeit. Sicher hatte es nichts zu bedeuten.

Verwirrt trat er den Rückweg zum Kloster an.

Vor Vitus' und des Magisters Zelle ertönte Fußgetrappel. Der kleine Gelehrte, der auf seiner Pritsche vor sich hindöste, schlug die Augen auf und blinzelte. »Die Brüder eilen zur Komplet, es muss sechs Uhr sein.« Er seufzte. »Sosehr ich die Beschaulichkeit des Klosterlebens schätze, an die Stundengebete und die Gepflogenheit, spätestens um sieben mit der Nachtruhe zu beginnen, werde ich mich nie gewöhnen.«

»Du bist eben nicht zum Mönch geboren.«

Der Magister gähnte. »Ich hätte nicht übel Lust, jetzt eine Fonda in Punta de la Cruz aufzusuchen und dort den Rebensaft auf seinen Geschmack hin zu überprüfen.«

»Du weißt, dass das nicht geht. Wir sind Gast im Kloster und müssen uns seinen Regeln unterwerfen. Sei froh, dass man von uns nicht die Teilnahme an den Horen verlangt.«

»Das bin ich auch. Andererseits regt sich mein Tatendrang. Ich kann nicht tagelang zwischen diesen Mauern hocken und nichts tun. Bei dir ist es etwas anderes. Du sitzt jeden Abend da am Tisch, studierst in dicken Büchern und bereitest dich auf die nächste Lehrstunde für Nina vor. Der Zwerg ist ebenfalls ausgelastet. Er sitzt in seiner Zelle und hat alle Hände voll zu tun, Klein-Nella großzuziehen. Nur ich, ich verkümmere hier.«

Vitus schwieg und blätterte in einem Folianten.

»Ich sagte, ich verkümmere hier.«

»Ja.«

»Ist das alles, was dir dazu einfällt?« Der Magister richtete sich halb beleidigt auf. »Ich möchte beachtet werden! Überhaupt wirkst du in letzter Zeit häufig geistesabwesend. Hast dann so ein beseligtes Lächeln auf den Lippen, wie ich es zuletzt bei dir sah, als du mit Ar…, nun ja, das behalte ich lieber für mich. In jedem Fall, altes Unkraut, scheinst du mächtig beeindruckt von Nina zu sein. Nina hier, Nina da, so höre ich es den ganzen Tag von dir. Du bist doch wohl nicht verliebt in die Kleine?«

»Verliebt? Ich? Lächerlich!« Auf Vitus' Stirn erschien eine steile Falte. »Wie kommst du nur auf solchen Unsinn?«

»Schon gut, schon gut!«, wehrte der kleine Gelehrte ab. Und dachte: Er ist es. Er ist es tatsächlich!

»Was hast du, Frau? Warum schläfst du noch nicht?« Orantes saß auf der mit Stroh unterlegten Bettstatt der Eheleute und streifte sich die wollenen Strümpfe ab. Es folgten das Wams und der Gürtel seiner Hose. Mehr war nicht notwendig, um sich für die Nacht bereitzumachen. Dann legte er sich neben Ana.

»Nichts.«

»Nichts? Hm.« Orantes war schon halb im Land der Träume. Doch irgendetwas in Anas Stimme hinderte ihn daran, ganz hinabzutauchen. »Sag's mir, Frau, wenn du was hast. Das haben wir immer so gehalten.«

Ana stöhnte leise auf.

»Hast du wieder Schmerzen? Ist es das?«

»Nein, nein, die Schmerzen sind nicht so schlimm. Nur eine Magenverstimmung.«

»Das sagst du in letzter Zeit öfter.« Orantes war jetzt wieder ganz wach. »Wenn es nicht besser wird, gehen wir zum Bader im Dorf, der wird dir schon ein Tränklein dagegen mischen. Schlafe jetzt, Frau. Gott der Allmächtige möge über dich wachen und dir süße Träume schenken.«

»Amen«, murmelte Ana.

Eine Zeit verging. Zu den gewohnten Nachtgeräuschen gesellten sich die tiefer werdenden Atemzüge von Orantes. Er gehörte zu den wenigen Männern, die nicht schnarchten, wofür Ana dankbar war. »Es ist nur wegen Nina«, sagte sie.

»Wie? Was?«

»Es ist nur wegen Nina«, wiederholte Ana.

»Was ist mit ihr?« Orantes hob halb den Kopf. Nina war seine Lieblingstochter, auch wenn er das niemals zugegeben hätte.

»Ich weiß nicht recht. Sie ist in letzter Zeit so ... so anders. Starrt Löcher in die Luft, will kaum etwas essen, ist unzufrieden mit ihren Kleidern und verbringt viel Zeit vor dem alten Spiegel. Wenn ich es nicht besser wüsste, würde ich sagen, sie ist verliebt.«

»Verliebt? Das ist nicht dein Ernst! Sie ist doch noch ein Kind!«

»Das ist sie ganz und gar nicht. Sie hat die Figur einer Frau, und das schon seit zwei Jahren. Aber Väter haben für so etwas ja keinen Blick.«

»Und in wen soll sie verliebt sein?«

»Das ist es ja. Ich weiß es nicht. Ich glaube schon, dass sie es mir sagen würde, wenn es jemanden gäbe. Sie hat mir immer alles gesagt. Wahrscheinlich irre ich mich, und sie hat sich in niemanden verguckt. Dafür spräche auch, dass sie fleißiger denn je ist. Sie verbringt jetzt noch mehr Stunden im Kloster und studiert Medizin, wie sie sagt. Du weißt, das wollte sie schon immer.«

»Ja, ich weiß, Frau. Und ich weiß auch, dass es dir zuerst nicht gerade recht war, als sie auf die Klosterschule zu Pater Thomas ging. Sie fehlte dir für die Hausarbeit. Wieso findet Pater Thomas eigentlich plötzlich Zeit, sie zusätzlich in Medizin zu unterrichten?«

»Ich weiß es nicht, Mann. Schlafe jetzt. Gott befohlen.«

»Gott befohlen, Frau.«

»Die meisten ärztlichen Instrumente kennt auch der Nichtfachmann«, sagte Vitus. Auf dem großen Lesetisch im Nebenraum des Skriptoriums hatte er eine Reihe chirurgischer Werkzeuge ausgebreitet. »Ich meine die Skalpelle, die Pinzetten, die Scheren, die Haken und andere. Aber es gibt auch welche, deren Zweck sich nicht auf den ersten Blick erschließt. Und über diese will ich heute mit dir sprechen.«

Nina nickte ernsthaft. Ihr Blick schweifte über den Tisch, auf dem tatsächlich ein paar Gerätschaften lagen, die sie noch nie zuvor in ihrem Leben gesehen hatte.

»Weißt du, was das ist?« Vitus nahm ein Instrument hoch, eine Art Zange, deren eine Backe halbkugelförmig auslief.

»Nein.« Sie nahm das Gerät und betrachtete es interessiert.

»Überlege einmal.«

Nina spitzte die Lippen, was, wie er fand, besonders reizend aussah. »Hm«, grübelte sie. »Weil es wie eine Zange aussieht, wird das Ding dazu da sein, irgendetwas zu greifen.«

»Richtig«, sagte er erfreut. »Nun musst du nur noch herausfinden, was das sein könnte.«

Nina legte die Fingerspitze in das Halbrund. »Da würde ein kleiner Ball hineinpassen.«

»Fast! Du hast es fast erraten!«

»Eine Kugel?«

»Genau! Eine Musketenkugel. Du hast einen so genannten Kugelholer vor dir. Es ist ein Gerät, wie es häufig auf spanischen Schiffen Verwendung findet. Ist ein Mann im Kampf getroffen, senkt man die Zange vorsichtig in den Schusskanal, versucht, die Kugel zu umgreifen und zieht sie anschließend heraus. In Frankreich und Deutschland benutzt man häufiger Schraubpfeilzangen, aber leider besitze ich ein solches Exemplar nicht. Aber egal, welches Gerät man benutzt: Nicht selten klebt danach noch ein Stück Stoff an dem Geschoss.«

Nina nickte und betätigte mehrmals den Mechanismus des Kugelholers. »Es müssen furchtbare Schmerzen sein, die beim Gebrauch entstehen.«

»Das stimmt leider. Doch häufig sind die Torturen gar nicht so groß, weil der Verletzte unter Schock steht. Schlimmer wird es erst später. Sieh her, dann kommt dieses Kännchen zur Anwendung.« Er hielt ein Zinnbehältnis mit langer, schlanker Tülle hoch.

»Wie kann ein Kännchen Schmerzen verursachen?«

»Das Kännchen nicht, aber sein Inhalt. Man verwahrt darin siedendes Öl, um die Schusswunde damit auszugießen. Die Pein, die dabei entsteht, ist so groß, dass manch ein Verletzter das Bewusstsein verliert. Dennoch ist die Prozedur notwendig, um Wundbrand zu vermeiden.«

»Ähnlich wie beim Kautern?« Nina erinnerte sich an die Brustfraß-Operation, die sie zusammen mit Pater Thomas an der alten Tonia durchgeführt hatte.

»Ja, genau. Beide Methoden sind mörderisch, aber leider kennt die Wissenschaft noch kein besseres Mittel, um einer Blutvergiftung vorzubeugen. Immerhin gibt es einen französischen Arzt namens Ambroise Paré, der behauptet, man könne Schusswunden auch mit einer Salbe aus Eidotter, Rosenöl und Terpentin behandeln. Ob das Siedeverfahren mit Öl damit ausgedient hat, steht dahin. Wie stets streiten sich die Gelehrten darüber. Doch nun zu einem anderen Gerät: Es sieht aus wie ein Dreibein, in dessen Mitte ein kleiner Stangenbohrer steckt. Weißt du, worum es sich dabei handelt?«

»Nein, ich habe keine Ahnung.«

Vitus freute sich, dass dem so war, hatte er dadurch doch Gelegenheit, einmal mehr sein Wissen unter Beweis zu stellen. »Das ist ein Elevator. Er dient dazu, eingedrückte Schädelknochen anzuheben. Die Spitze des Bohrers wird vorsichtig in den Knochen gedreht, bis sie fest sitzt. Dabei ist darauf zu achten, dass auf keinen Fall die Hirnhaut verletzt werden darf. Anschließend wird der Bohrer mit Hilfe seines Schaftgewindes langsam nach oben geholt; die drei Beine stehen dabei auf dem Schädel und geben ihm Halt.«

Nina drehte an der großen Flügelmutter am Bohrerende. Es war offensichtlich, dass sie das Zusammenwirken der Teile verstanden hatte. »Und was ist das?«, fragte sie.

»Das ist eine Klistierspritze. Das Klistier befindet sich in diesem Fall in einer Schafsblase.«

»So ein Ding benutzt doch auch der Zwerg, um sein Töchterchen zu füttern?«

»Ganz recht. Allerdings wird das Gerät damit zweckentfremdet, eigentlich ist es dazu da, Heilflüssigkeit in Körperöffnungen zu spritzen, in Nase, Ohren und, nun ja, du weißt schon, was da noch in Frage kommt.«

Nina lächelte. »Das weiß ich. Warum ist es dir eigentlich unangenehm, zu sagen, dass so eine Spritze in den Po gesteckt wird?«

»Tja, hm. Ich bin ein wenig befangen. Vielleicht liegt es daran, dass du ... dass du ...«

»Ja, was denn?« Sie strahlte ihn an.

»Dass du so hübsch bist.« Kaum war es heraus, hätte er sich am liebsten die Zunge abgebissen.

»Oh, das hast du aber lieb gesagt.« Sie legte ihre Hand, die glatt und kühl war, auf seine, und er hatte das Gefühl, als flösse durch sie ein Strom des Glücks auf ihn über. Er wollte ihre Hand drücken, aber er unterließ es. Wenn er doch nur nicht immer so schüchtern wäre. Schüchtern? Unsinn. Sie war Orantes' Tochter, ein halbes Kind noch, und er war Cirurgicus. Wie oft hatte er sich das in den vergangenen Tagen gesagt.

»Tja, äh, wo war ich stehen geblieben?« Er kramte seine Gedanken zusammen und hoffte, sie würde ihre Hand noch ein wenig auf seiner liegen lassen. Wider Erwarten tat sie es. Wahrscheinlich unbeabsichtigt, aus reinem Zufall. »Äh, so ein Klistier kann auch Verwendung für eine Infusion finden.«

»Ja?«

»Ja. Du weißt, was eine Infusion ist?«

»Ja.«

»Schön.« Ihm fiel ein, dass er mit einem ähnlichen Gerät einst Antonio vor dem Verbluten gerettet hatte. Er hatte Lupo Blut abgenommen, dieses ins Klistier gefüllt und den Inhalt in Antonios offene Ader gepresst. Langsam und stetig. Seine Rechnung war aufgegangen: Antonio hatte Lupos Blut vertragen, wahrscheinlich, weil beide Zwillinge waren.

»Woran denkst du?«

»Oh, verzeih mir, ich war eben ganz weit weg. Ich dachte an Lupo und Antonio, deine Zwillingsbrüder. Bei der Gelegenheit fällt mir ein: Ich soll dich von beiden grüßen. Es geht ihnen gut. Der Magister, der Zwerg, Klein-Nella und ich, wir begegneten den *Artistas unicos* ein paar Tagereisen von hier.«

»Wirklich? Du hast sie gesehen?« Nina klatschte begeistert in die Hände, was zur Folge hatte, dass ihre Finger nicht mehr auf Vitus' Hand lagen.

Fast tat es ihm Leid, den Gruß ausgerichtet zu haben. »Kommen sie hierher?«

»Nein, sie ziehen in eine andere Richtung.«

»Wieso hast du mir das alles nicht schon längst gesagt?«

»Ich hatte es, ehrlich gesagt, vergessen.«

»Erzähl mir von ihnen!«

»Da gibt es nicht viel zu erzählen. Sie arbeiten noch immer mit Zerrutti zusammen. Maja hatte gerade ein Kind bekommen, als wir auf die Truppe trafen. Pater Ernesto hat es auf den Namen Zerro getauft.«

»Pater Ernesto?«

»Ein Augustinermönch, dem wir auf unserem Marsch begegneten.«

»Nun aber der Reihe nach, Vitus!« Ninas Augen blitzten. »Erzähle der Reihe nach. Ach, ist das aufregend.« Wieder legte sie ihre Hand auf die Seine.

»Und deine medizinische Lektion?«

»Holen wir ein andermal nach!« Sie drückte seine Hand.

Da erzählte er.

»Heute will ich mit dir eine kleine Exkursion in die Vergangenheit machen«, sagte Vitus zwei Tage darauf.

Er sagte es so geheimnisvoll, dass Nina neugierig wurde und fragte: »Eine Studienfahrt in die Vergangenheit? Wie meinst du das?«

»Wart's nur ab.« Er sortierte eine Zeit lang die Instrumente, die abermals in großer Zahl auf dem Lesetisch lagen, und nahm schließlich zwei spatelförmige Kauter zur Hand. »Fallen dir bei diesen Werkzeugen große Unterschiede auf?

»Nein, wieso? Sie sehen eigentlich gleich aus. Das eine ist vielleicht ein wenig dunkler, aber sonst fällt mir nichts auf.«

»Und wie alt schätzt du beide?«

Nina verstand nicht gleich. »Woher soll ich das wissen? Vielleicht ein Jahr? Vielleicht ein paar Jahre?«

Vitus lächelte. Er hatte die erwartete Antwort bekommen. »Nun, das hellere Instrument mag ein paar Jahre alt sein, aber das andere ist ungleich älter. Es ist ein Kauter aus römischer Zeit.«

Nina nahm das Gerät und betrachtete es ehrfurchtsvoll. »Aus römischer Zeit? Kaum zu glauben!«

»Und doch ist es so. Zwischen der Anfertigung beider Instrumente liegen eintausendfünfhundert Jahre. Dennoch sehen sie nahezu gleich aus. Was schließt du daraus?«

»Hm. Dass damals schon genauso wie heute gekautert wurde?«

»Richtig. Mehr noch: Dass damals schon genauso operiert wurde wie heute. In der Mehrzahl aller Fälle jedenfalls.«

»Ich kann's mir nicht vorstellen! Wieso weiß man eigentlich, dass der dunkle Kauter schon so alt ist? Es steht schließlich nicht dran?«

Vitus lachte. »Eine gute Frage, auf die es aber eine einfache Antwort gibt: In der Kaiserzeit beherrschten die Römer die ganze Welt, auch Europa, und überall, wo sie auftauchten, richteten sie feste Militärlager ein. In diesen wiederum gab es eine Krankenstation, das so genannte Valetudinarium. Manchmal, wenn man gründlich nachforscht, findet man in einem solchen Valetudinarium gut erhaltene, alte Instrumente.«

»Hast du noch mehr davon?«

»Einige. Sie gehören aber nicht mir, sondern dem Kloster, genauer: Pater Thomas. In früheren Jahren war er ein eifriger Sammler.« Vitus nahm zwei weitere Werkzeuge. »Sieh her, dies sind zwei Skalpelle, die nahezu vollständig übereinstimmen. Nur der Griff ist unterschiedlich. Beim römischen Messer ist er flach wie ein Spatel, eine Form, die man häufig antrifft, ebenso wie rechteckige oder runde Querschnitte. Mit diesem eintausendfünfhundert Jahre alten Skalpell hätte ich Gagos Hasenscharte genauso gut operieren können. Woraus zu schließen ist, dass die Römer solche Eingriffe auch tatsächlich vornahmen. Solche und viele andere.«

Nina schwieg beeindruckt.

»Übrigens, was macht Gago? Antonio und Lupo erzählten, es gehe ihm gut.«

»Ja, sehr gut sogar.« Wie selbstverständlich legte sie ihre Hand wieder auf seine. »Es ist lieb von dir, dass du nach ihm fragst. Er wird mit jedem Tag frecher. Alle anderen sind auch wohlauf, nur um Mutter mache ich mir manchmal Sorgen. Sie klagt in letzter Zeit über Leibschmerzen. Sie sagt, es liege an den Wechseljahren.«

»So, an den Wechseljahren.« Wie immer, wenn Nina derartige Themen anschnitt, spürte Vitus leichte Verlegenheit. Er nahm sich zusammen. »Wenn es wirklich daran liegt, wirkt Mönchspfeffer manchmal Wunder. Sollte es schlimmer werden, sage mir Bescheid, dann schaue ich nach ihr. Überhaupt wird es höchste Zeit, deine Familie zu besuchen. Ich bin schon bald zwei Wochen in Campodios und habe mich noch immer nicht gemeldet. Der Magister quengelt auch fast täglich, er würde seinen alten Freund Orantes gern einmal wiedersehen.«

Nina beschwichtigte ihn, der Druck ihrer Hand verstärkte sich: »Mach dir darüber keine Gedanken. Bei uns zu Hause geht es zur Zeit sowieso drunter und drüber; im Frühjahr steht immer besonders viel Arbeit an.« In Wahrheit aber, sie wusste selbst nicht so genau, warum, hatte sie Sorge, alle Welt könnte ihr ansehen, wie sehr Vitus ihr gefiel und dass sie in ihn … Aber das ging niemanden etwas an. Jedenfalls hatte sie zu Hause noch kein Sterbenswörtchen von ihm erzählt.

»Wenn du es sagst.« Vorsichtig befreite er seine Hand. »Ich habe noch gleich aussehende Pinzetten, Wundhaken und Sonden. Möchtest du sie sehen?«

»Ja, gern«, sagte Nina.

Doch sie klang nicht mehr so begeistert.

»Nachdem wir über die chirurgischen Instrumente und die Vier-Säfte-Lehre ausführlich gesprochen haben, widmen wir uns heute den menschlichen Organen. Am besten wäre es natürlich, wir befänden uns dazu im Sektionssaal einer Universität, denn nichts geht über die Anschauungskraft einer geöffneten Leiche«, sagte Vitus ein paar Tage später.

»Das verstehe ich«, meinte Nina. »Aber eigentlich bin ich ganz froh, dass ich keine toten Körper zergliedern muss.«

Wieder saßen sie am großen Lesetisch des Skriptoriums. Nur dass diesmal eine Reihe von starken, mit vielen Illustrationen versehenen Büchern darauf lagen.

»An Hand der vielen Zeichnungen kann man gut sehen, welch große Entwicklung das Wissen um die Organe in den letzten zweihundert Jahren gemacht hat«, erklärte Vitus und zog ein schweres Werk näher heran. »Sieh mal, hier haben wir es noch mit einer sehr einfachen anatomischen Darstellung zu tun. Das Herz sitzt am falschen Platz und hat die Form einer Rübe. Wenn der Schriftzug COR nicht darin stünde, wüsste man gar nicht, um was es sich handelt.«

»Wo ist denn die Lunge?«, fragte Nina.

»Die Lunge liegt wie ein Ball um das Herz. Hier. Eine anatomische Unmöglichkeit. Ebenso wie die fünflappige Leber, die du hier erkennst. Dafür fehlen Nieren und Milz ganz, ebenso wie die Gallenblase und der Magen. Einen solchen Menschen hat es nie gegeben.«

Er schob das Buch zur Seite und nahm ein neues. »Hier ist eine Abbildung mit einer lateinischen Überschrift: *Figura de situ viscerum.* Weißt du, was das heißt?«

»Ich denke, schon.« Nina beugte sich zu ihm hinüber, um die alte Frakturschrift besser lesen zu können. Sie kam ihm dabei so nahe, dass ihn ein betörender Hauch von Rosenöl streifte. »Eine Figur über den Sitz des Innersten«, sagte sie.

»Hm, ja. Genau. Oder, wenn man es etwas freier übersetzen will: *Über die Anordnung der Organe.* Die Lunge umschließt auch hier das Herz wie ein Ball. Ein Fehler, den der Zeichner gewiss auch so meinte, denn er hat PULMO an die Stelle geschrieben. Lass uns zur nächsten Abbildung kommen.«

»Ja, gut.« Ninas Kopf blieb nah bei ihm.

»Tja, hm. Hier siehst du ein Situsbild aus dem *Spiegel der Artzeney* von Laurentius Phryesen. Es entstand anno 1517. Du erkennst deutlich die beiden Lungenflügel, darunter das Herz.

Galle und Milz sind ebenfalls richtig wiedergegeben, die paarigen Nieren, der Magen und sogar das Zwerchfell. Nur die Leber ist falsch eingezeichnet. Dazu muss man wissen, dass es einen großen linken und rechten Lappen gibt, dazu jeweils einen kleineren.«

»Ja«, sagte Nina und rümpfte ihre hübsche Nase. »Besonders schön sieht das alles nicht aus.«

»Nicht schön?« Von dieser Seite hatte er die Anatomie noch nie betrachtet. »Nun, dann wird dir dieser Druck wohl auch nicht zusagen.« Er zeigte auf eine Skelettfigur, die umgeben war von vielen Spruchbändern mit lateinischen Bezeichnungen der einzelnen Knochen. »Sieh nur: Wirbel, Ellen, Speichen und Fingerknöchelchen. Alles noch ein wenig grob, als hätte der Maler nicht sämtliche zweihundertundsechs Knochen unseres Körpers gekannt, aber insgesamt schon sehr beachtlich.«

»Ich glaube, wir sollten die Lektion jetzt beenden, Vitus. Der Totenkopf schaut mich so düster an.« Nina machte Anstalten von ihm abzurücken.

»Warte«, sagte er hastig, »die schönsten Zeichnungen habe ich dir noch gar nicht gezeigt. Sie sind aus dem Werk des berühmten Anatomen Andreas Vesalius: *De humani corporis fabrica*, was, wie du wohl weißt, *Über den Bau des menschlichen Körpers* heißt. Das Werk ist von 1543, und wenn du hineinsiehst, wirst du erkennen, welch gewaltigen Fortschritt es seinerzeit darstellte.«

Sie kam wieder etwas näher. Der Duft nach Rosenöl umfing ihn erneut. »Ja«, nickte sie, »die Zeichnungen sind sehr schön. So etwas habe ich noch nie gesehen.«

»Man sagt, der große Tizian selbst habe sie angefertigt! Du weißt doch, Tizian, der berühmte italienische Maler.«

»Ich habe von ihm gehört. Pater Thomas erwähnte einmal seinen Namen.« Sie wandte sich jetzt endgültig ab. »Sei mir nicht böse, aber für heute habe ich genug gesehen. Ich möchte nach Hause. Begleitest du mich noch ein Stück?«

»Aber selbstverständlich, warum nicht.«

Es klang viel steifer, als er es meinte.

Bei der nächsten Lektion, Vitus sprach über Heilkräuter, über die Arzneien, die sich daraus herstellen ließen, und die Mengen, in denen sie verabfolgt werden mussten, wirkte Nina abwesend. Im Gegensatz zu sonst hörte sie kaum zu und war nicht bei der Sache.

Schließlich fragte Vitus: »Sag, Nina, ist irgendetwas geschehen? Du bist so anders als sonst.«

»N… nein. Es ist nichts.«

»Nun gut. Zurück zu den arzneilichen Möglichkeiten bei Hautproblemen. Wir unterscheiden trockene und feuchte Ekzeme, Schuppen, Rötungen und ganz allgemein juckende Läsionen. Weißt du, was man unter einer Läsion versteht?«

»Äh, wie?«

»Eine Störung oder Verletzung. Bei allen genannten Schwierigkeiten sollte der Arzt nicht vergessen, was schon die alten Meister wussten: Feuchtes wird mit Trockenem bekämpft und Trockenes mit Feuchtem. Je nachdem kommen dabei saure Molke, Kalkpulver, Wollfett oder Johannisöl zur Anwendung. Wie diese Medikamente gewonnen werden, muss ich nicht lange erklären, es ergibt sich schon aus ihrem Namen. Oder hast du dazu noch eine Frage?«

Nina schwieg.

»Hast du dazu noch eine Frage?«

»Nein, nein, ich habe alles verstanden.«

Vitus war sich nicht sicher, ob das stimmte, fuhr aber fort: »Wichtig bei der Behandlung von Hautproblemen ist auch die richtige Ernährung. Man sollte nicht zu fett und nicht zu viel essen, sondern Gemüse bevorzugen. Andere Arzneien gegen trockene Schuppen sind Kamillenblütenumschläge und Bäder in Eichenrinde. Bei der Kamille geht man wie folgt vor: Man nimmt eine Hand voll Blüten, gibt sie in ein Gefäß und übergießt sie mit einem Becher kochendem Wasser. Nach einer kleinen Weile seiht man sie ab. Mit der übrig gebliebenen Flüssigkeit tränkt man ein Leinentuch, welches man auf die befallenen Stellen legt. Bei der Eichenrinde ist es so: Zwei Hand voll klein geschnittene Eichenrinde und, wenn vorhanden, eine Hand voll Weidenrindenfasern werden mit Wasser übergossen und für die Hälfte einer Stunde gekocht. Sodann seiht man Rinde und Fasern ab und badet die kranke Haut in der verbliebenen Wirkflüssigkeit. Ein anderes probates Mittel, das schon die hochverehrte Hildegard von Bingen empfahl, besteht aus Veilchenöl und Malvenblättern. Die Malvenblätter wurden zuvor in, äh … in Harn gekocht.«

Vitus unterbrach sich und fragte: »Sag mal, hörst du mir überhaupt zu?«

»Doch, ja. Natürlich!«

»Schön. Ich komme nun zu einer Arznei, die in unseren Gefilden kaum erhältlich sein dürfte, aber ich nenne sie trotzdem: Es handelt sich dabei um Sepia. Wahrscheinlich hast du noch niemals davon gehört. Nein? Das dachte ich mir. Sepia ist eine Absonderung vom Tintenfisch. Eine geheime Medizin, die von den Indianern in Neu-Spanien verwendet wird. Sie verdünnen den Stoff mit Wasser und reichern ihn mit Waldhonig an. Die so gewonnene Arznei ist also flüssig. Bei welcher Art von Hautproblemen käme sie damit zur Anwendung? Bei trockenen oder feuchten?«

»Ich … nun, also …«

Vitus wurde es jetzt zu bunt. »Hör mal, Nina«, sagte er, »ich habe heute das Gefühl, als spräche ich gegen eine Wand. Irgendetwas ist doch mit dir. Was hast du? So wie heute warst du doch noch nie!«

Während er sie anstarrte, füllten ihre Augen sich plötzlich mit Tränen. Schrecken durchfuhr ihn. »Großer Gott, du weinst ja!«

Nina schüttelte den Kopf, obwohl ihre Tränen daran keinen Zweifel ließen. »Es ist … es ist … wegen Mutter.«

»Was ist mit deiner Mutter? Was ist mit Ana?«

»Sie hat wieder große Schmerzen. Heute Morgen waren sie so stark, dass sie nicht einmal aufstehen konnte.« Nina schlug die Hände vors Gesicht. »Sie tut mir so Leid! Und Vater macht sich schreckliche Vorwürfe, dass er sie nicht schon früher zum Bader geschickt hat!«

»Und ist der Bader gekommen?«

»Ich weiß nicht. Ich musste ja zur Schule. Danach hätte ich gleich heimgehen sollen, aber ich wollte so gern in deine Unterrichtsstunde … ach, es ist alles so furchtbar!«

»Weine nicht mehr. Ich verspreche dir: Alles wird gut. Wir brechen die Lektion ab und gehen sofort zu dir nach Hause. Ich muss nur noch rasch meinen Instrumentenkasten und die Säckchen mit den Heilkräutern holen. Bin gleich zurück.«

»Nein!«

»Nein?« Er hielt inne. »Aber warum sollte ich Ana nicht helfen? Sie ist eine der tüchtigsten und freundlichsten Frauen, die ich jemals kennen gelernt habe.«

»Sie … sie …«

»Ja?«

»Sie weiß nicht, dass du zurückgekehrt bist. Keiner auf dem Hof weiß es.«

»Was? Aber wieso denn? Hast du es den Deinen nicht erzählt?«

Nina schüttelte den Kopf.

»Das verstehe ich nicht!«

Sie fuhr fort, den Kopf zu schütteln, doch unvermittelt nahm sie seine Hand und blickte ihn flehentlich an. »Ich hab's einfach nicht erzählt, genügt das nicht? Und weil es so ist, kannst du jetzt nicht plötzlich auf dem Hof erscheinen.«

»Hm, hm. Da hast du wohl Recht. Andererseits möchte ich Ana nicht in den Händen irgendeines Baders wissen. Was wäre denn, wenn ich so täte, als sei ich gerade erst in Campodios angekommen?«

»Oh, das würdest du tun? Bitte, tu's! Bestimmt könntest du Mutter helfen.«

»Dann warte hier.«

»Vitus, mein Freund! Wie gut, dass du zurück bist! Schön, dich zu sehen, auch wenn der Anlass nicht erfreulich ist!« Orantes, ein starker, vierkant gebauter Mann, presste Vitus so heftig an sich, dass dieser fast den Boden unter den Füßen verlor. Es gehörte nicht viel Fantasie dazu, sich auszumalen, um wie viel stürmischer die Begrüßung unter normalen Umständen ausgefallen wäre.

»Sowie ich erfuhr, dass Ana krank ist, bin ich gekommen«, erwiderte Vitus, nach Luft ringend.

»So bist du noch immer der barmherzige Samariter! Dem Allmächtigen sei Dank, dass es noch Menschen wie dich gibt.« Der Landmann gab Vitus frei. »Wie lange bist du denn schon in Campodios?«

»Wie lange? Oh, nun, jedenfalls bin ich rechtzeitig angekommen, um Ana wieder auf die Beine helfen, nicht wahr?« Vitus nahm seinen Instrumentenkasten auf und erhaschte dabei einen dankbaren Blick Ninas.

Orantes gab sich mit der Antwort zufrieden. Die Krankheit seines Weibes bestimmte ohnehin alle seine Gedanken. »Dann lass uns hineingehen«, sagte er und verscheuchte seine neugierig herumstehende Kinderschar. »Fort mit euch, ihr junges Gemüse! Geht an eure Arbeit!«

Im Schlafraum der Eltern herrschte wenig Licht, so dass Nina erst ein paar Kerzen anzünden musste. Während sie das tat, versuchte Ana, sich aufzurichten. »Bist du es, Mann?«, fragte sie mit belegter Stimme.

»Ja«, rief Orantes, darum bemüht, munter zu klingen, »aber ich komme nicht allein. Vitus ist bei mir, du weißt doch, der Cirurgicus, der damals Gago operiert hat!«

»Der Cirurgicus?« Ana wollte sich jetzt vollends aufsetzen, aber Vitus drückte sie mit sanfter Gewalt zurück. »Bleib nur liegen. Du musst mir ein paar Fragen beantworten, damit ich dir helfen kann.«

»Vitus ist zurück ...« Ana konnte es noch immer nicht fassen. »Seit wann bist du denn wieder da?«

»Das ist jetzt nicht so wichtig. Sage mir lieber, wie lange du schon die Schmerzen hast.« Er setzte sich auf den schmalen Rand der Bettstatt.

»Vier Wochen sind es wohl.«

»Gut, vier Wochen.« Im Folgenden befragte er sie aufs Genaueste, wollte wissen, ob der Schmerz anhaltend sei, von welcher Art er sei, ob dumpf oder stechend, ob er sich ausbreite oder nicht, erkundigte sich nach Übelkeit und Schwindel und Krämpfen und Fieber und danach, ob Wärme den Schmerz lindere, fragte nach der Nahrung, die Ana gewöhnlich zu sich nahm, nach dem Appetit, den Trinkgewohnheiten und vielem mehr. Er bat sie, den Mund zu öffnen, damit er die Beschaffenheit der Zunge und der Zähne untersuchen konnte, und hieß sie, ihn anzuhauchen, weil er erfahren wollte, ob ihrem Gedärm übler Geruch entströmte. Damit nicht genug, begehrte er zu wissen, ob der Gang zum Abtritt normal sei und auch die monatliche Blutung, ob die Bauchdecke öfter gespannt sei und sich Verfärbungen der Haut bemerkbar gemacht hätten.

Zuletzt griff er sich Anas Handgelenk und überprüfte den Puls, der ihm nicht sonderlich stark und nur unerheblich schneller zu sein schien. Gern hätte er den Leib seiner Patientin persönlich in Augenschein genommen und die Schmerzstellen abgetastet, aber das war im starren, am Althergebrachten festhaltenden Spanien unmöglich. Anstand und Sitte und vor allem die heilige Mutter Kirche verboten eine solche Vorgehensweise aufs Schärfste. Ein Arzt, der sich darüber hinwegsetzte, konnte ohne Weiteres im Kerker der Inquisition landen.

Vitus gab das Handgelenk frei und richtete sich auf.

»Was hat sie?«, fragte Orantes mit gepresster Stimme.

»Ja, was hat sie?«, fragte auch Nina.

»Gottlob nichts Lebensbedrohendes. Wenn mich nicht alles täuscht, handelt es sich um einen Magenkatarrh. Ana sagte, sie spüre keinen Hunger, ihr sei übel bis zum Erbrechen, und der Magen fühle sich an wie zusammengeschnürt – typische Merkmale für diese Krankheit. Der Belag auf ihrer Zunge und der ungesunde Atem sind weitere Anzeichen dafür. Insgesamt muss festgestellt werden, dass der Magen zu kalt ist, was durch zu viel Schleim, welcher kalt und feucht ist, bewirkt wurde. Der Vier-Säfte-Lehre zufolge braucht sie Lein, denn Lein ist warm und sanft. Man weicht geschroteten Leinsamen in Wasser ein, kocht ihn kurz auf und seiht ihn dann durch ein Tuch. Der so gewonnene warme Schleim wird den kalten Schleim vertreiben. Er soll fünfmal am Tag getrunken werden.«

Ana rührte sich. »Danke, Vitus. Danke. Wenn nur die Schmerzen nicht wären.«

»Gegen die Schmerzen gebe ich dir etwas Laudanum, das zudem entkrampfend wirkt.« Er holte ein Fläschchen des Wundermittels aus seinem Instrumentenkasten, tropfte eine gewisse Menge auf einen Zinnlöffel und flößte ihr die Arznei ein. Dann wandte er sich an Nina. »Habt ihr Leinsamen im Haus?«

»Nein, Vitus, ich glaube, nicht.«

»Dann lasse ich dir ein Säckchen hier. Weiche nur die Samen bald ein, damit spätestens morgen mit der Behandlung begonnen werden kann.«

»Ja, ist gut.« Nina nahm den Beutel und verschwand.

»Kopf hoch, Ana«, sagte Vitus, sich wieder zu der Kranken hinunterbeugend, »bald wirst du wieder gesund sein. Achte nur darauf, dass du bekömmliche Kost zu dir nimmst: Oliven und eingelegtes Gemüse sind erlaubt, auch Obst, etwa Äpfel vom vergangenen Jahr. Iss nicht zu scharf und lieber häufiger eine kleine Portion als einmal eine große. Und lass den Wein weg, Wasser ist jetzt besser für dich.«

»Ja, das werde ich.«

Orantes rief: »Keine Sorge, den Wein meines Weibes will ich gerne mittrinken!« Jetzt, nachdem klar war, dass Ana wieder auf die Beine kommen würde, meldete sich die gute Laune bei ihm zurück. »Ich danke dir, Vitus! Dich hat der Himmel geschickt.«

»Nicht der Rede wert. Ich werde in den nächsten Tagen noch einmal nach Ana sehen. Bis dahin muss Nina sie pflegen.«

»So soll es sein! Was meinst du, wie lange mein Weib das Bett hüten muss?«

»Es kommt darauf an. Ich denke, drei Tage werden genügen. Wenn die Beschwerden nachlassen, wird sie ohnehin nicht mehr liegen wollen.«

Nina erschien wieder, ein Tablett in der Hand, auf dem zwei Becher mit Rotem standen, dazu ein Teller mit Fladenbrot und Ziegenkäse. »Ich habe euch etwas zu essen gebracht«, sagte sie, ganz sorgende Hausfrau.

»Essen, ja!«, rief Orantes. »Wie konnte ich nur so ungastlich sein! Komm, mein Freund, wir gehen in die große Stube und lassen es uns dort schmecken.«

»Warte.« Vitus wollte noch einmal nach Ana sehen, doch erwies sich das als nicht mehr notwendig. Orantes' Frau war sanft entschlummert. Das Laudanum hatte seine Schuldigkeit getan.

Orantes nahm Nina das Tablett ab und schritt voraus, grenzenlos erleichtert und pausenlos redend. »Wie geht es denn dem

Magister? Du bist doch sicher mit ihm zusammen hier? Was habt ihr erlebt? Das Letzte, was ich hörte, war, dass ihr von England nach Neu-Spanien aufgebrochen wärt? Stimmt das? Sind die eingeborenen Mädchen dort tatsächlich so feurig? Hahaha, du brauchst mir nicht zu antworten. Du bist größer geworden, bei Gott, mindestens einen Zoll! Und breiter in den Schultern! Wie lange ist es her, dass wir einander zuletzt gesehen haben? Fast vier Jahre? Zapperlot, wie die Zeit vergeht? Hast du was von meinen Prachtzwillingen gehört? Sie treiben sich immer noch mit dieser Gauklertruppe in der Gegend herum, aber ich will nicht ungerecht sein, einmal im Jahr erscheinen sie auf der Bildfläche und haben die Taschen voller Gold. Was ich noch fragen wollte: Die Mönche erzählen, du würdest in England ein Schloss bewohnen? Das ist doch sicher ein frommes Märchen, oder …?«

Inzwischen waren sie am Tisch angekommen, setzten sich und prosteten einander zu.

»Ich weiß gar nicht, wo ich anfangen soll«, sagte Vitus.

Mitten in der Nacht erwachte Ana. Wie sie erleichtert feststellte, waren die Schmerzen in ihrem Leib abgeklungen. Zum ersten Mal seit Tagen, dank des Medikamentes, das der Cirurgicus ihr gegeben hatte. Es wirkte lindernd und beruhigend und entspannend. Sie blickte zur Seite. Neben ihr schlief wie immer Orantes, dessen mächtiger Körper unter der Decke wie ein Fels wirkte. Bald würde sie wieder gesund sein. Bald …

Da hörte sie das Geräusch.

Es waren Töne, die an das Schluchzen eines Kindes erinnerten. Weinte da etwa eine ihrer Kleinen? Sie lauschte weiter. Ja, da schien jemand heiße Tränen zu vergießen, nebenan, wo die Kinder schliefen. Wer es wohl war? Ana fühlte sich zwar schwach, aber das war jetzt nicht wichtig. Sie musste den Dingen auf den Grund gehen. Langsam erhob sie sich, schlang ein Wolltuch um die Schultern und lief nach drüben. »Wer weint denn hier?«, fragte sie leise.

Statt einer Antwort verstärkte sich das Schluchzen.

Ana ging zu der Bettstatt, von der die Geräusche kamen, und stellte zu ihrer Überraschung fest, dass es ihre älteste Tochter war. »Nina?«, fragte sie ungläubig.

Das Schluchzen hörte für einen Augenblick auf. Nina warf sich herum, so dass sie der Mutter den Rücken zuwandte, und weinte weiter. Ana setzte sich auf den Rand des Bettes und legte ihrer Tochter die Hand auf die Schulter. »Sag mir, was du hast, Kind, damit ich dir helfen kann.«

»Mir kann keiner helfen.« Ninas Stimme klang störrisch und verheult.

Ana wollte etwas erwidern, wurde aber von Pedro und Gago daran gehindert, die wach geworden waren und wissen wollten, wer da so ein Geflenne mache. Auch die Mädchen standen nun auf und kamen herüber. »Was ist los, warum weint Nina?«, fragten sie verstört.

»Das ist nicht so wichtig«, gab Ana zurück. »Ihr geht jetzt alle raus, setzt euch an den großen Tisch neben der Feuerstelle und wartet. Wer will, darf etwas von dem übrig gebliebenen Fladenbrot essen.«

Die Kinder gehorchten, und Ana konnte sich wieder Nina widmen. Sie kannte ihre Tochter und wusste, wie schwer es manchmal war, etwas aus ihr herauszulocken. Deshalb sagte sie zunächst nichts und fuhr nur fort, ihr über die Schultern zu streicheln. Die erhoffte Wirkung blieb nicht aus, nach einer Weile wurde Nina ruhig. Sie entspannte sich und gab ihre Abwehrhaltung auf.

Kurz entschlossen legte Ana sich neben sie. »Du kannst mir ruhig das Gesicht zuwenden, dann redet es sich leichter.«

Nina schniefte und drehte sich um.

»Siehst du, so ist es besser. Ich kann mich gut daran erinnern, dass wir schon einmal so gelegen haben, das ist bald sechs Jahre her. Du warst damals ähnlich verzweifelt, dachtest, du müsstest sterben, weil du so starke Kopfschmerzen hattest. Dabei war es, wie der Bader festgestellt hatte, nur eine Gehirnerschütterung. Der morsche Balken in der Scheune war auf dich herabgefallen, und du hattest eine Beule wie eine Birne. Wir sprachen darüber, wie es geschehen konnte, und mit dem Sprechen wurde vieles leichter. Weißt du noch?«

»Hm.«

»Hier, nimm den Zipfel von meinem Wolltuch und trockne dir die Tränen ab. Ja, so. Ich muss sagen, du hast mir einen gehörigen Schrecken eingejagt.«

»Wie geht es dir, Mutter? Besser?«

»Ja, aber das ist jetzt nicht so wichtig. Sag mir, warum du geweint hast.«

Nina schwieg. Doch dann flüsterte sie: »Es hat keinen Zweck, wenn ich es dir sage. Es würde nichts ändern.«

»Vielleicht versuchst du es trotzdem?«

»Nein. Es ist alles so furchtbar.«

Ana spürte, wie ihrer Tochter abermals die Tränen kamen, und strich ihr sacht übers Haar. »Nicht weinen, Kind, du änderst damit nichts. Nicht weinen.«

Nina beruhigte sich langsam und kuschelte sich Schutz suchend an die Mutter. In diesem Augenblick war sie wieder ein kleines Mädchen.

»Und du willst mir wirklich nicht sagen, was dich bedrückt?«

Sie schüttelte heftig den Kopf.

»Dann will ich es dir sagen: Ich glaube, du bist verliebt. Alle Anzeichen der letzten Zeit sprechen dafür. Ich habe auch schon mit deinem Vater darüber geredet. Wir sind aber wieder davon abgekommen, weil wir uns nicht denken konnten, in wen. Wer ist es denn?«

»Das kann ich nicht sagen.«

Ana begann wieder ihre Tochter zu streicheln. »Also stimmt meine Vermutung. Du bist verliebt. Und wenn ich dich so angucke, ziemlich unglücklich. Deshalb sage ich dir, wer immer es auch ist: Schlage ihn dir aus dem Kopf. Wahrscheinlich ist er es sowieso nicht wert.«

»Doch, das ist er! Er ist der edelste, klügste Mensch, den ich jemals kennen gelernt habe.«

»Wer könnte das sein? Deine Beschreibung trifft auf niemanden in der Nachbarschaft zu.«

»Er ist auch nicht aus der Nachbarschaft.«

Ana unterbrach ihr Streicheln. »Nicht aus der Nachbarschaft? Mein Gott, Kind, nun sage doch endlich, wer es ist!«

»Es ist … es ist Vitus.«

»Vitus?« Ana brauchte einen Augenblick, um zu begreifen, wen ihre Tochter meinte. Dann lachte sie leise auf. »Vitus, der Cirurgicus? Du machst Witze, Kind. Vitus ist doch erst seit ein oder zwei Tagen zurück. Anderenfalls wäre er dir doch in Campodios begegnet. Wie willst du dich in der kurzen Zeit in ihn verliebt haben?«

»Es ist Vitus, und er ist schon seit drei Wochen im Kloster. Ich liebe ihn, aber er liebt mich nicht.« Nachdem Nina den Namen preisgegeben hatte, schienen bei ihr alle Dämme zu brechen. Sie erzählte ausführlich, was sich zugetragen hatte, und Ana hörte stillschweigend zu.

Als Nina schließlich geendet hatte, drückte sie ihre Tochter an sich und seufzte schwer. »Mein armes Kind, du tust mir so Leid. Vitus ist zwar ein prächtiger junger Mann, wie geschaffen für dich, aber er lebt in England und, wie man hört, sogar in einem richtigen Schloss. Gewiss wird er bald dahin zurückkehren. Vergiss ihn, wenn du kannst.«

»Aber ich liebe ihn doch, Mutter, ich liebe ihn so sehr!« Wieder begann Nina hemmungslos zu weinen.

Und diesmal gelang es Ana nicht, sie zu trösten.

»Der ideale Arzt stellt seine Medikamente selber her«, sagte Vitus. »Das gilt auch für die Salben, besonders die Augensalben. Ich habe dir heute ein *unguentum* mitgebracht, das allerdings kaum danach aussieht. Hier.«

Er hielt einen Gegenstand hoch, der einer wachsartigen Stange glich. Eine Inschrift war hineingepresst, die lautete:

VITUS SEPLASIUM AD CLARITATEM OCULI

Nina murmelte: »Vitus' Salbe für die Klarheit des Auges.«

»Richtig«, sagte er.

»Aber wie trägt man diese Salbe auf? Das Zeug ist doch gar nicht flüssig?«

»Stimmt. Es ist hart, damit man es besser mit sich führen kann. Ein flüssiges Augenmittel verlangt nach einem verschließbaren Behältnis, und Verschlüsse können aufgehen. Das kann dir bei einem solchen Kollyrium nicht passieren. Nun zu der Frage, wie man es anwendet: Man bricht einfach ein Stück ab und löst es in Eiweiß auf. Wenn du genau hinsiehst, entdeckst du hier am Rand noch zwei weitere Wörter: EX OVO.«

»So etwas habe ich noch nie gesehen.«

»Das wundert mich nicht. In alter Zeit war es gang und gäbe, Kollyrien zu verwenden, aber heute gibt es kaum noch Ärzte, die welche mit sich führen. Ich bin eine Ausnahme.« Er nahm eine zweite Wachsstange und hielt sie ihr hin, in der Hoffnung, sie würde mit dem Kopf näher kommen. Doch sie bewegte sich nicht und fragte stattdessen:

»Wann fährst du zurück nach England?«

»Zurück nach England? Wie kommst du denn jetzt darauf?« In der Tat hatte er schon ein paarmal mit dem Gedanken gespielt, die lange Reise zur Britannischen Insel anzutreten, ihn aber immer wieder hintangestellt. Wenn er ehrlich war, musste er einräumen, dass der Grund dafür neben ihm saß und Nina hieß.

Es war jetzt über eine Woche her, dass er Anas Magenkatarrh konstatiert hatte, und gottlob ging es ihr schon viel besser. Aber er hatte den Eindruck, dass seitdem mit ihrer Tochter eine Veränderung vorgegangen war. Sie wirkte nicht mehr so natürlich, irgendwie unnahbar und verschlossen. Er hätte nicht zu sagen vermocht, worin genau sich das äußerte, dennoch war er sicher, dass seine Beobachtung stimmte.

»Wann?«

»Bitte? Ach so, du fragtest, wann ich nach England zurückfahren werde. Nun, um ehrlich zu sein, ich habe es nicht so eilig. Die Lektionen mit dir machen mir viel zu viel Freude.« Mit seinem letzten Satz hoffte er, sie ein wenig aus der Reserve zu locken, doch sie reagierte nicht.

»Sicher fährst du bald ab. Ich vermute, in England wartet eine Frau auf dich.«

»Eine Frau? Wie kommst du denn darauf?«

»Wieso nicht? Das wäre doch ganz normal.«

»Ja, ganz normal. Vielleicht hast du Recht.« Vitus biss sich auf die Lippen. Warum fragte sie ihn so etwas? Wollte sie ihm damit zeigen, wie egal es ihr war, ob er eine Frau hatte oder nicht? Er beschloss, nicht darauf einzugehen. »Es gibt Augensalbe gegen die verschiedensten Krankheiten«, sprach er weiter, »unter anderem gegen Krätze, gegen Triefen, gegen Rauheit und gegen Entzündungen. Bei letztgenannten Beschwerden kommt häufig ein Bleipflaster in den Trägerstoff Wachs, dazu Alaun und Arnika.«

»Aha«, sagte Nina.

Die weitere Lektion zog sich dahin. Vitus gab sich alle Mühe, seine Schülerin für die Salben und ihre Anwendung zu interessieren, aber es war vergebens. Nina war und blieb einsilbig. Schließlich war die Zeit vorbei, und Vitus räumte seine Sachen zusammen. Als sie sich verabschiedeten, fasste er sich ein Herz und fragte sie, ob er sie noch ein Stück Weges begleiten dürfe, und zu seiner großen Freude stimmte sie nach kurzem Zögern zu.

Wenig später gingen sie wieder durch das Nordtor hinaus, hangabwärts in Richtung Punta de la Cruz, und Vitus überlegte hin und her, wie er es am gescheitesten anstellen könne, sie nach dem Grund für ihre offenkundige Veränderung zu fragen. Doch letztlich brachte er nur eines hervor: »Es sieht nach einem Gewitter aus. Du musst dich eilen, damit du rechtzeitig nach Hause kommst.«

»Ja«, entgegnete sie. »Mutter geht es besser, aber es gibt immer noch manches, was ich ihr abnehmen muss.«

Schweigend gingen sie weiter, bis plötzlich dicke Regentropfen vom Himmel fielen und auf den Boden klatschten. Gleichzeitig setzten starke Windböen ein. Nina flogen die Röcke hoch und sie versuchte, den Stoff mit den Händen zu bändigen. Vitus blickte besorgt zum Himmel und sah, dass sich über ihnen eine dicke schwarze Wand wölbte. In der Ferne zuckte ein Blitz, gefolgt von einem grollenden Donner. »Komm!«, rief er, »wir stellen uns unter die Eiche dort. Komm rasch, du wirst sonst ganz nass!«

Gemeinsam hasteten sie unter die Krone des Baumes, deren erstes Grün leidlichen Schutz versprach. Aus den dicken Tropfen war mittlerweile ein steter, prasselnder Regenstrom geworden. Kühle umfing sie. Vitus versuchte einen Scherz: »So ein Blätterdach ersetzt den besten Schirm!«, doch Nina war nicht zum Lachen zumute.

Er fragte: »Ist dir kalt?«

Sie schüttelte den Kopf.

Eine Weile standen sie so da und beobachteten das Gewitter. Es schüttete weiter wie aus Eimern, und Blitz und Donner rückten rasch näher.

»Du kannst gerne mein Wams haben, wenn dir kalt ist, Nina.«

»Mir ist nicht kalt.« Ihre Worte waren Unsinn, denn sie fröstelte ganz offensichtlich.

Vitus begann sich über sie zu ärgern. Wie stur sie war! Dabei hatte er ihr doch gar nichts getan. Ohne länger zu überlegen, zog er sein Wams aus und legte es ihr um die Schulter. »Sage jetzt ja nicht, du brauchtest es nicht. Du nimmst es und behältst es an.«

»Ja, Vitus.« Sie schien jetzt folgsam wie ein kleines Mädchen.

»Ist es so besser?«

»Ja, Vitus.«

»Schön.« Er holte Luft und wollte etwas sagen, wie: »Nun brauchen wir nur noch abzuwarten, bis alles vorbei ist«, doch dazu kam es nicht, denn ein ohrenbetäubender Donner direkt über ihren Köpfen ließ sie zusammenfahren. Nina schrie auf und drängte sich an ihn. Es blieb ihm nichts anderes übrig, als sie zu umfangen. Er tat es in der Hoffnung, sie möge es geschehen lassen, denn natürlich verlangte der Anstand es, sie sofort wieder freizugeben. Aber jetzt donnerte es erneut, und Nina presste sich noch enger an ihn. Feiner, betörender Duft nach Rosenöl entströmte ihrem Haar. Sie blickte zu ihm hoch, erst verstört, dann mehr und mehr lächelnd. In ihren Pupillen blitzten die bernsteinfarbenen Sprenkel auf, und sie sagte: »Es wurde auch höchste Zeit, dass so ein Gewitter kommt, findest du nicht?«

»Wieso?«, krächzte er.

»Weil du mich sonst wohl nie in die Arme genommen hättest.«

»Ach so.« Er lachte verlegen. »Wahrscheinlich bin ich die ganze Zeit ziemlich blind herumgelaufen.«

»Das bist du.« Sie schloss die Augen.

Da beugte er sich herab und küsste sie auf den Mund.

Es war ein Kuss, wie er ihn nie zuvor gegeben und nie zuvor erlebt hatte. Er war sacht und zärtlich und doch voller Glut, ein Kuss, der sein Innerstes auflodern ließ, der ihn gleichermaßen überraschte und verwirrte. »Nina, o Nina«, hörte er sich stammeln, während er sie wieder und wieder küsste. Und mit jeder Berührung ihrer beider Lippen kam er einem nie gekannten Glück näher. Trauer, Schmerzen, Ängste, Nöte, Gefahren, jegliche Art von Ungemach schien in diesem Augenblick lächerlich klein, unbedeutend, fern wie ein Segel am äußersten Horizont. »Nina, o Nina!« Der Gipfel des Glücks, er hatte ihn erreicht, und er würde ihn nie wieder aufgeben.

Ihr schien es ganz ähnlich zu ergehen, denn sie hielt ihn ebenfalls umschlungen und drückte ihn an sich mit der ganzen Kraft ihrer Jugend, seine Küsse atemlos erwidernd und gleichzeitig immer neue fordernd.

Endlich gaben sie einander frei, fast staunend über den Ausbruch ihrer Leidenschaft, doch währte der Augenblick nicht lange, denn schon schmiegte sie sich wieder an ihn, strich ihm eine blonde Haarsträhne aus der Stirn und begann abermals, ihn zu küssen. »Du Dummer«, flüsterte sie, »du Dummer, warum hast du nur so lange gebraucht, um zu merken, dass ich dich liebe?«

»Ja, ich bin ein arger Tölpel.« Er zog sie wieder an sich. »Es ist wohl so, dass ich es mir selbst nicht eingestehen wollte. Warum, weiß ich nicht. Ich weiß nur, dass ich ein ziemlicher Hornochse war. Dafür sage ich es jetzt ganz laut: Ich liebe dich auch, Nina, ich kann gar nicht sagen, wie sehr. Und ich werde dich niemals wieder loslassen!«

»Oh …!«

Zu seinem grenzenlosen Schrecken sah er, wie die Bernsteinsprenkel aus ihren Pupillen verschwanden und ihre Augen sich mit Tränen füllten. »Um Gottes willen, was ist passiert? Habe ich etwas Falsches gesagt?«

»Nein, nein.« Nina schluchzte auf, schniefte und versuchte zu lächeln.

Er nestelte ein Tuch hervor und trocknete ihr die Tränen. »Aber was ist denn nur? Eben warst du noch so glücklich, und jetzt weinst du.«

»Oh, du Dummer, du verstehst wirklich nichts von Frauen. Ich weine doch nur aus Freude. Bitte sage noch einmal, dass du mich liebst.«

»Ich liebe dich, so wahr ich hier stehe, und ich erkläre feierlich, dass es immer so sein wird!«

Sie lächelte. »Wenn du wüsstest, wie lange mein Herz für dich schlägt! Schon damals, als du mit dem Magister zu uns auf den Hof kamst, habe ich dich ständig angehimmelt. Genau genommen sogar noch früher. Erinnerst du dich, wo wir uns zum allerersten Mal gesehen haben? Es war auf einem von Vaters Feldern, als du und der alte Emilio plötzlich auftauchten. Vater stellte uns alle vor, und als die Reihe an mir war, wäre ich am liebsten im Boden versunken, so ein Herzklopfen hatte ich. Aber du hast es selbstverständlich nicht gemerkt. Niemand hat es gemerkt, nicht einmal Mutter. Alle dachten ja, ich wäre noch ein kleines Mädchen von vierzehn Jahren, doch ich fühlte mich schon recht erwachsen. Jedenfalls erwachsen genug, um furchtbar an Liebeskummer zu leiden. Tagelang habe ich mir die Augen ausgeheult, als du später mit den Gauklern fortgingst. Ich dachte, ich würde dich nie wiedersehen. Und dann, eines Tages, warst du doch zurück. Ich wollte dich unbedingt haben, mein Gott, was habe ich nur alles angestellt, um dich für mich zu gewinnen, habe deine Hand beim Unterricht genommen und sie gehalten, meinen Kopf ständig in deine Nähe gebracht, ja, sogar geküsst habe ich dich einmal. Ich kam mir zeitweise vor wie eine Schlampe.«

»Großer Gott, und ich habe von alledem nichts gemerkt. Wenn ich das gewusst hätte!«

»Sag es noch einmal!«

»Was? Ach so: Ja, ich liebe dich. Ich liebe dich wahrhaftig, Nina Orantes!«

»Oh, Gott, was Vater wohl sagt, wenn er erfährt, dass wir beide … Mutter wird sich bestimmt freuen, ich kenne sie. Aber Vater?«

»Er wird einverstanden sein. Schließlich meine ich es ernst.«

»Wie ernst?«

Er lachte. »Du willst es ganz genau wissen, nicht? Nun, so ernst immerhin, dass ich schon morgen deine Eltern um deine Hand bitten werde.«

»Oh, Liebster, Liebster!« Sie überschüttete ihn mit kleinen Küssen. »Dies ist der schönste Tag in meinem Leben! Wenn du mich wirklich willst, werde ich wohl bald in einem Schloss leben müssen? Ein wenig Angst davor habe ich schon. All die vielen Diener. Es wird bestimmt furchtbar aufregend.«

»Halb so schlimm. Engländer sind auch Menschen. Teilweise ein wenig verschroben und eigenwillig, aber sehr liebenswert, du siehst es ja an mir.«

Sie lachte und kuschelte sich an ihn.

»Warte, ich habe eine Idee. Ich gebe dir ein Unterpfand für mein Versprechen.« Er grub in seiner Gürteltasche und holte Jeans goldenen Wappenring hervor. »Das ist der Ring meiner Mutter. Du wirst ihn eines Tages tragen, aber ich gebe ihn dir schon heute.«

»Oh, Vitus, ist das dein Ernst?« Nina griff nach dem kostbaren Stück. »Ist das wirklich dein Ernst?«

»Ja, nie war mir etwas wichtiger.«

Für einen Moment sah es so aus, als würde Nina vor Glück wieder zu weinen beginnen, doch dann fasste sie sich und sagte: »Ich werde den Ring verwahren, bis du Vater fragst, ja, das werde ich.«

»Morgen Abend, wenn er vom Felde gekommen ist und ihr gegessen habt, dann werde ich da sein.«

»Oh, Vitus, Vitus, ich kann es kaum erwarten. Wenn morgen früh doch nur Schule wäre, dann könnten wir uns vorher noch sehen.«

»Wir müssen stark sein und es so lange aushalten.«

»Ja, du hast Recht. Hoffentlich sieht man mir mein Glück nicht an der Nasenspitze an. Es soll doch eine Überraschung sein.« Sie küsste ihn.

Er küsste sie.

Sie blickten sich lange in die Augen, und jeder sah beim anderen den Funken der Leidenschaft darin glimmen.

Dann trennten sie sich, nur um gleich darauf einander nochmals zu umarmen. Sie lachten und gingen abermals auseinander – und kamen wieder zusammen. So ging es noch mehrere Male, bis sie endlich doch voneinander lassen mussten. Das Gewitter war mittlerweile abgezogen, und die ersten Sonnenstrahlen brachen durch die Wolken.

Sie hatten es nicht bemerkt.

»Nimm's mir nicht übel, altes Unkraut, aber dein Gesichtsausdruck gemahnt mich an den eines Kalbs.« Der Magister lag auf seiner Pritsche in der gemeinsamen Zelle und schielte zu Vitus hinüber. »Der neue Tag lockt, die Prim ist gleich um, und du lächelst in einem fort, als verstündest du die Welt nicht mehr.«

»Ich kann es auch noch immer nicht ganz verstehen.«

Der kleine Mann richtete sich auf. »Hör mal, heißt das etwa, dass du ... ich meine, dass du und Nina endlich ...?«

Vitus' Augen leuchteten. »Ja, mein Alter, das heißt es. Wie so oft hast du die Dinge, die mich betreffen, früher erkannt als ich selbst.«

»Beim Blute Christi! Das ist aber mal eine gute Nachricht! Erzähle!«

Und Vitus berichtete, was sich am gestrigen Tage während des Gewitters abgespielt hatte. Der Magister hörte so gespannt zu, dass er gar nicht bemerkte, wie er sein Nasengestell fortlaufend auf- und absetzte. Schließlich rief er aus:

»Orantes wird Bauklötze staunen, wenn er hört, dass seine Älteste demnächst eine Lady wird. Wollen nur hoffen, dass so viel Glück der lieben Ana nicht gleich wieder auf den Magen schlägt. Ach, was rede ich. Natürlich nicht! Die Gute wird mächtig stolz sein, genauso wie der Herr Papa. Was mir bei der Gelegenheit einfällt: Wieso hast du mir und dem Zwerg die frohe Kunde bisher verschwiegen?«

Vitus machte eine vielsagende Geste. »Um ehrlich zu sein: Ich konnte es selbst nicht ganz glauben und musste eine Zeit lang allein sein. Aber jetzt, wo ich eine Nacht darüber geschlafen habe ...«

»Was? Du konntest schlafen angesichts dieses ungeheuren Glücks?«

»Nein, natürlich nicht. Ich habe es nur im übertragenen Sinn gemeint. Also, jetzt, wo eine Nacht vergangen ist, fange ich allmählich an, es wirklich zu glauben.«

»Na, großartig! Wann erzählen wir es den anderen? Abt Gaudeck, Thomas und erst recht der dicke Cullus werden Augen machen. Natürlich werden sie gleich wissen wollen, wo die Hochzeit stattfinden soll, ob hier oder in England. Wenn du mich fragst, lieber hier. Es ist wärmer in Spanien als auf der kühlen Insel, das sage ich dir als Einheimischer, auch denke ich, dass die Feierlichkeiten hier prächtiger ausfallen dürften. Wir müssten nur überlegen, wo ihr wohnt, denn im Kloster geht es wohl schlecht, und in Orantes' Haus ist es viel zu beengt.«

Vitus hob die Hand. »Jetzt gehen die Gäule aber mit dir durch, du Unkraut! Alles zu seiner Zeit und Schritt für Schritt. Natürlich habe ich mir das auch schon durch den Kopf gehen lassen, wenn ich ehrlich bin, sogar die ganze Nacht über, und ich bin zu folgendem Ergebnis gekommen: Ich möchte Nina lieber auf Greenvale Castle heiraten. Den Bediensteten und dem Gesinde würde ich dadurch Gelegenheit geben, an einem großen Fest teilzunehmen, und, noch wichtiger, alle hätten das Gefühl, durch ihre Teilnahme die neue Herrin zu dem zu machen, was sie fortan sein wird – Lady Nina, meine Frau.«

»Und Orantes? Soll der hier bleiben, oder willst du ihn mitsamt seiner Familie nach England verschiffen? Das dürfte eine hübsche Stange Geld kosten.«

Vitus kratzte sich am Kopf und sah für einen Moment trotz seines Glücks verzweifelt aus. »Geld, Geld, Geld! Immer nur geht es darum. Trotzdem hast du natürlich Recht. Aber wie sagst du immer? *Tempus ipsum affert consilium.* Heute Abend gehe ich erst einmal zu Orantes. Dann sehen wir weiter.«

»So sei es. Aber … Augenblick mal, ich höre Schritte, schnelle, schlurfende Schritte. Ob da jemand zu uns will?«

Kaum hatte der Magister die Frage ausgesprochen, da klopfte es auch schon kräftig an die hölzerne Tür. Einen Wimpernschlag später wurde sie aufgestoßen, und Cullus trat über die Schwelle. »Meine Söhne!«, rief er, »Post und Kunde aus Padua!«

»Was denn? Aus Padua?« Die Freunde waren im Nu aus den Betten und bestürmten den Dicken nach weiteren Neuigkeiten.

Der aber winkte ab und schnaufte: »Mehr sage ich nicht, darf ich nicht sagen! Pater Thomas hat mir persönlich das Fegefeuer angedroht, wenn ich es tue. Folgt mir, dann erfahrt ihr alles.«

Wie sich herausstellte, war Pater Thomas nicht allein in seiner kargen Zelle, Abt Gaudeck persönlich weilte bei ihm, der, genau wie Thomas, an dem einfachen Arbeitstisch saß. Der Tisch war leer – bis auf ein Buch.

»Guten Morgen, Ehrwürdiger Vater, guten Morgen, Pater«,

rief Vitus, »Bruder Cullus erzählte uns, es gebe Kunde aus Padua?«

»So ist es«, antwortete Thomas. »Und nicht nur Kunde, sondern auch ein Paket. Darin befand sich dieses Buch.« Er deutete auf den Tisch.

»Ein Buch?«

»Richtig. Der Titel dürfte dir bekannt vorkommen.« Thomas gestattete sich ein Lächeln. »Er lautet *De Causis Pestis*.«

»Was?« Vitus sprang einen Schritt vor. Der Magister, ebenso überrascht, tat es ihm gleich.

»Nimm es nur in die Hand. Professor Girolamo war so freundlich, es mir zu schicken.«

Das ließ Vitus sich nicht zweimal sagen. Er trat an den Tisch und schlug es auf. Infolge der kurzen Entstehungszeit war es nicht möglich gewesen, es mit Illustrationen zu schmücken, aber das kümmerte ihn nicht. Es war auch so ein großartiges Gefühl, zum ersten Mal das Selbstgeschriebene in gedruckten Lettern vor sich zu sehen.

Während er blätterte und las, holte Thomas einen Brief hervor. »Hier, Vitus, das ist das Schreiben, welches ich von Girolamo erhielt.«

Hochwürdiger Pater, hochverehrter Herr Kollege,
ich hoffe sehr, Ihr seid wohlauf und gesund. Möge es Gott dem Allmächtigen gefallen, Euch weiterhin Eure Schaffenskraft zu erhalten. Wie ich Euch ankündigte, erlaube ich mir hiermit, Euch ein Exemplar des Werkes De Causis Pestis *zu übersenden. Drucklegung und Herstellung haben leider doch länger gedauert als ursprünglich geplant, anderenfalls hätte ich Euch gleich drei Exemplare geschickt, zwei davon für Vitus von Campodios und den Herrn Magister.*
So aber nehme ich an, dass beide Herren bei Ankunft

dieser Sendung bereits weiter auf dem Weg nach England sind. Hoffentlich mit dem endgültigen Beweis für die Herkunft des Cirurgicus!
Bitte lasst mich bei Gelegenheit wissen, was Ihr von dem Werk haltet, und gebt mir Eure Anregungen oder Ergänzungen kund. Denn noch vieles bedarf der Erforschung, unter anderem die wichtige Frage der Therapie eines pestbefallenen Körpers.
Mit dem Ausdruck meiner vorzüglichen Hochachtung bin ich Euer

Mercurio Girolamo
Professor an der Universität zu Padua

Padua, 27. Februar, anno Domini 1580

Vitus reichte den Brief weiter an den Magister, der das Buch zwischenzeitlich in Augenschein genommen hatte. »Nun, Ehrwürdiger Vater«, sagte er, »dass der Professor den Magister und mich schon auf dem Weg nach England wähnt, gibt mir ein gutes Stichwort. Ich denke, wir haben Eure Gastfreundschaft lange genug in Anspruch genommen. Greenvale Castle ruft, denn ein Schloss bedarf auf die Dauer genauso seines Herrn wie ein Kloster seines Abtes. In diesem Zusammenhang möchte ich Euch sagen …«

»Aber, aber, mein lieber Vitus«, wehrte Gaudeck ab, »das klingt ja fast so, als glaubtest du, du würdest mir und den Brüdern zur Last fallen! Das Gegenteil ist der Fall. Andererseits muss ich einräumen, dass ich deinen Wunsch gut verstehen kann. Dich zieht es zurück zu deinen Wurzeln. Folge mir, mein Sohn, du wirst später noch Gelegenheit haben, in dem von dir verfassten Werk zu blättern.«

Abt Gaudeck verließ den Raum und bedeutete auch dem Magister, er möge ihn begleiten.

Wenig später, im eigenen, etwas geräumigeren Studierzimmer angekommen, wies er in eine Ecke, wo eine alte, matt schimmernde Truhe stand. »Die werde ich dir mitgeben«, verkündete er.

Vitus wusste im ersten Moment nicht, was er sagen sollte, und auch der Magister machte ein fragendes Gesicht. Gaudeck schmunzelte, denn so oder so ähnlich hatte er sich die Reaktion vorgestellt. Er öffnete die Truhe und zog eine Vielzahl atlantener Blätter heraus – Seekarten, Landkarten und städtische Panoramaansichten. Schließlich war sie leer, und er sagte nicht ohne Stolz: »Es geht viel mehr hinein, als man denkt. Ich möchte sie dir mitgeben, denn sicher wirst du einiges zu transportieren haben.«

Vitus schluckte. Das war ein seltsames Geschenk! Und selbstverständlich eines, das er schlecht ablehnen konnte.

Gaudeck fuhr fort: »Ich gebe sie dir gern. Sie ist ein ganz besonderes Stück und hat eine bewegte Geschichte hinter sich gebracht, bevor sie mich auf meine regelmäßigen Reisen zu unserem Mutterkloster nach Cîteaux begleitete.«

»Das ist ja interessant«, sagte Vitus, der noch nicht wusste, ob er sich freuen sollte.

»Sieh nur, mein Sohn, diese Worte, die kunstvoll in den Boden geschnitzt wurden:«

ISENHAGEN / MONASTERIUM / ANNO 1219

Vitus entzifferte die Inschrift, konnte aber wenig damit anfangen.

Der Abt half ihm. »Die Truhe wurde vor über dreihundertsechzig Jahren im Zisterzienserkloster Isenhagen von geschickten Händen gefertigt. Das Kloster liegt im Norden Deutschlands, genauer gesagt im Herzogtum Braunschweig-Lüneburg.«

Der Magister fuhr mit der Hand über das dutzendfach gewachste Holz. »Eine schöne Arbeit.«

»Es ist eine so genannte Stollentruhe, mein Sohn. Der Typus ist einzigartig, weil er nur aus Spunden und Zapfen zusammengefügt ist. Die Nonnen von Stand bewahrten seinerzeit in solchen Kisten ihre Aussteuer auf, jene Dinge also, die sie als Braut des Herrn in die Abgeschiedenheit der Abtei mitnahmen.«

Vitus bestätigte, was der Magister bereits gesagt hatte: »Ein schönes Stück, Ehrwürdiger Vater, zweifellos. Ich danke Euch sehr dafür. Und wo Ihr schon das Wort ›Aussteuer‹ erwähnt habt, möchte ich Euch Folgendes eröffnen …«

Doch er kam nicht mehr dazu, das auszusprechen, was er damit meinte, denn in diesem Augenblick stand wieder einmal Cullus in der Tür, atemlos vom schnellen Rennen: »Abt Gaudeck, Ehrwürdiger Vater! Ich habe einen Besucher bei mir, der sich nicht abweisen ließ. Er sagt, er sei in höchst wichtiger Mission unterwegs.«

»Das bin ich in der Tat.« Ein schwarzhaariger Mann mit staubbedecktem Reitmantel erschien neben Cullus und deutete eine Verbeugung an. »Verzeiht die unziemliche Störung«, sagte er in holprigem Spanisch. »Seid Ihr der Abt dieses Klosters?«

»Der bin ich.« In Gaudecks Stimme schwang leichte Verärgerung mit. »Und wer seid Ihr, dass Ihr den Frieden dieser Mauern stört und Euch über meine Anweisungen hinwegsetzt? Niemand dringt ohne Anmeldung zu mir vor.«

Abermals senkte der Schwarzhaarige sein Haupt. »Dies ist ein besonderer Anlass, Herr Abt, ich bitte nochmals um Entschuldigung. Ich suche dringlich einen Arzt, der sich Vitus von Campodios nennt.«

»Was? Mich? Warum?«

»So seid Ihr der von mir Gesuchte?« Der Fremde verglich im Stillen die Beschreibung, die man ihm gegeben hatte, mit der blonden Erscheinung vor ihm. Alle Merkmale schienen übereinzustimmen.

»Selbstverständlich. Ich bin Vitus von Campodios. Wenn Ihr nun die Güte haben wollt, Euch näher zu erklären?«

»Gern, Sir. Mein Name ist Morton of Edgehill, ich bin Kurier und reise im Namen Ihrer Majestät Elisabeth I., der Jungfräulichen Königin von England. Ich habe Euch dieses Schreiben zu übergeben. Bitte lest es, und folgt mir auf dem Fuße.«

Vitus nahm den in einem schweren Umschlag steckenden Brief entgegen. »Wer sagt mir, dass Ihr die Wahrheit sprecht?«

»Wenn Ihr derjenige seid, für den Ihr Euch ausgebt, werdet Ihr das Wappen Eurer Königin kennen. Erbrecht das Siegel und lest.«

Klopfenden Herzens tat Vitus, wie ihm geheißen. Was mochte die Königin von ihm wollen? Woher wusste sie überhaupt, dass er sich auf Campodios aufhielt? Seltsam, das Ganze! Rasch überflog er die wenigen Zeilen. Dann blickte er auf. Es war so, wie er vermutet hatte. Elisabeth I. wünschte ihn umgehend zu sehen, denn ein gewisser Advocatus Hornstaple habe Ansprüche auf das Schloss Greenvale Castle und sämtliche Ländereien erhoben. Er würde demnächst angehört werden. Wortlos reichte er den Brief an den Magister weiter.

Der las ihn und spuckte sogleich Gift und Galle: »Bei allen zwölf Aposteln! Lässt diese Zecke Hornstaple denn niemals locker? Ich habe dem Blutsauger doch schon einmal Nachhilfestunden gegeben und ihm gesagt, dass für den Eigentümer gehalten wird, wer besitzt, und zwar, bis das Gegenteil bewiesen wird! *Dominus habetur qui possidet, donec probetur contrarium!*«

Der kleine Gelehrte blinzelte heftig. Dann fuhr er fort: »Und besitzen, das tust zweifellos du, denn du wohntest ja bis zu unserer Abreise auf dem Schloss. Wahrscheinlich will der Blutegel nur deine Abwesenheit nutzen, um sich alles einzuverleiben. Aber das soll ihm nicht gelingen! Ich wette, er hat keinen einzigen Beweis. Und dieser Leinenwebergeselle namens Warwick Throat aus Worthing mag ja dein leiblicher Vater sein, aber der Sachverhalt würde an deinem Besitzanspruch nichts ändern. Was mag dieser Vampir Hornstaple bloß im Schilde führen?«

»Ich habe keine Ahnung«, murmelte Vitus tonlos.

Edgehill meldete sich zu Wort: »Ich weiß nichts von diesen ganzen Hintergründen, Sir, ich weiß nur, dass Ihr Euch noch in dieser Stunde mit mir auf den Rückweg machen müsst. Befehl der Königin.«

Bevor Vitus antworten konnte, setzte der Magister seine Rede fort: »Hornstaple ist Geschmeiß, ich habe es schon immer gesagt! Als Mann der Gerechtigkeit schäme ich mich für ihn. Mit ihm hat man wirklich den Bock zum Gärtner gemacht! *Ovem committere lupo!* Natürlich werde ich dich nach England begleiten, altes Unkraut, nur für den Fall, dass du juristischen Rat brauchst.«

»Nein, das werdet Ihr nicht, Sir.« Edgehills Stimme klang sehr entschieden. »Ich werde meinen Auftrag so erfüllen, wie er mir erteilt wurde, und er lautet unmissverständlich: den Cirurgicus Vitus von Campodios zur Königin bringen. Umgehend. Und niemanden sonst.«

Der kleine Gelehrte protestierte. »Aber warum denn so verbissen, mein Freund? Auf einen Mann mehr oder weniger wird es doch wohl nicht ankommen?«

»Doch, das tut es. Denn je mehr Männer zusammen reiten, desto geringer die Tagesstrecke.«

Nun versuchte es Abt Gaudeck. »Mein lieber Morton of Edgehill«, hob er an, »es ist bald Mittag, im Refektorium wartet eine gute Speise auf Euch, denn gottlob ist die Fastenzeit vorbei. Es gibt Schweinernes in einer deftigen Pilzsoße, dazu Wildpastete mit scharfem Pfeffer, selbst gefertigte Blutwürste aus der ersten Schlachtung und vieles mehr. Ihr seid herzlich eingeladen mitzuhalten.«

Vitus fiel ein: »Ja, esst mit uns, Morton of Edgehill, stärkt Euch und haltet anschließend einen ausgiebigen Verdauungsschlaf. Ihr habt ihn Euch gewiss verdient. Und außerdem: Morgen ist auch ein schöner Reisetag.« Während er das sagte, musste er ständig an Nina denken. Es konnte doch nicht sein, dass er sie jetzt, wo sie endlich sein war, gleich wieder verlassen musste! Was würde sie denken, wenn sie erfuhr, dass er einfach abgereist war?

Doch Edgehill blieb eisern. »Tut mir wirklich Leid, Sir, aber es geht nicht. Im Hof des Klosters warten vier Pferde auf uns. Wir werden sie im täglichen Wechsel reiten, damit zwei von ihnen immer frisch sind. Ich beabsichtige, in spätestens sechs Wochen London zu erreichen. Mit Euch.«

»Ja, gut.« Vitus straffte sich. »Doch so eilig, dass ich nicht wenigstens noch eine Botschaft niederschreiben kann, werdet Ihr es wohl nicht haben.« Er wandte sich an Gaudeck: »Wenn Ihr nichts dagegen habt, Ehrwürdiger Vater, benutze ich Euer Schreibpult.«

Natürlich war der Abt einverstanden, und Vitus schrieb eine Nachricht für Nina, in der er die Umstände in aller Kürze schilderte. Am Ende versicherte er ihr, dass er sie unverbrüchlich liebe …

Nachdem er das Blatt zusammengefaltet hatte, reichte er es dem Magister. »Du weist schon, wem du es geben musst«, sagte er leise.

»Natürlich. Wirst mir fehlen, altes Unkraut.«

Edgehill war während der ganzen Zeit im Raum auf und ab gelaufen. »Wir müssen jetzt wirklich los, Sir!«, rief er vorwurfsvoll.

»Gemach, kann ich nicht wenigstens noch …«

»Wollt Ihr Euch dem Befehl Eurer Königin widersetzen?«

Vitus resignierte. »Nein. Gehen wir.«

In den folgenden Tagen erwies Edgehill sich als ziemlich einsilbiger Begleiter, dessen einziges Sinnen und Streben es war, möglichst rasch ans Ziel zu kommen. So ritten er und Vitus wortlos nebeneinander her, vom ersten Hahnenschrei am Morgen bis zum Einbruch der Dämmerung, und nur wenn die Pferde Anzeichen ernsthafter Erschöpfung zeigten, gestattete der Kurier eine Rast außer der Reihe.

»Ich bin keiner, der einen Gaul zuschanden reitet, Sir« , sagte er dann und fügte, wie um sich selbst zu beruhigen, jedes Mal hinzu: »Ich denke, wir liegen trotzdem noch recht gut in der Zeit.«

Vitus widersprach nicht. Ihm war längst klar geworden, dass die Eile, mit der Edgehill im Studierzimmer des Abtes zum Aufbruch gedrängt hatte, keineswegs Wichtigtuerei gewesen war, sondern lediglich Ausdruck eines übertriebenen Pflichtbewusstseins. Der Mann konnte nichts dafür. Er war ein glühender Verehrer seiner Königin, der »Jungfräulichen Gloriana«, wie er Elisabeth I. zu nennen pflegte. Diese hatte die Gnade gehabt, ihm einen Befehl zu erteilen, und er würde sich lieber in Stücke hacken lassen, als seinen Auftrag nicht untadelig auszuführen.

Doch machte sein Gebaren die Reise nicht unterhaltsamer. Vitus hätte gern von vergangenen Zeiten gesprochen, denn auf ihrem Ritt nach Santander folgten sie den uralten Wegen, auf denen er einst auch mit dem Magister und den Gauklern gezogen war. Allein, es kam niemals ein rechtes Gespräch zustande. Wenn Edgehill überhaupt etwas sagte, kannte er nur ein Thema, und das war seine Königin. Vitus, der Elisabeth ebenfalls verehrte, wenn auch auf ganz andere Weise, gab es schließlich auf.

Schweigend ritten sie an Belorado vorbei, an Rondeña, Briviesca und den vielen anderen kleinen Ortschaften, folgten dem Rudrón und dann dem Lauf des Ebro. Bei Villarcayo ereilte sie ein Missgeschick: Der unwahrscheinliche Fall, dass drei von vier Pferden gleichzeitig lahmen, war eingetreten. Sie mussten pausieren, ob sie wollten oder nicht. Vitus genoss zwei Tage der Ruhe und fand endlich Gelegenheit, wieder einmal ausgiebig mit anderen Menschen zu reden. Wie gut das tat! Einfach nur in der Herberge zu sitzen, ohne Hast zu essen, einen Becher Wein zu trinken und über Gott und die Welt zu plaudern. Schmerzlich wurde ihm bewusst, wie sehr ihm die Gefährten fehlten. Und erst recht Nina ...

Am dritten Tag waren die Reittiere wieder gesundet. Nachdem der Schmied des Dorfes noch das eine oder andere Hufeisen ausgewechselt hatte, konnten sie die Reise fortsetzen. Edgehill, der die ganze Zeit wie auf glühenden Kohlen gesessen hatte, schlug ein gehöriges Tempo an, so dass sie am Abend ein gutes Stück Weges nach Torrelavega, ihrem nächsten Ziel, hinter sich gebracht hatten.

Auch an den folgenden Tagen kamen sie zügig voran. Das Wetter war herrlich, der Himmel über ihnen strahlte in wolkenlosem Blau, und die Pferde liefen prächtig. Sogar Edgehill taute etwas auf. Je mehr sie sich Santander näherten, desto gesprächiger wurde er.

»Wisst Ihr, Sir«, sagte er eines Abends bei einem rubinroten Rioja, »das ist der erste Tropfen auf unserer Reise, der mir richtig mundet.«

Vitus ahnte bereits, warum, war aber höflich genug, um nachzufragen: »Nanu, wieso das?«

Der Kurier trank einen weiteren Schluck. »Wenn wir die kantabrische Hauptstadt erst einmal erreicht haben, Sir, werden mir Mühlsteine von der Seele fallen. Ja, Mühlsteine! Dann liegt es nämlich nicht mehr in meiner Hand, ob wir schnell vorankommen oder nicht. Dann hängt es einzig und allein vom Glück ab, ob wir schnell ein Schiff in die Heimat erwischen.«

Vitus verstand. »Und falls es nicht so sein sollte, kann Euch

Eure Königin, die auch die meine ist, keinen Vorwurf daraus machen.«

»Ganz recht. Dennoch hoffe ich natürlich, dass Fortuna mit uns im Bunde ist.« Edgehill unterdrückte ein Rülpsen. »Unsere Jungfräuliche Gloriana ist für eine gewisse … äh, Ungeduld bekannt.«

Vitus schwieg. Er spürte, dass der plötzlich so gesprächige Kurier noch nicht fertig war.

»Und dann ist da noch … äh, auch ihm wird jeder Tag recht sein, den wir früher in London eintreffen.«

»Ihm? Von wem sprecht Ihr?«

»Nun.« Edgehill rang mit sich, ob er den Namen preisgeben solle, sagte sich dann aber, dass es müßig war, ihn nicht zu nennen. Die Person, die er meinte, war allgegenwärtig – in England wie auch in Europa. Sie würde sich früher oder später ohnehin in das Leben des Vitus von Campodios einmischen. »Nun, ich spreche von Sir Francis Walsingham.«

Der Spion
Sir Francis Walsingham

»Stellen wir uns vor: Eine andere Mutter geht mit ihrem Kind zum Kloster, um es vor dem Tor abzulegen. Warum tut sie das? Weil sie sich aus irgendeinem Grund von ihm trennen muss. Eine solche Mutter würde doch nie den eigenen Säugling dort lassen und dafür einen fremden mitnehmen, schließlich hätte sie damit nur ihr altes Problem gegen ein neues eingetauscht.«

»Sir Francis«, näselte Christopher Mufflin, ein pergamentgesichtiger Schreiber und Bücherwurm, »ich fürchte, dieser Hornstaple ist schon wieder da.«

»Mir bleibt auch nichts erspart.« Sir Francis Walsingham seufzte. Er war angelegentlich damit beschäftigt, in seinem Arbeitszimmer Dokumente zu unterschreiben. Wieder und wieder setzte er kunstvoll seinen Schriftzug unter die Papiere und fügte Ort und Datum dazu: *London, 23. Juni, A. D. 1580.*

»Hat er gesagt, was er will?«

»Nein, Sir Francis, das tat er nicht. Er hat sich nur wie üblich beschwert, dass er nicht zur Königin vorgelassen wurde und nun mit Euch, äh …«, Mufflin hüstelte dezent, »sozusagen vorlieb nehmen muss.«

Abermals seufzte Walsingham. Er war seiner Herrscherin treu ergeben, doch manchmal verwünschte er ihre Angewohnheit, grundsätzlich alle unangenehmen Dinge auf ihn abzuschieben. »Konntet Ihr den Mann nicht fortschicken?«

»Nein, bedaure, Sir Francis.«

»Nun gut, ich lasse bitten.« Walsingham stand auf, denn seiner Erfahrung nach führte man unerfreuliche Gespräche am besten im Stehen. Sie fielen dann förmlicher aus. Und kürzer. Automatisch überprüfte er den Sitz seiner Kleidung, denn er war nicht uneitel. Wams, Weste und Hose saßen wie immer tadellos und zeigten ein würdiges Schwarz, ebenso wie sein Schuhwerk. Das einzig Weiße an seiner Erscheinung war die nach holländischer Mode reich gefaltete und gestärkte Halskrause. Dem Aussehen nach hätte man ihn für einen reichen Reeder oder einen hochgestellten Kleriker halten können, doch war er alles andere als das: Er war Gründer des englischen Geheimdienstes und Staatssekretär Ihrer Majestät Königin Elisabeth I.

Er sah zur Tür, wo in diesem Moment der Advocatus auftauchte. Der Mann war Walsingham von Herzen zuwider, denn er war ein Schleimer und Wichtigtuer, schlimmer noch: Er war wie eine Klette. Nicht abzuschütteln.

»Guten Morgen, Euer Gnaden!« Nach einer tiefen Verbeugung näherte sich Hornstaple, dabei auf einen der hohen, bequemen Polsterstühle schielend. Doch er konnte sich nicht setzen, weil sein Gegenüber ebenfalls stand, und auch, weil er nicht dazu aufgefordert wurde.

Walsingham verzog keine Miene. Er legte keinen Wert auf die Anrede »Euer Gnaden«. Dennoch sprach Hornstaple, dieser Schleimer, ihn stets so an. Nun ja, zunächst einmal galt es dafür zu sorgen, dass ihr Gespräch unter vier Augen blieb. »Danke, Mufflin, ich brauche Euch nicht mehr.«

Dann musterte er den Ankömmling. Der Mann hatte keinen Geschmack, das zeigte sich auch heute wieder. Zu einem viel zu kurzen braunen Umhang trug er derbe rostfarbene Beinkleider und wildlederne Stiefel. Alles war schon ein wenig glänzend und abgeschabt. So erfolgreich, wie er immer tat, war der Advocatus wohl doch nicht.

Walsinghams Blick wanderte weiter, hinaus durch eines der

hohen Fenster. Der Tag war grau, Wolken drückten auf die Häuser Londons und auf die Stimmung seiner Bürger. »Ob dieser Morgen gut wird, Hornstaple, soll sich erst noch herausstellen. Ich sag's Euch gleich: Wenn Ihr mir wieder mit dieser leidigen Erbschaftsgeschichte um Greenvale Castle kommt, stoßt Ihr auf taube Ohren.«

»Aber, Euer Gnaden, verzeiht einem, der nur Gerechtigkeit will! Es geht um Grund und Boden, der, wenn er nicht vererbt wird, der Krone zufällt.«

»Und? Wäre das so schlimm? Gönnt Ihr Eurer Königin die Ländereien nicht?«

»Äh ... hahaha!« Hornstaple wand sich. »Euer Gnaden belieben zu scherzen. Unsere allseits geliebte Majestät wünscht sicher ebenso wie ich, dass der gesetzliche Erbe die Erbmasse erhält. Nur leider war sie wieder einmal nicht für mich zu sprechen.«

»So dass Ihr Euch wieder einmal mit meiner Person zufrieden geben müsst.«

Erneut wand sich der Advocatus. Doch ging er diesmal nicht auf Walsinghams Worte ein. »Es gibt neue Erkenntnisse, Euer Gnaden, Erkenntnisse von höchster Wichtigkeit, die ich Euch nicht vorenthalten darf.«

»Was Ihr nicht sagt.« Walsingham wippte auf den Zehenspitzen. Derlei Ankündigungen von Hornstaple waren ihm sattsam vertraut.

Der Advocatus zog aus seinem Umhang mehrere Papiere hervor, dabei eine wichtige Miene aufsetzend. »Ich habe hier eine beglaubigte Zeugenaussage, aus der hervorgeht, dass der Euch namentlich bekannte Leinenwebergeselle Warwick Throat der leibliche Vater des Vitus von Campodios ist.«

Walsingham hörte auf zu wippen. In diesem Augenblick verwünschte er sein Amt als Leiter des Geheimdienstes, das es immer wieder mit sich brachte, Betrüger und Erbschleicher entlarven zu müssen. Wie dankbar wäre er jetzt gewesen, wenn irgendein County-Sheriff die Sache hätte regeln können, aber das kam selbstverständlich nicht in Frage. Es ging hier um das Eigentum eines Peers, zudem um Eigentum, das Wilhelm der Eroberer einst einem seiner treuesten Streiter persönlich geschenkt hatte: Roger Collincourt.

»Wer hat das Dokument beglaubigt?«, fragte Walsingham.

»Wer? Nun, Euer Gnaden, ich natürlich ... äh, wollt Ihr damit etwa andeuten ...?«

»Ich will gar nichts. Es war nur eine Frage.« Walsingham spürte Genugtuung, dass er den Wichtigtuer aus der Fassung gebracht hatte.

»Nun, die Zeugenaussage stammt von einem gewissen Mike Springle. Er schwört bei Gott dem Allmächtigen, dass er Throat und Lady Jean mehrfach beim geschlechtlichen Akt beobachtet hat.«

Walsingham horchte auf, ließ sich aber nichts anmerken. Wenn es stimmte, was Hornstaple da schwarz auf weiß hatte, ergäbe sich immerhin, dass der Mann, der sich Vitus von Campodios nannte, tatsächlich ein Bastard war. Doch das waren viele. Selbst die von ihm so verehrte Elisabeth war häufig so bezeichnet worden, denn nach der Hinrichtung ihrer Mutter Anna Boleyn hatte sie zunächst als illegitim gegolten.

Ansonsten aber würde sich nichts ändern. »Was ist der Zeuge von Beruf?«

»Bierkutscher, Euer Gnaden.«

»Soso.« Spätestens jetzt stand für Walsingham fest, dass die von Hornstaple angekündigten neuen Erkenntnisse weiter nichts als laue Luft waren. Dennoch sagte ihm seine Erfahrung als Geheimdienstler, dass es nicht falsch wäre, mit der Beendigung des Gesprächs noch ein wenig zu warten. Manchmal ergab sich unerwartet doch noch etwas Wichtiges. »Soso, ein Bierkutscher, sagt Ihr? Und warum fällt dem Burschen erst nach fünfundzwanzig Jahren ein, was er da gesehen hat? Gibt es einen vernünftigen Grund dafür?«

Hornstaple knetete die Hände. »Nun, Springle sagte mir, er sei viel krank gewesen, auch habe er sich jahrelang nicht getraut, mit der Sprache herauszurücken, weil er Angst vor Schwierigkeiten hatte. Lady Jean entstammt immerhin dem Hochadel.«

»Das tut sie in der Tat.«

»Jawohl, Euer Gnaden.« Hornstaple setzte ein Lächeln auf, das in seinem Gesicht so fremd wirkte, als sei es dort nur zu Gast. »Wollt Ihr Euch die beglaubigte Zeugenaussage nicht ansehen?«

»Nein, das will ich nicht. Denn sie ist unerheblich. Throat mag zehnmal der leibliche Vater des Vitus von Campodios sein, er hätte trotzdem kein Anrecht auf Greenvale Castle, denn ein nicht angeheirateter Kindesvater ist nicht erbberechtigt. Da könnt Ihr die Paragraphen so lange reiten, wie Ihr wollt.«

»Um Gottes willen, Euer Gnaden, ich wollte nicht Euren Unmut heraufbeschwören, dennoch muss ich …«

»Ihr müsst gar nichts. Vielmehr scheine ich Euch daran erinnern zu müssen, dass mir in der Jurisprudenz niemand etwas vormacht. Oder ist Euch nicht bekannt, dass ich Student der Rechte am King's College in Cambridge war?«

»Oh … äh.« Hornstaples Gesichtsausdruck sprach eine deutliche Sprache. Er hatte es nicht gewusst. Allerdings fing er sich rasch wieder und sagte: »Selbst wenn dem so ist, Euer Gnaden, so gibt es doch Ausnahmen. Das ist ja auch der Grund, warum ich unbedingt Ihre Majestät sprechen muss. Sie wird entscheiden, was rechtens ist, denn sie ist die Königin.«

»Die für Euch aber keine Zeit hat! Begreift Ihr das denn nicht, Hornstaple?«

Der Advocatus schluckte. Wer ihn kannte, wusste, dass er ein zäher Hund war. Er hatte sich in den Kopf gesetzt, für Warwick Throat ein Erbe zu erstreiten, und er würde niemals aufgeben.

Denn wenn er es schaffte, lockte ein gewaltiges Sümmchen, das ihn bis ans Ende seiner Tage von allen finanziellen Sorgen entband. »Der vermeintliche Sohn ist nicht der Sohn, Euer Gnaden! Vitus von Campodios ist ein hergelaufener Bauernjunge, mehr nicht. Gewiss, es lag seinerzeit ein Säugling im Damasttuch vor dem Tor des Klosters, aber das war beileibe nicht ein Sproß der Collincourts. Wer weiß denn, wo Lady Jean sich zu jenem Zeitpunkt wirklich aufhielt? Niemand. Die Vorstellung, Vitus von Campodios wäre von adliger Herkunft, ist doch einfach lächerlich.«

»So, findet Ihr?« Die unpräzise Argumention des Advocatus begann Walsingham nachhaltig zu verdrießen. Zumal er seit geraumer Zeit wusste, dass der Cirurgicus tatsächlich Lady Jeans Sohn war. Schließlich hatte er überall seine Informanten, allein dreizehn in Frankreich und neun in Deutschland. Auch in Italien und in den großen Hafenstädten Europas saßen welche, jeder Einzelne mit allen Wassern gewaschen, gerissen, erfahren und üppig bezahlt, getreu seinem Leitspruch »Wissen ist nie zu teuer« ...

»Gut, nehmen wir an, Vitus von Campodios wäre kein Collincourt, dann wäre er nicht erbberechtigt, aber Euer Mandant Warwick Throat ist es ebenso wenig. Also, was wollt Ihr noch?«

»Ich möchte zur Königin vorgelassen werden.«

»Nein!«

»Euer Gnaden scheinen zu vergessen, dass es Bittschriften, Gesuche, Eingaben und manches mehr gibt, mit denen man sich direkt an Ihre Majestät wenden kann!«

»Und die allesamt bei mir landen.« Walsingham hatte jetzt genug. Er spürte, dass er jeden Augenblick die Kontrolle über sich verlieren konnte, und das wäre unverzeihlich gewesen. »Ich rate Euch, Hornstaple, den Bogen nicht zu überspannen. Lasst die Dinge endlich auf sich beruhen. Es ist für alle besser so.«

»Nur nicht für den armen Warwick Throat, Euer Gnaden.«

»Wie meint Ihr das?« Etwas in des Advocatus' Stimme hatte Walsingham noch einmal aufhorchen lassen.

»Throat ist ein todkranker Mann, Euer Gnaden. Er hat nicht mehr lange zu leben. Die einzige Hoffnung, die ihm geblieben ist, ist die auf das Erbe. Deshalb, mit Verlaub, auch meine Hartnäckigkeit.«

Walsingham schwieg und dachte: Sieh an. So hat sich meine Geduld doch noch gelohnt. Dass Warwick ein todgeweihter Mann ist, könnte eine nützliche Information sein. Dennoch kann das dreiste Auftreten dieses Winkeladvokaten nicht einfach so hingenommen werden. Ich will ihm einen gehörigen Schrecken einjagen, damit er erkennt, warum die Leute sagen: Es ist nicht angenehm, Walsinghams Dolch von der falschen Seite aus zu sehen …

Laut sagte er: »Ihr seid wirklich sehr hartnäckig, deshalb möchte ich Euch abschließend darauf aufmerksam machen, dass ein solches Verhalten nicht immer gesundheitsfördernd ist. Habe ich Euch eigentlich schon einmal von meinem Onkel Sir Edmund Walsingham erzählt? Nein? Nun, man sagt ihm nach, er sei ein wenig grob bei allem, was er tut. Er ist übrigens Lieutenant des Tower. Zwar kommt Ihr, Hornstaple, aus Worthing, aber ich darf voraussetzen, dass Ihr um die große Bedeutung dieser altehrwürdigen Zitadelle im Osten unserer Stadt wisst. Und ich darf ebenfalls voraussetzen, dass Ihr schon davon gehört habt, wie sehr man die nichtadligen Gefangenen im Gefängnisteil schmachten lässt.«

»Jawohl, Euer Gnaden«, war alles, was Hornstaple daraufhin sagte. Er wusste, er hatte verloren. Er verbeugte sich tief und verließ rückwärts gehend den Raum.

Walsingham sah es mit Befriedigung. Der Fall war erledigt. Trotzdem beschloss er, den Advocatus und seinen Mandanten noch weiter beobachten zu lassen.

Mit ebenjenen Dokumenten, die er vor dem Besuch Hornstaples abgezeichnet hatte, begab sich Walsingham am nächsten Tag zu seiner Königin. Er schritt durch die weiten Hallen und Gänge von Schloss Whitehall, der prächtigen Residenz englischer Herrscher in der Hauptstadt London. Ohne Probleme passierte er dabei mehrere Wachen, denn er war überall bekannt. Vor der Tür zu dem Zimmer, von dem er wusste, dass Elisabeth gern darin musizierte, machte er Halt. Er nickte kurz einem Diener zu, der sich daraufhin tief verbeugte und ihn einließ.

Walsingham trat in den Raum und ging vorsichtig weiter, bemüht, keinen Lärm zu verursachen, denn seine Königin saß am Spinett. Er erkannte, dass sie wieder einmal jene einfache, zu Herzen gehende Weise spielte, die einst ihr Vater, Heinrich VIII. komponiert und so gern zur Laute vorgetragen hatte:

Pastime with good company I love and shall until I die.
Grudge so will, but none deny,
so God be pleased, so live will I:
For my pastance hunt, sing and dance
My heart is set all goodly sport to my comfort:
Who shall me let?

Walsingham lauschte andächtig. Er liebte die Stimme seiner Königin, die an diesem Tag zusammen mit Kate Ashley, ihrer alten Erzieherin, und einigen ihrer weiß gekleideten Ehrenjungfrauen sang. Und er bewunderte einmal mehr ihre Hände: Sie waren lang und schmal und alabasterweiß. Wie so oft blitzten auch an diesem Tage nicht weniger als acht Ringe an ihren Fingern.

Sie sollte ihre schönen Hände viel öfter zeigen, dachte er, und nicht so häufig Handschuhe tragen. Ihr Kleid ist wieder einmal mit Bedacht gewählt: Grün und Weiß, die Farben der Tudors. Welche Farben könnten besser zu ihren roten Haaren passen! Das weiße, golddurchwirkte Haarnetz scheint mir neu zu sein.

Vielleicht ein Geschenk von Robert Dudley, dem Mann ihres Herzens, den sie zum Earl of Leicester gemacht hat.

»Was starrt Ihr mich so an, Sir Francis?« Elisabeth hatte ihr Spiel beendet und lächelte ihn an.

Walsingham riss sich zusammen und setzte ein dienstliches Gesicht auf. »Verzeiht, Majestät, nun, es ist nur, weil Ihr heute wieder wundervoll ausseht.«

Elisabeths Lächeln verstärkte sich, allerdings nur bis zu einem gewissen Grad, denn sie hatte, wie er wusste, in letzter Zeit einige Zähne verloren. »Das sagt Ihr an jedem Tag, den Gott werden lässt, stimmt's Kate?«

Die alte Erzieherin nickte wortlos.

»Was gibt es, Sir Francis?«

»Ich muss einige Dinge mit Euch besprechen, Majestät, entschuldigt, dass ich so unangemeldet hereinplatze.«

»Das bin ich ja gewöhnt. William Cecil hält es ganz genauso.«

»Jawohl, Majestät.« Walsingham wusste natürlich, dass seine Herrscherin auch mit anderen Staatssekretären einen für königliche Verhältnisse eher zwanglosen Umgang pflegte. »Ich wollte Euch einige von mir vorbereitete Dokumente zeigen, dazu ein Buch, das gewiss Eurer Aufmerksamkeit wert ist.«

»Ein Buch?«

»Jawohl, ein Werk von einiger Brisanz, wenn man den Inhalt richtig liest.«

»Ich verstehe.« Elisabeth erhob sich und ging zu einem zierlichen Schreibtisch hinüber. »Kate, sei so gut und richte der Kammerzofe aus, sie möge mir für heute Nachmittag das karmesinrote Kleid mit dem Perlenbesatz herauslegen. Und nimm die Mädchen gleich mit.«

Als alle hinausgegangen waren, sagte Elisabeth: »Ihr macht es spannend, Francis.«

Walsingham durchströmte jedes Mal ein warmes Gefühl, wenn seine Königin ihn nur beim Vornamen nannte. Leider tat sie das nur, wenn beide allein waren. »Majestät, ich wollte Euch bitten, Einsicht in diese Dokumente zu nehmen. Ihr werdet sehen, dass die Mittel, die für geheimdienstliche Tätigkeiten zur Verfügung stehen, schon jetzt zur Jahresmitte nahezu erschöpft sind, und das, obwohl ich sie sogar aus meinem eigenen Vermögen bezuschusst habe.«

Elisabeth überflog die Papiere. »Und dasselbe erwartet Ihr jetzt von mir. Ich soll Euren Spionageapparat aus meiner Privatschatulle unterstützen.«

Walsingham sagte darauf nichts. Es war klar, dass er es wollte.

Elisabeth runzelte die Stirn. »Nehmt Platz, Francis. Euer Geheimdienst ist finanziell ein Fass ohne Boden.«

»Aber sehr nützlich, wenn nicht gar unabdingbar. Bedenkt nur, was meine Männer schon alles für Euch herausgefunden haben.«

»Ihr meint, für England.«

Walsingham hätte fast geantwortet: Ihr seid England, Majestät!, aber er unterließ es. Elisabeth hatte ein feines Gehör für Schmeicheleien, die zu dick ausfielen. Also schwieg er.

»Ich weiß, Francis, ich weiß. Sprechen wir es ruhig aus: Ihr lasst für England bespitzeln, bestechen, betrügen – und manchmal auch foltern. Einzelheiten interessieren mich nicht. Wenn dieser Apparat nur nicht solche Unsummen kosten würde!«

Walsingham schwieg noch immer. Ihm lag auf der Zunge, dass allein das jährlich wiederkehrende Fest der Thronbesteigung Summen verschlang, die um ein Vielfaches höher lagen. Doch selbstverständlich war eine solche Bemerkung undenkbar. Wenn er sich recht erinnerte, waren beim letzten Mal an die fünfhundert Ochsen, dreitausend Schafe, fünfhundert Lämmer, zweihundert Schweine und fünfzehntausend Hühner verzehrt worden, von dem Wild gar nicht zu reden. Gewiss, die Weihnachtstage waren wie immer hinzugekommen, und der Hofstaat umfasste nicht weniger als eintausendfünfhundert hungrige Mäuler ... Trotzdem: Was da stattfand, war die wirkliche Verschwendung. Dies alles wiederum stand im Gegensatz zu Elisabeths sonstiger Sparsamkeit. Der Kakao als exotischer Trank, der in manchen Londoner Häusern Einzug gehalten hatte, war ihr zu teuer. Sie trank lieber gewürztes Bier und aß saure Heringe. Und das schon morgens. Aber auch dafür liebte er seine Herrscherin.

»Ich werde Eurem Spionageapparat mit, sagen wir, achthundert Pfund unter die Arme greifen. Mehr kann ich Euch im Moment nicht geben.«

Walsingham fiel ein Stein vom Herzen. »Ich danke Euch, Majestät.«

»Ich hoffe, Cecil reißt mir dafür nicht den Kopf ab. Er liegt mir seit einiger Zeit in den Ohren, wir müssten alles daransetzen, unsere Flotte zu vergrößern. Jeder Penny müsse dafür ausgegeben werden. Ein Krieg mit Spanien sei unausweichlich. Denkt Ihr auch so, Francis?«

Walsingham wog seine Worte genau ab, bevor er antwortete: »Da Euer Majestät den Herzog von Alençon nicht ehelichen will und eine Verbindung mit Frankreich somit ausscheidet, hat England nach wie vor keine Verbündeten. Dies umso mehr, als Ihr auch Philipps Werben ablehnend gegenübersteht. Was ich, wie ich hinzufügen möchte, außerordentlich begrüße.«

Elisabeth lachte und vergaß für einen Moment ihre Zahnlücken. »Ihr seid eben durch und durch Protestant! Philipp von Spanien will mich nur aus politischen Gründen heiraten. Als ob sein Reich nicht so schon groß genug wäre! Und natürlich hat er keine Ruhe, bis England wieder katholisch ist. Davon abgesehen kann ich ihn wenig leiden. Seine Augen sind voller Kälte und Gefühllosigkeit. Er ist düster, versonnen, bedächtig und darüber hinaus rachsüchtig. Seine schlimmste Eigenschaft aber ist die eifernde, schwärmerische Frömmigkeit, mit der er die ganze Welt überziehen will. Nein, Philipp wäre der Letzte, den ich mir als Ehemann wünschte. Außerdem mag mein Volk ihn genauso wenig wie ich.«

»Um auf Eure Frage zurückzukommen, Majestät: Ich denke schon, dass wir uns rüsten sollten. Philipp hat Krakenarme, wie man an Portugal sieht. Ich sage Euch, eines Tages wird er mit unzähligen Schiffen übers Meer kommen und unser Land besetzen wollen.«

»Der Himmel gebe, dass dies nie geschieht.« Elisabeth schob die Dokumente beiseite. »Ihr sagtet, Ihr hättet noch ein Buch mitgebracht? Ein Buch mit brisantem Inhalt?«

»So ist es, Majestät.« Walsingham griff in seine Dokumententasche und legte das Werk vor Elisabeth hin.

»De Causis Pestis«, las die Königin laut. »Was hat das zu bedeuten?«

»Es ist ein Buch über die Ursachen der Pest.«

»Ich kann Latein.«

»Verzeiht, Majestät, der Verfasser ist Vitus von Campodios, jener junge Mann, der sich als der Großneffe des verstorbenen Lord Collincourt bezeichnet.«

»Ich erinnere mich. Da war doch irgendetwas mit einem vertauschten Findelkind?«

»Ganz recht. Ich erzählte Euch schon davon. Der Hintergrund ist der, dass Lady Jean, die zweifelsohne eine echte Collincourt war, anno 1555 von einem Mann schwanger wurde, dessen Namen sie um nichts in der Welt preisgeben wollte. Es gab einen furchtbaren Krach in der Familie, bis es dem alten Lord gelang, Jean davon zu überzeugen, dass es das Beste sei, nach Neu-Spanien zu segeln, um sich dort einen achtbaren Ehemann zu suchen. So wollte er die Schande in Grenzen halten. Jean machte sich auf die Reise und bekam das Kind an Bord des Schiffes. Doch im spanischen Vigo musste sie an Land gehen, denn der Segler konnte nicht weiter, da er in einen Sturm geraten war. Das geschah im Frühjahr 1556, und lange Zeit wusste man nicht, was aus Jean und dem Kind geworden war. Erst anno 1576, zwanzig Jahre später, kam Licht in das Dunkel: Da erschien auf Greenvale Castle ein junger Mann namens Vitus und präsentierte dem alten Lord ein Damasttuch mit dem Wappen der Collincourts. Er sagte, das sei das Tuch, in dem man ihn als Säugling vor dem Tor des Klosters Campodios gefunden habe.«

»Jetzt fällt es mir wieder ein! Da gibt es doch diesen Advocatus, der nichts unversucht lässt, um zu mir vorgelassen zu werden. Er behauptet, der junge Vitus sei nicht der wahre Erbe des Collincourt'schen Besitzes, da er mit Sicherheit vertauscht wurde.«

»Richtig, Majestät. Der Name ist Hornstaple. Ein kleiner Winkeladvokat und Erbschleicher. Zwar will er auf irgendeine Weise den Vater von Jeans Kind aufgespürt haben, aber mehr kann er nicht vorweisen. Die Erbansprüche, die er für den angeblichen Vater anmeldet, sind juristisch völlig unhaltbar. Trotzdem hat er in der Vergangenheit immer wieder versucht, Euch seine Forderungen vorzutragen. Ich kann nur sagen, der Mann hat mich ganz schön Nerven gekostet.«

»Mein armer Francis.« Elisabeth legte ihrem Staatssekretär die Hand auf den Arm. Sie wirkte in diesem Augenblick wie eine Mutter, obwohl sie drei Jahre jünger war.

Walsingham genoss die Situation. Gunstbezeigungen der Königin waren äußerst rar, und wenn sie welche verteilte, dann höchstens an den Earl of Leicester, ihren Oberstallmeister. »Nun ja, Majestät, Hornstaple hat mich gestern schon wieder heimgesucht. Er ist wie eine Klette. Doch als er endgültig begriff, dass sein Mandant nichts zu erwarten hat – und er dadurch natürlich auch nicht –, wollte er wenigstens verhindern, dass Vitus von Campodios das Erbe zugesprochen wird. Er ist ein hartnäckiger Schleimer, der erst Ruhe gab, als ich damit drohte, ihn in den Tower werfen zu lassen. Ich müsste mich sehr täuschen, wenn wir ihn nicht ein für alle Mal los wären.«

»Danke, Francis.« Elisabeths Hand ruhte unverändert auf seinem Arm.

»Bei der Gelegenheit möchte ich Euch mitteilen, dass mittlerweile alle Zweifel an der adligen Herkunft des Vitus von Campodios ausgeräumt sind. Der junge Mann ist der letzte Collincourt.«

»Wie könnt Ihr da so sicher sein, Francis? Die Möglichkeit, dass er vertauscht wurde, ist doch nicht völlig auszuschließen?« Elisabeth nahm ihre Hand fort.

»Lady Jean hat ihren Sohn persönlich vor dem Kloster abgelegt. Sie tat es, weil sie ihren Tod herannahen fühlte. Das kann eine alte Stoffweberin, in deren Haus Lady Jean wenig später starb, bezeugen.«

»Eine alte Stoffweberin? Woher wollt Ihr das wissen? Das alles liegt doch viele Jahre zurück!«

»Meine Erkenntnisse stimmen, Majestät. Damit Ihr mich versteht, gestattet mir, ein wenig auszuholen: Vitus von Campodios verließ im letzten Jahr Greenvale Castle, um nach Padua zu gehen. Er wollte an der dortigen Universität alles über die Geißel Pest erfahren, um sie auf diese Weise besiegen zu können. Das hatte er Lady Arlette, seiner Cousine sechsten Grades, auf dem Sterbebett versprochen.«

»Lady Arlette? Ach ja, ich weiß, dass er sie heiraten wollte. Normalerweise interessiere ich mich nicht für das, was auf dem Lande passiert, aber meine acht Hofdamen hatten wochenlang kein anderes Thema. Arlette starb an der Pest, nicht wahr?«

»Jawohl. Daher auch die wilde Entschlossenheit des jungen Vitus, es mit dem schwarzen Tod aufzunehmen. Als ich Anfang letzten Jahres von dieser Absicht erfuhr, befahl ich meinen Informanten in Padua, ihn nach seiner Ankunft zu beobachten.«

»Aber warum das?«

»Aus mehreren Gründen, Majestät. Erstens wusste ich, welch exzellenter Arzt der junge Vitus ist. Ich dachte mir, wenn es einem gelingen kann, hinter das Geheimnis der Pestis zu kommen, dann ihm. Zweitens ist die Pestis eine Seuche, welche die Menschen wie keine zweite schlägt. Denkt nur an die zahllosen Opfer von 1578. London war damals in ganzen Straßenzügen wie ausgestorben. Drittens, so überlegte ich, wäre die Pestis unter bestimmten Umständen eine unwiderstehliche Waffe, dann nämlich, wenn ihre Vernichtungskraft zielgerichtet gesteuert werden könnte. Allein aus den beiden letztgenannten Gründen, Majestät, wollte ich der Erste sein, der die Forschungsergebnisse des jungen Vitus erfährt.«

Elisabeth schüttelte beeindruckt den Kopf. »Erstaunlich, erstaunlich, was alles hinter meinem Rücken geschieht, doch wenn ich es recht bedenke, will ich es auch gar nicht wissen. Fahrt fort, Francis.«

»Gern, Majestät. Zunächst hörte ich monatelang nichts von meinen Paduaner Informanten, und ich dachte schon, der junge Vitus wäre mit seinen Freunden verschollen …«

»Mit seinen Freunden?«

»Ja, der eine heißt Ramiro García, er ist Magister der Jurisprudenz und kommt aus La Coruña in Spanien, der andere ist ein buckliger Zwerg, der Enano gerufen wird.«

»Welch seltsames Trio!«

»Allerdings. Die drei sind kaum zu übersehen. Deshalb fiel meinen Informanten ihre Beobachtung auch nicht schwer, als sie endlich doch in Padua eintrafen.«

»Wisst Ihr, warum die Reise so ungewöhnlich lange dauerte?«

»Nein, nicht genau. Ich weiß nur, dass Vitus von Campodios in Tanger Zwischenstation machte. Danach verloren wir seine Spur. Um auf Padua zurückzukommen: Der junge Vitus und der Magister García lernten an der dortigen Universität den Anatomen Mercurio Girolamo kennen und forschten mit ihm gemeinsam nach den Ursachen des schwarzen Todes. Sie gewannen neue, bahnbrechende Erkenntnisse, die zweifellos von größter Wichtigkeit sind.«

»Welche?«

»Ich bitte um Geduld, Majestät. Lasst mich zunächst weiter berichten, warum Vitus von Campodios ein echter Collincourt ist. Besagter Vitus also schrieb ein Buch über die Forschungsergebnisse ...«

»Dieses?«

»Genau. Als er damit fertig war, reiste er mit seinen Freunden ab. Er wollte von Genua aus ein Schiff nach England nehmen. Professor Girolamo versprach, sich unterdessen um den Druck des Werkes zu kümmern. Meine Informanten beobachteten ihn weiter, denn sie wollten selbstverständlich eines der ersten Exemplare erwerben und an mich senden. Eines Tages nun geschah etwas Merkwürdiges: In der Universität wurde eine schwere Segeltuchtasche abgegeben, der Adressat war Vitus von Campodios. Da dieser schon abgereist war, nahm Girolamo sich der Tasche an. Er öffnete sie und fand zwei Briefe darin. Die Briefe öffnete er ebenfalls. Der eine war von einem Pater Thomas, welcher Arzt und Prior auf Campodios ist, darüber hinaus war er der Lehrmeister des jungen Vitus. Der andere Brief war von einem gewissen Catfield, dem obersten Verwalter von Greenvale Castle.«

»Und was stand in den Briefen?« Elisabeth hing jetzt wie gebannt an Walsinghams Lippen.

»Das herauszufinden war gar nicht so einfach, denn Girolamo hütete die Schreiben wie seinen Augapfel. Erst als er die Tasche weiterschickte, gelang es meinen Informanten, sie für kurze Zeit in die Hände zu bekommen. Es befanden sich drei Briefe darin, die beiden vorgenannten und dazu ein Schreiben von Professor Girolamo an Pater Thomas.«

»Und was hat das alles mit dem Herkunftsbeweis des Vitus von Campodios zu tun?«

»Nur einen Augenblick Geduld noch, Majestät. Der zweifellos entscheidende der drei Briefe war der älteste. Darin schreibt Pater Thomas an den jungen Vitus, der endgültige Beweis für seine adlige Herkunft sei erbracht. Es gebe eine alte Stoffweberin in der Nähe des Klosters – ebenjene, die ich vorhin schon erwähnte –, die bezeugen könne, dass Lady Jean ihr Kind in einem roten Tuch vor dem Tor abgelegt habe, bevor sie noch am selben Tage starb. Er bittet seinen Schüler, nach Campodios zu kommen, damit er selbst mit der alten Stoffweberin reden könne. Und dies besonders rasch, da die Alte krank auf den Tod sei.

Der zweite Brief von Catfield ist ungleich weniger wichtig. Darin gibt der Verwalter nur seinem Bedauern Ausdruck, dass der erste Brief seinen Herrn nicht erreicht habe, da er schon abgereist sei. Er sende ihn hiermit weiter nach Tanger …

Der dritte Brief nun, der des Professors an Pater Thomas, bereitete meinen Informanten am meisten Mühe, denn er war ja noch versiegelt. Dennoch gelang es ihnen, das Schreiben zu öffnen, zu lesen und dergestalt wieder zu verschließen, dass niemand Verdacht schöpfen konnte. Der Professor schreibt darin, der junge Vitus käme baldmöglichst nach Campodios.«

Elisabeth zog die Brauen hoch. »Einen Augenblick. Wenn ich richtig zugehört habe – und ich habe richtig zugehört –, konnte Professor Girolamo gar nicht wissen, dass der junge Vitus nach Campodios unterwegs war. Der Professor musste doch annehmen, dass er nach England fuhr.«

»Gewiss, Majestät. Aber zu dem Zeitpunkt, da Girolamo den Brief schrieb, hatte er schon mehrfach wieder Kontakt mit dem jungen Vitus gehabt – und zwar per Brieftaubenpost. So konnte er ihm in aller Kürze berichten, dass der letzte Beweis für seine adlige Herkunft erbracht sei, und ihn auffordern, nach Campodios zu eilen.«

»Es scheint, der junge Vitus hat eine bewegte Zeit hinter sich«, meinte Elisabeth nach einer Weile.

»Das stimmt in der Tat.« Walsingham griff erneut in seine Dokumententasche und förderte zwei Papiere hervor. »Hier, Majestät, habe ich zwei Abschriften des ersten und dritten Briefes. Die Schrift ist nicht besonders leserlich, da meine Informanten nur wenig Zeit zum Kopieren hatten, aber ich denke, Ihr könnt sie dennoch entziffern.«

Elisabeth ergriff die Briefe und begann sie zu studieren. Sie nahm sich Zeit mit dem Lesen, und als sie fertig war, wirkte sie sehr nachdenklich. »Ein bemerkenswerter junger Mann, dieser Vitus«, sagte sie. »Er hat sich und die Seinen vor der schwarzen Geißel gerettet, indem er einen Feuering anlegen ließ. Wusstet Ihr, Francis, dass ein solcher Ring eine Schutzmauer darstellen kann?«

»Um ehrlich zu sein, nein, Majestät.«

»Ich auch nicht. Doch ich will noch einmal auf die Herkunft dieses jungen Mannes zu sprechen kommen. Hornstaple behauptet, die Säuglinge könnten vertauscht worden sein. Könnten sie das nicht immer noch, trotz der alten Stoffweberin und ihrer Aussage?«

Walsingham zögerte. Dann antwortete er: »Hornstaple hat vieles behauptet, eines aber ist jetzt klar: Es gibt eine Zeugin dafür, dass Lady Jean vor dem Kloster war und dort ihren Säugling ablegte. Diese Zeugin sagte ferner, nach Aussage von Lady Jean habe der Säugling in einem roten Tuch gelegen. Daraus folgere ich: Erstens, Lady Jean kann das Tuch nicht vorher gestohlen worden sein, etwa von einer Frau, die es für ihr eigenes Kind wollte, um dieses dann vor dem Kloster abzulegen. Der Säugling, der in dem roten Tuch lag, war also zweifelsohne Lady Jeans Sohn. Zweitens folgere ich: Es gab auch keine andere Frau, die das Kind vertauschte.«

»Aber wieso nicht?«

»Weil es keinen Sinn macht, Majestät.« Walsingham hob den Finger, um die Wichtigkeit des Kommenden zu unterstreichen.

»Stellen wir uns vor: Eine andere Mutter geht mit ihrem Kind zum Kloster, um es vor dem Tor abzulegen. Warum tut sie das? Weil sie sich aus irgendeinem Grund von ihm trennen muss. Eine solche Mutter würde doch nie den eigenen Säugling dort lassen und dafür einen fremden mitnehmen, schließlich hätte sie damit nur ihr altes Problem gegen ein neues eingetauscht.«

»Ihr habt Recht.« Elisabeth nickte, jetzt vollends überzeugt. »Wenn überhaupt, hätten in einem solchen Fall zwei Kinder vor dem Klostertor liegen müssen.

»Ich freue mich, dass Eure Majestät das auch so sehen.«

»Der junge Vitus ist also adlig. Er ist Arzt, außerordentlich tüchtig und darüber hinaus Verfasser eines Buches.«

»Jawohl, Majestät.«

»Was ist jetzt mit dem brisanten Inhalt des Buches?«

»Ich will mich kurz fassen: Neben der Tatsache, dass der junge Collincourt hier ein Werk in ausgezeichnetem Latein geschrieben hat und zu einer ganzen Anzahl brillanter Schlussfolgerungen kommt, ist das wohl wichtigste Ergebnis die Enttarnung des Pestverursachers. Es ist *Pulex pestis,* der vom Verfasser so bezeichnete Pestfloh.«

»Wie bitte? Ein Floh als Verursacher des schwarzen Todes? Ein kleiner Floh? Ihr scherzt, Francis.«

»Keineswegs, Majestät. Der kleine Biss eines kleines Flohs hat diese katastrophalen Auswirkungen. Ich kann Euch die Lektüre des Werks nur wärmstens ans Herz legen. Es ist ein Genuss, die logischen Denkschritte des jungen Collincourt nachzuvollziehen, von Kapitel zu Kapitel, bis schließlich wie von selbst das Endergebnis herausfällt. Der Urheber der Geißel ist der Floh. Er allein ist es, der sie überträgt, wenn man von der Ansteckung von Mensch zu Mensch einmal absieht.«

Walsingham machte eine kurze Pause, um die Bedeutung seiner Worte zu unterstreichen, dann fuhr er fort: »Diese Erkenntnis, Majestät, ist absolut umwälzend. Bedenkt nur die Möglichkeiten: Wenn jedermann beim nächsten Ausbruch der Geißel darauf achtet, dass er nicht mit Flöhen in Berührung kommt, hätte sie sich innerhalb weniger Tage totgelaufen.«

Elisabeth begann sich mit dem Gedanken anzufreunden. Sie hatte eine sehr gute Auffassungsgabe und ein nicht minder gutes Gedächtnis. Deshalb sagte sie jetzt: »Ihr spracht vorhin aber auch von der Pest als einer unwiderstehlichen Waffe. Ich kenne Euch. Ihr tatet es nicht von ungefähr. Was also hat es damit auf sich?«

Walsingham fiel es schwer, seinen Stolz zu verbergen, als er antwortete: »Meine Ahnung, die Pest könnte auch bei kriegerischen Auseinandersetzungen von Nutzen sein, erwies sich als richtig, und zwar in jenem Augenblick, als ich das Werk des jungen Collincourt las.«

»Ich kann Euch nicht folgen.«

»Wartet nur, Majestät, gleich werdet Ihr verstehen, was ich meine«, erwiderte Walsingham eifrig. »Habt Ihr schon einmal von so genannten Feuertöpfen gehört? Nein? Dann lasst es mich erklären: Feuertöpfe kannten schon die Griechen und Römer. Man verstand darunter eiserne Gefäße, in die man ein Gemisch aus Salpeter und anderen Stoffen tat. Einmal entzündet, war ein solches Feuer nicht mehr zu löschen. Ihr könnt Euch vorstellen, welchen Schrecken, welches Chaos es in den gegnerischen Reihen auslöste. Und nun überlegt einmal, was passieren würde, wenn man das Feuer durch Flöhe ersetzte.«

»Was würde dann passieren? Ihr werdet es mir gleich sagen.«

»Gewiss. Ich denke an die vielen Unruhen in Schottland, Majestät. Kaum ein Monat vergeht, ohne dass nicht der Fürst irgendeines Clans sich erhebt und sein Mütchen an unseren Truppen kühlt. Ich sage Euch, solange Maria Stuarts Sohn Jakob im Norden herrscht, haben wir im Süden keine Ruhe. Er kommt eben ganz nach seiner Mutter. Doch ich will nicht abgleiten. Ich stelle mir nur vor, welch schnelle, endgültige Wirkung es hätte, wenn man einen ›Pestflohtopf‹ über die Mauern einer abtrünnigen Burg werfen würde.«

»Großer Gott! Seid Ihr von Sinnen, Francis? Denkt nur an die armen Frauen und Kinder innerhalb der Mauern!«

»Ja, Majestät, das tue ich. Und ich stelle mir auch den umgekehrten Fall vor, wenn der Feind eine solche Waffe hätte. Würde er sie gegen uns einsetzen? Er würde es. Glaubt mir, eine Waffe, die existiert, und sei sie noch so grausam, wird eingesetzt. Und wenn dem so ist, dann lieber von uns als vom Gegner.«

Elisabeth sagte daraufhin nichts. Sie schüttelte nur den Kopf.

»Es ist doch besser, ich töte meine Feinde rasch und schnell, beende einen Krieg dadurch und halte meine eigenen Kämpfer am Leben. Der Zweck heiligt die Mittel, Majestät. Ein Grundsatz, den mein Geheimdienst tagtäglich befolgt.«

Elisabeth erwiderte noch immer nichts. Walsingham war sicher im Recht, aber hatte ein solches Vorgehen noch etwas mit christlichen Werten zu tun? Oder wenigstens mit einem ehrlichen Kampf auf dem Schlachtfeld? Andererseits, welcher Kampf war schon ehrlich?

»Jedenfalls habe ich mir erlaubt, den jungen Collincourt zu Euch zu beordern. Ich habe die Sache dringlich gemacht, weil mit ihm so rasch wie möglich über den Einsatz des Pestflohs gesprochen werden muss. Eigentlich sollte er schon längst in London sein.«

»Einen Augenblick, Francis.« Auf Elisabeths weiß gepuderter Stirn erschien eine Zornesfalte. »Wollt Ihr damit sagen, Ihr hättet den jungen Collincourt brieflich zu mir zitiert, damit ich mich mit ihm über die Pest als Tötungsmöglichkeit unterhalte? Was mutet Ihr mir zu!«

»Aber, Majestät, ich bitte tausendmal um Vergebung!« Walsingham hob abwehrend die Hände und gab sich zerknirscht. »Selbstverständlich ist alles ganz anders. In dem Brief, den mein Kurier übergeben hat, steht kein Wort über mein Vorhaben. Dafür aber, weit unverfänglicher, dass besagter Hornstaple vor Euch hintreten und das Erbe Greenvale Castle für seinen Mandanten beanspruchen will.«

Elisabeth beruhigte sich. »Nun gut, Francis, ich baue auf Euch und Euer Geschick. Mögt Ihr zuerst mit dem jungen Mann sprechen. Anschließend soll er sich bei mir im Palast melden. Gewiss werden ihm Schloss, Gut und alle Ländereien zugesprochen.«

»Jawohl, Majestät«, sagte Walsingham, der damit begann, seine Unterlagen einzupacken. Er fand, dass die Unterredung mit seiner Königin insgesamt glatt verlaufen war – wenn man von einigen Stolpersteinen absah.

»Ich glaube, der junge Vitus ist der letzte Collincourt, nicht wahr, Francis?«

»Richtig, Majestät. Wenn er nicht aufgetaucht wäre, gäbe es das Geschlecht nicht mehr. Der alte Lord Odo starb anno 77; Thomas, der Sohn seines toten Bruders Richard, lebt ebenfalls nicht mehr. Und über Arlette sprachen wir bereits.«

»Das taten wir.«

»Bleibt eigentlich nur noch eine Frage, Majestät.«

»Ja, Francis?«

»Wie soll ich ihn anreden, wenn er da ist?«

Die Herrscherin Elisabeth

»Wenn ich den erstaunten Ausdruck in Euren Augen richtig deute, fragt Ihr Euch jetzt, warum ich Euch die Peerswürde eines Lords nicht zuerkenne. Die Antwort ist einfach: Der Titel Lord ist nur dann erblich, wenn der Betreffende ein Abkömmling in direkter männlicher Linie ist. Das aber liegt bei Euch nicht vor.«

Ihr müsst Euch noch einen Augenblick gedulden«, näselte Walsinghams persönlicher Schreiber, der pergamentgesichtige Mufflin, nun schon zum dritten oder vierten Male. »Sir Francis ist sehr beschäftigt.«

»Aha«, war alles, was Vitus erwiderte. Die Erklärungen Mufflins standen in krassem Gegensatz zur Dringlichkeit der hinter ihm liegenden Reise, an deren Beginn nicht einmal ein Lebewohl von Nina möglich gewesen war.

Morton of Edgehill und er waren erst vor einer halben Stunde in London angekommen, staubbedeckt und dreckverkrustet vom anstrengenden Ritt. Beide hatten sofort nach Whitehall eilen wollen, damit Vitus vor die Königin treten konnte, doch zu ihrer Überraschung hatte ein Beauftragter von Sir Francis sie abgefangen. Edgehill hatte den Befehl bekommen, seinen normalen Dienst wieder aufzunehmen, und Vitus war zu Walsinghams Stadthaus in der Seething Lane beordert worden.

Nun saß er auf einem der prächtigen, brokatbezogenen Stühle, betrachtete die mit kostbaren Teppichen behängten Wände der Vorhalle und hatte nach der hektischen Reise auf einmal sehr viel Zeit.

Was mochte der Staatssekretär von ihm wollen? Er kannte

Walsingham nur in seiner Funktion als Parlamentarier, doch kursierten im Volk hartnäckige Gerüchte, er sei viel mehr Spion als Staatsmann – eine geheimnisvolle Macht, die im Hintergrund höchst wirksame Fäden zog.

»Sir Francis lässt bitten.« Mufflin stand gebeugt in der Tür zum Studierzimmer des Hausherrn.

Vitus erhob sich, klopfte nochmals den Staub von seinem Reitmantel und betrat den Raum. Trotz der Unhöflichkeit, die ihm widerfahren war, verbeugte er sich in geziemender Weise. »Guten Tag, Sir Francis.«

»Guten Tag. Ich bin Euch sehr verbunden, dass Ihr den Weg zu mir unverzüglich gefunden habt.« Walsingham, der an diesem Tag im Gegensatz zu seiner sonstigen Gepflogenheit Kleider von nachtblauer Farbe trug, saß hinter seinem Schreibtisch und deutete auf ein Sitzmöbel ihm gegenüber. »Nehmt Platz.«

»Vielen Dank, Sir Francis.«

Walsingham lehnte sich zurück, legte die Fingerspitzen aneinander und sagte zunächst nichts. Die erste kleine Prüfung hat er mit Anstand hinter sich gebracht, dachte er. Der junge Mann hat sich in der Gewalt. Wir wollen sehen, wie er sich weiter macht. »Ich bitte um Entschuldigung, dass ich Euch warten lassen musste«, begann er das Gespräch. »Eure Rückkehr nach England ist zwar wichtig, aber, nehmt es mir nicht übel, es gibt noch wichtigere Dinge.«

Vitus deutete ein Nicken an, zum Zeichen, dass er verstanden hatte.

Walsingham lächelte. Die zweite Kröte hat er auch recht achtbar geschluckt, stellte er insgeheim fest. »Vielleicht wundert Ihr Euch, dass ich mir erlaubt habe, mich, äh ... sozusagen terminlich vorzudrängen.«

»Das tue ich tatsächlich, Sir Francis.«

»Ich habe natürlich meine Gründe dafür – und das Einverständnis Ihrer Majestät.« Walsingham kam zu dem Schluss, dass sein Besucher auch die dritte Hürde genommen hatte: Er hatte darauf verzichtet, zu behaupten, er hätte sich nicht gewundert, und die Wartezeit hätte ihm nichts ausgemacht. Der junge Collincourt begann ihm sympathisch zu werden.

Vitus zog ein Schreiben aus seinem Ärmel. »Dies ist der Brief, in dem Ihre Majestät mich auffordert, schnellstmöglich vor ihr zu erscheinen. Ihr müsst gute Argumente haben, Euch über den Willen der Königin hinwegzusetzen.«

Oho!, dachte Walsingham. Von diesem Kaliber ist der Bursche also. Einer, der, ohne mit der Wimper zu zucken, einsteckt, um anschließend selber kräftig auszuteilen! Vitus von Campodios, der du ein junger Collincourt bist, du gefällst mir immer besser. »Behaltet den Brief, ich glaube Euch auch so …«

»Das ehrt mich.«

»… weil ich den Inhalt selbst verfasst habe.«

»Wie … wie meint Ihr?«

Walsingham sah mit Vergnügen, dass sein Besucher nun doch um Fassung rang.

»Aber die Königin hat doch selbst unterschrieben?«

»Die Königin unterschreibt vieles. Sie kann nicht jedes Schriftstück vorher durchlesen. Sie vertraut mir. Und das solltet Ihr auch.«

Vitus steckte den Brief wieder ein. »Das will ich gerne tun, wenn Ihr mir verratet, warum Ihr mich herbefohlen habt.«

Walsingham tippte die Fingerspitzen aneinander. »Es mag in Euren Ohren vielleicht übertrieben klingen, aber es geht um nicht mehr und nicht weniger als um das Wohl Englands. Seht einmal, was ich hier habe.«

Vitus staunte. »Das Werk *De Causis Pestis!* Mein Werk.«

»Ganz recht. Wie ich weiß, besitzt Ihr noch kein Exemplar, deshalb ist es mir ein Vergnügen, Euch dieses überlassen zu können.«

Vitus war sprachlos.

»Ich weiß, dass Euch jetzt viele Fragen auf der Zunge liegen. Vergebt mir, wenn ich nicht alle beantworten kann. Nur so viel: Die englische Krone hat überall, sagen wir, Mittelsmänner, die mir zuarbeiten. So wusste ich auch beizeiten, dass Ihr *De Causis Pestis* geschrieben hattet, und ließ mir einige Exemplare besorgen.«

»Aber … aber, wie konntet Ihr so schnell an das Werk kommen?«

Walsingham tat, als sei dies nichts Besonderes. »Schnelligkeit und Wissen, Wissen und Schnelligkeit, nur darauf kommt es an. Beides sind unabdingbare Voraussetzungen, wenn man seinem Land wirkungsvoll dienen will. Die Königin hat Euer Buch im Übrigen auch bereits gelesen. Sie ist sehr beeindruckt.«

»So ist das Buch womöglich der Grund, warum ich zuerst bei Euch und nicht bei Ihrer Majestät bin?«

»Ihr habt einen klugen Kopf. Ich wünschte, ich hätte in meinen Reihen mehr Männer Eurer Auffassungsgabe. Doch zur Sache: Wer Euer Werk aufmerksam gelesen hat, weiß, dass *Pulex pestis* der Verursacher des schwarzen Todes ist. Ein unscheinbarer Floh. Ein Umstand, den zu glauben einem anfangs schwer fällt.«

»Nicht jeder *Pulex* ist automatisch ein Pestfloh, Sir Francis. Es gibt wahrscheinlich mehr Flöhe als Sterne am Himmel, und die meisten von ihnen übertragen die Seuche nicht. Gottlob ist es so, denn sonst wäre die Menschheit mit Sicherheit längst ausgerottet.«

»Da gebe ich Euch Recht. Wenn ich mich nicht täusche, habt Ihr geschrieben, der Pestfloh trete bei Pesttoten auf, was, für sich genommen, zunächst wenig überraschend ist. Ihr schreibt ferner, dass bei Kälterwerden des Verstorbenen *Pulex pestis* von ihm lässt und sich ein anderes Opfer sucht. Ist das richtig?«

»Jawohl, Sir Francis.« Vitus fragte sich, worauf sein Gegenüber hinauswollte.

»Wenn man also sichergehen will, *Pulex pestis* zu begegnen, muss man nach frischen, noch warmen Pestleichen Ausschau halten?«

»Ich kann mir kaum vorstellen, dass jemand erpicht darauf wäre, aber dem ist so.«

Walsingham beugte sich vor. »Ich will nicht länger um den heißen Brei herumreden: Ich bin daran interessiert, hundert, zweihundert, vielleicht fünfhundert Pestflöhe in meinen Besitz zu bringen.«

»Was sagt Ihr?« Vitus blickte so ungläubig, dass Walsingham sich fragte, ob er ihm in allen Belangen reinen Wein einschenken sollte. Immerhin konnten seine Gedanken zur Pest als Waffe, so sie denn offenbar würden, einen Aufschrei der Entrüstung an allen europäischen Höfen nach sich ziehen. Doch nach kurzer Überlegung entschloss er sich, es zu tun. Die Wahrscheinlichkeit, auf diese Weise voranzukommen, erschien ihm größer als das damit verbundene Risiko.

»England ist von Feinden umzingelt«, hob er an. »Wir sind zwar ein starkes Volk und unsere Insel schützt uns vor machtgierigen Händen, aber wie heißt es so schön? Viele Hunde sind des Hasen Tod. Die Franzosen sind uns nicht wohlgesinnt, die Schotten, die Iren und die Spanier ebenfalls nicht. Zwar führen wir im Augenblick gegen niemanden offiziell Krieg, aber das kann sich jeden Tag ändern. Ich möchte deshalb meiner Königin eine Waffe an die Hand geben, der keiner widerstehen kann: den Pestfloh.«

Walsingham machte eine Pause und sah, wie Vitus' Augen sich vor Schreck weiteten. Aber er hatte einmal angefangen, nun würde er auch zu Ende reden. »Ich beabsichtige, *Pulex pestis* in kleinen Kesseln oder Kapseln zu verwahren und diese Behältnisse unter unsere Feinde zu bringen.«

»Aber, Sir Francis! Das zu tun, hieße Gott zu versuchen! Die Verseuchung, die Ihr damit auslösen wollt, würde auf Euch und Eure Streiter zurückkommen. Hundertfach, tausendfach! Dem Pestfloh ist es egal, wen er beißt.«

Walsingham registrierte, dass der junge Collincourt seinen Ideen genauso zweifelnd gegenüberstand wie seine Königin. Sachlich entgegnete er: »Natürlich wäre der Einsatz einer Pestkapsel nur sinnvoll in einem räumlich klar abgegrenzten Gebiet. Beispielsweise in einer belagerten Burg oder in einem geschlossenen Lager oder auf einer Insel.«

»Ich kann Euch selbstverständlich nicht daran hindern, solche Einsätze ins Auge zu fassen, Sir Francis.« Aus jedem von Vitus' Worten klang Entrüstung.

»Aber möglich wären sie?«

»Nun, ja, sicher. Doch ich möchte Euch noch einmal ausdrücklich auf die Gefahren für die eigenen Truppen hinweisen. Ein unachtsamer Moment, und schon könnten die Flöhe aus ihrem Behältnis entweichen! Bedenkt, ein jeder von ihnen vermag schneller zu springen, als man sehen kann, und höher, als man vermutet. Unterschätzt die Natur nicht! Wenn ein Mensch so hoch wie ein Floh hüpfen wollte, müsste er auf einen Hügel springen, der siebenhundertfünfzig Fuß misst. Deshalb, mit Verlaub, Sir Francis: Lasst ab von diesen Gedanken. Es hängt kein Segen daran. Wie sagte doch der heilige Franz von Assisi:

Herr, mache mich
zu einem Instrument Deines Friedens.
Wo Hass ist, lass mich Liebe säen.
Wo Unrecht ist, Vergebung.
Wo Zweifel ist, Glaube.
Wo Verzweiflung ist, Hoffnung.
Wo Dunkelheit ist, Licht.
Wo Trauer ist, Freude …

Ich nehme an, Ihr kennt das Gebet?«

»Leider nein.« Walsingham kannte es nicht und wollte auch nicht darauf eingehen. Er hatte erfahren, was er wissen wollte: Dem Einsatz von *Pulex pestis* stand von wissenschaftlicher Seite her nichts im Wege. Alles andere musste der junge Collincourt ihm überlassen. Ebenso wie seine Königin. Und überhaupt: Niemand brauchte zu wissen, wann, wo und bei welcher Gelegenheit er zukünftig seine neue Waffe zur Anwendung bringen würde.

»Leider nein«, sagte er nochmals. »Ich kenne mich in Gebetstexten nicht sonderlich gut aus. Vielleicht liegt es daran, dass ich nicht im Kloster aufgewachsen bin – wie Ihr.«

»Ihr scheint viel über mich zu wissen, Sir Francis.«

»Mehr, als Ihr denkt. Ist Euch eigentlich bekannt, dass der Advocatus Hornstaple bei mir war und behauptet hat, er könne nunmehr beweisen, dass ein gewisser Warwick Throat Euer leiblicher Vater ist?«

Vitus biss die Zähne zusammen. Sollte das ganze Gezerre um sein Erbe denn niemals enden? Gab der verdammte Hornstaple denn noch immer nicht auf? »Nein, davon weiß ich nichts«, sagte er, um Haltung bemüht.

»Wie könntet Ihr auch.« Walsingham gönnte sich ein feines Lächeln. »Aber ich darf Euch verraten, dass es mittlerweile unerheblich ist, ob Throat als Euer Vater angesehen werden muss oder nicht, denn er ist tot. Letzte Woche verstorben, wie man mir berichtet hat. Damit dürfte sich dieser Punkt zu Eurem Vorteil geklärt haben.«

»Ich bin Euch sehr verbunden und danke Euch für die Information.«

»Keine Ursache.«

Vitus sann einen Augenblick nach. Dann sagte er: »Ich würde gern wissen, wo Warwick Throat begraben liegt.«

»Auf dem Kirchhof, in geweihter Erde. Es gibt da einen

Reverend Pound, der auf mein Geheiß die letzten Gebete für ihn sprach.«

»Das habt Ihr veranlasst? Aber wieso denn?«

Walsingham begann wieder die Finger gegeneinander zu tippen. »Nehmen wir an, ich glaube, Throat ist tatsächlich Euer Vater.«

»Ist er es denn?«

»Warum sollte er es nicht sein?« Walsingham fand, dass der junge Collincourt ihn jetzt genug gefragt hatte. »Jedenfalls dachte ich, ein paar Worte des Trostes und der Erbauung aus priesterlichem Munde seien angemessen; und sicher war es auch im Sinne unserer Königin. Schließlich rollt adliges Blut in Euren Adern.«

Vitus horchte auf. »Heißt das, sämtliche Zweifel an meiner Herkunft sind endgültig ausgeräumt, Sir Francis?«

»Darauf antworte ich Euch nicht, denn ich will Ihrer Majestät nicht vorgreifen. In jedem Fall erwartet sie Euch direkt nach unserem Gespräch.«

»Jetzt?«

»Genau jetzt. Sir.«

Der Kammerdiener, dessen Umsicht und Zuverlässigkeit schon Heinrich VIII. geschätzt hatte, hieß Jonathan und war einundsiebzig Jahre alt. In seiner roten goldgestreiften Livree pflegte er gravitätisch schreitend seiner Arbeit nachzugehen, tagein, tagaus, mit immer denselben Handgriffen, dabei an das Aussehen eines Marabus erinnernd.

Jonathan war allseits geachtet und erfreute sich der besonderen Zuneigung seiner Königin. Vielleicht war das auch der Grund, warum er stets die Aufgabe übernehmen musste, unerfahrene Untertanen im rechten Auftreten zu unterweisen.

»Sir«, sagte er mit hochgezogenen Augenbrauen zu Vitus,

»mein Name ist Jonathan. Bevor Ihr den Audienzraum betretet, gestattet mir, Euch einige Hinweise zu geben.«

»Schießt los.« Vitus versuchte, sich seine Aufregung nicht anmerken zu lassen.

Doch so schnell ging es nicht. Wie bei allem, was er tat, ließ sich der alte Diener auch hier Zeit. Ein wenig nuschelnd, bedingt durch den Verlust fast sämtlicher Zähne, begann er schließlich: »Die Königin, Sir, ist eine exzellente Reiterin. Nicht zuletzt deshalb schätzt sie tadellose Körperhaltung. Tut also die ganze Zeit, als hättet Ihr einen Stock verschluckt, und bewegt Euch mit Anstand.«

Leicht amüsiert fragte Vitus: »Mit Anstand? Was heißt das?«

»Keine schnellen Bewegungen, kein Gescharre mit den Beinen, kein Kopfwackeln, Sir.«

»Das wird mir nicht schwer fallen.«

Vitus' spöttischen Unterton überhörend, fuhr Jonathan fort. »Unterschätzt nicht, was Euch zum ersten Mal bevorsteht, Sir. Manch einer merkte plötzlich, dass er Hände hatte, und wusste nicht mehr, wohin mit ihnen. Aber ich will Euch nicht verunsichern. Ihr werdet schon den rechten Eindruck machen, wenn Ihr nur auf mich hört.«

»Danke, Jonathan.«

»Gebt Euch vor allem ruhig und natürlich. Vermeidet beim Eintreten den Blickkontakt mit der Königin.«

»Das will ich tun. Aber warum?«

»Warum?« Die Frage überraschte den alten Diener. Nie zuvor hatte jemand nach dem »Warum« des Hofzeremoniells gefragt. »Nun, nun, es ist einfach so, dass Ihr erst dann Ihrer Majestät ins Antlitz schauen dürft, nachdem sie Euch angesprochen hat.«

»Aha, nun gut.«

»Ihr geht also in den Raum, nachdem ich Euch die Tür geöffnet habe, vermeidet dabei, wie gesagt, den Blickkontakt, und tretet drei Schritte vor. Dann beugt Ihr tief das Knie. Genauso, wie ich es Euch jetzt vormache.« Mit sichtlicher Anstrengung und knackenden Knochen zeigte Jonathan den genauen Bewegungsablauf. Vitus tat es ihm mehrere Male nach, bis der Alte zufrieden war.

»Mit dem Beugen des Knies zieht Ihr Euer Barett, Sir, welches Ihr danach wieder aufsetzen dürft. Anschließend tretet Ihr wieder drei Schritte vor und beugt abermals das Knie. Nach weiteren drei Schritten macht Ihr es ein letztes Mal. In dieser Stellung verharrt Ihr, bis die Königin Euch anspricht. Dies geschieht nicht immer sofort, da Ihre Majestät es schätzt, ihre Besucher einer eingehenden Betrachtung zu unterziehen, bevor die Audienz beginnt.«

»Das alles hört sich recht kompliziert an.«

»Das findet Ihr kompliziert?« Jonathan blickte überrascht. Das Zeremoniell war ihm schon so in Fleisch und Blut übergegangen, dass er den Gedanken nicht nachvollziehen konnte. »Da hättet Ihr erleben sollen, welches Ritual bei der Vorgängerin Ihrer Majestät jedes Mal an der Tagesordnung war!«

»Ihr meint die verstorbene Halbschwester der Königin, Maria die, äh … Katholische?« Fast hätte Vitus »Maria die Blutige« gesagt, weil sie im Volk nur unter diesem Namen bekannt war. Maria hatte ein Leben in Abhängigkeit und Grausamkeit geführt. Grausam war sie gewesen, weil sie nicht weniger als dreihundert Menschen, die sich zum Protestantismus bekannt hatten, auf dem Scheiterhaufen verbrennen ließ; abhängig, weil sie ihren Gemahl Philipp II. hingebungsvoll liebte – fast so stark wie ihren Herrgott, zu dem sie pausenlos betete. Genützt hatte ihr das alles nichts, sie war kinderlos geblieben und schon nach wenigen Jahren verschieden. Philipp war fortan in Spanien geblieben und Elisabeth auf den Thron gekommen.

»Genau die meine ich, Sir.« Der alte Jonathan wurde jetzt mitteilsam. »Wenn sie und der König auf Schloss Hampton

Court eine Audienz gaben, war das jedes Mal eine Prozedur, die sich eine Ewigkeit in die Länge zog.«

»Aha.«

»Es war so, dass die Besucher im Audienzraum grundsätzlich warten mussten, Sir. Je niedriger sie von Geburt waren, desto länger. Mindestens drei Lakaien hatten sie vorher in die Halle begleitet und sich danach wieder zurückgezogen. Blickten die Besucher sich nun um, entdeckten sie mehrere Sitzmöbel gegenüber den überdachten Thronsesseln. Vor diesen hatten sie zu stehen, manchmal eine Stunde oder länger. Erschienen Maria und Philipp dann endlich, begleitet vom Majordomus und der Leibwache, entblößten sie das Haupt und beugten das Knie. Dann pflegte das Königspaar Platz zu nehmen – das Zeichen für sie, sich wieder aufzurichten. Philipp sprach nun: ›*Cubríos*‹, denn niemals wäre ihm eingefallen, den Befehl ›Bedeckt Euch‹ auf Englisch zu geben. Für diesen Gnadenerweis hatten die Besucher sich zu bedanken, indem sie abermals das Knie beugten, sich erhoben und ihre Kopfbedeckungen wieder aufsetzten. Dann wurden sie aufgefordert, selber Platz zu nehmen. Allerdings, um dem entsprechen zu dürfen, mussten sie vorher ein drittes Mal das Knie beugen.«

»Du meine Güte!«, entfuhr es Vitus.

»Anschließend trat der Majordomus vor, nahm sein Barett ab und verlas von einem Lesepult aus die Namen der Besucher. Nickte der König, mussten sie erneut aufstehen, die Kopfbedeckung abnehmen, einen Kniefall machen, sich aufrichten und die Kopfbedeckung wieder aufsetzen. Erst jetzt durfte ein Gespräch zustande kommen, ein Gespräch, das häufig recht einsilbig ausfiel, denn Maria und Philipp lagen die Wünsche ihrer Untertanen wenig am Herzen.«

Jonathan unterbrach sich. »Vielleicht wundert Ihr Euch, Sir, dass ich die Dinge so offen ausspreche, aber ich weiß, dass unsere geliebte *Virgin Queen* dieses Ritual genauso verabscheute wie alle bei Hofe. Nun denn, um die Sache zum Abschluss zu bringen: War die Audienz beendet, setzte die ganze Prozedur aufs Neue ein – nur rückwärts.«

»Vielen Dank, Jonathan.« Vitus lächelte schief. »Ich hoffe, dass ich nach all dem Auf und Nieder meine eigene Lektion nicht vergessen habe.«

»Bestimmt nicht, Sir. Ihr werdet Eure Sache sicher gut machen. Äh, verzeiht, wenn ich das eben so gesagt habe. Seid Ihr bereit?«

»Jawohl.«

»Dann öffne ich Euch jetzt die Tür.«

Elisabeth I., Königin von England, hatte lange darüber nachgedacht, welches Kleid sie für die Audienz wählen sollte. Dabei war der Anlass durchaus kein ungewöhnlicher. Tagtäglich empfing sie Menschen aus allen Schichten ihres Volkes, Adlige ebenso wie den einfachen Mann. Was also mochte der Grund dafür sein?

Vielleicht, so sagte sie sich, lag es daran, dass dieser Vitus ein so weit gereister Mann war, ähnlich wie Francis Drake, John Hawkins oder Hippolyte Taggart, der alten Haudegen. Sämtlich Abenteurer, die nach Salz, See und Sturm rochen, ganze Kerle, die dem Teufel ein Ohr absegelten und ihr in der Vergangenheit so manchen Batzen Gold in die persönliche Schatulle gespült hatten. Für solche Männer hatte sie eine Schwäche, schon immer gehabt …

Ihre Wahl war schließlich auf ein Kleid aus Silberbrokat gefallen, auf einen Traum, der durchsetzt war von Smaragden und Rubinen und bestickt mit Aberhunderten von Perlen. Selbstverständlich war das Gewand nach der neuesten französischen Mode geschnitten und sündhaft teuer gewesen – wie alle ihre Gewänder. Es bestand aus einem besonders langen, tief gezogenen Mieder, das in einen prächtigen Reifrock auslief. Der Ausschnitt wurde bedeckt von einer hohen Halskrause aus feinsten weißen Spitzen. Die Ärmel waren geschlitzt und mit rotem Taft gefüttert; der Gürtel war von demselben Material. In ihn waren weißseidene Schleifen hineingeknüpft, die bis auf den Boden herabhingen. Für ihr Haar schließlich hatte Elisabeth ein Perlendiadem ausgesucht, und ihre langen Locken waren ebenfalls mit Perlen geschmückt.

Wie sie da auf ihrem Thron saß, war sie eine wahrhaft königliche Erscheinung, und ihre Hofdamen und Ehrenjungfrauen fielen gegen sie ab, was durchaus beabsichtigt war. Die Damen, allesamt von edlem Geblüt, hatten wie stets schwarzen Samt angelegt, die Jungfrauen unschuldiges Weiß. Sonst befand sich niemand in der Halle, was aber nicht hieß, dass Elisabeth ohne Schutz gewesen wäre. Ihre Wachen befanden sich in einem Nebenraum, bereit, jederzeit einzugreifen.

Als die Tür sich nun öffnete, glättete sie noch rasch eine nicht vorhandene Falte auf ihrem Reifrock und blickte dem Ankömmling entgegen.

Ihr erster Eindruck war Befremden. Nicht so sehr wegen der staubigen Kleidung, die der Ankömmling trug, auch nicht wegen des mangelnden Sitzes derselben, sondern aus einem ganz anderen Grund. »Erhebt Euch, Cirurgicus«, sagte sie förmlich, nachdem Vitus zum dritten Mal das Knie gebeugt hatte. »Ich kann nicht umhin, festzustellen, dass Ihr seltsames Schuhwerk tragt. Niemals zuvor sah ich solch gelbe Pantoffeln.«

»Die … die Pantoffeln?« Mit allem hatte Vitus gerechnet, nur nicht damit, dass die Königin ihn auf seine Schuhe ansprechen würde. »Oh, ich bitte um Verzeihung. Sie sind abgetragen und unansehnlich, nicht gerade für das englische Wetter geschaffen.«

»Ja, an das Wetter werdet Ihr Euch wohl erst wieder gewöhnen müssen«, sagte Elisabeth und dachte an die vielen Regentage der vergangenen Wochen. Sie waren der Grund, warum sie

Greenwich, wo sie sonst den Sommer zu verbringen pflegte, verlassen hatte und nach Whitehall zurückgekehrt war. »Ich hoffe, Ihr hattet eine angenehme Reise?«

»Jawohl, Majestät. Als mich Euer Majestät Schreiben in Spanien erreichte, habe ich mich unverzüglich aufgemacht und bin so schnell wie möglich hergekommen.« Vitus versuchte ein Lächeln. »Der Anblick meiner Schuhe ist dabei ein wenig auf der Strecke geblieben.«

Ein Kichern belohnte ihn für den kleinen Scherz. Allerdings stammte es nicht von Elisabeth, sondern von einer der Ehrenjungfrauen, die nun, als ein strafender Blick ihrer Königin sie traf, erschreckt die Hand vor den Mund hielt.

Vitus sprach weiter: »Aber ich versichere Euch, Majestät, das Leder ist sehr durabel.«

Elisabeth fragte sich, wie man derart hässliches Schuhwerk überhaupt verteidigen konnte, beließ es aber dabei und meinte: »Ihr sagtet eben, die Pantoffeln seien nicht gerade für das englische Wetter geschaffen. Für welches Wetter dann, Cirurgicus?«

»Für das trockene Klima Nordafrikas, Majestät. Sie wurden in Fez gefertigt, einer Stadt am Rande der großen Wüste. Ein arabischer Handelsherr, Hadschi Moktar Bônali mit Namen, lässt solche Schuhe fabrizieren und veräußert sie gewinnbringend. Einige Hundert von ihnen reisten bereits auf dem Kamelrücken nach der Hafenstadt Oran und von dort über das Mittelländische Meer bis nach Chioggia bei Venedig.«

Elisabeth beschloss, das Thema zu wechseln. Die lächerlichen Schuhe waren nicht länger ihre Aufmerksamkeit wert. Außerdem lenkten sie von dem Gesicht ihres Besuchers ab. Es war ein markantes, sehr männliches Gesicht, mit wachen, klugen Augen darin, und es erinnerte sie an das von Robert Dudley in jungen Jahren. Wie lange waren die gemeinsamen Ausritte mit Robin jetzt her? Fünfzehn, zwanzig Jahre? Wenn er damals nicht in die Intrige um den Tod seiner Frau verwickelt worden wäre, hätte sie ihn wahrscheinlich geheiratet. Obwohl er seinerzeit nur Oberstallmeister und noch nicht der Earl of Leicester war …

Andererseits war der junge Collincourt kaum mit Robin zu verwechseln, denn er war blond und etwas größer. Und er stand da, steif wie ein Spatenstiel. Wahrscheinlich hatte der alte Jonathan ihm das eingeschärft. Warum er das bei jedem Besucher tat, wusste nur er. »Cirurgicus, Ihr habt ein bemerkenswertes Buch geschrieben.«

»Danke, Majestät. Sicher meint Ihr *De Causis Pestis*. Ich muss dazu sagen, dass die Erkenntnisse darin nicht allein auf meinen Überlegungen beruhen. Professor Mercurio Girolamo von der Paduaner Universität und mein Freund, der spanische Magister Ramiro García, waren gleichermaßen beteiligt.«

»Es spricht für Euch, dass Ihr die Anerkennung teilen wollt. Ich habe das Werk eingehend studiert und kann Euch folgen, wenn Ihr die Ursache des schwarzen Todes in *Pulex pestis* seht. Natürlich werden andere Wissenschaftler Eure Erkenntnisse in Frage stellen, getreu dem Leitsatz: drei Gelehrte, drei Meinungen. Aber ich bin Eurer Ansicht, und auf mich kommt es an.«

»Danke, Majestät.«

»Was ich in Euren Ausführungen allerdings vermisse, sind genaue Anweisungen, wie man sich vor dem Verderben bringenden Biss des Flohs schützt. Als Königin meines Volkes will ich alles darüber wissen.«

Vitus wählte seine Worte mit Bedacht. »Die Schwierigkeiten, die Ihr mit diesem Punkt ansprecht, wären ein eigenes Buch wert, Majestät«, begann er vorsichtig. »Es würde gewaltiger Anstrengungen bedürfen, den Floh auszurotten oder wenigstens unschädlich zu machen. Und dazu etlicher königlicher Verfügungen, ich …«

»Daran soll es nicht fehlen. Ich habe einmal gesagt, ich werde so gut zu meinem Volk sein, wie es jemals eine Königin war. Ich habe gesagt, mir soll es an Willen nicht fehlen und auch nicht an der Macht. Und ich habe hinzugefügt, dass ich in der Not sogar mein Blut geben würde. Welche Maßnahmen wären also geboten?«

Vitus ließ sich Zeit mit der Antwort. Schließlich sagte er: »Das größte Problem scheint mir die mangelnde Sauberkeit zu sein, Majestät.«

»Wie meint Ihr das?«

»Nun, die Überlegung ist einfach. Sie heißt: Da wo kein Floh ist, kann auch kein Floh beißen. Je reinlicher ein Haus gehalten wird, desto größer die Wahrscheinlichkeit, dass *Pulex pestis* nicht auftritt.«

Elisabeth runzelte die Stirn, wobei sie darauf achtete, es nicht zu übertreiben, damit ihre Schminke keine Risse bekam. »Das bedeutet im Umkehrschluss, weil London in weiten Teilen so dreckig ist, gedeiht der Floh hier besonders gut?«

»Jawohl, Majestät, leider. In London und in allen großen Städten Europas. Überall, wo Zehntausende von Menschen sich auf engem Raum zusammenballen. Hier fühlt *Pulex pestis* sich besonders wohl. Es sei denn, die Bewohner machen ihm das Leben sauer und reinigen ihre Häuser, räuchern die Zimmer aus, schrubben die Böden, erneuern das Bettzeug und vielerlei mehr. Ein solches Bemühen hätte übrigens den weiteren Vorteil, dass Wanzen und Läuse gleich mit verschwänden.«

Elisabeth nickte. Sie konnte Ungeziefer nicht ausstehen.

»Aber nicht nur innerhalb der Häuser müsste mehr Reinlichkeit herrschen – auch außerhalb. Auf sämtlichen Straßen und Plätzen. Und natürlich am Hafen. Es müsste sichergestellt werden, dass mit den Schiffen aus Übersee keine Pestflöhe mehr eingeschleppt werden, was umfangreiche Kontrollen der Ladung und der Matrosen nach sich zöge. Zur Reinlichkeit würde auch gehören, dass alle Menschen sich häufiger waschen, am besten täglich. Gleiches gälte für ihre Kleidung: Sie dürfte nicht mehr wochenlang getragen werden, sondern nur noch für wenige Tage, bevor sie in den Zuber kommt.«

Vitus machte eine Pause, und Elisabeth fragte: »Haltet Ihr einen solchen Aufwand tatsächlich für nötig?«

»Ich fürchte, ja, Majestät. Und neben all den Schwierigkeiten und Erfordernissen, die ich nannte, gäbe es ein weiteres Problem: das der Versorgung mit genügend Wasser. Denn ohne Wasser keine Sauberkeit. Überall im Land müssten neue Brunnen gegraben werden. Hunderte an der Zahl, wenn nicht gar Tausende.«

Elisabeth entgegnete nichts. Aber sie dachte: Du hast alles fein säuberlich aufgezählt, junger Collincourt, und dafür hast du meinen Respekt, aber die größte Schwierigkeit kennst du offenbar nicht. Nämlich die, dass meine Untertanen lieber eine Woche lang auf Gin und Ale verzichten würden, als sich ein einziges Mal zu waschen. Selbst die Königin von England wird sie dazu nicht zwingen können. Macht ist immer eine Frage der Durchsetzungsmöglichkeit, und wie sollte ich kontrollieren, ob sich meine zwei Millionen Untertanen täglich reinigen …

Doch werde ich dir nicht auf die Nase binden, dass selbst mir Grenzen gesetzt sind, und etwas anderes ansprechen. »Bevor Ihr zu mir kamt, Cirurgicus, wart Ihr bei Staatssekretär Walsingham?«

»So ist es, Majestät.«

»Ich nehme an, er sprach mit Euch über den Einsatz von *Pulex pestis* als Waffe?«

»Das tat er.«

»Was habt Ihr im Einzelnen erörtert?«

Der Tonfall Elisabeths ließ Vitus aufhorchen. Gab es Meinungsunterschiede zwischen ihr und dem Staatssekretär in dieser Hinsicht? Er musste sich hüten, zwischen die Mühlsteine zweier so ausgeprägter Machtmenschen zu geraten.

Doch was sollte er antworten? Nichts als die Wahrheit. Das würde das Beste sein ... »Ich sagte dem Staatssekretär, dass der Einsatz von *Pulex pestis* für Englands Feinde durchaus Tod bringend sein könnte, warnte ihn aber vor den Folgen. Meiner Meinung nach ist die Gefahr der Selbstvernichtung dabei ebenso groß. Ich denke, wer mit dem Feuer spielt, kommt darin um, Majestät.«

»Ich freue mich, dass Ihr so denkt. Die Vorstellung, dass meine Soldaten demnächst mit Flöhen im Gepäck kämpfen werden, ist mir widerlich. Sollte der Staatssekretär an Euch herantreten und weiteren Rat erbitten, verbiete ich Euch, ihn zu erteilen.«

»Wie Majestät befehlen.« Vitus verbeugte sich.

Elisabeth sah es mit Befriedigung. Adel kommt eben doch von edel, dachte sie. Der junge Collincourt hat sich seiner Abstammung als würdig erwiesen. Wenn ich es recht bedenke, sind wir Tudors sogar um einige Ecken mit den Collincourts verwandt – wie mit fast allen Häusern des Hochadels. Ich glaube, irgendein lange verstorbener Vetter meines Großvaters mütterlicherseits, des Earl of Wiltshire, war mit einer Collincourt vermählt.

Elisabeth wollte zum Schluss der Unterredung kommen und überlegte, ob die Höflichkeit es erforderte, ihren Besucher für die sich anschließende Mittagstafel einzuladen. Das Mahl fand täglich in ebendieser Audienzhalle statt und bedurfte zahlreicher Vorbereitungen, bevor es eingenommen werden konnte. Sie liebte diese Vorbereitungen keineswegs, aber sie waren notwendig, allein schon, um die hochrangigen Gäste und Diplomaten zu beeindrucken und um die Vergiftungsgefahr auszuschließen. Nachdem die Leibgardisten die Tafel aufgebaut hatten und diese von zwei Bediensteten symbolisch mit Brot und Salz eingerieben worden war, trugen sie zahllose vergoldete Platten mit den unterschiedlichsten Speisen heran – natürlich nicht, ohne sich dabei mehrfach zu verbeugen. Alsdann gaben die Trompeter und Trommler das Signal, um die Teilnehmer herbeizurufen.

Bevor den Köstlichkeiten jedoch zugesprochen werden durfte, wurden sie auf Verträglichkeit überprüft. Dazu erschien eine Edeldame, die mehrmals den Hofknicks ausführte, anschließend einen Probierlöffel hervorzog und von jeder einzelnen Speise kostete. Danach war es Aufgabe der Königin, die zu servierenden Speisen auszuwählen … Welch lästiges Ritual! Elisabeth konnte sich nicht erinnern, wann sie zuletzt eine warme Speise zu sich genommen hatte.

Spontan entschied sie sich, den jungen Collincourt nicht einzuladen. Er sah viel zu gut aus, als dass er mit am Tisch hätte sitzen dürfen. Schon jetzt tuschelten die Hofdamen über ihn, und die Ehrenjungfrauen steckten die Köpfe zusammen. Sie bildeten sich tatsächlich ein, sie würde es nicht merken. Elisabeth nahm sich vor, später ein ernstes Wort mit den jungen Damen zu reden. Es wurde wieder einmal Zeit. Von Fall zu Fall pflegte sie Maulschellen auszuteilen oder – noch drakonischer – die Sünderin zurück auf die Güter ihrer Familie zu schicken. Es war sogar schon vorgekommen, dass sie Eheschließungen untersagt hatte, dies besonders dann, wenn die zarten Bande hinter ihrem Rücken geknüpft worden waren.

Nein, der junge Collincourt würde nicht an der Mittagstafel teilnehmen, und er würde auch nicht am Hofe leben. Das hatte sie längst entschieden. Zwar war er, wie man hörte, ein begnadeter Arzt, aber als Königin erwartete sie Begleiter, die über Musik, Kunst und Literatur gleichermaßen kurzweilig zu plaudern verstanden, und ebendiese Eigenschaften waren bei einem Cirurgicus kaum zu erwarten. Im Übrigen gab es auf Whitehall schon genug Schranzen, Mitläufer und Speichellecker, die allesamt nur Geld kosteten; Geld, das, wenn sie ihrem Lordschatzmeister Sir William Cecil glaubte, England mehr denn je an tausend anderen Stellen brauchte.

»Ich habe mit Staatssekretär Walsingham über das Geheimnis Eurer Abstammung gesprochen«, sagte sie laut. »Er ist der Meinung, es bestünde kein Zweifel daran, dass in Euren Adern das Blut der Collincourts fließt.«

Vitus fühlte sich etwas überrumpelt von dem plötzlichen Themenwechsel, fing sich aber rasch. »Das erleichtert mich sehr, Majestät! Der Advocatus Hornstaple hat, wie Ihr vielleicht wisst, in der Vergangenheit keine Gelegenheit ausgelassen, mit immer neuen Spitzfindigkeiten meine rechtmäßige Abstammung anzuzweifeln. Das am meisten von ihm vorgetragene so genannte Argument ist, ich sei von unbekannter Hand vertauscht worden, nachdem Lady Jean mich vor dem Tor des Klosters Campodios ablegte.«

Elisabeth begann an den Fingerlingen ihrer weißen Handschuhe zu zupfen – ein Zeichen dafür, dass ihr Interesse an der Audienz weiter nachließ. »Walsingham hatte ein einleuchtendes Gegenargument: Er sagte, keine Mutter würde das eigene Kind gegen ein fremdes austauschen – eine solche Handlung entbehrte jeglicher Logik.«

»Ich bin ganz seiner Meinung, Majestät. Dabei fällt mir ein: Ein zweiter Stachel Hornstaples war die Behauptung, es könne genauso gut eine andere Frau gewesen sein, die ihr Kind ablegte. Dass dies nicht der Fall war, kann ich nun endlich zweifelsfrei beweisen. Ich habe hier das Protokoll über die Aussage einer Bäuerin, deren Haus in der Nähe von Campodios steht. Die alte Tonia bezeugt darin vor Gott, dass Lady Jean bei ihr verstarb, nachdem sie mich ausgesetzt hatte.«

Elisabeth ergriff das Papier. Ihr Interesse an dem Fall flackerte wieder auf. »Kennt Staatssekretär Walsingham das Protokoll?«

»Nein, Majestät.«

Elisabeth spürte so etwas wie Befriedigung, dass der sonst so allwissende und umfassend informierte Geheimdienstleiter einmal etwas nicht kannte, und begann zu lesen. Als sie fertig war, gab sie das Papier zurück und sagte: »Ein wichtiges Dokument, Cirurgicus. Weniger für mich als vielmehr für die zahllosen Neider, die einer, der erbt, stets zu haben pflegt. Es wird sie endgültig mundtot machen.«

»Vielen Dank, Majestät.«

»Auch ich habe einige Dokumente für Euch.« Elisabeth blickte auffordernd eine ihrer Hofdamen an, woraufhin diese sich rasch erhob, zu einer Kredenz eilte und von dort mehrere Pergamentrollen herbeiholte. »Dokumente von großer Bedeutung, Cirurgicus, denn sie werden Euer gesamtes zukünftiges Leben bestimmen.«

Die Königin entfaltete die erste Rolle. »Hier vielleicht das Wichtigste: Ich verfüge darauf mit Siegel und königlicher Unterschrift, dass Ihr als ein Spross der Collincourts anzuerkennen und zu respektieren seid.«

Vitus nahm das Dokument entgegen. Er war plötzlich so aufgeregt, dass die einzelnen Zeilen vor seinen Augen tanzten, nur der große, mit vielen Schnörkeln unter dem Z versehene Schriftzug

mit dem folgenden für REGINA stehenden R war ihm erkennbar.

»Das zweite Dokument legt fest, dass Greenvale Castle mit allen Gebäuden und Ländereien Euer ist. Ihr seht es auch an weiteren Papieren, beispielsweise an dieser Gemarkungsurkunde, in die bereits Euer Name eingetragen wurde. Darüber hinaus lege ich fest, dass Ihr fortan offiziell Vitus von Collincourt heißt.«

Elisabeth machte eine Pause und zupfte erneut an ihren Fingerlingen. Dann hob sie den Kopf und blickte Vitus direkt an. »Wenn ich den erstaunten Ausdruck in Euren Augen richtig deute, fragt Ihr Euch jetzt, warum ich Euch die Peerswürde eines Lords nicht zuerkenne. Die Antwort ist einfach: Der Titel Lord ist nur dann erblich, wenn der Betreffende ein Abkömmling in direkter männlicher Linie ist. Das aber liegt bei Euch nicht vor.«

»Äh, ja. Jawohl.«

»Euer Vater heißt, nach allem, was wir wissen, Warwick Throat und ist Leinenwebergeselle.«

»Jawohl, Majestät.« Vitus hatte sich zwar nie nach dem Titel gedrängt, aber jetzt, wo er ihm versagt wurde, fühlte er doch Enttäuschung.

»Dennoch soll nicht vergessen werden, dass in Euren Adern von mütterlicher Seite edelstes Blut fließt, ebenso wie nicht übersehen werden darf, dass Ihr Euch zum Ruhme Englands mit der Erforschung und der Bekämpfung der Pestursachen beschäftigt habt. Euer Buch *De Pestis Causis* ist ein Werk von bedeutendem Rang. Die ganze Tragweite Eurer Erkenntnisse werden vielleicht erst kommende Generationen zu würdigen wissen. Kniet nieder, Vitus von Collincourt. Ich, Elisabeth, Königin von England, Tochter Heinrichs VIII., und so weiter und so weiter, ernenne Euch hiermit zum Earl of Worthing.«

Vitus wusste nicht, wie ihm geschah. Er fiel auf die Knie und hörte die Worte seiner Königin wie im Traum.

»Ich erwarte, dass Ihr Euch des Grafentitels als würdig erweist, ich erwarte, dass Ihr Euer Besitztum nach bestem Wissen und Gewissen verwaltet, und ich erwarte nicht zuletzt, dass Ihr alles tut, damit der schwarze Tod beim nächsten Mal mein Volk verschont. Setzt Euch dazu mit den entsprechenden Ämtern auseinander.«

»Jawohl, Majestät.«

»Mit dem Titel eines Earls verbindet sich ebenfalls die Anrede ›Mylord‹, wie Ihr sicher wisst. Euer Gesinde auf Greenvale Castle wird sich also nicht umstellen müssen, und Ihr werdet nicht an Gesicht verlieren.«

»Jawohl, Majestät.«

»Erhebt Euch, Mylord.«

»Jawohl, Majestät.« Vitus kam sich vor, als rede er wie eine Maschine.

Eine der Hofdamen huschte heran und drückte ihm sämtliche Urkunden in die Hand. Sie waren groß und sperrig, und sie fielen ihm vor Aufregung fast aus der Hand.

»Die offizielle Zeremonie Eurer Ernennung zum Earl findet morgen Vormittag um zehn Uhr im Thronsaal statt. Bitte seid pünktlich und kleidet Euch angemessen.«

»Jawohl, Majestät. Ich danke Euer Majestät von ganzem Herzen und wünsche Euch noch einen guten Tag. Gott segne Euch!« Immer noch benommen, entfernte er sich rückwärts gehend und beugte dreimalig das Knie. Aufatmend trat er hinaus.

»Mylord?«

Er schrak zusammen. Was mochte die Königin noch wollen? »Ja, Majestät?«

»Und denkt morgen auch an anderes Schuhwerk.«

Der Earl of Worthing

»Ich will übers Meer zurück ins Spanische, dort werde ich meine Gefährten auftreiben, wenn sie noch leben und es dem Allmächtigen gefällt.«

Schon kurz nach Erhalt der Peerswürde zog es Vitus mit Macht von London fort. Er hatte genug von Feierlichkeiten, Zeremonien und Banketten, bei denen er wohl oder übel im Mittelpunkt stand.

Als er drei Tage später nach einem anstrengenden Ritt auf Greenvale Castle eintraf, nur seine alte Kiepe und den mannshohen Stecken mit sich führend, wurde er zunächst kaum beachtet. Lediglich zwei Mägde standen bei den Stallungen, blickten zu ihm herüber und tratschten dann seelenruhig weiter. Vitus kannte sie nicht. Wahrscheinlich hatte Mrs. Melrose, die Herrscherin über die Schlossküche, sie in seiner Abwesenheit eingestellt.

Er saß ab und strebte den Pferdeunterkünften zu. Der vertraute Geruch nach Ross, Schweiß und Stroh umfing ihn. Im Halbdunkel wieherte ein Hengst. Das musste Odysseus sein! Er trat näher und strich dem Tier liebevoll über die Nüstern. »Wenigstens einer, der spitzgekriegt hat, dass ich wieder da bin, nicht wahr, mein Alter?«

»Was tut Ihr hier?«

Vitus fuhr herum und erkannte Keith, seinen jungen Stallmeister. Umgekehrt allerdings schien das nicht der Fall zu sein. Hatte er sich wirklich so verändert? »Ich begrüße meinen Hengst Odysseus«, sagte er. »Ich hoffe, Keith, du hast in meiner Abwesenheit gut für ihn gesorgt?«

Langsam dämmerte es dem Stallmeister. »My… Mylord? Ich werde verrückt, seid Ihr's wirklich, Mylord?«

Vitus lächelte. »Ich denke, schon.«

Kaum hatte er das gesagt, schien Keith vor Geschäftigkeit zu platzen. »Watty!«, brüllte er. »Komm her, der Herr ist zurück!« Wat erschien, machte einen Kratzfuß und setzte zu einem umständlichen Gruß an, wurde jedoch sogleich unterbrochen: »Lauf und kümmere dich um das Pferd von Mylord!« Die beiden Mägde, die noch immer tratschten, scheuchte er auf: »He, du, lauf zu Mrs. Melrose und sage ihr, sie soll für den Herrn ein Mahl bereiten, und du, lauf zu Mr. Catfield und sage ihm, der Herr ist da. Los, los, ihr Gänse, keine Müdigkeit vorschützen!«

Nachdem das erledigt war, fand Vitus erstmals Gelegenheit, zu fragen, wie es Keith gehe.

Der Stallmeister strahlte bis über beide abstehenden Ohren. »Mir, Mylord? Bestens. Alle sind gesund, und meine Marth ist guter Hoffnung!«

»Das freut mich. Bleib nur hier bei den Ställen, ich finde den Weg zum Schloss allein.«

Als Vitus wenig später die große Freitreppe emporstieg, stürzte ihm Mrs. Melrose entgegen, gefolgt von einigen Küchenmägden und Gemüseputzerinnen und sogar von der chronisch langsamen Mary, die sich zur Feier des Tages einmal schneller bewegt hatte, um die Begrüßung nicht zu verpassen.

»Willkommen auf Greenvale Castle, Mylord!« Die Köchin, die auf der zweitobersten Stufe stand, machte einen tiefen Knicks, geriet dabei ins Schwanken und wäre Vitus fast in die Arme gefallen. Doch focht sie das kleine Missgeschick nicht lange an; sie rappelte sich wieder hoch und rief, über das ganze, sonst so sauertöpfische Gesicht strahlend: »Der Herr ist zurück! Ach, Gott, der Herr ist zurück! Dass ich das noch erleben darf. Was koche ich nur? Ich habe ja gar nichts vorbereitet. Habe nur ein paar eingelegte Schweinshaxen und sonst nichts. Kein Braten, kein Wildbret, keine Pastete, nicht einmal meinen berühmten Mandelkäse. Entschuldigt, Mylord, ich muss sofort zurück in die Küche!«

»Macht keine Umstände, Mrs. Melrose!«, rief Vitus ihr hinterher. »Ich esse im Grünen Salon!«

Dafür, dass die eingelegten Schweinshahxen nur ein Notbehelf waren, wie Mrs. Melrose ein ums andere Mal betonte, schmeckten sie ausgezeichnet. Vitus ließ es sich munden, bedächtig umsorgt von Mary, die Speise und Trank mit schneckengleichen Bewegungen heran- und wieder forttrug. Plötzlich klopfte es gegen die Tür, und Catfield erschien auf der Bildfläche, das sonst so ernste Gesicht von einem freudigen Schimmer überzogen. »Oh, Ihr esst noch, Mylord, verzeiht, ich dachte, Ihr wäret fertig.«

»Kommt näher, Catfield, ich freue mich ehrlich, Euch zu sehen. Wie geht es Eurer jungen Frau?«

»Danke der Nachfrage, Mylord, sehr gut. Wie überhaupt alles auf dem Schloss zur Zufriedenheit läuft. Wenn Ihr wollt, trage ich Euch nachher das Wichtigste vor.«

Vitus nahm den letzten Bissen, spülte die Speise mit einem Schluck Roten hinunter und wischte sich den Mund ab. »Das kann bis morgen warten.«

»Wie Ihr befehlt, Mylord, aber verratet mir wenigstens, ob Euch der Brief von Pater Thomas erreicht hat. Ich schickte ihn Euch hinterher, zusammen mit einem Begleitschreiben.«

»Ja, er hat mich erreicht, wenn auch erst in Campodios.«

»In Campodios? Verzeiht, Mylord, aber das war doch gar nicht Euer Ziel?«

Nun konnte Vitus nicht anders, er hob die Tafel auf und bat Catfield, ihn in das Kaminzimmer zu begleiten, wo er ihm in kurzen Zügen die Erlebnisse von eineinhalb Jahren schilderte. Catfield hörte staunend zu und rief immer wieder aus: »Wie gerne wäre ich dabei gewesen, Mylord, aber seit ich meine Anne habe, ist es mit Abenteuern aus und vorbei!«

»Ihr habt ja jetzt das Abenteuer der Ehe«, sagte Vitus lächelnd. Er hatte seine Liebe zu Nina absichtlich verschwiegen, weil er fand, dass sie niemanden etwas anging.

Catfield stand irgendwann einmal auf, da er bemerkte, wie müde sein Herr war, und empfahl sich mit den Worten: »Vor ein paar Tagen ist für Euch ein Paket angekommen, Mylord. Morgen früh will ich es Euch zeigen.«

»Ein Paket? Was ist denn drin?«

»Ich weiß es nicht genau, denn ich habe es selbstverständlich nicht geöffnet.«

»Selbstverständlich nicht.«

»Aber ich vermute, es sind Bücher.«

Nach einer morgendlichen Stärkung, die er wiederum im Grünen Salon einnahm, widmete Vitus sich dem Paket. Es erwies sich als eine Sendung aus Padua, dessen Inhalt tatsächlich aus Büchern bestand. Professor Girolamo hatte ein Dutzend Ausgaben von *De Causis Pestis* geschickt, zusammen mit einem herzlichen Brief. Obwohl Vitus schon das Werk, das Walsingham ihm geschenkt hatte, besaß, war es anders und aufregend, plötzlich so viele Exemplare in den Händen zu halten. Er verwandte einige Zeit darauf, in ihnen zu blättern, musste sich dann aber losreißen, denn die Leute auf Greenvale Castle hatten ein Recht darauf, dass er sich ihnen zeigte.

Kurz darauf stellte er sich auf die Freitreppe und begrüßte sie offiziell als Vitus von Collincourt, Earl of Worthing. Seine Worte wurden mit Freude, ja, sogar mit Jubel aufgenommen. Später jedoch, als er von der neuen Sauberkeit sprach, die von nun an überall herrschen sollte, und von der Notwendigkeit, dass jeder seine Leibwäsche häufiger wechselte, auch mit Verwunderung. Er erklärte ihnen mit einfachen Worten die Gründe dafür, und alle gelobten, sich daran zu halten, auch wenn manch einer im Stillen den Kopf schüttelte.

Nachdem sich die Versammlung aufgelöst hatte, fasste er sich ein Herz und tat das, was er eigentlich schon am Abend zuvor hatte tun wollen: Er ging zur Familiengruft und sprach am Grab des alten Lords ein langes Gebet. Dann, zögerlich, schritt er hinüber zu der granitenen Grabplatte, auf der Arlettes Name stand. Darunter die Worte, die der Magister einst eigenhändig hineingemeißelt hatte, um ihn zu trösten:

OMNIA VINCIT AMOR

»Die Liebe besiegt alles«, flüsterte Vitus. »Weißt du noch, Arlette, was der Magister zu mir sagte, als wir gemeinsam hier standen? Er sagte, er habe es für jemanden getan, der es nicht mehr konnte – für dich. Die Liebe besiegt alles, das sei deine Botschaft an mich. Ich habe sie verstanden, deine Botschaft, Arlette, obwohl ich nie geglaubt hätte, dass deine Liebe mir helfen würde, eine neue zu finden. Nina ist eine wunderbare junge Frau, so wunderbar, dass ich wahrhaftig nicht sicher bin, ob ich sie verdient habe. Sie würde dir gefallen, Arlette, obwohl sie so ganz anders ist als du, sanfter, ruhiger, stetiger – aber genauso stark. Ich liebe sie, Arlette, und ich wünsche mir nichts mehr, als dass du damit einverstanden bist.«

Er spürte, wie ihm die Tränen kamen, darum sprach er rasch ein kurzes Gebet, bevor er die Familiengruft verließ.

Spät am Abend schrieb er noch einen Brief an Nina. Es wurde ein langer Brief, in dem er ihr immer wieder versicherte, dass er sie liebe und wie sehr sie ihm fehle.

So endete sein erster Tag auf Greenvale Castle.

Der zweite Tag begann abermals mit einem einsamen Mahl im Grünen Salon. Vitus brachte es möglichst schnell hinter sich und ließ Odysseus satteln.

Nach einem ausgedehnten Ritt über die Ländereien, bei dem Catfield ihn bis ins Kleinste über Zustand und Reifegrad von Körnern, Früchten und Gemüsen informierte, nach einer eingehenden Inspektion aller Scheunen und Vorratsräume, bei der Hartford, der Assistent Catfields, keine Erklärung schuldig blieb, nach einer eingehenden Visite der Werkstätten, einem ausgiebigen Gang durch die Stallungen, einem Abstecher in die Kellergewölbe, wo die Weine von Greenvale Castle lagerten, gelangte Vitus schließlich in die Küche, ins Reich von Mrs. Melrose. Und was er dort sah, erstaunte ihn. Die bärbeißige Köchin hatte nicht weniger als zehn verschiedene Speisen vorbereitet, unter denen er für das Abendessen wählen sollte.

»Das ist alles viel zu viel!«, rief er aus.

»Aber nein, Mylord! Ihr solltet sehen, wie mager Ihr geworden seid. Ihr braucht wieder was auf die Rippen, äh … Verzeihung, ich wollte Euch nicht … Ihr wisst schon. Jedenfalls müsst Ihr kräftig essen. Am besten, ich lasse Euch alle Speisen auftischen.«

»Großer Gott, nein!« Vitus deutete auf drei oder vier der Köstlichkeiten. »Die mögen genügen.«

Am Nachmittag zog er sich erneut mit seinen Büchern zurück. Er dachte an seine Königin und an die Notwendigkeit, alles zu tun, damit England niemals wieder von der Pest heimgesucht wurde. Er setzte einen langen Brief an Walsingham auf mit Vorschlägen, wie man im ganzen Land zu mehr Sauberkeit und Gesundheitspflege kommen könne. Erstmals unterschrieb er mit seinem neuen Titel und fügte an, er würde den Briefkontakt gern aufrechterhalten, vorausgesetzt, Walsingham habe Zeit, ihm zu antworten.

Abends saß er dann im Grünen Salon, umgeben von verführerischen Düften. Doch war er wiederum allein, und deshalb wollte es ihm nicht schmecken. Seine Freunde fehlten ihm.

Und noch mehr fehlte ihm Nina.

So endete sein zweiter Tag auf Greenvale Castle.

Am dritten Tag ritt er nach Worthing und sprach mit dem Bürgermeister und den Honoratioren der Stadt. Die Herren hatten schon von seiner neuen Peerswürde gehört und begrüßten ihn unter vielen Verbeugungen. Auch ihnen gegenüber sprach er von der neuen Sauberkeit als bestem Mittel, die Pest zu verbannen. Man sicherte ihm zu, seine Wünsche und Forderungen bei der nächsten Ratssitzung zu besprechen.

Anschließend suchte er ein Bankhaus auf und holte nach, wozu er in London nicht gekommen war: Er unterschrieb eine Order über die Summe, die er Giancarlo Montella, dem Wein- und Vasenhändler aus Chioggia, noch schuldete, und ließ gleichzeitig Grüße und Dank übermitteln.

Abends begab er sich wie gewohnt in den Grünen Salon und wartete auf die Speisen. Doch zu seiner Überraschung erschien nicht Mary, um ihm aufzuwarten, sondern Mrs. Melrose höchstpersönlich. »Nanu, ist Mary krank?«, fragte er.

»Nein, nein, Mylord.« Die dicke Köchin suchte nach Worten, während sie ihm Braten vorlegte. »Es ist nur, weil … nun, ja, weil Ihr doch ganz allein zurückgekehrt seid.«

»Da habt Ihr Recht. Das bin ich.«

»Und da wollte ich mal fragen, äh … Ihr habt doch genug Beiguss für den Braten, ja? Gut … äh, da wollte ich fragen, was denn aus Enano, dem Zwerg geworden ist.«

Vitus lehnte sich zurück und musste an sich halten, um ein Lachen zu unterdrücken. Daher also wehte der Wind! Die korpulente Köchin hatte offenbar noch immer eine Schwäche für den frechen Winzling. Sie vermisste ihn! »Ich denke, es geht ihm gut. Er hat jetzt ein kleines Töchterchen.«

»Was?« Catherine Melrose schnappte nach Luft, ihre Augen schossen Blitze der Eifersucht.

Vitus beeilte sich zu erklären, dass Nella vom Zwerg adoptiert worden war, mithin keine Fleischeslust von ihm ausgeübt worden sei, was die dicke Köchin sehr beruhigte.

»Wann wird Enano denn zurück sein?«, fragte sie begierig.

»Ich weiß es nicht. Ich hoffe, bald.«

»Hauptsache, er lebt. Dann kommt er auch wieder.« Rotwangig und beschwingt verschwand Mrs. Melrose.

Vitus aß kaum etwas, denn er hatte keinen Appetit.

So endete sein dritter Tag auf Greenvale Castle.

Eine Woche später saß er in der Bibliothek und schrieb mittlerweile schon den fünften oder sechsten Brief an Nina. Diesmal berichtete er von seiner Ankunft auf Greenvale Castle, von den Leuten, ihrer Arbeit und dem täglichen Leben, und manchmal war es ihm dabei, als säße sie direkt neben ihm. Er glaubte wahrhaftig, ihre Stimme zu hören und den Duft nach Rosenöl in ihrem Haar zu riechen.

Umso einsamer fühlte er sich anschließend, als er sein Schreiben beendet und versiegelt hatte. Was mochte sie wohl gerade tun? Ob sie an ihn dachte? Ging es ihr gut? Fragen, Fragen, Fragen – und keine Antwort. Er hoffte täglich auf einen Brief von ihr, aber das war natürlich Unsinn, wo er doch erst so kurz auf Greenvale Castle weilte …

Da klopfte es und Catfield erschien, gefolgt von Hartford, der den Arm voller Papiere hatte. »Mylord, stören wir?«

Vitus hätte am liebsten mit »Ja« geantwortet, aber das kam selbstverständlich nicht in Frage. Also sagte er »Nein« und ließ die beiden an seinen Schreibtisch treten.

Catfield erklärte ihm lang und breit, wie reich die Ernte dieses Jahr, wenn alles gut ginge, wieder ausfallen würde, nahm erschöpfend zu den einzelnen Erträgen Stellung, sprach über Märkte und Preise und darüber, welche Neuanschaffungen er mit den zu erwartenden Erlösen erwerben wollte. Vitus hörte nur mit halbem Ohr zu und gab zu allem seine Einwilligung.

Als das Geschäftliche schließlich erledigt und Catfield schon im Hinausgehen begriffen war, drehte er sich noch einmal um und räusperte sich umständlich. »Was ich noch sagen wollte, Mylord, wir alle fragen uns, was wohl aus dem Herrn Magister geworden ist.«

»Ja, das tun wir«, pflichtete ihm Hartford bei.

»Der Herr Magister war, als ich ihn zuletzt sah, wohlauf. Er befand sich in Campodios, zusammen mit dem Zwerg Enano und dessen Töchterchen. Ich nehme an, es hat sich herumgesprochen, dass er Vater geworden ist?«

»Ja, Mylord, man hörte so etwas aus der Küche.«

»Das dachte ich mir.«

»Dürfen wir denn mit der baldigen Rückkunft Eurer Freunde rechnen, Mylord?«

Vitus seufzte: »Ich gäbe viel darum, wenn ich es wüsste.«

»Jawohl, Mylord.«

Beide verbeugten sich und verschwanden.

Vitus blieb allein zurück.

Zwei Wochen später ritt er wieder nach Worthing, um zu erfahren, was der Rat der Stadt in Sachen Pestvorsorge beschlossen hatte.

Man war überaus freundlich und erklärte ihm mit vielen Worten, warum bislang so wenig unternommen worden sei. Hauptgrund wäre die finanzielle Lage der Stadt, diese hätte sich in den letzten Jahren sehr verschlechtert, wie er sicherlich wüsste, und so weiter und so weiter ... Sein Zornesausbruch hatte tausend Entschuldigungen und Verbeugungen zur Folge – sonst aber nichts.

Die Begegnung mit Reverend Pound, dem alten Freund der Familie Collincourt, verlief erfreulicher. Sie saßen in seinem Haus neben der Kirche, und der Gottesmann erkundigte sich lebhaft nach dem Magister und dem Zwerg, während er seine Haushälterin hin und her scheuchte, damit sie Speise und Wein für den hohen Gast herbeihole. Vitus hätte gern über Nina gesprochen, versagte es sich aber. Schließlich wusste er nicht, wie es mit ihm und ihr weitergehen würde.

Am späteren Nachmittag traf er wieder auf Greenvale Castle ein. Da er sonst nichts zu tun hatte, wanderte er kurz darauf zu dem See ganz in der Nähe und beobachtete die Enten und Frösche. Es waren viele Enten und viele Frösche, und alle schienen sich ihres Lebens zu freuen.

Nach weiteren zwei Wochen erhielt Vitus endlich einen Brief. Zu seiner Enttäuschung war er nicht von Nina, sondern von Walsingham, der ihm antwortete, seine Anregungen zur Pestvorbeugung seien höchst interessant, weshalb er außerordentlich dankbar dafür sei. Allerdings habe er seine Zweifel, was die Durchsetzbarkeit der Maßnahmen betreffe. Andere Maßnahmen, Mylord wisse schon, welche er meine, seien seiner Ansicht nach viel leichter durchzuführen und könnten ungleich mehr für England bewirken.

Vitus antwortete postwendend, ging aber nicht auf die angedeuteten Kriegsmöglichkeiten mit *Pulex pestis* ein, sondern schrieb vielmehr von seinen Schwierigkeiten in Worthing und machte weitere Vorschläge zur Sauberkeit und Gesundheitspflege in großen Städten.

Er schrieb einen weiteren Brief an Nina und auch einen an Girolamo, übergab alle Botschaften einem Kurier und machte, da er nichts anderes vorhatte, einen langen Spaziergang um die

Stallungen, die Werkstätten und die Schuppen. Gern hätte er dabei Begleitung gehabt, aber alle waren beschäftigt. Jeder auf dem Schloss hatte seine festgelegte Aufgabe.

Nur er hatte keine.

Abermals zwei Wochen später, wie immer im Grünen Salon das Morgenmahl einnehmend, sagte er sich, dass es so nicht weiterging. Man schrieb schon Anfang September, und er versauerte allmählich, fühlte sich wie ein Fuchs in der Falle und musste ohnmächtig abwarten, bis endlich ein Lebenszeichen von Nina oder den Freunden eintraf – wenn es denn überhaupt kam. Höchste Zeit zu handeln! Er warf das Mundtuch auf den Tisch und ließ nach Keith schicken.

»Was kann ich für Euch tun, Mylord?«, fragte der junge Stallmeister wenig später, die Kappe in der Hand drehend.

»Lass mir Odysseus satteln.«

»Jawohl, Mylord.«

»Und zwei Ersatzpferde. Es müssen gute Renner sein. Ich habe einen langen Ritt vor mir.«

Nachdem Keith fortgeeilt war, ging Vitus in seine Gemächer, packte aus alter Gewohnheit seine Kiepe, verstaute seine Arztkiste, nahm den mannshohen Stecken und schritt hinaus aus dem Schloss und hinüber zur alten Familiengruft.

»Arlette«, sagte er, sich bekreuzigend, »du bist die Einzige, die mich hier wirklich kennt, die Einzige, der ich mich anvertrauen kann. Ich halte die Untätigkeit nicht länger aus. Ist es richtig, wenn ich reite?«

Lange horchte er in sich hinein, denn er wusste, dass ihre Stimme noch immer in ihm war, ihre Klugheit, ihre Lebhaftigkeit, ihre Zuversicht.

Dann kannte er die Antwort.

Er beugte sich hinunter und küsste die Grabplatte, auf der ihr Name stand.

»Und Ihr wollt uns tatsächlich verlassen, Mylord?« Catfield hielt Odysseus am Zügel. »So plötzlich?«

»Ja, Catfield. Die Sorge um meine Freunde lässt mir keine Ruhe.« Dass er sich um Nina mindestens ebenso sorgte, sagte Vitus nicht. »Ich will übers Meer zurück ins Spanische, dort werde ich meine Gefährten auftreiben, wenn sie noch leben und es dem Allmächtigen gefällt.«

»Jawohl, Mylord. Aber was soll ich den Leuten sagen? Sie sind doch alle so froh, dass Ihr da seid!«

»Sagt Ihnen die Wahrheit, Catfield. Einfach die Wahrheit. Wenn alles gut geht, bin ich im Frühjahr wieder zurück.« Vitus schickte sich an aufzusitzen. Er griff zum Sattel und stocherte mit der Stiefelspitze nach dem Steigbügel. Odysseus schnaubte unternehmungslustig.

Catfield klopfte dem Hengst beruhigend den Hals und sagte: »Vielleicht solltet Ihr noch einen Augenblick warten, Mylord, da kommt eine Kutsche.«

»Eine Kutsche?« Vitus schaute in die angegebene Richtung und sah einen Zweispänner auf dem ausgefahrenen Überlandweg heranrollen. »Wer kann das sein?«

»Ich habe keine Ahnung, Mylord, noch nie sah ich dieses Gefährt hier.«

Die Kutsche, von einem grauhaarigen Alten gelenkt, war unterdessen zum Stehen gekommen. Der Alte stieg ab, ohne Vitus oder Catfield eines Blickes zu würdigen, öffnete die Tür und klappte einen Tritt herunter. Gleich darauf half er einer jungen Frau heraus. Die Frau war blass und blond und sah nicht gerade so aus, als habe sie das Pulver erfunden. Dafür aber, gewissermaßen als Ausgleich, spannte ihr ein üppiger Busen das Kleid.

»Wie strömt's da draußen, Milchmuhme?«, fistelte plötzlich ein Stimmchen von drinnen. »Wart, der Altlatz un's Schäfchen walzen raus!«

Tatsächlich erschien Augenblicke später der Zwerg, im Arm

Klein-Nella, die er der Amme sogleich übergab. »Duften Zefir un kronig Jamm, allerseits!«

»Was lange währt, wird endlich gut.« Ein heftig blinzelnder Mann sprang hinter dem Zwerg aus der Kutsche. *»Consummatum est!«* Es war der Magister. »Bist du es Vitus? Seid Ihr es, Catfield? Ihr seht, ich habe den Verlust eines weiteren Paares an Beryllen zu beklagen. Aber was soll's, süß ist es, wieder vertrauten Boden unter den Sohlen zu fühlen!«

»Mensch, Magister, altes Unkraut, Enano, Zwerg, lasst Euch umarmen!«

Vitus riss die Freunde an sich, so stürmisch, dass der kleine Gelehrte japste: »Nur gut, dass meine Gläser fort sind, sonst wären sie jetzt hinüber! Das ist übrigens Molly, sie hat gewissermaßen Bartmanns Rolle übernommen.«

Vitus nickte der Blonden flüchtig zu. »Sag, Magister, seid ihr allein, ich meine, habt ihr nicht ...?«

Der kleine Gelehrte grinste bis über beide Ohren. »Ob wir was ...?

Im selben Moment erschien in der Tür eine Hand. Es war eine zierliche Hand, und sie trug Jeans Ring. Ohne sich zu besinnen, nahm Vitus sie und blickte auf in das Gesicht, das zu der Hand gehörte. Zwei dunkle Augen mit bernsteinfarbenen Sprenkeln strahlten ihn voller Freude an.

Nina war da.

Und er war endlich zu Hause.

Epilog

Es sollte noch ein ganzes Jahr vergehen, bis Vitus und Nina heirateten. Der Grund dafür war Carlos Orantes, der eigenwillige Brautvater. Nicht, dass er etwas gegen die Eheschließung gehabt hätte, im Gegenteil, er platzte schier vor Stolz, einen leibhaftigen Earl zum Schwiegersohn zu bekommen, doch er wollte sich um nichts in der Welt die Überfahrt nach England bezahlen lassen. So erforderte es viele Monate und zwei gute Ernten, bis der Landmann die nötigen Escudos zusammengespart hatte.

Dann aber stand er eines Tages vor der Freitreppe von Greenvale Castle, umringt von den Seinen, von Ana, Conchita, Blanca, Pedro, Maria, Manoela und Gago. Nur die Zwillinge Antonio und Lupo fehlten. Sie zogen wie immer mit den *Artistas unicos* durch Nordspanien.

»Vitus, Schwiegersohn!«, brüllte er und breitete die Arme aus, »komm an meine Brust!« Und wie immer, wenn er besonders glücklich war, ergoss sich ein Wortschwall hinterher: »Schwiegersohn, sagte ich Schwiegersohn? Ach, das bist du ja noch gar nicht, sollst es ja erst noch werden. Zapperlot, wie ich mich freue, dich wiederzusehen! Dich natürlich auch, mein Kind, hübsch siehst du aus, ganz reizend sogar, erinnerst mich an deine Mutter, als ich sie damals freite, ja, ja, gib deinem alten Vater nur einen Kuss. Und noch einen! Sag, Vitus, bin ich ein wenig zu laut? Die Leute da oben in den Fenstern schauen schon so herüber …«

Auch Professor Girolamo hatte es sich nicht nehmen lassen, die weite Reise zur Britannischen Insel anzutreten. Es war ihm ein Herzensbedürfnis, der Vermählung beizuwohnen, und insgeheim hoffte er auf ein paar erbauliche wissenschaftliche Gespräche nach den Festlichkeiten.

Abgesehen von den wissenschaftlichen Gesprächen galt dasselbe für Sir Hippolyte Taggart, den knorrigen Korsaren, der sein Weib Maggy unter den Arm geklemmt und von seinem Anwesen auf der Isle of Wight herbeigeeilt war.

Abt Gaudeck, Pater Thomas und Bruder Cullus dagegen ließen sich entschuldigen, denn die Reise nach Cîteaux, dem Mutterkloster der Zisterzienser, stand in diesem Jahr wieder an.

Noch zahllose andere Gäste fanden sich ein, und jene, die nicht persönlich erschienen, schickten Botschaften, Geschenke oder Briefe. So der Handelsherr Moktar Bônali aus Fez, der Vasen- und Weinhändler Montella aus Chioggia, der Pestarzt Doktor Sangio aus Venedig und der Überlandfahrer Fabio aus Padua, ferner Sir Francis Walsingham aus London und nicht zuletzt die Königin höchstpersönlich aus Greenwich, wo sie und ihr Hofstaat den Sommer verbrachten. Fast hatte man den Eindruck, die Welt wäre anlässlich der Hochzeit ein wenig zusammengerückt.

Tagelang hatten die Vorbereitungen im Schloss angedauert, endlos die Planungen sich hingezogen, und wäre der Anlass nicht so erfreulich gewesen, hätte die hektische Betriebsamkeit manch einem wohl die Laune verhagelt. Die Aufgeregteste von allen aber war Mrs. Melrose. Denn nie zuvor hatte sie so viele Menschen von ihren Kochkünsten überzeugen müssen. Außerdem war da Enano, ihr buckliger Prinz, ihr Herzallerliebster, der ihre ganze Aufmerksamkeit erheischte – er und sein reizendes Töchterchen, das er aus der Ferne mitgebracht hatte.

Endlich, am 15. August anno 1581, dem großen Marienfeste und Weihetage der Pflanzen und Wurzeln, gaben Vitus und Nina einander das Jawort in der Kirche zu Worthing. Trauzeugen waren der Magister und Orantes.

Reverend Pound, der sich ungemein geehrt fühlte, einen echten Peer trauen zu dürfen, leitete die Zeremonie mit dröhnender Stimme, wobei manch einer das Gefühl hatte, er sei ein wenig zu rasch in der Predigt. Allerdings wurde das großzügig übersehen – freute sich doch jeder auf Speise und Trank, auf Spiel und Tanz am Nachmittag. Pound inbegriffen.

Und diese Vorfreude erwies sich als vollauf begründet. Hunderte von Menschen tummelten sich später auf der großen Wiese zwischen Gutshof und Schloss. Gaukler, Akrobaten, Feuerschlucker gaben ihre Kunst zum Besten. Musikanten spielten auf, so fröhlich und mitreißend, dass selbst das trägste Tanzbein nicht widerstehen konnte. Selten, so die einhellige Meinung, hatte Sussex ein so ausgelassenes Fest gesehen.

Doch auch das schönste Fest hat seine ruhigen Momente, und in einem dieser wenigen Augenblicke nahm der Magister Vitus beim Arm und ging mit ihm zu dem kleinen See ganz in der Nähe. »Ich weiß nicht, wie oft ich um dieses Gewässer herumgelaufen bin und die Frösche angestarrt habe«, sagte er mit einer Miene, die nicht recht zur allgemeinen Fröhlichkeit passte, »damals, als die Pest dir das Liebste genommen hatte und ich nicht ein noch aus wusste, wie ich dich aufmuntern sollte. Doch irgendwie ging das Leben weiter. Auf Regen folgt Sonne, so ist es nun mal. Jedenfalls wünsche ich dir, dass für dich und Nina noch viele solcher glücklichen Tage folgen. Und sollte einmal ein Regentag dabei sein, so möge es einer mit Gewitter sein. Mit einem von jener Art, das euch beide zusammenführte.«

»Ich danke dir, altes Unkraut. Ich danke dir«, erwiderte Vitus gerührt. »Nun schau aber nicht so ernst drein.«

Der kleine Gelehrte blinzelte. »Wahres Glück hat immer auch einen ernsten Hintergrund.«

»Das mag wohl stimmen.« Vitus wurde ebenfalls nachdenklich und erinnerte sich an die vielen Stunden der Not, die sie gemeinsam durchlitten hatten. Stunden, in denen Gott der Allmächtige ihnen beigestanden hatte. Ja, Gott war groß und gütig. Er hatte sie auf den richtigen Pfad geführt und ihnen Trost, Kraft und Zuversicht gespendet, jedes Mal. Und wenn es ihm gefiel, würde er es auch für Nina und ihn tun.

Alles lag in Seiner Hand.

Wolf Serno

Der Wanderchirurg

Im Jahre 1576 stirbt im nordspanischen Kloster Campodios der alte Abt. Kurz vor seinem Tod gesteht er seinem Lieblingsschüler Vitus, dass dieser ein Findelkind ist. Vitus lässt dieses Geständnis nicht mehr los: Er will das Geheimnis seiner Identität lüften, und des Rätsels Lösung vermutet er in England. Auf seinem Weg quer durch Spanien muss er zahlreiche Abenteuer bestehen und macht sich als begnadeter Chirurg einen Namen.

»Ein Buch, das durch seine atemberaubende Erzählweise jeden Fan historischer Romane fesselt, ein Buch, das man mit dem Herzen liest und das alles um einen herum vergessen lässt.«
Thüringer Allgemeine

Möchten auch Sie Vitus' Rätsel auf die Spur kommen?
Dann lesen Sie hier weiter:

Knaur Taschenbuch Verlag

Leseprobe

aus

Wolf Serno

Der Wanderchirurg

Roman

erschienen bei

Knaur Taschenbuch Verlag

Als die Brüder gegangen waren, spürte Hardinus, wie die Kälte weiter in seinem Körper emporkroch. Oberschenkel und Beckenbereich begannen bereits gefühllos zu werden. Er wusste, wenn die Kälte sein Herz erreichte, würde der Tod seine Arbeit vollendet haben. Bis dahin galt es durchzuhalten.

»Vitus?«

»Ehrwürdiger Vater?«

»Komm her, gib mir deine Hand.« Der Jüngling gehorchte und setzte sich auf den Bettrand. Die Greisenhand fühlte sich an wie ein Stück Pergament.

»So ist es gut. Es gibt ein paar Dinge, die ich dir jetzt sagen muss. Sie sind wichtig für dein weiteres Leben.« Der alte Mann zögerte. »Bisher magst du geglaubt haben, dass du, wie manche *Pueri oblati,* als Säugling von deinen Eltern nach Campodios gebracht wurdest, aber bei dir war es anders. Du wurdest nicht abgegeben, sondern gefunden – von mir. Du lagst eines Tages als kleines wimmerndes Menschlein vor dem Haupttor.«

»Ihr ... Ihr habt mich gefunden?« Vitus verschlug es fast die Sprache. Er wusste, dass den Schülern häufig absichtlich verschwiegen wurde, wer ihre Eltern waren, denn die Mönche auf Campodios vertraten die Meinung, dass zu starke irdische Bande den Weg zu Gott versperrten. Vitus hatte deshalb nie nach seinen leiblichen Eltern gefragt. Er hatte gelernt, den Abt als seinen Vater und die Brüder als seine Familie zu betrachten. Doch er hatte darauf vertraut, dass man ihm eines Tages seine Herkunft nennen würde.

»Ja, Vitus. Es war vor zwanzig Jahren, anno 1556.«

»Aber warum habt Ihr mir das nie erzählt, Ehrwürdiger Vater?«

»Ich wollte dich nicht damit belasten. Außerdem hatte ich immer noch die Hoffnung, dass du einmal die Gelübde ablegen und unser schlichtes Gewand tragen würdest.«

»Das müsst Ihr mir näher erklären!« Ein eiserner Ring legte sich um Vitus' Brust. »Wie habt Ihr mich gefunden? Warum glaubt Ihr, dass ich die Kutte niemals tragen werde?«

»Bitte beruhige dich und lass mir etwas Zeit.« Der alte Mann atmete mühsam. »Du stellst viele Fragen auf einmal.«

Liebevoll musterte er das Gesicht des Jungen. Da waren die grauen Augen, die ihn voller Konzentration anblickten. Die hohe, von blondem Haar eingerahmte Stirn, die schmale Nase, der energische Mund und nicht zuletzt das, was Vitus' heimlicher Kummer war: das tiefe Grübchen in der Mitte des Kinns.

Alles in dem Gesicht war ihm so vertraut …

Vitus war kerngesund, von mittelgroßer Statur und angenehmen Körpermaßen. Damit nicht genug, hatte der Allmächtige in seiner Gnade noch mehr für ihn getan – und ihn mit einem besonders wachen Geist ausgestattet. Die Leistungen, die er in den Freien Künsten, den *Artes liberales,* und dazu der Cirurgia und der Pflanzenheilkunde zeigte, waren der beste Beweis dafür. Kein Wunder, dass er sich mit Pater Thomas so gut verstand.

»Ich werde versuchen, alle deine Fragen zu beantworten.« Der alte Mann nickte mit geschlossenen Augen. »Nun, du willst wissen, warum ich denke, dass du das Mönchsgewand niemals tragen wirst. Meine Antwort ist: Solange du diesen großen Wissensdrang in dir spürst, wirst du nicht in der Lage sein, deine ganze Kraft auf den Glauben zu konzentrieren. Und das genügt Gott nicht. Auch denke ich, dass du zu den Menschen gehörst, die für alles, was sie glauben sollen, einen Beweis brauchen. Gott aber hat es nicht nötig, sich zu beweisen.«

»Ich bete täglich darum, noch fester glauben zu können«, seufzte Vitus.

»Tröste dich, mein Sohn: Es gibt sehr viele berühmte Männer, die in ihrer Jugend genau wie du gezweifelt haben. Doch mit jedem Jahr, da sie mehr Wissen erworben hatten, stieg ihre Ehrfurcht vor dem, was sie nicht wussten – und ihre Ehrfurcht vor Gott.«

Eine Pause entstand zwischen ihnen. Vitus brauchte Zeit, um das, was der alte Mann gesagt hatte, zu verarbeiten. Aber es stimmte. Immer öfter hatte er sich in den letzten Monaten gefragt, ob er sich ein Leben wünschte, das Tag für Tag, Jahr für Jahr nach denselben Regeln ablief. Und tief in seinem Inneren war eine Stimme immer lauter geworden, die ihm zurief, dass dies nicht der Fall war. Doch wenn er im Kloster nicht bleiben konnte, wohin sollte er sich dann wenden?

»Wisst Ihr denn gar nichts über meine Herkunft, Ehrwürdiger Vater?«

»Ich will dir erzählen, was sich damals an jenem 9. März 1556 zutrug.«

»An meinem Geburtstag?«

»Genau genommen ist der 9. März nicht dein Geburtstag. Es ist der Tag, an dem ich dich fand. Aber wir haben ihn zu deinem Geburtstag erklärt.« Der Greis holte rasselnd Luft und sprach weiter: »Es war ungefähr zwei Stunden vor der Prim, unserem Gebet zur ersten Tagesstunde, als ich Campodios durch das Haupttor verließ, um nach Punta de la Cruz zu gehen. Dort lag ein Bauer im Sterben, den ich seit vielen Jahren kannte. Ein frommer Christ, der die Letzte Ölung wahrlich verdient hatte. Mit meinen Gedanken war ich schon bei den Worten, die ich ihm für seine letzte Reise sagen wollte, da hörte ich plötzlich ein Geräusch, das seitlich aus den wilden Rosen kam. Zunächst dachte ich, ich hätte mich verhört, doch alsbald ertönte es wieder. Vorsichtig näherte ich mich, denn ich glaubte, es handele sich um einen Wurf junger Katzen, der von seiner wehrhaften Mutter verteidigt würde. Um so überraschter war ich, als ich stattdessen ein Kind entdeckte, das in ein rotes Tuch gewickelt war.«

»Und dieses Kind war ich?«

»Richtig, mein Sohn. Doch lass mich weiter erzählen. Ich hob dich also auf und betrachtete dich eingehend. Ich verstand nicht viel von Säuglingen, aber zwei Dinge waren mir sofort klar: dass es sich um ein wenige Wochen altes Kind handelte und dass dieses Kind ernsthaft krank sein musste. Sein Gesicht hatte eine blaurote Farbe, und die kleinen Wangen fühlten sich eiskalt an, während der übrige Körper glühte. Nun, ich schaute mir die Sache genauer an und erkannte, dass ich einen Knaben im Arm hielt. Wie lange mag er schon in der Kälte liegen?, fragte ich mich. Mir war klar, dass hier sofort Abhilfe geschaffen werden musste! Ich kehrte noch einmal um und übergab dich Pater Thomas, in der Hoffnung, dass er dir helfen könne.

Erst am darauf folgenden Abend kehrte ich zurück nach Campodios, denn der alte Bauer war lange und schwer gestorben. Als ich durch die Tür des Krankenzimmers trat, sah ich schon an den Mienen der Umstehenden, dass es nicht gut um dich bestellt war. Der Befund lautete auf beidseitige Lungenentzündung. Keiner unter uns glaubte, dass du es schaffen würdest. Dennoch tat Pater Thomas alles, was in seiner Macht stand. Er flößte dir einen heißen, fiebersenkenden Weidenrindensud ein, rieb deine Brust mit Kampferöl ab, um dir das Atmen zu erleichtern, und machte kalte Wickel um deine winzigen Waden. Er kümmerte sich wirklich rührend um dich. Ich hatte ihn noch nie so gesehen.

Als Pater Thomas gegen Mitternacht einnickte, übernahm ich seine Arbeit, doch auch ich muss gegen Morgen eingeschlafen sein. Ich wachte erst auf, als es heller Tag war. Der ganze klösterliche Tagesablauf war für mich durcheinander geraten. Mein erster Gedanke galt der Morgenmesse, die ich versäumt hatte – und damit die Gelegenheit, ein letztes Gebet für dich zu sprechen. Als Antwort auf meine krausen Gedanken vernahm ich ein kräftiges Geschrei aus der anderen Ecke des Zimmers. ›Gelobt sei Jesus Christus!‹, rief ich und konnte es kaum glauben. Doch es war Wirklichkeit: Du hattest die Nacht überstanden und die Krisis gemeistert. Der Allmächtige hatte dir das Leben ein zweites Mal geschenkt. ›Leben‹, lateinisch *vita*, in seiner männlichen Form *vitus* … ja, das sollte dein Name sein! Ich beschloss, dich fortan Vitus zu nennen.«

Vitus' Lippen formten den Namen, der für ihn plötzlich eine ganz neue Bedeutung hatte: »Vitus ... Und es gibt wirklich nicht den kleinsten Anhaltspunkt für meine Herkunft?«

»Nun«, der Greis sprach kaum hörbar, »es gibt vielleicht ein Zeichen. Aber ich will nicht, dass du dir falsche Hoffnungen machst. Wahrscheinlich hat es nichts zu bedeuten.«

»Ein Zeichen? Was für ein Zeichen?«

»Einen Augenblick, das Luftholen fällt mir immer schwerer.« Hardinus versuchte, tief zu atmen, um seine nahezu verbrauchte Lebenskraft noch einmal zu aktivieren. Mühsam blinzelte er, denn auch sein Augenlicht schwand. Dann hob er nochmals an: »Als ich dich fand, fiel mir etwas auf – ein schwerer roter Damaststoff, der dir als Wickeltuch diente.«

»Damast?«, fragte Vitus verwundert, »ein ungewöhnlicher Stoff für eine Kinderwindel!«

»Richtig, aber das eigentlich Besondere war ein aufgesticktes Wappen.« Der Greis deutete in die hintere Ecke der Kammer. »Siehst du dort meine alte Eichentruhe?«

»Natürlich, Ehrwürdiger Vater.«

»Darin liegt es.«

Vitus war mit wenigen Schritten bei der Truhe und holte das Tuch hervor. Es war ein schwerer Stoff, ungefähr von der doppelten Größe einer Windel, ziemlich zerknittert im Laufe der Jahre, aber sonst unbeschädigt.

»Gib es mir in die Hand, ich muss es fühlen ... Ja, das ist das Tuch, ein Zweifel ist ausgeschlossen.« Die knöchernen Finger ertasteten den golddurchwirkten Faden, der im oberen Bereich einen fauchenden Löwen zeigte. Schlangengleich wand er sich über einer ringförmigen Figur. »Sieh her, dieser

Ring unter dem Löwen könnte eine Weltkugel darstellen.« Die Finger wanderten weiter. »Bei flüchtiger Betrachtung wirst du im Zentrum nur ein stilisiertes Schiff erkennen, aber bei näherem Hinsehen bemerkst du, dass seine beiden Segel nicht nur dreieckig sind, sondern einander auch spiegelverkehrt gegenüberstehen.«

»Ich sehe es.« Vitus war Feuer und Flamme. »Und was hat es mit dem Löwen auf sich?«

»Der Löwe als Wappentier sagt leider nicht viel. Er findet sich überall auf der Welt. Möglicherweise einmalig ist jedoch das Doppelsegel, zumal jedes einzelne einen Gegenstand zeigt.«

Die Hände des Greises strichen den Stoff glatt, damit Vitus alle Feinheiten erkennen konnte. Er starrte gebannt auf die gleich großen Flächen. »Im linken erkenne ich ein Kreuz, im rechten ein Schwert!«

»So ist es, aber nun betrachte den Schiffsrumpf: Der Kiel ist halbrund – und verläuft damit genau parallel zur Linie der Erdkugel; so entsteht der Eindruck, als würde das Schiff auf einer Kreisbahn fahren.«

»Was«, fragte Vitus aufblickend, »könnte das bedeuten?«

»Darüber habe ich lange nachgedacht. Vorausgesetzt, der Kreis steht tatsächlich für die Kugelform der Welt – du weißt, wie umstritten diese These in der Kirche ist und wie viele Menschen schon dafür in den Tod gingen –, dies also vorausgesetzt, könnte es bedeuten, dass die Träger des Wappens Seefahrer und Navigatoren waren.«

Der alte Mann machte eine Pause. »Eindeutiger dagegen erscheint mir die Abbildung von Schwert und Kreuz: Beides ist wohl ein Hinweis auf die Kampfstärke und die Frömmigkeit der Männer.«

»Glaubt Ihr, Ehrwürdiger Vater, dass dieses Wappen mein Familienwappen ist?«

»Ach, Vitus.« Der Abt presste die Lippen zusammen. »Das Damasttuch allein muss noch nichts heißen. Wer weiß, wem es gehörte. Irgendwer kann dich darin eingewickelt und vor unser Haupttor gelegt haben. Ich weiß nur eines: Das Wappen gehört keinem spanischen Geschlecht.« Er lächelte matt. »Wenn es dein Wappen wäre, würde es bedeuten, dass du nicht spanischer Herkunft bist. Was nicht verwundert, denn wie ein feuriger Iberer hast du noch nie ausgesehen.«

Vitus, der sehr nachdenklich geworden war, strich mechanisch über den Stoff. Zwar hatte er nie gewusst, wer seine Eltern waren, aber er hatte sich immer als Spanier gefühlt. Jetzt war er ein Niemand: Er hatte keine Eltern, keine Heimat, keine Zukunft, selbst seinen Namen verdankte er letztlich nur einer Krankheit.

Einsamkeit umklammerte ihn.

Er blickte zur Seite, um seine Schwäche zu verbergen, doch die Hand des Greises zog ihn zurück. »Sei tapfer, mein Sohn«, flüsterte Hardinus, und Vitus sah erstaunt, dass auch der Alte den Tränen nahe war. »Beginne ein neues Leben, ziehe hinaus, stelle dich zum Kampf. Wie gern würde ich an deiner Seite sein.« Die Hand klopfte ihm kaum merklich den Rücken. »Bitte öffne noch einmal die Truhe. Ganz unten am Boden findest du einen Lederbeutel.«

Vitus räumte den Inhalt der Truhe aus. Er bestand größtenteils aus Folianten. »Ich habe ihn, Ehrwürdiger Vater!«

»Leere ihn hier auf dem Schemel.«

Klingend fiel eine Reihe großer Münzen heraus. Selbst im Halbdunkel der Kammer blitzten sie auf. Sie waren aus purem Gold.

»Es sind fünf doppelte Goldescudos«, flüsterte Hardinus, »und sie sind dein.«

»Ehrwürdiger Vater, ich brauche kein Geld.«

»Ich bestehe darauf. In der Welt da draußen ist nichts umsonst.«

Widerstrebend sammelte Vitus die Münzen auf und steckte sie in den Beutel zurück. Er wusste nur wenig von den Ländern dieser Welt, und er wusste noch weniger, wohin er sich wenden sollte. Trotzdem spürte er, wie es ihn hinauszog.

Hardinus, der Vitus' Gedanken erraten hatte, flüsterte: »Ich war mir sicher, dass es dich reizen würde, dem Geheimnis auf den Grund zu gehen. Aber es will wohl überlegt sein, wohin du dich wendest.«

»Ja, Ehrwürdiger Vater. Aber ich habe das Gefühl, als müsste ich eine Nadel im Heuhaufen suchen.«

»Richtig, deshalb werden wir den Heuhaufen verkleinern.«

»Wie meint Ihr?«

»Wir müssen den Heuhaufen gedanklich verkleinern. Indem wir ein, zwei Dinge als wahrscheinlich annehmen. Erstens gehen wir davon aus, dass dieses Wappen dein Familienwappen ist. Dadurch ist auszuschließen, dass du spanischen Geblüts bist. Nehmen wir zweitens dein Aussehen hinzu: Es ist ein Indiz dafür, dass du eher aus dem Norden Europas stammst.«

»Aber auch der Norden ist groß.« Vitus war noch immer skeptisch.

Abt Hardinus schüttelte den Kopf und versuchte, seine letzten Energien zu konzentrieren. Die Kälte schlich sich immer höher. Schon griff sie nach seinem Herz. Der Tod hatte es eilig. Nun, er brauchte nicht mehr viel Zeit. Hardinus sprach weiter: »Ich meine das Englische Königreich. Gehe nach England. London ist ein Knotenpunkt für Kontakte aus aller Welt. Dort findest du vielleicht jemanden …«

Er schwieg erschöpft.

»England«, wiederholte Vitus. Der alte Mann hatte mit wenigen Überlegungen das Schlüsselwort herausgefiltert. Auf einmal schien alles ganz logisch.

War England die Nadel im Heuhaufen?

Vitus wusste über dieses Land so gut wie nichts. Tüchtige Händler und mutige Seeleute sollten dort leben. Ihre Schiffe allerdings galten als lächerlich klein und hielten einem Vergleich mit den spanischen Galeonen nicht stand. Um nach England zu kommen, würde er eine Schiffspassage brauchen.

»Ein Schiff nach England …«, flüsterte Hardinus. Er war kaum noch zu verstehen. Seine Gesichtszüge erstarrten. Er spürte jetzt deutlich, dass seine Lebenskraft nicht mehr bis zum heiligen letzten Sakrament reichen würde. Doch auch das war schließlich Gottes Wille. Und Gott hatte ihm dies bereits angekündigt. Es war gut so.

»Geh nach Santander … dort … ein Schiff nach London …« Entkräftet schwieg er.

Und langsam, ganz langsam hob der Abt Hardinus ein letztes Mal seine Hand, um das Kreuz zu schlagen. »Gib mir … das … Kruzifix.«

Vitus' Gedanken überstürzten sich, während er auf den

Schemel stieg und seine Hand nach der kleinen Figur tastete. Er blickte hinab. Was er sah, war nur noch ein kleiner, alter Mann, dessen Geist sich anschickte, den Körper zu verlassen. Vitus legte das Kruzifix auf die eingefallene Brust und fügte die Hände darüber zusammen.

»Ehrwürdiger Vater«, hörte er sich stammeln, »bitte, Vater, bitte! Ihr dürft noch nicht sterben!« Unaufhaltsam stiegen ihm die Tränen in die Augen. Seine Schultern begannen zu zucken. Aus seinem Inneren kamen Laute, die er noch nie von sich gehört hatte: klagend, schluchzend, verzweifelt.

Und noch einmal vernahm er die Stimme, die schon nicht mehr von dieser Welt war:

»Wer mit Gott … lebt … stirbt auch … mit Gott.«